U0115876

徽州方言音韻研究

陳　瑤　著

第八輯
總序

　　甲辰春和，歲律肇新。纘述古今之論，弘通文史之思。

　　《福建師範大學文學院百年學術論叢》第八輯，以嶄新的面貌，在臺北萬卷樓圖書公司出版發行，甚可喜也。此輯所涉作者及專著，凡十有五，略列其目如次：

　　　　蔡英杰《說文解字的闡釋體系及其說解得失研究》。
　　　　陳　瑤《徽州方言音韻研究》。
　　　　　　　　以上文字音韻學二種。
　　　　林安梧《道家思想與存有三態論》。
　　　　賴貴三《韓國朝鮮王朝《易》學研究》。
　　　　　　　　以上哲學二種。
　　　　劉紅娟《西秦戲研究》。
　　　　李連生《戲曲藝術形態與理論研究》。
　　　　陳益源《元明中篇傳奇小說與中越漢文小說之研究》。
　　　　傅修海《中國左翼文學現場研究》。
　　　　雷文學《老莊與中國現代文學》。
　　　　徐秀慧《光復初期臺灣的文化場域與文學思潮》。
　　　　王炳中《現代散文理論的個性說研究》。
　　　　顏桂堤《文化研究的變奏：理論旅行與本土化實踐》。
　　　　許俊雅《鯤洋探驪──臺灣詩詞賦文全編述論》。
　　　　　　　　以上文學九種。
　　　　林清華《水袖光影集》。
　　　　　　　　以上影視學一種。

林文寶《歷代啟蒙教材初探與朗誦研究》。

以上蒙學一種。

　　知者覽觀此目，倘將本輯與前七輯相為比較，不難發見：本輯的規模，頗呈新貌。約而言之，此輯面貌之「新」處，略可見諸兩端：

一曰，內容豐富而廣篇幅。

　　如上所列，本輯所收論著十五種，較先前諸輯各收十種者，已增多百分之五十的分量，內容篇幅之豐廣不言而喻。復就諸論之類別觀之，各作品大致包括文字音韻學、哲學、文學、影視學、蒙學等五方面的研究，而文學之中，又含有戲曲、小說、詩詞賦文、現代散文、左翼文學各節目的探討，以及較廣義之文化場域、文藝理論、文學思潮諸領域的闡述，可謂春華競放，異彩紛呈！是為本輯「新貌」之一。

二曰，作者增益而兼兩岸。

　　倘從作者情況分析，前七輯各論著的作者，均為服務於福建師範大學的大陸學者。本輯作者十五位乃頗不同：其中十位屬福建師範大學文學院，另五位則為臺灣各高校教授，分別服務於成功大學中國文學系、臺灣師範大學國文系、臺東大學兒童文學研究所、東華大學哲學系等高教部門。增益五位臺灣學者，不僅是作者群體的更新，更是學術融合的拓展，可謂文壇春暖，鴻論爭鳴！是為本輯「新貌」之二。

　　惟本輯較之前七輯，雖別呈新氣象，然於弘揚優秀中華文化，促進兩岸學者交流的本恉，與夫注重學術品質，考據細密嚴謹之特色，卻毫無二致。縱觀第八輯中的十五書，無論是研究古典文史的著述，還是探索現當代文學的論說，其縱筆抒墨，平章群言，或尋文心內涵，或覓哲理規律，有宏觀鋪敘，有微觀研求，有跨域比較，有本土衍索，均充分體現了厚實純真的學術根底，創新卓異的學術追求。

「苟非其人，道不虛行」，高雅的著作，基於優秀學人的「任道」情懷。這是純正學者的學術本能，也是兩岸學界俊英值得珍惜的專業初心。唯其貞循本能，不忘初心，遂足以全面發揮學術研究的創造性，足以不斷增強研究成果的生命力。於是乎本輯十五種專著，與前七輯的七十種作品，同樣具備了堪經歷史檢驗而宜當傳世的學術質量，而本校文學院「百年學術論叢」的十載經營，十載傳播，亦將因之彰顯出重大的學術意義！每思及此，我深感欣慰，以諸位作者對叢書作出的種種貢獻引為自豪。至若臺北萬卷樓圖書公司各同道多年竭力協謀，辛勤工作，確保了叢書順利而高品格地出版發行，我始終懷抱兄弟般的感荷之情！

　　中華文化，源遠流長。歷代學人對中國悠久傳統文化的研討，代代相承，綿綿不絕，形成了千百年來象徵華夏民族國魂的文化「道統」。《易》曰：「觀乎人文，以化成天下。」即言聖人深切注重中華文明的雄厚積澱，期盼以此垂教天下後世，以使全社會呈現「崇經嚮道」的美善教化。嘗讀《晦庵集》，朱子〈春日〉詩云：「勝日尋芳泗水濱，無邊光景一時新。等閒識得東風面，萬紫千紅總是春。」又有〈春日偶作〉云：「聞道西園春色深，急穿芒屩去登臨。千葩萬蕊爭紅紫，誰識乾坤造化心？」此二詩暢詠春日勝景。我想，只要兩岸學者心存華夏優秀道統，持續合力協作，密切溝通交流，我們共同丕揚五千年中華文化的「春天」必然永在，朱子所謂「萬紫千紅」、「千葩萬蕊」的春芳必然永在。願《福建師範大學文學院百年學術論叢》的學術光華，永遠沁溢於兩岸文化學術交融互通的春日文苑！

汪文頂

謹撰於閩都福州

二〇二三年十二月一日

陳序

　　徽州的意象就是一幅宣紙上的潑墨風景畫，山川籠罩在細雨中，除了古民居的青灰色簷角，一切都朦朦朧朧。徽州的方言也是朦朦朧朧的，跟吳語相通、相似，卻沒有吳語的最顯著的濁音特徵，跟江淮官話有很多共性，也具有某些贛語的特點。地跨三省，「郡中無論各縣語音殊甚，即一縣四鄉，一鄉各里，亦微有殊。」作為一個區域整體，徽州方言又很難概括出獨立於周邊方言的區別性音韻特徵。自從《中國語言地圖集》（香港朗文）劃分出獨立的「徽語」，由於根據不足，學界一直議論紛紛。

　　對這樣「多中心即無中心」的方言，比較妥當的研究方法是在面上鋪開，進行區域內部的橫向比較。中央研究院史語所的老前輩趙元任、楊時逢、羅常培等在一九三四年夏天就做過這項工作，對徽州的六縣四十六個地點進行了大規模的調查。另一次大規模的調查是二十世紀九十年代，平田昌司、曹志耘等一批中日學者聯合開展的「新安江流域語言文化調查計劃」，又對清代徽州府、嚴州府範圍內的方言做了區域性的調查。本書作者陳瑤博士憑藉母語優勢，靠一己之力，也做了一次徽州方言的區域性調查：在徽州五個片區內選擇了十個鄉村方言點：績溪縣荊州上胡家村、歙縣北岸大阜村、徽州區岩寺鎮的富溪鄉寺坪村、黟縣碧陽鎮南屏村、黟縣漁亭鎮楠瑪村、祁門縣大坦鄉大洪村、休寧縣五城鎮、婺源縣浙源鄉的嶺腳村、婺源縣江灣鎮荷田村、石台縣占大鎮蓮花村的方言，並整理了這些點的同音字彙。在這個基礎上，廣泛參考前賢著述，寫作了這部專門討論徽州方言音韻的專著。

　　陳瑤博士來自祁門農家，據說小時候還放過牛，後來逐漸讀書成才。大學畢業後教了八年中學，又辭職遠赴貴州大學讀研，在涂光祿教授門下得到了全面系統的方言調查訓練。畢業後再到福建師範大學繼續深造。一路走來，頗不容易。本書的初稿就是她的博士論文，該論文獲得當年福建師範大學優秀博士論文一等獎。獲得博士學位後，她還不斷地利用寒暑假時間回到徽州繼續做田野調查，核對數據，期間獲得國家哲學社會科學基金的立項支持，在田野調查的基礎上增加了對清代徽州方言文獻的調查研究部分，拓展了對徽州方言音韻分析結論的歷時深度，使得這項研究成果更加厚重。

　　本書提供的十個新增的方言點資料與前賢著述中提供的材料有機地結合在一起，對徽州方言聲母、韻母、聲調的音韻特點，以及文白異讀和小稱音變等十九個專題都做了詳細的討論。每個專題都擺出來二十五個方言點的資料，梳理異同，概括類型和分布區塊，再分別從縱向的音韻史和橫向的方言接觸角度做出解釋。作者在第七章對徽語的性質做出總結，認為：「我們可以將徽語視為帶有吳語底層的較早為官話所影響的一種方言。這也可以解釋徽語『既有吳語的特徵，又有某些江淮官話的特點』，也符合『徽語由南到北，徽語特徵漸次減少，官話特徵逐漸增多』的語言事實。另外，徽語區由於南、西、西北都受贛語包圍，在贛語的影響之下，徽語又融合了一些贛語的特徵。這一些因素使得徽語原有的吳語特徵被沖淡，面目變得模糊不清。」「徽語和吳語之間有比較多的共通之處，而且在地理上相鄰，歷史上又有密切的聯繫。我們無論是從共時平面上的諸多語言特徵來看，還是從吳語和徽語的共同基礎、共同的歷史背景出發，徽語劃入吳語都是合情合理的。」

　　趙元任先生早有「（徽語）可以認為是吳語一種」的看法。王福堂先生在《徽州方言的性質和歸屬》（2004）中已經很明確地提出徽州方言應該歸屬吳語的意見。關於徽州方言與吳語在音韻特徵上的共

性，鄭張尚芳、伍巍、平田昌司、曹志耘、趙日新、沈明、劉祥柏等學者在各自的著述中也都有深刻的分析。本書的貢獻在於詳細展開了徽州方言在各項音韻特徵上的細節，梳理內部差異，分析歷史層次，以更豐贍、周全的方音資料為前賢的洞見做出具體的論證，並有所發揮。今後繼續以《切韻》音系為框架對徽州方言音韻的研究，應該繞不過這部新作。

　　喜見陳瑤博士第一次出版自己的專著，祝她在學術道路上不斷進步。

陳澤平　於福州守耕堂

二〇二〇年七月八日

趙序

　　徽州方言分布範圍不大，但向來以它的複雜性而帶著一層神秘的面紗，徽州方言內部缺少對內一致、對外排他的共同特點，拿古全濁聲母的演變來說就有多種不同的類型，以致雅洪托夫提出：「也許從反面描寫它更好：在長江以南安徽和相鄰省份的所有方言中，那些無法歸入官話，或者贛語，或者吳語的方言組成皖南方言」，皖南方言「由於語言面貌的特殊性，必須被劃為一個特別的方言。」一九八七年版《中國語言地圖集》將徽語劃為一個大方言區，其分布範圍除了舊徽州地區之外，還包括浙江的嚴州，以及與這兩個州毗鄰的部分縣市，但仍指出：「徽語的共性有待進一步的調查研究。」

　　現代語言學意義上的徽州方言研究是從二十世紀三十年代開始的。一九三四年夏，趙元任、楊時逢、羅常培對徽州的六縣四十六個地點進行大規模的調查，發表的部分成果總結了徽州方言的基本面貌，奠定了堅實的研究基礎。五十年代、八十年代的兩次「普查」進一步概括了徽語的若干重要特點。九十年代以後，關注徽語、調查研究徽語的學者逐漸多了起來，重點調查和歷史文獻考察相結合，研究廣度和深度都得到很大的拓展，出現了一批重要的研究成果。

　　身為徽州人，烙著徽州文化的印跡，我個人對徽州方言一向有著濃厚的興趣，做過一些調查研究，寫過幾篇小文章，但對徽州方言的一些重要語言現象還是難窺堂奧。近些年來，因為在北方工作，興趣有些轉移，雖然一直未曾放下，但調查、思考得也少了，又囿於精力和能力，竟自有些荒疏了。

　　陳瑤老師是徽州祁門人，師從陳澤平教授治方言學，年輕有為，

於徽州方言研究用力甚勤，發表一系列重要研究成果。現在呈現在讀者面前的專著《徽州方言音韻研究》是在博士論文基礎上修改充實而成，內容豐富，描寫分析全面細膩，運用共時和歷時材料從聲母、韻母、聲調、文白異讀、小稱音變等方面深入探討徽語的特點、分布及演變規律，並對徽語的歸屬提出了自己的看法，是近年來有關徽語研究的一個新的重要成果。

我跟陳瑤老師雖然交往不多，但同為徽州人，有文化心理上的認同感，天生就有一種親切感。徽州女性的勤勞、善良、質樸在陳老師身上得到很好的體現，所以她有今天這樣突出的成就，我一點也不感到意外。

徽州方言研究的隊伍一直不夠大，好在有陳瑤老師這樣的中堅力量長期奔走在徽州的山山水水，用心調查，細緻研究，我相信徽州方言研究一定會取得越來越多的優秀成果，相信陳瑤老師的徽州方言研究之路會越走越寬，越走越順，越走越扎實。

趙日新

二〇二〇年八月十六日

目次

第一章
緒論

第一節　徽州概況

一　徽州的地理位置

　　徽州是一個古老的地理概念，古徽州地處我國東南丘陵和長江中下游平原之間的過渡地帶，「東則有大郭之固，西則有浙嶺之塞，南有江灘之險，北則有黃山之軛。」[1]地理環境相對獨立與封閉。原徽州地區主要指原績溪、歙縣、休寧、黟縣、祁門、婺源六縣所轄之地，包括今天安徽省宣城市的績溪縣、旌德縣，黃山市的歙縣、徽州區、屯溪區、休寧縣、黟縣、祁門縣，池州市的石台縣和江西省的婺源，還有浙江省的淳安、遂安、建德、壽昌等地，處於北緯三十度線上下、東經一百一十八度線左右。其東南西北四面依次是浙江省的桐廬縣、金華市、衢州市、開化縣，江西省的德興縣、樂平縣、景德鎮市，安徽省的東至縣、石台縣、黃山市黃山區（舊太平縣）。

二　徽州的歷史沿革

　　徽州歷史上經歷了從「三天子都」→「蠻夷之地」→屬吳、越、楚→秦置黟縣→新都郡→新安郡→歙州的漫長歷程。徽州早在秦代就開始以一級地方行政區劃納入中央政府的管轄之中，秦王朝為加強對

1　朱國興等：〈徽州文化發展與人地關係演進的對應分析〉，《黃山學院學報》2006年第2期，頁21。

越人的統治在徽州設置黟、歙二縣，屬鄣郡。歙縣所轄範圍包括今浙江淳安和安徽績溪、歙縣、徽州區、屯溪區、休寧以及江西婺源的一部分。黟縣所轄範圍則包括今安徽黟縣、祁門（一部分）、石台（一部分）。漢元封二年（公元前109年）鄣郡改為丹陽郡，歙縣分置都尉。

> 建安十三年（208年），東吳劃歙縣、始新縣（今浙江淳安）、新定縣（原浙江遂安）、黎陽縣（今屯溪）、休陽縣（今休寧）、黟縣置新都郡，設治於始新……西晉武帝太康元年（280年）改稱為新安郡。梁元帝承聖（552-555年）年間劃新安郡的海寧縣（今休寧）、黟縣、歙縣、黎陽縣（今屯溪）置新寧郡，疆域與清代徽州府基本一致。陳天嘉三年（562年）又省新寧郡，併入新安郡。隋開皇九年（589年）改新安郡為歙州，開皇十一年（591年）設治於黟縣，大業三年（607年）復為新安郡，移治休寧，義寧（617-618年）中移治歙縣，此後直至清末，州郡路府治在歙縣。唐武德元年（618年）復為歙州，天寶元年（742年）改歙州為新安郡，乾元元年（758年）再次復為歙州。北宋宣和三年（公元1121年）五月十四日改歙州為徽州。[2]

　　徽州領歙縣、休寧、祁門、婺源、績溪、黟縣六縣直至民國時期。元至元十四年（1277）改為徽州路，至正十七年（1357）朱元璋改稱興安府，至正二十四年（1364）又改為徽州府。此後徽州的名稱一直沿用，直至一九八七年國務院批准成立地級黃山市時為止。民國二十三年（1934），婺源縣劃歸江西省，民國三十六年（1947）劃回安徽，民國三十八年（1949）再次劃歸江西省。

2　〔日〕平田昌司等：《徽州方言研究》（東京：好文出版社，1998年），頁10。

三　徽州的居民人口

　　徽州早期的土著人是越人，那時，徽州歷史文化尚未從中華民族的歷史文化母體中分離出來。直至戰國中後期一直到三國，徽州社會與文化開始逐漸從中華民族母體的社會文化發展中分離出來，東漢末年始，北方諸多士家大族紛紛移民於此。至南宋時，越人已與遷居而來的北方漢人融合在一起了。現在徽州地區的居民，其早期的祖先是由中原漢人和漢代的百越（主要是山越）居民兩部分組成。

　　歷史上徽州吸收了大量的外來人口。中國歷史上三次移民大潮對徽州地區的語言文化衝擊影響頗大。據淳熙《新安志·風俗》：「中原衣冠避地保於此，後或去或留，俗益向文雅，宋興則名臣輩出。」[3] 最後一次大規模的移民發生在清朝後期，太平天國在安徽連年交戰，戰後土著居民所剩無幾。據余道年（2013），歙縣在戰前（道光年間）人口數有617111，而戰後（同治8年）銳減為309604，減少率達百分之五十；黟縣戰前（嘉慶15年）人口數有246478，而戰後（同治6年），則只有155455，減少率為百分之三十七。清政府採取種種優惠措施招募各民前來補充墾荒，後來從河南、湖北和安徽北部遷來的移民數量大大超過土著。外來人口進入徽州，「其中來自長江南北沿岸地區的遷入績溪、歙縣、休寧、黟縣、祁門，來自贛東鄱陽湖一帶的遷入婺源，來自浙西的遷入歙縣、休寧。一九五八年，為開發山區，安徽省人民政府讓皖北移民遷居到徽州。」[4] 可見，徽州地區的居民來源複雜，遷移頻繁。

3　淳熙《新安志》，卷1〈州郡·風俗〉。

4　〔日〕平田昌司等：《徽州方言研究》，頁17。

第二節　徽州方言概況

　　徽州方言也叫「徽州話」或「徽語」。據《中國語言地圖集》（第 2版，漢語方言卷，2012），徽語分布於新安江流域的舊徽州府包括今屬 江西省的婺源，浙江的舊嚴州府淳安、建德、遂安、壽昌四縣和臨安浙 川，以及江西的德興、舊浮梁縣今屬景德鎮市等地，計十九個縣市。

　　徽語在安徽南部方言中以複雜難懂、分歧大、通話程度低著稱。 關於徽州早期的方言情況缺少文獻記載，我們只能從現存較早的一些 書裡得見「一鱗半爪」。「六邑之語不能相通。非若吳地，其方言大抵 相類也。」（《嘉靖徽州府志》）「郡中無論各縣語音殊甚，即一縣四 鄉，一鄉各里，亦微有殊。此無他，隔水尚通聲，隔山則氣耳。」 （張濤修、謝陛纂《歙志》五風土，萬曆三十七年〔1609〕年序）。[5] 由此可見，至少在嘉靖、萬曆年間，徽州方言就以內部差異明顯而引 人注目了。

　　徽州方言形成於何時？這是一個很難回答甚至是無法回答的問 題，因為語言演變是漸進的過程，地域性的特徵是逐漸積累加深的。 一個方言其特徵的形成不可能在短期內完成。但可以肯定的是徽州方 言的形成與中原地區人口大遷移有一定的關係。「晉永嘉之亂之後， 中原戰亂頻繁，百姓動盪不安。處於峰巒綿延、地勢險阻的徽州，就 成了由北向南遷徙的眾多官吏、大戶旺族、士庶百姓躲避戰亂的世外 桃源。」[6]這在徽州各地縣志、族志中都有記載。如：明人鄭左、程 尚寬等輯錄的《新安名族志》中就綜錄了徙入徽州的八十八個家族， 在可考的五十六族中，兩晉時入徽的有九族，唐安史之亂及唐末黃巢 起義時遷入徽州的有二十四族，兩宋之際十五族。[7]現代複雜難懂的

5　〔日〕平田昌司等：《徽州方言研究》，頁17。

6　孟慶惠：《徽州方言》（合肥市：安徽人民出版社，2004年），頁5。

7　孟慶惠：《徽州方言》，頁6。

徽州方言其音系格局「很可能在明初以前就已經穩定下來了」，據《徽州方言研究》，汪道昆（1526-1593）的戲曲用韻、徽州籍小學家等所記錄的明清徽州方言的特點，跟現代徽州方言相當接近。但明清以後的方言，由於受到了不同方言、不同程度的影響和衝擊（「首先受到了來自皖北舊安慶府和舊懷寧府、皖南舊太平府和舊池州府等江淮官話區的大量移民方言的影響。其次，明清徽商多赴江浙，『直到解放前後，凡營商於吳地的徽人，大凡都能操一口流利的吳地方言』」[8]），多多少少產生了一些變異，詞彙和句式裡滲透著一些江淮官話和北部吳語的成分，致使它的面貌變得有些模糊難辨。

最早涉及徽語歸屬問題的，當屬出版於一九一四年日本的《最新支那分省圖》，這也是目前見到最早的中國語言與方言的分布圖。這本地圖集的第二十三幅圖即《支那語言分布圖》中，作者西山榮久將官話分為北支那官話、中央支那官話、四川官話以及揚州官話、南京官話與徽州官話等。可見，他是把徽語看成是官話一類的。[9]

最早論及徽語地位的是一九一五年章太炎在《簡論》中所說的：「東南之地，獨徽州、寧國處高原，為一種。」

對徽語的性質和歸屬問題討論者甚多，本書第七章將會詳加討論與分析。對徽語的方言區劃進行討論的主要見於一九八七年與二〇一二年兩版的《中國語言地圖集》中。

《中國語言地圖集》（香港朗文出版，1987年）把徽語區分成五片[10]：

1. 績歙片（5個縣）：績溪、歙縣、旌德_{限於西南部洪川一帶}、寧國_{限於南部洪門鄉等地}、浙江淳安_{限於西部唐村等地}。

8　〔日〕平田昌司等：《徽州方言研究》，頁18。
9　周振鶴：〈我所知最早的中國語言地圖〉，《尚古情懷》2011年第6期，頁129。
10　根據鄭張尚芳：〈皖南方言的分區（稿）〉，《方言》1986年第1期，頁8-18。

2. 休黟片（5個縣市）：屯溪市、休寧、黟縣、祁門東南部瑰峰一帶、婺源。

3. 祁德片（4個縣市）：祁門東南部瑰峰一帶除外、東至只限於東南部木塔一帶、江西景德鎮市郊區舊浮梁縣、德興。

4. 嚴州片（2個縣）：浙江省的淳安含舊遂安縣, 不包括淳安西部、建德含舊壽昌縣, 不包括建德的下包、乾潭、欽堂、唐村、里葉一帶的吳語。

5. 旌占片（4個縣）：旌德、祁門縣的安陵區城安、赤嶺一帶、石埭縣的占大區、黟縣限於美溪鄉、柯村鄉。

　　《中國語言地圖集》（商務印書館，2012年版）也把徽語區分為五片，其範圍跟《中國語言地圖集》（1987）大致相同（根據趙日新：〈徽語的特點和分區〉[11]）。趙文選取十九個語音特徵，根據徽語的共同特點及內部差異，按照「全濁聲母的今讀」、「見曉組聲母（不限於開口二等）是否腭化」這兩項標準，並參考其他特徵，將徽語分為以下五片[12]：

1. 績歙片（6個縣市）：績溪縣、歙縣桂林鄉多江北、浙南移民除外、旌德縣南部仕川村、版書鄉模範村和聯和村、西南洪川一帶、寧國市南部洪門鄉、浙江淳安縣（含舊遂安縣）西北部嚴家鄉同樂莊村及其以北的十幾個村, 屏門鄉大源里村、臨安市浙川。

2. 休黟片（6個縣市）：休寧縣、黟縣、祁門縣東南瑰峰一帶、黃山市徽州區原歙縣西鄉（岩寺）等地、黃山區西南郭村等鄉、屯溪區、浙江開化縣齊溪鎮（齊溪田、大龍、官台、嶺里等村除外）、淳安縣西北角與休寧交界的樟村鄉高筍塘、下家塢村。

11 趙日新：〈徽語的特點和分區〉，《方言》2005年第3期。
12 含縣城方言者，右上角標示*記號。

3. 祁婺片（6個縣市）：祁門縣*、東至縣東南木塔一帶、婺源縣、景德鎮市限於舊浮梁縣、德興市隴頭鄉屬吳語處衢片龍衢小片，除外、開化縣蘇莊鎮。

4. 嚴州片（3個縣市）：淳安縣*含舊遂安縣，除西北部嚴家鄉同樂莊村及其以北的十幾個村，屏門鄉大源里村、建德市含舊壽昌縣，除屬吳語太湖片臨紹小片的下包、乾潭、欽堂、安仁等鄉鎮，屬吳語婺州片的姚村鄉和檀村鎮和屬吳語處衢片龍衢小片的航頭鎮梅嶺、玨塘、石木嶺、宙塢源等地、開化縣馬金鎮、何田鄉、霞山鄉、塘塢鄉及齊溪鎮的齊溪田、大龍、官台、嶺里等村。

5. 旌占片（5個縣市）：旌德縣*、祁門縣安陵鎮（蘆里行政村說「軍話」，除外）、雷湖鄉（星星行政村說「軍話」，除外）、赤嶺鄉（赤嶺、聯合兩個行政村說「軍話」，除外）、石台縣占大鎮、大演鄉、珂田鄉、黟縣美溪、柯村、宏潭三鄉、寧國市胡樂鄉一部分。

「地點方言是一個具體的語言系統，包括語音、詞彙、語法等各個要素；而方言區或方言片是個相對模糊的概念：一個『區』或『片』的中心是清楚的，邊界是模糊的，語言在時間軸上的演變是連續漸進的，共時的地域性差異也必然呈現出連續漸異的景象。」[13]以上兩版地圖集對徽州方言的區劃方案有些差異，可能是因為劃分方言區域的標準不盡相同。徽語五片方言彼此之間在音系、詞彙上的差異很大，語法上也有一定程度的不同。區域內一直沒有出現過通行全部徽州地區的「強勢方言」。而由於二十世紀民國以來政府推廣的國語運動和近五十年來持續性的大力「推普」，包括徽語在內的南方方言均受到共同語不同程度的影響和滲透。一般城鎮居民除了方言之外，對外交際時會說不太標準的普通話，而較為偏遠山區的人則會說點帶有「黃梅戲腔」的普通話。學者們在討論方言特點時「已經很難剔除這些外來因素而窺見古徽州方言的原貌」了。

---

13 陳澤平：《福州方言研究》（福州市：福建人民出版社，1998年），頁1。

第三節　徽州方言語音研究概況

　　早在明代嘉靖、萬曆年間，徽州方言就已引起人們的注意，方以智《通雅》所錄「徽州傳朱子譜」出於偽託，很可能是明人記錄徽州某地音系的資料。[14]《徽州傳朱子譜》中還有字例，分「繃東冬通模魚陂齊微牌灰皆賓崩青真文庚登，侵波歌巴麻邦陽江包豪宵肴衰侵尤鞭仙元，廉纖班寒山桓，監咸」十二韻攝，以唇舌齒喉為序。當地方志如嘉靖《徽州府志》、萬曆謝陛《歙志》中偶有提到徽語，不過只是泛說徽語語音相殊之甚。清代開始出現考釋方言詞語的著作和方言韻書，如：歙縣人黃宗羲《古歙方音集證》、休寧人胡柏《海陽南鄉土音音同字異音義》、黟縣人胡尚文《黟音便覽》、偽託朱熹的韻書《新安鄉音字義考正》（羅常培先生指出實為清咸同間婺源詹逢元所作）。明清時代徽籍的一些文字訓詁學家也偶爾會在自己的著作中引錄方言。比如，明歙縣黃生《義府》中微母讀如明母引鄉音即不止一例（「問望」等）；說「腔匡昌」同音；說「收疇」讀如「休求」等等。江有誥在《等韻叢書》中提到「歙人呼『巫』字似微之清，呼『媽』字似明之清，呼『奶』字似泥之清，『妹』字則清濁并呼」。這些都可以讓我們窺見當時徽語面貌的一鱗半爪。明王驥德《曲律》卷二評歙人汪道昆《高唐夢》「纖殲鹽」作車遮韻押「是徽州土音」，從中可見徽語「鹽」等陽聲韻字失去韻尾這一現象至少在明代已經發生。清錢大昕《十駕齋養新錄·聲相近而化》說婺源人讀「命」如「慢」，「性」讀如「散」等等則說明「命性」等細音字讀如洪音的事實清代已然。[15]

　　一九三五年，魏建功、劉復、白滌洲等人最早以現代語音學方法，開始對黟縣進行語音調查，與黟縣人舒耀宗、胡棨合著了《黟縣

14　〔日〕平田昌司等：《徽州方言研究》，前言頁1。

15　轉引自侯精一：《現代漢語方言概論》（上海市：上海教育出版社，2002年），頁111。

方音調查錄》（發表於《國學季刊》第四卷第四期），記錄了黟縣話的
音值和同音字表。這是最早引進西方語音學方法、用音標記錄一種單
點徽語的著作。

　　一九三四年夏天，中央研究院歷史語言研究所趙元任、楊時逢、
羅常培對徽州的六縣四十六個地點首次進行了大規模的調查，遺憾的
是因為當時條件所限，能付印發表的材料僅有羅常培的《徽州方言的
幾個要點》、《續溪方言述略》、《漢語音韻學導論》第八表所列徽州六
縣方言的「古今調類分合情形」以及一九六五年出版的趙元任、楊時
逢合著的《續溪嶺北方言》等，這些成果對徽州方言的研究貢獻很
大。丁文江等編纂《中國分省新圖（第四版）》所收《語言區域圖》
最早把「徽州一帶畫出來成為『皖方言』」（一九四八年訂正第五版把
方言區名稱改為「徽州方言」），就是根據一九三四年的調查成果繪製
出來的。這次調查使得學界對徽州方言的複雜程度有了初步的認識。
羅常培先生指出：「在我已經研究過的現代方言裡，徽州話可算是夠
複雜的了。在我沒有到徽州以前，我總覺得各縣各鄉的差別不過是聲
調的高低罷了。但是經過實際調查才知道；非但縣與縣之間是截然兩
個方言，就是一縣里各鄉的音也有時候非分成兩個土語不可。」（《續
溪方言述略》）他在《徽州方言的幾個要點》中對徽語語音特點進行
了概括：

一、陰陽調的區分。徽州不但有六聲，而且休寧還有七聲。

二、鼻音韻尾的消失。在徽州話裡不但沒有完全保持這三類
　　（-m、-n、-ng）的鼻音，甚至於有幾處把鼻音完全丟
　　掉，或者變成法文式的半鼻音。

三、古閉口韻尾的保存。這一定是上古音的遺留，絕不是偶然
　　的現象。

四、上聲特別短促並附有喉部塞聲。休寧和婺源兩縣上聲特別

短促並附有喉部塞聲，這本來是入聲的特徵。但是休寧東
鄉的入聲還保留短促的性質，其餘各鄉及城內已經把尾音
拖長了。至於婺源根本就沒有入聲，陰入陽入都變陽去。
入聲何以失掉短促的性質，上聲反倒短促呢？我覺得這也
是同上古音有關的問題。[16]

　　二十世紀五十年代後期的方言普查是對徽州方言的第二次大規模
調查，主要成果有合肥師範學院（現安徽師範大學）沈士英、胡治農、
孟慶惠負責編寫的《安徽方言概況》，及孟慶惠的《安徽方音辯正》、
《歙縣人學習普通話手冊》和《休寧人學習普通話手冊》等。當時根
據普查報告把安徽方言分為五區，「歙祁方言區」（相當於徽州地區）
列為其中之一。合肥師範學院後來油印發表了《歙縣方言》部分。此
後將近二十年時間裡，徽州方言的調查研究可以說是一片空白。

　　八十年代中期，為編寫《中國語言地圖集》，學界對徽州地區方
言開展了第三次大規模調查。一九八六年《方言》第一期刊出了鄭張
尚芳的《皖南方言的分區（稿）》，其中把徽語區分為績歙片、休黟
片、祁德片、嚴州片、旌占片五片，此後，以此文為基礎的《中國語
言地圖集》（1987）B10圖「安徽南部的漢語方言分布」指出了徽語的
幾個特點：古全濁聲母字徽語都讀清音，多數地點今讀送氣清音，休
黟片送氣音比不送氣音多，送氣與否，總的說來還看不出條例；鼻尾
多脫落，但又以帶-n尾作小稱；許多日母字今讀[ɤ-]聲母；泥來不
分，等等。

　　一九九三年，平田昌司向曹志耘提出以水系為綱的「新安江流域
語言文化調查計劃」，得到了積極贊同，並先後約請了曹志耘、劉丹
青、馮愛珍、趙日新、木津祐子、溝口正人、謝留文、劉祥柏參加，

---

16 羅常培：〈徽州方言的幾個要點〉，《國語周刊》第152期，1934年8月25日。

計劃進行清代徽州府和嚴州府地區方言和民俗的全面調查，這是第四次大規模調查。一九九六年出版了第一個成果即曹志耘的《嚴州方言研究》，一九九八年出版了第二個成果便是平田昌司主編的《徽州方言研究》。《嚴州方言研究》對浙江的建德、淳安、壽昌、遂安四個地點的語音、詞彙、語法進行了描寫，「比較謹慎地勾勒出嚴州方言的輪廓，描寫的深度大大地突破了過去的水平，為漢語方言研究填補了一個重要空白」（《嚴州方言研究》序，平田昌司作）。二○一七年十一月，曹志耘在對《嚴州方言研究》查漏補缺、增補完善的基礎上改寫而成《徽語嚴州方言研究》，內容上增加了「語音特點」、「遂安方音內部差異」、「嚴州方言字音對照」，重畫了所有方言地圖，此外在方言用字、內容安排、體例格式等方面進行了一些規範化處理。《徽州方言研究》是徽州府六縣七點（績溪、歙縣、屯溪、休寧、黟縣、祁門、婺源）方言的語音、詞彙、語法的首次全面的調查報告和研究總結。魯國堯評：（《徽州方言研究》序，1997）「尤以方音為密，方音下大多分八欄敘述，堪稱周詳」，其中「徽州方言和嚴州方言」一節，「文雖不長，而內含頗豐，立足徽州方言，旁涉嚴州方言、吳方言等，參伍比較，材料豐瞻，議論深切，是為卓見，乃當今方言學的新成果，值得重視。」[17]

　　上世紀九十年代始，李榮主持編纂《現代漢語方言大詞典》，屬於徽語區的是趙日新於二○○三年出版的《績溪方言詞典》。該著作收錄績溪縣城華陽鎮方言詞語近萬條，每個詞目均有注音和釋義，是研究徽語績溪方言詞彙極其重要、詳盡的寶貴資料。

　　安徽省「九五」期間擬定了一個社科研究的重大項目和一項跨世紀學術文化建設工程，即決定由安徽省宣傳部和省社會科學界聯合會編撰由二十個子課題構成的《徽州文化全書》。孟慶惠的《徽州方言》

---

17 魯國堯：〈序〉，〔日〕平田昌司等：《徽州方言研究》，頁II。

（安徽人民出版社出版，2004）便是這套叢書中的一部，此著作涉及徽州方言語音、詞彙、語法三個子系統，論著分八章，第一章討論徽州方言的形成和演變，第二章總論徽州方言的特徵和內部差異，第三至七章分章描寫徽州五片方言語音、詞彙、語法特點。就語音來說，除了分章綜述每片方言的語音特點外，每個方言片還選取一個方言點對其進行音系的描寫，討論音韻特點。這幾章還分片列出五百六十八個常用字的今讀對照表。除此，也按意義分類分片列出部分方言點的詞彙對照表以及五十條語法例句的對照表。這本論著為徽州方言的研究提供了翔實豐富的語音、詞彙、語法材料，從涉及的方言點來說，是迄今為止涉及徽語方言點最多的一部著作。

高永安的《明清皖南方音研究》（商務印書館，2007）取材豐富，以明清時代皖南方言韻書、韻圖和其他音韻學著作中有關方音的資料、地方志的方言部分等文獻資料考證明清皖南方音，重建明清皖南方言音系，比較明清皖南方音內部的差異和一致性。其中研究明代徽州方音依據的材料主要有：《音聲紀元》（萬曆辛亥，1611）、《律古詞曲賦叶韻統》（萬曆甲寅，1614）、《韻法直圖》（萬曆壬子，1612）、《徽州傳朱子譜》（1641），研究清代徽州方音依據的材料主要是周贇的《山門新語》，參考資料有《新安鄉音字義考正》、《婺城鄉音字彙》等。作者使用文獻考證法、歷史比較法及層次分析法，以文獻與方言參證，並將「瞭解明清皖南方音的大致狀況，重建明清時期皖南方言的語音系統，從系統內部的關係上發現其方音特點」作為研究明清時期皖南方音的主要目的之一，這部著作對於徽州方言研究例如對於徽州方言演變規律的探索、徽州方言的歸屬問題等提供了一些歷史方面的根據，具有重要的參考價值。

謝留文、沈明的《黟縣宏村方言》（中國社會科學出版社，2008）是在二〇〇五年北京大學中文系漢語專業方言調查基礎上撰寫的一份詳細調查報告，該著作描寫了黟縣宏村方言的語音系統，討論

了黟縣宏村方言的語音演變特點，並將黟縣宏村方言音系同中古音列表進行對比；按意義分二十五類收集了黟縣宏村常用詞四千條左右，每個詞語都用國際音標注音並對較難理解的詞條給予注釋，對多義詞分項釋義；著作呈現了一百〇二條語法例句和多則長篇語料，每條例句、每個語料皆標音。材料豐富，內容充實，是研究徽語特別是黟縣方言極為重要的參考資料。

胡松柏《贛東北方言調查研究》（江西人民出版社，2009）是其國家社會科學基金項目「贛語、吳語、徽語、閩語、客家話在贛東北的交接與相互影響」的終結性成果，其研究對象涉及徽語的主要有浮梁、德興、婺源、占才、江灣這五個方言點。這部著作為瞭解贛東北的徽語狀況以及贛東北漢語方言接觸過程中徽語的演變特點提供了較為豐富的材料。

二〇〇八年徽語調查作為中國社會科學院國情調研項目立項，該項目共調查記錄了徽語四個地點的方言，最終成果（由方志出版社於二〇一二到二〇一三年陸續出版）如下：沈明《安徽歙縣（向杲）方言》（2012）、謝留文《江西浮梁（舊城村）方言》（2012）、劉祥柏《安徽黃山湯口方言》（2013）、陳麗《安徽歙縣大古運方言》（2013）。這四部論著均以地點方言調查報告的形式發表，論著的體例、寫作範式、討論的條目大致相同，基本按照方言語音系統、方言音系與中古音比較、方言同音字彙、方言分類詞彙表、方言語法例句、方言長篇語料標音舉例布局謀篇，而沈明的《安徽歙縣（向杲）方言》則增加了「方言語音演變特點」內容。書中對各個方言點音系的分析、詞語和語法例句的收集整理都很見功力。謝留文《江西浮梁（舊城村）方言》研究對象隸屬徽語祁婺片，其他三部論著研究對象均屬徽語績歙片。這四部著作為徽語單點研究提供了翔實可靠的語言材料，有利於我們去探索徽州方言一致性和內部的差異，進而發掘徽州方言的一些演變規律。

　　二〇一〇年，安徽省語言學會召開方言調查及《安徽方言叢書》工作會議，二〇一五年趙日新的《績溪荊州方言研究》（安徽教育出版社）出版，該著作語音、詞彙、語法並重，內容均衡，注重縱橫比較，充分顯示績溪荊州方言的特點，著作第五章還收有大量的方言語料。該著作對荊州方言系統的詳盡描寫具有填補空白的意義，對徽語研究也具有極重要的價值。

　　除了上述著作，上世紀八十年代以來平田昌司、孟慶惠、錢惠英、馮雪珍、沈同、伍巍、趙日新、劉祥柏、陳瑤等發表了一系列徽語研究論文，分別探討了徽州方言的一些有特色的語音、詞彙、語法現象，大大豐富了徽州方言的研究成果。就語音而言，從所論及的主題來看，這些論文大致可以分為以下幾類：

1　描寫單點音系或者討論某單點方言一些語音特徵的論文

　　這類文章主要出現在徽語研究的早期階段。大致有：魏建功等的《黟縣方音調查錄》（1935），趙元任的《績溪嶺北音系》（1962），趙元任、楊時逢的《績溪嶺北方言》（1965），孟慶惠的《黃山話的tɬ、tɬʰ、ɬ及探源》（1981）、《歙縣方音中的歷時特徵》（1988），日本學者平田昌司的《休寧音系簡介》（1982），錢文俊的《婺源方言中的閉口韻尾》（1985），馮雪珍的《休寧話簡介》（1987）、《江西婺源方言的語音特點》（1997），曹志耘《嚴州方言語音特點》（1997），沈同的《祁門方言的語音特點》（1989），趙日新的《安徽績溪方言音系特點》（1989），錢惠英的《屯溪方言音系略述》（1990），鄧楠的《祁門軍話和民話語音概況》（2010），賈坤的《徽州呈坎方言音系》（2012），王琳的《祁門箬坑方言音系》（2010）、《祁門箬坑方言長元音現象研究》（2013），沈昌明的《歙縣許村話音系及其特點》（2014），陳瑤的《安徽黃山祁門大坦話同音字彙》（2015），黃維軍的《黟縣宏村徽州方言語音調查》（2015），栗華益的《安徽黟縣碧陽

方言同音字彙》（2018），羅常培、邵榮芬、張潔《半個多世紀前的休寧方言音系》（2018）。

2　討論徽語特殊語音現象的論文

這類文章中有討論某個地點方言的某種特殊語音現象，也有論及徽語中較為一致的某種特殊語音現象。主要有：平田昌司的《徽州方言古全濁聲母的演變》（1982），張琨的《談徽州方言的語音現象》（1986），孟慶惠的《徽語的特殊語言現象》（1995），金家騏的《休寧方言有陽去調》（1999），趙日新的《古清聲母上聲字徽語今讀短促調之考察》（1999）、《徽語古全濁聲母今讀的幾種類型》（2002）、《中古陽聲韻徽語今讀分析》（2003）、《徽語中的長元音》（2005）、《安徽休寧方言「陽去調」再調查》（2012）等，馬希寧的《徽州方言的知照系字》（2000），劉祥柏的《徽州方言曉組合口一二等字的聲母今讀》（2002），胡萍《徽語舌面前音形成原因分析——兼談徽語研究現狀》（2005），陳瑤的《從徽語看中古開合分韻的一等韻》（2007）、《徽州方言見組三四等字的腭化問題》（2008）、《匣母在徽語中的歷史語音層次》（2011）、《流攝一三等韻在徽州方言中的分合研究》（2015），徐麗麗的《中古陽聲韻白際方言今讀分析》（2010），池田健太郎的《徽州方言古濁聲母仄聲字背離陽調現象》（2015），李小凡、池田健太郎《徽州方言古全濁聲母無條件分化成因新探》（2015），謝留文的《從徽語看「塌」字的音》（2015），孔慧芳的《徽州方言影疑母字聲母演化研究——基於新標記理論的視角》（2016），賈坤的《祁門、浮梁交界地帶徽語的長元音韻母》（2016），栗華益、姚軍《試析徽語黟縣碧陽方言長元音的音質》（2017）。

3　討論徽語性質、分區、歸屬問題以及與周邊方言關係的論文

這類文章主要有：羅常培的《徽州方言的幾個要點》（1934），曹

志耘的《嚴州方言語音特點》（1997）、《吳徽語入聲演變的方式》
（2002）、《論方言島的形成和消亡——以吳徽語區為例》（2005），劉
祥柏的《徽州方言全濁字今讀與吳語的關係》（2003），江巧珍、孫承
平的《徽語區方言的特點與成因初探》（2003），王福堂的《徽州方言
的性質和歸屬》（2004），趙日新的《方言接觸和徽語》（2004）、《徽
語的特點和分區》（2005），伍巍的《徽州方言和現代「吳語成分」》
（1988）、《論徽州方音》（1994），錢虹的《論安徽東至縣龍泉方言的
語音特點和性質歸屬——兼論皖西南皖贛交界處方言的性質》
（2013），黃曉東的《吳徽語古上聲的演變》（2014）。

4　整理徽州地方韻書等文獻資料音系及歸納語音特徵的論文

　　這類文章主要有：胡松柏、錢文俊的《反映19世紀中葉徽語婺源
方音的韻書〈鄉音字義〉〈鄉音字彙〉》（2002），胡松柏、林芝雅的
《婺源方言韻書〈鄉音字義〉〈鄉音字彙〉》（2006），孟慶惠的《徽州
民間歌謠的押韻特徵》（2003），丁治民的《清末民初徽語韻書六種敘
錄》（2006），江巧珍、孫海峰的《徽州方言與〈鄉音〉韻書》，方光
祿的《清末民初徽語韻書五種簡介》（2011），熊桂芬、徐彬彬《清代
徽州韻書〈鄉音集要解釋〉音系述略》（2014），周賽華的《〈休邑土
音〉音系述略》（2012）、《環川鄉音字義考正〉音系述略》（2014），
朱蕾的《〈鄉音釋義〉的韻母系統》（2013）、《〈鄉音釋義〉的聲調特
點及其反映的過渡方言的語音性質》（2014）、《〈鄉音釋義〉的聲母系
統——兼從崇母讀音看徽語與閩客方言的淵源》（2016）。

　　從以上羅列的論著來看，徽州方言的研究雖比其他主要漢語方言
的研究起步稍晚，但九十年代以後徽州方言研究無論是廣度還是深度
都取得了長足的進展，從單點研究到宏觀討論徽州方言一致性和內部
差異、分區、歸屬問題，從平面描寫到縱深探討徽州方言的歷史演變
規律，都有論及。但目前對徽州方言的研究大部分側重的是徽州方言

的平面描寫與研究，對徽州方言的特點、徽州方言語音歷史層次與演變規律的研究，對徽語內部差異的討論等尚不算多，且主要依靠的還是現代徽州方言材料與歷史比較的方法，缺乏歷史文獻記載的印證。

第四節　本書的研究

一　研究對象

本書以《中國語言地圖集》（第2版）所劃分的徽語五片方言的語音為研究對象，以《切韻》音系為框架，在對徽語音韻特徵全面考察與比較的基礎上，梳理徽語音韻的發展脈絡，確定共同要素的對應關係，逐項討論徽州方言音韻的共性和特徵。觀察徽語的內部差異，分析和解釋其內部歧異形成的原因，從而探索徽州方的發展線索和演變規律。最後再對徽語的歸屬問題提出自己的看法。

二　資料來源

本書討論徽州方言的音韻表現，所據的材料中主要是現代徽州方言材料，其中部分由本人調查所得，部分是前人的調查研究；除了現代徽州方言材料，也有部分來自明清時代的地方韻書。具體如下：

1　現代徽州方言材料

現代徽州方言的調查研究成果非常豐富，為我們進行方言之間的比較提供了很大的便利。研究過程中，我們參考了現有論及徽州方言的各種著作和散見於徽州各地的志書。專著方面主要參考了平田昌司等（1998）《徽州方言研究》、孟慶惠（2004）《徽州方言》、曹志耘（2017）《徽語嚴州方言研究》等。

　　除此，還有本人田野調查所獲得的第一手方言資料。自二〇〇七至二〇一九年間，本人先後調查了績溪縣荊州上胡家村、歙縣北岸大阜、徽州區岩寺鎮的富溪鄉寺坪村、黟縣碧陽鎮南平、黟縣漁亭鎮楠瑪村、祁門縣大坦鄉大洪村、休寧縣南鄉五城鎮五城村、婺源縣浙源鄉的嶺腳村、婺源縣江灣鎮荷田村、石台縣占大鎮（現改為「仙寓鎮」）蓮花村的方言，並整理了這些點的同音字彙，其中祁門縣大坦鄉大洪村、休寧縣五城鎮五城村、婺源縣浙源鄉嶺腳村、婺源縣江灣鎮荷田村、石台縣占大鎮蓮花村五個方言點的同音字彙附於書後。

　　筆者所調查的十個點的發音合作人信息如下所示（以下所說的年齡均是調查時發音人的年齡）：

表1-1　發音人信息

姓名	年齡	原籍	職業	教育程度	記音時間
胡延安	52歲	安徽省績溪縣荊州鄉上胡家村	農民	初中文化	2007.9
潘正惠	53歲	安徽省歙縣北岸鎮大阜村	小學教師	大專文化	2007.10
汪曉玲	38歲	安徽省徽州區岩寺鎮富溪鄉寺坪村	農民	高中文化	2007.11
葉潤盈	64歲	安徽省黟縣碧陽鎮南屏村	農民	初中文化	2007.12
陳銀英	60歲	安徽省黟縣碧陽鎮南屏村	小學教師	中專文化	2007.12
黃德良	55歲	安徽省休寧縣五城鎮五城村	農民	小學文化	2008.1，2014.11
黃志豔	25歲	安徽省休寧縣五城鎮五城村	農民	初中文化	2008.1，2014.11
李箕魁	58歲	安徽省石台縣仙寓鎮占大鄉蓮花村	農民	小學文化	2008.2
李臘珍	27歲	安徽省石台縣仙寓鎮占大鄉蓮花村	農民	初中文化	2008.2

姓名	年齡	原籍	職業	教育程度	記音時間
李長明	61歲	安徽省石台縣仙寓鎮占大鄉蓮花村	小學教師	中專文化	2019.8，2019.11
陳子彬	57歲	安徽省祁門縣大坦鄉大洪村民利組	農民	小學文化	2008.3，2014.9
許好花	57歲	安徽省祁門縣大坦鄉大洪村民利組	農民	小學文化	2008.3，2014.9
劉有根	70歲	安徽省黟縣漁亭鎮楠瑪村新河村民組	農民	小學文化	2014.10
汪灶根	65歲	安徽省黟縣漁亭鎮楠瑪村新河村民組	農民	初中文化	2015.1
洪富久	67歲	江西省上饒市婺源縣江灣鎮洪坦村	小學教師	中專文化	2013.3
方烈光	73歲	江西省上饒市婺源縣江灣鎮荷田村	小學教師	大學	2013.5，2013.7，2013.8
李國慶	65歲	江西省上饒市婺源縣浙源鄉嶺腳村人	小學教師	中專文化	2015.11，2015.12

就具體方言點而言，本書所據的材料出處如下：

（1）績歙片

績溪：文中「績溪」點的材料均來自平田昌司等（1998）的《徽州方言研究》中績溪縣城華陽鎮的同音字彙，若不注明，文中的「績溪」點均指縣城華陽鎮。「荊州」點的材料均來自趙日新（2015）《績溪荊州方言研究》中的荊州方言同音字彙。「上莊」點的材料均來自孟慶惠（2004）《徽州方言》中績歙片方言的「基礎字讀音對照表」。

歙縣：文中「歙縣」點的材料均來自平田昌司等（1998）的《徽州方言研究》中歙縣城關徽城鎮的同音字彙，若不注明，文中的「歙

縣」均指縣城徽城鎮。「深渡」、「杞梓里」、「許村」點的材料均來自孟慶惠（2004）《徽州方言》中績歙片方言的「基礎字讀音對照表」。「向杲」點的材料均來自沈明（2012）《安徽歙縣（向杲）》的同音字彙。「大谷運」點的材料均來自陳麗（2013）《安徽歙縣大谷運方言》的同音字彙。「北岸」點的材料來自作者田野調查所得。

（2）休黟片

屯溪：文中「屯溪」點的材料主要來自平田昌司等（1998）的《徽州方言研究》中屯溪的同音字彙，參考錢惠英（1997）的《屯溪話音檔》。

休寧：文中「休寧」點的材料主要來自平田昌司等（1998）的《徽州方言研究》中休寧縣城海陽鎮的同音字彙，若不注明，文中的「休寧」點均指縣城海陽鎮；參考羅常培、邵榮芬（2018，張潔整理）《半個多世紀前的休寧方言音系》。「溪口」點的材料均來自孟慶惠（2004）《徽州方言》中休黟片方言的「基礎字讀音對照表」。「五城」點的材料均來自作者田野調查所得。

黟縣：文中「黟縣」點的材料主要來自平田昌司等（1998）的《徽州方言研究》中黟縣城關碧陽鎮的同音字彙，若不注明，文中的「黟縣」點均指縣城碧陽鎮；參考謝留文、沈明（2008）的《黟縣宏村方言》和栗華益（2018）的《安徽黟縣碧陽方言同音字彙》。

湯口：「湯口」點的材料均來自劉祥柏（2013）的《安徽黃山湯口方言》的同音字彙。

岩寺：「岩寺」點的材料均來自作者田野調查所得。

（3）祁婺片

祁門：文中「祁門」點的材料均來自作者（2015）《安徽黃山祁門大坦話同音字彙》，若不注明，文中的「祁門」均指祁門大坦話，

大坦話與祁門城關的方言除了兩個韻母不同外，其他基本無別。

婺源：文中「婺源」點的材料均來自平田昌司等（1998）的《徽州方言研究》中婺源縣城紫陽鎮的同音字彙，若不注明，文中的「婺源」點均指縣城紫陽鎮。「江灣」點和「浙源」點的材料均來自作者的田野調查所得。

德興：文中「德興」點的材料均來自孟慶惠（2004）《徽州方言》中祁德片方言的「基礎字讀音對照表」。

浮梁：文中「浮梁」點的材料均來自謝留文（2012）的《江西浮梁（舊城村）方言》的同音字彙。

（4）旌占片

旌德：文中「旌德」點的材料主要來自孟慶惠（2004）《徽州方言》中旌占片方言的「基礎字讀音對照表」，參考栗華益《安徽省宣城市旌德縣旌陽鎮方言音系》（待刊）。

占大：文中「占大」點的材料均來自作者調查所得。

（5）嚴州片

文中嚴州片的「淳安」、「遂安」、「建德」、「壽昌」四點的材料均來自曹志耘（2017）的《徽語嚴州方言研究》。

2　歷史方言材料

各種方言的特徵都是歷史演變的結果，平面的方言特徵有時可以從歷史的角度得到解釋。徽州地區歷來是文人墨客聚集的地方，讀書風氣頗盛，「雖十家村落，亦有諷誦之聲。」（光緒《婺源鄉土志・婺源風俗》）多數讀書人家均手抄韻書，以便自學溫習。所以，徽州地區流傳下來的音韻資料極為豐富，特別是清代各地韻書近年陸續在徽州民間被發現。雖然清代到今天，時間跨度不算大，但這是中國社會

形態發生急劇變化的特殊時期，更由於二十世紀初的國語運動和近五
十年來持續性的大力「推普」，這段時期內南方方言受共同語影響的
深度和廣度是空前的。所以，合理利用徽州地區的歷史音韻資料，一
定程度上可以從時間角度對現代徽州方言的空間差異作出合理的解
釋，從而更好地觀察徽語的語音發展規律。

　　本論文所利用的徽語歷史材料有兩類：一類是徽州方言韻書，主
要有：《休邑土音》（民國前期胡義盛抄記，與一七二四年的《海陽南
鄉土音音同字異音義》內容相同，《海陽南鄉土音音同字異音義》反
映的是清代雍正年間即十八世紀二、三十年代休寧南鄉一帶的方音，
基於此本的《休邑土音》代表的也應該是清代休寧南鄉的音系），《新
安鄉音字義考正》（內有署名「環川詹逢光」的《敘》，正文平聲首頁
題有「詹逢光夢仙輯」，推知作者為詹逢光。詹逢光，字夢仙，環川
人，為清代末年婺源當地頗為著名的文人。環川即今天婺源縣浙源鄉
的嶺腳村，此處為婺源詹姓始居；據書中「同治六年丁卯春二月環川
詹逢光敘」字樣，可知《新安鄉音字義考正》的《敘》作於一八六七
年，從《敘》中所言「竭兩載之精神」可推測，本書應該作於一八六
五年到一八六七年間，而據第二頁上蓋有的「光緒己亥孟冬石印」，
可推知本書印行時間為一八七五年。此書代表清代婺源環川即今天婺
源縣浙源鄉嶺腳村的音系），等等；一類是千字文，主要有《黟俗土
語千字文》（以清代黟縣方音為基礎）。

三　研究方法

　　本書主要以田野調查法、歷史比較法、音系對比法為主，結合層
次分析法，輔之以文獻考證。

　　本研究運用傳統方言學田野調查的方法，對徽州地區十個點的方
言音系進行全面深入調查，充分挖掘新材料，以期獲得這個地區語音

對應情況。以《切韻》音系為框架，對徽語各片方言的語音形式進行描寫、比較，梳理徽州方言音韻的發展脈絡，逐項討論徽州方言音韻的共性和歧異，分析和解釋其內部歧異的形成原因；找出徽州方音演變規律，推測其歷史演變過程。

　　貫穿本文始終的還有點面結合的方法，包括在全面概括徽州方言語音特點的基礎上，選取代表點作具體描寫。在全面把握徽州方言語音面貌的基礎上，選取特殊語音現象作重點研究。

第二章
徽州方言的聲母

　　徽州方言聲母系統存在一定程度的內部差異，也存在內部一致性較強的共同特點。從數量上看，包括零聲母在內少則十七個，如嚴州片的遂安方言；多則二十二個，如祁婺片的祁門、浮梁、德興等，多數方言點聲母為二十個，如績歙片和休黟片的大部分方言點。從聲母的分合規律及今讀形式來看，徽州方言各點聲母同中有異。本章打算從六個方面來考察徽州方言的聲母特點：唇音聲母字的開合口問題、聲母的腭化與非腭化問題、莊組與知章組的分立格局問題、泥母與來母的分合問題、日母的發展演變問題、匣母的語音層次問題和全濁聲母的今讀類型及發展演變規律。

第一節　徽州方言唇音聲母字的開合口問題

　　開合口問題本來屬於韻母系統研究範疇，但唇音聲母後面韻母的開合口表現比較特殊，需要聯繫唇音聲母來觀察，故將這一問題放在聲母部分討論。

　　《切韻》時代唇音字沒有開合口的對立，卻分置於開口韻和合口韻中，例如，開口韻中有唇音字分布的韻攝有：假開二麻韻，蟹開一泰韻，蟹開二皆、佳、夬韻，蟹開三祭韻，蟹開四齊韻，止開三支、脂韻，效開一豪韻，效開二肴韻，效開三宵韻，流開一侯韻，流開三幽韻，咸開三鹽韻，深開三侵韻，山開二山、刪韻，山開三仙韻，山開四先韻，臻開三真韻，宕開三唐韻，江開二江韻，曾開一登韻，曾開三蒸韻，梗開二庚、耕韻，梗開三庚、清韻，梗開四青韻，這些韻

攝中分布有幫組字；除此流開三尤韻有非組字分布。合口韻中有唇音字分布的韻攝有：果合一戈韻，遇合一模韻，蟹合一灰韻，山合一桓韻，臻合一魂韻，通合一東韻，這些韻攝中分布有幫組字；除此，分布有非組字的合口韻有：遇合三虞韻，蟹合三廢韻，止合三微韻，咸合三凡韻，山合三元韻，臻合三文韻，宕合三陽韻，通合三東韻。

雖然《切韻》時代唇音字既有置於開口韻，也有置於合口韻，但對於彼時唇音字究竟讀成開口還是合口的問題，歷來就有很多學者對此做過很多深入的研究。

高本漢在比較了很多材料對唇音聲母字的開合口處理結果後，提出：

> 非但各種不同的材料關於唇音的開合口完全不一致，就是在同一種材料裡（如反切）也有許多不一致的地方，而關於別的聲母就沒有這種情形。我得鄭重聲明開合口在別的聲母後頭是絕對分得一絲不亂的。承認了這個事實，那麼我們就得斷定這種不一致乃是由於聽感上的困難，就是說，在唇音聲母的後頭不容易聽出開口或者合口。[1]

他認為唇音聲母本身有一點合口的成素（這種成素也許在各種元音前頭多少有點兒不同），作反切的人一不留心，就會把應當算作開口韻母的誤作合口，或把應當算作合口韻母的誤作開口。這樣不同材料的作者作出不同的處理也就毫不足怪了。

王力（1985）也認為：

> 《切韻》的反切，於唇音字的開合口，往往混淆。這時候因為

1　高本漢：《中國音韻學研究》（北京市：商務印書館，1940年），頁42。

唇音聲母發音部位在雙唇，而合口呼又是圓唇元音。即使在唇
音聲母後面沒有圓唇元音[u]、[ɪu]（[y]）跟著，也往往令人誤
會是合口呼。[2]

　　由《切韻》發展到《中原音韻》，「一般認為，在《中原音韻》全
部十九個韻部中，有十個韻部分開合口，這十個韻部是：江陽、齊
微、皆來、真文、寒山、先天、歌戈、家麻、車遮、庚青。」[3]這十
個韻部的唇音字也沒有開合口的對立。由於《中原音韻》沒有反切注
音，也不標明音值，所以很多音韻學家對於這十個韻部的唇音字究竟
應該列在開口還是合口產生了不同的處理意見：楊耐思、李新魁、王
力、寧繼福傾向於把唇音字列在合口。不過，楊耐思（2012）認為：
「中古音唇音字本不分開、合，《中原音韻》音，唇音字也沒有開合
的對立，所以無所謂開、合的轉化。」[4]而邵榮芬則主張《中原音韻》
的唇音字仍然一律置於開口，即，「《中原音韻》唇音字不但在音位上
沒有開合口的對立，在實際音值上也沒有開合口的區別」[5]。楊劍橋依
據與《中原音韻》同時代的材料（例如《蒙古字韻》、《四聲通解》）
來探求唇音字的開合問題，得出的結論是：齊微、真文和歌戈、桓歡
這四個韻部的唇音字帶有 u 介音，應該列入合口一類中，而江陽、皆
來、寒山、先天、家麻、車遮六個韻部的唇音字不帶 u 介音，應該歸
入開口一類中。他從《切韻》唇音字的走向看出「在開合口不分韻的
韻部中，唇音字確實不分開合口，唇音聲母後確實沒有 u 介音；而在
開合口分韻而且原來的主元音是央後元音的韻部中，唇音字雖然原則

2　王力：《漢語語音史》（北京市：中國社會科學出版社，1985年），頁596-597。
3　楊劍橋：《漢語現代音韻學》（上海市：復旦大學出版社，1996年），頁214。
4　楊耐思：〈論元代漢語的開、合口〉，《近代漢語音論（增補本）》（北京市：商務印
　　書館，2012年），頁192。
5　楊劍橋：《漢語現代音韻學》，頁215-216。

上沒有開合口的對立，但是唇音聲母後有一個 u 介音」[6]。

　　究竟是語音在發展變化，唇音字的開合口性質發生了不同程度的變化，還是處理方法不同，唇音字置於開合不同的韻攝中？因為從《切韻》到《中原音韻》均沒有具體音值的描寫和記錄，故無法確知唇音字的開合口性質，我們接著就來觀察徽州方言中唇音字的開合口與《切韻》的對應關係，分析徽州方言中唇音字的開合問題。

　　徽州方言中唇音字的開合口與《切韻》音系的對應不是很整齊，與現在北京話相比其開合口性質有同有異：

（一）徽州方言唇音字開合口性質同與北京話的

1. 開口韻字讀為開口呼的有：蟹開二皆佳韻的幫組字、效開一豪韻和二等肴韻的幫組字、曾開一登韻的幫組字、梗開二庚耕韻的幫組字。

2. 開口韻字讀成合口呼的有：流開一侯韻的部分唇音字和三等尤韻的大部分唇音字。

3. 合口韻字讀為合口呼的有：遇合一模韻的幫組字和合口三等虞韻的非組字。

4. 合口韻字讀成開口呼的有：蟹合一灰韻的幫組字（德興、浮梁、壽昌等地灰韻幫組字讀成齊齒呼）、臻合一魂韻的幫組字和三等文韻的非組字（微母除外）、通攝舒聲韻的唇音字，等等。

以上第1、3兩點反映的是徽州方言唇音字開合口性質與《切韻》音系保持一致的地方，第2、4兩點反映的是唇音字在北京話和徽州方言中異於《切韻》的共同表現。

6　楊劍橋：《漢語現代音韻學》，頁222。

（二）徽州方言中唇音字開合口性質與北京話不盡一致的

雖然唇音字開合口性質在徽州方言內部不完全一致，但在部分韻攝中呈現一定的共性，而徽語部分內部的一致性不見於北京話。徽語唇音字的開合口性質對比如表2-1（微母字相較於幫、非組其他聲母字比較特殊，故暫不考慮微母字開合口性質）：

表2-1　唇音字在徽語中今讀性質對照表

	果合一	假開二	咸合三	山開二	山合一	山合三	宕江一二	宕合三	通入	蟹合三	止合三
績溪	開	開	開	開	開	開	開	開	開	齊	齊
荊州	開	開	開	開	開	開	開	開	開	開	開
上莊	開	開	開	開	開	開	開	開	開	開	開
歙縣	開	開	開	開	開	開	開	開	合	開	開
深渡	開	開	開	開	開	開	開	合	開	齊	齊
杞梓里	開	開	開	開	開	開	開	開	開	開	開
許村	開	開	開	開	開	開	開	開	合	齊	齊
黃山	開	合	開	開	開	開	開	開	開	開	開
屯溪	開	合	合	合	合	合	開	開	合	開	開/齊
休寧	開	合	合	合	合	合	開	開	合	開	齊
五城	開	開	開	開	開	開	開	開	合	齊	開/齊
溪口	開	合	合	合	合	合	開	開	合	開	齊
黟縣	開	開	開	開	開	開	開	開	合	開	開
婺源	開	開	合	開	開	合	開	開	開	齊	齊
浙源	開	開	開	開	開	開	開	開	合	齊	齊
祁門	開	合	合	合	合	合	合	合	合	齊	齊
浮梁	開	開	開	開	開	開	開	開	合	合	開

	果合一	假開二	咸合三	山開二	山合一	山合三	宕江一二	宕合三	通入	蟹合三	止合三
德興	開	開	開	開	合	開	開	開	合	開	開
旌德	合	開	開	開	開	開	開	開	合	開	開
占大	開	開	開	開	開	開	開/合	合/開	開	開	開
柯村	開	開	開	開	開	開	開	開	合	開	開
淳安	合	開	開	開	開	開	開	開	開	齊	齊
遂安	開	開	開	開	開	開	開	開	合	開	齊
建德	合	開	開	開	開	開	開	開	開	齊	齊
壽昌	開	開	開	開	開	開	開	開	開	齊	齊

說明：「開」表示讀為開口呼，「合」表示讀為合口呼，「齊」表示讀為齊齒呼。

　　總體來看，唇音字在徽語中以讀開口為主，尤其是在徽語的績歙片、旌占片、嚴州片，開口韻的唇音字大多讀成開口，就是合口韻的唇音字也以讀成開口為主。例如，果合一幫組字只在旌德、淳安、建德三點讀成合口，在其他點則讀成開口。而在徽語休黟片以及祁婺片的祁門話中，部分唇音字在一片區域內保持一致，以讀合口為常。例如在祁門，不但咸合三凡韻、山合一桓韻、山合三元韻、宕合三陽韻、通攝入聲韻等這些合口韻中的唇音字讀成合口，就連假開二麻韻、山開二的山刪二韻、宕江攝開口一二等韻的幫系字也讀成合口。

　　徽州方言中，唇音字的開合口究竟是僅在唇音聲母後表現特殊還是不以聲母為條件異於北京話或其他方言呢？下面我們就列表考察徽州方言中唇音字與同韻的其他聲組字開合口性質。

表2-2　徽語唇音字與同韻其他聲母字今讀關係

	果合一	假開二	遇合三	蟹合一	山開二	山合一	山合三	臻合一	臻合三	宕江一二	宕合三	通一入	通三入
績溪	+	+	莊	見	+	+	－	見	－	+	+	±	見
荊州	+	+	莊	見	+	見	－	見	－	+	+	+	見
上莊	+	+	莊	見	－	－	－	見	－	+	+	－	見
歙縣	+	+	莊	見	+	－	－	見	－	+	+	－	見
深渡	+	+	莊	±	+	－	－	見	－	+	+	－	±
杞梓里	+	+	莊	+	+	見	－	見	－	+	+	見	－
許村	+	+	莊	±	+	+	－	見	－	+	+	見	－
黃山	+	+	莊	見	+	見	－	見	－	+	+	－	見
屯溪	+	－	－	見	－	+	－	－	－	－	+	±	－
休寧	+	－	－	見	－	+	－	－	－	－	+	±	－
五城	+	+	－	見	－	+	－	－	－	－	+	±	－
溪口	+	－	莊	－	－	+	－	－	－	－	+	+	－
黟縣	+	+	莊	－	+	－	－			+	±	－	±
婺源	+	+	莊	見	+	+	－	見	－	+	+	±	－
浙源	+	+	莊	見	+	+	－	見	±	+	+	－	±
祁門	見	－	－	－		+	－	－	－	莊	+	+	±
浮梁	+	+	－	±	+	+	－	見	－	+	－	+	－
德興	+	+	－	±	+	+	－	見	－	+	－	+	－
旌德	見	+	－	見	+	見	－	見	－	+	－	－	－
占大	+	+	莊	見	+	見	－	見	－	+	－	±	±
柯村	見	+	－	見	+	見	－	見	－	+	－	±	±
淳安	+	+	莊	見	+	見	－	見	－	+	+	－	±
遂安	見	+	莊	見	+	見	－	見	－	+	－	+	+

	果合一	假開二	遇合三	蟹合一	山開二	山合一	山合三	臻合一	臻合三	宕江一二	宕合三	通一入	通三入
建德	＋	＋	莊	見	＋	見	－	見	－	＋	＋	見	±
壽昌	－	－	莊	±	＋	見	－	見	－	＋	－	＋	±

說明：（1）表中「＋」表示唇音字開合口性質同與其他組聲母字，「－」表示不一致，「±」表示有同有異。「見」表示唇音字與見系以外的聲母字開合口性質一致，「莊」等表示唇音字與同韻的莊組字開合口性質一致；（2）《方言調查字表》中咸合三和蟹合三的廢韻僅唇音聲母有例字有分布，因為沒有可比性，故略去不予考察；（3）除了假開二、山開二、宕江開口一二等外，其他開口韻字的唇音聲母與其他聲母字開合口性質在徽語中保持一致，故不予列表。

我們將表2-2中唇音字與同韻的其他組聲母開合口性質分三組來考察、分析：

（一）合口三等韻的唇音字

從以上表格我們看到，山合三元韻非組字不論是讀成開口（大部分方言點如此），還是合口（屯溪、休寧、溪口、婺源、祁門等地如此），其在徽語二十五個方言點中都與其他聲組字開合口不一致。其次，遇合三虞韻的非組字除了跟同韻的莊組字開合口一致（大部分方言點如此），與其他聲母字的讀法也都不一致。合口三等唇音字跟同韻其他聲母字開合口不一致，這說明唇音聲母對韻母產生了一定的影響。當然，合口三等韻的韻頭對唇音聲母也曾產生影響，影響的結果就是使「重唇」聲母變為「輕唇」聲母。合口三等韻的介音是 i 和 u 構成的複合介音，i 和 u 這兩個元音的發音特徵無法共存，由它們組合而成的 iu 或是 iw也就不太穩定，在語音演變中可能發生三種變化：一是 i 介音融合 u 介音的圓唇特點，形成前高圓唇介音 y；二是 i 介音排除掉 u 介音；三是 u 介音排除掉 i 介音。唇音聲母後韻頭的第一種演變在徽語中不存在，而第二種和第三種音變徽語中都是有的：

1. i 介音排除掉 u 介音

徽語中，這種音變主要表現在蟹合三廢韻和止合三微韻的非組字今讀形式上，徽語大部分方言點中廢韻和微韻的非組字（微母字除外）都讀為齊齒呼。例如：

	許村	深渡	屯溪	休寧	祁門	婺源	淳安	壽昌
飛 止合三微韻	fi³¹	fi³¹	fi¹¹	fi³³	fi¹¹	fi⁴⁴	fi²²⁴	fi¹¹²
肥 止合三微韻	fi⁵³	fi⁵⁵	fi⁵⁵	fi⁵⁵	fi⁵⁵	fi¹¹	fi⁴⁴⁵	fi⁵²
肺 蟹合三廢韻	fi²¹³	fi³³	fe⁵⁵	fi⁵⁵	fi²¹³	fi³⁵	fi²²⁴	fi³³

廢韻和微韻的非組字在以上這些方言點中（微母除外）與同韻的其他組聲母字開合口性質均不一致，應該是唇音聲母對韻頭影響的結果。

2. u 介音排除掉 i 介音

徽語中，這種音變主要發生在遇合三虞韻和通合三屋韻的非組字中。韻頭 iu 中的 i 首先丟失，iu 變為 u，整個韻母發生了由細音向洪音的轉變。這種音變廣見於北京話和很多其他漢語方言中。只是徽語中，這種音變只出現在唇音聲母和莊組聲母後，精、知三章、見組字在合口三等韻裡一般讀成撮口呼，撮口呼韻母反過來又使部分聲母發生腭化。這就使得唇音聲母字跟其他組聲母字的開合口沒有保持一致。例如：

「斧」，績溪讀為[fu²¹³]（同韻的「株知朱章拘見」則同讀為[tɕy³¹]）；歙縣讀為[fu³⁵]（同韻的「株知朱章拘見」則同讀為[tɕy³¹]）；屯溪讀為[fu³²]（同韻的「株知朱章拘見」則同讀為[tɕy¹¹]）；休寧讀為[fu³¹]（同韻的「株知朱章拘見」則同讀為[tɕy³³]）；婺源讀為[fu²]（同韻的「株知朱章拘見」則同讀為[tɕy⁴⁴]）；祁門讀為[fu⁴²]（同

韻的「株知朱章拘見」則同讀為[tɕy¹¹]）；占大讀為[fu²¹³]（同韻的「株知朱章拘見」則同讀為[tɕy¹¹]）；淳安讀為[fua⁵⁵]（同韻的「株知朱章拘見」則同讀為[tɕya²²⁴]）；遂安讀為[fu²¹³]（同韻的「株知朱章拘見」則同讀為[tɕy⁵³⁴]）等等。

　　第三種音變如果進一步發展，或者如果[u]後還有其他元音，那麼韻頭[u]也可能脫落。包括徽語在內的很多方言裡，咸、山、臻、宕攝合口三等的非組字均讀成了開口呼韻母，與同韻的其他聲母字開合口表現大多不一致。只是徽語中有例外，在徽語的中心地區，宕攝合口三等字（《方言調查字表》中宕合三僅有非組和見系有例字分布）大多讀成開口，但唇音字與見系字開合口沒有區別，這主要是因為這些方言點宕合三的見系字與唇音字發生了相同的變化，即，韻頭iu 中的[i]首先丟失，再丟失[u]，這樣就發生了由細音向洪音、由合口向開口的轉變，對此我們後文將詳細討論。具體的例字如下：

　　　「方」，績溪、上莊讀為[xõ³¹]（同韻的「王」績溪讀為[õ⁴⁴]，上莊讀為[õ⁴²]）；杞梓里讀為[xõ̃ŋ²¹]（同韻的「王」讀為[õ̃ŋ³¹]）；許村讀為[xo³¹]（同韻的「王」讀為[o⁵⁵]）；歙縣讀為[fo³¹]（同韻的「王」讀為[o⁴⁴]）；黃山讀為[fɔ⁵⁵]（同韻的「王」讀為[vɔ⁴⁴]）；屯溪讀為[fau¹¹]（同韻的「王」讀為[au⁵⁵]）；休寧讀為[fau³³]（同韻的「王」讀為[au⁵⁵]）；溪口讀為[fɔŋ²²]（同韻的「王」讀為[ɔŋ⁵³]）。

　　而在深渡、祁門等地，宕攝合口三等的非組字讀成合口，而因為合口三等見系字沒有發生腭化，也讀成合口，所以非組和見系字的開合口表現仍然一致。比如：

「方」，深渡讀為[fũ²¹]（同韻的「王」讀為[ũ⁵³]）；祁門讀為[fũːɐ¹¹]（同韻的「王」讀為[ũːɐ⁵⁵]）。

只有在外圍徽語區，例如浮梁、德興、占大、柯村、淳安、遂安、壽昌等地，宕攝合口三等的非組字大多讀成開口，而見系字讀成合口，兩者才表現出開合口的不同。比如：

「方」，浮梁讀為[faŋ⁴⁴]（同韻的「王」讀為[uaŋ³⁵]）；德興讀為[fau³⁵]（同韻的「王」讀為[uau³¹]）；占大讀為[fɔ̃¹¹]（同韻的「王」讀為[uɔ̃³³]）；遂安讀為[xɔm⁵³⁴]（同韻的「王」讀為[uã³³]）；壽昌讀為[fã¹¹²]（同韻的「王」讀為[uã⁵²]）。

（二）合口一等韻的唇音字

主要是指果、蟹、山、臻這幾攝合口一等韻的唇音字。從表2-1「唇音字在徽語中今讀性質對照表」可見，果攝合口一等字，徽語絕大多數方言點都讀成開口（除了在淳安、建德讀成合口）。從表2-2「徽語唇音字與同韻其他聲母字今讀關係」中我們看到，果攝合口一等的幫組字與同韻的其他組聲母字開合口基本一致（二十五個方言點中僅有嚴州片的壽昌點不同，還有祁門、旌德、柯村、遂安幾點的唇音字與見系以外的聲母字開合口保持一致。見系字在徽語很多方言點中都表現得很特別，往往會與同韻的其他聲母字讀法不一致，這與見系聲母發音部位有很大關係，後文將對此詳作分析）。蟹、臻攝合口一等幫組字在徽語二十五個方言點中的表現基本保持一致，大多讀成開口，與同韻見系以外的其他組聲母字的開合口基本保持一致，只有少數方言點，唇音字與其他聲母字開合口不一致，這種現象主要發生在休黟片的一些方言點和祁婺片的祁門話中。其中，蟹合一的唇音字在溪口、黟縣和祁門等點與同韻其他聲組字開合口不一致。例如：

「妹」，在溪口讀為[mə²²]（同韻的「腿」讀為[tʰuɜ³¹]）；在黟縣讀為[mɤɐ³²⁴]（同韻的「腿」讀為[tʰuaɯ⁵³]）；祁門讀為[ma³³]（同韻的「腿」讀為[tʰyːɐ⁴²]）。

臻合一的唇音字在屯溪、休寧、溪口、五城、黟縣、祁門等點與同韻其他聲組字開合口不一致。比如：

「本」，在屯溪讀為[pɛ³²]（同韻的「村」讀為[tsʰuːə¹¹]）；在休寧讀為[pa³¹]（同韻的「村」讀為[tsʰuːə³³]）；在溪口讀為[pɛŋ³¹]（同韻的「村」讀為[tsʰuɜ²²]）；五城讀為[pɛ²¹]（同韻的「村」讀為[tsʰuːə²²]）；黟縣讀為[pɑŋ⁵³]（同韻的「村」讀為[tʃʰuɑŋ³¹]）；在祁門讀為[pæ̃⁴²]（同韻的「村」讀為[tsʰỹːɐ¹¹]）。

蟹、臻等攝合口一等唇音字在以上這些方言點中讀成開口，從而與同韻其他聲組字開合口不一致，這也應該是唇音聲母對韻母的影響所致。

山合一幫組字在徽語中除了屯溪、休寧、溪口、浙源、祁門、德興（這幾點的山合一幫組字讀成合口，例如：「滿」，在屯溪讀成[muːə²⁴]，在休寧讀成[muːə¹³]，在溪口讀為[muɜ³⁵]，在浙源讀為[mũ⁴²]，在祁門讀為[mũːɐ⁴²]，在德興讀為[mu⁴²]。除了德興，其餘幾個方言點中山合一的唇音字合口讀法與同韻其他聲組字保持一致）外大多讀成開口，其中，績歙片的上莊、深渡和休黟片的五城、黟縣等地山合一唇音字的開口讀法與同韻其他聲母字不一致，這種不一致也應該是唇音聲母對韻母的影響所致。例如：

「滿」，在上莊讀為[mæ̃⁵⁵]（同韻的「酸」讀為[suã³¹]）；在深渡讀為[mõu⁵³]（同韻的「酸」讀為[sũ²¹]）；在五城讀為[mɔu¹³]

（同韻的「酸」讀為[suːɐ²²]）；在黟縣讀為[moɐ⁵³]（同韻的「酸」讀為[ʃuːɐ³¹]）。

（三）開口韻的唇音字

這裡的開口韻主要指假開二、山開二、宕開一、江開二。在徽語二十五個方言點中，假開二的幫組字在休黟片的黃山、屯溪、休寧、溪口和祁婺片的祁門等地讀成合口，其中除了黃山假開二所有聲母字都讀成合口以外，其他五點的幫組字與同韻其他聲組字的開合口均不同。山開二的幫組字在休黟片的屯溪、休寧、溪口和祁婺片的祁門讀成合口，與同韻的其他組聲母字開合口不一致。宕、江開一二的幫組字僅在祁婺片的祁門一點讀成合口，並與同韻的其他聲組字開合口不一致。具體例字讀音如下（凡不讀為合口的一律不予呈現）：

	爬－沙假開二	班－顏山開二	忙－浪宕開一	胖－講江開二
黃山	pʰuɐ̌⁴⁴－ɬuɐ̌⁵⁵			
屯溪	pʰuːə¹¹－sɔ¹¹	puːə¹¹－ŋɔ⁵⁵		
休寧	pʰuːɐ⁵⁵－sɔ³³	puːɐ³³－ŋɔ⁵⁵		
溪口	pʰuɜ⁵³－sɔ²²	puɜ²²－sɔ⁵³		
祁門	pʰuːɐ⁵⁵－ʂa¹¹	pũːɐ¹¹－ŋõ⁵⁵	mũːɐ⁵⁵－nõ³³	pʰũːɐ²¹³－kõ⁴²

為何部分方言點開口韻的幫組字讀成合口，而且這種現象僅發生在假開二、山開二、宕江一二，其他的如蟹開二、效開二、梗開二的幫組字無一例外不會發生幫組字讀成合口的現象？這些問題我們暫時無法解答。結合前面山攝合口一等幫組字的讀法來看，這些點的幫組字今讀表現可以說是非常一致。而且在唇音字讀成合口的方言點（比如屯溪、休寧、溪口）中，假開二、山開二、山合一唇音字今讀全部混同，在祁門，假開二跟山開二、山合一、咸合三、山合三、宕開一、江開二、宕開三的唇音字今讀也只存在鼻化與否的區別。這些韻

攝的唇音字在部分方言點的混同首先應該與主元音的趨同有關係，其次，正如高本漢等學者所言，唇音聲母本身有一定的合口成素，這種合口成素在不同的元音前面影響力度不同，所以可能導致部分韻攝裡唇音聲母字讀成開口，部分韻攝裡讀成合口。

第二節　徽州方言的腭化與非腭化問題

　　現代北京話中的[tɕ]、[tɕʰ]、[ɕ]是從古代的「精、清、從、心、邪」和「見、溪、群、曉、匣」兩組音分化出來的。「[tɕ]、[tɕʰ]、[ɕ]這三個聲母大致產生於清初稍後的時期，因為在清初樊騰鳳的《五方元音》中[tɕ]、[tɕʰ]、[ɕ]尚未出現。」[7]對於這組聲母產生的原因，學者們大多認為與韻頭或韻母的影響有關，如王力（1980）認為，舌根破裂、舌根摩擦、舌尖破裂摩擦、舌尖摩擦都由於受舌面前元音（i、y）的影響，而變為舌面前輔音（tɕ、tɕʰ、ɕ）。[8]那同是處於三四等韻地位，為何有的字發生腭化，而有的字卻抵制腭化呢？徽州方言中的[tɕ]、[tɕʰ]、[ɕ]聲母其來源如何？腭化音變在徽州方言中的具體表現又如何呢？

　　從古來源來看，徽州方言的[tɕ]、[tɕʰ]、[ɕ]除了來源於中古「精、清、從、心、邪」和「見、溪、群、曉、匣」外，還有部分來源於古知、章組字。接下來我們分組討論徽州方言中今讀為[tɕ]、[tɕʰ]、[ɕ]聲母的幾種來源：

（一）徽州方言中來源於古精組的[tɕ]、[tɕʰ]、[ɕ]

　　[tɕ]、[tɕʰ]、[ɕ]的產生與古精組聲母的分化有關，共同語中精組聲母的分化相當晚，「十八世紀成書的《圓音正考》專門討論區別

7　胡安順：《音韻學通論》（北京市：中華書局，2003年），頁160。
8　王力：《漢語史稿》（北京市：中華書局，1980年），頁122。

「精」、「見」兩組字，它只承認從見組來的[tɕ]、[tɕʰ]、[ɕ]，不承認從精組來的 [tɕ]、[tɕʰ]、[ɕ]，要求人們將後者仍讀[ts]、[tsʰ]、[s]。……這說明精組在十八世紀已開始分出[tɕ]、[tɕʰ]、[ɕ]來，但由於是剛發生的事，所以不為《圓音正考》的作者所承認。」[9]而徽州方言中精組字的分化速度參差不齊，部分方言以韻母為條件發生分化，部分方言的精組字尚未發生分化，具體情況如表2-3所示，因為精組字腭化一般發生在三、四等韻，所以以下表格中只呈現三四等韻前精組聲母的今讀：

表2-3　徽語三四等韻前精組聲母今讀形式對照表（含續表2-3）

	假開三	遇合三	蟹三四		止三		效開三	流開三	咸開三		深開三	
			開	合	開	合			舒聲	入聲	舒聲	入聲
績溪	tɕ	tɕ	ts	ts	ts	tɕ/ts	tɕ/ts	ts	ts/tɕ	tɕ	tɕ	tɕ
荊州	tɕ	tɕ	ts	ts	ts	tɕ/ts	tɕ/ts	ts	tɕ	tɕ	tɕ	tɕ
上莊	tɕ	tɕ	tɕ	ts	ts	tɕ	tɕ	tɕ	tɕ	tɕ	tɕ	tɕ
歙縣	ts	tɕ	ts	tɕ	ts	tɕ	ts	ts	ts/tɕ	tɕ	tɕ	tɕ
深渡	tɕ	tɕ	tɕ	tʃ	tɬ/ts	tɕ	tɕ	tʃ	tɕ	tɕ	tɕ	tɕ
杞梓里	tɕ	tɕ	ts/tɕ	tɕ	ts	tɕ	tɕ	tɕ	tɕ	tɕ	tɕ	tɕ
許村	ts	tɕ	ts	ts	ts	tɕ/ts	tɕ/ts	ts	ts/tɕ	tɕ	tɕ	tɕ
黃山	tɬ	tɬ/tɕ	tɬ	tɬ	tɬ	tɬ/tɕ	tɬ	tɬ	tɬ	tɬ	tɬ	tɬ
屯溪	ts	ts/tɕ	ts	ts	ts	ts	ts	ts	ts	ts	ts	ts
休寧	ts	ts	ts	ts	ts	ts	ts	ts	ts	ts	ts	ts
五城	ts	ts	ts	ts	ts	ts	ts	ts	ts	ts	ts	ts
溪口	ts	ts	ts	ts	ts	ts	ts	ts	ts	ts	ts	ts
黟縣	ts/tɕ	ts/tʃ	tʃ	tʃ	tʃ	tʃ	tʃ	tʃ	ts	ts	ts	tʃ
婺源	ts	ts	ts	ts	ts	ts	ts	ts	ts	ts	ts	ts
浙源	ts	ts	ts	ts	ts	ts	ts	ts	ts	ts	ts	ts

9　唐作藩：《音韻學教程》（北京市：北京大學出版社，2002年），頁124。

	假開三	遇合三	蟹三四		止三		效開三	流開三	咸開三		深開三	
			開	合	開	合			舒聲	入聲	舒聲	入聲
祁門	ts	ts	ts	ts	ts	ts	ts	ts	ts	ts	ts	ts
浮梁	ts	ts	ts	ts	ts	ts	ts	ts	ts	ts	ts	ts
德興	ts	ts	ts	ts	ts	ts	ts	ts	ts	ts	ts	ts
旌德	tɕ	ts	ts	ts	ts	ts	tɕ	tɕ/ts	tɕ	tɕ	tɕ	tɕ
占大	tɕ	tɕ	tɕ	ts/tɕ	ts	ts/tɕ	tɕ	tɕ	tɕ	tɕ	tɕ	tɕ
柯村	tɕ	tɕ	tɕ	ts	ts	ts	tɕ	tɕ	tɕ	tɕ	tɕ	tɕ
淳安	tɕ	tɕ	tɕ	ts	ts	ts/tɕ	tɕ	tɕ	tɕ	tɕ	tɕ	tɕ
遂安	tɕ	tɕ/ts	tɕ	tɕ	tɕ	tɕ	tɕ	tɕ	tɕ	tɕ	tɕ	tɕ
建德	tɕ	tɕ	tɕ	tɕ	tɕ	tɕ	tɕ	tɕ	tɕ	tɕ	tɕ	tɕ
壽昌	tɕ	tɕ/ts	tɕ	ts	ts	tɕ	tɕ	tɕ	tɕ	tɕ	tɕ	tɕ

續表2-3

	山三四				臻三			宕開三	曾開三入	梗開三四	通合三	
	舒聲		入聲		舒聲		入聲	入		舒聲	舒聲	入聲
	開	合	開	合	開	合						
績溪	ts/tɕ	tɕ	tɕ	tɕ	tɕ	tɕ	tɕ	tɕ	tɕ	tɕ	ts	ts
荊州	ts/tɕ	tɕ	tɕ	tɕ	tɕ	tɕ/ts	tɕ	tɕ	tɕ	tɕ	ts	ts
上莊	tɕ	tɕ	tɕ	tɕ	ts	ts	ts	tɕ	ts	ts	ts	ts
歙縣	ts	tɕ	tɕ	tɕ	ts	ts	ts	tɕ	ts	ts	ts	ts
深渡	tɕ	tɕ	tɕ	tɕ	ts	ts	ts	tɕ	ts	ts	ts	ts
杞梓里	tɕ	tɕ	tɕ	tɕ	tɕ	tɕ	tɕ	tɕ	tɕ	tɕ	ts	ts
許村	ts	ts	ts	ts	ts	ts	ts	ts	ts	ts	ts	ts
黃山	ʈ	ʈ	ʈ	ʈ	ʈ	ʈ	ʈ	ʈ	ʈ	ʈ	ʈ	ʈ
屯溪	ts	ts	ts	ts/tɕ[10]	ts	ts	ts	ts	ts	ts	ts	ts

---

10 屯溪話中山攝合口三等入聲字「絕」讀為tɕ聲母，疑是發音人轉讀普通話，「雪」讀s聲母。

	山三四				臻三			宕開三	曾開三入	梗開三四	通合三	
	舒聲		入聲		舒聲		入聲			舒聲	舒聲	入聲
	開	合	開	合	開	合						
休寧	ts	ts	ts	ts/tɕ[11]	ts	ts	ts	ts	ts	ts	ts	ts
五城	ts	ts	ts[12]	ts	ts	ts	ts	ts	ts	ts	ts	ts
溪口	ts	ts	ts	ts	ts	ts	ts	ts	ts	ts	ts	ts
黟縣	ts/tɕ	ts/tɕ	ts/tɕ	tɕ/ts	tʃ/ts	tʃ	tʃ	tɕ	ts	tʃ/ts	tʃ	ts
婺源	ts	ts	ts	ts	ts	ts	ts	ts	ts	ts	ts	ts
浙源	ts	ts	ts	ts	ts	ts	ts	ts	ts	ts	ts	ts
祁門	ts	ts	ts	ts	ts	ts	ts	ts	ts	ts	ts	ts
浮梁	ts	ts	ts	ts	ts	ts	ts	ts	ts	ts	ts	ts
德興	ts	ts	ts	ts	ts	ts	ts	ts	tɕ	tɕ	ts	ts
旌德	tɕ	tɕ	tɕ	tɕ	tɕ	tɕ	tɕ	tɕ	tɕ	tɕ	tɕ	ts
占大	tɕ	tɕ	tɕ	tɕ	tɕ	tɕ[13]	tɕ	tɕ	tɕ	tɕ	tɕ	ts
柯村	tɕ	tɕ	tɕ	tɕ	tɕ	tɕ	tɕ	tɕ	tɕ	tɕ	tɕ	ts
淳安	tɕ	tɕ	tɕ	tɕ	tɕ	tɕ	tɕ	tɕ	tɕ	tɕ	tɕ	ts
遂安	tɕ	tɕ	tɕ	tɕ	tɕ	k	tɕ	tɕ	tɕ	tɕ	tɕ	ts
建德	tɕ	tɕ	tɕ	tɕ	tɕ	tɕ	tɕ	tɕ	tɕ	tɕ	tɕ	tɕ
壽昌	tɕ	tɕ	tɕ	tɕ	tɕ	tɕ	tɕ	tɕ	tɕ	tɕ	ts	ts

說明：（1）表格中以 tɕ 代 tɕ、tɕʰ、ɕ組；以ts代ts、tsʰ、s組；以tɬ代tɬ、tɬʰ、ɬ組；以 tʃ 代 tʃ、tʃʰ、ʃ組；（2）如有文白讀疊置的，一般白讀排在前面，文讀排在後面。

---

11 休寧話中山攝合口三等入聲字「絕」有兩讀：tsʰ和tɕ，tɕ的讀法疑是發音人轉讀普通話，「雪」讀s聲母。據羅常培、邵榮芬半個世紀前的記音材料，「絕」僅有tsʰ聲母一讀。

12 五城話中山攝開口三四等入聲字中僅有「截~止」讀成tɕ聲母，這個字在五城話中極少用，疑是發音人轉讀普通話。

13 占大話臻攝合口三等精組字中僅「遵」讀ts聲母，其餘均讀為tɕ組聲母。

從表2-3可見，徽語中，中古精組聲母在三四等韻前的表現大致有以下幾種類型：

1.除個別轉讀普通話的不常用字音外基本讀為ts、tsʰ、s，如祁婺片的祁門、婺源、浙源、浮梁、德興還有休黟片的黟縣之外的大多數方言點。

2.除通、止攝等少數韻攝外，古精組在其他韻攝基本都讀成 tɕ、tɕʰ、ɕ，如嚴州片、旌占片的一些方言點。

3.依韻攝或開合口的分別讀成ts、tsʰ、s（包括tɬ、tɬʰ、ɬ和 tʃ、tʃʰ、ʃ）和tɕ、tɕʰ、ɕ，績歙片大部分方言點屬於這種情況。

如果從是否分尖團音來看，徽州方言尖團音分混可以分為三種類型：尖團不混型，尖團有分有混型，尖團不分型。這三種類型與以上所分析的古精組聲母在三四等韻前的表現類型不一定完全相合，以上第 1. 種類型屬於尖團不混型，第 2.、3. 種均屬於尖團相混型，但相混的程度和方式又存在不同。下面，我們選取幾個有代表性的方言點進一步觀察徽州方言尖團分混的類型：

表2-4　徽州方言尖、團分混類型

分混類型	方言	精組 拼齊齒呼韻母及例字	見曉組 拼齊齒呼韻母及例字	精組 拼撮口呼韻母及例字	見曉組 拼撮口呼韻母及例字
尖團不分	績溪	\[tɕ tɕʰ ɕ\]			
		睛=經tɕiã³¹　邪=茄tɕʰiɔ⁴⁴ 雪=歇ɕiaʔ³²		嘴=舉tɕy²¹³　全=拳tɕʰyẽi⁴⁴ 削=學化ɕyoʔ³²	
		\[ts tsʰ s\]	\[k kʰ x\]		
		酒tsi²¹³　秋tsʰi³¹ 洗si²¹³	救ki³⁵　丘kʰi³¹ 厚xi²¹³		

分混類型	方言	精組 拼齊齒呼韻母及例字	見曉組 拼齊齒呼韻母及例字	精組 拼撮口呼韻母及例字	見曉組 拼撮口呼韻母及例字
尖團不分	占大	[tɕ tɕʰ ɕ]			
		嘴=己tɕi²¹³　牆=強tɕʰiɔ̃³³ 校=笑ɕiŋ⁵⁵		全=權tɕʰyɛ³³　需=虛ɕy¹¹ 屑=血ɕye⁴²	
	淳安	[tɕ tɕʰ ɕ]			
		焦=澆tɕiɔ²²⁴　妻=氣tɕʰi⁵⁵ 選=險ɕiã⁵⁵		趣=區tɕʰya²²⁴　需ɕy²²⁴—虛ɕya²²⁴ 取tɕʰya⁵⁵—舉tɕya⁵⁵	
	黟縣	[tɕ tɕʰ ɕ]			
		焦=嬌tɕi:u³¹　千=牽tɕʰi:e³¹ 想=響ɕiŋ⁵³		嘴=舉tɕyɛi⁵³　全=拳tɕʰy:e⁴⁴ 需=虛ɕyɛi³¹	
齊齒呼前分、撮口呼前混	歙縣	[ts tsʰ s]	[tɕ tɕʰ ɕ]		
		擠tsi³⁵ 雀tsʰiɔʔ²¹ 心siʌ̃³¹	幾tɕi³⁵ 卻tɕʰiɔʔ²¹ 欣ɕiʌ̃³¹	嘴=舉tɕy³⁵　全=拳tɕʰye⁴⁴ 雪=血ɕye?²¹	
	屯溪	[ts tsʰ s]	[tɕ tɕʰ ɕ]		
		醉tsi⁵⁵ 千tsʰi:e¹¹ 想siau³²	寄tɕi⁵⁵ 牽tɕʰi:e¹¹ 響ɕiau³²	需須=虛ɕy¹¹　爵嚼tɕye⁵ 拳tɕʰy:e⁵⁵　循巡=訓ɕyan⁵⁵	
尖團不混	休寧[14]	[ts tsʰ s]	[tɕ tɕʰ ɕ]		[tɕ tɕʰ ɕ]
		醉tsi⁵⁵ 千tsʰi:e³³ 想siau³¹	寄tɕi⁵⁵ 謙tɕʰi:e³³ 響ɕiau³¹	無	舉tɕy³¹ 拳tɕʰy:e⁵⁵ 訓ɕyĕn⁵⁵

14 據《徽州方言研究》，休寧有少數不常用的精組字發生腭化，從而混與見組字。例如「俏、鞘、囚、泅」字，但據羅常培（2018）在半個多世紀前的休寧，「俏、鞘」保持舌尖音讀法，與見組字有別的。可見，休寧較早時期應屬尖團不混類型。

分混類型	方言	精組 拼齊齒呼韻母及例字	見曉組 拼齊齒呼韻母及例字	精組 拼撮口呼韻母及例字	見曉組 拼撮口呼韻母及例字
尖團不混	浮梁	[ts tsʰ s] 尖tɕi⁵⁵ 就tsʰiəu³³ 小siau²¹	[tɕ tɕʰ ɕ] 肩tɕi⁵⁵　舅tɕʰiəu³³ 曉ɕiau²¹	無	[tɕ tɕʰ ɕ] 舉tɕy²¹ 權tɕʰyi²⁴ 血ɕye²¹³
	婺源	[ts tsʰ s]/[ɕ] 醉tsi³⁵　千tsʰi⁴⁴ 想siã² 些文讀ɕiɛ⁴⁴	[tɕ tɕʰ ɕ] 寄tɕi³⁵　牽tɕʰi⁴⁴ 響ɕiã²	[tsʰ]（精組字很少拼撮口呼） 趨tsʰy⁴⁴ 徐tsʰy¹¹	[tɕ tɕʰ ɕ] 卷～起來tɕỹ² 區tɕʰy⁴⁴　虛ɕy⁴⁴
	祁門	[ts tsʰ s] 借tsiːɐ²¹³ 七tsʰi³⁵ 想siõ⁴²	[tɕ tɕʰ ɕ] 計會~tɕiːɐ²¹³ 欺tɕʰi¹¹ 興高興ɕiæn²¹³	[ts tsʰ s] 嘴tsy⁴² 全tsʰỹːɐ⁵⁵ 雪syːɐ³⁵	[tɕ tɕʰ ɕ] 舉tɕy⁴² 權tɕʰỹːɐ⁵⁵ 血ɕyːɐ³⁵

說明：（1）徽州方言中，精、見組相混條件除了拼齊齒呼或者撮口呼的，還有其他相混模式。例如前文所舉的績溪、荊州、杞梓里等方言中精、見組細音在舌尖元音或者其他非細音前相混為 ts、tsʰ、s 等。（2）績溪精組聲母拼齊齒呼韻母以讀[tɕ tɕʰ ɕ]為常，[ts tsʰ s]只跟細音韻母中的單元音韻母 i 相拼，同樣音韻地位的字在荊州都讀成開口呼韻母；見曉組聲母拼齊齒呼韻母讀[tɕ tɕʰ ɕ]為常，[k kʰ x]只跟細音韻母中的單元音韻母[i]相拼，且僅限於流攝一三等字。同樣音韻地位的字在荊州都讀成開口呼韻母，所以，精組拼開口呼韻母依然為舌尖音，見組拼開口呼韻母為舌根音聲母，績溪方言單元音韻母 i 可能是元音已經發生變化而聲母還未來得及跟上。（3）屯溪精組聲母極少拼撮口呼韻母，《徽州方言研究》中僅記有「需須爵嚼循巡」六字。（4）休寧精組聲母除「絕」的文讀音外其餘不與撮口呼相拼。（5）婺源精組聲母除「些文讀」還有一個一等精組字「賽」讀舌面聲母[ɕ]外，其餘讀為[ts tsʰ s]組聲母；除「趨徐」外，精組聲母一般不與撮口呼相拼。

表2-4中所列的十個方言點涵蓋了徽語五個方言片，有績歙片的績溪、歙縣，有休黟片的休寧、屯溪、黟縣，有祁婺片的祁門、婺

源、浮梁，有旌占片的占大，有嚴州片的淳安。這十個方言點表現出來的尖團分混情況大致如下：績歙片大多屬於尖團不分型，例如，績溪、荊州、上莊、深渡、杞梓里等都屬於這種類型；績歙片也有屬於尖團有分有混型的方言點，例如歙縣、許村等，在齊齒呼韻母前精組和見組保持有效的區別，而在撮口呼前則尖團合流。休黟片比較複雜，有屬於尖團不分型的，例如黟縣；也有屬於尖團有分有混型的，例如屯溪，除了不常用的「捷、瀉、爵、嚼」等字外，齊齒呼韻母前精、見組基本保持有效的分別，而在撮口呼韻母前則出現混同的趨勢，不過精組拼撮口呼韻母的字不多；跟屯溪比較接近的還有黃山，在齊齒呼韻母前精、見組不混，而在撮口呼韻母前少數腭化，如：宣 $\varphi y \varepsilon^{55}$。部分精組字在撮口呼前有腭化和非腭化兩種讀音，例如，嘴 $t\ell y^{213}$／ $t\varphi y^{213}$；還有屬於尖團不混型的，例如休寧、溪口，只不過，這兩個點，精組字幾乎不拼撮口呼韻母。祁婺片大部分方言點屬於尖團不混型，只不過浮梁、德興精組字幾乎不拼撮口呼韻母。旌占片和嚴州片基本屬於尖團不分型。

　　除了本屬中心徽語區的黟縣尖、團音分混情況表現特殊外，從中心徽語到外圍徽語，尖團音分混情況大致是由分趨混，而不同方言點尖團音分混程度參差不齊。尖團分混情況在徽語共時平面上表現出來的三種不同情況體現了歷時的語音演變。趙元任（1980）說：「原則上看得見的差別，往往也代表歷史演變上的階段。所以橫裡頭的差別，往往就代表豎裡頭的差別。」[15]尖團不混型代表徽語發展的早期階段；而尖、團有分有混型屬過渡階段，部分精組聲母已經開始腭化，由這種類型方言點表現出來的精、見組在撮口呼韻母前混而在齊齒呼韻母前分的特點，我們推知，精組聲母腭化始於撮口呼韻母前；尖團相混型則代表著精、見組聲母在細音前的演變趨勢，即腭化為

---

15 趙元任：《語言問題》（北京市：商務印書館，1980年），頁104。

tɕ、tɕʰ、ɕ。各方言點語音演變的方向雖然大體一致，但是演變的速度有快有慢，大體看來，祁婺片、休黟片、績歙片的各方言點語音演變較慢，旌占片、嚴州片演變最快。祁婺片、休黟片、績歙片在歷史上都屬老徽州府所轄之地，可以說是徽州方言的中心區域；而旌占片等處於徽語區的北緣，受到接壤的江淮官話和宣州吳語的影響也比較大[16]。我們將徽語區精、見組聲母發展的不同階段圖示為：

> 第一階段：尖團不混（祁婺片，休黟片大部分）

> 第二階段：尖團有分有混：精、見組在齊齒呼韻母前不混，在撮口呼韻母前混（休黟片小部分，績歙片的小部分）

> 第三階段：尖團不分（績歙片的大部分。旌占片、嚴州片）

圖2-1　徽語精、見組發展示意圖

　　我們從表2-3「徽語三四等韻前精組聲母今讀形式對照表」還能看到，徽語中，通攝合口三等韻和止攝開口三等韻前的古精組抵制腭化的勢力較強。這種現象在很多漢語方言中較為普遍，很多音韻學家也對此作出了有力的解釋。他們普遍認為止攝開口字在腭化發生之前韻母已由 i 變為ʮ了，這樣聲母沒有受到腭介音的影響從而避開了腭化。對於通攝合口三等韻前的古精組聲母之所以沒有腭化，朱曉農（2006）認為是因為在腭化發生之前 i 介音已失落。而且從北京話和很多漢語方言來看，i 介音在合口陽聲韻或入聲韻的非舌面聲母字中有失落的趨勢。這些解釋也都適用於徽州方言。

---

16 孟慶惠：《徽州方言》（合肥市：安徽人民出版社，2004年），頁16。

（二）徽州方言中來源於古見組的[tɕ]、[tɕʰ]、[ɕ][17]

　　從歷史上看，見組的分化比起精組的分化要早些。徽州方言中，見組聲母在三四等韻前的腭化程度也比精組聲母深。下面我們將徽州方言中古見組聲母在三四等韻前的表現列表對比如下（這裡僅列出分讀為[tɕ]、[tɕʰ]、[ɕ]和[k]、[kʰ]、[x]／[h]的聲母，疑母讀[ŋ]或曉匣母讀為[f]聲母或疑、匣母讀零聲母的在此均不予列出）：

表2-5　　徽語三四等韻前見組聲母今讀形式對照表（含續表）

	遇合三	蟹三四		止三四		效開三四	流開三	咸開三四	深開三	
		開	合	開	合				舒聲	入聲
績溪	k/tɕ	ts	k	ts	k	tɕ	tɕ/k	tɕ	tɕ	tɕ
荊州	k/tɕ	ts	k	ts	k	tɕ/ts[18]	tɕ/k	ts	tɕ	tɕ
上莊	k/tɕ	tɕ	k	tɕ	k	tɕ		tɕ	tɕ	tɕ
歙縣	tɕ	tɕ	k	tɕ	k	tɕ	tɕ	tɕ	tɕ	tɕ
深渡	k/tɕ	tɕ	k	tɕ	k	ts	ts	tɕ	ts	tɕ
杞梓里	k/tɕ	ts	k	ts	tɕ/k	tɕ	tɕ	tɕ	tɕ	tɕ
許村	k/tɕ	tɕ	k	tɕ	tɕ/k	tɕ	tɕ	tɕ	tɕ	tɕ
黃山	k/tɕ	tɕ	k	tɕ		tɕ	tɕ	tɕ	tɕ	tɕ
屯溪	k/tɕ	tɕ	tɕ	tɕ	tɕ/k	tɕ	tɕ	tɕ	tɕ	tɕ
休寧	k/tɕ	tɕ	tɕ	tɕ	tɕ/k	tɕ	tɕ	tɕ	tɕ	tɕ
五城	k/tɕ	tɕ	tɕ	tɕ	tɕ/k	tɕ	tɕ	tɕ	tɕ	tɕ
溪口	k/tɕ	tɕ	tɕ	tɕ	tɕ/k	tɕ	tɕ	tɕ	tɕ	tɕ

---

17 這一小節的部分內容曾以單篇論文形式發表於《語言研究》2008年第3期，文題為〈徽州方言見組三四等字的腭化問題〉，此處略有修改。

18 荊州效開三四見系字讀舌尖音的只有「撬」字：tsʰɤ³⁵。

	遇合三	蟹三四		止三四		效開三四	流開三	咸開三四	深開三	
		開	合	開	合				舒聲	入聲
黟縣	k/tɕ	tʃ	tɕ	tʃ/k	tɕ/k	tɕ	tʃ	tɕ	tʃ	tʃ
婺源	tɕ	tɕ	tɕ	tɕ	tɕ/k	tɕ	tɕ	tɕ	tɕ	tɕ
浙源	k/tɕ	tɕ	k	tɕ	tɕ/k	tɕ	tɕ	tɕ	tɕ	tɕ
祁門	tɕ	tɕ	tɕ/k	tɕ	tɕ/k	tɕ	tɕ	tɕ	tɕ	tɕ
浮梁	tɕ	tɕ	k	tɕ	k	tɕ	tɕ	tɕ	tɕ	tɕ
德興	tɕ	tɕ	k	tɕ	k	tɕ	tɕ	tɕ	tɕ	tɕ
旌德	k/ tɕ	ts	k	ts	k	tɕ	tɕ	tɕ	tɕ	ts
占大	k/tɕ	tɕ	k	tɕ	k[19]	tɕ	tɕ	tɕ	tɕ	tɕ
柯村	k/tɕ	tɕ	k	tɕ	k	tɕ	tɕ	tɕ	tɕ	tɕ
淳安	k/tɕ	tɕ	k	tɕ	k	tɕ	tɕ	tɕ	tɕ	tɕ
遂安	k/tɕ	tɕ	k	ts	tɕ/k	tɕ	tɕ	tɕ	tɕ	tɕ
建德	k/tɕ	tɕ	k	tɕ	k	tɕ	tɕ	tɕ	tɕ	tɕ
壽昌	k/tɕ	tɕ	k	tɕ	k	tɕ	tɕ	tɕ	tɕ	tɕ

續表2-5

	山三四				臻三			宕三		曾開三	梗開三四		通合三	
	舒聲		入聲		舒聲		入聲	開	合		舒聲	入聲	舒聲	入聲
	開	合	開	合	開	合								
績溪	tɕ	tɕ	tɕ	tɕ	tɕ	tɕ	tɕ	tɕ	k	tɕ	tɕ	tɕ	tɕ/k	tɕ
荊州	ts/tɕ	tɕ	tɕ	tɕ	tɕ	tɕ	tɕ	tɕ	tɕ/k	tɕ	tɕ	tɕ	tɕ/k	tɕ
上莊	tɕ	tɕ	tɕ	tɕ	tɕ	tɕ	tɕ	tɕ	k	tɕ	tɕ	tɕ	k	tɕ
歙縣	tɕ	tɕ	tɕ	tɕ	tɕ	tɕ	tɕ	tɕ	k	tɕ	tɕ	tɕ	k	tɕ

---

19 占大止合三見組字中只有「季」讀tɕ聲母，其餘均讀為k組。

	山三四				臻三			宕三		曾開三	梗開三四		通合三	
	舒聲		入聲		舒聲		入聲	開	合		舒聲	入聲	舒聲	入聲
	開	合	開	合	開	合								
深渡	tɕ	tɕ	tɕ	tɕ	ts	ts	ts/tɕ	ts	k	ts/tɕ	ts	tɕ	k	ts
杞梓里	tɕ	tɕ	tɕ	tɕ	tɕ	tɕ	tɕ	tɕ	k	tɕ	tɕ	tɕ	k	tɕ
許村	tɕ	tɕ	tɕ	tɕ	tɕ	tɕ	tɕ	tɕ	k	tɕ	tɕ	tɕ	k	tɕ
黃山	tɕ	tɕ	tɕ	tɕ	tɕ	tɕ	tɕ	tɕ	k	tɕ	tɕ	tɕ	k	tɕ
屯溪	tɕ	tɕ	tɕ	tɕ	tɕ	tɕ	tɕ	tɕ	k	tɕ	tɕ	tɕ	tɕ/k	tɕ
休寧	tɕ	tɕ	tɕ	tɕ	tɕ	tɕ	tɕ	tɕ	k	tɕ	tɕ	tɕ	tɕ/k	tɕ
五城	tɕ	tɕ[20]	tɕ	tɕ	tɕ	tɕ	tɕ	tɕ	k	tɕ	tɕ	tɕ	tɕ/k	tɕ
溪口	tɕ	tɕ	tɕ	tɕ	tɕ	tɕ	tɕ	tɕ	k	tɕ	tɕ	tɕ	tɕ	tɕ
黟縣	tɕ	tɕ	tɕ	tʃ	tɕ	tɕ	tɕ	tɕ/k	tʃ	tʃ	tʃ	tʃ	tʃ	tʃ
婺源	tɕ	tɕ	tɕ	tɕ	k	tɕ	tɕ	k	tɕ	tɕ	tɕ	tɕ	tɕ	tɕ
浙源	tɕ	k[21]	tɕ	k	tɕ	tɕ	tɕ	tɕ/k	k	tɕ	tɕ	tɕ	tɕ/k	tɕ
祁門	tɕ	tɕ	tɕ	tɕ	tɕ	tɕ	tɕ	tɕ	k	tɕ	tɕ	tɕ	tɕ	tɕ
浮梁	tɕ	tɕ	tɕ	tɕ/k	tɕ	tɕ	k	tɕ	k	tɕ/k	k	tɕ	tɕ	tɕ
德興	tɕ	tɕ	tɕ	tɕ	tɕ	tɕ	k	tɕ	k	k	k	tɕ/k	tɕ/k	tɕ
旌德	tɕ	tɕ	tɕ	tɕ	tɕ	tɕ	tɕ	tɕ	k	ts/tɕ	tɕ	ts	k	tɕ
占大	tɕ	tɕ	tɕ	tɕ	tɕ	tɕ	tɕ	tɕ	k	tɕ	tɕ	tɕ	tɕ/k	tɕ
柯村	tɕ	tɕ	tɕ	tɕ	tɕ	tɕ	tɕ	tɕ	k	tɕ	tɕ	tɕ	k	tɕ
淳安	ts	ts	ts	ts	tɕ	tɕ	tɕ	tɕ	k	tɕ	tɕ	tɕ	ts/tɕ/k	ts
遂安	tɕ	k	tɕ	k	tɕ	k	k	tɕ	k	tɕ	tɕ	tɕ	ts/k	ts

---

20 休寧五城話「鞋楦」的「楦」讀作[suːʁ⁴²]，不知道本字是不是山合三元韻的「楦」字，從韻母、聲調的今讀形式來看均符合五城話與《切韻》音系的對應規律，但五城話中未見其他見系字讀成舌尖音的。

21 浙源話中山攝合口三、四等見組字僅有「縣」讀為[ɕ]聲母，其餘都讀為[tɕ]、[tɕʰ]、[ɕ]。

	山三四				臻三			宕三		曾開三	梗開三四		通合三	
	舒聲		入聲		舒聲		入聲	開	合		舒聲	入聲	舒聲	入聲
	開	合	開	合	開	合								
建德	tɕ	tɕ	tɕ	tɕ	tɕ	tɕ	tɕ	tɕ	k	tɕ	tɕ	tɕ	k	tɕ
壽昌	tɕ	tɕ	tɕ	tɕ	tɕ	tɕ	tɕ	tɕ	k	tɕ	tɕ	tɕ	k	tɕ

說明：表中以 tɕ 代 tɕ、tɕʰ、ɕ組；以 ts 代 ts、tsʰ、s 組；以 tʃ 代 tʃ、tʃʰ、ʃ 組；以 k 代 k、kʰ、x 組。

徽州方言古見組在三四等韻前的表現會涉及兩個方面的問題，其一，腭化程度不一致的問題；其二，部分方言點見組聲母舌尖化的問題。下面我們逐一討論。

（一）徽州方言中三四等韻前古見組聲母腭化程度不一致

從表2-5可見，中古見組在開口三、四等韻前基本腭化，而在合口韻前抵制腭化的勢頭較強，特別是在宕、通、蟹、止攝合口三等韻前古見組保持舌根音的勢頭最強，這是與北京話以及很多方言表現相同的地方。朱曉農認為這幾攝的字早在腭化發生之前它們已經失落韻頭 i，或者可以說，合口的「u」因素已經大大加強了它在音節中的地位，從而能躲開以後腭化的影響。[22]只是我們從以上表格看到，宕、通、蟹、止攝合口三等韻前古見組在徽語中表現並不一致，這幾攝的合口三等前的見組聲母在旌占片和嚴州片絕大多數方言點和祁婺片、績歙片部分方言點保持[k]、[kʰ]、[x] / [h]，而在休黟片大部分方言點以及績歙片、祁婺片部分方言點一些字卻發生了腭化，而有些字又保持舌根音的讀法，有些字則出現了舌面聲母、舌根聲母文白異讀。

從音理上看，腭化與否似應與介音有關。合口三等韻的介音是 i

22　朱曉農：〈三四等字的腭化與非腭化問題〉，《音韻研究》（北京市：商務印書館，2006年），頁320。

和 u 構成的複合介音，i 和 u 這兩個元音的發音特徵無法同時出現，由它們組合成的 iu、iw 這樣的組合也就顯得不太穩定，在語音演變中可能發生三種變化：一是 i 介音融合 u 介音的圓唇特點，形成前高圓唇介音 y；二是 i 介音排除掉 u 介音；三是 u 介音排除掉 i 介音。

那麼為什麼共同語裡的蟹、宕、通幾攝三、四等合口字選擇第三種演變方式，而徽語休黟片大部分方言點以及績歙片、祁婺片部分方言點裡的止攝又為什麼會選擇第一種音變方式呢？朱曉農先生表示仍舊無法回答「為什麼是 u 壓倒 i 而不是 i 壓倒 u」，對此我們也無法解釋。

從表2-5中我們看到，徽語很多方言點中，遇、止攝合口三等韻前的見組字有[k]和[tɕ]兩組今讀形式，但究其性質並不相類。遇合三的見組字分讀[k]和[tɕ]，一般[k]組聲母代表著白讀層，[tɕ]組聲母代表文讀層，而且，文讀層[tɕ]組聲母已經占據絕對優勢，白讀音僅留存在「去」「渠第三人稱代詞」（少數方言點還有其他遇合三的字讀成[k]組聲母的，例如，嚴州片徽語中的淳安、遂安、建德、壽昌除了「渠他」「去」外，還有「鋸名詞」也讀為[k]組聲母）這兩個字上，部分方言點「去」字本身存在文白對應。例如：

表2-6　徽語部分方言點魚韻字今讀形式

	績溪	荊州	屯溪	黟縣	江灣	浙源	占大	淳安	遂安
去	k^hi^{35}白 $tɕ^hy^{35}$文	k^hii^{35}白 $tɕ^hy^{35}$文	$k^hɤ^{55}$白 $tɕ^hy^{55}$文	k^hau^{324}白 $tɕ^hyei^{324}$文	$k^hɤ^{214}$白 $tɕ^hy^{214}$文	k^hao^{215}白 $tɕ^hy^{215}$文	$k^hɤ^{55}$	$k^hɯ^{224}$	k^hau^{422}
渠第三人稱代詞	ki^{44}	kii^{33}	$k^hɤ^{55}$	k^hau^{31}	$k^hɤ^{51}$	k^hao^{51}	$k^hɤ^{33}$	$k^hɯ^{445}$	$k^hɯ^{33}$
居	$tɕy^{31}$	$tɕy^{55}$	$tɕy^{11}$	$tɕyɛi^{31}$	$tɕy^{33}$	$tɕy^{33}$	$tɕy^{11}$	$tɕya^{224}$	$tɕy^{213}$

「去」「渠第三人稱代詞」「鋸」都屬於古魚韻字，這些字的白讀代表著「魚虞有別」的較早層次，文讀代表著「魚虞不分」的層次。

　　而止攝合口三等韻前[tɕ]組聲母代表著白讀層，[k]組聲母代表著文讀層，止合三見組字讀成[tɕ]、[tɕʰ]、[ɕ]的大部分方言點，其見組字混與遇攝合口三等字。這就是所謂的「支微入魚」，這一現象至遲在唐五代西北方音中已經出現。據王軍虎（2004），「支微入魚」現象的分布範圍很廣，從西北黃土高原一直延伸到東南沿海。其中，吳語中的相關現象較早為人所關注，明正德七年（1512）序刊《松江府志》卷四「風俗」記有「韻之訛則以支入魚（龜音如居，為音如俞之類）」（轉引自張光宇，1993年）。清康熙《嘉定縣志》也有類似的記載：「歸、龜呼為居，昋、鬼呼為舉。」（轉引自王軍虎，2004）這一現象目前仍廣見於吳語區尤其是南部吳語中，比如「貴、虧、跪、圍」等字，除了廣豐、玉山以外，南部吳語一般讀作[tɕy tɕʰy dʑy y]類音節（衢州、雲和聲母為[tʃ]組），如果有文讀音，文讀為[kuei kʰuei guei uei]類音節。[23]

　　與吳語相同的是，徽州方言中，「支微入魚」現象也較普遍。不過，不同方言點中，「支微入魚」所涉及的韻類、聲類和涵蓋韻字的數量存在一定程度的差異。下面我們就對徽州方言「支微入魚」現象進行列表對比分析：

表2-7　徽語「支微入魚」現象對照表

		止合三		蟹合一、三四
績溪	y	精（tɕ）組：嘴髓（支）醉翠尿（脂） 知章（tɕ）：吹炊垂（支）水錘（脂） 見（tɕ）系：餧（支）	y	精組：脆歲（祭） 知章：稅（祭）
歙縣	y	泥來（n/l）：類（脂） 精（tɕ）組：嘴髓（支）醉（脂） 知章（tɕ）：睡（支）水（脂）	y	精組：歲（祭） 知章：稅（祭）

23 曹志耘：《南部吳語語音研究》（北京市：商務印書館，2002年），頁162。

		止合三		蟹合一、三四
屯溪	y	知章（tɕ）：吹炊垂（支）槌錘水（脂） 見（tɕ）系：詭跪危（支）龜軌櫃（脂） 鬼貴徽圍（微）		
休寧	y	知章（tɕ）：吹炊垂睡瑞（支）槌錘水（脂） 見（tɕ）系：詭跪危（支）龜軌遺位（脂）歸鬼貴徽圍（微）		
黟縣	yɛi	精（tɕ/ʃ）組：髓隨隋嘴（支）雖尿穗遂隧翠醉（脂） 知章（tɕ/ʃ）：睡蕊（支）誰追錐墜（脂） 見（tɕ）系：詭虧跪危（支）逵馗葵龜軌櫃癸（脂）歸鬼貴尉慰謂蝟魏（微）	yɛi	精組：歲脆（祭） 見系：銳（祭） 惠慧桂（齊） 瑰（灰）
	u	知章（tʃ）：吹炊垂瑞（支）水（脂）		
	iɜi	來母（l）：累（支）類（脂） 見（k）系：揮輝暉徽諱（微）麾毀（支）		
祁門	y	來母（l）：累（支） 精（ts）組：嘴隨隨（支）醉雖尿翠遂（脂） 知章（tɕ）：吹炊垂捶睡（支）追槌錘錐誰水（脂） 見（tɕ）系：跪（支）葵櫃（脂）貴舊讀圍~裙‧舊讀慰舊讀（微）	y	精組：歲（祭） 見系：桂舊讀（齊）
婺源	y	精（tɕ）組：穗（脂） 知章（tɕ）：追誰（脂） 見（tɕ）系：規虧窺危毀偽為（支）龜愧葵（脂）歸揮徽諱威慰（微）	y	精組：歲（祭） 知章：稅（祭） 見系：鱖衛（祭） 桂惠慧（齊）
浙源	y	非組：微（微）精（tɕ）組：雖（脂） 知章（tɕ）：吹炊垂睡瑞蕊（支）追錘槌誰水（脂）	y	見系：衛（祭）

	止合三		蟹合一、三四	
浙源	見（tɕ）：詭跪毀危為偽委（支）龜軌癸愧逵葵維唯位（脂）歸鬼貴揮輝徽威違圍葦偉緯畏慰魏胃謂（微）			
浮梁	y	知章（tʂ）：吹捶瑞人名（支）追槌錘水（脂）見（tɕ）系：圍~裙兒（微）	y	知章：稅（祭）
淳安	y	知章（tʂ）：吹炊（支）槌錘水（脂）莊組：帥（脂）見（tɕ）系：櫃（脂）圍~裙（微）		
遂安	y	精（tɕ）組：嘴（支）知章（tʂ）：吹炊（支）槌錘水（脂）見（tɕ）系：跪（支）龜櫃（脂）鬼貴~賤圍~裙（微）		

　　以上方言中，「支微入魚」現象涉及韻類、聲類、韻字數量最多且最為複雜的當屬黟縣話：「支微入魚」現象共涉及支脂微灰祭齊六個韻，涉及來母、精組、知章組、見系等聲類，韻母音值分為三類：[yɛi]、[u]、[uɛi]，魚虞韻字也相應地分讀三種韻母。從各韻母所轄字來看，三四等精組字一般讀為[yɛi]；知章組字一般分化為[yɛi]和[u]；止、蟹見系合口三四等字大多同讀為[yɛi]，止合三見系字中還有部分不常用的讀為[uɛi]，這部分讀[uɛi]的見系字並不與魚虞韻見系字相混，所以，「支微入魚」現象不能把讀成[uɛi]韻的見系字包括進去；魚虞、支脂韻中泥來母字一般讀為[uɛi]。例如：

yɛi：　追錐龜歸=居拘tɕyɛi³¹　　嘴詭軌鬼=舉巨tɕyɛi⁵³　　醉貴=瑰桂=據句tɕyɛi³²⁴

　　　　隨逵葵=徐渠tɕʰyɛi⁴⁴　　　　跪=序取tɕʰyɛi⁵³　　　　翠=脆=趣去tɕʰyɛi³²⁴

　　　　雛尿=需虛ʃyɛi³¹　　　　　　睡=歲=婿絮ʃyɛi³²⁴　　　穗惠慧ʃyɛi³

　　　　危=魚虞ȵyɛi⁴⁴　　　　　　　魏=寓遇ȵyɛi³

　　　　蕊=與羽yɛi⁵³　　　　　　慰尉謂蝟=銳yɛi³²⁴
u：　　吹炊=初tʃʰu³¹　　　　　垂=殊ʃu⁴⁴　　　　　水瑞=暑豎ʃu⁵³
uɛi：　累連~類=慮濾luɛi³

　　雖然黟縣話中「支微入魚」韻母表現形式有三種，但這只是止合三和蟹合三、四等字「入魚」後與魚虞韻字共生的現象，這裡面有以聲母為條件發生的音變，有系統內部不同層次讀音的疊加。

　　從方言片來看，休黟片方言「支微入魚」音變程度最高，江西徽語浮梁「支微入魚」所涉及的例字最少，嚴州片、績歙片「支微入魚」音變程度也不高。整體上呈現出來的是中心徽語「支微入魚」所涉及的韻類、韻字數量較多，越往四周延伸，「支微入魚」所關涉的韻字數量越少。

　　我們大體可以把以上提及的徽州方言「支微入魚」現象分成兩類：一類是僅止合三字「入魚」，蟹合三四字不參與其中。這樣的方言點有休黟片的屯溪、休寧、五城和嚴州片的淳安、遂安等；一類是止合三、蟹合三四甚至是蟹合一字「入魚」，這樣的方言點較多，如績歙片的績溪、歙縣和休黟片的黟縣、祁婺片的祁門‧婺源、浮梁等，從比例上來看，蟹攝字「入魚」者少於止攝字，蟹合一字入魚者僅黟縣話中的「瑰」一字。而且沒有方言點僅有蟹攝字參與「支微入魚」音變而無止攝字參與其中，但有方言點存在止攝字「入魚」而無蟹攝字參與其中。鄭偉（2013）在對七大方言區「支微入魚」現象進行對比、歸納後看到現代方言中的一些共性：各大方言點止合三的支脂微韻都參與了音變，因而提出現代方言中「支微入魚」的格局中有「止合三→蟹合三四」的蘊涵關係，認為整個漢語方言，「支微入魚」按照「止合三→蟹合三四→蟹合一」的次序分階段進行[24]。我們

24 鄭偉：《吳方言比較韻母研究》（北京市：商務印書館，2013年），頁130。

以徽州方言為視角，可以看到，「支微入魚」在轄字韻類上體現出來的蘊涵關係是清晰可見的。

　　徽州方言中，「支微入魚」現象在聲母層面也體現出音變的不平衡性。五城、屯溪、休寧、浮梁這幾個方言中，參與音變的都只有知章組和見系字，今讀為[tɕ tɕʰ ɕ ɳ]和[Ø]。績溪、婺源、淳安、遂安等方言中，雖然「入魚」的聲類多了精組，但今讀形式還是只有[tɕ tɕʰ ɕ ɳ]和[Ø]。其他方言中「入魚」的聲類除了知章、見組同讀的[tɕ tɕʰ ɕ ɳ]和[Ø]外，還有精組字讀成的[ts tsʰ s]、來母讀成的[l]等。徽州方言「支微入魚」的例字沒有讀成唇音、舌根音聲母的。鄭偉（2013）歸納了漢語方言的「支微入魚」層在聲母類型上呈現出階段性，並將其蘊涵關係形式化為：唇音→舌根音→舌尖中音→舌尖前／舌面前／舌面中／翹舌／舌葉音→喉音，這種蘊涵關係在徽州方言中的表現就是：[l]→[ts tsʰ s]→[tʃ tʃʰ ʃ] / [tɕ tɕʰ ɕ ɳ]→[Ø]。

　　由上文可見，「支微入魚」現象不局限於見系字，但見系字通常會在聲母、韻母上同步發生音變。而且從見組字的表現我們可以窺見音變的過程。我們先以祁婺片的祁門話為例，止攝合口三等、蟹攝合口三四等的見系字在音變過程中有以下三個不同階段：

① ② ③
規虧鬼揮（k、kʰ、x）
　　　　　　　　　貴桂葵（k、kʰ、x/tɕ、tɕʰ、ɕ）
　　　　　　　　　　　　　　　　　　　　跪櫃（tɕ、tɕʰ、ɕ）

　　①反映的是這一階段腭化規則還沒來得及實現，i 介音就已失落。「規虧鬼揮」讀為[kui kʰui kui xui]。②指擴散式音變正在進行。語音雖然是成系統的，但各部分演變的速度並不整齊，有的可能快些，有的可能慢些。我們推測，祁門話中的「桂」、「貴」、「葵」這些

字在歷史上曾經發生過腭化，但因受北方權威方言「i 介音失落規則」的影響，這些字引入了北方權威方言的文讀，以文白異讀的方式共存于祁門話系統中：k、kʰ為文讀，tɕ、tɕʰ為白讀，表現腭化規則與「i 介音失落」規則競爭的過渡性狀態。止攝合口三等、蟹攝合口三四等的見系字在祁門話中僅有幾個字有文白異讀現象。而且，白讀音只出現在特定的詞語中，例如「貴」的白讀音[tɕy²¹³]只出現在作為「便宜」的對立詞中，而在「富貴」、「金貴」等詞或是人名中，「貴」就一定是以文讀形式[kui²¹³]出現了。「桂」字在「桂花」一詞中，老年人讀為[tɕy²¹³]，而在人名中或是較為正式的場合則讀為[kui²¹³]。「葵」在「朝葵兒」中讀為[tɕʰy⁵⁵]，是白讀音，而在「葵花籽」中則是文讀，即[kʰui⁵⁵]。文讀形式看來已占上風，白讀只留存於為數很少的老年人口語中。③是已完成了腭化音變。「跪、櫃」讀為[tɕʰy⁴²]，相混於魚、虞兩韻裡的見組字。這裡涉及的應該是兩個層次，止合三、蟹合三四讀成 tɕy 類混入遇合三的是本地原有層次；而讀成 kui 類則反映的是北方權威方言止合口三和蟹合一、三、四等的合流現象，是後至的外來層次。

　　止合三、蟹合三四等的見系字在祁門方言共時平面上的二種表現與在休寧歷時層面上表現驚人的相合。我們對比半個多世紀前的休寧音系（參見羅常培等《半個多世紀前的休寧方言音系》，《方言》2018年第2期）和二十多年前的休寧音系後看到，止攝合口三等、蟹攝合口三四等的見系字讀 k、kʰ、x的越來越多，讀 tɕ、tɕʰ、ɕ 的越來越少。具體情況如下：

表2-8　休寧半個多世紀前和二十多年前止合三、蟹合三四的見系字對照表

休寧	k、kʰ、x	k、kʰ、x/tɕ、tɕʰ、ɕ	tɕ、tɕʰ、ɕ
半個多世紀前	愧kʰwɤʔ³²		歸龜櫃tɕy¹¹　逵葵癸貴tɕy⁵⁵ 詭軌鬼tɕyʔ³²　跪tɕʰyʔ³² 揮輝徽ɕy¹¹　毀ɕyʔ³² 圭閨規tɕye¹¹　鱖桂tɕye⁵⁵　虧窺 tɕʰye¹¹　彗²⁵惠慧ɕye⁵⁵
二十年多前	愧kʰue³¹ 揮輝xue³³ 毀xue¹³	歸軌tɕy³³白　kue³³文 虧tɕʰye³³白　kʰue³³文 徽ɕye³³白　xue³³文 彗ɕye³³白　xue³³文	龜tɕy³³　鬼詭tɕy³¹　貴tɕy⁵⁵ 跪tɕʰy³¹　逵tɕʰy⁵⁵ 圭閨規tɕye³³　葵桂鱖癸tɕye⁵⁵ 惠慧ɕye³³

　　由表2-8我們看到，休寧止合三、蟹合三四的見系字在半個多世紀前除「愧」這樣一個非口語詞讀舌根音外，其他均讀為 tɕ、tɕʰ、ɕ；而三十年後的休寧，止合三、蟹合三四的見系字大部分口語常用詞還是讀為 tɕ、tɕʰ、ɕ，幾個字出現了 k、kʰ、x和 tɕ、tɕʰ、ɕ 文白異讀對應現象，少數非口語詞讀成了 k、kʰ、x。

　　除了以上提及的祁門、休寧，止、蟹攝合口三四等見系字存在 k、kʰ、x和 tɕ、tɕʰ、ɕ 異讀現象，徽語其他方言點也不同程度地存在此類現象。為更好地觀察止、蟹攝合口三四等見系字的發展變化，我們選取五片中較有代表性的方言點對比如下：

25　「彗」《半個多世紀前的休寧音系》中還有一讀為[tsʰi¹¹]。

表2-9　徽語止合三、蟹合三四的見系字今讀對照表

	k、kʰ、x/h（f）	k、k、x/tɕ、tɕʰ、ɕ	tɕ、tɕʰ、ɕ
績溪	閨規龜歸kui³¹　鬼詭軌kui²¹³ 桂貴瑰kui³⁵　虧窺kʰui³¹ 逵葵kʰui⁴⁴　跪kʰui²¹³　愧kʰui³⁵ 櫃kʰui²² 揮輝徽fi³¹　毀fi²¹³　慧fi²²		
歙縣（向杲）	閨規龜歸kuɛ⁵²　鱖桂貴kuɛ²¹⁴ 虧窺逵kʰuɛ⁵²　葵kʰuɛ⁵⁵ 愧kʰuɛ³⁵　愧kʰuɛ²¹⁴ 輝揮徽fi⁵²₁　xuɛ⁵²₂	櫃tɕy²²白　kuɛ²²文	跪tɕy²¹⁴
屯溪	軌kue³² 逵葵愧kʰue⁵⁵ 輝毀暉xue¹¹	規閨圭tɕye¹¹白　kue¹¹文 虧tɕʰye¹¹白　kʰue¹¹文 揮ɕye¹¹白　xue¹¹文 徽ɕye¹¹白　xue¹¹文	貴tɕy⁵⁵ 跪tɕʰy³² 桂鱖tɕye¹¹ 惠ɕye¹¹
婺源		規tɕy⁴⁴白　kuɤ⁴⁴文 詭tɕy²白　kuɤ²文 虧窺tɕʰy⁴⁴白　kʰuɤ⁴⁴文 跪tɕʰy²白　kʰuɤ³¹文 毀ɕy²白　xuɤ²文 惠慧ɕy⁵¹白　xuɤ⁵¹文	歸tɕy⁴⁴ 鬼tɕy² 鱖桂愧貴tɕy³⁵ 逵葵tɕʰy¹¹ 揮輝徽ɕy⁴⁴
浙源	圭閨規kue³³　鱖桂kue²¹⁵ 虧窺kʰue³³　惠慧xue⁴³		龜歸tɕy³³ 愧貴tɕy²¹⁵ 詭軌癸鬼tɕy²¹ 逵葵tɕʰy⁵¹ 跪tɕʰy²¹ 揮輝徽ɕy³³ 毀ɕy²¹
遂安	規歸kuɯ⁵³⁴　鱖桂kuɯ⁴²² 潰詭軌癸kuɯ²¹³	鬼tɕy²¹³白　kuɯ²¹³文 貴tɕy⁴²²白　kuɯ⁴²²文	龜tɕy⁵³⁴ 跪tɕʰy⁴²²

	k、kʰ、x/h（f）	k、k、x/tɕ、tɕʰ、ɕ	tɕ、tɕʰ、ɕ
	逵葵kʰuəɯ³³　虧窺愧kʰuəɯ⁵³⁴ 徽fəɯ⁵³⁴　揮輝fəɯ³³ 毀fəɯ²¹³	櫃tɕʰy⁴²²白　kʰuəɯ⁴²²文	
建德	規龜歸kue⁴²³ 鱖桂葵貴kue³³⁴ 詭跪軌癸鬼kue²¹³ 虧kʰue⁴²³　逵kʰue³³⁴ 櫃kʰue⁵⁵　揮徽hue⁴²³		
占大	規龜歸kue¹¹　軌鬼kue²¹³ 鱖桂貴kue⁵⁵　虧kʰue¹¹ 葵逵kʰue³³　跪kʰue²¹³ 櫃kʰue³⁵　揮輝徽xue¹¹ 惠慧xue³⁵		

　　從表2-9，我們看到，徽語中，止、蟹攝合口三四等見系字存在k、kʰ、x和 tɕ、tɕʰ、ɕ 文白異讀對應現象的主要集中在休黟片、祁婺片方言點，嚴州片的遂安和績歙片的歙縣向杲也有少數字讀為 tɕ、tɕʰ、ɕ，旌占片和績歙片的大部分地區以及嚴州片的很多方言點止、蟹攝合口三四等見系字不見舌面音的讀法。可見，徽語中心地區止、蟹攝合口三四等見系字發展演變的速度較慢，腭化音變力量較強，發生腭化的字較多，而外圍地區受共同語影響較為明顯，腭化音變的力量不足以抗衡共同語中 i 介音失落規則的力量，所以與共同語一樣同讀為舌根音（少數方言點曉匣母字變讀為唇齒音，後文將詳作分析）。

　　以上我們分析三四等韻前的見系聲母在徽語中的表現，並分析了同見於徽語和吳語中的「支微入魚」現象，以及由此引起舌根聲母不同程度的腭化音變，部分方言點從而形成系統的文白異讀對應。

（二）部分方言點見組聲母舌尖化

　　從表2-5「徽州方言中三四等韻前見組聲母今讀形式對照表」中，我們看到，某些方言點，主要是績歙片的績溪、荊州、深渡、杞梓里和嚴州片的淳安、遂安以及旌占片的旌德等，部分見系字發生舌尖化，讀為ts、tsʰ、s。其中，績溪、荊州ts、tsʰ、s除了來自中古見、曉組和精組，也有來自中古莊、知組甚至是中古端組的。

　　如何看待徽州方言中見組聲母舌尖化這一現象呢？

　　首先，我們觀察，這些見組聲母舌尖化的方言均是徽語中尖團音合流的方言，而且聲母發生舌尖化的見組字大多與精組字混同，可見，是精組和見組細音相混在前，聲母的舌尖化在後。其次，我們進一步觀察，見組字發生舌尖化的局限於三四等韻，一二等韻裡的見組字未見舌尖化現象。這說明，發生舌尖化應該與介音有關。其中，績溪、荊州、杞梓里、旌德只發生在開口三四等韻中；而淳安只發生在合口三四等韻中，且今讀形式大多是合口呼韻母；深渡、遂安發生舌尖化的見組聲母既有開口韻的，也有合口韻的。例如（為了更好地觀察這一現象，我們把與見組相混的精組字今讀形式也予以列出）：

績溪：	雞=資tsʅ³¹	欺=妻tsʰʅ³¹	戲=細sʅ³⁵
荊州：	雞=資tsʅ⁵⁵	氣=刺tsʰɚ³⁵	牽=千tsʰɚ⁵⁵　　獻=線sɚ⁵⁵
杞梓里：	雞=資tsʅ²¹	氣=刺tsʰʅ²¹³	喜=洗ɕi⁵⁵≠死sʅ⁵⁵
旌德：	區=蛆tsʰʅ⁴²	雞=資tsʅ³⁵	喜=洗=死sʅ²¹³　　極=七tsʰʅ⁵⁵
深渡：	九=酒tsøy³⁵	緊近tsɔ̃i³⁵—進tsɔ̃i²¹³	輕=清tsʰɔ̃i²¹　　君tsuɔ̃i²¹—俊tsuɔ̃i²¹³
	驕tsɔ²¹≠焦tɕiɔ²¹	曉sɔ³⁵≠小ɕiɔ³⁵	
遂安：	雞=資tsʅ⁵³⁴	菊=足tsu²⁴	窮=存tsʰən³³　　凶=孫sən⁵³⁴
淳安：	靴=雖sue²²⁴	拳tsʰuã⁴⁴⁵	君tsuen²²⁴　　窮²⁶=從tsʰɔm⁴⁴⁵

---

26 淳安「窮」有兩讀：tsʰɔm⁴⁴⁵和tɕʰiɔm⁴⁴⁵，除此，「兄、胸、熊、雄」也都有舌面音和舌尖音兩讀。

　　如何解釋見組聲母的舌尖化呢？徐通鏘（1997）認為見系字的舌尖化是由於韻母 i 舌尖化為ๅ引起的：「i 是一個舌面高元音，在元音系統的變動中（如高化之類），會受到其他元音的推和拉而發生變化。它的發音點如果由舌面移至舌尖，就會轉化為舌尖前元音ๅ；如果舌尖略為翹起，它就會轉化為舌尖後元音ʅ。……i 的這種變化又會引起聲母的變化。i 如轉化為舌尖前元音ๅ，和它組合的聲母 tɕ 就會轉化為 ts。這在漢語方言中相當普遍。」[27]他舉了壽陽、合肥、溫州見、曉組字（雞、希、欺）發生舌尖化的例子，徽語中，與這些方言點見、曉組字表現相似的有績溪、杞梓里、旌德，發生舌尖化的見組字韻母均為舌尖元音 ๅ 或 ʅ。荊州和遂安，部分發生舌尖化的見、曉組字韻母也為舌尖元音 ๅ，而部分發生舌尖化的見組字今讀形式中卻沒有舌尖前元音 ๅ 或 ʅ，除此，還有深渡、淳安，所有發生舌尖化的見組字今讀形式中均不見舌尖前元音 ๅ 或 ʅ。所以，對於見組聲母的舌尖化不好一概用舌面元音舌尖化的影響來解釋。

　　漢語舌尖元音的概念是由瑞典的漢學家高本漢引進的。對於舌尖元音(ๅ)的性質，趙元任認為在北方官話裡是舌尖前音 ts 組的一種「元音化」延長。這種由聲母帶出的一個附屬性的同部位元音，是否會先於舌尖擦音、塞擦音產生而成為聲母發音部位移動的動因呢？我們認為不一定，當然這指示了音變可能的方向。據石汝傑（1998）考察，漢語方言的語音中，有一種比較普遍的現象，即高元音（尤其是前高元音[i]和[y]）常帶有強烈的摩擦傾向。這一現象分布很廣，從東南到西南，從東部沿海到西北腹地都有。高元音的強摩擦傾向已經導致了一些方言在音系上的變化，變化的形式較多，最常見的是[i]的舌尖化。我們推測，高元音摩擦程度強弱不一，對音系影響的力度和方式也不太一樣。就徽語來說，像績溪、荊州等地，這種摩擦力度較

27　徐通鏘：《語言論——語義型語言的結構原理和研究方法》（長春市：東北師範大學出版社，1997年），頁152。

強，不僅影響了 tɕ 組聲母，還影響了 t 組聲母和 n 聲母甚至是 p 組聲母。而在杞梓里、深渡、旌德、淳安、遂安等很多方言點，這種高元音的摩擦力度只影響了 tɕ 組聲母。

　　總之，在尖團音合流的方言中，見組聲母在三四等韻發生的舌尖化，是韻母中高元音的摩擦作用引起的音系調整的結果。當然，這只是音變的方向或趨勢，它不是音變的必然。

（三）徽州方言中來源於古見、曉組一二等韻的[tɕ]、[tɕʰ]、[ɕ]

　　前文我們曾提及徽州方言的[tɕ]、[tɕʰ]、[ɕ]主要來源於中古三四等韻裡的精、清、從、心、邪和見、溪、群、曉、匣母，其實徽州方言還有部分見、曉組一二等字也有讀為[tɕ]、[tɕʰ]、[ɕ]的，且大多來自開口韻。具體情況如下：

1　徽州方言中來源於古見、曉組一等韻的[tɕ]、[tɕʰ]、[ɕ]

　　徽州方言中，見、曉組一等字讀[tɕ]、[tɕʰ]、[ɕ]並不是普遍現象。首先，從讀[tɕ]、[tɕʰ]、[ɕ]的一等見、曉組字來說，一般只出現在流攝一等韻字、曾攝開口一等韻字和宕攝開口一等韻的「剛」字；其次，從存在見、曉組一等字讀[tɕ]、[tɕʰ]、[ɕ]的方言點來說，除了宕開一的「剛」，一般只見於祁婺片、休黟片的大部分方言點和旌占片的少數方言點如占大。例如（凡不讀[tɕ]、[tɕʰ]、[ɕ]的不列出讀音）：

表2-10　徽州方言中讀[tɕ]、[tɕʰ]、[ɕ]的古見、曉組一等字

	流開一					曾開一		
	勾（糾）	狗（九）	口	厚	猴	肯	刻克	黑
屯溪	tɕiu^{11}	tɕiu^{32}	tɕʰiu^{31}	ɕiu^{24}	ɕiu^{55}	tɕʰin^{32}		
休寧	tɕiu^{33}	tɕiu^{31}	tɕiu^{32}	ɕiu^{13}	ɕiu^{55}	tɕʰin^{31}		

	流開一					曾開一		
	勾（糾）	狗（九）	口	厚	猴	肯	刻克	黑
祁門	tɕie¹¹	tɕie⁴²	tɕʰie⁴²	ɕie⁴²	ɕie⁵⁵	tɕʰiæn⁴²		
婺源	tɕia⁴⁴	tɕia²	tɕʰia²	ɕia³¹	ɕia¹¹	tɕʰiɔ²	tɕʰiɔ⁵¹	ɕiɔ⁵¹
占大	tɕio¹¹	tɕio²¹³	tɕʰio²¹³	ɕio³⁵	ɕio³³	tɕʰin²¹³		

以上所列的這些方言點流攝一等見、曉組字全部讀成[tɕ]、[tɕʰ]、[ɕ]，混與流攝三等見、曉組字。還有部分方言點流開一見、曉組字讀成細音，但聲母保持舌根音形式，例如旌德、柯村、績溪、歙縣，而且也大多與三等見、曉組字同讀。發生在流攝字的這種現象非常特殊，並且在徽語內部有一定的共性，應該是韻母對聲母的影響所致，具體情況待後文韻母部分詳加分析。

2　徽州方言中來源於古見、曉組二等韻（開口）的[tɕ]、[tɕʰ]、[ɕ]

徽語有一些方言點，部分見、曉組二等字讀為[tɕ]、[tɕʰ]、[ɕ]。具體如下表所示：

表2-11　徽州方言見、曉組二等開口字今讀對照表

方言點	例字
旌德	k：稼嫁下蝦鞋蟹街界疥戒械庚羹耕更埂梗哽坑格革隔客咸閑銜窖講夾胛搯瞎匣嚇角
	k/ tɕ：家架夏階解鉸絞教覺敲間監奸甲狹學
	tɕ：加痂嘉假賈駕價霞廈皆佳介屆恰交郊膠較孝校艱減茛江腔降項行~走，品~幸確
占大	k：佳街介界疥屆戒格革隔客鞋家稼加嘉架夾甲搯恰蝦狹霞下夏廈瞎胛耕羹坑講咸更羹庚
	k/ tɕ：解假痂教間閑銜江鉛覺角學
	tɕ：交郊膠敲孝校腔項艱奸簡哽行~走，品~杏幸確

方言點	例字
績溪	k：加痂嘉枷賈架價駕嫁蝦下夏間街奸艱監簡襉介界疥戒鞋閑咸蟹陷鉸莢窖覺敲梗更江講項耕更庚羹哽坑杏角確格革隔客恰掐狹匣瞎
	k/ tɕ：家假解交教孝降行~走，品~學
	tɕ：稼霞階皆佳械屆郊膠絞較校幸腔
歙縣	k：家嘉痂街假賈架駕價階蝦下夏廈解介界疥芥屆戒械蟹鞋講降下~項巷狹匣監奸艱間耕更減襉坑咸銜閑陷餡限膠教窖覺敲學庚羹哽埂梗杏夾甲胛恰掐匣瞎格隔革客嚇角確學
	k/ tɕ：孝加江
	tɕ：霞佳皆交郊絞鉸校腔降投~
淳安	k：家加痂嘉架駕嫁價假蝦夏廈下佳街解鞋蟹階介界芥疥屆戒械莢教~書校~對窖覺困~絞敲孝監間奸江降更庚羹耕減簡坑莧咸銜閑行~走，品~陷餡限項巷杏講夾甲隔格革掐客嚇瞎狹匣學角確胛
	k/ tɕ：交
	tɕ：賈郊鉸校學~，上~教~育巧艱降腔幸覺知~恰
休寧	k：家加稼假賈架駕價蝦夏廈下霞皆階街械佳介界芥屆戒交膠教絞監奸艱間減簡襉陷餡咸閑銜江講降項巷更~換更~加解埂梗革隔格客限杏嚇覺困~窖角校孝學夾甲胛恰掐瞎狹
	k/ tɕ：郊敲覺~得，知~確絞行坑
	tɕ：更--耕鉸巧艱腔
祁門	k：家加痂嘉架駕嫁價假蝦夏廈下佳街解鞋蟹階介界芥疥屆戒械莢教校窖覺絞敲孝間奸江降更庚羹耕減簡坑咸銜閑行~走，品~限項巷杏幸講夾甲隔格革掐客嚇瞎狹匣學角確胛
	k/ tɕ：巧監
	tɕ：莧

　　從表2-11所列例字今讀形式可見，見、曉組二等字在外圍徽語區例如旌占片的旌德、占大讀成[tɕ]、[tɕʰ]、[ɕ]的最多；其次是徽語北

部地區績歙片的績溪、歙縣和浙江徽語嚴州片的淳安。祁婺片的祁門讀[tɕ]、[tɕʰ]、[ɕ]的最少。這代表了見、曉組二等字在徽語五片的今讀情況，見、曉組二等字讀[tɕ]、[tɕʰ]、[ɕ]的字由外圍徽語區到中心徽語區、由北到南逐漸減少。這些方言點不同程度存在見、曉組二等字文白異讀現象，一般讀[k]、[kʰ]、[x]的代表白讀層，讀[tɕ]、[tɕʰ]、[ɕ]的代表文讀層。徽語地域上表現出來的見、曉組二等字腭化的情況其實也是見、曉組二等字在時間上演變的反映，北部徽語區受官話影響程度較深、時間較早，腭化音變出現較早，演化速度較快。相比較而言，中心徽語區腭化音變發生的時間較晚，腭化程度相對較弱。但有一個現象值得注意，那就是梗攝二等字在休黟片休寧（以及休寧南鄉的五城）表現比較特殊，一般來說，見、曉組二等字讀[tɕ]、[tɕʰ]、[ɕ]的大多是方言中的非口語詞或者是文讀音，但梗攝二等字「耕、坑」等字在休寧與此相反，讀[tɕ]、[tɕʰ]的是口語詞或是白讀音。據羅常培（2018），半個多世紀前的休寧方言中梗攝見、曉組二等字「更〜換、庚、羹、耕、哽」均與見、曉組三四等字同讀為[tɕ]聲母。而據更早時期的休寧地方文獻《休邑土音》（民國前期胡義盛抄記），梗攝見、曉組二等字混入見、曉組三四等字的更多。例如：二等字「耕、更、羹、庚、㲋、梗、哽」等均歸於四等字「經」目下，與三、四等見組字「京、頸、肩、見」互見；二等字「坑」與三四等字「牽、卿、謙」互見。這些字大多是方言中較為常用的口語字，讀成三四等字應該不能歸結於文教力量的影響。從《休邑土音》到現在的休寧方言，梗攝見組二等字讀[tɕ]、[tɕʰ]、[ɕ]的反而越來越少，而且，這種現象僅見於梗攝二等見組字。這種現象可能與徽語中流攝見系一等字讀如三等字的現象相似。

（三）徽州方言中來源於古知三、章組的[tɕ]、[tɕʰ]、[ɕ]

前文曾提及徽州方言的[tɕ]、[tɕʰ]、[ɕ]除了來源於中古精、清、

從、心、邪和見、溪、群、曉、匣母外，還有部分來源於中古知三、章組字。徽州方言中，知三、章組聲母今讀比較複雜（這裡我們沒有把知二和莊組考慮進來是因為莊、知二在徽州方言中除極少數字外一般不讀膠化音。莊、知二和章、知三在徽州方言中基本保持分立。下文將會對知二莊和知三章的分合詳加討論），徽語幾乎所有方言點都不同程度存在知三、章組聲母讀為[tɕ]、[tɕʰ]、[ɕ]的現象，不同方言點知三、章組聲母字讀[tɕ]、[tɕʰ]、[ɕ]的轄字範圍不太一致，不同韻攝的知三、章組字今讀形式也存在差異。具體情況如表2-12所示（因《方言調查字表》中果、梗、宕、曾、梗這幾攝合口三等韻均無知三、章組字分布，蟹合三、咸開三分布的知三、章組字例字太少且無口語詞，故不予考察；個別轉讀普通話音的書面用字例如「庶、拙」等也不計入考察結果）：

表2-12　中古知三、章組聲母在徽州方言中今讀（含續表2-12）

	假開三	遇合三	蟹開三	止三 開	止三 合	效開三	流開三	深開三 舒	深開三 入	宕開三
績溪	tɕ/ts	tɕ	ts	ts	tɕ/ts	tɕ	ts	tɕ		tɕ/ts
荊州	tɕ/ts	tɕ	ts	ts	tɕ/ts	tɕ	ts	tɕ		tɕ/ts
歙縣	tɕ/ts	tɕ	tɕ		tɕ/ts	tɕ	tɕ	tɕ		tɕ
屯溪	tɕ	tɕ	tɕ		tɕ/ts	tɕ	tɕ/t[28]	tɕ		tɕ
休寧	tɕ	tɕ	tɕ	tɕ	tɕ/ts	tɕ	tɕ/t	tɕ		tɕ
五城	tɕ	tɕ	tɕ	tɕ/ts	tɕ/ts	tɕ	tɕ/t	tɕ		tɕ
黟縣	tɕ/tʃ	tʃ	ts	ts	tɕ/tʃ	tɕ/s	tʃ/s	ts		tɕ/s
祁門	tʂ/ɕ	tɕ	tʂ/ɕ	tʂ/ɕ	tɕ/ts[29]	tʂ	tʂ/ɕ	tʂ/ɕ		tʂ

---

28 屯溪知三、章組字讀成[t]的是「晝」字，如「上晝上午」「下晝下午」「當晝中午」，未見其他知三、章組字存在同類現象。休寧、五城讀成[t]的也僅限於「晝」字。

29 祁門止合三知三、章組讀ts的是「追、錐」這兩個字，其他韻攝的知三、章組字均不見ts組這樣的今讀形式。

	假開三	遇合三	蟹開三	止三開	止三合	效開三	流開三	深開三舒	深開三入	宕開三
婺源	ts/ɕ	tɕ	tɕ	tɕ/s	tɕ	ts	ts	ts	ts	tɕ
浙源	ts	tɕ	ts	ts	tɕ	ts	ts	ts	ts	ts
浮梁	tɕ	tɕ	tɕ	tɕ/s	tɕ	tɕ	tɕ	tɕ	tɕ	tɕ
旌德	tɕ[30]/ts	tɕ/ts	ts	ts	ts	tɕ/ts	tɕ	tɕ	ts	tɕ/ts
占大	ts/ʂ[31]	tɕ	ts	ts/ʂ	tɕ	ts	ts	ts	ts/ʂ	ts
淳安	ts	tɕ	ts	ts	tɕ/ts	ts	ts	ts	ts	ts
遂安	tɕ	tɕ/ts	tɕ/ts	ts	tɕ/k(f)	tɕ	tɕ	tɕ	tɕ	tɕ/ts

續表2-12

	山三開舒	山三開入	山三合舒	山三合入	臻三開舒	臻三開入	臻三合舒	臻三合入	曾開三舒聲	曾開三入聲	梗開三舒聲	梗開三入聲	通合三舒聲	通合三入聲
績溪	tɕ/ts	tɕ	tɕ	tɕ	tɕ	tɕ	tɕ/ts	tɕ/ts	tɕ	tɕ	tɕ	tɕ	ts	ts
荊州	tɕ/ts	tɕ	tɕ	tɕ	tɕ	tɕ	tɕ/ts	tɕ/ts	tɕ	tɕ	tɕ	tɕ	ts	ts
歙縣	tɕ	tɕ	tɕ	tɕ	tɕ	tɕ	tɕ	tɕ	tɕ	tɕ	tɕ	tɕ	ts	ts
屯溪	tɕ	tɕ	tɕ	tɕ	tɕ	tɕ	tɕ/ts	tɕ/ts	tɕ	tɕ	tɕ	tɕ	ts	tɕ
休寧	tɕ	tɕ	tɕ	tɕ	tɕ	tɕ	tɕ	tɕ	tɕ	tɕ	tɕ	tɕ	tɕ	tɕ
五城	tɕ	tɕ	tɕ	tɕ	tɕ	tɕ	ts	ts	tɕ	tɕ	tɕ	tɕ	ts	tɕ/ts
黟縣	tɕ/s	tɕ/s	tʃ	tʃ	ts	ts	tʃ	tʃ	tʃ/ts	ts	tʃ/ts	tʃ/s	tʃ	tʃ/t
祁門	tʂ/ɕ	tʂ/ɕ	tɕ	tɕ	tʂ/ɕ	tʂ/ɕ	tɕ	tɕ	tʂ/ɕ	tʂ/ɕ	tʂ/ɕ	tʂ/ɕ	tʂ	tʂ/ɕ
婺源	tɕ	ts	tɕ	tɕ	ts	ts	tɕ	tɕ	ts	ts	ts	ts	ts	ts
浙源	ts	ts	k	k	ts	ts	k/ts	k/ts	ts	ts	ts	ts	ts	ts

---

30 旌德假開三知三、章組字讀成tɕ組輔音的只有「扯」字。

31 占大音系中除了擦音還保持舌尖前後的對立，而舌尖塞擦音只有舌尖前ts、tsʰ一套了，嚴格地說是部分知系字ts、tsʰ和tʂ、tʂʰ自由變讀。但在八十多歲的老年人口語中還保持舌尖前ts、tsʰ、s和舌尖後tʂ、tʂʰ、ʂ的對立。

浮梁	tɕ			tɕ			tɕ		tɕ		tʂ	
旌德	ts	tɕ/ts	tɕ/ts	tɕ	ts	tɕ	tɕ/ts	tɕ/ts	ts	tɕ/ts	ts	
占大	ts/ɕ	ts/ʂ	tɕ	ts	ts/ʂ	tɕ		ts	ts/ʂ	ts	ts/ʂ	ts	ts/ʂ
淳安	ts	tɕ[32]/ts	ts	ts			ts		ts		ts	
遂安	tɕ	k（f）	tɕ	tɕ/k（f）		tɕ		tɕ	tɕ/ts	ts	

　　從表2-12我們看到，中古知三、章組聲母在徽語中一共有這樣幾組今讀形式（還有未見表格的黃山等地，中古知三、章組聲母有讀為tɬ、tɬʰ、ɬ的，黃山等地的tɬ、tɬʰ、ɬ應該是和ts、tsʰ、s組屬於同一語音層次而不同演變方向的今讀形式）：ts、tsʰ、s，tʂ、tʂʰ、ʂ，tɕ、tɕʰ、ɕ，tʃ、tʃʰ、ʃ，k、kʰ、x（f），t。其中，tʃ、tʃʰ、ʃ僅見於黟縣，除此，通合三入聲字還出現了 t 的今讀形式；祁婺片的浙源和嚴州片的遂安還出現了知三、章組讀成 k、kʰ、x（f）的現象。徽語每個方言點，知三、章組聲母都不同程度出現了分化，今讀形式最複雜的是黟縣，出現了四組今讀形式：ts、tsʰ、s，tɕ、tɕʰ、ɕ，tʃ、tʃʰ、ʃ，t。祁婺片的祁門出現了三組形式：tʂ、tʂʰ、ʂ，tɕ、tɕʰ、ɕ，ts。大部分方言點的知三、章組大多分化為兩組，旌占片的少數方言點例如占大還有祁婺片的一些方言點分化為tʂ、tʂʰ、ʂ，tɕ、tɕʰ、ɕ，績歙片、休黟片、嚴州片大多數方言點知三、章組大多分化為ts、tsʰ、s，tɕ、tɕʰ、ɕ。除去特殊韻攝外（例如止攝、通攝），我們大致可以將徽語知三、章組讀音歸為三類：

　　1. **不論開合以讀舌面音為主**。即不論中古地位是開口韻還是合口韻，知三、章組均以舌面音 tɕ、tɕʰ、ɕ為主。祁婺片的浮梁和績歙片的歙縣是典型代表，知三、章組與見曉組混並後讀成 tɕ、tɕʰ、ɕ所轄的韻攝最多，除了通攝外，其餘韻攝的知三、章組字幾乎都讀成 tɕ組。除此，績歙片的杞梓里、許村和休黟片的黃山、屯溪、休寧、五

城、溪口等知三、章組不分開合以讀細音為主。

2. **舌尖音（包括 ts、tsʰ、s，tʂ、tʂʰ、ʂ）和舌面音呈互補分布態勢**。開口韻母前讀舌尖音，合口韻母前讀舌面音。這種類型主要見於祁婺片一些方言點，例如祁門、婺源、浙源等；旌占片的一些方言點，例如占大、柯村；嚴州片的一些方言點，例如建德等，開口韻母前知三、章組一般讀ts、tsʰ、s/tʂ、tʂʰ、ʂ，合口韻母前一般讀舌面音tɕ、tɕʰ、ɕ。

3. **不論開合以讀舌尖音為主**。主要有旌占片的旌德和嚴州片的淳安等，知三、章組字很少讀舌面音 tɕ、tɕʰ、ɕ。

以上所歸納的徽語知三、章組今讀三種類型實則代表知三、章組聲母發展的不同層次。其中，第一種類型的徽語最為保守，這種類型代表知三、章組在徽語的較早階段，這一階段，知三、章組沒有隨韻母的開合發生分化；第二種類型中，知三、章組聲母已經開始依韻母的開合發生分化，這個階段，開口韻母中的捲舌化音變已經開始出現（部分方言點進一步演變為舌尖前音），而合口韻母前則保持舌面音不變；第三種類型代表知三、章組發展的較晚階段，無論開口韻前還是合口韻前基本完成了舌面音向捲舌音繼而向舌尖前音的演變。

當然，這裡還涉及知三、章組聲母的合流以及合流以後又重新組合的問題，我們下文將結合知二、莊組聲母對此詳做分析。知三、章組聲母在合流前曾經歷不同的發展階段，徽語共時平面上存在的幾組讀音正是知三、章組聲母歷時發展的反映，只不過不是每一個方言點都會完全經歷這個音變過程，語音發展本來就是不平衡的。從音理上來說，tʂ> ts> tɕ 的演變也是可行的，tʂ或ts聲母受 i 介音的同化從而腭化為 tɕ。只不過，目前還沒有確切的證據顯示徽語某個方言點曾經發生「tʂ＞tɕ」的反向演變（漢語方言中是存在這種方向演變模式的。例如：萬榮話和岳西話中有部分見、曉組字白讀為tʂ組聲母。當然，這種現象只見於絕少數方言，不具有普遍性）。而我們把 tɕ 看作

是音變鏈的上環則是有方言根據的。一些方言點存在不同年齡層之間的語音差異。例如：歙縣徽城老派話讀成 tɕ、tɕʰ、ɕ的聲母字，中年人大都讀成 tʃ、tʃʰ、ʃ，青少年卻讀成了ts、tsʰ、s。這種新老差異可以說是歷時差異的反映。除此，還有某些方言點存在的城鄉語音差異也可以說明 tɕ 是音變鏈的上環。例如，祁門知章組字讀成舌面塞音或塞擦音所轄的字由西到東呈現遞減趨勢，在遠離城區的箬坑鄉（祁門西路話）大部分知三、章組字讀成 tɕ、tɕʰ、ɕ，而同屬西路話但離縣城較近的閃裡話宕開三、梗開三的知章組字已經讀成了tʂ、tʂʰ、ʂ。離縣城最近而且語音系統最接近城區話的南路話只有假、蟹、止、深幾攝的開口知三、章組字讀為 tɕ、tɕʰ、ɕ，而在其他的開口三等韻前則讀tʂ、tʂʰ（本點沒有ʂ聲母，古生、書母不論在洪音還是細音前都讀為ɕ，如：沙＝燒ɕiuːɐ¹¹）。到了城區，除了在大多數合口韻前知三、章組字讀成 tɕ、tɕʰ、ɕ，在開口韻前只能從[ʂ]、[ɕ]的自由變讀中看出知章組字歷史上曾經有過舌面音的讀法（祁門城區話中，[ʂ]與[ɕ]不對立，在開口呼和合口呼韻母前讀[ʂ]，在齊齒呼和撮口呼韻母前讀[ɕ]。這兩種聲母的字有小部分可以自由變讀為[ʂ]和[ɕ]。如：梳餿收[ʂe¹¹]~[ɕie¹¹]｜束[ʂe³⁵] / [ɕic³⁵]｜深身升[ʂæn¹¹]/ɕiæn¹¹]｜興高興[ʂæn²¹³]/ɕiæn²¹³]｜成[ʂæ̃⁵⁵/ɕiæ̃⁵⁵]）。

　　另外，徽語某些方言點出現了一些特殊讀音。例如，祁婺片的浙源和嚴州片遂安的古知三、章組字在部分的合口韻前讀成 k、kʰ、x（f）（古書、禪二母讀成f）。我們發現，這些知三、章組字與同等音韻地位的見組字相混。例如：

　　　　浙源：　專磚＝捐[kuĩ³³]　　　川 穿＝圈[kʰuĩ³³]　　　船＝懸[xuĩ⁵¹]

　　　　　　　　肫＝軍[kuein³³]

　　　　遂安：　追[kyei⁵³⁴]　　　說＝血[fɛ²⁴]　　　專磚＝捐[kyɛ̃⁵³⁴]

　　　　　　　　傳＝權[kʰyɛ̃ɛ̃³³]　　　肫＝軍[kyen⁵³⁴]

　　這些字都來自古合口韻，說明與後接元音的影響有關；而且又與見組字相混，說明是與見組合流為舌面音後受後接元音影響進一步音變為舌根音。即：

$$tɕ、tɕ^h、ɕ > k、k^h、x \_y（u）$$

　　至於遂安少數書、禪母字今讀 f 聲母則是與曉、匣母同讀為 x 聲母的後續性音變結果，即「x > f_y（u）」的音變，遂安方言的 f 所轄的字基本都來自古合口韻。

　　知三、章組在合口韻裡讀為 k、k^h、x 的現象並不限於徽語的浙源、遂安等地區。據蔣希文（1992），湖南醴陵的知三、章組字在合口韻前與見、曉組字一樣，讀成 k、k^h、x。

　　除此，在休黟片的一些方言點例如屯溪、休寧、五城、黟縣知三、章組有讀為 t 的現象。屯溪、休寧、五城僅一個「書」字，且在休寧南鄉較早地方文獻《休邑土音》中「書」未見與端母字互見，我們懷疑今天屯溪、休寧、五城的「書」可能只是訓讀。據《徽州方言研究》（1998）中的黟縣音系，知三、章組讀 t 的僅見於通合三的入聲字「囑、矚、粥、祝、竹、築」幾個字，而從比《徽州方言研究》（1998）略早的《黟縣方音調查錄》（1935）中看到，知章組讀同端組現象有兩處，一處源於通攝入聲韻字，其例字只比《徽州方言研究》多了一個「竺」；另一處源於山攝字：穿[33]=奪 tʰuə。

　　如何看待黟縣知三、章組字讀同端組的現象呢？我們認為，這種現象形式上與「古無舌上音」現象很像，但實質並不相同。主要表現在：「古無舌上音」一般指的是《切韻》音系的知、徹、澄三母，在上古時代，其讀音與端、透、定無異。但《徽州方言研究》和《黟縣

33　《黟縣方音調查錄》（1935）中，「穿」另有一讀同與「川」。

方音調查錄》除了知組字還有章組字。學界一般認為，現代漢語方言
中留存「古無舌上音」現象的當以閩語為典型，而閩語中與端組字同
讀的一般限於知組字（知二，知三），章組和莊組字則另讀一類，讀
舌尖塞擦音、擦音。與黟縣相似的是，湘、贛語有些地區以及湘南土
話中存在知三、章讀如端組的現象（蔣希文，1992）。「中古知、章組
聲母字在湘贛語裡有些地區讀舌尖塞音在已發表和未發表的一些論著
裡，不少作者援引錢大昕的『古無舌上音』的說法，認為這種現象是
『古音的遺留』。」[34]羅常培在《臨川音系》裡說過：「舌上音讀成舌
尖音在閩系方言和高麗、日本漢字譯音裡也還有同樣的現象。這足以
證明錢大昕『舌音類隔說不可信』的結論是可以成立的。至於正齒三
等字也變成舌頭音的現象，在別的方言卻很少見。這個現象的來源是
很古的。」[35]蔣先生認為，「臨川話中古知二組和莊組字讀一類，讀舌
尖塞擦音，知三組和章組字另讀一類，讀舌尖塞音。臨川話中古知、
莊、章三組字的演變模式和閩語不是一樣的。湘贛語知章組讀舌尖塞
音似乎應當另有解釋，不能籠統地用『古音遺留』一句話來搪塞。」[36]
「在以上三個方言（臨川、雙峰、安化）裡，來自中古的知章組字今
音讀舌尖塞音是有限制的，是以今音韻母讀音為條件的。……在臨川、
雙峰、安化三個方言裡來自中古知、章組字今音讀舌尖塞音的，可以
認為是由舌面塞擦音演變（經過移位、硬化）的結果。」[37]

　　與湘、贛語知三、章組字讀舌尖塞音相似，黟縣話中古知三、章
組字讀同端組用例極少，且聲類、韻類、調類皆受限，只能用較晚的
音變來解釋這個現象，音變產生的原因應該還是與韻母有關。

---

34 蔣希文：〈湘贛語裡中古知莊章三組聲母的讀音〉，《語言研究》1992年第1期，頁
　　69。
35 羅常培：《臨川音系》（北京市：科學出版社，1958年），頁108。
36 蔣希文：〈湘贛語裡中古知莊章三組聲母的讀音〉，頁69。
37 蔣希文：〈湘贛語裡中古知莊章三組聲母的讀音〉，頁73。

　　徽州方言三四等字的腭化與非腭化問題相對北京話來說更為複雜，漢語的腭化問題本來就是歷史比較語言學中的一個老難題，本文討論的這些問題還須結合更多的方言材料及漢語史的材料作更深入的討論。

第三節　徽州方言古知、莊、章組分立格局的分析

　　《廣韻》音系的「知徹澄、章昌船書禪、莊初崇生」三組音，到了十三、十四世紀時發生了歸併，在現代漢語共同語中這三組音已經合併為一組捲舌音[tʂ]、[tʂʰ]、[ʂ]，從歷史上看，「知」、「章」、「莊」三組演變成[tʂ]、[tʂʰ]、[ʂ]不是同時的。它們是怎樣歸併的，歸併後形成多少個聲母？中古的知、莊、章聲母發展到《中原音韻》中到底分為幾組，學界一直以來意見不一：一派學者主張將《中原音韻》中知、莊、章分作兩組，知三章為一組，跟[i]相拼，擬為舌面音*[tɕ-]，知二、莊為一組，擬為翹舌音*[tʂ-]。另一派學者主張將整個知、莊、章看成一組，或都擬為舌葉音，或都擬為捲舌音。例如楊耐思根據八思巴字譯音系統的聲韻配合關係看到「一個韻母裡面，『知、章、莊、日』的出現，只有一套，沒有對立現象」，因此提出「我們可以毫不猶豫地認定它們是一套聲母」。[38]而在現代漢語方言中，例如南部吳語、客贛方言、徽語中，知莊章一般分成兩組：知二莊一組，知三章一組，形成二極分立的格局。如何看待包括徽語在內的方言中知、莊、章的分立趨勢呢？這樣的格局又是怎樣形成的？下面我們就以徽語為視角來觀察知、莊、章組的今讀情況，我們先以作者的母語——祁門城區話中的大坦話為例來考察徽語莊組和知章組的音韻表現。

---

38 楊耐思：〈漢語「知、章、莊、日」的八思巴字譯音〉，《近代漢語音論（增補本）》
　　（北京市：商務印書館，2012年），頁80。

　　祁門大坦話中莊組和知章組聲母的今讀共有三組：tʂ、tʂʰ、ʂ；tɕ、tɕʰ、ɕ；ts、tsʰ、s。表2-13是知、莊、章組字在祁門大坦話中的今讀情況：

表2-13　祁門大坦話中知莊章組聲母今讀

聲母	韻攝		韻字
tʂ-	假攝		茶（知二）　查渣榨炸叉杈差~不多沙紗（莊二）遮者蔗車馬~扯（章）
	遇攝		初楚礎助梳所數（莊三）
	蟹攝		齋豺債釵差出~柴簁曬寨（莊二）　制（章）
	止攝		知池馳遲致稚癡雉置恥持治（知三）　支枝肢梔紙翅脂旨指至之芝止趾址志痣嗤齒（章）　廁（莊三）
	效攝		罩（知二）朝超潮趙召（知三）　抓爪找笊抄鈔巢（莊二）昭招照燒少紹邵（章）
	流攝		晝抽醜綢稠籌（知三）　餿瘦（莊三）　周舟州洲帚咒臭仇酬收手首守獸受壽授售（章）
	咸攝		站賺（知二）　沾（知三）斬插閘攙杉衫（莊二）凸折~衣裳褶（章）
	深攝		沉蟄（知三）　參人~滲（莊三）　針枕執汁濕深沈審（章）
	山攝	開	盞鏟山產刪柴察殺鏟（莊二）　展纏哲徹撤（知三）戰折~斷浙舌（章）
		合	閂拴刷（莊二）
	臻攝		珍鎮趁陳塵陣侄秩（知三）　榛臻（莊三）　真診疹振震晨質臣神身申伸辰腎慎（章）
	宕、江攝		撞桌啄戳（知二）　張長漲帳賬脹腸場丈仗著（知三）窗雙捉鐲（莊二）　莊裝壯瘡闖創床狀霜（莊三）章樟掌障瘴昌菖唱倡商傷常嘗償上尚焯（章）
	曾攝		征橙澄直值（知三）　測側色（莊三）　蒸拯證症稱秤乘剩勝承丞織職植塍繩升（章）

聲母	韻攝		韻字
	梗攝		撐掌拆澤擇宅摘坼（知二）　貞偵逞呈程鄭（知三）　生甥省節~爭箏責策冊柵（莊二）　正征整政聲成城誠聖盛隻赤尺石（章）
	通攝		中忠蟲塚重寵竹築畜（知三）　崇縮（莊三）　終眾充銃鐘種腫舂燭觸束屬（章）
tɕ-	假攝		蛇賒射社舍麝（章）
	遇攝		豬除芧箸誅蛛廚柱住（知三）　煮處杵書暑鼠薯朱珠硃主注蛀樞輸殊豎樹（章）　鋤（莊三）
	蟹攝		世勢誓稅（章）
	止攝	開	師獅士柿使史駛事（莊三）　匙是豉屍屎示視詩始試時市侍（章）
		合	錘槌（知三）　吹炊垂睡誰水（章）　帥（莊三）
	流攝		收手首守獸受壽授售（章）　餿瘦（莊三）
	咸攝		閃涉（章）
	深攝		十拾什深沈審（章）　參人~滲（莊三）
	山攝	開	善扇設（章）
		合	轉傳（知三）　專磚川穿串船說（章）
	臻攝	開	實失室神身申伸辰腎慎（章）
		合	椿術白~（知三）　朜准春蠢唇順舜純醇出術技~（章）
	曾攝		膡繩升（章）
	梗攝		射適釋（章）
	通攝		束屬（章）
ts-	遇攝		阻（莊三）
	止攝		只~有（章）　滓（莊三）　追（知三）　椎錐（章）
	效攝		稍矟（莊二）
	流攝		皺愁搜（莊三）
	深攝		簪森（莊三）
	臻攝		襯（莊三）

從表2-13中我們看到：

1. 知系字中，除了部分生母字有可能讀成舌面擦音，從而與書母字相混外（還有部分生母字和書母字可以自由變讀ʂ和ɕ。這種情況在祁門南路話裡更為典型，比如溶口話的音系中就沒有ʂ聲母的存在，所有的生母字都讀成ɕ）。其他莊組字一般不讀舌面音 tɕ、tɕʰ、ɕ。

2. 知三、章組字分讀tʂ、tʂʰ、ʂ和 tɕ、tɕʰ、ɕ。讀 tɕ、tɕʰ、ɕ的多為合口三等韻字，還有部分是開口韻中讀成擦音的書、船、禪母字，這些擦音聲母遇主元音為前半高元音或前半低元音時自由變讀為ʂ和ɕ。

3. 祁門方言中，除了止合三的知母字「追」和章母字「椎錐」讀成ts聲母外，知系字中讀成ts、tsʰ、s的都是莊組字。

由此，我們看到莊組和知章組在大坦話中呈現分立趨勢：莊組、知二組以讀tʂ、tʂʰ、ʂ為主，少部分讀為ts、tsʰ、s；知三章組基本以開合口為條件分讀tʂ、tʂʰ、ʂ和 tɕ、tɕʰ、ɕ。不過，祁門大坦話這種分立趨勢在徽語中尚不算典型，徽語的很多方言點知系字大多只有兩類今讀形式，而且這兩類今讀形式的分布大致是知二、莊為一組，知三、章為為一組，具體情況如表2-14所示，為了更好地觀察知二、莊和知三、章的分立趨勢，我們將韻字的聲母、韻母均予以列出：

表2-14　徽州方言中知、莊、章組今讀對照表（含續表2-14）

	假攝		遇攝				蟹攝			
	茶澄二 查檢~，崇二	車昌	初初	梳生	豬知三 珠章	書書	債莊二	柴崇二	制章	世書
績溪	tsʰo	tɕʰiɔ/ tsʰo	tsʰu	su	tɕy	ɕy	tɕiɔ	ɕiɔ	tsʐ	sʐ
荊州	tsʰo	tɕʰiɔ/ tsʰo	tsʰu	su	tɕy	ɕy	tɕiɔ	ɕiɔ	tsʐ	sʐ
歙縣	tsʰa	tɕʰia	tsʰu	su	tɕy	ɕy	tsa	sa	tɕi	ɕi
屯溪	tsɔ	tɕʰia	tsʰɯu	sɛu	tɕy	ɕy	tsa	sa	tɕi	ɕie
休寧	tsɔ	tɕʰia	tsʰau	sau	tɕy	ɕy	tsa	sa	tɕie	ɕie

	假攝		遇攝				蟹攝			
	茶澄二 查檢~，崇二	車昌	初初	梳生	豬知三 珠章	書書	債莊二	柴崇二	制章	世書
五城	tsʰɔ	tɕʰia	tsʰɤ	sɤ	tɕy	ɕy	tsa	sa	tɕi	ɕie
黟縣	tʃoɐ	tɕʰi:ɐ	tʃʰu	ʃu	tʃu	ʃu	tʃa	sa	tʃʐ	sɐɐ
祁門	tʂʰa	tʂʰi:ɐ	tʂʰu	ʂe	tɕy	ɕy	tʂa	ʂa	tʂi	ɕi:ɐ
婺源	tsʰo	tsʰɛ	tsʰu	su	tɕy	ɕy	tsɔ	sɔ	tɕi	ɕi
浙源	tsʰo	tsʰe	tsʰu	su	tɕy	ɕy	tsɔ	sɔ	tse	se
浮梁	tʂʰo	tɕʰie	tʂʰəu	ʂəu	tɕy	ɕy	tɕia	ɕia	tɕi	ɕi
占大	tsʰɔ	tsʰa	tsʰu	ɕy	tɕy	ɕy	tsa	ʂa	tsʐ	ʂʐ
淳安	tsʰo	tsʰo	tsʰua	ɕya	tɕya	ɕy	tsɑ	sɑ	tsʐa	se
遂安	tsʰɑ	tɕʰiɛ	tsʰu	su	tɕy	ɕya	tsa	sa	tsʐ	ɕiei

續表2-14

	止攝				效攝				流攝			
	事崇三	帥生三	是禪	水書	罩知二 笊莊二	抄初二	照章	超徹三	愁崇三	瘦生三	綢澄三 仇禪	獸書
績溪	sʐ	sa	sʐ	ɕy	tsɤ	tsʰɤ	tɕie	tɕʰie	tsʰi	si	tsʰi	si
荊州	sʐ	sa	sʐ	ɕy	tsɤ	tsʰɤ	tɕie	tɕʰie	tsʰii	sii	tsʰii	sii
歙縣	sʐ	sɛ	ɕi	ɕy	tsɔ	tsʰɔ	tɕiɔ	tɕʰiɔ	tsʰio	ɕio	tɕʰio	ɕio
屯溪	sʐ	?	ɕi	ɕy/si	tsɤ	tsʰo	tɕio	tɕʰio	tsʰiu	sɤ	tɕʰiu	ɕiu
休寧	sʐ	so	ɕi	ɕy	tsɤ	tsʰo	tɕio	tɕʰio	tsʰiu	sɤ	tɕʰiu	ɕiu
五城	sʐ	sɤ	ɕi	ɕy	tsɤ	tsʰo	tɕio	tɕʰio	tsʰiu	sɤ	tɕʰiu	ɕiu
黟縣	sʐ	ʃuaɯ	sʐ	ʃu	tʃau	tʃʰau	tɕi:u	tɕʰi:u	tʃʰɯ	saɯ	tʃʰɯ	saɯ
祁門	ɕi	ɕy:ɐ	ɕi	ɕy	tʂuːɐ	tʂʰuːɐ	tʂa	tʂʰa	tsʰe	ʂe	tʂʰe	ʂe
婺源	sʐ	ɕiø	ɕi/sʐ	ɕy	tsɒ	tsʰɒ	tsɔ	tsʰɔ	tsʰɑ	sɑ	tsʰɑ	sɑ
浙源	sʐ	sɤ	sʐ	ɕy	tsɒu	tsʰɒu	tsɔ	tsʰɔ	tsʰao	sao	tsʰao	sao
浮梁	ʂɚ	sa	ɕi	ɕy	tʂau	tʂʰau	tɕiau	tɕʰiau	ɕiəu	ɕiau	tɕʰiəu	ɕiəu

	止攝				效攝				流攝			
	事崇三	帥生三	是禪	水書	罩知二 筲莊二	抄初二	照章	超徹三	愁崇三	瘦生三	綯澄三 仇禪	獸書
占大	ʂʅ	suɛ	ɕʅ	ɕye	tsɒ	tsʰɒ	tsɒ	tsʰɒ	tsʰɤ	ɕɤ	tsʰɤ	ɕɤ
淳安	ʂʅa	?	tsʰʅa	ɕya/ɕy	tsə	tsʰə	ɕtsə	tsʰə	tsʰɯ	ɕɯ	tsʰɯ	ɕɯ
遂安	ʅ	sua	ʅ	ɕy	tsɔ	tsʰɔ	tɕia	tɕʰia	tɕʰiu	ɕiu	tɕʰiu	ɕiu

續表2-14

	咸攝				深攝		山攝（開）			
	站知二 斬莊二	插初二	占~位子,章	折折疊,章	參人~、生三	深書	蓋莊二	山生二	展知三	扇書
績溪	tsʰɔ tsɔ	tsʰɔʔ	tɕyẽi	tɕyaʔ	sã	ɕiã	tsɔ	sɔ	tsẽi	ɕyẽi
荊州	tsʰɔ tsɔ	tsʰɔʔ	tɕyɔ̃	tɕyaʔ	sɛ	ɕiɛ	tsɔ	sɔ	tsɔ̃	ɕyɔ̃
歙縣	tsʰɛ tsɛ	tsʰaʔ	tɕie	tɕieʔ	sʌ̃	ɕiʌ̃	tsɛ	sɛ	tɕie	ɕye
屯溪	tsʰɔ tsɔ	tsʰɔ	tɕiːe	tɕia	san	ɕian	tsɔ	sɔ	tɕiːe	ɕiːe
休寧	tsʰɔ tsɔ	tsʰɔ	tɕia	tɕia	san	ɕiẽn	tsɔ	sɔ	tɕia	ɕia
五城	tsʰuɔu tsɔu	tsʰɔ	tɕiɛ	tɕia	san	ɕian	tsɔu	sɔu	tɕiɛ	ɕiɛ
黟縣	? tʃɔɐ	tʃʰɐɐ	tɕiːe	tɕiːe	saŋ	ʅ	tʃɐɐ	sɐɐ	tɕiːe	siːe
祁門	tʂɔ̃	tʂʰa	tʂʅːɐ	tʂiːɐ	ʂæn	ʂæ̃	tʂɔ̃	ʂɔ̃	tʂʅːɐ	ɕiːɐ
婺源	tsum	tsʰɔ	tɕĩ	tsɛ	sɐ̃	sɐ̃	tsum	som	tɕĩ	ɕĩ
浙源	tsɔ̃	tsʰɔ	tsʅ̃	tse	sein	sein	tsɔ̃	sɔ̃	tsʅ̃	sʅ̃

	咸攝				深攝		山攝（開）			
	站知二斬莊二	插初二	占～位子，章	折折疊，章	參人～，生三	深書	蓋莊二	山生二	展知三	扇書
浮梁	tsaŋ tʂo	tʂʰo	tɕi	tɕie	ʂoŋ	ɕiən	tʂo	ʂo	tɕi	ɕi
占大	tsã tsɔ̃	tsʰɔ	tɕiẽ	tsɛ	sã	sən	tsɔ̃	sɔ̃	tsɔ̃	ɕyẽ
淳安	tsã tsã	tsʰɑʔ	tsã	tsɔʔ	sã	sen	tsã	sã	tsã	sã
遂安	tsã	tsʰɑ	tɕiẽ	tɕiɛ	sã	ɕin	tsã	sã	tɕiẽ	ɕiẽ

續表2-14

	山攝（合）			臻攝			宕、江攝			
	栓生二刷生二	傳遺～，澄三船船	說書	襯初三	陳澄三	春昌	雙生二霜生三	桌知二捉莊二	傷書	著～衣，知三
績溪	so sɔʔ	tɕʰyẽi	ɕyaʔ	tɕʰiã	tɕʰiã	tɕʰyã	sõ	tsoʔ	ɕiõ	tɕyoʔ
荊州	so sɔʔ	tɕʰyɔ̃	ɕyaʔ	tɕʰiɛ	tɕʰiɛ	tɕʰyɛ	sõ	tsoʔ	ɕiõ	tɕyoʔ
歙縣	ɕye suaʔ	tɕʰye	ɕyeʔ	tɕʰiʌ̃	tɕʰiʌ̃	tɕʰyʌ̃	so	tsɔʔ	ɕia	tɕiaʔ
屯溪	su:ə ɕy:e	tɕʰy:e	ɕy:e	tɕʰian	tɕʰian	tɕʰyan	sau	tso	ɕiau	tɕio
休寧	su:ə	tɕʰy:e	ɕy:e	tɕʰiĕn	tɕʰiĕn	tɕʰyĕn	sau	tso	ɕiau	tɕio
五城	su:ɐ ɕy:ɐ	tɕʰy:ɐ	ɕy:ɐ	tɕʰian	tɕʰian	tɕʰyan	sɔu	tso	ɕiɔu	tɕio
黟縣	ʃu:ɐ ʃu:ɐ	tɕʰy:e	ʃu:ɐ	tsʰ̩	tsʰ̩	tʃʰu	soŋ	tʃau	soŋ	tʃau
祁門	ʂũ:ɐ ʂũ:ɐ	tɕʰỹ:ɐ	ɕy:ɐ	tsʰæn	tʂʰæn	tɕʰyæn	ʂũ:ɐ	tʂu:ɐ	ʂũ:ɐ	tʂo

	山攝（合）			臻攝			宕、江攝			
	栓生二 刷生二	傳遄~,澄三 船船	說書	襯初三	陳澄三	春昌	雙生三 霜生三	桌知二 捉莊二	傷書	著~衣,知三
	ʂuːŋ	eỹ:ɐ/ tɕʰỹ:ɐ	aːŋ							
婺源	som so	tɕʰỹ eỹ	ɕiø	tsʰein	tsʰein	tsʰein	ɕiã	tsɒ	ɕiã	tsɒ
浙源	sũ so	kʰuĩ xuĩ	xue	tsʰein	tsʰein	kʰuein	sõu	tsɔu	sõu	tsao
浮梁	ʂo ?	tɕʰyi ɕyi	ɕye	tsʰən	tɕʰiən	tɕʰyən	ʂaŋ	tsau	ɕia	tɕia
占大	ɕyẽ ɕya	tɕʰyẽ	ɕye	tsʰən	tsʰən	tɕʰyn	sɔ̃	tso	sɔ̃	
淳安	suã suɔ?	tsʰuã suã	suɔ?	tsʰen	tsʰen	tsʰuen	sɔm sã	tso?	sã	tsɒ?
遂安	fɜ̃ fɛ̃	kʰyɛ̃ fɛ̃	fɛ	tɕʰin	tɕʰin	kʰyen	som	tsɔ tsu	ɕiã	tɕia

續表2-14

	曾攝		梗攝						通攝	
	色生三	識書	爭莊二	生生二	拆徹二 策初二	鄭澄三 正章	聲書	尺昌	縮生三	熟禪
績溪	ɕiaʔ	ɕieʔ	tsã/tsẽi	sã/sẽi	tɕʰiaʔ	tɕʰiã tɕiã	ɕiã	tɕʰieʔ	sɤʔ	sɤʔ
荊州	ɕiaʔ	ɕieʔ	tsɔ̃/tsɛ	sɔ̃/sɛ	tɕʰiaʔ	tɕʰiɛ tɕiɛ	ɕiɛ	tɕʰieʔ	sɤʔ	sɤʔ
歙縣	sɤʔ	ɕiʔ	tsɐ̃/tsɛ	sɐ̃/sɛ	tsʰɛʔ	tɕʰiɐ̃ tɕiɐ̃	ɕiɐ̃	tɕʰiʔ	suʔ	su
屯溪	sa	ɕi	tɕiːe	ɕiːe	tsʰa	tɕʰiːe tɕiːe	ɕiːe	tɕʰie	sɤ	ɕiu

	曾攝		梗攝						通攝	
	色生三	識書	爭莊二	生生二	拆徹二 策初二	鄭澄三 正章	聲書	尺昌	縮生三	熟禪
休寧	sa	ɕi	tsa/tɕia	ɕia	tsʰa	tɕʰia tɕia	ɕia	tɕʰie	sau	ɕiu
五城	sa	ɕi	tɕiɛ	ɕia/ɕiɛ	tsʰa	tɕʰiɛ tɕiɛ	ɕiɛ	tɕʰie	sɤ	ɕiu
黟縣	sa	sɿ	tʃa	sa	tʃʰa	tsʰɿ tʃa	sa	tʃʰa	sau	ʃu
祁門	ʂa	ɕi	tʂã	ʂã	tʂʰa	tʂʰæ̃ tʂæ̃	ʂæ̃	tʂʰa	ʂaːɐ	ʂe
婺源	sɔ	sɑ	tsɔ̃	sɔ̃	tsʰɔ	tsʰɔ̃ tsɔ̃	sɔ̃	tsʰɔ	?	su
浙源	sɔ	sɿ	tsã	sã	tsʰɔ	tsʰã	sã	tsʰɔ	sɔu	su
浮梁	ɕiai	ɕiai	tɕia	ɕia	tɕʰia	tɕʰiai tɕia	ɕiai	tɕʰiai	ʂau	ʂɐu
占大	sɛ	ʂʅ	tsã	sã	tsʰa tsʰɛ	tsən tsən	sã	tsʰa	so	ʂu
淳安	sə?	sə?	tsã	sã	tsʰɑ?	tsʰen tsen	sen	tsʰɑ?	so?	sɔ?
遂安	səɯ	ɕiei	tsã	sã	tsʰa	tɕʰin tɕin	ɕin	tsʰa	sɔ	su

下面我們分別從聲母和韻母兩個角度來觀察表2-14所列的今讀形式：

（一）從聲母看知、莊、章分組格局

上一節我們歸納了知三、章組聲母在徽語中的今讀類型時曾提到，徽語每個方言點，知三、章組聲母都不同程度出現了分化，除了

黟縣出現了四組今讀形式，祁婺片的祁門、浮梁知三、章組一般分化為[tʂ、tʂʰ、ʂ]和[tɕ、tɕʰ、ɕ]這樣兩組，大部分方言點的知三、章組一般分化為[ts、tsʰ、s]和[tɕ、tɕʰ、ɕ]這樣兩組，旌占片的占大則分為[ts、tsʰ、s/ʂ]和[tɕ、tɕʰ、ɕ]。現在加上知二、莊組後，祁門、浮梁這樣的方言點知、莊、章組一共有三組今讀形式：[tʂ、tʂʰ、ʂ]，[tɕ、tɕʰ、ɕ]，[ts、tsʰ、s]，一般是知二、莊組分讀[tʂ、tʂʰ、ʂ]和[ts、tsʰ、s]，知三、章組分讀[tɕ、tɕʰ、ɕ]和[tʂ、tʂʰ、ʂ]。而如績歙片、休黟片（黟縣除外）、嚴州片等大多數方言點依然保持[ts、tsʰ、s]和[tɕ、tɕʰ、ɕ]兩極分立格局（休黟片的黃山也存在知二／莊、知三／章這兩類聲母的對立，與休黟片、績歙片大多數方言點不同的是，在黃山這兩類聲母形成的是「[ɬ、tɬʰ、ɬ]：[tɕ、tɕʰ、ɕ]」的對立模式）。無論是「[tʂ、tʂʰ、ʂ]：[tɕ、tɕʰ、ɕ]：[ts、tsʰ、s]」三極分立模式的方言點還是「[tɕ、tɕʰ、ɕ]：[ts、tsʰ、s]」二極分立模式的方言點，知二、莊都很少讀成[tɕ、tɕʰ、ɕ]，而有三極分立的方言點，知三、章都很少讀成[ts、tsʰ、s]。在這些方言點中，績歙片的歙縣和休黟片的屯溪、休寧、五城以及祁婺片的浮梁以及嚴州片的遂安，二極分立趨勢最為明顯：知二、莊組讀[ts、tsʰ、s]，知三、章組讀[tɕ、tɕʰ、ɕ]。不可否認，幾乎每個方言點都存在一些例外現象，除了擦音聲母字和通攝字整體比較特殊外，有些例外在很多方言點都存在。例如，莊組字「襯」在績溪、荊州、歙縣、屯溪、休寧、五城、遂安都讀成[tɕʰ]，從而混與知三組字「趁」；梗攝莊組字「爭、生」等字在屯溪、休寧、五城、浮梁等地都讀成[tɕ]和[ɕ]。

　　以上所列的大多是徽語中知二／莊、知三／章對立比較明顯的方言點（也基本是中心徽語區域所在的方言點），就是在知二／莊、知三／章這兩類聲母趨向混同的方言點，比如黟縣、婺源、旌德、柯村、淳安、建德、壽昌等地，這種分立的局勢還留存在為數不多的韻攝裡。比如，在黟縣，莊和知三、章基本合流，只有假開三、止合三

（「追、錐」）、效開三、咸山開三、山合三、宕開三的知章組還保留[tɕ、tɕʰ]的讀法，體現與知二、莊組的不同。在婺源，遇合三的知章組字、蟹開三的章組字、止開三的大部分知章組字、止合三的知章組字、咸山二攝開口二等的知章組舒聲字、山合三的知章組字、臻合三的知章組入聲字（「率、術、述、秫」）、宕開三的大部分知章組字都讀成[tɕ、tɕʰ、ɕ]，而大部分知二、莊組字以讀[ts、tsʰ、s]為常。

（二）從韻母看知、莊、章組字的分組趨勢

　　從上文知、莊、章組字在徽州方言中的今讀對照表我們看到，知、莊、章組的分組趨勢在韻母上也有所體現。除了韻母依等分立外，同屬三等韻，莊三組字和知三、章組字也出現了韻母上的分立趨勢，且不都是介音有無的區別。其中遇攝表現得最為明顯，除了黟縣外，其他方言點莊組和知三、章組字韻母均不同，大多表現為「莊 u：知三、章 y」的對立模式；其次是深攝，休寧、黟縣、浮梁、淳安、遂安等地，「參生三」和「深書」不但韻母存在洪細音之別，而且主元音也不相同；再次是宕攝，「霜生三」和「傷書」在歙縣、浮梁、遂安不但韻母存在洪細音之別，而且主元音也不相同。流、止攝的莊和知三、章組字在韻母上存在不同主要表現在歙縣、屯溪、休寧、五城、浮梁等方言點上。絕大多數韻攝，莊組與知章組首先在聲母上就保持對立的格局，韻母也大多表現為洪細之別。

　　我們看到，從中心徽語區的績歙片（比如績溪、許村、歙縣、深渡等）、休黟片（屯溪、休寧、五城、溪口等）到外圍徽語區的旌占片（比如旌德、柯村等）、祁婺片（比如德興、浮梁等）、嚴州片（比如淳安、建德、壽昌等），知、莊、章三組聲母二分趨勢漸弱，合一趨勢漸強。我們想這應該是古知、莊、章三組聲母發展不同階段的反映。其中，知二莊、知三章分立代表早期階段，三組合一代表最晚的階段。

　　前文提及，中古知、莊、章三組聲母在很多方言中，比如南部吳語、客贛方言、徽語中，知、莊、章一般分成兩組：知二莊一組，知三章一組，形成二極對立的格局。其實，知二／莊、知三／章這兩組聲母分立的現象在漢語方言裡分布非常廣，據李建校（2007），這種現象向北一直延伸到新疆一帶，向西一直延伸到青海，向南一直延伸到湘語、贛語區，向東一直延伸到膠遼半島。[39]這種格局我們在一些歷史文獻中也可以看到。五代後蜀毌昭裔所作的《爾雅音圖》反映的是五代宋初北方語音。據馮蒸（1994）的研究，《爾雅音圖》音注音系中就是知二與莊組合流，知三與章組合流。前文提及，學術界對中古的知、莊、章三組聲母在《中原音韻》中到底分為幾組持有不同意見，但其實在最重要的一點上是一致的，即《中原音韻》的知、莊、章聲母字從字音上看是分為對立的兩組的：知二全部、莊全部加上止攝章為一組，而知三、章（除止攝）加上通攝舒聲莊（「崇」）為另一組。

　　知二／莊組為一類，知三／章組為一類，讓我們感覺兩類聲母似乎是依等分立的。但又似乎不全是，因為首先，莊組聲母不僅可以和二等韻相拼，也可以和三等韻相拼，只不過在韻圖中和三等韻相拼的字被權宜放在二等地位上；其次，對於知組聲母分為二三等問題，李新魁（1991）曾提出：「《廣韻》音系中的舌上音聲母包括知二[ȶ]和知三[ȶ]兩類。知二組較早地變為塞擦音[tʂ]組而與莊組合流。但知三組在宋代前期尚讀為[ȶ]等音。」同時，他還指出：「知組聲母的變入照組聲母，當是發生於宋代。知三組聲母的變化首先是從[ȶ]等變為[tɕ]等，即先與章組合流變為[tɕ]，然後再與莊組合流」。[40]但是邵榮芬曾對《廣韻》「知徹澄娘」作為反切上字在二、三等使用情況進行考

39　李建校：〈陝北晉語知莊章組讀音的演變類型和層次〉，《語文研究》2007年第2期，頁59。

40　李新魁：《中古音》（北京市：商務印書館，1991年），頁77-78。

察，發現知組聲母中單獨用於二等韻的反切上字只有「卓、拏」二字，且只出現一次，而其他的用於二等韻的反切字，同樣可以用於三等字。[41]

　　那現代方言中，知二／莊組、知三／章組這兩類聲母的分立趨勢又該如何解釋呢？下面我們就將這個問題分解為兩個小問題進行分析：一是莊組如何與同韻攝的知三章組聲母形成對立的；一是知二和知三組聲母在諸如徽語、南部吳語、客贛方言中為何會出現按等分立的格局。

　　對於第一個問題，很多學者都曾給予合理的解釋。

　　徐通鏘（1997）認為，由於章組的形成，「為了保持語言單位的語音區別，音系中發生了一次鏈移性的音變，使莊組字由tʃ或tɕ變成tʂ，i介音消失，就像在某些現實方言中所發生的音變那樣。這樣，在那些有獨立二等韻的韻攝裡，莊組字轉入二等，形成照系二等字，而在那些沒有獨立二等韻的韻攝裡，它仍舊寄留在三等，形成反切上字並無分等趨勢的莊組字一部分在二等、一部分在三等這種異常的分布狀態。」[42]陳澤平（2003）從現代方言推論《韻境》、《七音略》將三等韻的莊組字排在二等位置是有「時音」基礎的。從《切韻》到《韻境》的五百多年間莊組聲母的發音部位由舌葉音轉為舌尖後，導致[-i-]湮滅，韻母由細轉洪，莊組字的韻母已不再具有三等的特徵，同韻攝的莊章兩組字的韻母洪細對立。[43]平山久雄也注意到這種現象，他說：「日譯漢音將東三、鐘、魚、虞、陽、尤等韻裡的舌齒音字都譯作細音，包括知組字在內，如東三韻『仲』、『忠』tiu，魚韻

41 參考蔣冀騁：〈《回回藥方》阿漢對音與《中原音韻》「章、知、莊」三系的讀音〉，《古漢語研究》2007年第1期，頁2-15。

42 徐通鏘：《語言論——語義型語言的結構原理和研究方法》，頁163。

43 陳澤平：〈從現代方言釋《韻鏡》假二等和內外轉〉，《閩語新探索》（上海市：上海遠東出版社，2003年），頁63。

『箸』、『褚』tiyo，虞韻『柱』tiu，陽韻『張』、『仗』tiyau等均如此。舌齒音裡只有莊組字譯做洪音，如東三韻「崇」suu，魚韻「初」、「庶」so，虞韻「數」suu，陽韻「莊」、「霜」sau等。朝鮮譯音也有同樣的對比……。這就表示介音i的語音表現在莊組字裡弱化（或中舌化）較甚，知組字裡則不至於如此。」[44]

　　徐通鏘先生運用內部擬測法從語音演變角度對莊組字和章組字的對立作出分析，陳澤平乃是根據福州話以及其他南方方言同類現象來對同韻攝莊章兩組字的韻母洪細對立做出推測，可謂殊途同歸。他們的分析是著眼於莊組字和章組字的韻母出現對立的問題。而我們所關注的是徽語中莊組和知三章組聲母的對立問題。其實，漢語史上介音對立轉為聲母對立，或聲母對立轉為介音對立的實例屢見不鮮。我們可以設想，本來，知三、章組、莊組都只與細音韻母結合，一旦莊組字的介音 -i- 消失，莊組字的聲母也逐漸隨之發生變化，這樣，在徽語等方言中知三、章組和莊組字之間不但韻母存在洪細之別，聲母也形成對立。這和我們接下來要分析的知二和知三在方言中的分化道理相同。

　　對於第二個問題，我們在前面曾經提到邵榮芬對《廣韻》的研究，指出知組在那個時期並沒有分等的證據。但不等於其後知組不發生分化。相反，知組後來根據介音的不同發生了分化和合流的重組：知二入莊，知三入章。中古知組陸志章、董同龢、李榮、邵榮芬、鄭張尚芳等都擬作ţ。在三等韻裡，ţ在前高的 -i- 介音作用下由破裂音變為相同發音部位的破裂摩擦音 tɕ，與章組合流。知組分化後與莊、章重組，知二入的是沒有-i-介音的莊，知三入的是有-i-介音的章。這也是徽州方言中很多知三章組字都讀成 tɕ 組的原因；而知二走的是

---

44 平山久雄：〈用聲母腭化因素 *j代替上古漢語的介音 *r〉，《平山久雄語言學論文集》（北京市：商務印書館，2005年），頁90-91。

與三等韻字不同的發展路線，ȶ變為tʂ，這樣就與莊組合流了。而在一些方言裡，tʂ再進一步發展，平舌化為ts。知組的分化進而重組形成了知二莊、知三章兩分對立的格局。

我們把知、莊、章三組聲母從《切韻》到《中原音韻》再到北京話的發展軌跡擬測如下：

　　莊組：tʃ> tʂ

　　章組：tɕ> tʃ> tʂ

　　知二：ȶ> tʂ

　　知三：ȶ> tɕ> tʃ> tʂ

　　這三組聲母在合流前曾經歷了不同的發展階段，而發展方向基本一致的，從 tɕ 到 tʃ 再到tʂ都是舌體逐漸後化的結果。[45]從中古知莊章三組聲母發展到近代兩組聲母，再到北京話合為一組，是知三章組不斷歸入知二莊組的過程。而語音發展是不平衡的，儘管知莊章組字在各個方言的發展方向基本一致，但不同的地區三組聲母發展速度並不一定同步。因此，表現在現代漢語各大方言裡就是知莊章組的今讀所處的音變階段不盡相同。有的方言還保持著二分格局（分立的具體音值也有區別，有的方言裡知二／莊組和知三／章組的對立格局是[tʂ、tʂʰ、ʂ] : [ts、tsʰ、s]，有的方言是[ts、tsʰ、s] : [tɕ、tɕʰ、ɕ]，而有的方言是[tʂ、tʂʰ、ʂ] : [tɕ、tɕʰ、ɕ]，等等），有的方言裡古知莊章三組已經完全合流。

　　《中原音韻》時期，知莊章三組聲母以二分為主，但合一趨勢已初露端倪，止開三章組、通合三知章組陽聲韻、蟹合三知章組、止合三知章組已經併入知二莊組。前文曾提及，對於《中原音韻》知莊章

45 劉澤民：〈客贛方言的知章精莊組〉，《語言科學》2004年第4期，頁19-28。

三組聲母的分合，音韻學家們意見分歧很大。各家分歧首先表現在三系兩分還是三系合一上。羅常培、趙蔭棠、楊耐思、薛鳳生、李新魁等都主三系合一之說；陸志韋、蔣希文、寧忌浮等則主張兩分。但不論是主合派還是主分派，都承認《中原音韻》知莊章三系字分為兩類。分歧在於，主合者認為兩類之分在於韻母不同，主分者則認為主要是聲母不同，也有韻母的不同。[46]但是我們知道，在漢語發展中，聲母和韻母的變化總是互相影響的。既然能用韻母條件來推測聲母的分派，也應當同時考慮到韻母條件會制約聲母的歸屬。而諸如徽語這樣的方言直到今天還保留著共同語《中原音韻》時期的二分格局，但合一趨勢已經顯現出來。我們在《徽州方言三四等字的腭化與非腭化問題》一節曾提到過，歙縣老派話的[tɕ、tɕʰ、ɕ]聲母字，中年人大都讀為[tʃ、tʃʰ、ʃ]，青少年卻讀成了[ts、tsʰ、s]。這種新老差異就是歷時差異的反映。此後的演變軌跡可能就是知三章組逐漸放棄[tɕ、tɕʰ、ɕ]的讀法而向知二莊組靠近，最後可能就像北京話裡一樣，知莊章三組聲母完全合一。

第四節　徽州方言古泥、來母的今讀分析

一　徽州方言泥、來母今讀分混類型

　　來母的發音從古到今、從共同語到方言相對而言都比較穩定，而泥母則比較複雜，漢語方言中，泥母與來、日、疑甚至是喻母都不乏相混的用例。其中，泥母與來母相混現象在漢語方言中最為常見。徽州方言中，泥、來母也存在一定程度的相混，但不同方言點泥、來母相混的程度存在差異，相混的條件和相混後的音值分布情況也不盡相

---

46 李行傑：〈知莊章流變考論〉，《青島師專學報》1994年第2期，頁22。

同。一般來說，泥、來母相混跟韻母有一定的關係。現代漢語方言中，韻母影響泥、來母分混的因素主要有兩個，一是介音，包括韻母的洪細開合；一是韻尾，主要指鼻音韻尾和非鼻音韻尾。為了觀察不同方言點泥、來母分混條件，我們選取古韻母洪細、開合、陰陽相對且常用的例字十組。其中因為徽州方言中泥、來母在一等和二等韻前均沒有分化，且二等韻例字分布較少而且不常用，所以比對字組沒有選二等字；四等合口韻母位置少有泥、來母分布因此也不予選取。總的來看，徽州方言中泥、來母分混類型無外乎三種：不混型、半混型、全混型。具體情況如表2-15所示：

表2-15　徽州方言泥、來母今讀分混類型

		一等				三等				四等	
		開		合		開		合		開	
		陰	陽	陰	陽	陰	陽	陰	陽	陰	陽
		腦-老	男-藍	奴-爐	暖-卵	紐-柳	娘-良	女-呂	濃-龍	泥-犁	年-憐
不混型	許村	n-l	n-l	n-l	n-l	n-l	n-l	n-l	n-l	n-l	n-l
	壽昌	n-l	n-l	n̲-l	n-l	ȵ-l	ȵ-l̲	ȵ/n-l	Ø-l	ȵ-l	ȵ-l̲
	黟縣	n-l	n-l	n-l	n-l	ȵ-l	ȵ-l	ȵ-l	ȵ-l	ȵ-l	ȵ-l
	歙縣	n-l	n-l	n	n	ȵ-l	ȵ-l	ȵ-l	ȵ-l	ȵ-l	ȵ-l
半混型	屯溪	l	l	l	l	ȵ-l	ȵ-l	ȵ-l	l	ȵ-l	ȵ-l
	休寧	l	l	l	l	ȵ-l	ȵ-l	ȵ-l	l	ȵ-l	ȵ-l
	五城	l	l	l	l	ȵ-l	ȵ-l	ȵ-l	ȵ-l	ȵ-l	ȵ-l
	婺源	l	l	l	l	?-l	ȵ-l	l	ȵ-l	l	ȵ-l
	淳安	l	l	l	l	Ø-l	Ø-l	Ø/l-Ø	l	Ø-l	Ø-l
	遂安	l	l	l	l	Ø-l	Ø-l	Ø/l-l	l	Ø-l	Ø-l
	建德	n-l	n	l	n	Ø-l	ȵ-n	ȵ/n-l̲	Ø-l	Ø-l	ȵ-n
	旌德	l	l	l	l	ȵ-l	ȵ-l	ȵ-l	l	ȵ-l	ȵ-l

		一等				三等				四等	
		開		合		開		合		開	
		陰	陽	陰	陽	陰	陽	陰	陽	陰	陽
		腦-老	男-藍	奴-爐	暖-卵	紐-柳	娘-良	女-呂	濃-龍	泥-犁	年-憐
	占大	l	n	l	n	Ø-l	Ø-n	Ø	Ø-n	Ø-l	Ø-n
	柯村	n	n	n	n	ȵ-n	ȵ-n	ȵ-n	n	ȵ-n	ȵ-n
全混型	績溪	n	n	n	n	ȵ-n	ȵ	ȵ	n	n	ȵ-n
	荊州	n	n	n	n	ȵ-n	ȵ	ȵ	n	n	ȵ/n-n
	祁門	l	n	l	n	Ø-l	Ø-l	l	Ø-l	l	n
	浮梁	l	l-n	l	l	Ø-l	n	Ø-l	Ø-l	l	n
	浙源	l	l	l	l	ȵ-l	ȵ-l	l	l	l	l

說明：表格中例字如有文白異讀，則在這個字的聲母下劃單橫線代表白讀，劃雙橫線代表文讀。

　　我們從表2-15可以看到，半混型在徽語中較為常見，不混型、全混型較少。每一種類型裡面泥、來母今讀情況又不盡相同。

　　屬於不混型的除了表格中所列出的績歙片的許村、歙縣和休黟片的黟縣以及嚴州片的壽昌外，還有休黟片的黃山湯口。許村、歙縣、黃山湯口的泥、來母對立格局同與共同語，即[n]：[l]；壽昌泥、來母對立格局稍有不同：[n] / [ȵ]：[l]，泥母依今讀韻母洪細發生分化，逢洪音讀[n]，逢細音讀[ȵ]（這裡所說的洪細不是指歷史來源，而是指今讀，洪音指的是開口、合口呼韻母，細音指的是齊齒、撮口呼韻母，下文的「洪混細分」同此）；這裡需要說明的是，黟縣和歙縣應該不算嚴格意義上的泥、來母不混型，絕大多數情況下泥、來母對立，但這兩個點都存在少數來母字混入泥母今讀形式中的現象。黟縣混入泥母讀音層的來母字有「魯鹵櫓論卵」，其中「卵」有[n]和[l]兩讀。這種現象是古已有之，還是後起的呢？我們爬梳黟縣清代地方文獻《黟俗土語千字文》，只看到一處來母與泥母互見用例，即「論」作為韻

目，其後跟著泥母字「嫩」以示同音。再查閱一九三五年魏建功、舒耀宗等人合著的《黟縣方音調查錄》發現，來母字混入泥母讀音層的有「魯鹵滷櫓剑蘭論」這些字，其中「論」和「剑」都有[n]和[l]兩讀，拋開「滷剑蘭」這樣的非常用字不論，我們可以看到從《黟縣方音調查錄》到《徽州方言研究》，來母字混入泥母讀音層的似有增多趨勢（「論」由[n]和[l]兩讀向[n]一讀演變，「卵」由[l]一讀向[n]和[l]兩讀演變）。歙縣混入泥母讀音層的來母字有「盧廬爐蘆鱸虜路賂露鷺驢懶戀卵」等字。所以，也可將黟縣、歙縣視為不混型與半混型過渡的中間狀態。

　　半混型較為複雜，泥、來母分混條件不盡相同，不過大多屬於「洪混細分」的情況。屯溪、休寧、五城、婺源、旌德等屬一類，泥來母的分混格局基本是洪音前泥、來母混為[l]，細音前泥母讀為[ȵ]，從而有別於來母；淳安、遂安、占大為一類，其中，淳安和遂安洪音前泥、來母混為[l]，細音前泥母讀為零聲母，從而有別於來母，而占大除了「洪混細分」外，洪音前的泥、來母又依韻母為鼻音和口音分讀[n]和[l]；柯村洪音前泥、來母混為[n]，細音前泥母讀為[ȵ]。半混型中建德非常特殊，分混條件涉及古音類：「泥母今洪音字讀[n]聲母；今細音中，咸山宕三攝的古陽聲韻字讀[ȵ]聲母，其他字讀零聲母。來母不論洪細，咸山宕三攝的古陽聲韻字和深臻曾梗四攝的部分古陽聲韻字今讀[n]聲母，其他字讀[l]聲母。因此，泥母洪音字與來母咸山宕攝古陽聲韻字相混。」[47]

　　泥、來母全混型見於績歙片的績溪、荊州和祁婺片的祁門、浮梁、浙源等地。這種類型中，泥、來母相混後大多出現兩種條件變體，或者是以韻母洪細為條件出現交替，例如績溪，泥、來母逢洪音和[i]韻母混為[n]聲母，逢[i]韻母除外的細音混為[ȵ]聲母等；或者是

47　曹志耘：《徽語嚴州方言研究》（北京市：北京語言大學出版社，2017年），頁106。

以韻母是否讀鼻音為條件出現交替，例如祁門，泥、來母在口音韻前混讀為[l]，在鼻音韻（包括鼻尾韻和鼻化韻）前混讀為[n]聲母，根據互補原則也可將[l]和[n]合為一個音位。浙源的古泥、來母在鼻化韻[ĩ]前多讀成[n]，在其他韻前多讀為[l]，[l]與[n]不對立，所以也可合為一個音位。浮梁稍微複雜一些，據謝留文（2012），浮梁泥、來母也是混的，不過，具體音值與今韻母有關，也與古音來歷有關：逢韻母[a o ai i]，不論泥、來母，古陽聲韻字今讀[n]，其他字讀[l]；逢其他韻母，不論泥來母都讀[l]。不過，需要特別說明的是，全混型中部分泥母三等字（即娘母字）是不混於泥、來混讀音層的，對此我們後文將深入探討。

　　以上這三種類型究竟哪一種代表著徽語較早階段呢？

　　在泥、來母混讀問題上，學界傳統觀點認為，現代泥、來母混讀的方言都是由泥、來不混的方言發展而來。誠然，在現代漢語方言音變中，確實有方言的縱向音變是從泥、來不混走向混讀的。例如，據陳澤平（1998），屬於閩語十五聲系統的福州方言，《戚林八音》都清楚地區分「日」（包括古日母部分字和古泥母字）和「柳」（對應於古來母）兩母，而一九三〇年陶燠民發表《閩音研究》時已有部分福州人[n-]、[l-]不分（即泥、來相混），而陳澤平於一九八二年曾作過一個關於[n-]、[l-]分混的專題調查，結果表明：「福州方言區分[n-]和[l-]的時期已經成為歷史，現在的福州人如果不說是全部，至少是絕大多數不分這兩個聲母。不僅在福州市區內是如此，混同[n-]和[l-]的區域還包括了閩候、長樂、連江三個郊縣。」[48]

　　除了以上提到的泥、來母從不混走向相混的方言，現代漢語方言的縱向音變中也不乏泥、來母從混讀走向不混的。例如，鮑明煒在〈南京方言歷史演變初探〉一文中分析的舊南京話到新南京話轉化的

---

48 陳澤平：《福州方言研究》（福州市：福建人民出版社，1998年），頁7。

一項重要語音變化就是泥、來母字由混讀向不混演變。[49]再如，筆者調查過的福建南平土官話中，老年人口語中泥、來母是相混的，而青年人卻開始區分。

　　權威方言（亦即讀書音）泥來有別的標準從未發生動搖，而方言中何以會存在完全相反的音變方向？據我們觀察，一些方言報告中提到的方言泥、來由相混到不混發生的音變屬較晚近才出現的。而且泥、來母由相混到不混的音變一般肇始於年輕人，可能是因為他們接受文教力量的滲透程度比老年人深，普通話自然也說得較好，他們感覺的[n-]、[l-]之別多半是按普通話折合的。以我們調查的福建南平土官話為例，無論是城關還是鄉郊的老年人口語中的[n-]、[l-]基本是相混的，而鄉郊的青年人在多數情況下[n-]、[l-]的讀法與普通話相同，但對比字組時，發音人卻認為[n-]、[l-]沒有區別。而城關的青年人口語中[n-]、[l-]的讀法與普通話基本對應，而且發音人自己認為[n-]、[l-]是有區別的。鑒於此，我們認為發音人區分[n-]、[l-]是由無意識逐漸向有意識發展的，這種逐漸區分是文教力量滲透程度逐漸加深的結果。對同一種方言來說例如南京話、南平土官話，泥、來母的相混屬於各方言區較早階段出現的音變，這是語音發展不平衡性的體現；而由相混到再次區分則屬於較為晚近才發生的音變，是權威方言影響的結果。

　　而對於徽語，我們趨向於認為與福州話一樣，不混型代表著較早階段，全混型代表較晚階段。影響泥、來母由不混向混同發展的音素是韻母。例如，黟縣和歙縣來母混入泥母的大多發生在合口韻母前。除此，徽語中所謂的半混型主要表現在洪混細分，即以韻母洪細為條件產生相混，也可以說是在細音韻母前泥、來母尚保持區別，在洪音

49 楊蘇平：〈西北漢語方言泥來母混讀的類型及歷史層次〉，《北方民族大學學報》2015年第3期，頁68。

韻母前泥、來母對立消失。那韻母的洪細為什麼可以影響到聲母的發音活動呢？我們想，這大概是因為其中的細音發音時口腔共鳴腔空隙狹小，輔音聲母與之相拼時，出於發音和諧，聲母發音勢必也減小口腔的開度，氣流更多地從鼻腔通道流出，而泥母本來就是鼻音聲母，細音韻母前鼻化較重，洪音韻母前鼻化較輕，這可能就造成了泥母在細音前和在洪音前的差別。洪音前的泥母逐漸與來母合流，細音前的泥母則以詞彙擴散的方式逐漸併入泥來相混讀音層中。

二　關於泥、娘母是否有別[50]

前文曾提及，徽州方言泥、來母分混類型中的全混型方言，部分泥母三等字（即娘母字）表現與其他泥、來母字不一樣，這是否意味著徽州方言中存在泥、娘有別的現象呢？

《切韻》時代究竟是否有娘母，泥、娘母是否有別，這一直是音韻學界存有爭議的問題，歸納起來大致有兩種觀點：

（1）泥娘不分

很多音韻學家認為從《切韻》反切系聯的結果來看，泥、娘兩母本來就不分，現代方言裡也找不到區分泥、娘的證據。持這種觀點的主要有高本漢、李榮等學者。高本漢（1940）認為《切韻》時泥娘二母沒有分立的痕跡，娘母是宋代等韻學家為求韻表相稱而人為設立的。李榮（1952）認為：「知徹澄沒有相當的鼻音，碰巧另外有個日母，沒有相當的口音，截長補短，就拿日配知徹澄……後來的人認為知徹澄配日不妥當，便造出一個娘母來。」[51]

---

50 這段討論泥、娘母的文字曾以單篇論文形式刊發於《中國語文》2016年第6期，文題為〈從現代漢語方言看古泥娘母的分立問題〉。

51 李榮：《切韻音系》（北京市：科學出版社，1952年），頁126。

（2）泥娘分立

　　持這種觀點的主要有羅常培與邵榮芬等學者。羅常培（1931）從梵文字母的譯音、佛典譯名的華梵對音、藏譯梵音、韻圖的排列等方面證明自己的假設，認為：「在知、徹、澄和端、透、定有分別的時候，娘和泥一定也是有分別的；不過因為鼻聲比較塞聲容易混淆，所以在各方面都往往和泥母分劃不清。」[52]邵榮芬（1982）從《切韻》的反切入手，認為「泥」、「娘」應分為兩類。此外他還根據曹憲《博雅音》、何超《晉書音義》、顏師古《漢書》注、慧苑對音、《古今韻會舉要》等材料證明《切韻》、《廣韻》之外，其他文獻中也存在泥、娘二分的證據。尉遲治平（1982）、施向東（1983）等從梵漢對音角度得出泥、娘分立的結論。

　　音韻學家們對歷代相關文獻已經進行了詳盡的排比和研究，我們將嘗試從現代漢語方言泥、娘母的音韻表現入手去探尋泥、娘二母發展的線索。

　　中古泥、娘二母分布呈互補狀態：泥母出現在一四等韻前，娘母出現在二三等韻前。娘母常用字很少，《方言調查字表》中所列娘母二等字僅有「拿、奶、鐃、撓、鬧、攘」六個；三等字有「女、尼、膩、你、紐、扭、黏、聶、鑷、躡、賃、碾、娘、釀、匿、濃」十六個。這二十二個娘母字在現代漢語方言中是否確有不同於泥母的音韻表現呢？據我們調查所得的材料和目前可見的書面材料，泥、娘母在徽語、湘語、客家話、晉語的一些方言點中存在最小對立，這種對立以泥、娘母在細音前的表現更為常見。

52　羅常培：〈知徹澄娘音值考〉，《羅常培語言學論文集》（北京市：商務印書館，2004年），頁63。

（一）泥、娘母在三四等韻前的對立

按照泥、娘母在細音韻前對立模式的不同，我們將對立分成兩種類型：

1. 1（n）— ȵ

現代漢語方言中，雖然泥、娘母今讀 1（n）和ȵ交替現象很常見，但部分方言中這種聲母的交替實則是洪細韻母影響的結果，即ȵ是 1（n）在齊撮韻母前的條件變體，泥、娘母不存在最小對立。例如表2-16所示：

表2-16　部分方言泥、娘母字今讀形式

	鬧娘	奴泥	尼娘　泥泥	碾娘－年泥
湘語汨羅方言	ləɯ^{21}	ləɯ^{13}	ȵi^{13}	ȵĩ^{24}－ȵĩ^{13}
官話臨猗方言	lau^{44}	lou^{13}	ȵi^{53}	ȵiæ̃^{24}－ȵiæ̃^{13}
吳語紹興方言	nɒ^{11}	nu^{231}	ȵi^{231}	ȵiẽ^{113}－ȵiẽ^{231}

我們所說的泥娘母在細音韻前的「1（n）—ȵ」對立類型僅在語音形式上與以上所舉的汨羅、臨猗、紹興方言相同，但性質上兩者並不相類。據我們考察，泥、娘二母「1（n）—ȵ」對立類型見於徽語休黟片的江灣話[53]和泰興客家話[54]中。

---

53 江灣位於江西省婺源縣城東二十八公里處，江灣話被當地人界定為「東北鄉腔」，屬徽語休黟片。除了古流攝字的韻母和少數全濁聲母字是否送氣少數村落例如大睦段村、江灣村讀音稍有不同外，江灣話內部大體一致。江灣話材料為筆者和王健調查所得。

54 泰興客家話材料來源於蘭玉英等《客家方言研究》，北京市：中國社會科學出版社，2007年。

（1）徽語江灣話

　　江灣話中泥母在鼻化韻 ĩ 前與來母字同讀為 n，在其他韻前與來母字大多同讀為 l，l 與 n 呈互補分布狀態。娘母字在江灣話中有分化，洪音前的娘母字讀同泥母；細音前的娘母字有兩種走向。我們調查江灣話得到細音前的娘母字共有「尼、你、女、扭、紐、碾、黏、娘、釀、孃姑母、濃、聶、鑷」十三個字（《方言調查字表》中其他四個細音前的娘母字「膩、貫、匿、躡」發音人表示不知道方言讀法），這十三個字在江灣話中的今讀分為兩組：

表2-17　徽語江灣話娘母字今讀形式

聲組	例字
ȵ	尼 ȵi⁵¹ ｜ 紐扭 ȵiɛ²⁵ ｜ 聶鑷 ȵie⁵⁵ ｜ 娘 ȵiɔ̃⁵¹ ｜ 釀 ȵiɔ̃⁵⁵ ｜ 孃 ȵiɔ̃²¹⁴ ｜ 碾 ȵĩ²⁵
l	你文讀 li²¹ ｜ 女 li²⁵ ｜ 黏 nĩ³³ ｜ 濃 liən⁵¹

　　江灣話中ȵ聲母來自古娘、疑、日母字，沒有一個古泥、來母字混入其中。以上「尼、扭、紐、碾、娘、釀、聶、鑷」九個娘母字與部分疑、日母字同讀，從而與泥、來母保持對立。例如表2-18：

表2-18　徽語江灣話娘（疑、日）母與泥（來）母今讀對比

娘（日、疑）母字	泥（來）母字	娘（日、疑）母字	泥（來）母字
尼娘宜疑 ȵi⁵¹	泥泥 le⁵¹ ｜ 離來 li⁵¹	聶娘鑷藝疑熱日 ȵie⁵⁵	捏泥烈來 le⁵⁵
紐娘扭娘 ȵiɛ²⁵ ｜ 牛疑 ȵiɛ⁵¹ ｜ 肉日 ȵie⁵⁵	柳來 le²¹	碾娘染日 ȵĩ²⁵ ｜ 言疑 ȵĩ⁵¹	年泥 nĩ⁵¹ ｜ 念泥 nĩ⁵⁵
娘娘 ȵiɔ̃⁵¹　釀娘 ȵiɔ̃⁵⁵　孃 ȵiɔ̃²¹⁴ ｜ 仰疑壤日 ȵiɔ̃²¹	良來 liɔ̃⁵¹　亮來 liɔ̃⁵⁵		

　　除去這九個讀同疑、日母的娘母字，江灣話中細音前的「你、女、黏、濃這四個娘母字讀同泥、來母，其中「你」只有文讀音

li^{21}；讀成 nĩ^{33} 而義為「貼近、碰、具有黏性」的本字是否確為「黏」字目前只能存疑（因為33調為婺源音系中的陰平調，而「黏」字為古次濁平聲字，按聲調演變規律該讀為陽平調，即51調）。

根據以上內容我們得出，江灣話中娘母在細音前的主流讀音表現出與泥母對立的格局。

另外，我們從清代的其他徽州方言韻書中也觀察到：娘母在細音前有不同於泥母的音韻表現。例如編于大清嘉慶年間婺源方言韻書《重編摘注鄉音集要字義》手抄本中，古泥、來母總是同見於某一個小韻（例如：平聲卷二十二中收有「連小韻」，所包括的韻字有泥母字「年」，也有來母字「蓮連」），而「忸、扭、紐」三個娘母字不與泥、來母字同見，而與疑母字「偶、藕、耦」同歸於「藕」小韻中；娘母字「碾」不與泥、來母字同見，卻與疑母字「研」、日母字「染、冉、苒」同歸於「染」小韻中。編於晚晴時期另一部婺源方言韻書《新編鄉音韻字法》中，古泥、來母已合流，而五個娘母字即「扭、忸、紐、娘、碾」並不混入泥、來母行列中，它們或是單列一小韻或是讀同疑母字。兩部韻書中異於泥、來母音韻表現的娘母字也比較一致，這從另一個角度說明，娘母與泥母確實留有分立的痕跡。

（2）客家泰興話

泰興客家話中古泥、來母一般相混為 l，部分娘母字讀為 ȵ，有別於泥、來母。例如表2-19：

表2-19　客家泰興話娘母與泥（來）母今讀對比

娘母字	泥（來）母字	娘母字	泥（來）母字
尼娘你娘ȵi^{13}	泥泥lai^{13}｜離來li^{13}	女娘ȵy^{31}	呂來ly^{31}
紐娘扭娘ȵiəu^{31}	柳來liəu^{45}	碾娘ȵiɛn^{45}	鯰泥liɛn^{13}
娘娘ȵiɔŋ^{13}	良來liɔŋ^{13}	釀娘ȵiɔŋ^{53}	亮來liɔŋ^{53}

　　泰興話中的泥、娘母表現並不是涇渭分明的，也有少數泥母字在細音前讀成了 n̠，但大多數還是讀為 l，而細音前的娘母字，據我們看到的資料無一例外讀為 n̠。可見，泰興客家話中泥娘母留有對立的痕跡。

2. l（n）─∅

　　從目前可見的材料來看，這種對立類型主要見於徽語、湘語等部分方言點中。這種類型與第一種類型存在一個共性，即古泥、來母相混，但部分娘母字並不混與其中。

（1）徽語祁門話

　　就目前可見的材料而言，徽語中泥、娘母有別的現象除了上文所說的江灣外，還見於祁婺片的一些方言點，例如祁門的城區、浮梁的舊城村[55]以及鵝湖[56]。祁門城區話泥、來母在非鼻尾韻和非鼻化韻前混讀為 l，在鼻尾韻和鼻化韻前混讀為 n。而部分娘母字卻不跟泥母字同變，從而與同韻或鄰韻的泥、來母字保持對立。例如表2-20：

表2-20　徽語祁門話娘母與泥（來）母今讀對比

娘母字	泥（來）母字	娘母字	泥（來）母字
娘娘iõ⁵⁵｜孃娘iõ³⁵	良來niõ⁵⁵	紐娘ie⁴²	柳來le⁴²
濃娘，「湯汁稠」之義iəŋ⁵⁵	龍來nəŋ⁵⁵	呢～子，娘i:ɐ⁵⁵	泥泥犁來li:ɐ⁵⁵

　　其中娘母字「呢～子」的今讀異於泥母字「泥」、來母字「犁」；「娘」和「濃」異於泥、來母字的零聲母讀法只留存於老派和有特別義項的詞彙中，例如當「娘」的義項為「母親」或組詞為「新娘」時

---

55 浮梁的舊城村話材料參看謝留文：《江西浮梁（舊城村）方言》，方志出版社，2012年。

56 浮梁鵝湖話材料參看段亞輝：《浮梁（鵝湖）方言研究》，南京師範大學2006年碩士學位論文。

才讀為 iõ^{55}，而在「小姑娘」、「王母娘娘」等詞中則與來母字「良」同讀為 niõ^{55}；「濃」只有老派並且義項為「湯汁稠」時才讀為 iəŋ^{55}，其他義項比如「顏色深、氣味重」時與來母字「龍、聾」等同讀為 nəŋ^{55}。

祁門城區話泥來母合流，與娘母形成「泥來≠娘」的對立。這個對立表現為幾個口語常用的娘母字讀零聲母，而泥母字今讀中無一例是零聲母。可見，祁門城區話中娘母有著和泥母不一樣的音韻表現。

（2）湘語新化話

湘語泥、娘母「l（n）—∅」對立類型主要見於老湘語婁邵片的新化方言[57]，其音系中泥、來母大多混讀為 l，略帶鼻化色彩。但部分娘母字讀成零聲母，與泥、來母保持對立。如：

表2-21　湘語新化話娘母與泥（來）母今讀對比

娘母字	泥（來）母字	娘母字	泥（來）母字
娘_娘yõ^{13} ｜ 膩_娘iõ^{45} ｜ 釀_娘yõ^{45}	良_來liõ^{13} ｜ 亮_來liõ^{45}	女_娘y^{21}	呂_來liəu^{21}
尼_娘in^{13}	泥_{泥，白讀}lin^{13}	紐_娘扭_娘iəu^{21}	柳_來liəu^{21}
聶_娘鑷_娘ie^{24}	列_來lie^{24} ｜ 捏_{泥，白讀}lia^{45}	碾_娘iẽ^{21}	鯰_泥liẽ^{21}
濃_{娘，白讀}yn^{13}	農_泥龍_來lən^{13}		

據可見材料，新化方言娘母三等字的白讀音無一例外讀成零聲母（文讀層中僅有「濃」一字讀為 l），而零聲母字的行列中絕少見到泥母字的白讀音（文讀層中讀為零聲母的僅有「捏 ie^{24}」和「泥 in^{13}」）。可見，新化方言中，泥、娘母也有著不同的音韻表現。

---

57 湘語新化方言材料來源於羅昕如：《新化方言研究》，長沙市：湖南教育出版社，1998年。

　　以上我們從徽語、湘語、客家話部分方言點中娘母三等字與泥母字有著不同的音韻表現得出：現代漢語方言中娘母與泥母在細音前留有對立的痕跡。

（二）晉語并州片泥、娘二母按等分讀

　　白靜茹（2009）發現呂梁片泥母三等字表現獨特，認為：「從今天呂梁方言的材料看，獨特的三等泥母有可能就是中古娘母存在過的證據。」[58]據王瓊（2012），晉語并州片部分方言點存在泥、娘二母按等分讀的現象。現從中摘錄并州片部分方言點泥、娘二母今讀情況：

表2-22　晉語并州片部分方言點泥、娘二母字按等分讀類型

	一等	二等	三等	四等
平遙	n（^{n}z暖）	n	ŋ碾鑷扭紐黏 / ^{n}z女膩 / n濃	ȵ（ȵ鯰拈）
孝義	n	^{n}z撓攘 / n鬧	ŋ碾鑷扭紐 / ^{n}z女膩 / z賃	n
文水	n（^{n}z暖）	n（^{n}z撓）	^{n}z女尼膩你黏鑷聶娘 / n濃	ȵ（^{n}z泥鯰拈）
介休	n	^{n}z奶撓攘 / n鬧	ŋ碾鑷扭紐黏 / ^{n}z女膩	ȵ

　　據王瓊（2012）統計，在并州片這幾個方言點的三十個一等字中，除去「暖」其餘字幾乎都讀成 n，四等十三個字中除去「鯰、拈、泥」外幾乎都讀成ȵ或n；二等有讀 ^{n}z 的，也有讀 n 的，相比較 ^{n}z 占主流，並且在有文白讀對應的例字中，^{n}z 是白讀音，n 是文讀音；三等字中有文白讀對應的，一般白讀 ŋ 或 ^{n}z，文讀 n。一四等讀音的差別可視作洪細韻母的交替導致聲母 n 和ȵ的互補分布格局，而二三等字獨特的讀音和一四等字形成最小對立。例如：

58　白靜茹：《呂梁方言語音研究》（北京市：北京大學2009年博士學位論文），頁20。

表2-23　晉語并州片部分方言點泥、娘母字今讀形式

	一等		二等		三等		四等	
	難	腦	攘	撓	碾	扭	年	尿
平遙	naŋ	nɔ	—	—	ŋaŋ	ŋeu	ȵiaŋ	ȵiu
孝義	naŋ	cau	^{n}zaŋ	^{n}zaɤ	ŋaŋ	ŋou	nian	niau
文水	naŋ	nau	—	^{n}zau（白） nau（文）	^{n}zən	^{n}zou（白） ȵiou（文）	ȵiən	ȵiau
介休	næ̃	nɔu	^{n}zæ̃	^{n}zɔu（白） nɔu（文）	æ̃	ŋeu（白） ȵieu（文）	ʑiæ̃	ȵiou

　　從以上表格我們看到，文水的讀音形成一四等和二三等二分對立格局（一等的 n 和四等的 ȵ 可視為互補分布，以下幾點相同），其他幾點形成一四等、二等、三等的三分格局。而且，據王瓊（2012），娘母二等和三等的分別恰好與知組二三等是否有別相應相稱：在知組二三等有別的方言中，如介休、孝義，知組三等讀為 tʂ 組，娘母三等讀為相應的 ŋ，知組二等讀為 ts 組，娘母二等則讀為 ^{n}z；在知組二三等沒有分別的方言中，知組讀為 ts 組，娘母不論二等還是三等均讀為 ^{n}z。娘母二三等和知組二三等讀音呈現出分布上的相應相稱性。[59]

　　晉語并州片泥、娘二母表現出一四等對二三等的對立格局與端、知組的分布保持一致，這種對稱性是泥、娘有別的反映和娘母存在的證據。

　　現代漢語方言中韻母的洪細往往成為聲母分化的條件，泥、娘母在洪音韻前的分立現象除了晉語并州片很少見於其他方言，泥、娘二母在細音韻前分立的現象則見於徽語、湘語、客家話等一些方言點中。這些方言點中，泥、娘母不同程度存有相異的音韻表現，這一定程度上的相異性至少能說明歷史上泥、娘母差別在現代漢語方言中有

---

59 王瓊：《并州片晉語語音研究》（北京市：北京大學博士學位論文，2012年），頁30。

相應的表現，或者至少能說明泥、娘母的發展路線不盡相同。

　　邵榮芬說：「泥娘的區別在中古是存在的。雖然在現代方言裡我
們一時還找不到證據，那可能是由於我們在這方面知識的局限性造成
的。隨著方言調查工作的進一步深入，很可能會有新的發現」[60]。由上
文呈現的方言材料可知，泥、娘母在徽語、湘語、客家話、晉語的部
分方言中確實存在對立。語言的共時變異體現語言的歷時變化。泥、
娘母在現代漢語方言中的共時語音系統中的幾種對立類型正是泥、娘
母不同發展階段的反映。我們將泥、娘二母的發展路徑構擬如下：

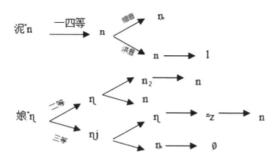

圖一　泥、娘母的發展路徑擬測

泥母在一等韻前一般保持不變（部分方言在某些韻母前出現 n>l 的
變化，從而與來母相混，如徽語的祁門和江灣、湘語的新化等）；在
四等韻前因介音影響腭化為ȵ，如湘語的汨羅、官話的臨猗等。

　　娘母在二三等韻前一般會發生分化（也有部分方言二三等韻前不
分化，如晉語的文水等）：在二等韻前出現了發音部位前移的變化，
從而與泥母發生不同程度的合併，這是娘母音變的主要模式；在三等
韻前或者丟失介音讀為開口呼，如晉語的平遙、孝義、介休，或者在
介音影響下腭化為ȵ繼而可能丟失聲母，如徽語的祁門、浮梁和湘語
的新化等。泥、娘二母在循著各自的音變軌跡發展時會因某個階段音

60　邵榮芬：《切韻研究》（北京市：中國社會科學出版社，1982年），頁39。

變後的語音形式相類而出現不同程度的合流，因此大部分方言裡都很難找到泥、娘母最小對立的現象，然而徽語祁婺片和湘語婁邵片、晉語并州片等部分方言點中泥、娘母還留有分立的痕跡。

雖然泥、娘母在徽語等方言中確有分立的痕跡，但本書在進行音韻梳理和對比時，從古今對應規律考慮，不特意區分泥、娘母，一般仍統稱泥母。

第五節　徽州方言古日母的今讀分析[61]

《切韻》音系中，日母處於單向對立的地位。「這種類型的音位一般可以向兩個方向演變：一是失去自己的區別性特徵，併入其他的音位系列，從而使音系中處於單向對立的音位或消失，或改變單向對立的位置；一是促使其他的音位系列也產生新的、能和它配對的音位，從而使音系中出現新的雙向對立的結構。」[62]處於單向對立地位的日母一般容易發生特殊的音變。由《切韻》系統發展到今天，日母經歷了頗為複雜的分合嬗變。在現代漢語方言中，日母的表現複雜多樣，據董同龢（2001），古日母在現代方言中的具體讀法概括起來至少有以下幾種類型：

（1）除「兒、耳、二」等字讀成零聲母外，都是濁擦音ʐ-或 z-——如北京話和一部分官話方言。

（2）一部分是零聲母。其他是鼻音n-（或l-）——一部分官話方言，一部分閩語。

---

61 這一節討論徽州方言日母字今讀形式的部分內容曾以單篇論文形式刊發於《貴州民族學院學報》2011年第5期，文題為〈論古日母的發展路徑——從現代方言中日母與泥、來二母的分合說起〉，此處有修改。

62 徐通鏘：《歷史語言學》（北京市：商務印書館，1991年），頁181。

（3）大致全是舌面鼻音ȵ-——客家話，一部分吳語。

（4）除少數字是零聲母，多與從邪床禪等母字混為z-與dzʰ——一部分吳語。

（5）全部讀成零聲母——如粵語代表的廣州話。

（6）差不多全是dʑ-——一部分閩語。[63]

而徽州方言中古日母表現也非常複雜，現將徽州方言古日母今讀形式列表對比如表2-24：

表2-24　徽州方言日母今讀對照表

	鼻音（包括鼻音聲母和鼻輔音自成音節）			零聲母	邊音	擦音
績溪	ȵ：惹繞忍人$_1$認讓軟熱弱日肉		ŋ：兒耳二 爾（你：道）	Ø：乳人$_2$忍絨閏瓤然若入辱兒二耳		
荊州	n̠：惹繞忍人認染$_1$讓然$_1$軟熱弱日肉	n：揉染$_2$	ŋ：兒耳二 爾（你：道）	Ø：乳人瓤絨然$_2$若入辱兒二耳		
上莊	n：繞熱人肉			Ø：如兒二耳然軟		z：人日閏弱
歙縣	n̠：日汝瓤讓軟熱繞肉弱褥人$_1$忍認		ȵ：爾（你：道）	Ø：乳嚷兒二耳然繞揉人$_2$任絨閏若入辱		
屯溪	ȵ：日熱弱繞染軟讓肉揉認忍人$_1$仍		ȵ：爾（你二）	Ø：乳惹然瓤柔任人$_2$閏絨耳兒		
休寧	ȵ：耳日繞饒弱揉肉染熱軟壤認忍		ȵ：爾（你二）	Ø：乳惹然仍擾柔瓤若辱任扔人絨閏耳兒		
五城	ȵ：汝熱日若弱繞饒染軟肉柔揉娘壤讓忍認耳		ȵ：爾（你兒二）	Ø：如乳兒$_2$耳$_2$然惹瓤人任絨閏蕊		
黟縣	n̠：耳$_1$日人忍肉揉認弱繞熱惹染軟讓	n：瓤	ȵ：爾（你）	Ø：兒耳$_2$二任如蕊柔日人忍擾若然絨閏入	l：辱	

63　董同龢：《漢語音韻學》（北京市：中華書局，2011年），頁122。

	鼻音（包括鼻音聲母和鼻輔音自成音節）			零聲母	邊音	擦音
祁門	ȵ：爾你			Ø：惹如乳兒二耳繞擾揉柔染任入然熱軟人忍認日閏瓤讓弱絨肉		
浮梁	n：染入娘瓤讓		ȵ：爾你	Ø：如弱惹熱軟饒柔揉肉兒耳二而人忍認閏絨茸		
婺源	ȵ̥：日肉熱繞擾染軟讓人₂認任		ȵ：爾你	Ø：如乳揉柔入兒二耳弱若然壞絨人₁忍閏		
浙源	ȵ̥：日熱繞揉肉染讓認		ȵ：爾你	Ø：如乳兒二耳₂弱若然壞瓤人忍絨	l：耳₁辱褥	v：軟閏潤褥
旌德	ȵ̥：惹繞擾染軟人認忍閏讓瓤日熱肉辱入弱		ȵ：爾你	Ø：如乳兒耳二任絨		
占大	ȵ：爾你日人忍認			Ø：如乳惹繞熱揉柔肉兒耳二染讓然閏絨軟弱入		
淳安	ȵ：爾你			Ø：如擾揉然染壞讓任人仍忍認絨兒二₂耳₂日惹弱若熱辱褥肉	l：兒耳₁二₁	v：軟閏潤
遂安	ȵ：兒耳爾你任人仍忍認₁			Ø：如乳繞弱若擾惹熱柔択入日兒耳二壞讓然染軟認₂閏	l：肉辱褥絨茸	
建德	ȵ̥：惹染軟	n：擾	ȵ：兒爾你耳二	Ø：如饒柔揉讓人仁忍認閏絨日肉辱褥乳繞壞而餌	l：任潤刃紉若	s：日弱然　ç：孺汝
壽昌	ȵ̥：熱染惹軟饒繞認弱肉褥入日	n：忍	ȵ：兒爾耳二	Ø：如讓絨兒耳二然若	l：閏人仍任潤入日	s：入　ç：乳

一　徽州方言中日母的今讀類型

從表2-24我們看到，日母在徽語所有方言點都存在分化，從音值上看大致有這幾種類型：

1.除去個別止攝日母字如「爾第二人稱代詞」讀自成音節的鼻音外，其餘都讀成零聲母。徽語中這樣的方言點比較少，祁婺片的祁門以及績歙片的深渡屬於這種類型。

2.除去個別止攝日母字如「爾第二人稱代詞」等讀自成音節的鼻音外，古日母分讀零聲母、邊音聲母、擦音聲母，這種類型除了嚴州片的淳安之外，很少見於其他徽州方言。淳安日母讀為擦音的限於幾個合口字：軟vã⁵⁵，閏潤ven⁵³⁵；日母讀為邊音的限於止攝日母字，而且淳安的止攝日母字幾乎都有異讀形式，除了「爾第二人稱代詞」外，止攝日母字「兒、耳、二」都有[l]聲母和零聲母的異讀形式。例如：兒la⁴⁴⁵白/əl⁴⁴⁵文，二la⁵³⁵~哥/əl⁵³⁵十~，耳la⁵⁵~朵/əl⁵³⁵木~。

3.除去個別止攝日母字如「爾第二人稱代詞」等讀自成音節的鼻音外，古日母分讀鼻音聲母和零聲母。這種類型在徽語中最為常見，績歙片的績溪、荊州、歙縣和休黟片的屯溪、休寧、五城、溪口以及祁婺片的婺源、浮梁還有旌占片的旌德、柯村等都屬於這種類型。這種類型中日母除了讀為零聲母外讀成鼻音的包括三種情況，一種讀成[ȵ]，一種讀成[n]，一種是部分讀[ȵ]，部分讀[n]的。前面所列舉屬於這種類型的方言點中歙縣和浮梁部分日母字讀成[n]；荊州屬於既有讀[ȵ]，也有讀[n]的，不過，讀[n]的只有極少數不常用的口語詞，或者是文讀音。其餘方言點除零聲母外都讀成[ȵ]。除去荊州，日母分讀[ȵ]和零聲母、日母分讀[n]和零聲母這兩種情況其實並沒有本質的區別，[ȵ]和[n]都是方言裡日母與泥母相混的語音形式，而且讀成[n]的方言裡也不存在[ȵ]和[n]的對立。荊州的日母表現其實也可看成是與績溪、歙縣同性質的類型。

4.除去個別止攝日母字如「爾第二人稱代詞」等讀自成音節的鼻音外，古日母分讀鼻音聲母、零聲母、擦音聲母或邊音聲母的。這種類型主要見於嚴州片徽語，除此，還有績歙片的上莊、休黟片的黟縣以及祁婺片的浙源也都屬於這種情況。其中擦音聲母也有幾種形式：有上莊的[z]、浙源的[v]、建德的[s]和壽昌的[ɕ]。最複雜的要數嚴州片的建德、壽昌，日母各有七種今讀形式，除止攝日母字所讀的[n̩]外，還有這樣一些音值：[n̠]，[n]，[ø]，[l]，[s]/[ɕ]。

從表2-24可見，徽語內部分歧雖然很大，但部分日母字的讀音在徽語內部卻是較為一致的。例如，對於分讀鼻音和零聲母的方言來說，「日、肉、熱、軟、染、認、讓」這樣一些字基本讀為鼻音，而像「如、柔、然、潤、壤、絨、任」等字基本讀成零聲母。

總的來看，除[n]外，日母在徽語共時語音系統中存在不同語音形式的九種音類[n̠]，[n]，[ø]，[l]，[l̠]，[z]，[v]，[s]，[ɕ]。除了曹志耘（2017）為淳安的止開三幾個日母字所擬的[l̠]之外，其餘八個音類都不是日母的獨立音位，也就是說，日母在徽語中已經喪失它的獨立性而與其他聲母發生有條件的合流。徽語中日母喪失獨立存在的音韻地位究竟起於何時呢？據高永安（2007），明代日母在徽語各地都是獨立存在的。到了清代，日母在東部地區是獨立存在的。但是在西部地區的黟縣型、婺源型日母則發生了分化：拼洪音韻母時變成了零聲母，拼細音韻母時變成了鼻音。據我們考察，十八世紀二、三十年代徽州休寧南鄉地方韻書《海陽南鄉土音音同字異音義》中，日母字既有與疑、泥二母的細音字同見於一個小韻，也有與喻、影二母的細音字同見於一個小韻的，說明日母一部分與疑、泥母合流，一部分與影、喻母合流；但是也有少數日母字不與其他聲母字同見而單列一個小韻的情況。除了作為一個韻部單列的「兒」韻部（其所收韻字均來源於止攝開口三等的日母字），上冊「溪」韻部的「日」小韻，與同韻部的「逆」小韻和「亦」小韻形成對立；下冊「東」韻部的「人」

小韻，與同韻部的「音」小韻和「銀」小韻形成對立；下冊「休」韻部的「辱」小韻，與同韻部的「歐」小韻（一等讀同三等）和「肉」小韻形成對立。各小韻所轄韻字如下所示：

人日真忍日軫認日震任日侵絨日東茸[64]日鐘 ：銀垠疑真吟疑侵齦疑般

：音影侵印影震引以軫容以鐘孕以證　　逆疑陌藝疑祭倪疑齊昵泥質泥泥齊尼泥脂：

日日質入日緝 ：亦易譯以昔翼以職益影昔噎影屑

辱嫿溽蓐日燭 ：肉日屋褥日燭玉獄疑燭牛疑尤藕疑厚鈕扭紐忸泥有

：揉柔日尤歐影侯優影尤有雲有育以屋

同一韻部中，以上所列的「日」小韻、「人」小韻、「辱」小韻與疑、泥母細音字組成的小韻以及影、喻母組成的小韻均對立存在。這是不是說明「日」母當時還是一個獨立的聲母，只是已經出現了分化，大部分日母字都已經併入其他聲母裡，「日」母作為單立的聲母所轄僅剩這些韻字了。

而編於十九世紀六十年代的清代徽州婺源環川（今浙源嶺腳）韻書《新安鄉音字義考正》中顯示，日母不獨立，分別併入零聲母和疑母。可見徽語日母至少在十九世紀後半期就已經失去獨立地位。

前文提及，日母在現代徽州方言中出現了九種音類，這些音類中較早的形式是什麼？這些音類彼此之間存在怎樣的關係？因為日母在徽語中已經失去獨立地位，那麼溯本求源，這些音類最初都是從一個什麼樣的原始形式發展而來的呢？

近人章炳麟曾提出「古音有舌頭泥紐，其後支別，則舌上有娘

---

64 「茸」陽平的讀法見於「人」小韻，還有上聲的讀法見於韻書下冊三東韻部的「籠」小韻，與来母字同讀，一同歸入「籠」小韻與「茸」同音的還有日母字「冗」字。這當是日母字的新文讀，全書僅見此二例。

紐，半舌半齒有日紐。於古皆泥紐也。」[65]鄭張尚芳（2002）也認為
日母主要由上古泥母 j 化而來。的確，無論是從諧聲系統還是聲訓、
又讀、異文材料上來看日母與泥母都表現出不同尋常的聯繫。例如，
《白虎通‧德論》、《釋名》皆云：「男，任也。」又曰：「南之為言任
也。」《釋名》：「入，內也。」還有從諧聲系統來看，日母和泥母的
關係也非常密切。例如：

而—耐	若—諾	弱—溺
孃—壞	乃—仍	女—汝

　　儘管如此，章氏的「日紐歸泥說」並沒能得到學術界的一致認
可。因為不能解釋一個關鍵問題：如果上古沒有日母，那《切韻》時
期日母從泥母中分化出來的條件是什麼？因為日母與泥母在分布上並
不呈互補關係。

　　對於日母在古代其音值性質是怎樣的，語言學家對此很傷腦筋。
高本漢（1940）說：「擬測古代漢語的聲母系統，日母是最危險的暗
礁之一。一方面，好多近代方言，尤其是南部方言，讀這個古聲母很
不一致，在同一方言裡同時會跑出幾種音來，並且在同一個字裡往往
也有異讀，所以我們很難找出一個定律確定到底哪一個字應當用哪一
個音。另一方面，在近代漢語裡代表古日母的音既然有這麼些花樣，
我們就很難找出一個音來把所有近代的音都能推本到它。」[66]他把日
母擬為n.z，認為「n.z可以把近代方言解釋的最好」。

　　高本漢把日母擬成複輔音一直以來就受到很多學者的質疑，潘悟
雲（2000）就曾指出「在《切韻》系統中，只有日母擬作複輔音，這

---

65 章太炎：〈古音娘日二紐歸泥說〉，《國故論衡》（北京市：商務印書館，2010年），
　　頁40。
66 高本漢：《中國音韻學研究》，頁338。

在音系結構上是很不規則的」。[67]

　　董同龢（2001）認為高本漢的構擬牽強難用，他提出「除去失落的情形，我們可以從兩條路線追尋日母的古讀：一是濁擦音，一是鼻音。」[68]他根據日母字的聲調變化與明、泥、來等次濁聲母字同，上聲字在現在多數方言與全清、次清同屬一個聲調的情況，認為日母字在中古不可能是濁擦音。把日母假定為原來是鼻音，「在聲調變化上是蠻說得通的」，然後跟現代很多方言日母的鼻音讀法更相合，至於現代方言中出現的擦音的讀法，也可以設想為ȵ→ʑ→ʐ→z。

　　王力（1980）將日母擬為 *ȵ，他認為：日母從上古到中古的發展的情況是這樣的：

$$\text{ȵ} \longrightarrow \text{ȵj} \longrightarrow \text{nʑ}$$

　　由於韻頭ǐ的影響，ȵ的後面產生了舌面的半元音j，後來這個j越來摩擦性越重，就變了輔音ʑ了。[69]「nʑ」是一個破裂摩擦音。當破裂成分占優勢的時候，摩擦成分消失，就成為今天客家方言和吳方言（白話）的ȵ；當摩擦成分占優勢的時候，破裂成分消失，就剩一個ʑ，後來變z，成為今天吳方言文言的z。但是，假定這個nʑ跟著 tɕ、tɕʰ、dzʰ、ɕ、ʑ變為nʒ，後來摩擦成分占優勢，破裂成分消失，就變為ʒ→ʐ了。有些地方的日母變了半元音j，這是直接由nʑ→ʑ變來，沒有經過變ȵ或z的階段，因為ʑ的發音部位近j的緣故。[70]

67　潘悟雲：《漢語歷史音韻學》（上海市：上海教育出版社，2000年），頁52。

68　董同龢：《漢語音韻學》，頁122。

69　王力：《漢語史稿》，頁75-76。

70　王力：《漢語史稿》，頁128-129。

　　日母改擬為 *n̠ 則為越來越多的學者所接受。那麼由中古到現代漢語方言中日母又經歷了怎樣的音變呢？下面我們將根據日母在現代徽州方言中的表現探索日母的演變軌跡。

二　古日母在徽語中的歷史層次

（一）鼻音n̠、n層

　　上文提及，章炳麟、鄭張尚芳都主張「日」母源於「泥」母，雖然這種觀點沒有被一致認可，但可以肯定的是在中古時期，日、泥兩母在發音上是接近的。日母讀為鼻音[n̠]，泥母[n]在細音前受舌面介音的影響可能會腭化為[n̠]，從而可能與日母發生混同。吳語、湘語、贛語、客家話中就有這種情況。徽州大部分方言點中，日母也有讀為[n̠]的現象，且多出現在口語詞中，在有文白異讀相對應的方言點中，n̠通常出現在日母的白讀層，與泥母相混。我們據此認為鼻音n̠在徽語中代表的是最古老的層次。部分方言，泥母未出現洪細音的分化，由於日母[n̠]在音系中處於單向對立的地位，語音系統中在發音方法上沒有同系列的其他音類與之相配，n̠孤獨不成系列，所以比較容易發生音變，向距其音值最相近的[n]音靠近。這種音變反映在徽語中就是如歙縣、浮梁等方言點，部分日母字與泥母字合流為[n]（系統中無[n̠]），我們也可將[n]視為與[n̠]同一層次的讀音。例如：

	染日—碾泥	讓日—娘泥	熱日—捏泥	認日
績溪	n̠iẽi²¹³	n̠iõ²²- n̠iõ⁴⁴	n̠iaʔ³²	n̠iã⁴⁴
歙縣	ne³⁵	nia³³- nia⁴⁴	ne³³	niʌ̃⁴⁴
休寧	n̠i:e¹³	n̠iau³³- n̠iau⁵⁵	n̠i:e³⁵-n̠i:e²¹²	n̠in³³
黟縣	n̠i:e⁵³	nin³- nin⁴⁴	n̠i:e³¹	n̠iɐ³
婺源	n̠ĩ³¹	n̠iã⁵¹- n̠iã¹¹	n̠iɛ⁵¹	n̠iɐin⁵¹

	染日—碾泥	讓日—娘泥	熱日—捏泥	認日
旌德	ȵi²¹³	ȵiæ⁵⁵-ȵiæ⁴²	ȵi⁵⁵	ȵiŋ⁵⁵
壽昌	ȵi⁵³⁴	iɑ̃³³-ȵiɑ̃⁵²	ȵi²⁴-ȵiə?⁵	ȵien³³

　　不過，需要說明的是，如果一個方言系統裡日母有讀為ȵ也有讀為n，這時候讀n的通常是非口語詞或者是文讀層，例如，荊州（揉nɵ³³，染nið²¹³/ nð²¹）、黟縣（瓤niŋ⁴⁴）、建德（擾nɔ⁵⁵）、壽昌（忍niɛ⁵²），這時候就不能把n視為這些點日母較早的語音層次。

(二) ∅、v層

　　普通話中日母僅在止攝開口韻中讀為零聲母，而在徽語中，幾乎所有方言點都存在止攝開口韻以外的日母字讀為零聲母的現象，而且讀成零聲母的字基本一致。大多數方言點，日母分讀鼻音聲母和零聲母，不同讀音存在於不同的詞彙中。例如：在績溪，「人」在「新人」這個詞中讀為ȵiɑ̃⁴⁴，而在「人民」這個詞中則讀為iɑ̃⁴⁴；「忍」白讀為ȵiɑ̃²¹³，而在「忍耐」這個文讀色彩較濃的詞中則讀為iɑ̃²¹³；「然」在「不然」中讀為ȵiẽi⁴⁴，而在「突然」中則讀為iẽi⁴⁴。部分常用字只有鼻音聲母一讀，例如「熱、軟、讓、認、日、弱」；非常用的字只有零聲母一讀，例如「如、燃、任、乳」等。這麼看，部分方言點中日母讀為鼻音聲母和零聲母是白讀音和文讀音的對應關係，事實上，零聲母與鼻音聲母之間也可以是一種演化關係，零聲母由鼻音聲母弱化而來，鼻音聲母的弱化甚而脫落這一音變出現於很多方言中，北方方言疑母的失落就是明證。在南方方言日母保持舌面鼻音[ȵ]階段時，北方話的日母率先發生了由ȵ→∅的音變。至今，北方方言的一些地區日母還保持零聲母的讀法。比如當陽、瀋陽等地，部分日母字（非止攝開口字）讀為零聲母。例：

	人	日	熱	如	軟
當陽	ən	ɯ	ɯ	u	uan
揚州		əi			
瀋陽	in	i	ie	y	yan
漢口			ɣ	y	yan

　　隨著文教力量的逐漸滲透，這種音變也波及到南方方言。而一些南方方言區自身也發生了鼻音聲母弱化直至脫落這樣的音變。日母在南北不同地方發生相同性質的音變，其結果就是：很多南方方言例如徽語、湘語、贛語、客家話中都有部分日母字讀為零聲母的現象。

　　部分方言受北方方言的影響，原本讀為鼻音的日母字吸收了北方方言零聲母的讀法，將鼻音聲母的讀法和零聲母的讀法疊置在同一系統中，形成了文白異讀的對應關係。這就導致了包括徽語在內的一些方言中，日母既有異源層次的鼻音聲母與零聲母疊置，也有鼻音聲母與零聲母的同源異讀，日母弱化為零聲母的結果是導致部分日母字與雲、以母字混同。例如：

	如日—餘以	柔日—油以	然日—延以	閏日—運雲	絨日—融以
績溪	y^{44}	$? - i\theta^{44}$	$i\tilde{e}i^{44}$	$y\tilde{a}^{35} - y\tilde{a}^{22}$	$y\tilde{a}^{44}$
歙縣	y^{44}	io^{44}	ie^{44}	$y\tilde{\Lambda}^{313} - y\tilde{\Lambda}^{33}$	$y\tilde{\Lambda}^{44}$
休寧	y^{55}	iu^{55}	ia^{55}	$y\check{e}n^{33}$	$i\check{e}n^{55} - in^{55}$
黟縣	$y\epsilon i^{44}$	$ia\mu^{44}$	$i{:}e^{44}$	$y\epsilon i^{3}$	$ia\eta^{44}$
祁門	y^{55}	ie^{55}	$\tilde{i}{:}\mathrm{e}^{55}$	$yæn^{33}$	$i\mathrm{ə}n^{55}$
婺源	y^{11}	$i\alpha^{11}$	$\tilde{i}^{11}$	$i\mathrm{e}in^{51} - v\mathrm{e}in^{51}$	$i\mathrm{ə}m^{11}$
占大	y^{33}	ie^{33}	$i\tilde{e}^{33}$	yn^{35}	$io\eta^{33}$
遂安	y^{33}	iu^{534}	$i\tilde{\epsilon}^{33}$	yen^{52}	$l\mathrm{ə}n^{33}$

　　在徽語的少數方言點，比如許村、浙源、淳安等地，古日母出現了v聲母的讀法。這些讀成v聲母的字基本都是合口三等字，大多出現

在山、臻攝的合口三等韻前，而且，這些方言點中，讀成v的除了日母，還有雲、以、疑母，由此我們判斷這些方言點中日母與雲、以、疑母在讀為v之前都經歷了一個零聲母的階段，v是由元音 u 引發的唇齒化造成的。例如：

許村：　　閏日vian³³ — 匀以vian⁵⁵

婺源：　　軟日=遠雲vĩ²⁵　　　　　閏潤日=運雲vein⁴³

淳安：　　軟日=遠雲vã⁵⁵　　　　　閏潤日=運雲ven⁵³⁵

據項夢冰（2006），這種情況在客贛方言裡比較常見，與徽語相同的是，客家話古日母字讀成v聲母的通常是「潤」、「閏」兩字，其他韻攝的古日母字讀成v聲母的並不多。

（三）z 層

普通話中，日母除了在止攝開口韻前讀為零聲母外，其他日母字的音值尚有爭議，有記成濁擦音[z]的，也有記成通音[ɻ]的，這只是音值處理的不同，可以肯定的是日母已經發展為與鼻音、零聲母音色不同的音了。日譯吳音以鼻音對譯漢語的日母，而日譯漢音則用濁擦音對譯日母，可見唐時已有些方言讀日母為濁擦音了。宋代三十六字母中的日母稱為「半齒音」，意味著它已讀為與齒音章組字同一部位的音。徽州方言中，古日母在上莊等地出現了[z]的讀法，這在徽州方言內部是個較為特殊的讀音。從可見的材料來看，上莊日母讀[z]的有這樣的一些字：「任[zæ̃²⁴]」、「人[zæ̃⁴²]」（另一讀為[niæ̃⁴²]）、「入[zeʔ³²]」「日[zeʔ³²]」、「閏[zæ̃²⁴]」、「弱[zoʔ³²]」。上莊日母[z]的讀法是方言自身縱向演變產生的結果，還是來自權威方言——北京話的橫向滲透（在上莊的語音系統裡沒有捲舌聲母的存在，[z]便是對應於北京話的[ʐ] / [ɻ]的讀法）？如果認為上莊日母[z]的讀法是來自北京話的滲透，

那大概不好回答為什麼「日」、「弱」、「入」這樣常用的口語詞只有對應於北京話[ʐ]/[ɻ]的文讀音[z]，卻沒有與之相對應的白讀音。所以，我們傾向於認為上莊日母所讀的[z]乃是源自零聲母的進一步擦化。我們可以從現代漢語方言日母的今讀中找到支撐這一假設的證據。比如南方的粵方言區，日母與喻母以及三等韻前的影母今讀顯示了零聲母變讀為濁擦音的可能性：

	惹-爺	擾-要-搖	柔-憂-有	軟-冤-遠	人-因
廉江	iɛ	iu	ieu	ŋiŋ-iŋ-iŋ	（ŋ）iɛn-iɛn
廣州	jiɛ	jiu	jiɛu	jyn	jiɛn
東莞	zø	ziu	zau	zøn	zɛn

　　古日母在廉江、廣州、東莞三地讀音的差異可以視為日母的縱向演變在空間上的反映。北方方言區，比如東北、京津和冀魯一帶，零聲母和濁擦音的交替也是很常見的現象。北京話中部分喻母字（如「榮、容、融」）讀同日母字為[ʐ]/[ɻ]。天津話中，「庸、擁、雍、永、泳、湧、用、傭」等影、喻母字都讀作濁擦音[z]，而「閏、潤、然、讓、熱、忍、肉、入、軟」等部分日母字卻讀為零聲母。河北廊坊地區部分來自中古的喻母字，現在有的保留零聲母，有的變成了濁擦音[z]，從而使原來同聲同韻的字分化。諸如「庸、允、永、泳、詠、勇、湧、用」等喻母字都與部分日母字同讀為[zuŋ]。

　　我們推測，零聲母在三等韻前有擦化的傾向，擦化的產生導源於三等介音，三等介音（-i-）發音時舌位最高、最前，開口度最小，這些因素綜合起來促成了發音時擦化的可能性。這可能不是真正的擦音。王力、陸志韋、朱曉農等人都認為北京話中的日母不是一個純粹的「硬音」，它的摩擦並不大於[j]，只是韻母同部位有少量摩擦。這就表明包括北京話中的濁口音讀法事實上只是零聲母的進一步擦化。

　　除了上莊日母所讀的[z]外，嚴州片徽語中的建德、壽昌點少數日

母字還有讀成擦音[s]和[ɕ]的。不過，這兩地的[s]、[ɕ]聲母基本是與鼻音聲母或零聲母相對應的文讀形式。據曹志耘（2017），建德讀成[s]聲母的日母字有：「然、燃[sã²¹¹]」、「日、弱[səʔ¹²]」（「日」在「日本」這個詞裡讀成[s]聲母，而在「今日」這個詞中則讀成零聲母）；建德讀成[ɕ]聲母的日母字有：「孺～子：婦女[ɕy⁴²³]」、「汝文[ɕy⁵⁵]」。壽昌讀成[s]聲母的日母字僅見「入～死娘[səʔ³¹]」（「入」義為「裝」時讀為[n̠iəʔ³¹]，另外還有一個文讀音為[ləʔ³¹]）；讀為[ɕ]聲母的僅見「乳文[ɕy⁵⁵]」。

　　日母字讀成[s]聲母在現代漢語方言中是不多見的，據錢乃榮（1992），在吳語區也有一些日母字文讀為[s]聲母，在杭州、溧陽還存在部分日母字讀成複輔音[sz]的現象。如：

丹陽：	擾 sɒ⁴¹	辱 szo²⁴	
金華：	仍 sən³²⁴	蕊 szᵘeɪ²⁴	
江陰：	忍 sEɲ⁴⁵	染 sə⁴⁵	
溧陽：	擾 szɑɣ³²³	仁仍 szən³²³	忍 szən²²⁴
	認 szən²³¹	蕊 szæE²³¹	辱 szɔ²²³
	日 szə²²³		
杭州：	仁仍人文讀 szən²¹²	戎 szoŋ²¹²	認閏 szən¹¹³
	讓 szɑŋ¹¹³	絨 szoŋ²¹²	蕊 szɥeɪ¹¹³
	辱 szɔ¹²		
永康：	仁人 szəɲ³²²	蕊 szɿ²¹⁴	辱 szu³²³
溫州：	仍 szʌŋ²³¹		

　　徽語和吳語在古日母讀為[s]聲母方面所體現出來的共性不是偶然的。建德、壽昌存在對內使用白讀、對外使用文讀的獨特的雙方言現象，是因為跟吳語區相鄰。建德對內說話叫做「梅城白話」，對外說

話叫做「浙江方言」；壽昌人把白讀叫作「壽昌說話」，把文讀叫作「浙江方言」，也有人叫作「地方方言」。白讀系統是嚴州片徽語原有的語音系統，而「文讀系統是在浙江權威方言杭州話和漢語共同語等的影響下形成的一種比較接近杭州話的語音系統」[71]。建德和壽昌文讀系統中古日母字的[s]、[ɕ]聲母的讀法，就是杭州話和漢語共同語影響下的出現的讀音。

　　除了吳語，據我們所知，還有桂南平話、粵語玉林方言中少數口語非常用字的今讀也為[s]聲母。比如賓陽的「儒」、「如」、「然」、「燃」、「乳」、「若」、「辱」、「褥」、「忍」、「壤」都讀[s]聲母；粵語玉林方言的「如」、「然」、「燃」讀[s]聲母。對於桂南平話和粵語玉林方言日母字的這種讀法，覃遠雄表示「是方言自身縱向的演變，還是周邊方言的橫向滲入目前還不知道」。[72]

（四）1層

　　古日母在徽語的嚴州片遂安、建德、壽昌和休黟片的黟縣以及祁婺片的浙源等地出現了[l]聲母的讀法。

遂安：	肉辱褥 lu²¹³	戎絨茸 lən³³
建德：	任責~潤刃 len²¹³	紉 len⁵⁵	若 lə²¹²
壽昌：	閏 len³³	扔 len³³	人仁仍 len¹¹²
	壬任責~潤 len²⁴	入日~本 lə²¹³	
黟縣：	辱 lu³¹		
浙源：	耳~朵 li²⁵	辱褥 lu⁴³	

---

71 曹志耘：《徽語嚴州方言研究》頁141。

72 覃遠雄：〈桂南平話古見組聲母和日母的今讀〉，《方言》2006年第3期，頁237。

　　徽語五個方言點不同程度地存在日母字讀為[l]聲母的現象，如何看待這種現象呢？

　　高本漢（1940）對日母讀為[l]的現象是這樣解釋的：「在有些方言裡，我們見過 l……我們要知道這個情形發生在喜歡拿 l 代替n的三個方言（揚州、汕頭、廈門），那麼我們就可以瞭解在這些方言裡的 l 是一個n的代用品。」[73]高本漢的這個解釋能否覆蓋所有日母字讀為[l]聲母的現象呢？我們認為大概不能。我們需要對日母字讀為[l]聲母的現象進行分類分析，這就涉及日母字讀為[l]聲母是發生在文讀層還是方言系統內部的音變問題。例如嚴州片徽語中的建德、壽昌，日母字讀為[l]聲母的代表的都是文讀音，這些方言白讀系統中，[l]與[n]是對立存在的。黟縣日母字「辱」讀為[l]與建德、壽昌日母字讀為[l]大概屬於同一性質。黟縣的[l]與[n]是對立存在的兩個音位，日母字大多分讀為[n̠]和零聲母。而據《黟縣方音調查錄》（1935），除了「辱」，還有「肉文」、「褥文」都讀為[l]聲母，與來母字相混，其中「肉」、「褥」白讀為[ŋ]聲母，與疑母字相混（下面的「=」僅限於聲母、韻母相同，而不涉及聲調）：

　　褥日燭肉日屋＝玉獄疑燭 ŋəù̀　　褥辱日燭肉日屋＝祿鹿碌錄麓漉轆來屋 lu

　　而今天的黟縣方言中，「褥」和「肉」僅存白讀層的讀音[n̠]，而不見文讀層的[l]，「辱」的文讀音[l]則一直保留至今。

　　同類現象除了高本漢所舉的揚州，也見於一些南方方言如客贛方言和吳語中。例如，在梅縣，泥母和來母並不相混（比如「耐[nai]」≠「賴[lai]」），而少數日母字一樣讀[l]聲母。比如：「擾」讀為[lau]，同等音韻地位的「繞園~」則讀為[n̠iau]。在南昌、吳域等地，雖然泥

73 高本漢：《中國音韻學研究》，頁343。

母和來母有混同現象，部分日母字讀成[l]聲母，但也有部分日母字讀[ȵ]聲母，讀成[l]聲母的日母字都是非常用字，或者是一字兼有兩種讀音，其中[l]聲母代表著文讀音。例如：

南昌　　染ȵiɛn白　lɛn文　　　　人忍認ȵin白　lən文
吳域　　染ȵien～頭髮len傳～　　　認～得人～家忍～不住ȵin
　　　　認～為人～民忍～心lən
　　　　日ȵit～頭　lət～本

對於南昌方言日母字的今讀張光宇（1996）也曾論及：南昌方言日母字的白讀是ȵ-，文讀是 l-、ø-。其中的 l-是z̧-的變體，只在洪音出現。ø-只見於止攝開口三等「耳、二」等字。

除此，在吳語區也有古日母字讀成[l]聲母的現象。吳語區古日母字讀成l聲母現象出現的時間並不長。趙元任那時調查出來的日母字在吳語的文讀系統中讀為擦音。而時隔六十年後，日母字在吳語區文讀音層面發生了由z＞l的變化（＞左邊是老派音，右邊是新派音）。江陰、上海、松江、金華、衢州、童家橋的新派都如此。據錢乃榮（1992），「仁」在金華就有三種異讀：[ȵim²²⁴] / [lən²²⁴] / [ɕin²²⁴]。「乳」在金壇讀為[ləu³⁵]，在丹陽讀為[ləu²¹³]；「擾」在衢州讀為[lɔ³¹]等等。

至於祁婺片浙源的少數古日母字讀為[l]聲母大概就是如高本漢所說的拿 l 代替n。在浙源，古泥、來母在鼻化韻[ĩ]前多讀成[n]，在其他韻前多讀為[l]，[l]與[n]不對立，所以合為一個音位。其中「耳」在「耳朵」一詞中讀為[li²⁵]，在「木耳」一詞中讀為[x²¹]，這個[l]聲母乃是發生在系統內部的一種音變結果，是比[ø]更早的語音層次。而至於「辱褥」讀為[lu⁴³]究竟是拿 l 對應權威方言 z̧ 的結果，還是拿 l 代替n，目前尚無法判斷。

　　至於嚴州片的遂安日母逢通攝讀[l]聲母，而在其他韻攝裡則讀成零聲母的現象，我們暫時也還不知道如何解釋。

　　以上我們對徽州方言日母的幾種音類層次進行了梳理，就來源而言，鼻音n̠、n層和ø、v層可視為同源層次，存在嬗變的關係；l、z層大多屬異源層次，是從北方的權威方言傳入徽語中的。

第六節　徽州方言古匣母的今讀分析[74]

　　古匣母在北方方言裡大多讀同曉母：洪音讀[x/h]聲母，細音讀[ɕ]聲母。而在南方方言中古匣母的讀音則比較複雜，口語中除了讀為[x/h]、[ɕ]等清擦音聲母，還有塞音[k/kʰ]、零聲母、濁擦音[v]等今讀形式，體現與群、雲母密切的關係。徽州方言也不例外，古匣母在徽州方言中表現複雜。下面我們將徽州方言中的匣母字按照韻母開合等呼列出今讀形式：

表2-25　徽州方言古匣母今讀對照表

	一等		二等		四等	
	開	合	開	合	開	合
績溪	x	kʰ/ k/ ø /v/x/f	kʰ/x/ɕ/tɕ[①]	kʰ/ø/v/f	ɕ/s[②]	ɕ/f
荊州	x	kʰ/ k/ø/v/x/f	kʰ/tɕ/tɕʰ/v[③]/x/ɕ/s[④]	kʰ/ø/v/f	ɕ/s	ɕ/s/f
歙縣	x	kʰ/ø/v/x	k/kʰ/tɕ/x/ɕ	v/x	ɕ	ɕ/x
屯溪	k/x/ɕ	ø/v/x	k/ø[⑤]/x/ɕ[⑥]	ø/v/x	ɕ	ø/ɕ
休寧	k/x/ɕ	ø/v/x	k/x/ɕ	ø/x	ɕ	ø/ɕ
五城	x/ɕ	ø/v/x	k/tɕ/x/ɕ	ø/v/x	ɕ	ø/ɕ
黟縣	x/s	ø/v/x	k/x	k/v/x	ʃ/s	ø/ʃ

---

74 這一節曾以單篇論文形式發表於《黃山學院學報》2011年第4期，論文題目是〈匣母在徽語中的歷史語音層次〉，本節在原文基礎上進行了修改。

	一等		二等		四等	
	開	合	開	合	開	合
祁門	k/x/ɕ	Ø/x	k/kʰ/x/ɕ	Ø/x	ɕ	ɕ/x
婺源	x/ɕ	Ø/v/x	k/x/ɕ	v/x	ɕ	ɕ/x
浙源	x/ɕ	Ø/v/x	k/v/x/ɕ	v/x	ɕ	ɕ/x
浮梁	x/f	Ø/f/x	Ø/f/x	Ø/x	x/ɕ/s⑦	ɕ/f
旌德	x	Ø/x/f	kʰ/k/ x/ɕ	Ø/x	ɕ/s	ɕ/x
占大	x/ɕ	Ø/x	kʰ/Ø/x/ɕ	Ø/x	ɕ	ɕ/x
淳安	k/x/f	Ø/v/x/f	kʰ/k/tɕ/Ø/v/x/ɕ	Ø/v/x/f	Ø/ɕ	Ø/v/s
遂安	k/x/f	Ø/x/f	kʰ/k/Ø/x/ɕ⑧	Ø/x/f	Ø/ɕ/s	Ø/ɕ/f
建德	Ø/x	Ø/x	k/Ø/x/ɕ	Ø/x	ȵ/ɕ	Ø/ȵ/ɕ
壽昌	x/ɕ	Ø/ŋ/x	kʰ/tɕ/Ø/x/ɕ	Ø/x	Ø/ɕ	Ø/ɕ

說明：①績溪二等開口匣母字讀為[tɕ]聲母的僅「械 tɕio³⁵」，聲調不符合濁去字在績溪話中的對應規律，這種現象還見於荊州、婺源、淳安、遂安、旌德等方言。②績溪四等開口匣母字讀為[s]聲母的僅「系聯~sl³⁵」，聲調不符合濁去字在績溪話中的對應規律。③荊州開口二等匣母字讀為[v]聲母的僅「核陽~：腫大的淋巴結 vɤʔ³」，同樣的現象還見於浙源、淳安；除此，還有一些方言如浮梁、遂安、建德、壽昌、旌德、占大「核」義為「果核」時讀為合口呼韻母，與「胡骨切，沒韻匣母」的音韻地位更合，但很多方言這一讀音形式所對應的義項符合麥韻匣母「核」，所以二等韻位置出現的這個讀音暫不作分析。④荊州開口二等匣母字讀為[s]聲母的僅「莧 sɔ̃³⁵」。⑤屯溪開口二等匣母字讀為零聲母的僅「下鄉~ɔ²⁴」（「下」還有一讀中讀為 xɔ²⁴）。⑥屯溪開口二等匣母字讀為[ɕ]聲母的僅「行不~ɕi:e⁵⁵」（且「行」在「行為」中讀為 xɛ⁵⁵）；休寧、婺源同此。⑦浮梁匣母字讀為[s]聲母的僅開口四等字「系聯~sei³³」。⑧遂安開口二等匣母字讀為[ɕ]聲母的僅有「幸 ɕin⁵²」。

　　從表2-25我們看到，匣母在徽州方言共時語音系統中共存在十二種今讀形式：[k]、[kʰ]、[tɕ]、[tɕʰ]、[Ø]、[ȵ]、[v]、[x]、[f]、[ɕ]、[s]、[ʃ]，其中讀為[ȵ]的只見於嚴州片建德，讀為[ʃ]的只見於休黟片黟縣，讀為[tɕʰ]的只見於績歙片荊州的「降投~tɕʰiõ³³」。這十二種語

音形式在不同開合等呼韻母前出現的頻率很不相同，例如，[v]、[f]
大多出現在合口韻前，其中[v]大多出現在合口洪音韻即一二等韻
前；零聲母一般不出現在開口一等韻前；[ɕ]基本不出現在合口二等韻
前；各點讀[k]、[kʰ]的字都很少。最為複雜的是開口二等韻字，以上
提到的匣母十二種今讀形式基本都有分布。

徽州方言中匣母的十二種今讀形式屬於不同的語音層次：

第一層是[k] / [kʰ]層。從我們所見到的材料中可見，匣母在徽州
方言中讀為[k]、[kʰ]的一般是這樣一些字：「蛤~蟆」、「糊動詞，粘」、
「滑」、「厚」、「含銜」、「環」、「蟹」、「械」、「校學~」、「降投~」、「合
~得來」、「檜」、「繪」、「艦」，其中有些字的舌根音讀法在徽語內部分
布較為一致。這十個字在一些方言點的具體讀音如下：

績溪　　糊動詞，粘 kʰu³¹　　　蛤~蟆 kʰo⁴⁴　　　環~刀：半月形的刀 kʰuɔ⁴⁴
　　　　檜 kʰua³⁵　　　　繪 kua³⁵

荊州　　糊動詞，粘 kʰu³¹　　　蛤~蟆 kʰoʔ³　　　環~刀：半月形的刀 kʰuɔ³³
　　　　艦 kʰɔ²¹³　　　　檜 kʰua³⁵　　　繪 kua³⁵

歙縣　　蛤~蟆 kʰa⁴⁴　　　蟹 kʰa³⁵　　　械白讀 ka³¹³
　　　　檜繪 kʰuɛ³⁵

屯溪　　蛤~蟆 kɔ⁵　　　　合~得來 kɣ⁵　　　降投~kau⁵⁵

休寧　　蛤~蟆合~家：鰥寡成家 kɣ²¹²　　　降投~kau⁵⁵

五城　　蛤~蟆 kɔ²³

黟縣　　蛤~蟆 koɐ³¹　　　滑很~kuaɯ³¹　　　校學~kau³²⁴
　　　　艦 kʰɔ⁵³

祁門　　糊動詞，粘 kʰu⁵⁵　　　蛤~蟆 kʰa⁵⁵　　　含銜 kʰð‿⁵⁵
　　　　合~得來；（繩子）等兩股合成一股 kua³⁵　　　校~長 ko²¹³
　　　　械 ka²¹³

婺源　　械 kɔ³⁵

浙源　　蟹玲=~：螃蟹 kɔ⁴³

旌德　　蛤~蟆 kʰa⁴²/kʰɔ⁴²　　匣箱~ka⁵⁵　　　　械 ka²¹³

占大　　蛤~蟆 kʰɔ³³　　　　含銜 kʰɔ̃³³　　　　械 ka⁵⁵

淳安　　厚 kʰɯ⁵⁵　　　　　　蛤~蟆 kʰã⁴⁴⁵　　　合~眼 ka²⁴
　　　　械 ka²²⁴

遂安　　蛤~蟆 kʰa³³　　　　械 ka⁴²²

建德　　蛤~蟆 ko³³⁴　　　　械 ka⁵⁵

壽昌　　蛤~蟆 kʰuə⁵²

　　一般來說，匣母讀為[k] / [kʰ]代表著的是匣母讀如群母的古老的層次。匣、群都屬於古全濁聲母，從聲調的古今對應規律來看，一般都應該讀為各方言系統中的陽調。例如，徽州方言中讀為[k] [kʰ]的匣母字「蛤~蟆」、「糊動詞，粘」、「滑很~」、「厚」、「含銜」、「環」、「蟹」一般歸入的是系統中的陽調類（有些方言濁聲母字清化後歸入的是陰調類除外，例如黟縣的濁入字讀如系統中的陰平調），與群母字的聲調古今對應規律相同，可以視為匣母讀如群母的古老的層次。然而，徽州方言中部分讀為[k] / [kʰ][75]的匣母字卻讀同系統中的陰調類，這就需要將這部分字剔除在匣母讀如群母的層次外。例如：「械」在徽語很多方言點（去聲分陰陽的方言點）都讀同見母字「戒」（如屯溪、婺源、五城、祁門、淳安、遂安等），而與同等音韻地位的匣母字聲調不同，從聲調上看不符合音變規則，可能是形聲類推後產生的誤讀，大概不能納入匣母讀如群母這一古老的層次。「校~長」在黟縣、祁門等地讀同見母字「校~對」；「降投~」在屯溪、休寧等地讀同見母字「降下~」。這些字都不是口語常用字，大概受到同形見母字的影響，也不能納入匣母讀如群母這一古老的層次。

---

75 之所以有k、kʰ的區別是因為濁塞音清化後在徽語中有的方言點以讀送氣清音為主，
　　比如祁門、荊州等地；有的方言點濁塞音清化後分讀送氣不送氣，比如五城等地。

　　剔除了非口語常用字後，匣母讀如群母的字在徽州方言中雖然不多，但較為一致，我們據此認為這就是匣母讀同群母的存古層次，也是徽語中匣母的最古層。

　　匣母讀如群母的現象，除了徽語，還見於其他一些南方方言中。閩語最為典型，吳語次之。曹志耘說：「在南部吳語裡，匣母讀如群母的現象以衢州、上饒、麗水地區尤其是上麗片方言較為多見，溫州地區也不少。」[76]曹文列舉了南部吳語中常讀如群母的一些匣母字：「糊面~」、「懷名」、「厚」、「含」、「挾~菜」、「寒」、「漢」、「滑」、「降投~」，其中「糊」、「厚」、「含」、「滑」四個匣母字在徽語的一些方言點中也讀同群母。

　　第二層是[ø]（[ɳ]）/[v]層。從上文的表2-25「徽州方言古匣母今讀對照表」中，我們看到，匣母讀為零聲母或唇齒濁擦音[v]的主要發生在合口韻中。其中有的字在徽語中讀音較為一致。舉例如下（以下僅列白讀；為醒目起見，表2-26中略去不讀為[v]或是[ø]的字音）：

表2-26　徽州方言中讀為[ø] / [v]聲母的匣母字

	胡~須/~子	壞	話	活	還~有/~錢	滑很~	黃~色	橫~直	核果子核/淋巴結
績溪	vu⁴⁴	vɔ²²	θ²²	vɔʔ³²	vɔ⁴⁴	vɔʔ³²	õ⁴⁴	vẽi⁴⁴	
荊州	vu⁵⁵	vɔ³¹	θ³¹	vɔʔ³	vɔ³³	vʔ³	õ³³	vɔ̃³³	vɤʔ³
歙縣	vu⁴⁴	va³³	va³³	va³³	vɛ⁴⁴	vaʔ²¹	o⁴⁴	vɛ⁴⁴	
屯溪	vu⁵⁵	va¹¹	uːə¹¹	uːə¹¹	uːə⁵⁵		au⁵⁵	vɛ⁵⁵	
休寧	vu⁵⁵	ua³³	uːə³³	uːə³⁵	uːə⁵⁵	uːə³⁵	au⁵⁵	ua⁵⁵	uɤ³⁵
五城	vu²³	va¹²	uːɐ¹²	uːɐ²²	uːɐ²³/vɐ²³	uːɐ²²	ɔu²³	vɛ²³	uɤ¹³
黟縣	vu⁴⁴	va³	vuːɐ³	vuːɐ³¹	vuːɐ⁴⁴		oŋ⁴⁴	va⁴⁴	vuːɐ⁴⁴
祁門	u⁵⁵	ua³³	uːɐ³³	uːɐ³³	ũːɐ⁵⁵		ũːɐ⁵⁵	uæ̃⁵⁵	ua³³

---

76 曹志耘：《南部吳語語音研究》（北京市：商務印書館，2002年），頁54。

	胡~須/~子	壞	話	活	還~有/~錢	滑很~	黃~色	橫~直	核果子核/淋巴結
婺源			vo⁵¹	vo⁵¹	ɑ¹¹		vɔ̃¹¹	vɔ̃¹¹	
浙源	vu⁵¹		vo⁴³	vo⁴³		vo⁴³		vã⁵¹	vao⁴³
旌德	u⁴²			ue⁵⁵			uo⁴²	ue⁴²	u⁵⁵
占大	u³³	ua³⁵	uɔ³⁵	uɤ¹¹	a³³/uɔ̃³³	uɔ¹¹	uɔ̃³³	uã³³	uɤ¹¹
淳安	va⁴⁴⁵	uɑ⁵³⁵	vu⁵³⁵	uɑʔ¹³	ɑ⁴⁴⁵	uɑʔ¹³	uã⁴⁴⁵	uã⁴⁴⁵	vəʔ¹³
遂安	u³³	ua⁵²	uɑ⁵²	uɑ²¹³	uɑ³³	uɑ²¹³	om³³	uã³³	uəɯ²¹³
建德	u³³⁴	uɑ³³⁴	o⁵⁵	o²¹³	ɑ³³⁴		o³³⁴	uɛ³³⁴	uəʔ¹²
壽昌	u⁵²	uɑ¹¹²	o³³	uə²⁴	uə⁵²		uã⁵²	uã⁵²	uəʔ³¹

　　從表2-26我們可以看到，祁門、旌德、占大、遂安、建德、壽昌等方言點中匣母字有讀為[ø]但沒有讀為[v]聲母的（有的方言點例如遂安點，合口呼零聲母字年輕人讀作[ʋ]聲母）；績溪、荊州、歙縣、屯溪、休寧、黟縣、婺源、浙源、淳安等方言中匣母字既有讀[ø]又有讀[v]聲母的，但相同音韻地位的匣母字，不會形成分讀[ø]和[v]的局面，[ø]和[v]並不對立。我們觀察表2-26中所列的各方言點匣母的今讀後看到，匣母讀[ø]和[v]的現象幾乎都發生在合口韻中。這些合口韻字今天或者讀為合口呼韻母，[u]介音繼續保留，或者將圓唇特點融合到主元音中去。如果[u]的作用進一步加強，就會增生唇齒濁擦音[v]，所以我們把匣母讀為[ø]和[v]看成同一層次，這一層次與第一層次的[k] / [kʰ]層之間存在演化關係：上古匣群本為一體，發展到中古，其三等韻字分化出來成為群母，保留[g]的讀音；其餘弱化為濁擦音[ɣ]，成為中古舌根濁擦音匣母。匣母讀為零聲母是[ɣ]遇合口介音[u]後弱化乃至脫落的結果。匣母歸零也不僅僅發生在徽語中。在閩語、吳語、粵語、贛語、客家話、湘語等方言中廣泛存在。而且，讀歸零聲母或[v]聲母的匣母字與一些來源於其他古聲類的字可能出現混同，例如逢洪音與疑、影母字同音，逢細音與疑、喻母字同音。

例如：

荊州：胡～子，匣＝吳疑vu³³　　　壞～日子：壞人，匣＝外疑vɔ³¹

　　　黃～色兒，匣＝王雲õ³³

休寧：胡～子，匣＝吳疑vu⁵⁵　　　壞匣＝外疑溫影ua³³　　　　　　話匣＝岸疑安影uːə³³

　　　黃～色兒，匣＝王雲au⁵⁵

祁門：胡～子，匣＝吳疑u⁵⁵　　　壞果實等腐壞，匣核桃～，匣＝外疑ua³³

　　　黃～色兒，匣＝王雲ũːɐ⁵⁵

旌德：核桃～，匣＝屋影u⁵⁵　　　胡～子，匣＝吳疑u⁴²

　　　黃～色兒，匣＝王雲uo⁴²

淳安：和～尚，匣＝鵝疑vu⁴⁴⁵　　　核桃～，匣＝月疑vəʔ¹³

　　　黃～色兒，匣＝王雲uã⁴⁴⁵

　　　劃～船兒，匣＝牙疑o⁴⁴⁵

　　在絕大多數方言點，匣母字「黃」聲母弱化脫落為零聲母後與同攝的喻三「王」讀音相同。這種現象也不僅僅出現於徽語中，明代陸容《菽園雜記》中就曾記有「吳語黃王不辨」之說，可見在吳語中這種現象也是很普遍的。當然，匣母與喻三的混讀也不一定是發生在匣母弱化為零聲母後。近代音韻學家曾運乾在他的《喻母古讀考》一文中提出「喻三歸匣」，認為中古的「喻三」在上古讀作「匣」母。除了與喻三的混讀不一定發生在匣母讀為零聲母後，與疑、影母的相混應該都是發生在匣母讀歸零聲母後。

　　上文中曾提到建德的匣母字出現了[ŋ]聲母的讀法，在建德白讀音系統中，讀為[ŋ]聲母的還有古疑、影、日、泥、喻母字，疑、日、泥字同讀為[ŋ]聲母，可以視為較早的音變趨同現象，而影、匣、喻母字也混讀為[ŋ]聲母，這只能發生在這幾個聲母讀為零聲母後，屬較晚出現的音變趨同現象。與此相似的是壽昌的少數匣母字讀

成[ŋ]聲母，從而與疑母等混同。這也應該是發生在匣母讀成零聲母後。具體混同用例如下：

建德：嫌賢弦匣＝嚴疑＝鹽以＝年泥ȵie³³⁴

　　　縣匣＝願疑ȵye⁵⁵ — 冤影ȵye⁴²³ — 遠喻ȵye²¹³

壽昌：還副詞華金～　匣＝牙疑ŋuə⁵² — 彎影ŋuə¹¹²

　　　換匣ŋuə³³

　　第三層是[x]、[f]層。隨著濁音清化音變的發生，中古的濁音[ɣ]不能再維持了，它清化為[x]，與曉母合流。這在現代漢語方言中是一種極為普遍的現象。這一層與第二層通常以文白異讀的方式共存於徽語中，口語詞或詞的口語化義項通常讀[∅]或者[v]，非口語詞或詞的書面化義項通常讀[x]或者[f]。例如：

績溪：胡 vu⁴⁴～須/fu⁴⁴姓～　　　　黃 õ⁴⁴～色/xõ～山

　　　話θ²²講～/fɔ²²電～　　　　壞 vɔ²²～日子：壞人/ fɔ²²破～

休寧：胡 vu⁵⁵～須/xu⁵⁵姓～　　　黃 au⁵⁵～色/xau⁵⁵姓～

　　　劃 ua⁵⁵～船/xua⁵⁵～拳

祁門：糊 u⁵⁵稀～：爛糊/xu⁵⁵～塗　　橫 uæ̃⁵⁵～直：反正/xuæ̃⁵⁵一～一豎

　　　核桃～ua³³/xua³³～桃

旌德：活 ue⁵⁵白/xue⁵⁵文　　　　　環 uæ⁴²門~/xuæ⁴²～境

　　　黃 uo⁴²～色/xau⁴²姓～

淳安：和 vu³³～尚/xu³³～气　　　　狐 va³³～狸/xu³³～臭

　　　劃 ua³³～水/xua³³～船

　　雖然這一層與第二層的語音形式常常以文白異讀形式共存於一個方言中，但實際上這兩層是存在演化關係的。

至於匣母讀為[f]的現象，徽州方言中主要見於績歙片的績溪、荊州、杞梓里、深渡、許村和祁婺片的浮梁、旌占片的旌德和柯村以及嚴州片的淳安和遂安。

除了浮梁、淳安和遂安存在少數開口匣母字讀為[f]之外（如浮梁的「痕含銜~口錢：放在死者嘴裡的銅錢 fən^{24}」、淳安的「賀姓 fu^{55}」「河護城~fu^{445}」、遂安的「河何荷~花 fə^{33}」「賀 fə^{52}」），一般匣母讀為[f]的現象發生在合口韻中。由[x]發展到[f]還是因為合口介音[u]的作用。[u]是個圓唇高元音，發音時雙唇攏圓，因而使下唇和上門齒靠得很近，形成窄縫，這使得[x]很容易變為[f]。這種現象也發生在很多方言中。

匣母由[x]讀為[f]，就會出現與非組字相混的問題。實際上，包括匣母在內的曉組與非組出現混同現象見於很多方言，不過，不同方言混同模式存在差別。概括起來大概有兩種：非敷奉母向曉匣母歸併，同讀為[x]類聲母；曉匣母向非敷奉母歸併，同讀為[f]聲母。而在徽語中，以第二種為常，但是部分方言宕攝合口三等的曉匣母與非奉敷母字則以第一種相混方式為常。例如表2-27所示：

表2-27　徽語曉、匣組聲母與非組聲母混同情況對照表

	遇攝	宕攝	其他
績溪	[f]：胡姓=符fu^{44} 虎=斧fu^{213}	[x]：荒=方xɔ^{31} 黃~山=房xɔ^{44}	[f]：徽=飛fi^{31}　回fa^{44}　華=凡fɔ^{44} 混=份fã^{22}　宏fɐi^{44}　忽=福fɤʔ^{32}
許村	[f]：虎=斧fu^{35}	[x]：荒=方xɔ^{31}	[f]：徽灰=飛fai^{31}　婚=分fan^{31}
黟縣	[x]：胡姓=符xu^{44}	荒xoŋ^{31}≠方foŋ^{31}	徽xuɛi^{31}≠飛fɛi^{31}　回xuɯ^{44}≠浮faɯ^{44} 畫xuːɐ^{3}≠發foɐ^{3}　婚xuaŋ^{31}≠分faŋ^{31}
浮梁	[f]：虎=斧fu^{21} 互=負fu^{33}	[f]：荒=方faŋ^{55} 黃~山=房faŋ^{24}	[f]：徽=飛fei^{55}　婚=分fən^{55}　灰fe^{55} [x]：馮=紅xoŋ^{24} 花xo^{55}≠翻fo^{55}　烘xoŋ^{55}≠風foŋ^{55}
旌德	[f]：虎=斧fu^{213} 互=付fu^{55}	[x]：荒=方xo^{35} 黃姓=房xo^{42}	徽xuɪ^{35}≠飛fi^{35}　婚烘xuɐŋ^{35}≠分風fəŋ^{35} 滑xua^{55}≠發fa^{55}　還動詞xuæ^{42}≠凡fæ^{42}

	遇攝	宕攝	其他
柯村	[f]：虎=斧fu³⁵	[f]：荒=方fɔ³¹	[f]：徽=飛fe³¹　灰fe³¹　婚=分fe³¹
淳安	[f]：虎=斧fua⁵⁵ 呼xu²²⁴≠膚fu²²⁴	[f]：荒₂歡₂=方fã²²⁴ [x]：荒₁歡₁xuã²²⁴	[f]：婚=分fen²²⁴　或=佛fəʔ⁵　風₁fɔm²²⁴ [x]：烘=風₂xuen²²⁴
遂安	[f]：虎=斧fu²¹³ 互=負fu⁵²	[x]：荒=方xom⁵³⁴ 杭=房₁xom³³ [f]：晃=放₂fã⁴²² 房₂fã³³	[f]：婚=分fən⁵³⁴　花fa⁵³⁴—法fa²⁴　懷fa³³ 毀=佛fəɯ²¹³　慧fei⁵²—廢fei⁴²²

　　從表2-27可見，除了宕攝字，非組聲母與曉匣母在徽語中的相混形式以曉匣母向非組聲母方向歸併為常。其中，旌占片的柯村混讀形式較為單一，即曉匣母與非組聲母只混讀為[f]，未見混讀為[x]。從韻母來觀察，[f]除了與單元音[u]相拼外，一般不與合口呼韻母相拼。宕攝表現較為特殊，與遇攝等其他韻攝中曉匣母向非組聲母方向歸併趨勢不同的是，在績溪、許村、旌德、遂安等地，非組聲母向曉匣母方向歸併，即兩組聲母混讀為[x]（遂安出現兩種歸併方向，一般兩組聲母混讀為[x]的多為口語詞）。說明非組與曉匣母歸併情況與韻母有一定的關係。

　　黟縣非敷奉母與曉匣母相混情況同其他點都不一樣，表現在僅為遇攝的少數非組字讀同曉匣母，其他韻母前這兩組字並不相混。為何黟縣僅有少數遇攝的非敷奉母與曉匣母相混，這種現象暫時還無法解釋。

　　匣母在徽語今讀形式中的第四層是[ɕ] / [s]層。這一層當出現在腭化音變發生之後，匣母與發音部位同為舌根音的見組一樣都由於受舌面前元音（i、y）的影響而發生腭化，變為舌面音[ɕ]。徽語中，四等韻前的匣母絕大多數腭化為[ɕ]，而二等韻前的匣母在徽語很多方言點依然保持舌根音的讀法。與見組字腭化趨勢保持一致，二等韻前讀為

[ɕ]的匣母字從中心地區向外圍呈遞增趨勢，[ɕ]與第三層的[x]多以文白異讀的方式共存於一些方言點中。如：

績溪：學 xoʔ³²中~/ɕyoʔ³²化~　　　下底~ xo²¹³—霞 ɕio⁴⁴

　　　杏 xẽi²¹³—幸 ɕiã³⁵

荊州：學 xoʔ³²中~/ɕyoʔ³²化~　　　杏 xɔ̃²¹³白讀，~兒/ɕiɛ²¹³文讀，銀~

旌德：學 xuo⁵⁵白讀，~堂/ɕio⁵⁵文讀　　　夏 xɔ⁵⁵白讀，春~/ɕia⁵⁵文讀，姓~

　　　狹 xa⁵⁵白讀/ɕia⁵⁵文讀

在績溪、荊州、黟縣、浮梁、遂安、旌德等少數方言點，少數匣母字由又[ɕ]進一步舌尖化為[s]。

語言的共時變異體現語言的變化。匣母在徽語的共時語音系統中的若干音類其實就是匣母在徽語中的古今演變規律的表現。

第七節　徽州方言古全濁聲母的今讀分析

古全濁聲母的今讀是漢語方言分區的一個主要標準。在現代漢語方言中，古全濁聲母的今讀情況紛繁複雜。對古全濁聲母的研究往往從幾個角度來進行：一是古全濁聲母是否清化；二是清化後送氣與不送氣的規律；三是古全濁聲母中的擦音聲母今讀規律。對於現代漢語及方言來說，對古全濁聲母前兩個研究角度所得大體可歸結為以下四種情況：

1. 以平仄聲調為區分界限，平聲送氣、仄聲不送氣：以北京話為代表的北方方言大抵如此。

2. 不論平仄聲調，全濁聲母清化後塞類、塞擦類一律讀送氣清音：客家話和贛語基本如此。

3. 不論平仄聲調，全濁聲母一律不送氣：今天的吳語、湘語基本

如此。吳語和湘語的大多數地方古全濁聲母仍讀濁聲母。

　　4. 全濁聲母送氣不送氣兼而有之，不以《切韻》的韻類或調類為分化條件：閩方言基本如此。

　　徽州方言中，古全濁聲母全部清化，清化後的表現不太一致。其中一些非常用字需要排除在外，據趙日新（2002），這些字大多是仄聲字，而且在仄聲分陰陽調的方言中都讀陰調。趙日新認為少數今讀不送氣清聲母的全濁聲母字，是因為普通話影響所致，也就是說，它們是被當作陰調類字從普通話中借入的。我們打算選取若干口語常用字從兩個角度來對徽州方言中的全濁聲母進行考察：

一　古全濁聲母清化後逢塞音、塞擦音送氣和不送氣聲母的分化規律

　　為了歸納徽州方言中古全濁聲母送氣規律，我們選取了六十八個較為常用的全濁聲母字（雖然根據韻圖，《切韻》的船母是塞擦音，但船母字在徽州方言中幾乎都讀為擦音，所以考察送氣與否時不選船母字），將它們在徽州方言五片十七個方言點中的今讀形式對比如表2-28：

表2-28　徽語古全濁聲母的今讀（含續表2-28）

	婆 並	爬 並	步 並	牌 並	敗 並	幣 並	皮 並	跑 並	拔 並	辯 並	盤 並	薄厚~ 並	憑 並	白 並	病 並	瓶 並
績溪	pʰ	pʰ	pʰ	pʰ	pʰ	pʰ	pʰ	pʰ	pʰ	pʰ	pʰ	pʰ	pʰ	pʰ	pʰ	pʰ
荊州	pʰ	pʰ	pʰ	pʰ	pʰ	pʰ	pʰ	pʰ	pʰ	pʰ	pʰ	pʰ	pʰ	pʰ	pʰ	pʰ
歙縣	pʰ	pʰ	pʰ	pʰ	pʰ	pʰ	pʰ	pʰ	p	pʰ	pʰ	pʰ	pʰ	pʰ	pʰ	pʰ
屯溪	pʰ	pʰ	pʰ	p		pʰ	pʰ	pʰ	pʰ	p	pʰ		p	pʰ	pʰ	p
休寧	pʰ	pʰ	pʰ	p		pʰ	pʰ	pʰ	pʰ	p	pʰ		p	pʰ	pʰ	p

	婆並	爬並	步並	牌並	敗並	幣並	皮並	跑並	拔並	辮並	盤並	薄厚~並	憑並	白並	病並	瓶並
五城	pʰ	pʰ	pʰ	p	pʰ	pʰ	pʰ	pʰ	pʰ	p	pʰ	p	pʰ	pʰ	pʰ	p
黟縣	pʰ	pʰ	p	p	pʰ	pʰ	pʰ	pʰ	p	pʰ		p	pʰ	pʰ	pʰ	p
祁門	pʰ	pʰ	pʰ	pʰ	pʰ	pʰ	pʰ	pʰ	pʰ	pʰ		pʰ	pʰ	pʰ	pʰ	pʰ
婺源	pʰ	pʰ	pʰ	pʰ	pʰ	pʰ	pʰ	pʰ	pʰ	pʰ			pʰ	pʰ	pʰ	pʰ
浙源	pʰ	pʰ	p	pʰ	pʰ	pʰ	pʰ	pʰ	p	?	p		pʰ	pʰ	pʰ	pʰ
浮梁	pʰ	pʰ	pʰ	pʰ	pʰ	pʰ	pʰ	pʰ	pʰ	pʰ		pʰ	pʰ	pʰ	pʰ	pʰ
旌德	pʰ	pʰ	pʰ	pʰ	pʰ	pʰ	pʰ	pʰ	pʰ	pʰ		pʰ	pʰ	pʰ	pʰ	pʰ
占大	pʰ	pʰ	pʰ	pʰ	pʰ	pʰ	pʰ	pʰ	pʰ	pʰ		pʰ	pʰ	pʰ	pʰ	pʰ
淳安	pʰ	pʰ	pʰ	pʰ	pʰ	pʰ	pʰ	pʰ	pʰ	pʰ		pʰ	pʰ	pʰ	pʰ	pʰ
遂安	pʰ	pʰ	pʰ	pʰ	pʰ	pʰ	pʰ	pʰ	pʰ	pʰ		pʰ	pʰ	pʰ	pʰ	pʰ
建德	p	p	pʰ	p	pʰ	p	p	p	p	p		p	p	p	pʰ	p
壽昌	pʰ	pʰ	pʰ	pʰ	pʰ	pʰ	pʰ	pʰ	p	pʰ	pʰ		pʰ	pʰ	pʰ	pʰ

續表2-28

	大定	弟定	地定	道定	條定	豆定	談定	甜定	達定	屯定	唐定	動定	毒定	坐從	在從	罪從	字從
績溪	tʰ	tsʰ	tsʰ	tʰ	tʰ	tʰ	tʰ	tʰ	tʰ	tʰ	tʰ	tʰ	tʰ	tsʰ	tsʰ	tsʰ	tsʰ
荊州	tʰ	tsʰ	tsʰ	tʰ	tʰ	tʰ	tʰ	tʰ	tʰ	tʰ	tʰ	tʰ	tʰ	tsʰ	tsʰ	tsʰ	tsʰ
歙縣	tʰ	tʰ	tʰ	tʰ	tʰ	tʰ	tʰ	tʰ	tʰ	tʰ	tʰ	tʰ	tʰ	tsʰ	tsʰ	tsʰ	tsʰ
屯溪	tʰ	tʰ	tʰ	tʰ	tʰ	tʰ	tʰ	t	t	t	t	t	t	tsʰ	tsʰ	ts/tsʰ	tsʰ
休寧	tʰ	tʰ	tʰ	tʰ	tʰ	tʰ	tʰ	t	t	t	t	t	t	tsʰ	tsʰ	tsʰ	tsʰ
五城	tʰ	tʰ	tʰ	tʰ	tʰ	tʰ	tʰ	t	t	t	t	t	t	tsʰ	tsʰ	tsʰ	tsʰ
黟縣	tʰ	tʰ	tʰ	tʰ	tʰ	tʰ	t	t	tʰ	tʰ	t	t		tʃʰ	tʃʰ	tʃʰ	tsʰ
祁門	tʰ	tʰ	tʰ	tʰ	tʰ	tʰ	tʰ	tʰ	tʰ	tʰ	tʰ	tʰ	tʰ	tsʰ	tsʰ	tsʰ	s
婺源	tʰ	tʰ	tʰ	tʰ	tʰ	tʰ	tʰ	tʰ	tʰ	tʰ	tʰ	tʰ	tʰ	tsʰ	tsʰ	tsʰ	tsʰ

	大定	弟定	地定	道定	條定	豆定	談定	甜定	達定	屯定	唐定	動定	毒定	坐從	在從	罪從	字從
浙源	tʰ	tʰ	tʰ	tʰ	tʰ	tʰ	tʰ	tʰ	tʰ	tʰ	tʰ	t	t	tsʰ	tsʰ	tsʰ	tsʰ
浮梁	tʰ	tʰ	tʰ	tʰ		tʰ/t	t	tʰ	tʰ	tʰ	tʰ	tʰ		tsʰ	tsʰ	tsʰ	s
旌德	tʰ	tʰ	tʰ	tʰ		tʰ	tʰ	tʰ	tʰ	tʰ	tʰ	tʰ		tsʰ	tsʰ	tsʰ	tsʰ
占大	tʰ	tʰ	tʰ	tʰ		tʰ	tʰ	tʰ	t	tʰ	tʰ	tʰ		tsʰ	tsʰ	tsʰ	tsʰ
淳安	tʰ	tʰ	tʰ	tʰ		tʰ	tʰ	tʰ	tʰ	tʰ	tʰ	tʰ		s	ts	s	s
遂安	tʰ	tʰ	tʰ	tʰ		tʰ	tʰ	tʰ	tʰ	tʰ	tʰ	tʰ		s	s	s	s
建德	tʰ	t	tʰ	t	t	tʰ	t	t	t	t	t		t	s	ts	ç	s
壽昌	tʰ	tʰ	tʰ	tʰ		tʰ	tʰ	tʰ	tʰ	tʰ	tʰ	tʰ		s	tɕʰ/ç	ç	s

續表2-28

	集從	錢從	泉從	絕從	賊從	靜從	茶澄	除澄	柱澄	遲澄	治澄	趙澄	沉澄	丈澄	著澄(睡~)	直澄
績溪	tɕʰ	tsʰ	tɕʰ	tɕʰ	tsʰ	tɕʰ	tsʰ	tɕʰ	tɕʰ	tsʰ	tsʰ	tɕʰ	tɕʰ	tɕʰ	tɕʰ	tɕʰ
荊州	tɕʰ	tsʰ	tɕʰ	tɕʰ	tsʰ	tɕʰ	tsʰ	tɕʰ	tɕʰ	tsʰ	tsʰ	tɕʰ	tɕʰ	tɕʰ	tɕʰ	tɕʰ
歙縣	tsʰ	tsʰ	tɕʰ	tɕʰ/tɕ	tsʰ	tsʰ	tsʰ	tɕʰ	tɕʰ	tɕʰ	tsʰ	tɕʰ	tɕʰ	tɕʰ	tɕʰ	tɕʰ
屯溪	tsʰ	tsʰ	tsʰ	tsʰ/tɕ	tsʰ	tɕʰ	ts	tɕʰ	tɕʰ	tɕ	tsʰ	tɕʰ	tɕʰ	tɕʰ	tɕʰ	tɕʰ
休寧	tsʰ	tsʰ	tsʰ	tsʰ/tɕʰ	tsʰ	tsʰ	tɕʰ	tɕʰ	tɕʰ	tɕ	tsʰ	tɕʰ	tɕʰ	tɕʰ	tɕʰ	tɕʰ
五城	tsʰ	tsʰ	tɕʰ/tsʰ	tsʰ	tsʰ	tsʰ	ts	tɕʰ	tɕʰ	tɕ	tsʰ	tɕʰ	tɕʰ	tɕʰ	tɕʰ	tɕʰ
黟縣	tʃʰ	tɕʰ	tɕʰ	tɕʰ	tʃʰ	tʃʰ	tʃ	tʃʰ	tʃʰ	tsʰ	tʃʰ	tɕʰ	tɕʰ	tɕʰ	tɕʰ	tsʰ
祁門	tsʰ	tsʰ	tsʰ	tsʰ	tsʰ	tsʰ	tsʰ	tɕʰ	tsʰ	tsʰ	tsʰ	tsʰ	tsʰ	tsʰ	tsʰ	tsʰ
婺源	tsʰ	tsʰ	tsʰ	tsʰ	tsʰ	tsʰ	tsʰ	tɕʰ	tsʰ	tsʰ	tsʰ	tsʰ	tsʰ	tsʰ	tsʰ/ts	tsʰ
浙源	tsʰ	tsʰ	tsʰ	tsʰ	tsʰ	tsʰ	tsʰ	tɕʰ	tɕ	tsʰ	tsʰ	tsʰ	tsʰ	tsʰ	tsʰ	tsʰ
浮梁	tsʰ	tsʰ	tsʰ	tsʰ	tsʰ	tsʰ	tsʰ	tsʰ	tsʰ	tsʰ	tsʰ	tsʰ	tsʰ	tsʰ	tsʰ	tɕʰ
旌德	tɕʰ	tɕʰ	tɕʰ	tɕʰ	tsʰ	tɕʰ	tsʰ	tsʰ	tsʰ	tsʰ	tsʰ	tsʰ	tsʰ	tsʰ	tsʰ	tsʰ
占大	tɕ	tɕʰ	tɕʰ	tɕʰ	tɕʰ	tɕʰ	tsʰ	tɕʰ	tɕʰ	tɕʰ	tsʰ	ts	ts	tsʰ	tsʰ	tsʰ

	集從	錢從	泉從	絕從	賊從	靜從	茶澄	除澄	柱澄	遲澄	治澄	趙澄	沉澄	丈澄	著睡~澄	直澄
淳安	ɕ	ɕ	ɕ	ɕ	s	ɕ	tsʰ	tɕʰ	tɕʰ	tsʰ	tsʰ	tsʰ	tsʰ	tsʰ	tsʰ	tsʰ
遂安	tɕ	ɕ	ɕ	ɕ	sʰ	tɕʰ	tsʰ	tɕʰ	tɕʰ	tsʰ	tsʰ	tɕʰ	ɕ	tɕʰ	tɕʰ	tɕʰ
建德	tɕ	tɕ	ɕ	ɕ	ts	tɕ	ts	tɕ	tɕ	ts	ts	ts	ts	ts	ts	ts
壽昌	tɕ	tɕʰ	tɕʰ	ɕ	s	ɕ	tɕʰ	tɕʰ	tɕʰ	tsʰ	tsʰ	ts	tsʰ	tsʰ	tsʰ	tsʰ

續表2-28

	程澄	蟲澄	重輕~澄	鋤崇	柴崇	巢崇	床崇		程澄	蟲澄	重輕~澄	鋤崇	柴崇	巢崇	床崇
績溪	tɕʰ	tsʰ	tsʰ	ɕ	ɕ	tsʰ	s	浙源	tsʰ	tsʰ	tsʰ	s	s	tsʰ	s
荊州	tɕʰ	tsʰ	tsʰ	ɕ	ɕ	tsʰ	s	浮梁	tɕʰ	tsʰ	tsʰ	ʂ	ɕ	tsʰ	ʂ
歙縣	tɕʰ	tsʰ	tsʰ	s	s	tsʰ	s	旌德	tɕʰ	tsʰ	tsʰ	tsʰ	s	tsʰ	s
屯溪	tɕʰ	tsʰ	tsʰ	s/tsʰ	s	tsʰ	s	占大	tsʰ	tsʰ	tsʰ	ɕ	ʂ	tsʰ	s
休寧	tɕʰ	tsʰ	tsʰ	s	s	tsʰ	s	淳安	tsʰ	tsʰ	tsʰ	ɕ	ʂ	tsʰ	s
五城	tɕʰ	tsʰ	tsʰ	tɕʰ	s	tɕʰ	s	遂安	tɕʰ	tsʰ	tsʰ	tɕʰ	tsʰ	tsʰ	s
黟縣	tʃʰ	tʃʰ	tʃʰ	tsʰ	s	tɕʰ	s	建德	tsʰ/ts	ts	ts	s	s	tɕʰ	s
祁門	tsʰ	tsʰ	tsʰ	ɕ/tɕʰ	ʂ	tsʰ	ʂ	壽昌	tsʰ	tsʰ	tsʰ	s	s	tɕʰ	s
婺源	tsʰ	tsʰ	tsʰ	s	s	tsʰ	ɕ								

續表2-28

	騎群	跪群	葵群	橋群	件群	傑群	權群	近群	狂群	極群	共群	局群
績溪	tsʰ	kʰ	kʰ	tɕʰ	tɕʰ	tɕʰ	tɕʰ	tɕʰ	kʰ	tɕʰ	kʰ	tɕʰ
荊州	tsʰ	kʰ	kʰ	tɕʰ	tsʰ	tɕʰ	tɕʰ	tɕʰ	kʰ	tɕʰ	kʰ	tɕʰ
歙縣	tɕʰ	kʰ	kʰ	tɕʰ	tɕʰ	tɕʰ	tɕʰ	tɕʰ	kʰ	tɕʰ	kʰ	tɕʰ
屯溪	tɕʰ	tɕʰ	kʰ/tɕ	tɕʰ	tɕʰ	tɕʰ	tɕʰ	tɕʰ	kʰ	tɕʰ	k	tɕʰ

	騎群	跪群	葵群	橋群	件群	傑群	權群	近群	狂群	極群	共群	局群
休寧	tɕʰ	tɕʰ	tɕ	tɕʰ	tɕʰ	tɕʰ	tɕʰ	tɕʰ	kʰ	tɕʰ	tɕʰ/k	tɕʰ
五城	tɕʰ	tɕʰ	tɕ	tɕʰ	tɕʰ	tɕʰ	tɕʰ	tɕʰ	kʰ	tɕʰ	k	tɕʰ
黟縣	tʃʰ	tɕʰ	tɕʰ	tɕʰ	tɕʰ	tɕʰ	tʃʰ		kʰ	tʃʰ	tʃʰ	tʃʰ
祁門	tɕʰ	tɕʰ	tɕʰ	tɕʰ	tɕʰ	tɕʰ	tɕʰ		kʰ	tɕʰ	tɕʰ	
婺源	tɕʰ	tɕʰ	tɕʰ	tɕʰ	tɕʰ	tɕʰ	tɕʰ	tɕʰ			kʰ	
浙源	tɕʰ	tɕʰ	tɕʰ	tɕʰ	tɕʰ	tɕʰ	kʰ	tɕʰ		tɕ	tɕʰ	
浮梁	tɕʰ	kʰ	kʰ	tɕʰ		tɕʰ	tɕʰ	tɕʰ	tɕʰ		tɕʰ	
旌德	tsʰ	kʰ	kʰ	tɕʰ		tɕʰ	tɕʰ	tɕʰ		tsʰ	kʰ	
占大	tɕʰ	kʰ	kʰ	tɕʰ		tɕʰ	tɕʰ			kʰ		tɕ
淳安	tɕʰ	kʰ	kʰ	tɕʰ	tɕʰ			tsʰ			tsʰ/kʰ	tɕʰ
遂安	tsʰ	tɕʰ	tɕʰ	tɕʰ	tɕʰ			kʰ			kʰ	
建德	tɕ	k	k	tɕ	tɕʰ	tɕ	tɕ	tɕ	k	tɕ	kʰ	tɕ
壽昌	tɕʰ	kʰ	kʰ	tɕʰ	tɕʰ/tɕ	tɕ	tɕʰ	tɕʰ	kʰ	tɕ	k	tɕ/tɕʰ

從表2-28我們看到，徽州方言中全濁聲母字逢塞音、塞擦音以讀送氣音為主。除了嚴州片四點（嚴州片較為特殊，後面將單獨分析），徽語十三個方言點中六十八個古全濁聲母字中全部都讀成送氣清音的有：婆、爬、敗、皮、跑、盤、拔、憑、白、病、大、弟、地、道、條、座、在、錢、泉、賊、靜、除、遲、沉、丈、直、程、蟲、重輕~、巢、騎、跪、橋、件、權、近、狂這樣三十八個字。在比較多的方言點讀成不送氣清音的有：辮（6個方言點不送氣）、幣（6個方言點不送氣）、薄厚~（5個方言點不送氣）、甜（5個方言點不送氣）、動（5個方言點不送氣）、毒（5個方言點不送氣）、牌（4個方言點不送氣）、瓶（4個方言點不送氣）、茶（4個方言點不送氣）、治（4個方言點不送氣）、屯（3個方言點不送氣）、唐（3個方言點不送氣）、葵（3

個方言點不送氣）、共（3個方言點不送氣）。全部送氣和比較多的方言點不送氣的字既有平聲字，也有仄聲字；既有古入聲韻字，也有陽聲韻字和陰聲韻字。所以，從韻母、聲調上看，送氣與否沒有一定規律可循。

從方言點的今讀形式來看：

（一）除了讀成清擦音的少數崇、從母字以外，古全濁聲母逢塞音、塞擦音不論平仄幾乎都讀為送氣清音，這應該是徽州方言的主流。績歙片、祁婺片、旌占片大多數方言點都屬這種情況。以上所列舉的這些例字中，全部讀成送氣清音的方言點有績歙片的績溪、荊州和祁婺片的祁門等。

（二）除了讀成清擦音的少數崇、從母字以外，古全濁聲母逢塞音、塞擦音大多數讀送氣音，少數讀不送氣音，送氣與否尚看不出規律，這種情況主要見於休黟片的大多數方言點以及績歙片的歙縣和祁婺片的浙源。有時同一音韻地位且同為常用的全濁聲母字在同一個方言點中會分讀送氣、不送氣音，甚至同一個字有送氣和不送氣兩讀。例如：

屯溪：期棋旗祁 tɕi^{55}—奇騎 tɕʰi^{55}　　彈~琴 tɔ^{55}—檀 tʰɔ^{55}

堂唐塘棠螳 tau^{55}—糖 tʰau^{55}　　銅桐童筒 tan^{55}—同 tʰan^{55}

填甜 ti:e^{55}—田 tʰi:e^{55}　　　　長~短場 tɕiau^{55}—腸 tɕʰiau^{55}

抬台 tɤ^{55}/苔 tʰɤ^{55}　　　　　　群 tɕyan^{55}—裙 tɕʰyan^{55}

題提蹄 te^{55}—啼 tʰe^{55}　　　　　拌 pu:ə^{24}—伴 pʰu:ə^{24}

裴 pɤ^{55}/ pʰɤ^{55}　　　　　　　勤 tɕin^{55}/ tɕʰin^{55}

罪 tsɤ^{24}/ tsʰɤ^{24}

休寧：期棋旗祁 tɕi^{55}—奇騎 tɕʰi^{55}　　銅桐童筒 tan^{55}—同 tʰan^{55}

堂唐塘棠螳 tau^{55}—糖 tʰau^{55}　　填甜 ti:e^{55}—田 tʰi:e^{55}

彈~琴 tɔ⁵⁵—檀 tʰɔ⁵⁵　　　　　　投 tiu⁵⁵—頭 tʰiu⁵⁵

題提蹄 te⁵⁵—啼 tʰe⁵⁵　　　　　長~短場 tɕiau⁵⁵—腸 tɕʰiau⁵⁵

拌 pu:ə¹³—伴 pʰu:ə¹³　　　　　勤 tɕin⁵⁵/ tɕʰin⁵⁵

五城：棋期旗奇祁 tɕi²³—騎其 tɕʰi²³　瓶 pɛ²³—萍平坪評 pʰɛ²³

調~和油投 tiu²³—條頭 tʰiu²³　　填甜 ti:ɐ⁵⁵—田 tʰi:ɐ⁵⁵

球 tɕiu²³—求 tɕʰiu²³

彈~琴唐堂塘棠螳 tuɔ⁵⁵—檀糖 tʰuɔ⁵⁵

銅童瞳筒 tan²³—同桐 tʰan²³

黟縣：棋旗祁芹 tʃɛi⁴⁴—其期奇騎勤 tʃʰɛi⁴⁴

杷琶 poɐ⁴⁴—爬 pʰoɐ⁴⁴

投 tauɯ⁴⁴—頭 tʰauɯ⁴⁴　　　　彈~琴 toɐ⁴⁴—檀 tʰoɐ⁴⁴

賠 pɐɣ⁴⁴—培陪 pʰɐɣ⁴⁴

停亭題提蹄 tɐɣ⁴⁴—庭廷啼 tʰɐɣ⁴⁴

填甜 ti:e⁴⁴—田 tʰi:e⁴⁴　　　銅桐童筒 taŋ⁴⁴—同 tʰɑŋ⁴⁴

長~短場 tɕiŋ⁴⁴—腸 tɕʰiŋ⁴⁴

堂一~屋塘 toŋ⁴⁴—唐糖堂學~ tʰoŋ⁴⁴

毒 lu³¹—讀 tʰu³¹　　　　　　蕩 toŋ³放~/ tʰoŋ³慢行

浙源：毒 tu⁴³—讀 tʰu⁴³　　　　電殿奠佃 ti⁴³—墊 tʰi⁴³

苧 tɕy²⁵/ tɕʰy²⁵

　　從以上所舉例字今讀形式我們可以看到，古全濁聲母送氣與否在徽州方言中似乎沒有明顯的規律，但具體到一些例字的今讀同一個方言片例如休黟片內部則較為一致。從地理位置上來看，以上列舉的古全濁聲母送氣與不送氣兩種形式並存的區域主要在徽語的中心地帶，且彼此相鄰。這些方言點遠離其他方言區（贛語、江淮官話等），比起第一種類型，這種類型應該更能代表徽語較早時期的特徵。但是古全濁聲母早期要麼送氣，要麼不送氣，不可能兩者兼而有之。這就說

明送氣的讀法或者不送氣的讀法是後起的音變。古全濁聲母在周邊徽語區的很多方言點都以送氣的讀法為主，而中心地區不送氣的讀法比周邊地區明顯增多；再者，清代江永《音學辨微・榕村〈等韻辨疑〉正誤》中說的：「即如吾婺源人呼『群、定、澄、事、並』諸母字，離縣治六十里以東，達於休寧，皆輕呼之；六十里以西，達於饒，皆重呼之。」「前言吾婺源人於最濁位，離縣六十里以東皆輕呼，以西皆重呼，不但仄聲，即平聲亦然。」（原注：惟「奉從」二字否）所謂「輕呼之」即不送氣，「重呼之」即送氣。

由此可見，至少在三百年前，徽語祁門、黟縣、屯溪、休寧等地的古全濁塞音、塞擦音聲母清化後還是不送氣的，而婺源以西的贛語則是送氣的。再者，我們聯繫清代韻書來觀察。休寧南鄉方言韻書《休邑土音》中有一些全濁聲母字，例如「辨、步、捕、埠、渠、瞿、裴、婢、池、馳、其、馗、達、葵、櫃、賺、站、頻、著尋～：找著、龐、特、橙、澄～清事實、棚、坪、艇、敵、重～複」與全清聲母字互見，而今天休寧南鄉五城話中這些字都讀成了送氣聲母。可見，休寧南鄉話從韻書時代到今天的演變趨勢是由不送氣發展為送氣的。此外，從上文列出的浙源全濁聲母今讀形式來看，雖然今天浙源話中讀不送氣音的全濁聲母字並不多，但據發音人反映，他們這一代讀成送氣聲母的部分古全濁聲母字如「旗、棋、祁、排、菩、甜、賠、長、橋、糖」等在他的父輩那一代都是讀成相應的不送氣音的，因為這種不送氣的讀法代表的是所謂識別度很高的鄉下口音，很容易遭城裡人取笑，因而他們漸漸捨棄不送氣的讀法而改讀為送氣音。今天的嶺腳話中，這些不送氣的讀音已經很少能聽見的。由不送氣音到送氣音，這應該是古全濁聲母在嶺腳話中的演變趨勢。

由此，我們推測，徽語古全濁聲母的不送氣層要早於送氣層，送氣的讀法是後起的音變。那麼，送氣化音變產生的原因是什麼呢？

平田昌司（1982）在研究徽語的這一現象時採用了余靄芹的語言

層次說，認為徽語中「古全濁聲母的不規則分化是由於漢語內部的派系和層次等原因而產生的」，接著他根據清代婺源人江永《音學辨微・榕村〈等韻辨疑〉正誤》中關於婺源方音的描述，得出「現代休寧方言中不送氣的是古層，送氣應是近幾百年間顯著地增加的新層」的結論。[77]

趙日新（2002）對徽語古全濁聲母的今讀進行梳理，歸納出四種類型後提出；「我們猜測，徽語古全濁塞音塞擦音聲母今讀的這種格局和贛語的影響有關。因為所受影響的情況不同，所以在今徽語中，古全濁塞音塞擦音聲母有的已變為「全送氣」清音；有的一部分變為送氣清音，一部分仍為不送氣清音；有的則是按古調類的不同有規則地分化。另外，我們還可以推斷，贛語對徽語在古全濁塞音塞擦音聲母今讀的這種影響可能是同時的，即不存在先後的區別，因為從目前徽語的共時差異中我們無法找出一條先後相繼的鏈條來。」[78]

劉祥柏（2003）對徽州中心區域七個方言點的全濁字今讀進行統計後得出：徽州方言全濁字今讀塞音、塞擦音聲母時，既有送氣聲母，也有不送氣聲母，都占有相當的比例。對於徽州方言全濁字的今讀送氣和不送氣沒有明顯的規律，劉祥柏的推論是徽州方言全濁字清化以後逢塞音、塞擦音，讀送氣音聲母。後來由於跟吳語的大量接觸，吳語的濁塞音和濁塞擦音折合成了清塞音、清塞擦音進入徽州方言。他認為不送氣的讀法是受吳語的影響所致。

王福堂（2005）也贊同「層次說」，他認為「既然徽州方言原來是吳方言的一部分，不送氣音應該就是吳方言的層次，後來出現的送氣音是贛方言影響的結果」。[79]因為所受影響的具體情況有所不同，所

---

77 轉引自莊初升：〈中古全濁聲母閩方言今讀研究述評〉，《語文研究》2004年第3期，頁56-60。

78 趙日新：〈徽語古全濁聲母今讀的幾種類型〉，《語言研究》2002年第4期，頁109。

79 王福堂：《漢語方言語音的演變和層次》（北京市：語文出版社，2005年），頁85。

以哪些字聲母送氣，哪些字聲母不送氣，徽語內部如休寧和黟縣等地也不盡一致。

　　伍巍（2000）看到了徽州方言與閩方言全濁聲母讀音的共同特點是送氣不送氣音兼而有之，且不受平仄聲調的制約。他對比了徽語區的休寧、黟縣和閩語區的福州和廈門部分生活常用字的今讀，後提出「徽州與閩南遠隔數千里之遙，在語言上尚找不出直接的接觸關係，但在全濁聲母送氣不送氣的問題上卻如此驚人地一致，恐怕應該是古漢語語音某種共同機制的支配」。[80]他認為早期徽語和閩南語古全濁聲母都是不送氣的，送氣的讀法是後起的音變。

　　全濁聲母在徽語區的部分方言點的今讀情況跟閩語的確相似。例如：

　　　　在福州，「彈」讀為[ɕtaŋ]，而「檀」則讀為[ɕtʰaŋ]；「堂唐塘」讀為[ɕtouŋ]，而「糖」則讀為[ɕtʰouŋ]；「獨」讀為[tuʔ˳]，而「讀」則讀為[tʰuʔ˳]。

　　　　在廈門，「堂唐塘」文讀為[ɕtɔŋ]，白讀為[ɕtŋ̍]，聲母都是不送氣清音，而「糖」文讀為[ɕtʰɔŋ]，白讀為[ɕtʰŋ̍]；「獨」文讀為[tɔk˳]，白讀為[tak˳]，而「讀」文讀為[tʰɔk˳]，白讀為[tʰak˳]。聲母存在送氣與不送氣的對立。

　　我們傾向於認為，徽語區古全濁聲母不送氣音的讀法代表較早的層次，送氣音的讀法代表較晚的層次，送氣化音變應該源於贛語。與徽語古全濁聲母今讀情況相似的還有南部吳語。古全濁聲母在今南部吳語裡的讀音紛繁複雜，我們拋開讀濁音和所謂的「清音濁流」，單看南部吳語古全濁聲母中已經發生清化的那些字的讀音。「全濁聲母清

80　伍巍：〈中古全濁聲母不送氣探討〉，《語文研究》2000年第4期，頁45。

化是吳語邊緣地區方言出現的新興語音變化。在南部吳語區域內，除了金華地區裡跟吳語腹地相連的部分縣市，以及偏居東海之濱的溫州地區以外，其他鄰近徽語、贛語、閩語的地區，都已不同程度地出現了全濁聲母清化的現象。」[81]曹志耘認為，南部吳語裡古全濁聲母讀不送氣清音完全可以解釋為受閩語的感染，而與徽語、贛語相鄰的地區，比如說江山方言，秋谷裕幸和羅傑瑞都曾指出江山方言的濁塞音、濁塞擦音聲母有時會讀成送氣清音，「江山方言裡的古全濁聲母『送氣化』的現象，我們把它看作是受贛語感染的結果。」[82]

　　暫時拋開吳語和徽語的歷史上的密切關係不說，我們看到贛語對徽語和吳語等其鄰近方言區曾經並正在施加影響，使得這些方言區的周邊地區古全濁聲母發生了送氣的音變，這種音變在徽語區由四周逐漸向中間擴散，所以才使得徽語區的古全濁聲母今讀出現了不以《切韻》的韻類或調類為條件而分讀為送氣與不送氣的現象。

　　（三）北京話讀成塞擦音的幾個古崇、從母字在部分方言點讀成了擦音，且較為一致。

　　1.徽州方言中古崇母字大多讀為塞擦音，而「柴」、「豺」、「床」「鋤」卻表現特殊，在大多數方言點讀為擦音，「饞」在少數方言點也讀為擦音。例如表2-29（凡不讀為擦音的一律不列舉今讀形式）：

表2-29　徽州方言中讀為擦音的古崇母字

	柴（豺）	床	鋤	饞		柴（豺）	床	鋤	饞
績溪	ɕiɔ⁴⁴	sõ⁴⁴	ɕy⁴⁴		浙源	sɔ⁵¹	sõu⁵¹	su⁵¹	
荊州	ɕiɔ³³	sõ³³	ɕy³³		浮梁	ɕia²⁴	ʂaŋ²⁴	ʂəu²⁴	
歙縣	sa⁴⁴	so⁴⁴	su⁴⁴		旌德	sa⁴²	so⁴²	su⁴²	

81　曹志耘：〈南部吳語的全濁聲母〉，《吳語研究：第二屆國際吳方言學術研討會論文集》（上海市：上海教育出版社，2003年），頁220。

82　同上，頁211。

	柴（犲）	床	鋤	饞		柴（犲）	床	鋤	饞
屯溪	sa⁵⁵	sau⁵⁵	sɛu⁵⁵		占大	ʂa³³	sɔ̃³³	ɕy³³	
休寧	sa⁵⁵	sau⁵⁵	sau⁵⁵		淳安	sa⁴⁴⁵	sã⁴⁴⁵/sɔm⁴⁴⁵	ɕya	
五城	sa²³	sau²³	sɔu²³	sɔu²³	遂安	sa³³	som³³		
黟縣	sa⁴⁴	soŋ⁴⁴		soɤ⁴⁴	建德	sa³³⁴	so³³⁴	su³³⁴	
祁門	ʂa⁵⁵	ʂũːɐ⁵⁵	ɕy⁵⁵	ʂũːɐ⁵⁵	壽昌	sa⁵²	ɕyã⁵²	sʅ⁵²	
婺源	sɔ¹¹	ɕiã¹¹	su¹¹						

　　除了這幾個崇母字外，徽語中還有之韻的「士仕柿事」這幾個字與北京話一樣也讀成了擦音。崇母讀為擦音這種現象不獨見於徽語。《漢語方音字彙》（第二版）中顯示，二十個方言點中，吳語區的蘇州和溫州兩個點把「鋤」（兩地白讀均為[ᶜzʅ]）和「柴犲」（蘇州「柴」讀為[ᶜzɒ]，「犲」讀成[ᶜzɛ]；溫州兩個字都讀為[ᶜza]）、「床」（蘇州讀為[ᶜzɒŋ]；溫州讀為[ᶜjyɔ]）都讀成了擦音。除此還有陽江把「柴」、「犲」、「床」也讀成了擦音。當然，吳語比徽語有更多的崇母字讀成擦音，而且在吳語中，不僅僅是崇母字，還有很多澄母、從母字都讀成擦音，這是其他方言區比較少見的現象。我們認為，「鋤」和「柴」、「犲」、「床」這幾個崇母字在徽語中的擦音讀法顯承自吳語，是由吳語濁擦音讀法清化而來。

　　2. 除了古崇母字外，很多從母字在徽語嚴州片也以讀擦音為常。例如表2-30所示：

表2-30　嚴州片徽語讀為擦音的從母字

	坐	字（自）	罪	絕	賊	靜	皂	蠶	牆	財	前	就
淳安	su⁵⁵	sʅa⁵³⁵	se⁵⁵	ɕiəʔ¹³	səʔ¹³	ɕin⁵⁵	sə⁵⁵	sã⁴⁴⁵	ɕiã⁴⁴⁵		ɕiã⁴⁴⁵	ɕiu⁵³⁵
遂安	sə⁴²²	sʅ⁵²	səɯ⁴²²	ɕiɛ²¹³	səɯ²¹³	ɕin⁴²²	sɔ⁴²²	sən³³	ɕiã³³	səɯ³³		ɕiu³³
建德	su²¹³	sʅ⁵⁵	ɕye²¹³	ɕiəʔ¹²	səʔ¹²	ɕin²¹³	sɔ²¹³	sε³³⁴	ɕie³³⁴	sε³³⁴	ɕie³³⁴	ɕiəɯ⁵⁵
壽昌	su⁵³⁴	sʅ³³	ɕiɛ⁵³⁴	ɕi²⁴	səʔ³¹	ɕien⁵³⁴	sʅ⁵³⁴	ɕiɛ⁵²	ɕiã⁵²	ɕiɛ⁵²	ɕi⁵²	

　　我們知道，從母字在吳語裡以讀濁擦音[z ʐ]為常，嚴州四縣不少從母字讀成擦音，應該是徽語嚴州片和吳語有著密切關係的反映。

　　少數從母字在徽語其他點也有讀成擦音的，例如：

績溪、歙縣：　　曾 sɛ³⁵不~：未/tsʰɛ³⁵~經

荊州：　　　　　自 sʅ³¹~家：自己/tsʰʅ³¹~留地　　　曾 sɛ⁵⁵不~：未/tsʰɛ⁵⁵~經

屯溪、休寧：　　曾 sɛ⁵⁵不~：未/tsʰɛ⁵⁵~經

祁門：　　　　　字自 sʅ³³　　　　　　　　　　臍 sʅ⁵⁵肚~/tsʰiːɐ⁵⁵~帶

　　　　　　　　瓷 sʅ⁵⁵洋~碗兒：搪瓷碗/tsʰʅ⁵⁵~器　餈 sʅ⁵⁵~糕

浙源：　　　　　曾 sɛ⁵¹不~：未/tsʰɛ⁵¹~經

浮梁：　　　　　磁餈黏性大 sʅ²⁴　　　　　　　字牸水~：母水牛自 sʅ³³

　　　　　　　　泉 sie²⁴　　　　　　　　　　存 sən²⁴

旌德：　　　　　餈 sʅ⁴²~巴

　　我們可以看到，徽語中讀為擦音的從、崇母字比較一致，特別是位於浙江的嚴州片徽語較為普遍，我們據此認為徽語從、崇母字讀成清擦音是由吳語的濁擦音清化而來的。這也是徽語和吳語在歷史上曾有過密切聯繫的反映。

　　（四）嚴州片建德比較特殊，古全濁聲母清化後，今讀清塞音、塞擦音聲母的，白讀去聲送氣，平、上、入聲不送氣；文讀平聲送氣，上、去、入聲不送氣，文讀系統與共同語一致。建德古全濁聲母的這種分化比較特殊，在其他方言裡尚未發現。至今也沒有學者對此做出解釋。壽昌的白讀系統以及淳安、遂安，塞音、塞擦音清化後不論平仄絕大部分讀送氣清音，這一點跟徽語的主流讀音是相合的，但壽昌的文讀系統與建德一樣，逢古平聲讀送氣清音，逢古上、去、入聲讀不送氣清音。例如表2-31所示：

表2-31　嚴州片古全濁聲母字今讀

	平		上		去		入	
	婆	權	棒	件	度	陣	薄厚~	擇
淳安	pʰu⁴⁴⁵	tsʰuã⁴⁴⁵	pʰɔm⁵⁵	tɕʰiã⁵⁵	tʰua⁵³⁵	tsʰen⁵³⁵	pʰɔʔ¹³	tsʰɑʔ¹³
遂安	pʰə³³	kʰyɛ̃³³	pʰom⁴²²	tɕʰiɛ̃⁴²²	tʰu⁵²	tɕʰin⁵²	pʰɔ²¹³	tsʰa²¹³
建德白讀	pu³³⁴	tɕye³³⁴	po²¹³	tɕie²¹³	tʰu⁵⁵	tsʰen⁵⁵	pu²¹³	tsɑ²¹³
壽昌白讀	pʰəɯ⁵²	tɕʰyei⁵²	pʰã⁵³⁴	tɕʰi⁵³⁴	tʰu³³	tsʰen³³	pʰɔʔ³¹	tsʰəʔ³¹

二　古全濁擦音聲母清化後的表現

　　根據韻圖，《切韻》古全濁擦音聲母包括奉、邪、匣、禪母。這些聲母在徽州方言中也都已經清化，清化後分讀清擦音和清塞擦音。其中，奉、匣母的今讀類型上一節已經分析過，這裡主要分析邪、禪母以及雖屬於古全濁塞擦音但在徽語中以讀擦音為常的古船母：

（一）關於邪、從不分的問題

　　現代的漢語音韻學家們大多將中古邪母擬作濁擦音[z]。而被擬為古擦音聲母的邪母在嚴州片以外的徽州方言中不同程度地出現了與從母同讀為塞擦音的現象。例如表2-32：

表2-32　幾個常用邪母字在徽語區的今讀形式
（凡不讀塞擦音的均不列出）

	邪	徐	寺	隨	袖	尋	席草~	像	松~樹
績溪	tɕʰiɔ⁴⁴	tɕʰy⁴⁴	tsʰɹ²²	tsʰi⁴⁴	tsʰi²²	tɕʰiã⁴⁴	tɕʰieʔ³²	tɕʰiõ²²	tsʰiã⁴⁴
荊州	tɕʰiɔ³³	tɕʰy³³	tsʰɹ³¹和尚~		tsʰɹi³¹	tɕʰiɛ³³找	tɕʰieʔ³	tɕʰiõ²¹³	tsʰɛ³³
歙縣		tɕʰy⁴⁴	tsʰɹ³³		tsʰio³³	tsʰiʌ̃³³	tsʰi³³	tsʰia³³	tsʰʌ̃³³

	邪	徐	寺	隨	袖	尋	席草~	像	松~樹
屯溪	tsʰiːe⁵⁵	tsʰi⁵⁵	tsʰɿ¹¹岩~	tsʰi⁵⁵		tsʰin⁵⁵		tsʰiau²⁴	tsʰan¹¹
休寧	tsʰiːe⁵⁵	tsʰi⁵⁵	tsʰɿ³³	tsʰi⁵⁵		tsʰin⁵⁵		tsʰiau¹³	
五城	tsʰiːɐ²³	tsʰi²³	tsʰɿ²³	tsʰi²³		tsʰin²³找		tsʰiɔu¹³	tsʰan²³
黟縣	tsʰiːe⁴⁴	tɕʰyɛi⁴⁴	tsʰɿ³	tɕʰyɛi⁴⁴	tʃʰaɯ³	tʃʰɛi⁴⁴	tʃʰɛʁ³¹	tɕʰiŋ⁴⁴	tʃʰaŋ⁴⁴
祁門	tsʰiːe⁵⁵	tsʰy⁵⁵	tsʰɿ³³和尚~	tsʰyːɐ⁵⁵	tsʰe³³	tsʰæn⁵⁵	tsʰa³³	tsʰiɔ̃⁴²	tsʰən⁵⁵
婺源	tsʰɛ¹¹	tsʰy¹¹	tsʰɿ⁵¹	tsʰi¹¹	tsʰa⁵¹	tsʰɐin¹¹~死	tsʰɔ⁵¹	tsʰiã³¹	
浙源	tsʰe⁵¹	tsʰi⁵¹	tsʰɿ⁴³	tsʰi⁵¹	tsʰao⁴³	tsʰein⁵¹	tsʰɔ⁴³	tsʰiɔ̃u²⁵	tsʰən⁴³
浮梁					tsʰiəu³³	tsʰən²⁴		tsʰa³³	tsʰoŋ²⁴
旌德	tɕʰia⁴²	tsʰʮ⁴²	tsʰɿ⁵⁵		tsʰiu⁵⁵			tɕʰiæ²¹³	tsʰən⁴²
占大		tɕʰi³³	tsʰɿ³⁵		tɕʰio³⁵	tɕʰin³³		tɕʰiɔ̃³⁵	tsʰoŋ³³

　　從表2-32我們看到，這些古邪母字在嚴州片以外的徽語區以讀成塞擦音為常，少數方言點的邪母字還存在塞擦音和擦音的異讀。例如：績溪、荊州方言中，「徐」有[tɕʰ]和[ɕ]兩讀；荊州、祁門、屯溪的「寺」有[tsʰ]和[s]兩讀（荊州「寺」在「和尚寺」裡面讀為「tsʰɿ³¹」，在「寺廟」裡讀為「sɿ³¹」；祁門「寺」在「和尚寺」裡面讀為「tsʰɿ³³」，在「寺廟」裡讀為「sɿ³³」；屯溪「寺」在「岩寺徽州地區的一個地名」裡面讀為「tsʰɿ¹¹」，而在「寺廟」裡讀為「sɿ¹¹」）；荊州的「尋」有「tɕʰiɛ³³找」和「ɕiɛ³³常~」兩讀，婺源的「尋」也有「tsʰɐin¹¹~死」和「sɐin¹¹~找」兩讀。讀成塞擦音的一般代表白讀層，讀為擦音的代表文讀層。

　　古邪母讀為塞擦音從而與從母相混的現象不止見於徽語中。據侯興泉（2012），就整個漢語方言而言，從、邪母的分合情況呈現明顯的南北差異：北方方言基本上從、邪有別；南方方言從、邪白讀音基本上出現程度不一的相混現象，其中吳語、徽語、老湘語、粵語和平話絕大多數從、邪母的白讀音都是不分的，而客家話、贛語、閩語和

新湘語中只有部分口語常用字仍保留有從、邪不分的現象。[83]這種現象究竟產生於何時、發祥於何地，又是如何產生的，這些問題暫不可考，不過從、邪相混現象在典籍資料中倒是有明確記載，《顏氏家訓·音辭篇》中記有顏之推批評南人以「錢」為「涎」，以「賤」為「羨」，說的就是這種現象。可見，至少在隋代南方方言裡就有從、邪相混的現象了。

（二）關於船、禪母不分的問題

現代的漢語音韻學家一般把船母構擬為[dʑ]，而把禪母構擬為濁擦音[ʑ]。船、禪二母在《玉篇》和《經典釋文》的反切裡都有相混的情況。顏之推《顏氏家訓·音辭篇》提到南方方言中「以石（禪）為射（船）」、「以是（禪）為舐（船）」，說明了隋代南方方言裡船禪已經有了合併的現象。合併的方向可以是古船母流向古禪母，讀為擦音；也可以是古禪母流向古船母，讀為塞擦音；或者相混後擦音、塞擦音兩讀並存。王力（1980）在談到崇船禪三母演變時曾指出，「……船禪為一類，仄聲不分化（一律是ʂ）只有平聲分化（船母：『乘』tʂʻ-，『繩』ʂ-；禪母：『成』tʂʻ-，『時』ʂ-），這種分化遠在十四世紀就完成了，《中原音韻》和《洪武正韻》裡都有很明顯的證據」。並且認為：「不能認為禪母平聲字自古就有破裂摩擦和摩擦兩類……廣州的『晨』『臣』都念ʃen（與『陳』有別），『成』『城』『乘』『丞』都念ʃiŋ（與『程』有別），客家、閩南和閩北都有類似的情況，可見禪母本來是單純摩擦（ʑ→ʒ→ʂ）……可見是由聲調影響才分別出來的。」[84]以《方言調查字表》中所收韻字為例，今天的官話系統中，船母讀為塞擦音的有「船、唇、乘、塍」；讀為擦音的有「蛇、射、麝、舐、示、甚、舌、神、實、順、術、述、繩、剩、

---

83 侯興泉：〈論粵語和平話的從邪不分及其類型〉，《中國語文》2012年第3期。

84 王力：《漢語史稿》（中華書局，1980年），頁117。

食、蝕、射、贖」。禪母讀為塞擦音的有「嫦、常、嘗、償、徜、垂、陲、臣、辰、晨、宸、諶、淳、純、醇、莼、鶉、成、城、郕、誠、承、丞、忱、蜍、嬋、蟬、單單于、禪禪宗、酬、仇、讎、植、殖」；讀為擦音的有「是、氏、市、視、十、侍、嗜、什、拾、時、匙、石、逝、誓、噬、誰、殊、墅、豎、樹、睡、署、曙、薯、娽、熟、塾、孰、佘、涉、社、韶、盛茂盛、上、尚、善、鱔、繕、腨、膳、禪禪讓、單姓也、擅、贍、甚、慎、腎、蜃、受、授、壽、售、碩、召、邵、劭、紹、勺、芍」。船、禪母分讀規律基本符合王力的概括，即仄聲不分化讀為擦音，平聲分化為塞擦音和擦音。

　　船、禪母在徽州方言中以讀擦音為常，少數字讀為塞擦音，下面我們將各方言點讀塞擦音的船、禪母字列表對比如表2-33：

表2-33　徽州方言中讀為塞擦音的船、禪母字

	船母	禪母
績溪	乘船舌	是真~|~不~邵植殖酬仇晨臣承丞成~功城誠純醇常嫦嘗償蟬
荊州	乘加減₁除船舌	是~不~邵植殖酬仇晨臣承丞醇成~功城誠常償
歙縣	船乘	植殖酬仇常償成城誠盛~滿臣承丞蟬禪蟾
屯溪	舌乘加減~除唇₁	殊植殖酬仇垂常₂臣晨承辰₂純₁莼₁醇
休寧	船唇	植殖酬仇售₁臣丞
五城	舌唇₂剩舐舔	植殖仇酬署殊售常₂
黟縣	舌~舌	植殖禪蟬仇酬售₂承嬋人名禪~宗
祁門	剩舌船₂	殊₁薯₁植殖禪蟬仇酬常₂晨臣丞
婺源	舌	殊豎仇酬售蟬禪
浙源	舌	殊薯垂仇酬蟾禪蟬植
浮梁		殊丞植仇酬
旌德	船唇乘₂剩醇文	垂殖植紹₁常嘗償仇酬售承辰₂晨臣丞成城誠

	船母	禪母
占大	船唇乘	殊植殖仇酬臣晨承丞成誠城
淳安	射_{解大小便}唇舌₂	是垂仇酬售常償成誠城淳~:地名植殖
遂安[85]	射_{解大小便}乘	仇酬植殖常償譽成誠城獅~:地名臣
建德	射_{解大小便}乘	是仇酬植殖常臣承丞垂誠
壽昌	唇₂乘	是仇酬售垂常睡瑞蟬禪丞誠植殖蜀

　　從表2-33可見，徽州方言中船母讀為塞擦音的字非常少，且大多集中在「是、船、乘、舌、剩」這幾個字上，船母在部分方言存在塞擦音和擦音的異讀，存在異讀的方言中一般讀塞擦音的較讀擦音的不常用。

　　相較而言，排除一些不太常用的字可能轉讀普通話的音外（例如「植殖仇酬臣丞嫦」），徽州方言中禪母讀擦音的字比讀塞擦音的要多，禪母讀塞擦音也比船母更普遍。

　　邵榮芬（1982）認為：「根據韻圖，《切韻》的船母是塞擦音，常母（禪母，筆者注，下同）是擦音。《古韻說略》曾經根據一些理由提出過疑問，認為事實可能是恰恰相反，即常母是塞擦音，船母是擦音。所說的理由雖然不一定可靠，但這個問題的確是存在的。」[86]「瞭解了常、船兩母從《切韻》時代到唐宋間由分到合的大致情況，特別是瞭解了《廣韻》和《集韻》在處理常、船問題上所犯的錯誤以後，我們就知道等韻圖確實有可能把常、船的位置給安排錯了。」[87]單就古船、禪母在徽語中今讀形式來看邵榮芬先生的推斷似乎是有道理的。

　　徽州方言中，少數禪母字在一些方言存在異讀現象，如「是、

---

85 遂安的「垂」讀為kyei³³，當是由舌面音[tɕ]聲母的舌根化音變而來，前文曾對此做過分析。

86 邵榮芬：《切韻研究》，頁101。

87 邵榮芬：《切韻研究》，頁106。

成、城、售、常、紹、殊、純」等，奇怪的是，這些異讀的字中有時候讀擦音的更為口語化，例如嚴州片徽語中淳安和遂安的「城」，在地名時讀為塞擦音，在「城裡」這一詞中讀為擦音；休寧的「售」、祁門的「殊、薯」有送氣塞擦音和擦音兩讀，其中塞擦音讀法更為常用。但是如「晨」這樣的非口語字，一般讀為塞擦音，而同等地位卻更為口語化的「辰時~」卻讀為擦音。

　　不單是禪母，徽州方言中前面提到的古邪母以及清擦音聲母心、書母在徽語一些方言點中不同程度地存在塞擦音的讀法。例如：

績溪：　鼠書tɕʰy²¹³　　　　濕書tɕʰieʔ³²　　　翅書tsʰ⟨ʅ⟩³⁵
　　　　　伸tɕʰyã³¹

歙縣：　鼠書tɕʰy³⁵　　　　濕書tɕʰieʔ³²　　　翅書tɕʰi³¹³

屯溪：　鼠書tɕʰy³²　　　　濕書tɕʰi⁵

休寧：　鼠書tɕʰy³¹　　　　濕書tɕʰi²¹²　　　翅書tɕʰi⁵⁵

五城：　撕心tsʅ²²/sʅ²²　　鼠書tɕʰy²¹　　　　濕書tɕʰiʔ⁵⁵
　　　　　翅書tɕʰi²²

黟縣：　鼠書ʧʰu⁵³　　　　濕書tsʰʅ³　　　　翅書tsʰʅ³²⁴

祁門：　撕心tsʅ¹¹　　　　　鼠書tɕʰy³⁵　　　　濕書tʂʰi³⁵
　　　　　翅書tʂi⁵⁵　　　　　伸tɕʰyæn¹¹

婺源：　鼠書tɕʰy²　　　　濕書tsʰɑ⁵¹　　　　翅書tɕʰi³⁵

浙源：　撕心tsʅ³³/sʅ³³　　鼠書tɕʰy²¹　　　　濕書tsʰʅ⁴³
　　　　　翅書tsʰʅ²¹⁵

旌德：　撕心tsʰʅ

占大：　鼠書tɕʰy²¹³　　　　翅書tʂʰi⁵⁵

淳安：　撕心tsʰʅa⁵⁵/sʅ⁵⁵　髓心tsʰue⁴⁴⁵　　鼠書tɕʰya⁵⁵
　　　　　翅書tsʰʅa⁰

遂安：　鼠書tɕʰy²¹³

建德：　撕心 $ts^h\eta^{423}$　　　　鼠書 $ts^h\eta^{213}$　　　翅書 $ts^h\eta^{55}$

壽昌：　撕心 $ts^h\eta^{112}$　　　　犀心 $t\varphi^hi^{33}$　　　鼠書 $t\varphi^hy^{55}$

　　中古擦音聲母讀塞擦音現象不止存在於徽語中，閩語、客家話、粵語、吳語、湘語、贛語都不同程度的存在這種情況，在閩語裡甚至是一個普遍現象。據張雙慶、郭必之（2005），「深」、「鼠」、「碎」、「水」、「笑」等清擦音聲母字念塞擦音聲母，是閩語一項重要的語音特徵。羅傑瑞比較了「水」類字在各種閩語中的讀音後說：「閩東語部分念塞擦音的字，在一些閩西語中會讀成擦音。面對這種情況，我們有理由相信塞擦音的形式比擦音的形式來得更古老，而擦音的形成是和非閩語方言接觸的結果。」[88]

　　昆山吳語「有的人有的字z母讀作[dz]」，上海話「z聲母不穩定，有些人有些字讀dz母」。[89]王文勝（2010）認為：「從地理分布看，（吳語處州方言）讀塞擦音聲母的心邪書禪母字，處州西部地區比東部地區多，呈現自西而東漸漸降低的局面，這與非敷奉母讀重唇、知徹澄母讀舌頭、匣母讀如群母的比例等存古特點在處州地區的表現是一致的。因此本文認為，心邪書禪母讀塞擦音相對於讀擦音而言應該是更早的語言現象。」[90]

　　到底是塞擦音讀法更早還是擦音讀法更早呢？以上提到吳語、閩語的學者大多認為他們的方言中塞擦音讀法是早於擦音讀法的。從發音方法上看，似乎也更支持塞擦音早於擦音：從塞擦音到擦音更符合省力原則，擦音化是濁塞擦音聲母最常見的弱化現象。在漢語方言

88　轉引自張雙慶、郭必之的〈從石陂話「水類字」看南部吳語對閩北方言的影響〉，《方言》2005年第3期，頁194。

89　鍾江華、陳立中：〈現代湘語和吳語濁音聲母發音特徵的比較〉，《湖北民族學院學報》2012年第4期，頁129。

90　王文勝：〈吳語處州方言特殊語言現象的地理分布〉，《杭州師範大學學報》2010年第3期，頁100。

中，濁塞擦音聲母擦音化涉及的範圍很廣，幾乎多數方言都發生過程度不一的擦音化音變。而塞擦音比擦音增加了閉塞成分和送氣成分；從發音器官的動程上看，增加了舌尖的活動並加重了發音器官的緊張程度。然而，從徽州方言韻書來看這個問題就會遇到麻煩。

　　清代休寧南鄉方言韻書《休邑土音》中與清塞擦音聲母同見的古禪母字僅有「禪僧家有～說、蟬、單～于，匈奴名號、蟾、邅、酬、仇、蜍」這樣一些平聲字，今天休寧南鄉五城話中出現塞擦音讀法的古禪母字「植、殖、仇、酬、署、殊、售、常」中，「署、殊、售、常」在韻書中均與古清擦音聲母同見。例如：「署、殊」歸於「書」小韻下；「售」歸於書母字「叔」小韻下；「常」歸於書母字「商」小韻下，這些小韻中不見一個古塞擦音聲母字。

　　除了休寧的韻書，還有一部反映清代（同治丁卯，1875）婺源環川音系（環川即今天的婺源縣浙源鄉嶺腳村）韻書《新安鄉音字義考正》，除了「蜍、澶、儃、嬋、嬋、禪靜也浮圖家有禪說、單單于廣大之貌、蟬、酬、仇、讎、腨、埴、植、蜀」這樣少數字與塞擦音同讀外，這部韻書中絕大部分禪母字讀成了擦音。發展到今天的婺源浙源嶺腳村話音系中，大部分禪母字在歸類上沒有什麼變化，然而「薯、殊、垂」這樣在韻書時期讀成擦音的字現在卻讀成了塞擦音。

　　就古禪母而言，休寧南鄉方言和婺源環川方言由韻書時代到今天的五城話、浙源鄉嶺腳村話中，讀塞擦音的字有增多趨勢，這種異於吳語、閩語的現象我們暫時也無法解釋。

　　綜上，古全濁聲母在徽州方言中全部清化，其清化規律可以概括為：全濁塞音和塞擦音清化後績歙片、祁婺片、旌占片和嚴州片的淳安、遂安以及壽昌的白讀系統不分平仄以讀送氣為常；休黟片和嚴州片的建德出現了分讀送氣與不送氣的現象，除了嚴州片的建德送氣與否與調類有關之外，休黟片大多數方言點送氣與否沒有明顯的分化規律；濁擦音一般清化為同發音部位的清擦音，其中船禪母除了清化為

同部位的清擦音外，還與精組、見系的擦音聲母關係密切。古全濁塞擦音聲母崇、船母在徽州方言中出現了擦音化現象，從母在嚴州片出現了擦音化現象，邪母在嚴州片以外的方言片出現了讀同塞擦音的現象，這些現象導致徽州方言中不同程度地出現船、禪母相混和從、邪母不分的趨勢。

第三章
徽州方言的韻母

　　本章將從六個方面對徽州方言在韻母方面表現出來的特點進行分析，這六個方面依次是：中古開合分韻的一等韻在徽州方言中的今讀、一二等韻在徽州方言中的表現形式、三四等韻在徽州方言中的今讀、徽州方言中一三等韻的分合、中古陽聲韻在徽州方言中的今讀、中古入聲韻在徽州方言中的今讀。前四個方面主要從分化與合流角度探討徽州方言中不同等次的一些韻的演變及其分合關係，後兩個方面集中討論古陽聲韻和入聲韻在徽州方言中的音韻表現。

第一節　中古開合分韻的一等韻在徽州方言中的今讀分析[1]

　　《廣韻》的韻部有開合口分韻、開合口合韻、僅有開口韻和僅有合口韻幾種類型，其中，開合口分韻的有咍灰、痕魂、寒桓、歌戈等幾對韻。這些開合分韻的韻部在《切韻》中和那些開合合韻的韻部一樣，是被合在一起的，一直到王仁昫的《刊謬補缺切韻》、孫愐的《唐韻》以及開元年間的撰本都是不分的。《廣韻》卻將它們分開了。有的學者認為，《廣韻》之所以這樣做，是由於這些原來合在一起的開合分韻的韻部內部發生了變化，明確地說，是主要元音發生了變化，正是這種變化才使韻書的作者不得不將它們分部設立。[2]

1　本節內容曾以單篇論文〈從徽語看中古開合分韻的一等韻〉發表於《貴州大學學報》2007年第3期，此節內容在原文基礎上進行了修改。

2　楊雪麗：〈從《集韻》看唇音及其分化問題〉，《鄭州大學學報（哲學社會科學版）》1996年第5期，頁45。

按照俞敏（1984）、施向東（1983）和馮蒸（1991）等諸位先生
的意見，「『痕魂』『咍灰』以及『欣文』每對之間均非開合對立韻，
每組間均是主要元音不同的兩個韻，如『痕魂』的中古音可是-on/-
un，『咍灰』是-oi/-ui 等。」[3]潘悟雲（2001）也提出，如果咍與灰只
是開合相配、主元音相同的əi 和 uəi，我們就很難解釋為什麼部分的
開合相配的兩類都放在同一韻目之下，只有咍灰、痕魂等少數韻放在
兩個韻下。他還提出咍灰都有唇音字，如果這兩韻主元音相同，只是
開合相配，那就否定了唇音沒有開合對立的結論。李新魁先生則拿粵
音同《廣韻》音系作比較，看到了它們之間存在相當嚴整的語音對應
規律，認為「粵語區分寒、桓，把它們讀為不同的主要元音，近於
《廣韻》而與《切韻》不合」，並且提出：「《切韻》之混寒、桓為一
與《廣韻》分立兩韻，實為所據方音有異。大概在隋唐以至宋代之
時，漢語共同語的讀書音中，包容有南音與北音的微小差異；而寒與
桓是 an-ɔn 的對立還是 an-uan 的對立，正是這種差異的表現之一。」
[4]李新魁先生從粵語中觀察到了寒桓主元音不對等的現象，且看到自
中古以後的各地方言，寒、桓是否讀不同元音乃南北方言之間一大差
異。那作為南方方言的徽語，其包括寒桓在內的開合口分韻的一等韻
表現又如何呢？

　　以下是中古咍灰、痕魂、寒桓、歌戈等這些開合口分韻的一等韻
在徽語五片十個點的今讀情況：

3　馮蒸〈龍宇純教授著《中上古漢語音韻論文集》評介〉，《古籍整理研究學刊》2004
　　年第3期封三。
4　李新魁：〈粵音與古音〉，《學術研究》1996年第8期，頁76。

表3-1　徽州方言主要代表點歌戈、哈灰、痕魂、寒桓韻今讀

	績溪	歙縣	休寧	黟縣	祁門	婺源	旌德	占大	淳安	建德
多_歌	tɵ	to	to	tau	tu:ɐ	to	tu	to	tu	tu
躲_戈	tɵ	to	to	tau	tu:ɐ	to	tu	to	tu	tu
歌_歌	kɵ	ko	ko	kau	ko	ko	kɷ	ko	ku	ku
鍋_戈	kɵ	ko	ko	kau	ku:ɐ	ko	kɷ	ko	ku	ku
河_歌	xɵ	xo	xo	xau	xu:ɐ	xo	xɷ	xo	xu	u
禾_戈	xɵ	xo	xo	xau	u:ɐ	vo	xɷ	xo	xu	u
來_哈	na	lɛ	lo	luaɯ	la	lɛ	la	lɛ	le	lɛ
雷_灰	na	lɛ	lo	luaɯ	ly:ɐ	lɛ	la	lɛ	le	le
猜_哈	tsʰa	tsʰɛ	tsʰo	tʃʰuaɯ	tsʰa	tsʰɤ	tsʰa	tsʰɛ	tsʰe	tsʰɛ
催_灰	tsʰa	tsʰɛ	tsʰo	tʃʰuaɯ	tsʰy:ɐ	tsʰɤ	tsʰa	tsʰɛ	tsʰe	tɕʰye
開_哈	kʰa	kʰɛ	kʰuɤ	kʰuaɯ	kʰua	kʰɤ	kʰa	kʰɛ	kʰe	kʰɛ
盔_灰	kʰua	kʰuɛ	kʰuɤ	kʰuaɯ	kʰua	kʰɤ	kʰua	kʰuɛ	kʰue	kʰue
害_哈	xa	xɛ	xuɤ	xuaɯ	xua	xɤ	xa	xɛ	xe	xɛ
會_{灰，不~}	va	xuɛ	xuɤ	xuaɯ	xua	xɤ	xua	xuɛ	xuɐ	ue
丹_寒	tɔ	tɛ	tɔ	toɐ	tõ	tom	tæ	tɔ̃	tã	tɛ
端_桓	tɔ	to	tu:ɐ	tu:ɐ	tũ:ɐ	tom	te	tɤ̃	tã	tɛ
爛_寒	nɔ	lɛ	lɔ	loɐ	nõ	nom	læ	nɔ̃	lã	nɛ
亂_桓	nɔ	lo	lu:ɐ	lu:ɐ	nũ:ɐ	nom	le	nɤ̃	lã	nɛ
傘_寒	sɔ	sɛ	sɔ	soɐ	sõ	som	sæ	sɔ̃	sã	sɛ
酸_桓	sã	so	su:ɐ	su:ɐ	sũ:ɐ	som	se	sɤ̃	sã	sɛ
肝_寒	kɔ	kɛ	ku:ɐ	ku:ɐ	kũ:ɐ	kom	ke	kɤ̃	kã	kɛ
官_桓	kuɔ	kuɛ	ku:ɐ	ku:ɐ	kũ:ɐ	kom	kue	kuɤ̃	kuã	kue
安_寒	ŋɔ	ŋɛ	u:ɐ	vu:ɐ	ŋõ	m	ŋe	ɤ̃	ã	ŋɛ

	績溪	歙縣	休寧	黟縣	祁門	婺源	旌德	占大	淳安	建德
碗桓	vɔ	ɤv	uːə	vuːv	ũːɐ	m	ue	uɤ̃	uɑ̃	ɜu
達曷	tʰɔʔ	tʰa	tɔ	tʰɐo	tʰa	tʰo	tʰa	tɔ	tʰɑʔ	tʰəʔ
脫末	tʰɔʔ	tʰɔʔ	tʰuːə	tʰuːv	tʰuːɐ	tʰo	tʰe	tʰɤ	tʰeʔ	tʰəʔ
渴曷	kʰɤʔ	kʰɔʔ	kʰuːə	kʰuːv	kʰuːɐ	kʰo	kʰe	kʰɤ	kʰəʔ	kʰəʔ
闊末	kʰuɔʔ	kʰuaʔ	kʰuːə	kʰuːv	kʰuːɐ	kʰo	kʰue	kʰuɤ	kʰuɑʔ	kʰo
吞痕	tʰã	tʰʌ̃	tʰin	tʰuaŋ	tʰỹːɐ	tʰəin	tʰe	tʰɤ̃	tʰã	tʰen
屯魂	tʰã	tʰʌ̃	tuːə	tʰuaŋ	tʰỹːɐ	tʰəin	tʰe	tʰɤ̃	tʰen	ten
根痕	kã	kʌ̃	kua	kuaŋ	kuæ̃	kuɐin	ke	kɤ̃	ken	ken
滾魂	kuã	kuʌ̃	kua	kuaŋ	kuæ̃	kuɐin	kuəŋ	kuɤ̃	kuen	kuen
恩痕	ŋã	ŋʌ̃	ŋa	vuaŋ	uæ̃	vɐin	ŋe	ɤ̃	en	ŋɜ
溫魂	vã	vʌ̃	ua	vuaŋ	uæ̃	vɐin	uəŋ	uɤ̃	ven	uen

從表3-1所列韻字的今讀形式我們可以看到，咍灰、痕魂、寒桓、歌戈這幾對開合分韻的一等韻在徽州方言中出現了不同程度的混讀現象。其中，歌戈相混程度最高，徽州方言中幾乎各個方言點歌戈韻都出現了相混現象，相混後或者讀為合口呼韻母，或者讀為開口呼韻母但主元音大多是個圓唇元音（祁門的歌、戈韻出現了以聲母為條件的分化，歌、戈韻部分非見系字相混為開口呼韻母，部分見系字相混為合口呼韻母）。我們可以根據咍灰、痕魂、寒桓、歌戈韻混同情況以及混讀後的今讀形式將這些開合分韻的一等韻在徽州方言中的表現分為以下幾種類型：

（一）除了咍（咍韻一些口語不常用的字派入泰開，這反映的是後起的咍泰合流層次，與咍灰韻之間的混同無關）、痕等韻本身出現了分化外，咍灰、痕魂、寒桓、歌戈這幾對開合分韻的一等韻兩兩之間均相混。徽州方言中這樣的方言點較少，祁婺片的婺源方言屬於這種類型，休黟片的黟縣除了寒桓韻的非見系字保持對立外，其他開合

分韻的幾對韻之間均相混。不過，相混後黟縣以讀合口呼韻母為主，婺源以讀開口呼韻母為主。

（二）除了咍、痕等韻本身出現了分化外，咍灰、痕魂、寒桓這幾對開合分韻的一等韻兩兩之間不同程度地出現了以聲母為條件的相混現象。具體又可分為兩種類型：

1. 除歌、戈韻不以聲母為條件混同外，其餘開合分韻的一等韻兩兩之間非見系字相混，見系字表現為主元音相同而開合口（我們把讀為[v]聲母的字視為合口呼讀法，[v]是合口元音[u]的摩擦化的結果）相對的對立模式。這種類型主要有績歙片的績溪和歙縣、旌占片的占大和旌德、嚴州片的建德和淳安等，但不同方言點相混情況又有差異。例如：

績歙片的績溪，咍灰、寒桓、痕魂韻非見系字相混而見系字主元音相同而開合口相對。

績歙片的歙縣和旌占片的占大，咍灰、痕魂韻屬於非見系字相混而見系字主元音相同而開合口相對的類型；寒桓韻見系字保持主元音相同而開合口相對的對立模式，但寒桓韻的非見系字雖都讀為開口呼但韻母並不相同。

旌占片的旌德，咍灰韻屬於非見系字相混而見系字主元音相同而開合口相對；寒桓韻見系字保持主元音相同而開合口相對的對立模式，但寒桓韻的非見系字雖都讀為開口呼但主元音並不相同；痕魂韻非見系字相混，但見系字雖然開合口對立但主元音不相同。

嚴州片的淳安，咍灰韻非見系字相混而見系字主元音相同而開合口相對；痕魂韻的見系字也保持主元音相同而開合口相對的對立模式，但非見系字雖都讀為開口呼但韻母並不相同；寒桓韻則完全對立，有意思的是寒桓韻的韻母出現了「寒韻非見系字：寒韻見系字、桓韻非見系字：桓韻見系字」、痕魂韻的韻母出現了「痕韻非見系字：痕韻見系字、魂韻非見系字：魂韻見系字」這樣的三極對立模

式，這種對立模式中前兩者表現為開合一致但主元音不同，後兩者表現為主元音相同但開合口相對。

嚴州片的建德，寒桓、痕魂非見系字相混而見系字主元音相同而開合口相對；咍灰韻則完全對立。

2. 除歌、戈韻不以聲母為條件混同外，其餘開合分韻的一等韻兩兩之間非見系字對立，見系字相混。休黟片和祁婺片的很多方言點都屬於這種情況。例如：

休黟片的休寧，寒桓、痕魂韻非見系字基本保持對立，寒桓韻的韻母表現為「寒韻非見系字：寒韻見系字、桓韻字」二極對立模式；咍灰韻非見系字相混為開口呼韻母，見系字混為合口呼韻母。休黟片除了休寧，還有屯溪、五城、溪口等均屬於這種類型。不過聯繫方言韻書看待這個問題，我們認為休寧的這種非見系字保持對立是較晚時期出現的現象。我們從清代休寧南鄉方言韻書《休邑土音》中痕魂韻的小韻所轄韻字可見非見系字與見系字一樣也是相混的，如：

吞痕：褪恩遁鈍恩盾混
根痕：跟痕昆琨裩鶤魂滾袞輥鯀混棍恩
坤魂：髡溪魂墾懇很悃捆混困恩
昏魂：惛婚闇魂混恩恩魂渾錕魂痕痕
溫魂：恩痕瘟魂穩混

而今天的休寧南鄉五城話中：

吞痕tʰin²²：褪恩tʰɤ⁴²：遁鈍恩tuːɐ⁴²盾混tuːɐ¹²
跟痕kɛ²²：根痕kuɛ²²昆魂kʰuɛ²²滾混kuɛ²¹棍恩kuɛ⁴²
墾懇很kʰɛ²¹：坤魂kʰuɛ²²捆混kʰuɛ²¹困恩kʰuɛ⁴²
痕痕xɛ²³：很很xuɛ²¹昏婚魂xuɛ²²魂渾錕魂xuɛ²³混恩xuɛ¹³
恩痕ŋɛ²²：溫瘟魂vɛ²²穩混vɛ²¹

　　從以上材料可見，現代五城話臻攝一等開合口相混的字已經很少了，除了「根痕很很」讀成合口呼韻母從而與臻攝合口一等字相混外（與「根」同等音韻地位的「跟」並不混入合口韻母中），其他字開合口基本不混。由此可見，開合分韻的一等韻在休寧等地由混趨分。

　　祁婺片的祁門，寒桓基本屬於非見系字保持對立，見系字相混為合口呼韻母，與休寧一樣，寒桓韻的韻母表現為「寒韻非見系字：寒韻見系字、桓韻字」這樣的二極對立模式；咍韻的舌齒音出現了[yːɐ]（如「胎台抬待代貸栽」）和[a]（如「戴態來災宰再猜彩菜才財裁在腮鰓在賽」）的分化，其中[yːɐ]是與灰韻舌齒音相混的讀音，咍灰韻的見系字基本混為[ua]；痕魂韻的相混模式與咍灰韻是平行的，即舌齒音字混為齊齒呼讀法，見系字混為合口呼讀法。

　　我們觀察到，開口韻字在徽州方言中大多讀成開口，但大多數牙喉音字讀成合口；合口韻的舌齒音字則很多方言點讀成開口，只有牙喉音字保持合口。也就是說無論哪種類型，牙喉音字都容易保持或容易讀成合口。「再放開眼去還會發現，吳語所有的合口韻，舌齒音聲母都沒有 u 介音而與相應的開口韻同韻，開合對立只在牙喉音中保持。」[5]這些現象說明合口讀法與牙喉音的關係非常密切。這從音理上容易得到解釋：舌根音的舌位靠後，與圓唇後高元音發音相諧，自然容易讀成合口呼也容易保留合口成分。「切韻時代的合口字大部分是在舌根音底下出現，或者是在唇音後頭出現的。」[6]而舌齒音的發音動作容易與 u 相衝突，從而沖淡 u 介音的發音特點，所以容易丟失合口成分。

　　我們再聯繫本著「今所撰集，務從賅廣」精神的《集韻》這部韻書，裡面有部分字既收在開口韻痕韻中，又收在合口韻魂韻中，而字

5　王洪君：〈也談古吳方言覃談寒桓四韻的關係〉，《中國語文》2004第4期，頁362。
6　李方桂：《上古音研究》（北京市：商務印書館，1980年），頁98。

義並沒什麼不同。例如「跟」同釋為「踵也」但卻有「古痕」、「公渾」兩套反切;「懇」同釋為「誠也」,也有「口很」、「苦本」兩套反切,還有「很」、「墾」等字都是開合韻兼收且有兩套反切,這些字在《廣韻》裡都置於開口韻中,聲母都是牙喉音。《集韻》收字的這個特點恰好與徽州方言開合口相混的現象不謀而合,這應該不是偶然。

我們進而觀察到,徽州方言無論哪種類型,寒桓韻均非嚴格的開合對立韻,這些韻彼此之間主元音存在差別。祁婺片、休黟片的一些方言點中寒韻的舌齒音字自成一類,寒韻的牙喉音字則讀成與桓韻相同的合口呼韻母。績歙片、旌占片、嚴州片的一些方言點中,寒韻的舌齒音字自成一類,它的牙喉音字則與桓韻的舌齒音字讀成相同的開口呼韻母,與桓韻的牙喉音字形成開合對立。

徽州方言中開合分韻的一等韻之間的兩種對立模式是否也存在與其他漢語方言中呢?下面我們來看寒桓兩韻字在現代漢語方言中主元音的表現(鑒於唇音聲母一般認為是一組比較特殊的聲母,趙元任、李榮先生都曾主張唇音字不分開合口,本文不涉及唇音字韻母的考察。另外由於閩語語音層次非常複雜,這裡也不予考察):

表3-2　現代漢語方言中寒桓韻母的今讀

韻母 方言點	寒		桓	
	舌齒	牙喉	舌齒	牙喉
北京	an	an	uan	uan
濟南	æ̃	æ̃	uæ̃　æ̃	uæ̃
西安	æ̃	æ̃	uæ̃	uæ̃
太原	æ̃	æ̃	uæ̃　æ̃	uæ̃
武漢	an	an	an	uan
成都	an	an	uan	uan
合肥	æ̃	æ̃	ũ	ũ

韻母 方言點	寒		桓	
	舌齒	牙喉	舌齒	牙喉
揚州	iæ̃	æ̃	uõ	uõ　uæ̃
蘇州	E	ø	ø	uø　uE
溫州	a	y　ø	ø　aŋ	yøaŋaua
長沙	an	an	õ	õ　uan　yẽ
雙峰	æ̃	æ̃　uæ̃	ua	ua
南昌	an	ɔn	ɔn	uɔn　ɔn
梅縣	an	ɔn　an	ɔn	uɔn　ɔn　uan　an
廣州	an	ɔn	yn	un　yn　an　uan
陽江	an	ɔn	un	un　an

說明：（1）表中所用材料全部根據北京大學中國語言文學系語言學教研室編的
《漢語方音字彙》（第二版）；（2）同一類字在某一方言點有幾個韻母
時，以放在前面的為主流讀音。

　　表3-2所示，寒韻的舌齒音字主元音基本為一個前低舌面元音，
牙喉音字在南方方言中以讀成圓唇元音為主。桓韻的舌齒音字或是讀
成合口，或是主元音為一個圓唇元音；桓韻的牙喉音字基本讀成合
口。寒、桓兩韻主元音相同的有北京、濟南、西安、太原、武漢、成
都，而主元音存在區別的有合肥、揚州、蘇州、溫州、長沙、雙峰、
南昌、梅縣、廣州、陽江。從這些材料中我們看到，寒、桓是否讀不
同元音可以視為南北方言之間的一大差異。南方方言中蘇州、溫州、
南昌、梅縣、廣州、陽江等地不僅寒桓兩韻韻母不同，而且寒韻內舌
齒音與牙喉音後面的韻母也存在差異。其中蘇州、溫州、南昌、梅縣
等地寒韻的舌齒音字自成一類，它的牙喉音字則與桓韻的舌齒音字讀
成相同的開口韻母，與桓韻的牙喉音字形成開合對立。這樣的對立模
式與徽州方言休寧、祁門等地的寒桓今讀對立模式相似。

　　前文提到，包括寒桓在內的歌戈、咍灰、痕魂這些開合分韻的韻部在《切韻》中和那些開合合韻的韻部一樣，是被合在一起的，為何《廣韻》卻將它們分開，而發展到現代漢語南方方言中又會出現主元音不對等的現象呢？

　　我們推測中古以前的某個歷史階段，咍灰、寒桓、歌戈、痕魂幾對韻主元音是相同的，直到《切韻》時期還是這樣。李方桂先生發表於一九三一年的〈《切韻》的來源〉這篇文章就根據《詩經》押韻和諧聲字的研究兩個方面提出了《切韻》中「咍」、「灰」等兩個韻如不計開合介音，它們本是同一個韻。

　　語言是發展的，但在不同的地區表現出發展的不平衡性。我們推測，從《切韻》時代發展到《廣韻》時代，南方方言中諸如桓韻這樣的合口韻，其主元音由於受 u 介音同化變成了一個不同於寒韻的圓唇元音，而與之相對的開口韻，元音沒有 u 介音的影響，所以仍然保持著不圓唇的特點。這樣原本開合口對立的寒桓韻主元音就變得不同了。而北方方言自形成時起就相對穩定，保留了《切韻》中如寒桓等韻開合相配而主元音相同的特點。李新魁（1996）曾提出寒、桓主元音上的差異，在元代周德清《中原音韻》中已有表現，在那裡分立寒山、桓歡兩韻。而蔣冀騁先生（2003）根據元曲用韻（「寒山」與「寒桓」基本上是混用，「桓歡」獨用的例證非常少）以及從元曲作家的籍貫和履歷（凡「寒山」、「寒桓」合用者，多為北方作家；凡「桓歡」獨用者，多為南方贛、吳方言區的作家）、時代相近的音韻材料、現代贛吳方言的實際等多方考察提出：《中原音韻》「寒山」、「桓歡」兩分，並不是當時北方語音的反映，而是贛、吳方言特別是周德清方音影響的結果。這就體現了當時南北方言的差異。

　　而漢語發展過程中所留下的這些「腳印」，則栩栩如生地保留在現代南北各地方言中：寒桓韻在北方方言中保持開合口對立、主元音相同。而在南方方言裡則有的地方依然保持開合口對立，但主元音已

表現不同；有的地方則依聲母的不同而分讀為不同的韻母，由於舌齒音的發音動作與 u 相衝突從而沖淡了 u 介音的發音特點，桓韻舌齒音後的合口成分融合到主元音中去，因而讀成了開口，但與寒韻的舌齒音讀法還是不同的。而某些方言如徽語祁婺片的見系開口韻字讀成了合口，則是因為舌根音後容易產生合口成分，這種合口成分會接著影響主元音，使主元音發生後化或者高化、圓唇化音變。所以，某些方言點如蘇州、溫州、南昌、梅縣還有周德清的老家──江西高安老屋周家等地寒韻的舌根音即便讀成開口呼韻母，但主元音與同韻的舌齒音也是不同的，而與桓韻的主元音相同。隨著北方權威方言向南方方言滲透力的逐漸加強，很多南方方言的歌戈、咍灰、寒桓、痕魂等韻之間的主元音由不同逐漸趨同，這種主元音不對等的特點有的方言只保留在白讀層裡了。

綜上所述，《切韻》時期原本開合相對的韻發展到了《廣韻》，其韻部內部發生了變化使得原本開合相配、主元音對等的格局變成了開合相配但主元音不對等的格局，這種主元音不對等是 u 介音同化的結果。

第二節　一、二等韻在徽州方言中的結構關係

關於中古漢語元音的構擬，瑞典漢學家高本漢從山攝入手，構擬出山攝一、二等兩個開口主元音，一等是一個深（「grave」）a（寫作 ɑ），二等是一個淺（「aigu」）a（寫作 a），並用方言來證實這一區分的假設。高本漢的區分為王力所接受。按照他的觀點，古漢語中，一、二等韻配對的各攝和與此相關的一、二等韻的主元音，一等為 *ɑ，二等為 *a，一、二等韻之間的結構關係是「後：前」。但是演變到現代漢語中，同攝的一、二等韻之間已經基本合流。除二等見系字已經腭化以外，一等合流於二等，「ɑ：a」的對立已經消失。原來

四角構型的元音系統已變成三角構型的系統。而發展到現代漢語各大方言中，同攝的一、二等韻在有的方言裡雖未合流，但一、二等韻的主元音也已經不再是「ɑ：a」的對立了。徽州方言中，同攝的一、二等韻有合流趨勢，但中心徽語區的一些方言點保有一、二等韻對立的痕跡，對立的模式主要表現為主元音的不同，這種主元音的差別究竟是舌位高低的不同，還是舌位前後的不同，還是唇型圓展的不同呢？接下來我們就對徽州方言一二等韻的結構關係進行考察，除了考察蟹、效、咸、山這樣一攝統有一、二等韻的，我們還把歌和麻二、宕一和梗二這樣雖不是同攝但中古主元音相近的一、二等韻也放在一起考察，它們的元音與 *ɑ、*a 有關。

一　果攝一等韻和假攝二等韻

中古時期，果攝一等歌韻[*ɑ]和假攝麻韻二等[*a]主元音接近，假攝只有二等和三等，如果忽略後起的「伽」類字，果攝恰好可以和假攝互補空缺。所以，《四聲等子》以後的韻圖果、假都是同圖排列的。現代漢語方言中，果攝一等歌韻字和假攝二等麻韻字出現了不同程度的混同，這種現象也見於徽語部分方言點中，而部分方言點歌、麻二則依然保持對立格局。下面我們將徽州方言中歌和麻二的今讀韻母列表對比如下（轄字最多的韻母排在最前面，凡有條件限制的在該韻母後列出限制條件，轄字較少又沒有聲母等限制條件的韻母則在該韻母後列出所轄例字）：

表3-3　徽州方言中歌、麻二（開口）的今讀

	歌	麻二（開口）
績溪	ɵ，ɔ（我大~學生那），a（哪）	o，io（部分見系字）
歙縣	o，a（我他哪那）	a，ia（加）

	歌	麻二（開口）
屯溪	o，a（我個大~家哪阿）	ɔ（非幫組字），uːə（大部分幫組字），a（爸壩灑）
休寧	o，a（個阿大~學他讀字哪挪讀字）	ɔ（非幫組字），uːə（大部分幫組字），a（爸拿讀字灑）
五城	o，a（個他其~大~隊）	ɔ（非幫組字），o（大部分幫組字），a（爸拿讀字灑）
黟縣	au，a（我個幾~大~學生他那），ɒɯ（那）	oɐ，a（爸拿）
祁門	o，uːɐ（多羅河何荷阿~膠），a（我何~裡：哪裡大~家：~學他其~阿~姨）	a（非幫組字、「爸」），aːɐ（「爸」之外的幫組字）
婺源	o，ɤ（鵝₁蛾₁餓₁歌₂哥₂個₂可₂河₂何₂荷₂），u（大~師傅賀），ɒ（他其~哪那）	o，ɒ（拿加~大），ɔ（拿灑），ɑ（爸）
浙源	o，ɔ（我個他其~大~學），u（大~細：大小賀），ao（哥蛾鵝俄餓）	o，ɔ（爸灑）
浮梁	o（「我」之外的非見系字），ie（哥個可鵝蛾俄餓），e（河何荷賀），uo（阿~膠），	o，a（爸灑）
旌德	u，ɯ（見系字），a（大~王），ɔ（那哪）	ɔ，ɔu（蝦魚~鴉丫~頭椏~杈），a（巴芭灑），ia（加假）
占大	o，a（大他），	ɔ，a（爸媽帕查姓~），ia（假放~痂霞亞雅）
淳安	u，ɑ（個他大~學哪），ua（舵），o（可）	o，ɑ（爸把介詞拿給灑），u（把個~）
遂安	ə（非見系），uə（大部分見系字），a（個一~拖大~蒜哪阿），ɔ（駝₂舵俄），ɛ（個一~），	ɑ，a（灑）

	歌	麻二（開口）
建德	u，ɑ（個~~拖大~蒜、~家哪他大~哥那），o（可我賀荷薄~）	o，ɑ（爸灑馬~鈴薯拿）
壽昌	u，ɑ（我個~~哥~~大拖他哪那）	ɤ（大部分幫組字），uə（大部分見系字），yə（知系），ɑ（家自~：自己爸把介詞灑霸怕麻~煩罵），ia（雅霞瑕遐廈夏暇亞）

從表3-3我們看到，歌、麻二韻在徽州方言中均發生了不同程度的分化，分化最為複雜的當屬祁婺片和嚴州片，分化出來的音類多且幾乎找不到分化的條件。從每個方言點歌、麻二韻主體層次的今讀來看，除了祁門，祁婺片大多數方言點歌、麻二韻合流，歌、麻二韻的主體層同為[o]，而且除了戈韻以及由入聲韻或陽聲韻歸入的字外，這些歌、麻二韻合流的方言點不見其他陰聲韻的韻類雜入其中。

從主體層的今讀韻母來看，績歙片、休黟片、旌占片、嚴州片徽語大都保持歌、麻二韻有別的格局。這四片方言點歌、麻二韻主體層次對立的模式是：

績溪：ɵ：o
歙縣、祁門：o：a
屯溪、休寧、五城、占大：ɔo：ɔ
黟縣：au：oɐ
旌德：ɔ/ɯ：u
淳安、建德：u：o
遂安：ə/ɐn/e：a
壽昌：u：ɤ/uə/yə

我們可以看到，從主體層次來看，徽州方言中歌韻今讀韻母大多是個後高或半高的圓唇元音，而麻二韻今讀韻母形式較為多樣，有後

半高、半低的圓唇元音，也有低元音。除了黟縣，歌、麻二韻主體層次結構關係基本是「高：低」。歌、麻二韻由中古的「*ɑ：*a」的對立格局如何發展到今天徽州方言中元音的「高：低」對立格局的呢？下面我們分別從歌、麻韻的發展演變途徑來分析：

（一）歌韻的演變途徑

　　o類讀音是徽語歌韻的主體，分布在徽語的中心地區，如休黟片的大部分方言點（如黃山、屯溪、休寧、五城、溪口、婺源）和績歙片的部分地區（如上莊、歙縣）；其次是 u，分布範圍也較廣，相對於o的分布範圍來說，歌韻讀為 u 的主要分布在徽語的外圍地區，例如有嚴州片的淳安、建德、壽昌和祁婺片的德興以及旌占片的旌德。u 音讀的分布地區就像一個包圍圈從東、南、北三面將o音讀區包圍在中間（與吳語包圍徽語的方式相同）。由o到 u 正是漢語基本語音演變規則（元音高化）的反映。自汪榮寶的《歌戈魚虞模古讀考》問世後，歌戈韻在唐宋以上讀 *ɑ已成共識，徽州方言中，這樣的讀音如今還作為音變滯後的古老層次留在有限的幾個字上，例如「我、個、破、座、何」等。這裡需要排除幾個也讀為ɑ或 a 的非门語常用字，如「他、那、哪、阿~姨」；或者異讀中的文讀音，例如「大」在「大小」中是白讀音，而在「大學」等詞中讀的是文讀音。屬於音變滯後層次的歌戈韻字在徽語各方言點的今讀如下：

表3-4　徽州方言歌戈韻白讀ɑ或a的例字

我歌	歙縣a³¹/a³²	屯溪a²⁴	黟縣ŋa³¹
	祁門a⁴²	壽昌a⁵³⁴	
個歌・一~	屯溪、休寧ka⁵⁵	五城ka⁴²	黟縣ka³²⁴
	淳安kɑ²²⁴	遂安kɑ⁴²²	建德kɑ³³⁴
	壽昌kɑ³³		

拖歌	遂安tʰɑ534	建德tʰɑ423	
哥歌	壽昌kɑ55		
何歌,～裡:哪裡	祁門xɑ55		
破戈	屯溪pʰɑ55	休寧pʰɑ33	五城pʰɑ42
	黟縣pʰɑ324	淳安pʰɑ224	遂安pʰɑ422
	建德pʰɑ334	壽昌pʰɑ33	
簸戈	淳安pɑ224	遂安pɑ422	壽昌pɑ33
坐戈	祁門tsʰɑ42		

　　唐宋以降，漢語各大方言的果攝一等韻元音大都經歷了 *ɑ> *ɔ> *o 的後高化音變，這是漢語語音史上的一項重要音變，而部分方言沿著後高化軌跡還會繼續高化至 u 甚至出現裂變。

　　朱曉農（2006）歸納了漢語歷史上的元音大轉移：

	ai	a	o/io/iɣ	u/iu	əu
漢魏晉（上古韻部）	歌	魚	侯	幽	
北朝初（中古韻目）		歌	模虞魚	侯尤	豪

　　這是發生在上古漢語到中古漢語過渡階段時的首次元音鏈移高化：歌韻高化為o後迫使模韻高化為 u，繼而迫使侯韻高頂出位裂變為əu。徽州方言中歌韻也經歷了元音後高化的音變，因為不同方言點音變不一定同步，所以，各種不同的「歷史」變體就表現為「地域」變體，除了滯後音變層的ɑ或 a，有的方言點歌韻讀為o（如歙縣、屯溪、休寧、五城、祁門、占大），有的讀為 u（如旌德、淳安、建德、壽昌）。有的方言點，原屬於音變滯後層的ɑ或 a 也發生了後高化，與更早高化的o類音形成同源的兩個層次疊置在一個方言系統中。例如：績溪歌韻主體層次讀音是 ɵ，但「我」的滯後層讀音為[ɔ213]；浙源歌韻主體層次讀音是o，但「我」讀為[ɔ25]；「個」讀為[kɔ215]。

　　朱曉農（2006）歸納的漢語歷史上的元音大轉移涉及歌、模虞魚、侯尤、豪這些韻類，語言發展的不平衡性決定了不同方言點不同韻類元音發生高化的速度不一定一致，所以這些韻類之間就可能發生合流現象。在徽州方言中這些韻類之間就出現了不同程度、不同類型的合流。就歌（戈）韻而言，就有歌（戈）、模合流和歌（戈）、侯合流以及歌豪合流等不同類型。具體來看：

1　歌（戈）、模合流型

　　這種類型主要見於嚴州片徽語中（不過，淳安的模韻出現了分化，主體層讀音與歌韻不混），此外，旌占片的旌德，歌韻非見系字與模韻字同讀，還有績歙片的績溪少數模韻字混入歌韻字今讀形式中，祁婺片的婺源、浙源等有部分歌、戈韻字混入模韻今讀形式中。具體例字如下：

淳安：多＝都 tu²²⁴　　　　搓＝錯 tsʰu²²⁴　　　　歌＝菇 ku²²⁴
　　　荷～花＝狐～臭 xu⁴⁴⁵

建德：多－都 眉~tu⁴²³　　　羅－爐 lu³³⁴　　　　左＝祖 tsu²¹³
　　　歌＝孤 ku⁴²³　　　　河＝湖 u³³⁴

壽昌：多＝都 首~tu¹¹²　　　羅＝爐 lu⁵²　　　　搓＝粗 tsʰu¹¹²
　　　歌＝孤 ku¹¹²　　　　鵝＝吳 ŋu⁵²

績溪：多＝都 副詞 tɵ³¹　　　搓 tsʰɵ³¹—錯 tsʰɵ³⁵

旌德：多＝都 tu³⁵　　　　鑼＝爐 lu⁴²　　　　搓＝粗 tsʰu³⁵

婺源：破＝鋪 pʰu³⁵　　　　剁＝妒 tu³⁵　　　　大～師傅＝度 tʰu⁵¹
　　　過＝故 ku³⁵

浙源：破＝鋪 pʰu²¹⁵　　　磨～刀＝模 mu⁵¹　　　剁＝妒 tu²¹⁵
　　　賀禍＝護 xu⁴³　　　　過＝故 ku²¹⁵

　　中古《切韻》時期歌韻讀 *ɑ，模韻讀 *o，近代發生了元音高化
鏈變後，歌韻讀 *o，模韻讀 *u。歌韻和模韻都處在元音後高化音變
鏈上，如果兩韻音變速度整齊劃一，那只會出現鏈移現象，而不會出
現歌戈韻和模韻的相混。事實上，語音演變的過程中經常出現某個音
類所轄的部分詞已經發生變化，而部分詞還保持舊的形式未變，或者
變得較慢的情形。當歌韻後高化演變的速度快於模韻時，歌韻和模韻
就有可能出現混同。徽州方言中部分方言點歌（戈）韻與模韻混讀為
u 便是明證。而歌（戈）、模合流這種類型在吳語中最為典型。徽語
各方言片中，果攝一等與遇攝一等合流程度最深的是嚴州片，嚴州片
徽語被吳語三面包圍：北接吳語太湖片，東鄰吳語婺州片，南接吳語
處衢片（處衢片的龍游、雲和方言果攝一等字與遇攝一等字合流為
u）。據劉澤民（2009），吳語不少方言歌韻繼續高化，或與模合流，
或逼迫模韻複元音化。[7] 鄭偉（2013）通過對吳語近百個方言點的觀
察，對歌韻主體層的讀音進行梳理並歸納出七種演化類型，其中，有
四個類型歌韻和模韻有不同程度的合併。元末明初劉基《鬱離子》說
「東甌之人謂火為虎」，可見當時的南部吳語中歌、模合流已成事
實。[8] 而徽語與吳語歷史上關係密切，元音後高化致使歌（戈）、模韻
相混便是吳語和徽語的一項共同特徵。

2　歌（戈）、侯尤合流型

　　這種類型主要見於績歙片的一些方言點如歙縣、向杲、北岸、深
渡、杞梓里等地，但因為侯尤韻在徽語中大多出現以聲母為條件的分
化，所以與歌（戈）韻的合流現象只見於有限的幾個字。例如：

7　劉澤民：〈吳語果攝主體層次分析〉，《語言科學》2014年第3期，頁298。

8　鄭偉：《吳方言比較韻母研究》（北京市：商務印書館，2013年），頁30-31。

歙縣：破=剖 p^ho^{313}　　　磨石~=貿 mo^{33}　　　左=走 tso^{35}

　　　　梭=搜 so^{31}

向杲：破=剖 $p^h\gamma^{214}$　　　磨石~=貿 $m\gamma^{22}$　　　梭=搜 $s\gamma^{52}$

　　　　哥鍋=勾鳩 $k\gamma^{52}$　　　窩=歐 $\eta\gamma^{52}$

　　除此，祁婺片的浙源也存在少數歌韻見系字如「哥kao^{33}、蛾鵝俄ηao^{51}、餓ηao^{43}」讀入侯韻的現象，只是侯韻見系字除了「歐毆甌嘔ηao^{33}」這幾個不常用的影母字還讀成洪音之外，其他都已經混入三等讀成了細音，例如，「勾鉤溝」讀為[$t\varsigma iao^{33}$]，「口」讀為[$t\varsigma^hiao^{21}$]，「後厚」讀為[ςiao^{25}]，而非見系字則基本讀為[ao]，例如「偷」讀為[t^hao^{33}]，「湊」讀為[ts^hao^{215}]。而我們對照兩百多年前反映環川（即今天的浙源嶺腳村）音系的《新安鄉音字義考正》後看到，今天浙源嶺腳話中讀入侯韻的幾個歌韻字除了「餓」與蟹開一字混讀外（一起歸入入聲卷十一國韻中），其他歌韻見系字與絕大多數歌韻字表現無異，「哥、蛾、鵝、俄」在韻書中是與「歌、河、荷、阿」等歌韻字一起歸入平聲卷十八家韻中的，可見歌韻入侯這種音變應該是發生在韻書之後，另外，今天浙源話中「哥、蛾、鵝、俄、餓」這些字歸入侯韻後與侯韻的非見系字韻母相同，卻並沒有跟著侯韻見系字一起腭化，說明這些字是在侯韻的見系字發生腭化後才歸入侯韻的。

3　歌（戈）、豪合流型

　　這種類型在徽語中不多見，據掌握的資料，徽語中僅見於祁婺片的祁門。例如：

　　馱=桃 t^ho^{55}　　鑼=勞 lo^{55}　　左=早 tso^{42}

　　歌=高 ko^{11}　　鵝=熬 ηo^{55}　　婆=袍 p^ho^{55}

　　而在效攝一、二等有別的休黟片中，歌（戈）韻大多與效攝二等肴韻合流。

　　上面我們討論了徽州方言中果攝韻母的今讀類型，在徽語中歌（戈）韻的主元音基本是一個舌位較高的元音，其分合演變涉及中古假、遇、流、效諸攝的很多韻類。接下來我們分析麻二韻在徽語中的表現形式。

（二）麻韻的演變途徑

　　麻韻二等字在很多方言特別是北方方言的表現大體一致，幾乎沿襲了《切韻》時代的*a。我們從《漢語方音字彙》（第二版）中所列舉的二十個方言點的麻韻今讀形式來看，除了吳語區的蘇州、溫州和湘語區的雙峰讀成[o]以外，其他點都讀成[a]。而在徽州方言中，麻韻二等的音韻表現各異。例如：

表3-5　徽州方言中麻二韻字的讀音

	爬	罵	茶	沙	家	牙	下底~	啞
績溪	p^ho^{44}	mo^{22}	ts^ho^{44}	so^{31}	ko^{31}大~/$t\varepsilon io^{31}$國~	ηo^{44}	xo^{213}	ηo^{213}
歙縣	p^ha^{44}	ma^{313}	ts^ha^{44}	sa^{31}	ka^{31}	ηa^{44}	xa^{35}	ηa^{35}
屯溪	$p^hu\mathfrak{\iota}\eth^{11}$	$mu\mathfrak{\iota}\eth^{11}$	$ts\mathfrak{o}^{55}$	$s\mathfrak{o}^{11}$	$k\mathfrak{o}^{11}$	$\eta\mathfrak{o}^{55}$	$x\mathfrak{o}^{24}$	$\eta\mathfrak{o}^{55}$
休寧	$p^hu\mathfrak{\iota}\eth^{55}$	$mu\mathfrak{\iota}\eth^{33}$	$ts\mathfrak{o}^{55}$	$s\mathfrak{o}^{33}$	$k\mathfrak{o}^{33}$	$\eta\mathfrak{o}^{55}$	$x\mathfrak{o}^{13}$	$\eta\mathfrak{o}^{31}$
五城	p^ho^{23}	mo^{12}	$ts\mathfrak{o}^{23}$	$s\mathfrak{o}^{22}$	$k\mathfrak{o}^{22}$	$\eta\mathfrak{o}^{23}$	$x\mathfrak{o}^{13}$	$\eta\mathfrak{o}^{21}$
黟縣	$p^ho\eth^{44}$	$mo\eth^3$	$t\int o\eth^{44}$	$so\eth^{31}$	$ko\eth^{31}$	$\eta o\eth^{44}$	$xo\eth^{53}$	$o\eth^{53}$
祁門	$p^hu\mathfrak{\iota}\eth^{55}$	$mu\mathfrak{\iota}\eth^{33}$	$t\mathfrak{s}^ha^{55}$	$\mathfrak{s}a^{11}$	ka^{11}	ηa^{55}	xa^{42}	ηa^{42}
婺源	p^ho^{11}	mo^{51}	ts^ho^{11}	so^{44}	ko^{44}	ηo^{11}	xo^{31}	ηo^2
浙源	p^ho^{51}	mo^{43}	ts^ho^{51}	so^{33}	ko^{33}	ηo^{51}	xo^{43}	ηo^{21}
浮梁	p^ho^{24}	mo^{33}	ts^ho^{24}	$\mathfrak{s}o^{55}$	ko^{55}	ηo^{24}	xo^{33}	ηo^{21}
旌德	$p^h\mathfrak{o}^{42}$	？	$ts^h\mathfrak{o}^{42}$	$s\mathfrak{o}^{35}$	$k\mathfrak{o}^{35}$	$\eta\mathfrak{o}^{42}$	$x\mathfrak{o}^{213}$	$\eta\mathfrak{o}^{213}$/$u\mathfrak{o}^{213}$

	爬	罵	茶	沙	家	牙	下底~	啞
占大	pʰo³³	mɔ³⁵	tsʰɔ³³	ʂɔ¹¹	kɔ¹¹	ŋɔ³³	xɔ³⁵	ŋɔ²¹³
淳安	pʰo⁴⁴⁵	mo⁵³⁵	tsʰo⁴⁴⁵	so²²⁴	ko²²⁴	o⁴⁴⁵	xo⁵⁵	o⁵⁵
遂安	pɑ³³	mɑ⁵²	tsʰɑ³³	sɑ⁵³⁴	kɑ⁵³⁴	ɑ³³	xɑ⁴²²	ɑ²¹³
建德	po³³⁴	mo⁵⁵	tso³³⁴	so⁴²³	ko⁴²³	o³³⁴	xo²¹³	o²¹³
壽昌	pʰʐ⁵²	ma²⁴	tsʰyə⁵²	ɕyə¹¹²	kuə¹¹²大~/kɑ¹¹²自~	ŋuə⁵²	xuʐ⁵³⁴	uə²⁴

從表3-5可見，麻二韻在徽語中的今讀形式大致有這樣的三類：

1.o類，包括o、ɔ、oʊ。這是麻韻二等字在徽州方言中分布最廣的今讀類型，廣見於徽語績歙片、休黟片、旌占片、祁婺片、嚴州片的大多數方言點中。

2.a類，包括 a、ɑ、ɒ。a類除了出現在主體層，也見於作為特字出現的層次（例如各方言的「爸」、「灑」，不過「灑」麻、佳韻兩屬，讀 a 類音大概取的是佳韻的讀音），還出現在文讀層。我們這裡要歸納的是主體層的今讀形式，這種類型在徽語中分布範圍較小，主要見於績歙片的歙縣（包括城關、深渡、北岸、大谷運等）、祁婺片的祁門（非幫組字）、嚴州片的遂安。

3.ʐ類。這一類比較少，主要見於壽昌，大部分幫組字讀為 ʐ，大部分見系字讀為 uə，大部分知系字讀為 yə。

有些方言的麻二韻字出現了以聲母為條件的分化。例如，休黟片屯溪、休寧，大部分麻二韻字讀為ɔ，而幫組字讀為 uːɛ；祁婺片的祁門，大部分麻二韻字讀為 a，而幫組字讀為 uːɐ。除此，也有黃山的未出現分化的 uɐ̌ 今讀形式。

麻二韻在現代徽州方言中的這幾類今讀形式其實是麻二韻歷時演變不同階段的反映。與歌戈韻的發展過程相似，麻二韻的元音在徽州方言中也發生了後高化連續式音變，大致沿著「a＞ɑ＞ɔ＞o/ʐ」這樣的方向發展。而在部分聲母例如幫組聲母影響下，麻二韻的部分字經歷了大致平行的變化「ɐu＞uo＞uə」。

　　歌韻和麻韻的演化過程很相似，不過歌韻的後高化音變應該早於麻韻。中古的歌韻一般擬為 *ɑ，；王力將宋代漢語的歌韻擬作 *ɔ，將《中原音韻》的歌韻擬為 *o，而麻韻自中古到《中原音韻》時代一直擬為 *a。現在的北方方言裡，歌韻字讀為後高元音，而麻韻二等字幾乎沿襲了《切韻》時代的音值 *a。徽語大部分方言點中，歌、麻二韻因為演化過程相似而後高化的速度不一定同步，所以兩韻主元音形成了「高：低」的對立格局。這種對立格局具體來看可以有不同的形式：

　　1. 歌韻與麻二韻的元音形成「o/ə：a/a/ɒ」對立格局

　　這種對立格局見於歙縣、祁門、柯村、遂安等地。

　　2. 歌韻與麻二韻的元音形成「o：ɔ」對立格局

　　麻韻高化為[ɔ]時，歌戈韻由[ɔ]高化為[o]。這種格局見於屯溪、休寧、溪口、占大等地。

　　3. 歌韻與麻二韻的元音形成的「u/ɵ：o/ɔ/ɤ」相配的格局

　　這種格局主要分布在績溪、德興、旌德、淳安、建德、壽昌等地。歌戈韻與麻韻的這種相配格局與吳語一些地方非常相似，「吳語有把二等字讀-o的，這時歌戈韻字多是-u，二者也與中古的-a，-ɑ相應」。[9]

　　以上列舉的是徽語中較為典型的例子，除此還有元音持續高化而導致裂變的，例如黟縣的「au：oɐ」對立模式。

　　另外，正因為歌、麻韻演化路徑相似，而不同方言點演化速度又不一定同步，所以就可能出現有的地方歌韻的元音後高化速度慢於麻二韻，當麻二韻元音後高化的速度趕上歌韻時，就可能出現與麻韻的合流。如前文提到的祁婺片的大多數方言點例如婺源、江灣、浙源、浮梁等地歌韻與麻二韻合流為o。而且這種合流現象早在清代就已經出現，編於同治六年（1867）反映「環川」（即今天婺源的浙源嶺腳

9　董同龢：《漢語音韻學》（北京市：中華書局，2011年），頁138。

村）方言音系的韻書《新安鄉音字義考正》中，歌、麻韻字同見比比
皆是，例如，平聲「十八家」所收的韻字相當於《廣韻》中的歌戈麻
三韻，其中「家」小韻中就收有「哥、歌、戈、鍋、過、家、加、嘉、
枷、珈、瓜」等字；「牙」小韻中就收有「俄、鵝、蛾、訛、牙、芽、
衙」等字。可見，歌（戈）麻相混至少在清代就已經出現了。

　　上文我們分析了現代徽州方言中歌、麻二韻之間的結構關係，大
致可以分為兩種情況，一種是歌、麻二韻之間的元音形成「高：低」
的對立格局，這是徽州方言的主流；一種是歌、麻二韻合流。

二　蟹攝一二等韻主元音的結構格局

　　《切韻》音系中，蟹攝開口一、二等特別複雜，共包含咍、泰兩
個一等重韻和皆、佳、夬三個二等重韻。發展到現代漢語北方官話
中，幾對重韻之間的對立基本消失；除了二等見系字發生腭化，蟹攝
一二等韻之間的對立也基本消失，這幾個韻類之間大致形成了「咍泰
＋皆佳非見系：皆佳見系」這樣的二極對立。然而在徽州方言中，除去
三個二等重韻基本合流外，蟹攝開口一二等的幾個韻類之間的分合關
係則要複雜得多。具體如表3-6所示（轄字最多的韻母排在最前面，
凡有條件限制的韻母在該韻母後列出限制條件，轄字較少又沒有聲母
等限制條件的韻母則在該韻母後列出所轄例字）：

表3-6　蟹攝開口一二等韻在徽語中的今讀

	一等		二等		
	咍	泰	皆	佳	夬
績溪	a，ɔ（態）	a（幫組，見系），ɔ（端系）	ɔ（幫組，見系，奶），iɔ（見系文讀，債篩柴），a（齋寨灑），o（稗差出~曬）		

	一等		二等		
	哈	泰	皆	佳	夬
荆州	a，ɔ（戴~帽態乃來 不怕~去：巴不得），ɤ（腮絡~胡）	a（幫組，見系），ɔ（端系，艾）	ɔ（幫組，見系，奶），iɔ（見系文讀，豺債柴篩），a（寨齋豺灑駭挨捱），o（稗差出~曬）		
歙縣	ε，a（戴乃耐）	a（端系），ε（幫組，見系，蔡）	a，ia（皆佳諧解姓）		
屯溪	ɤ（端系，愛礙），uɤ（見系），a（呆戴動詞態耐乃孩哀埃）	a（端系，艾），uɤ（見系），i（貝），ɤ（沛）	a，ɔ（佳涯）		
休寧	o（端系），uɤ（見系），a（呆貸態耐乃哀埃）	a（端系，艾），uɤ（見系），i（貝），ɔ（癩）	a，ɔ（稗釵崖涯）		
五城	ɤ（端系，愛礙），uɤ（見系），a（呆態乃耐孩）	a（帶太泰奈賴蔡），uɤ（見系），ɤ（沛），i（貝），ɔ（癩）	a，iɛ（奶乳汁），ɔ（釵佳涯崖），o（稗）		
黟縣	uaɯ，aɯ（來哀埃愛），a（呆戴動詞態貸乃耐孩）	a（端系，艾），uaɯ（見系），ɛi（貝），ɐɤ（沛）	a		
祁門	a（端系），y:ɐ（胎台苔抬袋怠代貸黛待栽），ua（見系）	a（端系，艾，沛），ua（見系），i（貝）	a，u:ɐ（稗）		
婺源	ɤ，ɔ（貸態耐災栽菜孩），ε（來₁宰₂載₂再鰓），o（挨）	ɔ（端系），ɤ（見系，沛），i（貝）	ɔ，o（稗釵挨）		

	一等		二等		
	哈	泰	皆	佳	夬
浙源	ao（端系），uao（見系），ɔ（呆_{書~}子戴態貸耐災栽菜），a（乃宰載_{千~}難逢彩采腮）	ɔ（端系），uao（見系），ao（沛藹），i（貝）	ɔ，o（稗差_{出~}釵曬₁涯崖），ao（埋）a（奶）		
浮梁	e（端系），ie（見系），a（戴態待災宰賽），ei（栽），o（鰓）	a（帶奈賴癩，艾），ie（見系），e（貝蔡害）	a（非知系），ia（知系），o（稗）		
旌德	a	a，i（貝）	a，ia（少數見系字），ɔ（稗涯）		
占大	ɛ，a（戴咳）	a（帶奈賴癩艾），ɛ（見系，沛太泰蔡），i（貝）	a，ia（佳），ɛ（蟹挨楷邁隘寨奶），ɔ（稗釵）		
淳安	e，ɑ（戴_{動詞}乃）	ɑ（端系），e（見系，貝蔡奈）	ɑ，o（稗曬釵）		
遂安	əɯ，a（殆戴態乃耐載在賽），ə（再猜）	a（端系），əɯ（貝沛蔡艾害），ɯ（蓋）	a，ɑ（稗曬）		
建德	ɛ，e（呆戴_姓胎台_{~州：地名}苔_{舌~}），ɑ（戴_{動詞}）	ɑ（帶_{名詞}太蔡賴_{~皮}癩_{~頭}），ɛ（見系，癩_{~蛤蟆}泰奈賴_姓），e（貝沛）	ɑ，ɛ（寨揑），o（稗釵）		
壽昌	iɛ（端系），ie（見系），ɛ（賽台_{~州：地名}態乃栽載改概溉孩哀埃），ɑ（戴_{動詞：姓}）	ɑ（帶_{名詞}太賴癩大_{~夫}），ie（見系），ɛ（蔡泰奈丐），iɛ（貝）	ɑ，ia（佳涯），ɤ（稗），yə（曬），ɛ（寨崖挨），iɛ（皆階介屆解_{~放}楷械諧）		

從表3-6我們看到，徽州方言中，除了旌德的咍韻和黟縣二等開口的皆、佳、夬韻外，其他方言點中每一個韻都至少存在兩種今讀形式，有的韻則達六種之多，如嚴州片徽語壽昌點的開口二等韻。如何釐清這些異讀之間的關係，對分析徽語複雜的韻母系統而言無疑是一個具有代表意義的研究視角。下面我們將圍繞三個問題展開討論：一等重韻咍、泰是否對立；一、二等之間是否對立，對立格局是什麼；同韻之間不同今讀形式屬於什麼性質的異讀。

（一）一等重韻咍、泰在徽語中的音韻表現

前文提過，除了旌德的咍韻和黟縣的開口二等韻，蟹攝一、二等韻在徽語中同一古韻類基本都存在至少兩種異讀形式，這些同韻之間出現的異讀形式有的是以聲母為條件的分化，這是條件式音變的結果，有的是新、舊讀，有的是文白異讀。下面我們將對此分別進行討論。

1 異讀性質的分析

（1）以聲母為條件的分化

①咍韻以聲母為條件的分化

從上文「蟹攝開口一、二等韻在徽語中的今讀」表中我們看到，休黟片的屯溪、休寧、五城和祁婺片的祁門、浙源、浮梁以及嚴州片的壽昌，咍韻基本出現了「端系：見系」的二極分化。具體例字今讀形式如下：

	屯溪	休寧	五城	祁門	浙源	浮梁	壽昌
胎透	$t^h\gamma^{11}$	t^ho^{33}	$t^h\gamma^{22}$	$t^hy{:}\mathrm{e}^{11}$	t^hao^{33}	t^he^{55}	$t^hi\varepsilon^{112}$
猜清	$ts^h\gamma^{11}$	ts^ho^{33}	$ts^h\gamma^{22}$	ts^ha^{11}	ts^hao^{33}	ts^he^{55}	$t\varphi^hi\varepsilon^{112}$
該見	$ku\gamma^{11}$	$ku\gamma^{33}$	$ku\gamma^{22}$	kua^{11}	$kuao^{33}$	kie^{55}	kie^{112}
開溪	$k^hu\gamma^{11}$	$k^hu\gamma^{33}$	$k^hu\gamma^{22}$	k^hua^{11}	k^huao^{33}	k^hie^{55}	k^hie^{112}

　　從分化形式來看，休黟片和祁婺片的祁門、浙源，咍韻見系字基本都讀成了合口呼韻母，對此，本章的第一節「中古開合分韻的一等韻在徽州方言中的今讀」曾對此有過詳細的分析，這也是中心徽語區一個較為一致的方言特徵。而浮梁、壽昌的咍韻見系字則出現了齊齒呼的讀法，浮梁咍韻見系字與部分歌韻字相混，壽昌咍韻見系字則與桓韻的見系字相混。以上這些特殊的讀法都發生在幾個開合分韻的一等韻中，可見與聲母、韻母的主元音都有一定的關係，對與齊齒呼的讀法，我們在後文關於一、三等韻的分混中將會詳加討論。

　　另外，我們還看到，屯溪、五城、浙源、浮梁這幾點中咍韻的端系字和見系字主要是介音有無的不同，而主元音是相同的；休寧、祁門、壽昌，咍韻的端系字和見系字除了介音，主元音也存在一定程度的區別。

　　②泰韻以聲母為條件的分化

　　比起咍韻，泰韻存在更為普遍的以聲母為條件的分化現象，除了以上提到咍韻存在以聲母為條件分化的那些方言點（例如休黟片的屯溪、休寧、五城和祁婺片的祁門、浙源、浮梁以及嚴州片的壽昌），剩下來的方言點例如績歙片的績溪、荊州、歙縣和休黟片的黟縣以及祁婺片的婺源還有嚴州片的淳安、遂安、建德等，也同樣存在以聲母「端系：見系」為條件的二極分化現象。具體例字如下：

表3-7　部分方言點泰韻字今讀

	太透	賴來	蓋見	害匣		太透	賴來	蓋見	害匣
績溪	$t^h\mathfrak{o}^{35}$	$n\mathfrak{o}^{22}$	ka^{35}	xa^{22}	婺源	$t^h\mathfrak{o}^{35}$	$l\mathfrak{o}^{51}$	$k\gamma^{35}$	$x\gamma^{51}$
荊州	$t^h\mathfrak{o}^{35}$	$n\mathfrak{o}^{31}$	ka^{35}	xa^{31}	浙源	$t^h\mathfrak{o}^{215}$	$l\mathfrak{o}^{43}$	$kuao^{215}$	$xuao^{43}$
歙縣	t^ha^{313}	na^{33}	$k\varepsilon^{313}$	$x\varepsilon^{33}$	浮梁	t^ha^{213}	la^{33}	kie^{213}	xe^{33}
屯溪	t^ha^{55}	la^{11}	$ku\gamma^{55}$	$xu\gamma^{11}$	淳安	$t^h\alpha^{224}$	$l\alpha^{535}$	ke^{224}	xe^{535}
休寧	t^ha^{55}	la^{33}	$ku\gamma^{212}$	$xu\gamma^{33}$	遂安	t^ha^{422}	la^{52}	$ku\mathrm{u}^{422}$	$x\mathrm{ə}\mathrm{u}^{52}$

	太透	賴來	蓋見	害匣		太透	賴來	蓋見	害匣
五城	t^ha^{42}	la^{12}	$ku\gamma^{42}$	$xu\gamma^{12}$	建德	t^ha^{334}	la^{55}白$/l\epsilon^{213}$文	$k\epsilon^{334}$	$x\epsilon^{55}$
黟縣	t^ha^{324}	la^3	$kua\mu^{324}$	$xua\mu^3$	壽昌	t^ha^{33}	la^{33}	kie^{33}	xie^{33}
祁門	t^ha^{213}	la^{33}	kua^{213}	xua^{33}					

我們將咍、泰韻今讀放在一起對比就會看到，從分化出來的形式來看，在咍韻「端系：見系」兩分的方言點，泰韻見系字與咍韻見系字合流；在咍韻未出現以聲母為條件分化的方言點，泰韻見系字一般歸入咍韻主體層讀音中，就這一類型而言，咍、泰韻之間在端系保持對立，在見系合流。對此，我們後文將詳加討論。

（2）擴散式音變產生的新舊讀

上文提到部分方言點咍韻存在以聲母為條件的分化現象，除此，大多數方言點的咍韻字（主要是端系字）還存在不是以聲母為條件的異讀，而且不同讀音之間轄字多寡存在一定的傾向性。下面我們將根據我們掌握的材料來考察咍韻端系字不同音讀所轄字數的比例（我們將異於泰韻端系字的讀音放在前面；建德、壽昌等地明顯屬文讀層的讀音不予呈現；一個字以詞彙為條件出現的不同讀音計量統計時算不同字次計入總數）。

表3-8　徽州方言中咍韻端系字不同音讀所轄字數的比例

	總字次	異於泰韻的讀音1			異於泰韻的讀音2			同與泰韻的讀音		
		讀音	字次	比例	讀音	字次	比例	讀音	字次	比例
績溪	36	a	35	97%				ɔ	1	3%
荊州	44	a	40	91%				ɔ	4	9%
歙縣	36	ε	32	89%				a	4	11%
屯溪	34	ɤ	29	85%				a	5	15%

	總字次	異於泰韻的讀音1			異於泰韻的讀音2			同與泰韻的讀音		
		讀音	字次	比例	讀音	字次	比例	讀音	字次	比例
休寧	34	o	29	85%				a	5	15%
五城	32	ɤ	28	88%				a	4	12%
黟縣	36	uaɯ	30	83%				a	6	17%
祁門	34	yːɐ	11	32%				a	23	68%
婺源	33	ɤ	22	67%	ɛ	5	15%	ɔ	6	18%
浙源	32	ao	18	56%	a	6	19%	ɔ	8	25%
浮梁	21	e	15	71%				a	6	29%
占大	26	ɛ	24	92%				a	2	8%
淳安	33	e	31	94%				ɑ	2	6%
遂安	33	əɯ	23	70%	ə	2	6%	a	8	24%
建德	31	ɛ	25	81%	e	5	16%	ɑ	1	3%
壽昌	22	iɛ	21	95%				ɑ	1	5%

從上表的統計數字我們總結出如下傾向：

①除祁門外，咍韻中異於泰韻的讀音形式在轄字占絕對優勢，可見，咍、泰韻在徽語端系字保持對立格局。

②表格中的統計數字呈現一定的地域性：祁婺片咍韻同與泰韻的讀音所轄字數所占比例最高，其次是休黟片，再次是績歙片和嚴州片徽語。旌占片呈現兩極分化，旌德咍、泰韻完全合流，而占大既有一定比例的咍韻混入泰韻，也有一定比例的泰韻混入咍韻，咍、泰韻之間出現了方向相反的相互歸併。旌占片的柯村，咍、泰韻也保持一定程度的對立，對此我們暫時無法給予合理的解釋。

③從具體的讀音形式上看，徽語中，咍韻同與泰韻的讀音多為a/ɑ、ɔ，除了績溪、荊州，異於泰韻的即咍韻的主體層讀音大多是個舌位較高的元音或複元音，這種對立格局與前面所分析的歌、麻二韻

之間的對立格局很相似，即元音的「高：低」。

　　據王力，《切韻》時期咍韻屬於灰部[*ɐi]，泰韻屬於泰部[*ɑi]，而「泰部在魏晉南北朝時代，本來是和灰部（咍部）分立的；到了隋唐時代，已經和咍灰合併為一部」[10]，此後咍、泰的歸屬在不同方言中有不同的表現，「北方權威方言，至遲在盛唐，泰與咍灰已合流，……南方方言則至今留有一等重韻的對立，……儘管各地今音音值有不同，但音類分合的歸向都是：泰開一端系與咍韻對立而與二等合流，泰開一見系與咍合流而與二等對立。」[11]作為南方方言，徽州方言中的咍、泰分合情況完全符合王洪君（2014）的概括。

　　下面我們回到咍韻異讀性質的分析上來，從上文所列舉的徽州方言中咍韻的今讀形式來看，除以聲母為條件的分化外，咍韻中的異讀沒有明顯的音韻分化條件，部分方言點一字存在兩讀的大多以詞彙為條件。例如：

　　荊州、屯溪、黟縣、建德，「戴」作為姓氏時一律歸入咍、泰有別層，做動詞時一律歸入咍、泰合流層。

　　荊州的「來」在「出來、來去」這樣的詞語中讀歸咍、泰有別層，而在「不怕來去巴不得」中讀歸咍、泰合流層。

　　婺源的「來、宰、載」一讀歸入咍、泰有別層，一讀歸入咍、泰合流層，異讀沒有明顯的分化條件。

　　從咍、泰韻端系相混的情況來看，「戴動詞」在保持咍泰有別的方言點幾乎都讀歸咍泰合流層，「乃、耐、態」這樣的字也以讀歸咍泰合流層為常。「乃、耐、態」是非口語詞，讀歸咍態合流層，很容易被認為咍泰合流層屬於文讀層；但作為動詞的「戴」讀歸咍、泰有別層，而作為姓氏的「戴」卻歸入咍泰合流層，一般作姓氏的詞風格色

10　王力：《漢語語音史》（北京市：商務印書館，2008年），頁242。

11　王洪君：《歷史語言學方法論與漢語方言音韻史個案研究》（北京市：商務印書館，2014年），頁538。

彩屬於文讀，這樣兩種「文白異讀」的出現環境剛好相反。

我們再以咍、泰相混程度最高的祁門方言為例，祁門方言中，屬於咍、泰有別層次的字僅有「胎、台、苔、抬、怠、袋、代、貸、黛、待、栽」這十一個字，而屬於咍泰合流層次的字有「呆、戴、態、來、萊、乃、耐、災、宰、載一年半~、再、載~重、猜、才、材、財、裁、在、采、彩、睬、菜、賽」這二十三個字。屬於咍、泰有別層的「怠、貸、黛林~玉」屬於非口語詞，之所以讀成咍、泰有別層的 y:ɐ 音，大概是當成「代袋 tʰy:ɐ³³」同音字來仿讀的；「苔」口語中也幾乎不用，照搬「台、抬」的讀音而歸入了咍、泰有別層；「胎、台、抬、袋、代、待、栽」這七個字則是祁門方言中極為常見的口語詞。屬於咍泰合流層次的「戴、呆木~~、來、災、猜、財、睬、彩長~：說吉祥話、材、裁、在、再、菜、賽」都是口語中極為常用的；而「萊、乃、耐、宰、載一年半~、載~重、才、采」基本都屬於書面語詞，由此看來，很難從風格色彩上將咍、泰有別層次和咍泰合流層進行歸類。

綜上，我們認為，徽州方言中，咍、泰有別層和咍泰合流層的兩類讀音都應該是本地自生的，是擴散式音變新舊讀的關係。對於咍韻來說，咍、泰有別層是舊讀，咍、泰相混層是新讀，擴散式音變的方向是「咍→泰」。這一點可以從方言韻書等較早的文獻中找到證據。例如：

在編於同治六年（1867）的徽州環川方言韻書中，咍、泰韻出現了相混的現象，咍韻端系字中與今天浙源嶺腳音系同混入咍泰合流層的是「態、貸、耐、災、栽、菜」；但今天浙源嶺腳話中混入咍、泰合流層的「戴」在兩百多年前的環川音系中與大多數咍韻端系字一樣是與灰韻合流的，歸入的是去聲十一蓋韻的「對」小韻中。

《黟縣方音調查錄》（1935）中，與今天黟縣音系同混入咍泰合流層的咍韻端系字的是「呆、態、貸、乃、耐」，韻母為 a；但今天

黟縣話中混入咍、泰韻合流層的「戴」在《黟縣方音調查錄》中與大
多數咍韻端系字、泰韻端系字是不混的，讀為 uəɯ。

　　而對於泰韻來說，徽州方言中，除了見系、幫組字外，少數方言
點出現泰韻端系字混入咍韻的咍、泰有別層。例如：歙縣的「蔡
tsʰɛ³¹³」（其他泰韻端系字韻母為 a）；浮梁的「蔡 tsʰe²¹³」（其他泰韻
端系字韻母為 a）；占大的「太 tʰɛ⁵⁵、泰 tʰɛ⁵⁵、蔡 tsʰɛ⁵⁵」（其他泰韻端
系字韻母為 a）；淳安的「蔡 tsʰe²²⁴、奈 le⁵³⁵」（其他泰韻端系字韻母
為 ɑ）；遂安的「蔡 tsʰəɯ⁴²²」（其他泰韻端系字韻母為 a）。除此，建
德、壽昌的文讀系統有些字讀同咍韻的咍、泰有別層。總的來說，泰
韻端系字混入咍韻的咍、泰有別層的現象較少見，但非端系特別是見
系字與咍韻合流的則極為常見。從咍、泰合流的見系字音值來看，在
咍、泰韻均存在以聲母為條件分化的方言點，一般合流的咍、泰見系
字主元音同於咍韻端系字，而與泰韻端系字的主元音不同，可見，泰
韻向咍韻的歸併是按聲類條件依次進行的，見系字最早向咍韻歸併，
端系字最後，但這種歸併目前已經中斷。

（3）文白異讀

　　咍、泰韻的異讀中除了條件式音變產生的分化形式、擴散式音變
產生的新舊讀外，在建德、壽昌等地還出現了較為系統的文白異讀。
這些文白異讀從形式上看有的同於咍、泰有別層咍韻的讀音。這就使
得咍、泰韻之間的關係變得更為複雜。

　　總的來看，徽州方言中蟹攝開口一等咍、泰端系字有別，見系字
合流。咍、泰韻存在因條件式音變產生的分化形式、擴散式音變產生
的新舊讀以及文白異讀。

（二）蟹攝二等韻在徽州方言中的音韻表現

　　從上文「蟹攝開口一、二等韻在徽語中的今讀」表中我們看到，

蟹攝開口二等皆、佳、夬三個重韻基本合流。除了黟縣，大多數方言點中這幾個韻存在至少兩種今讀形式，其中也有以聲母為條件的分化，例如，浮梁的蟹開二知系字讀為 ia，非知系字大多讀為 a；有詞彙風格色彩的差異形成的文白異讀，少數見系字發生腭化，文讀為齊齒呼韻母，例如績歙片、旌占片的方言點以及嚴州片的壽昌。還有一些異讀沒有明顯的分化條件。

　　而從主體層讀音來看，雖然也存在如旌占片的旌德和績歙片的績溪、荊州等徽語北部的一些方言點中蟹開二等與一等的合流現象，但二等皆、佳、夬與泰韻端系字同讀而與咍韻字對立是徽州方言的基本音韻特徵。例如：

表3-9　徽州方言中蟹攝部分開口一、二等字的今讀對照表

	排皆	敗夬	奶佳	柴佳	街佳	鞋佳	矮佳	來咍	菜咍	該咍	賴泰	蔡泰
歙縣	pʰa⁴⁴	pʰa³³	na³⁵	sa⁴⁴	ka³¹	xa⁴⁴	ŋa³⁵	lɛ⁴⁴	tsʰɛ³¹³	kɛ³¹	la³³	tsʰɛ³¹³
屯溪	pa⁵⁵	pʰa¹¹	la²⁴	sa⁵⁵	ka¹¹	xa⁵⁵	ŋa³²	lɤ⁵⁵	tsʰɤ⁵⁵	kuɤ¹¹	la¹¹	tsʰa⁵⁵
休寧	pa⁵⁵	pʰa³³	la¹³	sa⁵⁵	ka³³	xa⁵⁵	ŋa³¹	lo⁵⁵	tsʰo⁵⁵	kuɤ³³	la³³	tsʰa⁵⁵
五城	pa²³	pʰa¹²	la⁵⁵	sa²³	ka²²	xa²³	ŋa⁷¹	lɤ⁷³	tsʰɤ⁴²	kuɤ²²	la¹²	tᶊʰa⁴²
黟縣	pa⁴⁴	pʰa³	na⁵³	sa⁴⁴	ka³¹	xa⁴⁴	ŋa⁵³	lau⁴⁴	tʃʰuau³²⁴	kuau³¹	la³	tʃʰa³²⁴
婺源	pʰɔ¹¹	pʰɔ⁵¹	lĩ³⁵	sɔ¹¹	kɔ⁴⁴	xɔ¹¹	ŋɔ²	lɛ¹¹/lɔ¹¹	tsʰɔ³⁵	kɤ⁴⁴	lɔ⁵¹	tsʰɔ³⁵
浙源	pʰɔ⁵¹˙	pʰɔ⁴³	la²¹	sɔ⁵¹	kɔ³³	xɔ⁵¹	ŋɔ²¹	lao⁵¹	tsʰɔ²¹⁵	kuao³³	lɔ⁴³	tsʰɔ⁴³
浮梁	pʰa²⁴	pʰa³³	na²⁴	ɕia²⁴	ka⁵⁵	xa²⁴	ŋa²¹	le²⁴	tsʰe²¹³	kie⁵⁵	la³³	tsʰe²¹³
淳安	pʰɑ⁴⁴⁵	pʰɑ⁵³⁵	lɑ²²⁴	sɑ⁴⁴⁵	kɑ²²⁴	xɑ⁴⁴⁵	ɑ⁵⁵	le⁴⁴⁵	tsʰe²²⁴	ke²²⁴	lɑ⁵³⁵	tsʰe²²⁴
遂安	pʰa³³	pʰa⁵²	la⁵³⁴	sa³³	ka⁵³⁴	xa³³	a²¹³	ləɯ³³	tsʰəɯ⁴²²	kəɯ⁵³⁴	la⁵²	tsʰəɯ⁴²²
建德	pɑ³³⁴	pʰa⁵⁵	nɑ⁴²³	sɑ³³⁴	kɑ⁴²³	xɑ³³⁴	ŋa²¹³	lɛ³³⁴	tsʰɛ³³⁴	kɛ⁴²³	la⁵⁵	tsʰa³³⁴
壽昌	pʰɑ⁵²	pʰa³³	nɑ¹¹²	sɑ⁵²	kɑ¹¹²	xɑ⁵²	ɑ²⁴	lie⁵²	tɕʰiɛ³³	kie¹¹²	la³³	<u>tsʰɛ</u>⁵⁵

　　可見，徽州方言中蟹攝一二等韻的對立主要表現在一等咍韻與二

等皆、佳、夬韻的對立，這種對立等同於上文概括出來的一等重韻哈、泰韻端系字的對立模式，即主元音的「高：低」。

　　上文提及，從主體層讀音來看，二等皆、佳、夬與泰韻端系字同讀而與哈韻字對立是徽州方言的基本音韻特徵。我們從「蟹攝開口一、二等韻在徽語中的今讀」表中觀察到二等韻中除了條件式音變產生的分化形式、疊置式音變產生的文白異讀外，部分方言點的二等韻還存在一些沒有明顯分化條件的今讀形式，其中有如績歙片的績溪、荊州這樣的二等與一等哈韻同讀的現象（例如績溪的「齋=災 tsa^{31}」、荊州的「寨=再 tsa^{35}」），這可視為一二等合流的一種趨勢。除此，還有不同於一等哈、泰韻的讀音，而這些讀音大多同與各音系中的麻韻字，其中，歙縣和祁門的蟹攝二等皆、佳、夬韻與假攝二等麻韻基本合流。例如：

績溪：稗_佳=耙_麻 p^{h}o^{22}　　　　　　曬_佳=舍_麻 so^{35}

　　　差_{佳，出~}=差_{麻，~別} ts^{h}o^{31}

荊州：稗_佳=耙_麻 p^{h}o^{31}　　　　　　曬_佳=舍_麻 so^{35}

　　　差_{佳，出~}=差_{麻，~別} ts^{h}o^{55}

歙縣：擺_佳=把_麻 pa^{35}　　　埋_皆=麻_麻 ma^{44}　　債_佳=炸_麻蔗_麻 tsa^{313}

　　　街_佳階_皆=家_麻 ka^{31}　　矮_佳=啞_麻 ŋa^{35}

屯溪：佳_佳=家_麻 kɔ^{11}　　　涯_佳=牙_麻 ŋɔ^{55}

休寧：稗_佳=耙_麻 p^{h}uːɵ^{33}　　釵_佳=叉_麻 ts^{h}ɔ^{33}　　涯崖_佳=牙_麻 ŋɔ^{55}

五城：稗_佳=耙_麻 p^{h}o^{12}　　　釵_佳=叉_麻 ts^{h}ɔ^{22}　　佳_佳=家_麻 kɔ^{22}

　　　涯崖_佳=牙_麻 ŋɔ^{23}

祁門：稗_佳 p^{h}uːɐ^{33}—耙_麻 p^{h}uːɐ^{55}　　　　　債_佳=炸_麻 tşa^{213}

　　　篩_佳=沙_麻 ṣa^{11}　　　街_佳階_皆=家_麻 ka^{11}

　　　矮_佳=啞_麻 ŋa^{42}

婺源：稗_佳 p^{h}o^{51}—耙_麻 p^{h}o^{11}釵_佳=叉_麻 ts^{h}o^{44}　挨_皆=鴉_麻 ŋo^{44}

浙源：稗_佳=耙_麻 p^ho^{43}　　　差_{出～}釵_佳=差_{～別又麻} ts^ho^{33}

涯崖_佳=牙_麻 $ŋo^{51}$

浮梁：稗_佳=耙_麻 p^ho^{33}

旌德：稗_佳=耙_麻 p^ho^{55}　　　涯崖_佳=牙_麻 $ŋo^{42}$

淳安：稗_佳=耙_麻 p^ho^{535}　　差_{出～}釵_佳=差_{～不多又麻} ts^ho^{224}

曬_佳=沙_麻 so^{224}

遂安：稗_佳=耙_麻 p^ha^{52}　　　曬_佳 $sɑ^{422}$—沙_麻 sa^{534}

建德：稗_佳=耙_麻 p^ho^{55}　　　釵_佳=叉_麻 ts^ho^{423}

壽昌：稗_佳=耙_麻 $p^hɤ^{33}$　　　曬_佳=舍_麻 $ɕyə^{33}$

　　從以上例字今讀形式可知，除了歙縣和祁門的蟹攝二等和假攝二等基本合流外，其他方言裡不同程度存在蟹開二主要是佳韻讀入麻韻的現象，而且讀入麻韻的佳韻字較為一致，主要是「稗、差_{出～}、釵、曬、涯、崖」這樣幾個字。《切韻》時代的麻韻二等[*a]和佳韻[*æi]主元音接近，但麻韻屬開尾韻，佳韻屬元音尾韻。而徽州方言中，包括佳韻在內的蟹攝一、二等韻均丟失了元音韻尾[i]，因為主元音接近，又同為二等韻，所以佳、麻同讀也就不足為怪了。

　　綜上，蟹攝一等咍、泰在端系有別、見系合流，二等皆、佳、夬與一等泰韻（端系）同韻，一、二等韻的對立格局表現為元音的「高：低」，這是現代徽州方言的基本音韻特徵。

三　效攝一、二等韻的結構格局

　　《切韻》時代的效攝一等豪韻[*ɑu]和二等肴韻[*au]主元音很接近，到了宋代，根據朱熹的反切，「肴韻分化為二：唇音字併入豪韻，合成豪包部；喉牙舌齒字併入蕭宵，合成蕭肴部。」[12]這個格局一直

---

12 王力：《漢語語音史》（北京市：商務印書館，2008年），頁340。

留存在今天的北方方言中。而南方方言中豪、肴韻的音韻變化，遠比北方方言複雜。《漢語方音字彙》所列的二十個方言點中，溫州、廣州、陽江、廈門、潮州、福州豪、肴韻均不混。例如（只列白讀）：

溫州：豪韻ɜ，肴韻 uɔ（如：保[ᶜpɜ]≠飽[ᶜpuɔ]，高[ᴄkɜ]≠交[ᴄkuɔ]）

廣州、陽江：豪韻ou，肴韻 au（保[ᶜpou]≠飽[ᶜpau]，高[ᴄkou]≠交[ᴄkau]）

廈門、潮州：豪韻o，肴韻 a（保[ᶜpo]≠飽[ᶜpa]，高[ᴄko]≠交[ᴄka]）

福州：豪韻ɔ，肴韻 a（保[ᶜpɔ]≠飽[ᶜpa]，高[ᴄkɔ]≠交[ᴄka]）

可以看到，在粵、閩方言區如廣州、陽江、廈門、福州等，豪、肴韻的對立格局非常相似，其主元音都是高與低且圓唇與展唇的關係，而吳語區如溫州的豪、肴韻主元音的對立格局是展唇與圓唇的結構關係。

同屬於南方方言，徽州方言中效攝一、二等韻的音韻表現如何呢？下面我們就列出豪、肴韻在徽州方言中的今讀情況（轄字最多的韻母排在最前面，凡有條件限制的在該韻母後列出限制條件，轄字較少又沒有聲母等限制條件的韻母則在該韻母後列出所轄例字）：

表3-10　效攝開口一、二等韻在徽語中的今讀

	豪	肴
績溪	ɤ	ɤ，ie（部分見系字，稍梢捎），o（抓）
荊州	ɤ，o（灶～下：廚房）	ɤ，ie（部分見系字，稍梢），o（抓）
歙縣	ɔ	ɔ，iɔ（部分見系字），ua（抓）

	豪	肴
屯溪	ɤ，o（暴）	o，io（少數見系字），iu（梢），u:ə（抓）
休寧	ɤ，o（暴）	o，io（少數見系字），ɤ（罩笊），iu（梢稍），u:ə（抓）
五城	ɤ，o（褒暴）	o，io（少數見系字），ɤ（泡肥皂~茅罩巢），a:ə（抓）
黟縣	ɤæ，au（暴風~）	au，i:u（稍），a:ə（抓）
祁門	o	o（非知系，淵），a:ɐ（知系），a（巢），ia（稍）
婺源	ɔ，ɒ（暴）	ɒ
浙源	a，ɔu（暴）	ɔu，a（巢）
浮梁	au	au
旌德	ɔ	ɔ，iɔ（部分見系字，稍），ua（抓₂爪₂）
占大	ɒ	ɒ，iɒ（部分見系字），ya（抓爪）
淳安	ə	ə，ei（部分見系字，巢捎梢稍）
遂安	ɔ	ɔ，ə（茅）
建德	ɔ	ɔ，iɔ（部分見系字，<u>巢捎</u>），o（抓捉），ya（抓~圇）
壽昌	ɤ（非幫組），ɯe（幫組），ɑ（<u>褒堡冒島導淘滔潦遭澡豪壕浩奧懊澳</u>）	ɤ（非幫組，卯錨貓三角~:三角架茅~鋪），ɯe（幫組：包~子胞保飽泡刨炮茅~草貌豹），iɤ（少數見系字），ya（抓~牌），u（包~籮:玉米），ɑ（鮑爆跑貌），iɑ（<u>巢較校上~校學~效咬看淆</u>）

　　從表3-10所列內容可見，效攝一等豪韻和二等肴韻保持分立格局的主要集中在徽語休黟片一些方言點中，除了表格上所列的屯溪、休寧、五城、黟縣，還有未列出來的溪口（豪、肴韻分別為ɤ、o）；除此，還有原劃歸休黟片後來劃歸到祁婺片的婺源地區，包括婺源城

關、東鄉的江灣（豪、肴韻分別為 ɤ、ɔ）、北鄉的浙源等。從具體音值來看，除去二等見系字部分腭化外，這些點大多數一、二等韻的主元音保持「展唇：圓唇」的對立格局，如屯溪、休寧、五城的「ɤːoː」，溪口的「əːoː」，江灣的「ɤːɔ」，浙源的「aːɔ」。婺源的「ɔːɒ」較為特殊，豪、肴韻均為圓唇元音，舌位「高：低」的對立格局倒是類與粵、閩方言區一些方言點。黟縣豪、肴韻均讀為複元音，其中肴韻沿襲了《切韻》時代的音值[*au]，一等豪韻的主元音也是個展唇的元音[ɤ]。徽州方言中一、二等豪、肴韻的對立格局與吳語溫州方言相似。[13]

不過，保持一、二等韻分立格局的這些方言點中幾乎都存在少數字打破一二等韻的對立格局從而出現混同的現象，如幾乎每個存在一、二等對立的方言點中都出現了一等豪韻字「暴」讀入二等肴韻的現象，二等肴韻中，如休寧的「罩笟」、五城的「泡肥皂~茅罩巢」、浙源的「巢」都讀同一等豪韻。其中，五城的「泡」在「浸泡」一詞或做形容詞義為「浮躁、不踏實」時讀入二等肴韻的 o，在「肥皂泡」短語中讀入一等豪韻的 ɤ；黟縣的「暴」在「風暴」一詞中讀入二等肴韻的 au，在「暴雨成災」這樣較為書面化的說法中則讀入一等豪韻的ɤɐ。我們從方言韻書中可以推知這些打破一、二等韻對立格局的例外讀音類型至少清代尚未出現。

我們先以休寧南鄉五城方言為例，在《休邑土音》中，一等豪韻「暴」歸入五高韻的「胚」小韻中，同音字組如下：

---

13 吳語中除了溫州，處衢片的常山其豪肴韻分別為ɯu、ɔ，如：寶[ˊpɯu]≠飽[ˊpɔ]，高[ˌkɯu]≠交[ˌkɔ]，其主元音也是展唇與圓唇的關係。我們對《吳語處衢方言研究》中列舉的7個方言點和《當代吳語研究》中所列的三十三個方言點進行觀察，豪肴韻大都失去對立，即使保持分立也只是體現在見系聲母字裡，可見，在徽語與吳語中一、二等分立的溫州、常山等地，豪、肴韻的對立格局相同。使我們有理由相信吳語和徽語之間存在深層次的聯繫，對此我們後文將詳作討論。

　　佩並隊：珮悖並隊暴瀑並號

　　同歸入「胚」小韻置於平聲位置的還有一等豪韻字「袍並豪」，可見「暴」那時候並未讀入二等肴韻中。

　　而今天讀入一等豪韻的二等肴韻字「泡肥皂~茅罩巢」在《休邑土音》中也都未發現與一等豪韻字互見。這幾個字所出現的同音字組如下：

　　拔並黠：抛泡脬滂肴跋並末雹並覺粕滂鐸（歸入三多韻的「拔」小韻）

　　破滂過：頗滂過炮泡滂效怕帕滂祃（歸入三多韻的「拔」小韻）

　　麻明麻：磨明戈蟆明麻矛明尤茅錨明肴（歸入三多韻的「莫」小韻）

　　巢崇肴：矬从戈（歸入三多韻的「昨」小韻，同歸入此韻的肴韻字還有「抄鈔初肴炒初巧」）

　　做精模：罩知效（歸入三多韻的「鐲」小韻，同歸入此韻的肴韻字還有「笊莊效爪找莊巧」）

　　除了休寧南鄉，據羅常培等（2018），在半個多世紀前的城關，「暴」存在同與一等韻的 ɤ（同音字有「杯瀑」）和同與二等韻的 o（同音字有「跑豹」）兩讀。

　　黟縣方言中今天已經讀歸二等肴韻的「暴」在《黟縣方音調查錄》中則是與其他一等韻字同讀為 ɔ 的（同音字有「倍佩珮抱剖」等）。

　　再看婺源環川韻書《新安鄉音字義考正》中豪、肴韻字，今天讀入二等肴韻的豪韻字「暴」在韻書中被歸入入聲卷十一國韻的「佩」小韻下，同音字組如下：

佩並隊：勃並沒珮孛悖焙坯背俏並隊暴瀑並號倍並賄蓓並海

　　今天讀入一等豪韻的看韻字「巢」在韻書中是被作為小韻代表字歸入平聲卷十六交韻下，十六交韻所收絕大多數為看韻字。

　　可見，上述方言中的一、二等混同的那些字至少在清代的韻書中還是與同等地的字同讀的。

　　綜上，效攝一、二等韻在徽州方言的休黟片和祁婺片的部分方言點保持對立的格局，主元音的結構關係主要表現為「展唇：圓唇」的區別，這種對立格局與吳語溫州、常山相似。徽州方言其他點一、二等韻已經合流。

四　咸、山二攝一、二等韻的結構格局

　　咸、山二攝一二等韻所包含的古韻類多且複雜，有一等重韻談、覃韻和合、盍韻，有咸攝的二等重韻咸、銜以及入聲韻洽、狎韻，山攝的山、刪韻以及入聲韻黠、轄韻，有開合口分韻的寒、桓韻和相應的入聲韻曷、末韻。王力（2008）從朱熹反切中發現，到了宋代寒桓與刪山合併為寒山，相應地，曷末與黠轄合併；覃談與咸銜合併為覃咸，相應地，合盍與洽狎合併。宋代的覃咸到元代不變，只有輕唇字（《切韻》凡范梵韻輕唇字）轉入了寒山，可見，咸、山攝開始露出合流端倪。而到了明清，-m 尾消失，咸、山二攝合流。咸、山二攝的一、二等韻在現代漢語方言中有多種不同的反映形式，特別是在南方方言中存在豐富的共時歧異現象。在徽語中，咸、山二攝並未完全合流，一、二等之間的對立也不同程度地保留在部分方言點中，這兩攝的一、二等字部分以聲母為條件出現分化，部分相同音韻地位的韻字又出現無規律分讀現象。我們先以一、二等開口陽聲韻為例，具體如下表所示（轄字最多的韻母排在最前面，凡有條件限制的在該韻母

後列出限制條件，轄字較少又沒有聲母等限制條件的韻母則在該韻母後列出所轄例字）：

表3-11　咸、山攝開口一、二等陽聲韻在徽語中的今讀

	咸		山	
	一等	二等	一等	二等
績溪	覃：ɔ，ã（坎掊暗）；談：ɔ	ɔ	ɔ	ɔ，ã（衒）
荊州	覃：ɔ，ɛ（蠶潭深~礵含~著一嘴水庵暗）；談：ɔ	ɔ	ɔ	ɔ，õ（盼），ã（莧）
歙縣	ɛ	ɛ	ɛ	ɛ
屯溪	ɔ（端系，含），ɛ（見系）	ɔ，u:ə（檻1賺）	ɔ（端系，刊），u:ə（見系）	ɔ（非幫組），u:ə（幫組），iɛ（莧）
休寧	ɔ（端系，坎含），a（見系）	ɔ，u:ə（賺）	ɔ（端系，刊），u:ə（見系）	ɔ（非幫組），u:ə（幫組），i:e（莧）
五城	uɔ（端系，堪勘含），ɛ（見系）	ɔu，u:ə（賺）	uɔ（端系，刊），u:ə（見系）	ɔu，iɛ（莧）
黟縣	ɔɐ（端系，橄坎砍含），uɑŋ（見系），ɑŋ（暗）	ɔɐ	ɔɐ（端系，刊），u:ŋ（見系）	ɔɐ
祁門	õ，uæ̃（坎掊暗汨敢），ɐ̃:u（蠶），ã（三）	õ，ũ:ɐ（賺饞）	õ（端系，刊干~時安鞍按~時案岸），ũ:ɐ（見系）	õ（非幫組），ũ:ɐ（幫組，產小~），ĩ:ɐ（莧雁）
婺源	um（端系），ĩ（見系），m（暗）	um（知系），ĩ（見系）	om，m（岸安鞍按案），um（擔），ĩ（刊）	om（非見系），ĩ（見系）
浙源	õ，əŋ（暗）	õ，ũ（賺）	õ（端系，刊寒2小~韓），ũ（見系，珊）	õ，ĩ（莧）
浮梁	o（端系），iən（見系），əɳ（蠶），uən（暗）	o	o（端系），iən（見系）	o
旌德	e（非精組），æ	æ	e（非精組），æ	æ

	咸		山	
	一等	二等	一等	二等
占大	ɔ̃（端系），ĩ（大部分見系字，男南罳），ã（簪三，小部分見系字）	ɔ̃，iɛ̃（部分見系字），ã（站蘸岩）	ɔ̃（非見系，刊），ĩ（見系），ã（靬）	ɔ̃，iɛ̃（部分見系字），ã（棧疝）
淳安	覃：ã，ɑ̃（耽參~加慘） 談：ã（端系），ɑ̃（見系）	ã，ɑ̃（站）	ã（端系），ɑ̃（見系）	ã
遂安	ã（端系，含龕喊），ɔ̃（見系），ən（坩礛）	ã	ã（端系），ɔ̃（見系），ã（岸）	ã
建德	ε ã（文讀）	ε ã、iã（文讀）	ε ã（文讀）	ε iã（文讀）
壽昌	覃：iɛ（端系），ie（見系），uə（耽）； 談：uə（端系），ie（見系） ã（文讀）	uə（見系），yə（知系）	uə（端系），ie（見系），yɔ（餐） ã（文讀）	uə（間顏眼莧），yə（知系），ʅ（幫組） ã（文讀）

根據表3-11所列內容，我們接下來從三個方面討論徽州方言中咸、山二攝一、二等韻今讀情況：

（一）一等重韻覃、談韻的音韻表現

《切韻》的開口一等重韻包括蟹攝的咍、泰韻和咸攝的覃、談韻，前文我們提及蟹攝的咍、泰韻在徽州方言中的音韻表現大體上是端系有別、見系合流。而同為一等重韻的覃、談韻是不是也有相類似的表現呢？

從上面「咸、山攝開口一、二等陽聲韻在徽語中的今讀」表中，我們看到，顯示一等重韻覃、談有別的只有績歙片的績溪、荊州和嚴州片的淳安、壽昌。其中績溪、荊州，覃、談韻的主體層讀音已經混同為ɔ，而覃韻的另一今讀形式不見於談韻字，績溪覃韻的這一異讀形式ã主要見於見系字「坎揞暗」；荊州覃韻的異讀形式ε在端系、見

系均有分布：「蠶潭深~礪含~著一嘴水庵暗」，其中「潭」在地名「鷹潭」裡、「含」在「包含」這樣較書面化的語詞中讀入代表覃、談相混層次的今讀形式 ɔ，而在較為口語化的語詞中讀的是不見於談韻字的讀音 ɛ。嚴州片的淳安、壽昌，覃、談韻在端系保持對立格局，而在見系則合流。與蟹攝一等重韻咍、泰韻的對立格局很相似。例如：

淳安：貪覃 tʰã²²⁴≠坍談 tʰã²²⁴　　　　　　潭譚覃 tʰã⁴⁴⁵≠談痰談 tʰã⁴⁴⁵

　　　南男覃 lã⁴⁴⁵≠籃藍談 lã⁴⁴⁵　　　　　感覃＝敢橄談 kã⁵⁵

壽昌：潭覃 tʰiɛ⁵²≠談痰談 tʰuə⁵²　　　　南男覃 liɛ⁵²≠籃藍談 luə⁵²

　　　簪覃 tɕiɛ¹¹²蠶覃 ɕiɛ⁵²—三談 suə¹¹²

　　　含覃 ɕiɛ⁵²庵覃 iɛ¹¹²暗覃 iɛ³³—甘柑泔談 kiɛ¹¹²敢談 kiɛ²⁴

除了績溪、荊州、淳安、壽昌，徽州方言其他點未見一等重韻覃、談有明顯的對立。

（二）咸、山攝一、二等韻之間的關係

從上面「咸、山攝開口一、二等陽聲韻在徽語中的今讀」表中，我們看到，在徽州方言中，咸、山攝一、二等韻間保持對立程度較高的是嚴州片的壽昌。例如：

非見系（開口陽聲韻）：一等 iɛ、uə：二等 yə、ɤ

見系（開口陽聲韻）：一等 iɛ：二等 uə

雖然壽昌一、二等韻在不同聲母后出現分化，分布在一、二等韻的古聲類不盡相同，但分化後的今讀形式在相同的聲類條件下例如見系聲母後還是存在對立的。例如：

干一等寒韻 kie^{112}≠間二等山韻 kuə^{112}

敢一等談韻 kie^{24}≠減二等咸韻 kuə^{24}

岸一等寒韻 ŋie^{112}——眼二等山韻 ŋuə^{534} 顏二等刪韻 ŋuə^{52}

　　除了壽昌，徽州方言中咸、山二攝一、二等韻之間的關係因聲母不同而不同，在部分聲母後合流，而在某些聲母後還留有對立的痕跡，這裡說的某些聲母主要指的是見系聲母。例如：

表3-12　徽語部分方言點咸、山攝開口一、二等陽聲韻字的今讀

		咸攝				山攝				
	一等	三談	參~加,覃	感覃敢談	暗覃	餐寒	傘寒	干天~,寒	寒寒	岸寒
	二等	杉咸衫衫銜	饞咸	減咸	岩銜	盞山	產山	間時~,山	閑山	顏刪
屯溪	一等	sɔ^{11}	tsʰɔ^{11}	kɛ^{32}	ŋɛ^{55}	tsʰɔ^{11}	sɔ^{32}	kuːə^{11}	xuːə^{55}	uːə^{11}
	二等		tsʰɔ^{55}	kɔ^{32}	ŋɔ^{55}	tsɔ^{32}		kɔ^{11}	xɔ^{55}	ŋɔ^{55}
休寧	一等	sɔ^{33}	tsʰɔ^{33}	ka^{31}	ŋa^{55}	tsɔ^{33}	sɔ^{31}	kuːə^{33}	xuːə^{55}	uːə^{33}
	二等			kɔ^{31}	ŋɔ^{55}	tsɔ^{31}		kɔ^{33}	xɔ^{55}	ŋɔ^{55}
五城	一等	sɔu^{22}	tsʰɔu^{22}	kɛ^{21}	ŋɛ^{42}	tsʰɔ^{22}	sɔ^{21}	kuːɐ^{22}	xuːɐ^{23}	uːɐ^{12}
	二等		sɔu^{23}	kɔ^{21}	ŋɔ^{23}	tsɔ^{21}	tsʰɔ^{21}	kɔ^{22}	xɔu^{23}	ŋɔ^{23}
黟縣	一等	soɐ^{31}	tʃʰoɐ^{31}	kuaŋ^{53}	vaŋ^{324}	tʃʰoɐ^{31}	soɐ^{53}	kuːɐ^{31}	xuːɐ^{44}	ŋoɐ^{3}
	二等		tʃʰoɐ^{44}	koɐ^{53}	ŋoɐ^{44}	tʃoɐ^{53}		koɐ^{31}	xoɐ^{44}	ŋoɐ^{44}
祁門	一等	sã^{11}	tsʰõ^{11}	kõ^{42}-kuæ^{42}	uæ^{213}	tsʰõ^{11}	sõ^{42}	kũːɐ^{11}	xuːɐ^{55}傷~/xõ^{55}感冒~假	ŋõ^{33}
	二等	ʂõ^{11}	ʂũːɐ^{55}	kõ^{42}	ŋõ^{55}	tʂõ^{42}	ʂũːɐ^{42}	kõ^{11}	xõ^{55}	ŋõ^{55}
婺源	一等	sum^{44}	tsʰum^{44}	kɤ^{2}	ŋuin^{35}	tsʰom^{44}	som^{2}	kom^{44}	xom^{11}	m'^{51}
	二等		tsʰum^{11}		/m^{35}	tsom^{2}		kɤ^{44}	xɤ^{11}	ŋɤ^{11}
浙源	一等	sõ^{33}	tsʰõ^{33}	kõ^{21}	ŋəŋ^{215}	tsʰõ^{33}	sõ^{21}	kũ^{33}	xũ^{51}	ũ^{43}
	二等		tsʰõ^{51}		ŋõ^{51}	tsõ^{21}		kõ^{33}	xõ^{51}	ŋõ^{51}

		咸攝				山攝				
浮梁	一等	so^{55}	tsʰo^{55}	kiən^{21}	uən^{213}	tsʰo^{55}	so^{21}	kiən^{55}	xiən^{24}	ŋiən^{33}
	二等	ʂo^{55}	ʂo^{24}	ko^{21}		tʂo^{21}	ʂo^{21}	ko^{55}	xo^{24}	ŋo^{24}
占大	一等	sã^{11}	tsʰɔ^{11}	kã^{213}-kɤ^{213}	ŋɤ̃^{55}	tsʰɔ^{11}	sɔ^{213}	kɤ^{11}	xɤ^{33}	ŋɤ̃^{55}
	二等	sɔ^{11}	tsʰɔ^{33}	tɕiẽ^{213}	ŋã^{33}	tsɔ^{213}	sɔ^{213}/tsʰɔ^{213}	tɕiẽ^{11}	xɔ^{33}/ɕiẽ^{33}	iẽ^{33}
淳安	一等	sã^{224}	tsʰã^{224}	kã^{55}	ã^{224}	tsʰã^{224}	sã^{55}	kã^{224}	xã^{445}	ã^{535}
	二等		tsʰã^{445}	kã^{55}	ã^{445}	tsã^{55}		kã^{224}	xã^{445}	ã^{445}
遂安	一等	sã^{534}	tsʰã^{534}	kɔ^{213}	ɔ^{422}	tsʰã^{534}	sã^{422}	kɔ^{534}	xɔ^{33}	ã^{52}
	二等			kã^{213}	ã^{33}	tsã^{213}	sã^{213}	kã^{534}	xã^{33}	ã^{33}

　　從表3-11和表3-12所列內容，我們看到，徽語所列出來的五片十七個方言點中，休黟片的屯溪、休寧、五城、黟縣和祁婺片的祁門、浮梁和旌占片的占大以及嚴州片的淳安、遂安，咸、山攝一、二等（開口陽聲韻）今讀情況大體是見系有別，其他聲母後相混。而祁婺片的婺源、浙源的咸攝一、二等相混；而山攝一、二等見系有別，其他聲母後相混。咸、山攝一、二等韻之間的區別只體現在見系，具體對立格局如下：

u:ə：ɔ（屯溪的山攝）　　　　ɔ：ɜ（屯溪的咸攝）　　　iən：o（浮梁的咸、山攝）

u:ə：ɔ（休寧的山攝）　　　　ɔ：a（休寧的咸攝）　　　ɤ̃：ɔ̃/iẽ（占大的咸、山攝）

u:ə：ɔ/ou；a:ŋ（五城的山攝）　ɔ：ɜ（五城的咸攝）　　　ã：ã（淳安的咸、山攝）

ɔ：o；a:ŋ（黟縣的山攝）　　　uɑŋ：ɐo（黟縣的咸攝）　　ɔ̃：ã（遂安的咸、山攝）

ũɐ：ɔ̃（祁門的山攝）　　　　uæ̃：ɔ̃（祁門的咸攝）

om：mo（婺源的山攝）

ũ：ɔ̃（浙源的山攝）

　　從以上各點的對立格局我們看到，休黟片的方言點如屯溪、休寧、五城、黟縣和祁婺片的大部分方言點如祁門、婺源、浙源等，

咸、山二攝的見系字今讀存在對立（對此我們下文還將探討）。這些點中除了婺源，山攝一等開口見系字均為合口呼韻母，而且主元音均為後高元音 u（徽州方言中「uːə」類形式中，前面的高元音 u 雖然處於介音的位置但不是介音，整個音節是前重後輕、前長後短，所以 u 是韻腹即主元音，而後面的ə是韻尾），二等韻的主元音為 o/ɔ/ɤ，山攝一、二等見系字的對立格局基本表現為主元音的「高：低」，與前文分析過的歌、麻韻以及蟹攝一、二等韻主元音的對立格局相同。在咸、山二攝見系字對立的這些方言點中，咸攝一等見系字主元音大多是個展唇的元音，一、二等見系字的對立格局基本可以概括為主元音的「展唇：圓唇」，與前文分析過的效攝一、二等對立格局相似。而在咸、山攝已經混同的方言點，例如浮梁、占大、淳安、遂安，一、二等見系字的對立格局基本表現為主元音的「前：後」。

　　以上所歸納出來的咸、山攝一、二等韻之間的對立格局是就見系字的主體層讀音而言的，我們從上面「咸、山攝開口一、二等陽聲韻在徽語中的今讀」表中可以看到，咸、山二攝不是所有字都整齊劃一地歸入各自的對立格局，尤其是咸開一見系字與其他聲組字保持有效區別的範圍由中心徽語區向外圍逐漸減少。下面我們按照字數由多到寡依次列出各方言點咸攝開口一等見系字中與咸開一、二其他字表現不同的字：休寧的「甘泔柑感敢橄堪勘砍庵暗憾」、屯溪的「泔甘感敢橄坎砍堪庵暗揞」、五城的「甘柑泔感敢橄砍坎庵暗」、黟縣的「甘柑疳感敢堪庵暗」、祁門的「泔敢坎揞捂住，蓋住暗漆~：漆黑」、漁亭的「甘柑泔敢」、江灣的「甘柑泔暗」。這種共時層面上表現出來的地域差異實際上是咸攝一、二等見系字由分立趨向合流的反映，而這種由分立趨向合流的現象也可以從方言韻書與今天方言的對比中觀察出來。我們以清代休寧南鄉方言韻書《休邑土音》和今天休寧南鄉方言五城話為例。《休邑土音》中咸開一見系字與其他聲組字歸入不同韻部的有「甘柑泔疳見談贛見勘感見感敢見敢堪溪覃勘墈溪勘坎砍轗溪感庵諳影

覃暗影勘憨蚶曉談邯匣談撼[14]匣感憾匣勘」這樣二十一個字，除了現在發音人無法識讀的一些書面語用字外，韻書中，不同於一、二等其他字的咸開一見系字比現在的五城話要多。當然，韻書中也有少數咸開一見系字與其他聲組字表現無異，例如「龕溪覃瞰溪闞橄見敢喊曉敢撼匣感含函涵匣覃」與咸開一端系字、咸開二非見系字一同歸入下冊四間部。總體來看，從韻書到今天的五城話，咸開一見系字與其他聲組字保持區別的程度已經減弱。

　　以上我們分析了徽州方言中咸、山攝一、二等韻之間的關係，看到一、二等韻之間的對立大多僅表現為一、二等的見系字不同韻，而一、二等見系字對立格局表現不一，主要表現為主元音的「高：低」，除此，也有主元音的「展唇：圓唇」和「前：後」。這與見系聲母的特殊性有關。咸、山二攝見系一、二等保持對立這種現象在吳語中也是極為常見的。《中國語言地圖集》舉出吳語語音的十二項共同特點，其中第七項便是「咸、山兩攝見系一、二等不同韻」。當然這種現象也見於漢語其他方言中，在官話區，一、二等基本合併，而二等的見系字增生介音後發生腭化從而與一等見系字保持對立；在非官話區，尤其是南方方言區，見系字的演變方式不同於非見系字，還保留著一、二等分立的痕跡。而且一等見系字往往自成一體，非見系字與二等見系字一般為一類。例如（以咸、山二攝舒聲字為例）：

　　蘇州：一等開口見系、一等合口非見系字讀成ø，一等開口非
　　　　　見系字和二等開口字白讀為E。
　　溫州：一等見系字大多讀成ø和 y（咸攝一等的「簪參蠶慘男
　　　　　南探」等字也讀成ø），一等開口非見系字和二等開口字
　　　　　大多讀為 a。

14　「撼匣感」還見於下冊四間部，與咸山攝一、二等其他聲組字同見。

雙峰：一等開口見系字白讀為 ua，一等開口非見系字和二等
　　　開口字讀成ɒ̃；

南昌：一等開口見系字和一等合口字讀為ɔn，一等開口非見系
　　　字（咸攝的「貪壇探簪蠶」卻讀成ɔn）和二等開口字讀
　　　為 an。

梅縣：咸攝一等讀為 am；山攝一二等非見系字讀為 an，一等
　　　見系開口字和一等非見系合口字同讀為ɔn，二等見系開
　　　口字則讀為 ian。

廣州、陽江：咸攝一等非見系字和二等字讀為 am，山攝一等
　　　　　非見系字和二等字讀為 an，咸攝一等見系字讀為ɐm，
　　　　　山攝一等見系字則讀為ɔn。

　　以上所列的是咸、山二攝見系字在吳語、湘語、贛語、客家話、粵語這五大南方方言代表點的今讀情況，可以看到，不管哪個代表點，一等見系字的讀音都表現得較為特殊。

（三）咸、山二攝之間的關係

　　從前文「咸、山攝開口一、二等陽聲韻在徽語中的今讀」表中，我們看到，咸、山二攝在徽語中大多已經合流。但在少數方言點，咸、山二攝保持一定程度的對立，其中對立程度較高的是祁婺片的婺源，咸攝與山攝（主要是一、二等韻）同等次的韻母保持有效的區別。例如：

耽端覃擔端談tum⁴⁴≠丹單端寒tom⁴⁴　南男泥覃lum¹¹≠難泥寒lom¹¹　　斬莊咸tsum²≠盞tsom²

三心談杉生咸衫生術sum⁴⁴≠山som⁴⁴　甘柑見談kɿ̃⁴⁴≠干肝竿見寒kom⁴⁴　含函匣覃xɿ̃¹¹≠寒匣寒xom¹¹

　　不過，婺源的咸、山攝之間也出現了合流的趨勢，主要表現在咸攝一、二等的見系字與山攝二等的部分見系字同讀為ɿ̃或 m。

　　除了婺源，徽語中還有部分方言點，咸、山二攝基本合流，只在一等見系字保持一定程度的對立，相同的聲母條件下咸、山二攝出現了不同的今讀形式。例如：

　　咸開一見系字與山開一見系字，在屯溪有ε和uːə的對立，在休寧有a和uːə的對立，在五城有ε和aːɐ的對立，在黟縣有uɑŋ和uːɐ的對立，在祁門有uæ和ũːɐ的對立，在浙源有ũ和õ的對立。具體例字今讀形式如下：

	泔_{見談}—干_{_濕，見寒}	敢_{見談}—趕_{見寒}	含_{見覃}—寒_{傷_：感冒，見寒}	暗_{見覃}—按_{見寒}
屯溪	kε¹¹—kuːə¹¹	kε³²—kuːə³²	xɔ⁵⁵—xuːə⁵⁵	ŋε⁵⁵—uːə⁵⁵
休寧	ka³³—kuːə³³	ka³¹—kuːə³¹	xɔ⁵⁵—xuːə⁵⁵	ŋa⁵⁵—uːə⁵⁵
五城	kε²²—kuːɐ²²	kε²¹—kuːɐ²¹	xɔ²³—xuːɐ²³	ŋε⁴²—uːɐ⁴²
黟縣	kaŋ³¹—kuːɐ³¹	kaŋ⁵³—kuːɐ⁵³	xoɐ⁴⁴—xuːɐ⁴⁴	vɑŋ³²⁴—vuːɐ³²⁴
祁門	kuæ̃¹¹—kũːɐ¹¹	kuæ̃⁴²—kũːɐ⁴²	kʰõ⁵⁵—xũːɐ⁵⁵	uæ̃²¹³—ŋũːɐ²¹³_{摁，擤/}ŋõ²¹³_{~時}
浙源	kõ³³—kũ³³	kõ²¹—kũ²¹	xõ⁵¹—xũ⁵¹	ŋən²¹⁵—ŋũ²¹⁵

　　歷史比較法告訴我們，如果韻母的不同是以聲母為條件的，則它們可能是後來以聲母為條件的分化，而相同的聲母條件下咸、山二攝的韻母出現對立，說明這些點還保有咸、山二攝的區別。只不過，以上提到的這些方言點咸、山二攝的區別只能體現在見系聲母字中，這種區別應該與各自的韻尾有一定關係，我們想這兩攝在鼻音韻尾發生變化（或弱化、或消失）之前韻母就已經發生變化，不然我們找不到合流之後再分化的語音條件。

　　綜上，我們從咸攝一等重韻覃、談韻的表現，咸、山攝一、二等韻之間的關係，咸山攝之間的關係這三個角度分析了咸、山二攝一、二等韻在徽州方言中的音韻表現，看到了績歙片的績溪、荊州和嚴州片的淳安、壽昌一等重韻覃、談有別；咸、山攝一、二等韻之間的對立大多僅表現為一、二等的見系字不同；徽州方言中，咸、山攝之間

的對立趨於消失，但休黟片和祁婺片的一些方言點咸、山攝一等見系字不同韻。

　　見系字特殊的演變方式使得元音的特點與「等」的關係呈現出參差和交叉，平行結構出現了非平行演變，看來，「語言的演變，並不一定朝著使分布更均衡、使結構更對稱的這條路走的，至少這不是唯一的一條路。」[15]徽州方言咸、山二攝一、二等的結構關係便是如此。

五　宕、梗攝一二等韻的結構格局

　　中古音系中宕攝和梗攝都帶有舌根輔音韻尾[-ŋ]/[-k]，宕攝有一、三等韻，梗攝有二、三、四等韻，學者們大多將宕攝一等韻擬為 $*aŋ/k$，將梗攝二等韻擬為 $*aŋ/k$（梗攝二等有一對重韻：耕韻和庚二韻，至遲在東漢時來自陽部的庚韻已經同來自耕部的耕韻相通了。在魏晉時期的韻文中，《切韻》耕、庚二兩韻的字已經可以互押，那就是說耕、庚二已經合流了，發展到現代漢語方言中，一般耕、庚二兩韻的字讀音也已經不再有任何區別了），拿宕攝一等韻和梗攝二等韻相配，一、二等韻的主元音形成後 $*a$ 和前 $*a$ 的對立格局。李榮先生認為，漢語「從古音演變到現代漢語方言，當中有一個階段，梗攝的元音接近前[a]。區別於梗攝，宕攝的元音接近於後[ɑ]」[16]。下面我們將以現代徽州方言為例，宕、梗攝開口一、二等韻在現代徽州方言五片十七個方言點中的今讀情況如下：

15　何大安：《規律與方向：變遷中的音韻結構》（北京市：北京大學出版社，2004年），頁66。

16　李榮：〈我國東南各省方言梗攝字的元音〉，《方言》1996年第1期，頁5。

表3-13　徽州方言宕、梗攝開口一二等韻的今讀

	宕攝（一等韻）		梗攝（二等韻）	
	舒聲韻	入聲韻	舒聲韻	入聲韻
績溪	ɔ̃，iɔ̃（剛）	oʔ	ã/ẽi，iã（幸行~不~：品~鸚鶯櫻鸚），ɔ̃（盲浜蚌），ɔ（打），uẽi（梗）	ɔʔ（非知系，摘），iaʔ（知系），ɤʔ（核）
荊州	ɔ̃，iɔ̃（剛），ɤ（昂）	ɔʔ	ε/ɔ̃，iε（部分見系字），ɔ̃（盲浜蚌），ɔ（打），ɛ̃u（梗菜~）	ɔʔ（非知系），iaʔ（知系），oʔ（擇~菜），ɤʔ（核）
歙縣	a（非幫組），o/ʊ（幫組）	ɔʔ（清入），ɔ（濁入），o（昨）	ã，ɜ/ʌ（耕更五~坑硬），iʌ̃（幸行品~鸚櫻鸚鶯），ɔ（蚌）	ɜʔ（清入），ɛ（濁入）
屯溪	au，iau（剛）	o	ε，iːe（生甥），ɛn（烹彭膨棚猛），an（棚猛），ian（筝澄），a（打）	a，ɤ（額核~桃）
休寧	au	o	a，ia（大部分知系、見系字），an（迸彭膨棚孟₂猛）	a
五城	ɔu，uɔi（剛~ㄜ）	o	ε，iε（大部分知系、見系字），an（烹膨彭棚猛蚌~埠），ian（筝橙澄）	a
黟縣	oŋ	au	a，ɐɜ（萌孟冷），iɐɜ（櫻鸚鶯），ɑŋ（棚猛）	a，ɑːu（核果~兒）
祁門	ɔ̃（非幫組），ũːɐ（幫組，倉谷~葬藏短期釀制），iɔ̃（剛~~）	o	ã（非幫組，虻），ŋɐ（幫組），ɐ̃（彭~龍：地名冷省），æn（筝橙），iæn（櫻鸚鶯人名），a（打）	a，ua（核~桃）
婺源	ã	ɒ	ɔ̃，mɔ̃（棚）	ɔ，o（摘責）
浙源	ɔ̃u，uɔi（剛）	ɔu	ã，əŋ（迸烹棚猛孟），iã（櫻鸚鶯），uã（梗菜~）	ɔ，a（核~桃），ao（核桃~）

	宕攝（一等韻）		梗攝（二等韻）	
	舒聲韻	入聲韻	舒聲韻	入聲韻
浮梁	aŋ	au，o（摸昨）	a（見系），ia（知系），aŋ（迸蚌猛），oŋ（棚），ai（冷鸚）	a，ia（知系）
旌德	o	o	e，əŋ（幫組），iŋ（少數見系字）	e，u（核梨~）
占大	ɔ̃，iɔ̃（剛~~）	o	ã（撑掌爭生牲甥省$_1$節約坑硬櫻），oŋ（部分幫組字），ɛ̃（更埂梗羹庚硬），ən（粳亨衡耕耿），in（冷莖哽杏行~為鶯鸚幸）	a，ɛ（魄澤窄責策冊），uɤ（核梨~）
淳安	ɑ̃，ɒm（囥）	oʔ，ɑʔ（泊作昨托落烙酪絡洛樂），uʔ（惡）	ã，en（烹彭膨孟更粳耿衡），ɒm（迸棚蚌萌猛），in（幸鸎櫻鸚），uã（梗）	aʔ，əʔ（革核桃~）
遂安	om/ã	ɔ	ã，ən（烹棚等睁$_2$羹更~加粳衡），ṅ（鸎櫻鸚），ã（浜盲虻），en（萌），uã（梗）	a，uəɯ（核桃~）
建德	o，ɛ（幫旁膀）	o，u（各擱惡薄），əʔ（作）	ɛ，en（彭棚烹羹$_2$甌~），in（櫻鸚），aom（猛孟）	ɑ，uəʔ（核桃~）
壽昌	ã	ɔʔ	ã，uã（梗），mɒ（棚），en（烹箏更~加衡），ien（櫻）	əʔ，uəʔ（核桃~）

　　從表3-13所列內容，我們看到，梗攝二等韻比宕攝一等韻表現複雜，特別是舒聲韻，徽州方言中，梗攝二等韻都出現了不同程度的分化，大部分分化以聲母為條件，例如，很多方言點的幫組聲母表現特殊：有的方言點其他聲組字鼻韻尾已經脫落只有主元音保留鼻化色彩，而幫組字卻保留鼻韻尾，例如祁門、浙源的非幫組字與幫組字形

成「ã：əŋ」的互補分布格局；有的方言點其他聲組字鼻韻尾脫落後與陰聲韻字合流，而幫組字還保留鼻韻尾，如休黟片的一些方言點。很多方言點的見系聲母表現也比較特殊，部分見系字發生腭化後今讀為齊齒呼韻母。除此，部分方言點梗攝二等字出現了沒有明顯分化條件的的異讀現象。

徽州方言中，宕、梗攝一、二等的舒聲韻與入聲韻發展不完全平行，下面我們分別考察一、二等韻的結構關係。

（一）宕、梗攝一、二等舒聲韻的結構關係

從「徽州方言宕、梗攝開口一、二等韻的今讀」表中，我們看到，十七個方言點中，僅有嚴州片的淳安，宕、梗攝開口一、二等韻出現合流現象。例如：

忙$_{宕唐}$＝盲虻$_{梗庚}$ mã^{445}　　　朗$_{宕唐}$ lã^{535}—冷$_{梗庚}$ lã^{55}　　　髒$_{宕唐}$＝爭$_{梗耕}$ tsã^{224}

桑喪$_{宕唐}$＝生牲甥$_{梗庚}$ sã^{224}　　剛$_{宕唐}$＝庚$_{梗庚}$耕$_{梗耕}$ kã^{224}　　康糠$_{宕唐}$＝坑$_{梗庚}$ kʰã^{224}

其餘方言點宕、梗攝開口一、二等韻呈對立關係。這些方言點中，嚴州片的壽昌、遂安宕、梗攝一、二等主元音保持中古音系中的「ɑ：a」的對立格局。例如：

	郎$_{宕唐}$	藏$_{隱～,宕唐}$	喪$_{～失,宕唐}$	剛$_{宕唐}$	康$_{宕唐}$	冷$_{梗庚}$	撐$_{梗庚}$	生$_{梗庚}$	庚$_{梗庚}$耕$_{梗耕}$	坑$_{梗庚}$
遂安	lã^{33}	tsʰã^{213}	sã^{422}	kã^{534}	kʰã^{534}	lã^{422}	tsʰã^{534}	sã^{534}	kã^{534}	kʰã^{534}
壽昌	lã^{52}	sã^{52}$_{醃}$	sã^{112}	kã^{112}	kʰã^{112}	nã^{534}	tsʰã^{112}	sã^{112}	kã^{112}	kʰã^{112}

壽昌、遂安是深入浙江的徽語，這兩個點的宕、梗攝一、二等韻今讀情況與北部吳語區的上海、蘇州、無錫、常熟、嘉定、松江、崇明等地宕、梗攝一、二等韻今讀情況相同，韻母基本都是「ã：ã」的對立。

　　餘下方言點宕、梗攝大多能維持一、二等韻主元音「後：前」的關係，即，宕攝一等主元音基本沿著後低元音發展方向演變。一般來說，中古音系中，舌面後元音的發音以圓唇為正則，以高化為演變趨勢。宕攝一等的主元音便可能循著ɑ＞ɒ＞ɔ＞o這樣的演化路徑發展，或者裂變為複元音；而梗攝二等主元音是個前低元音，一般順著前元音的途徑發展，在徽州方言中，梗攝字今讀基本是個前元音。所以，徽州方言的大多數方言點宕、梗攝一、二等主元音表現出「高：低」兼「圓唇：展唇」的結構格局，少數點則表現為「後：前」的結構關係。例如：

表3-14　徽語部分方言點宕、梗攝一、二等陽聲韻字的今讀

	宕攝一等					梗攝二等				
	狼	葬	喪~事	綱	糠	冷	爭	生	庚	坑
績溪	nõ⁴⁴	tsõ³⁵	sõ³¹	kõ³¹	kʰõ³¹	nẽi²¹³	tsã̃³¹	sã³¹	kã³¹	kʰã³¹
荊州	nõ³³	tsõ³⁵	sõ⁵⁵	kõ⁵⁵	kʰõ⁵⁵	nɔ̃²¹³	tsɛ⁵⁵	sɛ⁵⁵	kɔ̃⁵⁵	kʰɔ̃⁵⁵
屯溪	lau⁵⁵	tsau⁵⁵	sau¹¹	kau¹¹	kʰau¹¹	lɛ²⁴	tsɛ¹¹	ɕi:e¹¹	kɛ¹¹	kʰɛ¹¹
休寧	lau⁵⁵	tsau⁵⁵	sau³³	kau³³	kʰau³³	la¹³	tsa³³	ɕia³³	ka³³	kʰa³³/tɕʰia³³
五城	lɔu²³	tsɔu⁴²	sɔu²²	kɔu²²	kʰɔu²²	lɛ¹³	tɕiɛ²²	ɕia²²/ɕiɛ²²	kɛ²²	tɕʰiɛ²²
黟縣	loŋ⁴⁴	tsoŋ³²⁴	soŋ³¹	koŋ³¹	kʰoŋ³¹	lɛɤ⁵³	tʃa³¹	sa³¹	ka³¹	kʰa³¹
祁門	nõ⁵⁵	tsũ:ɐ²¹³	sõ¹¹	kõ¹¹	kʰõ¹¹	næ	tʂã¹¹	ʂã¹¹	kã¹¹	kʰã¹¹
浙源	lõu⁵¹	tsõu²¹⁵	sõu³³	kõu³³	kʰõu³³	lã²⁵	tsã³³	sã³³	kã³³	kʰã³³
旌德	lo⁴²	tso²¹³	so³⁵	ko³⁵	kʰo³⁵	le²¹³	tse³⁵	se³⁵	ke³⁵	kʰe³⁵
占大	nɔ̃³³	tsɔ̃⁵⁵	sɔ̃¹¹	kɔ̃¹¹	kʰɔ̃¹¹	nin²¹³	tsã¹¹	sã¹¹	kɤ̃¹¹	kʰã¹¹
建德	no³³⁴	tso³³⁴	so⁴²³	ko⁴²³	kʰo⁴²³	nɛ²¹³	tsɛ⁴²³	sɛ⁴²³	kɛ⁴²³	kʰɛ⁴²³

　　除此，祁婺片的婺源、浮梁和績歙片的歙縣，宕、梗攝一、二等韻表現較為特殊。特別是婺源，宕、梗攝的一、二等主元音形成的是

「低：高」的對立格局，與徽語中的一、二等韻主元音的主體對立格局剛好相反（除了陽聲韻，婺源宕、梗攝一、二等入聲韻的結構關係也是表現為「低：高」）。婺源的宕、梗攝一、二等表現跟湘語雙峰方言相類，雙峰方言宕、梗攝一二等陽聲韻形成「aŋ：ŏ」的對立格局。大概是宕攝一等韻較為穩定，沒有發生後高化音變，而二等梗攝發展速度較快，發生了後高化的音變。

（二）宕、梗攝一、二等入聲韻的結構關係

從「徽州方言宕、梗攝開口一、二等韻的今讀」表中，我們看到，徽州方言中，宕、梗攝一、二等入聲韻不同韻，就是宕、梗攝一、二等舒聲韻合流的淳安，除了一等入聲韻小部分混入二等入聲韻外，大部分一等入聲韻與二等入聲韻也形成了「oʔ：aʔ」的對立格局。宕攝一等入聲韻鐸韻在徽州方言中多為 o 類元音，或者是裂變為 au 類複元音；而梗攝二等入聲韻大多為低元音，大多數方言點的一、二等韻基本形成主元音舌位「高：低」的對立關係，少數方言點不具備主元音「高：低」的對立關係的，便會表現為「圓唇：展唇」的對立關係。例如：

表3-15　徽語部分方言點宕、梗攝一、二等入聲韻字的今讀

	宕攝一等					梗攝二等				
	博	作	昨	各	惡	百	摘	拆	格隔	額
績溪	$po?^{32}$	$tso?^{32}$	$tsho?^{32}$	$ko?^{32}$	$ŋo?^{32}$	$po?^{32}$	$tso?^{32}$	$tɕhia?^{32}$	$ko?^{32}$	$ŋo?^{32}$
荊州	$po?^{3}$	$tso?^{3}$	$tsho?^{3}$	$kho?^{3}/ko?^{3}$	$ŋo?^{3}$	$po?^{3}$	$tso?^{3}$	$tɕhia?^{3}$	$ko?^{3}$	$ŋo?^{3}$
歙縣	$pɔ?^{21}$	$tso?^{21}$	$tsho^{33}$	$kɔ?^{21}$	$ŋo?^{21}$	$pɛ?^{21}$	$tsɛ?^{21}$	$tshɛ?^{21}$	$kɛ?^{21}$	?
屯溪	po^{5}	tso^{5}	$tsho^{11}$	ko^{5}	$ŋo^{5}$	pa^{5}	tsa^{5}	$tsha^{5}$	ka^{5}	$ŋa^{11}$
休寧	po^{13}	tso^{212}	$tsho^{33}$	ko^{212}	o^{212}	pa^{212}	tsa^{212}	$tsha^{212}$	ka^{212}	$ŋa^{35}$
五城	po^{55}	tso^{55}	$tsho^{22}$	ko^{55}	o^{55}	pa^{55}	tsa^{55}	$tsha^{55}$	ka^{55}	$ŋa^{22}$
黟縣	pau^{3}	$tʃau^{3}$	$tʃhau^{31}$	kau^{3}	au^{3}	pa^{3}	$tʃa^{3}$	$tʃha^{3}$	ka^{3}	$ŋa^{3}$
祁門	po^{35}	tso^{35}	$tsho^{33}$	kho^{35}	$ŋo^{35}$	pa^{35}	$tʂa^{35}$	$tʂha^{35}$	ka^{35}	$ŋa^{33}$
浙源	$pɔu^{43}$	$tsɔu^{43}$	$tsɔu^{43}$	$kɔu^{43}$	$ŋɔu^{43}$	$pɔ^{43}$	$tsɔ^{43}$	$tshɔ^{43}$	$kɔ^{43}$	$ŋɔ^{43}$
旌德	po^{55}	tso^{55}	$tsho^{55}$	ko^{55}	$ŋo^{55}$	pe^{55}	tse^{55}	$tshe^{55}$	ke^{55}	$ŋe^{55}$
占大	po^{42}	tso^{42}	$tsho^{11}$	kho^{42}	o^{42}	pa^{42}	tsa^{42}	$tsha^{42}$	ka^{42}	$ŋa^{11}$
淳安	$po?^{5}$	$tsa?^{5}$	$sa?^{13}$	$ko?^{5}$	$vu?^{5}$	$pɑ?^{5}$	$tsɑ?^{5}$	$tshɑ?^{5}$	$kɑ?^{5}$	$ŋɑ?^{13}$
遂安	$pɔ^{24}$	$tsɔ^{24}$	$sɔ^{422}$	$kɔ^{24}$	$ɔ^{24}$	pa^{24}	tsa^{24}	$tsha^{24}$	ka^{24}	a^{213}
建德	<u>$pɔ?^{5}$</u>	$tsə?^{5}$	so^{213}	ku^{55}	u^{55}	pa^{55}	tsa^{55}	$tshɑ^{55}$	$kɑ^{55}$	$ŋɑ^{213}$
壽昌	$pɔ?^{3}$	$tsɔ?^{3}$	<u>$tshɔ?^{13}$</u>	<u>$kɔ?^{3}$</u>	$ɔ?^{3}$	$pə?^{3}$	$tsə?^{3}$	$tshə?^{3}$	$kɔ?^{3}$	$ŋɔ?^{31}$

　　宕、梗攝一、二等入聲韻主元音的「高：低」對立格局比陽聲韻更為明顯，以上這些方言點中很多點的一、二等主元音還兼有「圓：展」的對立關係。

　　就宕、梗攝一、二等入聲韻的結構關係而言比較特殊的是婺源，上文提到婺源宕、梗攝一、二等陽聲韻主元音對立格局為「低：高」，與徽語主流對立格局相反，與陽聲韻相配的是，宕梗攝一、二等入聲韻主元音形成的也是「低：高」的對立格局。例如：

博鐸 pɒ^{51}—百陌 pɔ^{51}　　作鐸 tsɒ^{51}—摘麥 tsɔ^{51}　　昨鐸 tsʰɒ^{51}—拆陌 tsʰɔ^{51}

各鐸 kɒ^{51}—隔麥 kɔ^{51}　　惡鐸 ŋɒ^{51}—額陌 ŋɔ^{51}

　　婺源宕攝一等入聲韻舒化後與效攝二等韻合流，而梗攝二等入聲韻舒化後則和效攝一等韻合流，而效攝一、二等韻在婺源構成的是元音舌位「高：低」的對立關係。

　　綜上，我們分別從舒聲韻和入聲韻兩個方面考察了徽州方言中宕、梗攝一、二等韻的音韻表現，二者的對立格局主要表現為主元音的「高：低」，部分方言點一、二等韻主元音還隱含「圓：展」的對立關係，這種對立關係在中心徽語區尤為明顯。相比較咸、山二攝（特別是山攝）只在見系字體現一、二等韻有別來說，宕一和梗二的區別在徽語中非常顯著。「這種分合趨勢顯見韻尾發音部位在起一定的作用，部位居前的一、二等元音合流最早（一般的方言雙唇尾前一二等元音已大量合流，舌尖尾前、舌根尾前一二等元音區別明顯），其次是舌尖尾一二等合流。」[17]

　　徽州方言中，宕、梗攝一、二等韻主元音區別最為明顯，其次是蟹攝和果假攝　一、二等韻主元音的區別，區別最小的是咸山二攝。

　　徐通鏘（1991）說：「『等』與『攝』是《切韻》音系的結構的兩個『綱』：『攝』維繫著『等』的縱向聯繫，使『攝』內一、二、三、四等的排列井然有序，而『等』則維繫著各『攝』之間的橫向聯繫。」[18]中古音系中，果、假、蟹、效、咸、山、宕、梗八攝基本構成四對一、二等韻相配的格局，一、二等韻的對立，表現在主要元音的前後上：一等為 *ɑ，二等為 *a，一、二等韻之間的結構關係是「後：前」。這種後前ɑ/a 的對立，在今天不同的漢語方言中有不同的

17 張光宇：〈從閩方言看切韻一二等韻的分合〉，《切韻與方言》（臺北市：臺灣商務印書館，1990年），頁171-172。

18 徐通鏘：《歷史語言學》（北京市：商務印書館，1991年），頁419-421。

音韻詮釋，構成很多不同的對立格局。這些差異與輔音韻尾對主元音的影響、元音前邊的聲母輔音對元音的演變施加的不同影響都有關係，例如，「在輔音韻尾還完整的保存著的方言中，前 *a 和後 *ɑ的關係是從前後的關係改變為上下的關係，後 *ɑ上升，並且在大多數方言裡讀成圓唇的 *o。」[19]對於一、二等韻配對的各攝和與此相關的一、二韻的主元音在現代漢語方言中的語音表現，張琨（1985）有過全面的討論。徐通鏘（2008）對一、二等韻在現代漢語方言中的表現進行梳理後總結出：一、二等韻的結構關係在北方方言中已由「後：前」的結構關係變為「高：低」，在粵、客家、贛方言中已變為「圓：展」，但隱含有高低的關係。然而對於吳語的蘇州話，徐先生認為總的特點是一等韻的元音比二等韻的「高」，但它與「等」的關係卻呈現出雜亂的狀態：……不同的「等」有相同的元音，……同「等」的元音有圓展之別，……同「等」的元音還有前後之分……。為此，徐先生認為「吳方言是一種特殊類型的結構格局」。我們從前文對徽語一、二等韻的結構格局分析也可以看到，在今天的徽州方言裡，一、二等韻主元音舌位「高：低」的對立是總的特點。但它與「等」之間的關係同樣呈現出雜亂的狀態：不同的「等」有相同的元音，例如許村宕開一的元音跟假開二同，梗開二的元音卻跟蟹開一同；還有婺源宕開一和梗開二的入聲字分別跟效攝的二等韻和一等韻讀音合流。同「等」的元音有圓展之別，例如在徽語中，宕開一和梗開二的主元音除了有高低之別還隱含著圓唇和展唇之別，而休黟片但凡效攝一、二等韻有別的方言點，一、二等主元音基本都是展唇和圓唇的區別。同「等」的元音還有前後之分，例如柯村，假攝二等主元音是個後而且還圓唇的ɒ，而蟹、梗攝二等韻的主元音卻是前 a。這

---

19 張琨：〈切韻的前 *a和後 *ɑ在現代方言中的演變〉，《臺灣史語集刊》第56本第1分（1985年），頁46。

種結構格局與吳語一、二等結構格局非常相近。結構格局是語言系統的核心，「『語音內容』容易變化，而『結構格局』卻很穩固、保守，『變得遠不如語音本身那樣快』。比較這種保守的結構格局，可以比同源詞的語音對應的比較更能深入地瞭解語言或方言之間的關係的親疏遠近」。[20]吳語和徽語在結構格局上表現出來的這種共性使我們有理由相信：吳語和徽語在深層次上存在發生學的聯繫。

第三節　徽州方言中三、四等韻的今讀分析

　　清儒江永在《音學辨微》中說：「一等洪大，二等次大，三四皆細，而四尤細。」洪細一般理解為元音開口度的大小，「洪」開口度大，「細」開口度小，「尤細」則說明四等韻比三等韻的開口度更小。現代音韻學家多有根據江永對等第問題所發表的意見而對《切韻》三、四等韻的區別進行推測的。推測結果大體可分兩派，一派以高本漢為代表，認為《切韻》三、四等的不同是介音和主元音兩方面都存在某種區別：三等有個弱的輔音性的前顎介音-j-，四等有個強的元音性的前顎介音-i-，三等元音較低，四等元音較高。另一派以李榮為代表，對高氏的雙重區別辦法不表贊同，認為《切韻》反切上字的分組趨勢，四等跟一、二等一類，三等另成一類，其聲韻配合關係也不同於三等而同於一等，同時梵漢對音中四等字只對 e 不對 i，所以純四等韻沒有-i-介音，認為三、四等韻的區別主要是主元音的差別，三等低於四等，把四等韻的元音性-i-介音取消。

　　以上兩派爭論的焦點說到底是四等韻是否有介音。《切韻》有五個純四等韻「奇、蕭、先、添、青」（以平賅上去入），雖然學界對《切韻》時代純四等韻是否帶有介音意見不一致，但都看到，多數現

---

20 徐通鏘：《歷史語言學》（北京市：商務印書館，1991年），頁431。

代漢語方言裡，四等韻和三等韻一樣都帶有-i-介音。徽語中四等韻的今讀情況如何，三、四等韻之間是否有差別？如果有差別，那屬於什麼性質？下面我們將從兩個方面對此進行分析：

一　徽州方言中三、四等韻是否有別

表3-16　徽州方言三、四等韻今讀（含續表3-16）

	蟹攝			
	開口		合口	
	三等韻	四等韻	三等韻	四等韻
績溪	ɿ	ɿ，a（梯），y（婿），	i（廢肺吠脆乾~歲萬~衛），y（脆齟~歲三~稅），	i（慧），ua（奎），ui（閨桂）
荊州	ɿ	ɿ，a（梯），ii（洗），y（婿）	y（脆齟~歲幾~稅），ii（脆乾~歲萬~綴衛廢肺），ui（鱖）	ii（惠慧），ua（奎）ui（圭桂）
歙縣	i	i	e（廢肺吠衛），y（歲稅）ue（銳脆鱖）	ue（圭閨桂奎₂惠慧），uɛ（奎₁）
屯溪	i（制藝勵祭際穄蔽₂幣₂弊₂斃₂），e（蔽₁幣₁弊₁斃₁），ie（世勢），i:e（例）	e（端系，批米），ie（見系，泥），i（薼迷謎犁閉啟），i:e（洗），ɤ（梯）	e（廢肺），ye（鱖），ɤ（稅）	ye（桂圭₁閨₁惠），ue（圭₂閨₂）
休寧	e（蔽幣弊斃勵祭際穄），ie（制世勢），i（屬藝蔽泄），i:e（例）	e（端系，梯泄~，批~璧米），ie（見系，泥），i（薼閉陛批迷），o（梯櫺~）	i（吠衛），e（廢肺），ye（鱖），o（稅）	ye（圭閨桂惠慧），uɤ（奎）
五城	e（斃蔽幣斂祭際穄），i（屬勵制	e（端系，璧米），ie（見系），i（陛薼迷	e（廢肺衛），ye（鱖），ɤ（稅）	ye

	蟹攝			
	開口		合口	
	三等韻	四等韻	三等韻	四等韻
	藝），ie（世勢逝誓），iːɐ（例）	遞犁$_2$隸繼啟泥），ɤ（梯）		
黟縣	ei（蔽幣敝弊），iɛi（藝），ʅ（制），ɐʐ（祭際穄世勢誓逝），əːi（斃）	ɐʐ，iɐ（閉犁稽計繼啟），yiɤ（婿）	e（吠廢肺衛），yɤi（歲脆銳），uaɯ（稅）	yɤi（惠慧桂），uaɯ（奎），ɐʐɤ（圭閨）
祁門	i（蔽敝幣屬勵制誓逝藝），iːɐ（斃例世勢際穄）	iːɐ，i（蓖閉米迷謎啟）	i（廢肺吠），ui（鱖衛），yːɐ（脆稅），y（歲）	ui（圭閨桂$_2$惠慧），y（桂$_1$），ua（奎）
婺源	i（蔽祭際制勢世），ɛ（穄誓逝），ɐi（藝），ɤ（例屬勵）	i，ɛ（底~物：什麼）	i（廢肺吠），y（稅鱖衛）	y（圭閨惠$_1$慧$_2$桂），ɤ（奎），uɤ（惠慧）
浙源	e，ie（藝），i（蔽）	e（端系，算批鑿），ie（見系），i（蓖閉陛迷米謎）	i（廢肺），e（脆歲），y（衛），ue（鱖稅穢）	ue（圭閨桂奎$_2$惠慧）
浮梁	ei（斃），i（屬制世誓勢藝）	ei（非見系），i（見系）	ei（廢肺），uei（鱖衛），y（稅）	ei（惠慧），uei（閨桂奎）
旌德	i（非精組、知系），ʅ（精組，知系）	ʅ（精組，見系，批鑿算陛），i（非精組、見系）	uɪ，ɪ（肺廢）	uɪ，uɛ（奎）
占大	i（非知系），ʅ（知系），ie（例）	i	ue（綴贅鱖衛），e（廢肺吠脆），ye（稅銳），i（歲）	ue，ɜu（奎人名）
淳安	i，e（世勢誓逝），aʅ（制）	i，ia（低底剃涕雁$_2$弟第），e（梯雁$_1$）	e（歲），ue（脆鱖衛稅），i（吠）	ue
遂安	i（弊幣斃蔽敝屬勵藝），ʅ（制滯），ei	ei（非見系、精組），iei（見系，精	ei（廢肺），i（吠），mə	ei（惠慧），uəɯ（桂奎）

	蟹攝			
	開口		合口	
	三等韻	四等韻	三等韻	四等韻
	（例），iei（祭穄世勢誓逝）	組，泥），i（薑閉鼙體遞第黎麗），ɿ（稽啟西東~系），iɛ（細小），əɯ（梯）	（歲），uəɯ（鱖衛）	
建德	i（獘例祭穄藝），ɿ（知系）	i、e（薑梯），ie（細小）	i（肺廢歲），ue（鱖衛），ye（稅脆銳）	ue
壽昌	i，ɿ（制滯）	i、iɛ（梯），ie（細小）	i（肺廢），uei（脆銳衛），yei（稅）	uei

續表3-16

	效攝		梗攝	
	三等韻	四等韻	三等韻	四等韻
績溪	ie，ɤ（剿$_1$）	ie，y（尿）	陽聲韻：iã，ã（明~朝：明天），iõ（映） 入聲韻：ieʔ，y（劇），ɿ（易）	陽聲韻：iã 入聲韻：ieʔ， iaʔ（劈）
荊州	ie，ɤ（兆剿$_1$）	ie，y（尿~素）	陽聲韻：iɛ，ɛ（盟明~朝：明天），iõ（映） 入聲韻：ieʔ，y（劇），ɿ（易）	陽聲韻：iɛ 入聲韻：ieʔ， iaʔ（劈）
歙縣	ɔi	ɔi	陽聲韻：iã，ia（映） 入聲韻：iʔ（清入），i（濁入），y（劇）	陽聲韻：iã 入聲韻：iʔ（清入），i（濁入）
屯溪	iu（幫組，端系），io（知系，見系）	iu（端系），io（見系），i（尿）	陽聲韻：ɛ（非知、見系），i:e（知系，見系），in（勁），iau（映）	陽聲韻：ɛ（非見系），i:e（見系），in（形$_2$）

	效攝		梗攝	
	三等韻	四等韻	三等韻	四等韻
			入聲韻：e（非知、見系），i（積跡脊赤₁斥釋適益），ia（液腋石₁），ie（赤₂石₂），y（劇）	入聲韻：e（非見系），i（續吃₁），ie（吃₂）
休寧	iau（幫組，端系），io（知系，見系）	iau（端系），io（見系），i（尿）	陽聲韻：a（非知、見系），ia（知系，見系），in（勁），iau（映），入聲韻：e（非知、見系），ie（只赤斥尺石），i（載釋適），i:e（益譯易），y（劇）	陽聲韻：a（非見系），ia（見系），i:e（形型）入聲韻：e（非見系），i（激擊），ie（吃）
五城	iu（幫組，端系），io（知系，見系）	iu（端系），io（見系），i（尿）	陽聲韻：ɛ（非知、見系），i:ɐ（知系，見系），ian（勁），iau（映）入聲韻：e（非知、見系），ie（只赤斥尺石極₁），i（碧適釋載逆易譯益）	陽聲韻：ɛ（非見系），i:ɐ（見系）入聲韻：e（非見系），i（激擊的 日～），ie（吃）
黟縣	i:u	i:u，yɛi（尿）	陽聲韻：ɐ（非知系），a（知系），iɐ（英嬰縷贏盈），iɛi（迎），ʅ（鄭），iŋ（映）入聲韻：ɛi（幫組，戟），a（知系），iɐ（逆益），ʅ（適釋），iɛi（易），yɛi（劇）	陽聲韻：ɐ入聲韻：ɛi（幫、端組，激擊），ɐ（精組，歷吃）
祁門	ia（非知系），a（知系）	ia，y（尿）	陽聲韻：æn（幫組），ẽ（端、知系，病），iæn（境景警敬競迎影頸勁嬰縷盈），ĩ:ɐ（京驚慶鏡英輕	陽聲韻：æn（幫組，寧玲），ẽ（端系），ĩ:ɐ（見系）

	效攝		梗攝	
	三等韻	四等韻	三等韻	四等韻
			鯨），yæn（贏），iõ（映） 入聲韻：i（幫組，屐易），a（端、知系），iːɐ（益譯液腋）	幫組，擊激的目~滴踢），a（端系），iːɐ（劈吃）
婺源	ɔ（非知系），ɔ（知系）	ɔ，i（尿）	陽聲韻：õ（非見系），iõ（見系） 入聲韻：ɔ（非見系），o（積跡只脊），i（易）	陽聲韻：õ（非見系），iõ（見系） 入聲韻：ɔ（非見系），iõ（見系），o（績），i（劈）
浙源	ia（幫組，端系），ɔ（知系），iɔ（見系）	ia（端系），iɔ（見系），i（尿）	陽聲韻：ã（非見系），iã（見系），iõu（映） 入聲韻：ɔ（非見系），iɔ（見系），i（易）	陽聲韻：ã（非見系），iã（見系） 入聲韻：ɔ（非見系），iɔ（見系）
浮梁	iau	iau	陽聲韻：ai（非知系），iai（知系） 入聲韻：ai（非知系），iai（知系），i（易）	陽聲韻：ai 入聲韻：ai
旌德	iɔ	iɔ	陽聲韻：iŋ 入聲韻：i，ɿ（戟積跡脊籍藉炙斥），y（劇）	陽聲韻：iŋ 入聲韻：i，ɿ（績戚激擊吃）
占大	ɒi（非知系），ɒ（知系）	ɒi	陽聲韻：in（非知系），ã/ən（知系） 入聲韻：i（非知系），a/ɿ（知系），y（劇），ie（腋液）	陽聲韻：in 入聲韻：i，ie（劈覓）

	效攝		梗攝	
	三等韻	四等韻	三等韻	四等韻
淳安	iə（非知系），ə（知系）	ei　iə	陽聲韻：in（非知系），en（知系） 入聲韻：iʔ（非知系），əʔ（知系）	陽聲韻：in 入聲韻：iʔ
遂安	ɑi	ɑi	陽聲韻：en（幫組，端組），in（精組，知系，見系），n（疑、影、喻母） 入聲韻：i（幫組，端組，逆益易譯亦），ʅ（精組），a（知系），iei（籍藉夕席適釋），iɛ（戟）	陽聲韻：en（幫組，端組），in（精組，見系） 入聲韻：i（幫組，端組），ʅ（精組，吃），iei（擊激戚寂）
建德	iɔ（非知系），ɔ（知系）	ɔi	陽聲韻：in（非知系），en（知系） 入聲韻：iəʔ（非知系），a（知系），yəʔ（劇）	陽聲韻：in 入聲韻：iəʔ
壽昌	iɤ（非知系），ɤ（知系），ia	ɤ，ɤi，ia	陽聲韻：ien（非知系），en（知系），uã（驚怕） 入聲韻：iəʔ（非知系），əʔ（知系）	陽聲韻：ien 入聲韻：iəʔ

續表3-16

	咸攝		山攝	
	三等韻	四等韻	三等韻	四等韻
績溪	陽聲韻：ẽi，iẽi（見系），yẽi（瞻占） 入聲韻：iaʔ，yaʔ（折~起來）	陽聲韻：ẽi，iẽi（見系，念） 入聲韻：iaʔ，ɔʔ（挾）	陽聲韻：ẽi（非見系），iẽi（見系，煎然燃），yẽi（扇） 入聲韻：iaʔ，yaʔ（哲舌浙₂）	陽聲韻：ẽi（非見系），iẽi（見系，年） 入聲韻：iaʔ

	咸攝		山攝	
	三等韻	四等韻	三等韻	四等韻
荊州	陽聲韻：ɔ̃，iɔ̃，yɔ̃（知系，閻） 入聲韻：iaʔ，yaʔ（折~起來）	陽聲韻：ɔ̃，iɔ̃ 入聲韻：iaʔ，ɔʔ（挾）	陽聲韻：ɔ̃，iɔ̃（碾然燃焉延筵演言老），yɔ̃（知系，鮮），ɔ（涎） 入聲韻：iaʔ，yaʔ（知系）	陽聲韻：ɔ̃，iɔ̃（年₁研₁硯煙咽宴），yɔ̃（弦） 入聲韻：iaʔ
歙縣	陽聲韻：e（幫組，端系），ie（知系，見系） 入聲韻：e（端系濁入），ie（知、見系的濁入），eʔ（端系清入，聶躡鑷），ieʔ（知、見系的清入）	陽聲韻：e（端系），ie（見系） 入聲韻：e（端系濁入），ie（見系濁入），eʔ（端系清入），ieʔ（協），aʔ（挾）	陽聲韻：e（幫組，端系），ie（知系，見系），ye（羨善膳） 入聲韻：e（端系濁入），ie（知、見系的濁入），eʔ（端系清入），ieʔ（知、見系的清入）	陽聲韻：e（端系），ie（見系） 入聲韻：e（端系濁入），ie（見系濁入），eʔ（端系清入，捏），ieʔ（協）
屯溪	陽聲韻：iːe，ia（鉗） 入聲韻：iːe（獵接妾捷），ia（折聶捷涉攝葉頁業魘）	陽聲韻：iːe 入聲韻：iːe，ia（協），ɔ（挾）	陽聲韻：iːe 入聲韻：iːe（幫組，端系），ia（知系，見系）	陽聲韻：iːe，yːe（弦） 入聲韻：iːe，ia（結潔捏）
休寧	陽聲韻：iːe，ia（大部分知、見系） 入聲韻：iːe（端系，業），ia（知系，見系）	陽聲韻：iːe，ia（兼） 入聲韻：iːe，ia（協），ɔ（挾）	陽聲韻：iːe，ia（知系，件諺延演） 入聲韻：iːe，ia（知系，揭歇₁蠍₁）	陽聲韻：iːe，ia（肩堅繭筧牽煙宴），yːe（弦） 入聲韻：iːe，ia（結潔捏）
五城	陽聲韻：aːi（端系），iɛ（知系，見系），ia（鉗）	陽聲韻：aːi（端系），iɛ（見系） 入聲韻：iːe，ia	陽聲韻：aːi（端系，言），iɛ（知系，見系），yːe（弦）	陽聲韻：aːi（端系），iɛ（見系），yːe（弦）

	咸攝		山攝	
	三等韻	四等韻	三等韻	四等韻
	入聲韻：iːɐ（端系），ia（知系、見系，聶）	（協），ɔ（挾）	（軒） 入聲韻：ɐi（幫組，端系），ia（知系、見系）	入聲韻：iːe，ia（結潔捏）
黟縣	陽聲韻：iːe 入聲韻：iːe	陽聲韻：iːe 入聲韻：iːe，ɐo（挾）	陽聲韻：iːe 入聲韻：ɐi	陽聲韻：iːe，yːe（弦） 入聲韻：iːe
祁門	陽聲韻：ĩːɐ 入聲韻：ɐːe	陽聲韻：ĩːɐ 入聲韻：ɐːi，a（挾）	陽聲韻：aːi，ỹːɐ（軒） 入聲韻：ɐːi，yːɐ（薛）	陽聲韻：ĩːɐ 入聲韻：ɐːi
婺源	陽聲韻：ĩ 入聲韻：ɛ（非見系），iɛ（見系）	陽聲韻：ĩ 入聲韻：ɛ，iɛ（協）	陽聲韻：ĩ 入聲韻：ɛ（非見系），iɛ（見系）	陽聲韻：ĩ 入聲韻：ɛ（非見系），iɛ（見系）
浙源	陽聲韻：ĩ 入聲韻：e（非見系），ie（見系，聶鑷）	陽聲韻：ĩ 入聲韻：e（非見系），o（挾）	陽聲韻：ĩ 入聲韻：e（非見系），ie（見系）	陽聲韻：ĩ 入聲韻：e（非見系），ie（見系，捏）
浮梁	陽聲韻：i，ie（閹） 入聲韻：ie	陽聲韻：i 入聲韻：ie	陽聲韻：i 入聲韻：ie	陽聲韻：i 入聲韻：ie
旌德	陽聲韻：i 入聲韻：i	陽聲韻：i 入聲韻：i	陽聲韻：i 入聲韻：i	陽聲韻：i，ɯ（弦） 入聲韻：i
占大	陽聲韻：iẽ（非知系，占~位子），ã/ɔ̃（知系） 入聲韻：ie，ɛ/ʏ（知系）	陽聲韻：iẽ 入聲韻：ie，ɔ（挾~菜）	陽聲韻：iẽ，ã/ɔ̃（知系），yẽ（扇軒） 入聲韻：ie（非知系），ɛ/ʏ（知系），ye（薛）	陽聲韻：iẽ 入聲韻：ie，ye（屑）

	咸攝		山攝	
	三等韻	四等韻	三等韻	四等韻
淳安	陽聲韻：iã（非知系），ã（知系） 入聲韻：iəʔ，iɑʔ（獵）	陽聲韻：iã 入聲韻：iɑʔ（貼帖疊₁碟₁蝶諜），iəʔ（協疊₂碟₂），	陽聲韻：iã（非知系），ã（知系） 入聲韻：iəʔ（非知系，熱舌₁），əʔ（知系），iɑʔ（列裂烈）	陽聲韻：iã 入聲韻：iəʔ，iɑʔ（鐵捏）
遂安	陽聲韻：iɛ̃，ɛ̃（貶廉鐮） 入聲韻：iɛ，ɛ（獵）	陽聲韻：ɛ̃（幫組，端組），iɛ̃（精組，見系，泥母） 入聲韻：ɛ（端組），iɛ（協），ɑ（挾）	陽聲韻：ɛ̃（幫組，端組，來母），iɛ̃（精組，知系，見系，泥母） 入聲韻：ɛ（幫組，來母），iɛ（精組，知系，見系）	陽聲韻：ɛ̃（幫組，端組，來母），iɛ̃（精組，見系，泥母） 入聲韻：ɛ（幫組，端組），iɛ（精組，見系，捏）
建德	陽聲韻：ie，ɛ（占閃），ã，iã 入聲韻：i（接褶劫），iəʔ	陽聲韻：ie 入聲韻：ie，iəʔ	陽聲韻：ie，ɛ（戰扇善），ye（纏） 入聲韻：ie，i（別繁），iəʔ	陽聲韻：ie 入聲韻：ie，i（撇），iəʔ
壽昌	陽聲韻：i，iã 入聲韻：i，iəʔ（獵），əʔ，	陽聲韻：i，iã 入聲韻：ie，i（挾）	陽聲韻：i，iã，ã，ien 入聲韻：i，iəʔ	陽聲韻：i，iã 入聲韻：ie，i（撇結篾結），yei（結打~）

　　從表3-16所列的三、四等韻今讀形式來看，徽州方言一些方言點三、四等韻似存在分讀現象，這些分讀現象是否說明徽州方言三、四等有別呢？要回答這個問題，我們首先需要對這些分讀現象的性質進行分析。根據以上表格所列，徽州方言三、四等分讀現象可以分為三種情況：

（一）與聲母條件有關的分讀

三、四等韻所分布的聲母不完全一致：四等有端組聲母分布，三等沒有；三等有知系、非組聲母分布，四等沒有。部分方言點三、四等韻出現了與聲母條件相聯繫的分讀現象。如：

1　蟹攝

休黟片中，屯溪、休寧、五城蟹合三非組字有讀為[e]的，這樣的讀音不見於蟹攝合口四等（但見於蟹開四）；黟縣蟹合三非組字讀為[e]且這樣的讀音不見於蟹攝四等韻。

祁婺片中，祁門、婺源、浙源蟹合三的非組字讀為[i]，這樣的今讀形式不見於蟹合四（但見於蟹開四）。

旌占片中，旌德蟹合三非組字讀為[ɿ]，占大蟹合三非組字讀為[e]，這樣的今讀形式不見於蟹合四；占大蟹開三的知系字讀為[ʅ]，這樣的今讀形式不見於蟹開四。

嚴州片中，建德蟹開三的知系字讀為[ʅ]，這樣的今讀形式不見於蟹開四；淳安蟹開四的端組字讀為[ia]，這樣的今讀形式不見於蟹攝三等韻。

2　效攝

祁婺片中，祁門效開三知系字讀為[a]，婺源、浙源效開三知系字讀為[ɔ]；旌占片的占大，效開三知系字讀為[ɒ]；嚴州片中，淳安效開三知系字讀為[ə]；建德讀為[ɔ]，壽昌讀為[ɤ]。這些今讀形式均不見於各自系統中的效開四。

3　梗攝

休黟片中，黟縣梗開三的知系字除了「鄭適釋」讀為[ʅ]外，其餘

多讀為[a]，這兩種今讀形式均不見於梗開四；屯溪梗開三的以母字「液腋」和禪母字「石」讀為[ia]，休寧梗開三以母字「譯易」讀為[i:e]，這些讀法均不見於梗開四。

祁婺片中，浮梁梗開三的知系字讀為[iai]，這樣的今讀形式不見於梗開四。

旌占片中，占大梗開三的知系陽聲韻字讀為[ã/ən]，入聲韻字讀為[a/ŋ]，這樣的今讀形式均不見於梗開四。

嚴州片中，遂安梗開三的知系入聲韻字今讀為[a]，建德梗開三的知系陽聲韻字今讀為[en]，知系入聲韻字讀為[ɑ]；壽昌的知系陽聲韻字今讀為[en]，知系入聲韻字讀為[əʔ]；這樣的今讀形式均不見於各自系統中的梗開四。

4　咸、山攝

績歙片中，績溪咸、山攝開口三等知系字[yẽi]、[yaʔ]的讀法均不見於咸、山攝開口四等韻中；荊州咸、山攝開口三等知系字[yẽ]、[yaʔ]的讀法也極少見於咸、山攝開口四等韻中。

嚴州片中，淳安咸、山攝開口三等的知系陽聲韻字讀為[ã]，山開三知系入聲韻字讀為[əʔ]；建德咸、山開口三等的知系陽聲韻字有讀為[ɛ]的。這樣的讀法不見於各自系統中咸、山攝四等韻。

以上提到的這些方言點中三、四等韻與聲母條件相聯繫的分讀現象我們無法界定究竟是三、四等有別的遺留還是以聲母為條件的分化。

（二）同等聲母條件下三、四等韻的分讀

三、四等韻都有的聲母包括幫、滂、並、明、見、溪、疑、曉、匣、影、精、清、從、心、邪、來這樣十六個聲母，但因為相同聲母條件下不同韻攝的三、四等韻不一定都有例字分布，所以可供比較的例字並不多。大體有：

1　蟹攝

在祁婺片的婺源，蟹開三來母字讀為[ɤ]，這個讀音不見於蟹開四，同等聲母條件下出現了三、四等韻的對立：例厲勵蟹開三來 lɤ：犁黎禮麗蟹開四來 li。[ɤ]可以看成三等的鑒別韻。

在嚴州片的建德，蟹開三、四字大多讀為[i]，而四等幫組字「蓖」卻讀為[e]，這個讀音不見於蟹攝三等韻：斃蟹開三並 pi:蓖蟹開四幫 pe。[e]可以看成四等的鑒別韻。

2　梗攝

在績歙片的績溪、荊州，梗開三、四入聲字以讀[ieʔ]為常，而幫組入聲字「劈」異讀為[iaʔ]和[ieʔ]，其中[iaʔ]的讀法不見於梗開三，同等聲母條件下出現了三、四等韻的對立：僻梗開三滂 pʰieʔ：劈₁梗開四滂 pʰiaʔ。[iaʔ]可以看成四等的鑒別韻。

在祁婺片的祁門，梗開三見系陽聲韻字「境景警頸敬競勁迎影嬰縈盈」讀為[iæn]，這個讀音不見於梗攝四等韻，同等聲母條件出現了三、四等韻的對立：境景警頸敬勁梗開三見 tɕiæn：經梗開四見 tɕi:ɐ。[iæn]可以看成三等的鑒別韻。

另外，雖然部分聲母既可以與三等韻相拼，也可以與四等韻相拼，但不同韻攝例字分布各有參差，有的韻攝在有的聲母或者三等韻有例字分布，而四等韻無例字分布，有的韻攝在有的聲母四等韻有例字分布，而三等韻沒有。例如：

績歙片的績溪、荊州，蟹合三精組字「脆歲」異讀為[y]（還有一讀同與蟹合四），歙縣的「脆」也讀為[y]，蟹合四精組字沒有例字分布，[y]的讀法也不見於蟹合四（但績溪、荊州蟹開四的「婿」也讀為[y]）。祁婺片中，祁門蟹合三的精組字「脆」讀為[y:ɐ]，這個讀法不見於蟹攝四等韻。

　　休黟片的黟縣，梗開三影母字「英嬰纓益」和疑母字「逆」讀為[iɐɪ]，疑母字「迎」讀為[iɛi]，梗開四疑、影母沒有例字分布，[iɐɪ]、[iɛi]的讀法均不見於梗攝四等韻。

　　嚴州片中，遂安梗開三的疑、影母有讀為[n̍]的，梗開四疑、影母无例字分布，[n̍]的讀法也不見於梗攝四等韵。

（三）特字的特殊讀音

　　徽州方言中，少數字在不止一個方言中出現了特殊的讀音。例如：

1　　「梯蟹開四透」

　　在績歙片的績溪、荊州讀為[a]，這個讀音既不見於同為四等韻的其他例字，也不見於蟹攝三等韻。

　　在休黟片的屯溪、五城讀為[ɤ]，在休寧讀為[o]，這個讀音不見於同為四等韻的其他例字，也不見於蟹開三，但見於蟹合三的「稅」字。

　　在嚴州片的遂安讀為[əɯ]，這個讀音不見於同為四等韻的其他例字，也不見於蟹開三，但見於蟹合三的「歲」字；在壽昌讀為[iɛ]，這個讀音既不見於同為四等韻的其他例字，也不見於蟹攝三等韻。

2　　「奎蟹合四溪」

　　在績溪、荊州、祁門讀為[ua]，在歙縣、旌德讀為[uɐ]（歙縣的「奎」另有一讀為[ue]），在休寧讀為[uɤ]。這些讀音形式均不見於各自系統中同為四等韻的其他例字，也不見於蟹攝三等韻。

3　　「細蟹開四心，小」

　　在徽語嚴州片的遂安讀為[iɐ]，在建德、壽昌讀為[ie]，這樣的今讀形式既不見於同為四等韻的其他例字，也不見於蟹攝三等韻。

4　「挾~菜，咸開四見」

在徽語很多方言點這個字大多讀同二等字「夾」，從而異於咸攝四等韻的其他字，也不同於咸攝三等韻字。《集韻》收有「訖洽切，見母洽韻入聲」的讀法，徽語中很多方言點取的也是這個讀音。

5　「映梗開三影」

在徽語很多方言點例如績歙片、休黟片的絕大多數方言點以及祁婺片的一些方言點，這個字的讀音都很特殊，既不見於同系統中同為梗攝三等韻的其他例字，也不見於梗攝四等韻，但基本同與宕攝開口三等字。《廣韻》中的「映」有兩讀：於敬切，影母映韻三等去聲；烏朗切，影母蕩韻一等上聲。看來徽語很多方言點的「映」取的是宕攝的讀音。

以上所列舉的四個例字今讀形式無論是相對於相同韻攝同一等次還是不同等次的例字來說都是特殊的，那能不能把這些特字的讀音看成是三、四等有別層次的讀音呢？我們認為至少原本開合相對的「梯蟹開四透」和「奎蟹合四溪」在部分方言點今讀形式中也表現為主元音相同且開合相對的，大概可據此判斷為四等的鑒別韻。例如績歙片的績溪、荊州，「梯蟹開四透」讀為[a]，「奎蟹合四溪」讀為[ua]。

綜上，《切韻》三、四等韻的區別在現代漢語方言裡大多難見形跡，在徽語中也如此。但通過仔細梳理，我們還是可以看到三、四等韻在徽語中還留有區別的痕跡。但不同方言點三、四等韻的區別性質不一致，無法從介音有無或是主元音舌位高低前後的不同等方面進行統一概括。但從前文所羅列出來的例字今讀形式可見，三、四等有別的方言點，一般四等韻主元音開口度低於三等韻的主元音。這與現代音韻學家們對三、四等韻差別的構擬剛好相反。而且這種現象不僅僅見於徽語，見於報導的還有浙南吳語。浙南吳語三、四等區別主要集中

在咸、山攝，兩者區別在於主元音開口度的大小，即三等韻開口度小，四等韻的開口度大。三、四等韻都有-i-介音，四等在-i-後的元音普遍低於三等。可見，吳徽語在三、四等韻的區別上表現出來一定的共性。

二　三、四等韻在徽語中細音讀如洪音現象分析

從上文「徽州方言三、四等韻今讀」對照表中我們看到，在徽州方言中，三、四等韻讀為洪音現象較為普遍，不過，不同方言點以及同一方言點內部不同聲母后韻母的洪細情況不太一致。一般來說，徽州方言中，三、四等韻的見系、知章組、日母字今讀以帶介音為常（部分方言點如旌占片的旌德、占大知章組字以讀洪音為常；少數方言點三、四等見組字也有讀為洪音的，例如在祁門西路話中，梗攝開口三、四等大部分見組字，比如「京驚境景警敬鏡慶競輕頸經吃」等字聲母讀成舌根音，相應韻母讀為洪音。比如「頸」就讀為[kã³⁵]），而幫、端、精、莊組字和來母字讀成洪音現象則較為普遍；開口韻讀洪音現象比合口韻讀洪音現象更為普遍。關於三、四等韻字是否帶介音問題我們在聲母部分有所涉及，詳見上文「徽州方言三、四等字的腭化與非腭化問題」；下文分析一、三等韻的混同現象還將涉及，這裡我們重點分析三、四等讀如洪音現象。我們以部分開口三、四等韻字今讀為例（為了便於閱讀，表中略去不讀洪音的字音）：

表3-17　徽州方言部分三、四等字今讀

	斃蟹開三	低蟹開四	酒流開三	甜咸開四	林深開三	變山開三	親臻開三	冰曾開三	聽梗開四，～見
績溪	pl³⁵	tsl³¹		tʰẽi⁴⁴		pẽi³⁵			
荊州	pl³⁵	tsl⁵⁵	tsɿi²¹³	tʰɔ̃³³		pɔ̃³⁵			
歙縣				tʰe⁴⁴		pe³¹³			
屯溪	pe⁵⁵	te¹¹						pɛ¹¹	tʰɛ⁵⁵

	斃蟹開三	低蟹開四	酒流開三	甜咸開四	林深開三	變山開三	親臻開三	冰曾開三	聽梗開四，~見
休寧	pʰe³³	te³³						pa³³	tʰa⁵⁵
五城	pe⁴²	te²²						pɛ²²	tʰɛ⁴²
黟縣		tɛɐ³¹	tʃaɯ⁵³		lɛi⁴⁴		tʃʰɛi³¹	pɛɐ³¹	tʰɛɐ³¹
祁門		tse⁴²			næn⁵⁵		tsʰæn¹¹	pã¹¹	tʰæ̃²¹³
婺源		tsɑ²			lɐin¹¹		tsʰɐin⁴⁴	pɔ̃⁴⁴	tʰɔ̃³⁵
浙源	pʰe⁴³	te³³	tsao²¹		lein⁵¹		tsʰein³³	pã³³	tʰã²¹⁵
浮梁	pʰei³³	te⁵⁵			lən²⁴		tsʰən⁵⁵	pai⁵⁵	tʰai⁵⁵
遂安		tei⁵³⁴		tʰɛ̃³³	len³³	pɛ̃⁴²²		pen⁵³⁴	tʰen⁴²²

　　徽州方言中，除知系字外，旌占片方言和嚴州片的淳安、建德、壽昌等較少見到三、四等韻字讀成洪音的。從表3-17可見，曾、梗攝三、四等字讀如洪音現象在休黟片、祁婺片以及嚴州片的遂安非常普遍；蟹攝三、四等韻在績歙片、休黟片讀如洪音現象較為普遍；咸、山攝三、四等韻字在績歙片和嚴州片的遂安普遍存在，而在其他方言片則較少見到。

　　徽州方言中三、四等韻細音讀如洪音現象早在清代就已經被學者注意到。清人錢大昕《十駕齋養新錄·聲相近而訛》說婺源人讀「命」如「慢」，「性」讀如「散」，說明「命性」等三、四等字讀如洪音的事實清代已然。事實上，這種音韻現象在徽語中有可能更早就出現了。我們從編成於萬曆甲寅年間的徽州韻書《律古詞曲賦葉韻統》中可以看到，梗攝沒有齊齒呼，二、三等可以押韻，而且都是開口。其中四等沒有標明呼法。「先鹽韻」來自先仙鹽添開、合口三、四等，本韻只有開口和閉口，也沒有「齊齒」。看來這種方音現象由來已久。直到今天的徽州方言中，三、四等韻讀如洪音現象依然較為常見。

第四節　徽州方言中一、三等韻的分合[21]

　　現代漢語共同語中開、齊、合、撮四呼與中古開合四等間有著較為整齊的對應關係，然而，各地漢語方言特別是南方方言中卻存在介音與等的異常對應。前面我們提及的徽州方言中古開口韻和合口韻的分混問題、三、四等韻讀如洪音等現象就屬於這種異常對應，此外，還有一、三等韻之間出現的合流現象也屬於介音與韻母等地的異常對應。共同語中，介音i主要出現在中古三、四等韻和開口二等韻的牙喉音字，開口一等字無論是在中古還是現代的共同語中都是不帶任何介音的，而中古帶有介音的三等韻發展到現代漢語共同語中，除了少數韻攝例如止、通攝和其他韻攝的知系、非組字外，一般都帶有介音。而現代漢語方言中，有些三等字丟失介音讀成了開口，有些開口一等字卻又增生i介音，致使一等韻和三等韻出現了一定程度的合流，徽州方言便是如此。下面我們將分析徽州方言中一、三等韻的分合情況。中古音系中同一攝包含一、三等的有果、遇、蟹、效、流、咸、山、臻、宕、曾、通這樣十一個。這裡我們主要觀察開口一等韻增生i介音導致一、三等合流，暫不考察合口一、三等韻的今讀情況。開口一、三等韻字相混情況如下：

績溪：兜流一＝丟流三ti³¹　　　　樓流一＝流流三ni⁴⁴　　　　走流一＝酒帚流三tsi²¹³

　　　狗流一＝韭流三ki²¹³　　　　髒宕一＝莊章宕三tsõ³¹　　　索宕一＝勺宕三so?³²

　　　塞曾一＝色曾三ɕiaʔ³²

荊州：灶效一＝兆效三tsɤ³⁵　　　　兜流一＝丟流三tɿi⁵⁵　　　樓流一＝流流三nɿi³³

　　　走流一＝酒帚流三tsɿi²¹³　　　狗流一＝韭流三kɿi²¹³　　　髒宕一＝莊章宕三tsõ⁵⁵

　　　索宕一＝勺宕三so?³　　　　憎曾一＝蒸曾三tɕiɛ⁵⁵　　　塞曾一＝色曾三ɕiaʔ³

21　本節內容在論文〈現代漢語方言開口一等韻字讀齊齒呼現象探析〉（刊於《集美大學學報》2011年第3期）和〈流攝一三等韻在徽州方言中的分合研究〉（刊於《中國方言學報》第4期）基礎上修改而成。

歙縣：兜_流—=丢_{流三}tio³¹　　　樓_流—=流_{流三}lio⁴⁴　　　走_流—tsɔ³⁵

酒帚韭_{流三}tɕio³⁵　　　狗_流—kio²¹³　　　北_曾—=鱉_{山三}peʔ²¹

屯溪：貝_蟹—pi⁵⁵　　　兜_流—=丢_{流三}tiu¹¹　　　樓_流—=流_{流三}liu⁵⁵

湊_流—=愁_{流三}tsʰiu⁵⁵　　　狗_流—帚韭_{流三}tɕiu³²　　　吞_臻—tʰin¹¹

髒_宕—=狀_{宕三}tsau⁵⁵　　　增_曾—=精_{梗三}tsɛ¹¹　　　肯_曾—tɕʰin²⁴

休寧：貝_蟹—pi⁵⁵　　　兜_流—=丢_{流三}tiu³³　　　樓_流—=流_{流三}liu⁵⁵

湊_流—=愁_{流三}tsʰiu⁵⁵　　　狗_流—帚韭_{流三}tɕiu³¹　　　吞_臻—tʰin³³

髒_宕—=莊_{宕三}tsau³³　　　增_曾—=精_{梗三}tsa³³　　　肯_曾—tɕʰin³¹

五城：貝_蟹—pi⁴²　　　兜_流—=丢_{流三}tiu²²　　　樓_流—=流_{流三}liu²³

奏_流—=皺_{流三}tsiu⁴²　　　狗_流—帚韭_{流三}tɕiu²¹　　　吞_臻—tʰin²²

簪_咸—髒_宕—=莊_{宕三}tsau²²　　　北_曾—逼_{曾三}壁_{梗三}pe⁵⁵　　　塞_曾—熄_{曾三}se⁵⁵

肯_曾—tɕʰin²¹　　　增_曾—=精_{梗三}tsɛ²²

黟縣：貝_蟹—=蔽_{蟹三}pɛi³²⁴　　　兜_流—=丢_{流三}tɑɯ³¹　　　樓_流—=流_{流三}lɑɯ⁴⁴

奏夠_流—=晝皺咒救_{流三}tʃɑɯ³²⁴　　　髒_宕—=莊_{宕三}tʃɔŋ³¹

崩_曾—=冰_{曾三}pɐ̃ʒ³¹　　　增_曾—=京_{精梗三}tʃɐ̃ʒ³¹　　　默_曾—=密_{臻三}mɐi³¹

塞_曾—=吸_{深三}iɜ³　　　肯_曾—=請_{梗三}tʃʰɐ̃ʒ⁵³

祁門：貝_蟹—=蔽_{蟹三}pi²¹³　　　樓_流—=流_{流三}le⁵⁵

湊_流—tsʰe²¹³—就_{流三}tsʰe³³愁_{流三}tsʰe⁵⁵　　　狗_流—=韭_{流三}tɕie⁴²

雜_咸—賊_曾—=習_{深三}疾_{臻三}tsʰa³³

北_曾—=逼_{曾三}筆_{臻三}碧_{梗三}pi³⁵　　　肯_曾—=近_{臻三}tɕʰiæn⁴²

增_曾—=精_{梗三}tsæ¹¹

婺源：貝_蟹—=蔽_{蟹三}pi³⁵　　　遭_效—=招_{效三}tsɔ⁴⁴　　　兜_流—=去_{流三}tɑ¹¹

漏_流—=立_{深三}栗_{臻三}lɑ¹¹　　　狗_流—=韭_{流三}tɕiɑ²　　　走_流—=酒帚_{流三}tsɑ²

朋=憑pʰɔ̃¹¹　　　能_曾—=菱_{曾三}lɔ̃¹¹　　　增_曾—=征_{曾三}精正_{梗三}tsɔ̃⁴⁴

浙源：貝_蟹—=蔽_{蟹三}pi²¹⁵　　　災遭_效—=招_{效三}tsɔ³³　　　兜_流—=丢_{流三}tao³³

樓_流—=流_{流三}lao⁵¹　　　走_流—=酒帚_{流三}tsao²¹　　　狗_流—=韭_{流三}tɕiao²¹

贊_山—=戰_{山三}tsɔ̃²¹⁵　　　髒_宕—=莊_{宕三}tsɔ̃u³³　　　能_曾—=菱_{曾三}lã⁵¹

肯_曾—tɕʰiã²¹　　　增_曾—=征_{曾三}精正_{梗三}tsã³³

北_曾—=碧_{梗三}pɔ⁴³　　　則_曾—=鯽_{曾三}脊_{梗三}tsɔ⁴³

浮梁：哥_果—該_蟹—kie⁵⁵　　　男_咸—=林_{深三}鄰_{臻三}lən²⁴　　　干_山—甘_咸—跟_臻—kiən⁵⁵

倉_宕—瘡_{宕三}tsʰaŋ⁵⁵　　　能_曾—=菱_{曾三}nai²⁴　　　則_曾—=鯽_{曾三}脊_{梗三}tsai²¹³

刻_曾—=慶_{梗三}kʰai²¹³　　　黑_曾—=興_{曾三}xai²¹³

旌德：兜_流—=丢_{流三}tiu³⁵　　　樓_流—=流_{流三}liu⁴²　　　走_流—=酒九_{流三}tɕiu²¹³

狗_流—ki²¹³　　　髒_宕—=莊_{宕三}tsɔ³⁵

占大：貝蟹一=蔽蟹三pi^{55}　　　兜流一=丟流三tio^{11}　　　樓流一=流流三lio^{33}

　　　狗流一=酒韭流三tɕio^{213}　　參咸一=餐山一=倉宕一=瘡宕三tsʰɔ̃^{11}

　　　肯曾一=請梗三寢深三tɕʰin^{213}

淳安：賽蟹一=世蟹三se^{224}　　　糟效一=招效三tsɔ^{224}　　兜流一=丟流三tɯ^{224}

　　　樓流一=流流三lɯ^{445}　　　走流一=帚流三tsɯ^{55}

　　　簪咸一=贊山一=沾咸三戰山三tsã^{224}　　　　　　　根臻一=今深三ken^{224}

　　　倉宕一=昌宕三tsʰã^{224}　　增曾一=蒸曾三正梗三tsen^{224}

遂安：兜流一=丟流三tiu^{534}　　樓流一=流流三liu^{33}　　走流一=酒帚九流三tɕiu^{213}

　　　塞曾一=色曾三sɔɯ^{24}　　狗流一-kɯ^{213}　　　葬宕一=壯宕三tsom^{422}

建德：遭效一=招效三tsɔ^{44}　　兜流一=丟流三tǝɯ^{423}　　走流一=帚流三tsɯ^{213}

　　　散山一=扇山三sɛ^{334}　　根臻一=今深三ken^{423}　　葬宕一=壯宕三tso^{422}

　　　增曾一=針深三珍臻三蒸曾三正梗三tsen^{423}　　塞曾一=色曾三sɔʔ^{5}

壽昌：災蟹一=簪咸一-tɕiɛ^{112}　　胎蟹一=吞臻一-tʰiɛ^{112}　　改蟹一=敢咸一=趕山一-kie^{42}

　　　糟效一=招效三tsɤ^{112}　　兜流一=丟流三tǝɯ^{112}　　湊流一=臭流三tsʰɯ^{33}

　　　葬宕一=帳宕三tsã^{33}　　曾曾一=針深三珍臻三蒸曾三正梗三tsen^{112}

　　　根臻一=今深三ken^{112}

　　從以上所列十七個方言點一、三等韻今讀情況來看，每個方言點都存在一、三等韻字相混現象，其中嚴州片的淳安和建德一、三等相混現象涉及的韻攝最多，淳安的蟹、效、流、咸、山、宕、曾攝和建德的效、流、山、宕、曾都不同程度存在一、三等韻相混現象。一、三等韻相混涉及韻攝最少的是績歙片的歙縣，同攝僅見流攝一、三等相混。從相混韻字分布的聲母來看，除了流攝一、三等韻字分布的聲母較多外，其他多為一等的精組字和三等的知系字的相混。例如，很多方言中都存在諸如效攝的一等韻字「遭」和三等韻字「招」相混、宕攝一等韻字「髒」與三等韻字「莊」相混等現象。也有很多方言點除了知系字，其他聲組字也有丟失 i 介音讀為洪音從而導致一、三等相混的，例如，大多數方言點曾、梗攝三等來母、精組字等讀為洪音。這一點在上一節「徽語三、四等韻的今讀分析」中我們已經討論過，此處不再贅述。這裡我們需要關注的是不受聲母條件限制出現的一、三等韻相混現象以及一等字今讀帶 i 介音現象。

（一）流攝一、三等韻字今讀相混類型

　　從上文所列一、三等字今讀情況來看，一、三等韻相混最為普遍的是流攝，除了上文列出的浮梁和尚未列出的德興，徽語其他方言點均不同程度存在流攝一、三等韻相混現象。比起北方官話侯尤（幽）韻形成開齊相配而主元音相同（尤韻的知系字讀同一等韻除外）整齊格局來說，徽州方言侯、尤韻之間的關係略顯複雜。具體如下表所示（唇音字比較特殊，不打算在這裡探討）：

表3-18　徽州方言流攝一、三等韻字今讀形式

	兜(侯)/丟(幽)	樓(侯)/流(尤)	走(侯)/酒(尤)	湊(侯)/就(尤)	狗(侯)/韭(尤)	厚(侯)/休(尤)	丑(尤)	收(尤)	周(尤)
屯溪	tiu¹¹	liu⁵⁵	tsɤ³² / tsiu³²	tsʰiu⁵⁵ / tɕʰiu¹¹	tɕiu³²	ɕiu²⁴ / ɕiu¹¹	tɕʰiu³²	ɕiu¹¹	tɕiu¹¹
休寧	tiu³³	liu⁵⁵	tsɤ³¹ / tsiu³¹	tsʰiu⁵⁵ / tɕʰiu³³	tɕiu³¹	ɕiu¹³ / ɕiu³³	tɕʰiu³¹	ɕiu³³	tɕiu³³
五城	tiu²²	liu²³	tsɤ²¹ / tsiu²¹	tsʰiu⁴² / tɕʰiu¹²	tɕiu²¹	ɕiu¹³ / ɕiu²²	tɕʰiu²¹	ɕiu²²	tɕiu²²
績溪	ti³¹	ni⁴⁴	tsi²¹³	tsʰi³⁵ / tsʰi²¹	ki²¹³	xi²¹³ / ?	tsʰi²¹³	si⁵⁵	tsi³¹
荊州	tɿi⁵⁵	nɿi³³	tsɿi²¹³	tsʰɿi³⁵ / tsʰɿi³¹	kɿi²¹³	xɿi²¹³ / sɘ⁵⁵	tsʰɿi²¹³	sɿi³⁵	tsɿi⁵⁵
歙縣	tio³¹	lio⁴⁴	tso³⁵ / tɕio³⁵	tɕʰio³¹³ / tsʰio³³	kio²¹³ / tɕio³⁵	xio³⁵ / ɕio³¹	tɕʰio³⁵	ɕio³¹	tɕio³¹
黟縣	taɯ³¹	laɯ⁴⁴	tʃɤ⁵³ / tʃaɯ⁵³	tʃʰaɯ³²⁴ / tʃʰaɯ³	tʃaɯ⁵³	saɯ⁵³ / saɯ³¹	tʃʰaɯ⁵³	saɯ³¹	tʃaɯ³¹
占大	tio¹¹	lio³³	tsu²¹³ / tɕio²¹³	tɕʰio⁵⁵ / tɕʰio³⁵	tɕio²¹³	ɕio³⁵ / ɕio¹¹	tsʰɤ²¹³	sɤ¹¹	tsɤ¹¹
祁門	te¹¹	le⁵⁵	tso⁴² / tse⁴²	tsʰe²¹³ / tsʰe³³	tɕie⁴²	ʂe⁴²/ɕie⁴² / ʂe¹¹/ɕie¹¹	tʂʰe⁴²	ʂe¹¹/ɕie¹¹	tʂe¹¹

	兜（侯）丟（幽）	樓（侯）流（尤）	走（侯）酒（尤）	湊（侯）就（尤）	狗（侯）韭（尤）	厚（侯）休（尤）	丑（尤）	收（尤）	周（尤）
婺源	ta^{44}	la^{11}	tsa^{2}	ts^ha^{35} ts^ha^{51}	$t\varepsilon ia^{2}$	εia^{31} εia^{44}	ts^ha^{2}	sa^{44}	tsa^{44}
浙源	tao^{33}	lao^{51}	$tsao^{21}$	ts^hao^{215} ts^hao^{43}	$t\varepsilon iao^{21}$	εiao^{25} εiao^{33}	$t\varepsilon^hiao^{21}$	sao^{33}	$tsao^{33}$
旌德	tiu^{35}	liu^{42}	$t\varepsilon iu^{213}$	$t\varepsilon^hiu^{213}$ $t\varepsilon^hiu^{55}$	ki^{213} $t\varepsilon iu^{213}$	xi^{213} εiu^{35}	$t\varepsilon^hiu^{213}$	εiu^{35}	$t\varepsilon iu^{35}$
遂安	tiu^{534}	liu^{33}	$t\varepsilon iu^{213}$	$t\varepsilon^hiu^{422}$ εiu^{33}	$k\mɯ^{213}$ $t\varepsilon iu^{213}$	$x\mɯ^{422}$ εiu^{534}	$t\varepsilon^hiu^{213}$	εiu^{534}	$t\varepsilon iu^{534}$
淳安	$t\mɯ^{224}$	$l\mɯ^{445}$	$ts\mɯ^{55}$ $t\varepsilon iu^{55}$	$ts^h\mɯ^{224}$ εiu^{535}	$k\mɯ^{55}$ $t\varepsilon iu^{55}$	$k^h\mɯ^{55}$ εiu^{224}	$ts^h\mɯ^{55}$	$s\mɯ^{224}$	$ts\mɯ^{224}$
建德	$tə\mɯ^{423}$	$lə\mɯ^{334}$ $liə\mɯ^{334}$	$tsə\mɯ^{213}$ $t\varepsilon iə\mɯ^{213}$	$ts^hə\mɯ^{334}$ $\varepsilon iə\mɯ^{55}$	$kə\mɯ^{213}$ $t\varepsilon iə\mɯ^{213}$	$xə\mɯ^{213}$ $\varepsilon iə\mɯ^{423}$	$ts^hə\mɯ^{213}$	$sə\mɯ^{423}$	$tsə\mɯ^{423}$
壽昌	$tə\mɯ^{112}$	$lə\mɯ^{52}$ $liə\mɯ^{52}$	$\underline{tsə\mɯ^{55}}$ $t\varepsilon iə\mɯ^{24}$	$ts^hə\mɯ^{33}$ $t\varepsilon^hiə\mɯ^{24}$	$kə\mɯ^{24}$ $t\varepsilon iə\mɯ^{24}$	$k^hə\mɯ^{534}$ $\varepsilon iə\mɯ^{33}$	$ts^hə\mɯ^{24}$	$sə\mɯ^{112}$	$tsə\mɯ^{112}$
浮梁	tau^{55} $tiə\mɯ^{55}$	lau^{24} $liə\mɯ^{24}$	$tsau^{21}$ $tsiə\mɯ^{21}$	ts^hau^{213} $ts^hiə\mɯ^{33}$	kau^{21} $t\varepsilon iə\mɯ^{21}$	xau^{33} $\varepsilon iə\mɯ^{55}$	$t\varepsilon^hiə\mɯ^{21}$	$\varepsilon iə\mɯ^{55}$	$t\varepsilon iə\mɯ^{55}$

根據表3-18所列內容，我們將流攝一、三等韻在徽州方言中的分合情況歸納為以下幾種類型：

1　侯、尤（幽）合流型

除了少數字（例如「走」），侯、尤（幽）韻合流不受聲母等條件限制，這種類型在徽州方言中最為普遍，休黟片、績歙片、祁婺片（除浮梁、德興外）以及旌占片的占大基本屬於這種類型。不過，不同方言點侯、尤（幽）合流具體情況不盡相同：有侯、尤（幽）韻合流後未出現以聲母為條件的分化，如休黟片和績歙片的方言；有侯、尤（幽）韻合流後出現以聲母為條件的分化，例如見系字與非見系字

存在主元音相等而介音有無的區別，例如祁婺片的祁門、婺源、浙源；占大尤韻知系字讀為洪音，侯、尤（幽）韻其他字與知系字存在主元音不同且介音有無的區別。再者，從合流的方向來說，這種類型內部也存在差異，大部分是一等向三等合流，即一等帶上 i 介音，只是有的地方如歙縣侯、尤（幽）兩韻見系聲母還保持非腭化與腭化的對立；也有三等丟失 i 介音向一等合流的，如黟縣方言；也有雙向合流，即一等見系字帶上 i 介音向三等合流，三等非見系字丟失 i 介音向一等侯韻合流，例如祁婺片的祁門、婺源和浙源便屬於這種情況。

2　侯、尤（幽）有分有合型

　　這種類型主要出現在旌占片的旌德和嚴州片徽語幾個方言點。從侯、尤（幽）相混程度來看，旌德、遂安的侯、尤（幽）相混程度較高，除了在見系聲母後侯、尤（幽）保持對立，其他聲母後侯、尤（幽）相混，且一、三等合流方向表現為一等帶 i 介音向三等合流。不過，旌德、遂安又略有不同，在旌德，一、三等見系字同帶 i 介音而主元音相對；在遂安，一、三等見系字開齊相對，主元音也不相同。建德、壽昌相混程度較旌德、遂安低，除了二等字「丟」以及知系字讀同一等字外，一、三等字基本保持開齊相配而主元音相同的對立格局。

3　侯、尤（幽）有別型

　　這種情況在徽語中除了祁婺片的浮梁、德興外較少見到。不過，據謝留文（2012），浮梁三等尤韻字「丘－～田」讀為[kʰau⁵⁵]、「謀」讀為[mau²⁴]、「浮～梁縣」讀為[fau²⁴]，這些字今讀均同與一等字，除此，一等侯韻和三等尤（幽）韻絕大多數字不但存在介音有無的不同，而且主元音也不相同。

　　根據以上的分析，我們看到，徽州方言中，一等侯韻和三等尤

（幽）韻合併是主流，合流的方式無非有兩種：一等帶 i 介音向三等
合流；三等丟失 i 介音向一等合流，顯然第一種方式更為常見。那這
種音變什麼時候產生，為何會發生這樣的音變呢？

（二）徽州方言中流攝一、三等韻相混在歷史文獻中的反映

雖然不知道徽州方言中侯、尤韻的合流始於何時，但現有的文獻
顯示，徽州方言中侯、尤兩韻至少在明末就有合流的跡象了。

據高永安（2007），編成於萬曆甲寅（1614）年間的徽州韻書
《律古詩詞曲賦葉韻統》第十二卷就來自流攝。分為正、卷、合、抵
四類。其中「正」來自知、章組、也有侯韻精組字。「合」來自開口
一等，但也摻進「臼舅咎」三個尤韻字。

而反映清代休寧南鄉方言的韻書《休邑土音》中，下冊「六休」
所收包括一等侯韻字和三等尤（幽）韻字，儘管沒有具體音值描寫，
但從小韻包含的韻字來看，侯、尤（幽）韻合流程度很高。例如：

> 茂流開一明候：貿流開一明候謬繆流開三明幼
>
> 丟流開三端幽：兜流開一端候
>
> 留流開三來尤：瘤榴遛驑劉瀏流琉硫流開三來尤樓摟簍髏螻流開一來侯
>
> 奏流開一精候：皺縐流開三莊宥
>
> 鳩流開三見尤：鉤溝篝流開一見侯鬮流開三見尤
>
> 朽流開三曉有：吼流開一曉厚
>
> 歐流開一影候：嘔謳甌漚區鷗流開一影侯優憂耰流開三影尤幽呦流開三影幽

除此，作於同治六年（1867）反映婺源浙源嶺腳一帶口音的韻書
《新安鄉音字義考正》顯示侯、尤（幽）韻也已完全合流。我們以平
聲卷「二十鉤」所收韻字來看：

兜流開一端侯：丟流開三端幽檓篼流開一端侯

留流開三來尤：瑠榴瘤飀遛騮駵鶹流琉硫鎏旒劉瀏流開三來尤婁僂
嘍嶁摟髏樓蔞螻流開一來侯

鉤流開一見侯：句溝篝韝講緱流開一見侯勾鬮鳩流開三見尤樛流開三見幽

優流開三影尤：憂漫嚘櫌耰麀流開三影尤漚謳嘔歐甌鷗流開一影侯幽怮
呦流開三影幽毆流開一影厚

　　據高永安（2007），作於清代的徽州韻書《山門新語》中「十二
鉤」主要來自侯韻，但明、心、非、日母和照組下的字主要來自尤
韻。而「十三鳩」主要來自尤幽韻，但端、透母多來自侯韻，除此，
「貿、喉、篖、漏」這樣幾個字也是來自侯韻。作者周贇在十三鳩下
說：「鉤鳩二韻，喉齒合音而外，北音讀鳩韻如鉤韻，南音讀鉤韻如
鳩韻。不知鉤韻橫口氣淺而聲曲，為呵氣之音，氣出於心；鳩音蹙口
氣深而聲尖，為唏氣之音，氣出於肺臟。其易辨如菽麥耳！」[22]可見
彼時，鉤、鳩兩韻在南北方音裡已經有合流趨勢，只是歸併的方向尚
存在差異。

（三）流攝一、三等韻合流原因的探討

　　對於流攝一、三等韻的合流，伍巍（1994）認為，由於流攝的主
要元音是比較高的元音，這個比較高的元音進一步高化，就勢必要產
生出一個介音來。高永安（2007）認為這種解釋適用於大部分徽州方
言點，但對於如黟縣等地侯、尤兩韻合流讀為開口韻來說就顯得不適
用了。他認為，「漢語裡舌根音聲母跟高、半高元音相拼是一種不穩
定的狀態，所以在不同的方言裡，先後發生了舌根音聲母舌面化的現
象，以使聲、韻配合達到一種穩定狀態。但是要達到穩定狀態，不止
有舌根音聲母舌面化的一條道路，還可以通過調整韻母來實現，即把

---

22 高永安：《明清皖南方言研究》（北京市：商務印書館，2007年），頁290-291。

跟舌根音聲母相拼的細音韻母變成洪音韻母。」[23]他的這種解釋是就見系字而言的，我們從上文「徽州方言流攝一、三等韻字今讀形式」表來看，其實三等除了見系和知系，也有其他字丟失 i 介音讀成洪音韻母的。對於徽州方言來說，三等字丟失介音讀為洪音現象很普遍，除了流攝，還有曾、梗攝。接下來我們主要討論一等韻帶上 i 介音的現象。

侯韻帶 i 介音與尤韻合流這一現象不僅僅見於徽州方言中，開口一等字帶 i 介音現象也不僅僅見於侯韻。據我們掌握的材料，開口一等韻讀齊齒呼現象還見於長江以南的吳語、湘語、客贛語、閩語中。例如：

常山（吳語）：　抖tiɯ　湊扣tɕʰiɯ　來li　菜tɕʰi　早tɕiɣɯ
　　　　　　　　幫piã　膜miaʔ

福州（閩語）：　燈白tiŋ　肯白kʰiŋ　鵝白ŋie　來白ni　苔白tʰi
　　　　　　　　岸白ŋiaŋ

崇安（閩語）：　豆tiəu　湊tsʰiəu　鈎kiəu　北pie　得tie
　　　　　　　　刻kʰie　來白lie　栽白tsie

新餘（贛語）：　走tɕiəu　狗kiəu　賊tɕʰie　左tɕio　菜tɕʰiɔi
　　　　　　　　棗tɕiau　蠶tɕʰian　根kien　增ɕien　肯kʰien

泰興（客家話）：頭tʰiəu　樓liəu　狗kiəu　燈tiɛn　肯墾kʰiɛn
　　　　　　　　僧白ɕiɛn

雙峰（湘語）：　投白diɣ　湊白tɕʰiɣ　口白tɕʰie　藕白ȵiɣ
　　　　　　　　北白pia　得白tia　塞白sia　刻白kʰia

徽州方言中開口一等韻帶 i 介音現象主要分布在侯韻，也有部分方言點的登韻字也讀成齊齒呼，比如屯溪、休寧、婺源、祁門、占大

---

23 高永安：《明清皖南方言研究》，頁291。

等地。較為特殊的是江西境內的徽語，比如浮梁、德興等地，咍韻字有讀成齊齒呼的，甚至浮梁的部分歌韻字也讀成齊齒呼。浙江境內的徽語特別是壽昌，咍韻、泰韻字以及咸、山二攝開口一等見系字大都讀為 ie 韻。而吳語區中，開口一等韻讀齊齒呼現象主要集中在南部地區。相比較其他方言區，南部吳語區中 i 介音出現在開口一等韻的範圍較廣，除了侯、登、德韻外，還出現在咍、泰、談、寒（談、寒韻字讀為齊齒呼的例如有龍游、黃岩、寧波等地）甚至是唐韻中（僅限於這兩韻的幫組字，比如南部吳語區的開化、常山、玉山、廣豐就存在這種現象）。湘語、客贛方言中開口一等韻帶 i 介音的現象主要存在于侯韻、登韻和少數痕韻字中，這與徽語的情況很相似。而閩語開口一等韻帶 i 介音現象除了分布在流攝、曾攝外還見於果、蟹攝。

　　從開口一等韻字讀齊齒呼分布的韻攝來看，以上提及的這些南方方言存在共性，即開口一等韻字讀齊齒呼現象主要集中在侯、登韻中。尤其是徽語、湘語、客贛方言在這一點上比較一致，閩語稍顯複雜。分布範圍最廣的當屬吳語（不過，吳語的這種廣度也僅僅是涉及某幾類聲母字，比如開口一等韻字讀為齊齒呼這一現象出現在談、寒韻的一般是見組字，出現在唐韻和鐸韻的則僅限幫組字）。是什麼音變機制使得一等韻在吳語、徽語、湘語、閩語、客贛方言這麼大的一片區域內發生相同的變化呢？

　　《廣韻》中開口一等韻有：歌、咍、泰、豪、侯、覃、談、寒、痕、唐、登韻，這些韻的主元音可以分為兩類：*ɑ（歌咍泰豪覃談寒唐）、*ə（侯痕登）兩類。結合上文一些方言區開口一等韻讀齊齒呼現象來觀察，中古主元音為 *ə 類的韻發展到現代漢語方言中比 *ɑ 類韻更容易讀成齊齒呼。這種很多方言區呈現出來的共性顯示，開口一等韻帶 i 介音現象是受一定語音條件制約而產生的具有規律性的語音演變的結果。劉寶俊認為中古 *ɑ 元音的前移高化是 i 介音產生的必要條件，而中古 ə 元音韻中 i 介音的產生與它在《廣韻》中元音的音

值和它在《廣韻》音系結構中的地位有直接關係。[24]鄭張尚芳認為：a、ə 兩類韻母出現 i 介音的原因大不相同。ə 類韻母一般是由元音本身前高化來的，a 類韻母才來自真正的介音增生。[25]陶寰（2003）由吳語蕭山話的侯韻今讀為 [io] 進而觀察到侯韻在北部吳語區、客贛方言區、湘語區、閩中、閩北等內陸閩語區還有徽語的大部分地區以及江淮官話中的通泰方言區等等一大片區域內都讀成帶 i 介音或主元音讀前元音，他受四等韻由中古以前主元音為 [e] 到中古後期普遍產生 i 介音的啟發，提出侯韻「次生的 [-i-] 介音主要是前元音 [e] 或 [ɛ] 裂變的結果」[26]。由此，他構擬出早期蕭山話的侯韻應該是 *eu[27]，相應的尤韻是 *ieu。並且把侯韻這個早期的語音形式的構擬推廣至整個南方方言，認為「*eu 很可能是宋代北方話侯韻的讀音，它隨著移民的南下帶到了現在的區域並成為這些方言侯韻的主體層語音」。[28]

　　包括侯、痕、登三韻在內的一等韻產生的 i 介音究竟是由元音本身前高化而來還是由前元音裂變而來，就目前掌握的材料來看尚無法

24　劉寶俊：〈論現代漢語方言中的「一等 i 介音」現象〉，《華中師範大學學報》1993 年第 1 期，頁 76。

25　鄭張尚芳：〈方言介音異常的成因及 e＞ia、o＞ua 音變〉，《語言學論叢》第 26 輯（北京市：商務印書館，2002 年），頁 90。

26　陶寰：〈《吳語一等韻帶介音研究》〉，《吳語研究：第二屆國際吳方言學術研討會論文集》（上海市：上海教育出版社，2003 年），頁 16。

27　陶寰（2003）之所以把侯韻主元音構擬為前元音是認為 [*əu] 無法解釋現代漢語南方方言中侯韻主元音為前元音或帶 [-i-] 介音的現象。他認為 *əu 到 *eu 這種演變模式十分奇怪，「[ə] 在 [-u] 韻尾之前發生前化在合理上也很難得到解釋」。其實，從平行演變角度來看，這種音變模式也不一定不能存在。中古的德韻，幾乎各家都把它擬為 *ək，而發展到現代漢語方言中，德韻主元音讀為前元音的比比皆是，比如濟南、西安、成都、溫州、福州、潮州等地德韻主元音為 e，南昌、建甌讀為 ɛ，在雙峰文讀為 e（與侯韻同），白讀為 ia（與侯韻的白讀 iɤ 一樣帶上了 i 介音）。如果我們假設德韻由中古的 *ək 發展到現代漢語中其主元音為 e 類前元音是合理的，那是不是也可以認為侯韻由 *əu 演變為其主元音為 e 類前元音是合理的？

28　陶寰：〈吳語一等韻帶介音研究〉，《吳語研究：第二屆國際吳方言學術研討會論文集》，頁 19。

判斷。單從發音部位上來說，ə 類比 a 類元音更接近於介音i的發音部位，這可能也是 ə 類韻比 a 類韻更容易產生 i 介音的原因。

　　綜上，我們分析了徽州方言一、三等韻不同程度的合流現象，其中分布最為普遍的是在流攝。流攝一、三等相混方式以一等韻帶上 i 介音向三等合流為常，一等韻帶 i 介音現象的產生與韻母主元音有一定的關係。

第五節　　中古陽聲韻在徽州方言中的今讀分析

　　中古陽聲韻包擴咸、深、山、臻、宕、江、曾、梗、通九攝三十五個韻母（舉平以賅上去），發展到現代漢語共同語中，從陽聲韻韻尾來看，原來的[-m]、[-n]、[-ŋ]三個韻尾合併為[-n]、[-ŋ]兩個，從韻類來看，咸山攝、深臻攝、宕江攝、曾梗攝兩兩之間發生合流，韻類之間的大事合併使得音系大為簡化。而發展到現代漢語方言中，陽聲韻的表現紛繁複雜。今天的徽州方言中，古陽聲韻有的脫落鼻韻尾，讀作開尾或元音尾韻，有的失去鼻韻尾後主元音帶上了鼻化色彩，韻類合併現象比共同語更為普遍。韻尾的弱化乃至脫落、古韻類之間的合流都是怎麼發生的？這些音變的出現都與哪些因素有關？徽州方言中，這樣的音變出現於何時？下面我們將圍繞這些問題分析中古陽聲韻在徽州方言中的今讀情況。

一　徽州方言中古陽聲韻韻尾的音值

　　中古陽聲韻在現代徽州方言中的韻尾音值如表3-19所示：

表3-19　徽州方言中陽聲韻韻尾音值

	咸	深	山	臻	宕	江	曾	梗	通
績溪	-/~	~	-/~	~	~	~	~	~	~
荊州	-/~	—	-/~	—	~	~	—	-/~	—
歙縣	—	~	—	~	~	~	~	-/~	~
屯溪	—	n	—	n/—			—/n	—/n	n
休寧	—	n/—（裏）	—/n（天~光）	n/—			—/n	—/n	n
五城	—	n	—	n/—			—/n	—/n	n
黟縣	—/ŋ（開一見組）	—/ŋ（參人~）	—	—/ŋ	ŋ	ŋ	—/ŋ	—/ŋ	ŋ
祁門	~	n	~	~/n	~	~	~/n/ŋ（朋）	~/n/ŋ（猛孟棚蚌瓊）	ŋ
婺源	~/m	n	~/m	n	~	~	~/n	~	m
浙源	~	n/~（裏）	~	n/ŋ	~	~	~/n	~/ŋ（開二幫）	ŋ
浮梁	—/n/ŋ（站車~）	n/ŋ（參人~森）	—/n	n	ŋ/—（開三非莊組）	ŋ	—/ŋ（朋）	—/n（清~早哽）/ŋ（開二幫）	ŋ
旌德	—	ŋ	—	—/ŋ	—	—	—/ŋ	—/ŋ	ŋ
占大	~	n	~	~/n	~	~	n/ŋ	n/~/ŋ（開二幫）	ŋ

	咸	深	山	臻	宕	江	曾	梗	通
淳安	～	n/～（參ㄥ～）	～	n/～	～/m	～/m	n	n/～/m（開二幫）	m
遂安	～/n	n/～（森參ㄥ～）	～	n	m/～	m/～	n/～	n/～（朋）	n
建德	─	n	─/～（現煙）/n（搬）	n/─（恩）	─/～	─	n/m	─/n/m（開二幫）	─/n/m（朋）
壽昌	─	n	─/n	n/～	～/m（螃芒）	～	n	～/n/m（棚）	m

說明：「m」、「n」、「ŋ」表示鼻尾；「～」表示鼻化，「─」表示無鼻尾、也不發生鼻化；一般情況下，「/」前的音值比「/」後的音值更常見。凡轄字較少或有明確分讀條件的在該音值後注出。

　　從表3-19所列內容，我們看到，今天的徽州方言中，古陽聲韻尾出現一定程度的弱化，各地弱化速度不一，其中，陽聲韻鼻尾保留程度較好的是祁婺片的祁門、婺源、浙源和旌占片的占大以及嚴州片的淳安、遂安等，古陽聲韻鼻尾大多留有兩個，尚未出現鼻韻尾脫落或者鼻化色彩完全消失的現象。鼻尾弱化程度最深的是績歙片的一些方言點，如績溪、荊州、歙縣等地，古陽聲韻尾[-m]、[-n]、[-ŋ]均已消失，部分韻攝主元音帶上鼻化色彩，而部分韻攝連主元音的鼻化色彩也不保留，如荊州的深、臻、曾、通攝，歙縣的咸、山、宕、江攝陽聲韻字均丟失鼻音韻尾從而讀同古陰聲韻字。除此，休黟片的很多方言點以及祁婺片的浮梁、旌占片的旌德和嚴州片的建德、壽昌等地也有很多陽聲韻字丟失鼻音韻尾讀同古陰聲韻字（也有一些方言點的部分陽聲韻字丟失鼻音韻尾但並未與陰聲韻字合流）。例如：

荊州：　凡＝懷 fɔ³³　　　　　簡＝姐 tɕiɔ²¹³

　　　　慣＝怪 kuɔ³⁵

歙縣：　髒＝渣 tsa³¹　　　　談＝抬 tʰɛ⁴⁴

　　　　先＝些 se³¹　　　　幫＝包 pɔ³¹

　　　　躲＝短 to³⁵

屯溪：　淺＝且 tsʰiːe³²　　班＝巴 puːə¹¹

　　　　艱＝家 kɔ¹¹

休寧：　本餅＝把 pa³¹　　牽＝車 tɕʰia³³

　　　　魂＝華 xua⁵⁵　　餐＝叉 tsʰɔ³³

　　　　箭＝借 tsiːe⁵⁵　　班＝巴 puːə³³

　　　　兄＝靴 ɕyːe³³　　堂＝圖 tau⁵⁵

　　　　想＝小 siau³¹

五城：　演影＝也 iɛ²¹　　顏＝牙 ŋɔ²³

　　　　箭＝借 tsiːɐ⁴²　　肝關＝瓜 kuːɐ²²

　　　　兄軒＝靴 ɕyːɐ²²

黟縣：　真＝知 tsʅ³¹　　　成＝柴 sa⁴⁴

　　　　遵＝追 tɕyɛi³¹　　班＝巴 poɐ¹¹

　　　　等＝第 tɐɐ⁵³　　　見＝借 tɕiːe³²⁴

　　　　汗＝畫 xuːɐ³　　　宣＝靴 ʃyːe³¹

浮梁：　年＝尼 ni²⁴　　　　漿＝災 tsa⁵⁵

　　　　膽＝躲 to²¹　　　　鱔＝社 ɕie³³

旌德：　扁＝比 pi²¹³　　　原＝危 uɪ⁴²

建德：　胖＝怕 pʰo³³⁴　　見＝借 tsie³³⁴

　　　　穿＝吹 tɕʰye⁴²³　　岸硬＝艾 ŋɛ⁵⁵

　　　　管＝拐 kuɛ²¹³

壽昌：　扁＝比 pi²⁴　　　　貪吞＝胎 tʰiɛ¹¹²

　　　　暗＝愛 ie³³　　　　圓＝圍 uei⁵²

　　　　眼＝瓦 ŋuə⁵³⁴　　餐＝叉 tɕʰyə¹¹²

　　　　扮＝壩 pɤ³³

　　古陽聲韻鼻尾在現代的徽州方言中呈現弱化趨勢，那鼻尾弱化肇始於何時呢？「有關徽語古陽聲韻鼻尾弱化的最早文獻記載，我們目前見到的是明代的一些用例。」[29]王驥德《曲律》卷二「論須識字」第十三在談到歙縣人汪道昆（1526-1593）所著雜劇的用韻情況時說：「至以『纖、殲、鹽』三字押車遮韻中，是徽州土音也。」但我們從反映清代休寧南鄉方音的韻書《休邑土音》中卻未見到陽聲韻字成批與陰聲韻字互見現象。造成這種現象的一個原因應該是部分陽聲韻字雖然已經丟失鼻音韻尾但韻基不同於陰聲韻的韻基，所以尚未與陰聲韻字混讀。這種現象在今天的休寧南鄉五城話中也是存在的，如宕、江攝和曾、梗攝部分的陽聲韻字就屬於這種情況。但今天五城話中已經與陰聲韻字混讀的那些陽聲韻字在《休邑土音》中卻沒有與陰聲韻字歸入相同的小韻中。我們以上文所列的五城話的五組同音字組「演影=也 iɛ²¹」、「顏=牙 ŋɔ²³」、「箭=借 tsi:ɐ⁴²」、「肝關=瓜 ku:ɐ²²」、「兄軒=靴 ɕy:ɐ²²」為例。在《休邑土音》中，「演、影」歸入下卷「一天」的「十四煙」小韻中，同音字組為「掩咸開三影琰魘咸開三影琰演衍山開三以獮冉咸開三日琰郢穎梗開三以靜偃山開三影阮影梗開三影梗」，而「也」歸入上卷「四佳」的「八葉」小韻中，同音字組為「也野冶蟹開三以馬」；「顏」歸入下卷「四間」小韻中，同音字組為「顏山開二疑刪岩咸開二疑銜」，而「牙」歸入上卷「二加」的「三鴉」小韻中，同音字組為「牙芽衙假開二疑麻」；「箭」歸入下卷「一天」的「九尖」小韻中，同音字組為「箭山開三精線薦山開四精霰餞山開三從線」，而「借」歸入上卷「四佳」中，聲、韻母相同的字組為「借假開三精祃姐假開三精馬秭止開三精旨節山開四精屑接楫咸開三精葉癤山開四精屑」；「肝關」歸入下卷「二歡」的「二干」小韻中，同音字組為「干肝竿玕山開一見寒官棺觀山合一見桓關山合二見刪鰥山合二見山」，而「瓜」歸入上卷「一花」的「三瓜」

29 趙日新：〈中古陽聲韻徽語今讀分析〉，《中國語文》2003年第5期，頁444。

小韻中，聲、韻母相同的字組為「瓜假合二見麻掛卦褂蟹合二見卦寡假合二見馬割山開一見曷葛山開一見曷刮山合二見鎋聒山合一見末」；「兄」歸入下卷「一天」中，未見與之同音的韻字，「軒」歸入下卷「一天」的「十三軒」小韻中，同音字組為「軒掀山開三曉元」，而「靴」歸入上卷「一花」的「五穴」小韻中，同音字組為「穴山合四匣屑靴果合三曉戈㩗止合三曉支」。以上這五組在現代休寧南鄉五城話中同音的字在《休邑土音》中均不同音。不過《休邑土音》中也存在少數中古陽聲韻字同陰聲韻甚至是入聲韻字同歸入一個小韻的現象。悉數列出如下：

（1）上冊一花韻部

活匣末：哇蛙窪影麻話匣夬曷匣曷遏影曷挖影鎋剜影桓

尊精魂：樽鐏精魂鑽精換

（2）上冊四佳韻部

絕從薛：截從屑謝榭邪禡且清馬切清屑竊清屑妻清葉睫精葉捷從葉斜邪邪麻塹清豔

車昌麻：叱昌質扯昌馬揣止合三初紙撤徹薛徹徹薛掣昌薛轍澄薛忖清混

結見屑：莢頰見帖揭羯見月潔桔拮見屑吉見質茄群戈笳群鹽

（3）上冊五高韻部

賊從德：操清豪造皂從皓躁精號操造糙清號噪燥心號澡精皓草清皓藻精皓曹槽嘈從豪忖清混

以上所列的陽聲韻字被歸入的是陰聲韻字組成的小韻裡。除此，韻書中還存在少數陰聲韻被收在領音字為陽聲韻字的小韻裡。悉數列出如下：

（4）下冊一天韻部

拈泥添：粘泥鹽染日琰碾泥獮惹日馬

（5）下冊三東韻部

捫明魂：夢明送蠓懵明董蒙明東艨匣梗矇濛朦矇明東捫明魂們明魂莓明隊

（6）下冊四間韻部

眼_{疑產}：廣_{琰上}晏_{影諫}雁_贋_{疑諫去}顏_{疑刪}岩_{疑銜}瓦_{疑馬}

以上所列的陰聲韻字被置於陽聲韻字組成的小韻裡，這些韻字存在一個共性，即這些讀同陽聲韻字的陰聲韻字均為系統中的鼻音聲母字。

以上所列的兩種情況，反映了韻書中陰聲韻和陽聲韻字存在一定程度的相混。這種相混就韻字歸併方向來說有兩種可能：陽聲韻字丟失鼻音韻尾讀同陰聲韻字；陰聲韻字受鼻音聲母影響產生鼻化色彩讀同陽聲韻字。

可能屬於第一種情況的韻書中僅有八個陽聲韻字，「剜_{影桓}尊樽鱒_{精魂}鑽_{精換}塹_{清豔}忖_{清混}箝_{群鹽}」歸入由陰聲韻字組成的小韻裡，而其中「尊樽_{精魂}鑽_{精換}忖_{清混}」這四個字存在異讀現象，還有一讀見於陽聲韻字組成的小韻裡（「尊樽_{精魂}」見於下卷「一天」韻部；「鑽_{精換}」見於下卷「二歡」韻部；「忖_{清混}，～度」見於下卷「一天」韻部的「村」小韻），可見陽聲韻字丟失鼻音韻尾讀同陰聲韻字現象在韻書所反映的音系中尚處於音變較早階段。而發展到今天的五城話中，除卻宕通、深攝的陽聲韻字和臻、曾、梗攝部分陽聲韻字還帶有鼻音韻尾外，其餘陽聲韻字均丟失鼻音韻尾變成開尾韻或元音尾韻，只是宕、江攝和曾梗攝部分的陽聲韻字雖然已經丟失鼻音韻尾但尚未與其他陰聲韻字混讀。這說明古陽聲韻尾的弱化表現在各韻攝不是整齊劃一的。五城話的這種弱化不平衡性也見於休寧城關話和屯溪話以及其他很多方言中，這說明鼻韻尾的弱化乃至脫落是一種詞彙擴散現象。

以上所列舉的徽語十七個方言點中，除去個別字，山攝僅在婺源、浮梁、壽昌部分保有鼻音韻尾，咸攝也僅在黟縣（開一見組）、婺源、浮梁、遂安部分保有鼻音韻尾，宕、江二攝僅在黟縣、浮梁、淳安、遂安留有鼻音韻尾。在九攝所包含的陽聲韻裡，最保守的要數通攝，只有績歙片的績溪、荊州、歙縣三點的通攝鼻韻尾弱化或脫落，其餘

的方言點均保有鼻音韻尾，且部分保留的是舌根鼻音韻尾[-ŋ]。

　　徽州方言中，不同古來源的陽聲韻鼻尾弱化乃至脫落的程度呈現出一定的差異性，這種差異大致對應於「《切韻》系統中陽聲韻攝主要元音的舌位從前低至後高的順序：山咸梗二宕江深臻梗三四曾通」[30]，足見鼻尾的保留和消失與元音的舌位有一定的關係。很多學者對此都有論述，張琨（1983）認為「最保守的一組韻母是後高（圓唇）元音後附舌根音韻尾（*oŋ），其次是前高（不圓唇）元音後附舌根鼻音韻尾（*eŋ），最前進的一組韻母是低元音後附舌頭鼻音韻尾（*a/ɑn）」[31]。潘悟雲（1986）也認為「前低元音容易使軟腭下降，引起元音的變化，於是鼻韻尾也更容易失落」[32]。

　　從徽州方言來看，鼻韻尾的消失除了與元音的舌位有關係之外，似乎與聲母和介音也有一定的關係。

　　聲母作為音節開頭的輔音，其發音部位對陽聲韻尾的演變可能也有著一定的影響，尤其是唇音聲母和舌根音聲母。明末北方官話裡曾攝一等、梗攝二等的唇音字就已經同通攝字合流了，其他聲母字直到今天的共同語中與通攝還保持有效的區別。在徽語中，梗攝二等幫組字和曾攝幫組字的「朋」基本與通攝字保留鼻尾情況一致。在黟縣，咸攝陽聲韻分化為純元音韻和[-ŋ]尾韻，分化條件是：開口一等見系字收[-ŋ]尾，其他聲母字讀純元音韻。在溪口，臻攝一等陽聲韻分化為[-ŋ]尾韻和純元音韻，分化的條件是：唇音聲母和舌根音聲母字收[-ŋ]尾，其他聲母字讀純元音韻。

　　介音對鼻音韻尾的弱化或者脫落也有一定的影響。比如，浮梁宕攝開口一等韻舌根鼻音韻尾保留，開口三等韻字中鼻音韻尾脫落，旌

30 趙日新：〈中古陽聲韻徽語今讀分析〉，《中國語文》2003年第5期，頁444。

31 張琨：〈漢語方言中鼻音韻尾的消失〉，《史語所集刊》第54本第1分（1983年），頁4。

32 潘悟雲：〈吳語的語音特徵〉，《溫州師專學報》1986年第2期，頁6。

德臻攝開口一等韻鼻尾韻脫落，而合口一等韻和三等韻都帶有舌根鼻音韻尾；占大臻攝一等韻鼻韻尾弱化，保留鼻化色彩，而三等韻則保留鼻音韻尾。

需要特別說明的一個問題是關於徽州方言中鼻尾[-m]的存在。[-m]尾見於祁婺片的婺源和嚴州片徽語中。但從來源看，這些方言點的[-m]尾與中古音系中被擬為[-m]尾的陽聲韻並不對應。其中婺源的[-m]尾來自中古咸攝開口一等、開口二等知系和山攝開合口一二等、合口三等非組還有通攝的全部以及梗攝合口二等的幾個字。淳安的[-m]尾來自通攝和宕、江攝部分字以及梗攝開口二等幫組字；遂安的[-m]尾來自來自宕、江攝部分字；建德的[-m]尾來自通攝和梗攝開口二等幫組字和曾攝的「朋」；壽昌的[-m]尾來自通攝字以及宕攝的幫組字「螃芒」以及梗攝幫組字「棚」。據錢文俊（1985）調查，[m]尾在婺源縣內很是普遍，至少二十多個方言點都不同程度存在古陽聲韻字讀[m]尾的現象。對此，羅常培（1934）認為，婺源方言中的[-m]尾「一定是上古音的遺留，絕不是偶然的現象」。而趙日新（2003）認為「徽語中的[-m]尾大多與中古的咸深二攝無關，所以它不大可能是中古[-m]尾的遺存，它要麼是中古《切韻》以前古音的遺留，要麼是後起的變化。相比之下，我們更傾向於認為它是一種後起的語音特徵」，認為「羅常培先生遽然下此斷語未免有些草率」。趙日新（2003）還從語音系統內部尋求證據，看到徽語中的[-m]尾韻，其主要元音或[-m]前的元音都是舌面後高（或半高）圓唇元音。例如：

　　　婺源：um、om、ɔm
　　　淳安：ɔm、iɔm
　　　遂安：om
　　　建德：ɑom、iɑom
　　　壽昌：ɔm、iɔm

　　據此推斷，徽語[-m]尾不大可能是上古音的遺留，而應該與元音的後圓唇化有著密切的關係。

　　丁治民（2007）從清代徽州方言韻書《新安鄉音字義考證》中「工」、「金」、「堅」三韻所含的韻字來推斷那時的[-m]韻尾已經消失，因此他也認為，現代婺源方言的[-m]韻尾不是上古音的遺留，而是新生的。出現的時間應是清咸、同年間以後至一九三四年之前這一百年左右的時間。

　　在現代漢語方言中，除了徽語，[-m]韻尾還見於南部吳語的磐安、縉雲、東陽。磐安、東陽的[-m]尾來自通攝，而縉雲的[-m]尾來自通攝和流攝，且[-m]尾前的元音是[o]或者[u]。對於南部吳語這種現象，曹志耘（2002）認為「磐安、縉雲、東陽等地的[-m]尾是在後高元音尤其是後高圓唇元音的影響下產生的，是一種後起的音變現象」。對於徽語和南部吳語中出現的類似現象，曹文和趙文的解釋基本相同。我們認為，他們的解釋應該是切合語言事實的。

二　徽州方言中陽聲韻的韻類分合

　　從上文「徽州方言中陽聲韻韻尾音值」表可見，就音類而言，因為陽聲韻之間出現了不同程度的合併現象，現代徽州方言陽聲韻與中古收[-m]、[-n]、[-ŋ]鼻尾的韻類間無法建立起整齊的對應關係。共同語中咸山攝、宕江攝、深臻攝、曾梗攝兩兩之間發生合流，這些合流現象也不同程度地出現在徽州方言中，不過，徽州方言又表現出一些不同於共同語的地方。主要體現在：

（一）咸、山二攝的合併

　　咸、山二攝所含的陽聲韻在明清時期漢語中合併為「言前」韻部，但早在元代，「宋代的覃咸到元代不變，只有輕唇字（《切韻》凡

范梵韻輕唇字）轉入了寒山。」[33]在現代漢語很多方言中，咸、山二攝的合流都是極為常見的，徽州方言也不例外。但相較共同語和其他方言，徽州方言的咸、山二攝在合併的同時又表現出一定的特點。徽州方言中，咸、山攝是分化程度較為明顯、與其他韻攝合併較為活躍的兩個韻攝。

本章第二節「一、二等韻在徽州方言中的結構關係」中曾經討論過徽州方言中咸、山二攝一、二等韻的關係，我們看到，咸、山二攝在徽語中大多已經合流。但在少數方言點，咸、山二攝保持一定程度的對立，其中對立程度較高的是祁婺片的婺源，咸、山攝同等次的韻母保持有效的區別。不過，婺源的咸山攝之間也出現了合流的趨勢，主要表現在咸攝一、二等的見系字與山攝二等的部分見系字同讀為ĩ或m。除了婺源，徽語中還有部分方言點，咸、山二攝基本合流，只在一等見系字保持一定程度的對立，相同的聲母條件下咸、山二攝出現了不同的今讀形式。這種現象主要見於中心徽語區例如休黟片的屯溪、休寧、五城、黟縣和祁婺片的祁門。

徽州方言中，咸、山二攝除了彼此間出現條件性合流外，還與其他韻攝出現了不同程度的合流。主要有：

1　咸、山攝與宕、江攝的合流

徽州方言中，咸、山攝與宕、江攝的合流主要發生在一、二等韻以及宕攝的三等知系字還有幾攝的合口三等非組字，咸、山攝與宕、江攝的合流見於休黟片的五城、祁婺片的祁門、旌占片的占大以及嚴州片的淳安、遂安和建德等地。例如：

---

33 王力：《漢語語音史》，頁431。

五城：　凡咸三煩山三＝房宕三 fɔu²³　　　　耽咸一單山一＝當宕一,~時 tɔu²²

　　　　參咸一餐山一＝倉宕一瘡宕二窗江二 tsʰɔu²²

　　　　監咸二~牢,奸山二＝剛光宕二江江二 kɔu²²

祁門：　凡咸三煩山三＝房宕三 fũ:ɐ⁵⁵　　　　耽咸一單山一＝當宕一,~時 tõ¹¹

　　　　斬咸二展山三＝掌宕三 tʂõ⁴²　　　　干官山一＝光宕一 kũ:ɐ¹¹

　　　　含咸一咸咸二閑山二＝杭宕一降江二,投~ xõ⁵⁵

占大：　凡咸三煩山三＝防宕三 fɔ̃³³　　　　耽咸一單山一＝當宕一,~時 tɔ̃¹¹

　　　　參咸一餐山一＝倉宕一瘡宕二 tsʰɔ̃¹¹　　官山一關山二＝光宕一 kuɔ̃¹¹

　　　　咸咸二＝杭宕一 xɔ̃³³

淳安：　凡咸三煩山三＝房宕三 fã⁴⁴⁵　　　　班山二＝幫宕一邦江二 pã²²⁴

　　　　耽咸一單山一＝當宕一,~時 tã²²⁴　　參咸一餐山一＝倉宕一 tsʰã²²⁴

　　　　監咸二~牢,奸山二＝剛宕一江江二 kã²²⁴　官山一關山二＝光宕一 kuã²²⁴

遂安：　凡咸三煩山三＝房宕三 fã³³　　　　談咸一檀山一＝棠宕一 tʰã³³

　　　　散山一＝喪宕一,~失 sã⁴²²　　　　含咸一咸咸二閑山二＝降江二 xã³³

　　　　管山一＝廣宕一 kuã²¹³

建德：　班山二＝幫宕三 pɛ⁴²³　　　　鑽山一＝張宕三 tsɛ⁴²³

　　　　饞咸二鑽山一,名詞＝腸賬宕三 tsɛ³³⁴　尖咸三煎山三＝將僵宕三 tɕie⁴²³

以上六個方言點中，咸、山攝和宕、江攝的相混程度存在差異。在祁門，咸攝一等見系字部分與宕、江攝不混，咸、山攝一二等其他聲母字以及三等非組字與宕、江攝相混；占大，除了大部分見組字外，咸、山攝一、二等字以及三等非組字與宕、江攝相混。而嚴州片徽語中，從淳安到遂安再到建德，咸、山攝和宕、江攝相混的字逐漸減少。

這裡需要說明的是休寧南鄉五城點，除了咸、山攝一等見系字較少與宕、江攝相混外，咸、山攝一、二等其他聲母字以及三等非組字與宕、江攝字基本相混。而反映清代休寧南鄉方音的韻書《休邑土

音》中，山攝與宕江攝字有互見之處，具體表現在：山攝一、二等幫組字與宕、江攝一二等字相混，同歸於下冊「五江部」；咸、山二攝其他一、二等字歸入下冊「四間部」。韻書在「四間部」的韻目總目下注曰：「此十音俱近五江可與五江通查」，在這個韻部每個小韻平上去入四聲之圖的右邊以小字注曰：「後五江通查」，或「通五江之某某」，或「五江之某某通查」。與之相呼應的是在「五江部」的韻目總目下注曰：「此前十音俱通四間，可與四間通查」，這裡的「十音」指「江」、「雙」、「康」「倉」、「當」、「荒」、「纕」、「湯」、「腌」³⁴、「莊」這樣十個小韻。這些小韻所收大多是宕、江攝一、二等韻字和二、三等莊組字（五江韻部共轄有28個小韻，後18個小韻所收主要是宕攝三等字和山攝一、二等幫組字、咸山攝非組字）。韻書在前十個小韻平上去入四聲之圖的右邊以小字注曰：「通前四間」，或「通四間之某某」以示呼應。韻書對「俱近」「通查」的意思沒有作出進一步的說明。我們推測，大概是韻書時代咸、山二攝與宕、江攝韻母趨同，但除了幫組、非組外這幾攝還保留著分而不混的局勢，發展到今天的五城話中，咸、山二攝一二等非見系字、三等非組字已經與宕江攝字完全合流了。這也可以說明，在休寧南鄉，咸、山攝和宕、江攝相混肇始於幫、非組字。

2　咸山攝與臻、曾、梗攝的合流

前文提過，咸、山攝在徽州方言中分化程度較為明顯，與其他韻攝合併較為活躍，除了少數方言點例如淅源、壽昌之外，咸、山攝與臻、曾、梗攝之間一般存在以聲母或是等次為條件的不同程度的合流。例如：

---

34 「腌_{影母}」疑為「肮」之誤。因為五江部前十音中不雜有咸、山二攝字。

績溪： 饅山合一＝門臻合一—蚊臻合三明梗合三 mã^{44}　　段山合一＝盾臻合一—洞通合一 tʰã^{22}

坎咸開一 kʰã^{35}—墾臻開一肯曾開一 kʰã^{213}　　煎山開三＝今深開三巾臻開三精梗開三 tɕiã^{31}

仙山開三先山開四＝生梗開二 sẽi^{31}

荊州： 瞞山合一＝門臻合一—蚊臻合三明梗合三 mɛ^{33}　　潭咸開一—屯臻合一—騰曾開一同通合一 tʰɛ^{33}

亂山合一—嫩臻合一—弄通合一 nɛ^{31}　　暗咸開一 ŋɛ^{35}—恩臻開一 ŋɛ^{55}

歙縣： 覽咸開一＝冷梗開二 lɛ^{35}　　參咸開一攬咸開二餐山開一＝撐梗開二 tsʰɛ^{31}

甘咸開一監咸開二，～牢肝山開一艱山開二＝耕梗開二 kɛ^{31}

屯溪： 鉗咸開三戰山開三見山開四＝正敬梗開三 tɕi:e^{55}

鹽咸開三然山開三＝應曾開三，～該贏梗開三榮營梗合三 i:e^{55}

坎咸開一＝墾臻開一 kʰɛ^{32}—肯曾開一 kʰɛ^{55}—坑梗開二 kʰɛ^{11}

休寧： 甘咸開一＝跟臻開一庚梗開二 ka^{33}　　憾咸開一限山開二＝恨臻開一幸梗開二 xa^{33}

鉗咸開三戰山開三見山開四＝證曾開三敬梗開三 tɕia^{55}

炎咸開三延山開三銀臻開三仍曾開三贏梗開三 ia^{33}

五城： 甘咸開一＝跟臻開一庚梗開二 kɛ^{22}　　庵咸開一＝恩臻開一 ŋɛ^{22}

檢咸開三繭山開四＝枕深開三景梗開三 tɕiɜ^{21}　　炎咸開三延山開三蠅曾開三贏梗開三 iɛ^{23}

團山合一＝屯臻合一 tu:ɐ^{23}　　酸山合一＝孫臻合一 su:ɐ^{22}

黟縣： 庵咸開一＝恩臻開一—溫臻合一 vaŋ^{31}　　甘咸開一＝根臻開一 kuɑŋ^{31}

敢感咸開一＝滾臻合一 kuɑŋ^{53}

祁門： 泔咸開一＝跟臻開一 kuæ^{11}　　敢咸開一＝滾臻合一 kuæ^{42}

揞咸開一＝穩臻合一 uæ^{42}　　全山合三＝存臻合一 tsʰỹ:ɐ^{55}

選山合三＝損臻合一 sỹ:ɐ^{42}　　兼咸開四肩山開四＝驚梗開三經梗開四 tɕĩ:ɐ^{11}

淹咸開三煙山開四＝鷹曾開三英梗開三 ĩ:ɐ^{11}

婺源： 磡咸開一＝困臻合一 kʰuɐin^{35}　　暗咸開一 ŋuɐin^{35}

浮梁： 盤山合一＝盆臻合一 pʰən^{24}—品深開三 pʰən^{21}　　端山合一＝墩臻合一 tən^{55}

酸山合一宣山合三＝心深開三辛臻開三孫臻合一 sən^{55}

男咸開一＝林深開三鄰臻開三輪臻合三 lən^{24}—暖山合一 lən^{21}

甘咸開一肝山開一＝根臻開一 kiən^{55}　　官山合一＝滾臻合一 kən^{21}

旌德： 盤山合一＝盆臻合一朋曾開一 pʰe^{42}　　潭咸開一壇山開一團山合一＝屯臻合一 tʰe^{42}

簪咸開一鑽山合一＝尊臻合一增曾開一爭梗開二 tse^{35}

甘咸開一肝山開一＝根臻開一耕梗開二 ke^{35}

占大： 盤山合一＝盆臻合一 pʰɤ^{33}　　端山合一＝墩臻合一 tɤ̃^{11}

酸山合一＝孫臻合一 sɤ̃^{11}　　甘咸開一肝山開一＝根臻開一耕梗開二 kɤ^{11}

庵咸開一安山開一＝恩臻開一 ŋɤ^{11}　　寬山合一＝昆臻合一 kʰuɤ^{11}

淳安：盤山合一＝盆臻合一 pʰã⁴⁴⁵　　　　　　貪咸開一＝吞臻開一 tʰã²²⁴

　　　參咸一餐山一＝撐梗開二倉宕一 tsʰã̌²²⁴　　扇山開三酸山合一＝孫臻合一 sã²²⁴

　　　監~牢，咸二奸山二＝庚耕梗開二剛宕一江江二 kã̌²²⁴

遂安：潭咸開一＝屯臻合一藤曾開一同通合一 tʰən³³　　蠶咸開一＝松通合三，~樹 tsən³³

　　　磡咸開一＝空通合一 kʰən⁵³⁴

　　　庵咸開一＝音深開三恩臻開一姻臻開三鷹曾開三英梗開三 n⁵³⁴

建德：鑽山合一＝爭梗開二張宕三 tsɛ⁴²³

　　　甘咸開一＝監咸開二，~牢肝山開一間山開二，房~＝耕梗開二 kɛ⁴²³

　　　庵咸開一＝安山開一＝音深開三恩臻開一 ŋɛ⁴²³

　　從以上所列十五個方言點的同音字組可見，除了黟縣、婺源、遂安僅見少數咸攝一等字與臻攝字相混而山攝字未雜入其中外（咸、山二攝一等見系字基本保持著與同組字之間的有效區別，這可視為中心徽語區的一項語音特徵），其他十三個方言點，咸、山攝字或多或少都與臻攝等陽聲韻字有相混現象。在徽語中心地區的方言例如屯溪、休寧、五城、祁門，咸、山攝與臻、曾、梗攝相混模式呈現一定的共性：僅少數咸開一見組字混入臻、曾、梗攝洪音韻今讀中，部分咸、山攝細音字與部分曾、梗攝細音字相混，存在區別的僅在於相混的讀音究竟是咸、山攝細音的主體層讀音，還是臻、曾、梗攝細音韻的主體層讀音。在屯溪和祁門，咸、山攝細音與曾、梗攝細音相混的讀音是咸、山攝細音的主體層讀音，而在休寧、五城，山攝細音與曾、梗攝細音相混的讀音是曾、梗攝細音的主體層讀音，這大概是歸併方向不同的體現。而在浮梁、旌德、占大、淳安這樣幾個外圍徽語區的方言點中，一般是部分咸、山攝一等字與部分臻、曾、梗攝一、二等字相混，細音字不相混。而在績溪、荊州、遂安等地，咸、山攝與臻攝相混的讀音層中還有部分通攝字。

　　以上方言點中，我們需要重點分析休寧南鄉五城話，與清代代表休寧南鄉方言的韻書《休邑土音》相比，今天的五城話發生了一些變化，主要表現在：

　　韻書中咸、山攝開口三、四等字不分聲母均歸入同一個韻部，其中知章組和見系字同曾、梗攝三、四等知章組、見系字相混，這裡面還包括由泥、日、疑母字組成的「拈」小韻字。而今天的五城話中，咸、山攝開口三、四等字按聲母不同有了分化：幫組、端組、來母、精組字歸為一組，讀作[iːɐ]，知系、見系字同曾、梗攝三、四等知系、見系字同讀為[iɛ]，[iːɐ]和[iɛ]似呈互補分布態勢，但在[ȵ]聲母後出現對立。原本在韻書中同韻（「拈」小韻）的「言嚴年黏研碾染驗念」「硬迎」在今天的五城話中卻被分成了三組，咸、山攝三、四等字「言嚴年黏研碾染驗念」讀為「ȵiːɐ」，梗攝字「硬」讀為「ȵiɛ」，「迎」讀為「ȵian」。從今天五城話中咸攝三、四等字按聲母不同產生分化以及[ȵ]聲母後與梗攝字表現出來的對立現象，我們看到，咸、山攝三、四等字與曾梗攝三四等字相混程度明顯不如韻書時代，也就是說，從韻書時代到今天的五城話，咸、山攝三、四等字與曾、梗攝字是沿著逐漸分別的趨勢發展的。

（二）深、臻、曾、梗四攝的合流

　　深、臻、曾、梗四攝合流在吳語、江淮官話等一些方言中是極為常見的，而徽州方言中也同樣存在，而且，據傳世文獻，徽州至少明末就存在這四攝之間的合流現象了。明末徽州方音材料《徽州傳朱子譜》「把『賓崩』當成一個韻目，韻內包括了臻、深、梗、曾四攝的字，而且沒有再為這幾個攝另設韻目，顯然，這幾個韻已經合併了。」[35]現代徽州方言中，這四攝字之間存在不同程度的合流。具體如下表所示：

35　高永安：《明清皖南方音研究》（北京市：商務印書館，2007年），頁233。

表3-20　徽州方言深、臻、曾、梗四攝陽聲韻字今讀

	賓臻-冰曾-兵梗	林深-鄰臻-菱曾-靈梗	心深-新臻-星梗	針深-真臻-蒸曾-正梗,～月	今深-巾臻-經梗	音深-姻臻-鷹曾-英梗	墾臻-肯曾-坑梗
績溪	piã³¹	niã⁴⁴	ɕiã³¹	tɕiã³¹		iã³¹	墾肯kʰã²¹³ 坑kʰẽ³¹
荊州	piɛ⁵⁵	ȵiɛ³³	ɕiɛ⁵⁵	tɕiɛ⁵⁵		iɛ⁵⁵	墾肯kʰɛ²¹³ 坑kʰɔ̃⁵⁵
歙縣	piʌ̃³¹	liʌ̃⁴⁴	siʌ̃³¹	tɕiʌ̃³¹		iʌ̃³¹	墾肯kʰʌ̃³⁵ 坑kʰɛ³¹
屯溪	pɛ¹¹	林鄰菱lin⁵⁵ 靈lɛ⁵⁵	心新sin¹¹ 星sɛ¹¹	針真蒸tɕian¹¹ 正tɕi:e¹¹	今巾tɕin¹¹ 經tɕi:e¹¹	音姻in¹¹ 英i:e¹¹	墾kʰɛ³² 坑kʰɛ¹¹ 肯tɕʰin³²
休寧	賓冰₂pin³³ 冰₁兵pa³³	林鄰菱lin⁵⁵ 靈la⁵⁵	心新sin³³ 星sa³³	針真蒸tɕiěn³³ 正tɕia³³	今巾tɕin³³ 經tɕia³³	音姻鷹in³³ 英ia³³	墾kʰa³¹ 肯tɕʰin³¹ 坑tɕʰia³³
五城	賓pin²² 冰兵pɛ²²	林鄰菱lin²³ 靈lɛ²³	心新sin²² 星sɛ²²	針真蒸tɕian²² 正tɕiɛ²²	今巾tɕian²² 經tɕiɛ²²	音姻鷹ian²² 英iɛ²²	墾kʰɛ²¹ 肯tɕʰian²¹ 坑tɕʰiɛ²²
黟縣	pɐɐ³¹	林鄰菱lɛi⁴⁴ 靈lɐɐ⁴⁴	心新sɛi³¹ 星sɐɐ³¹	針真蒸tsɿ⁵¹ 正tʃa³¹	今巾tʃɛi³¹ 經tʃɛi³¹	音姻iɛi³¹ 鷹英iɐɐ³¹	墾kʰuaŋ⁵³ 肯tʃʰɐɐ⁵³ 坑kʰa³¹
祁門	賓兵pæn¹¹ 冰pæ̃¹¹	林鄰菱næn⁵⁵ 靈næ̃⁵⁵	心新sæn¹¹ 星sæ̃¹¹	針真蒸tʂæn¹¹ 正tʂæ̃¹¹	今巾tɕiæn¹¹ 經tɕĩ:ɐ¹¹	音姻iæn¹¹ 鷹英ĩ:ɐ¹¹	墾kʰuæ̃⁴² 肯tɕʰiæn⁴² 坑kʰã¹¹
婺源	賓pein⁴⁴ 冰兵pɔ̃⁴⁴	林鄰lein¹¹ 菱靈lɔ̃¹¹	心新sein⁴⁴ 星sɔ̃⁴⁴	針真蒸tsein⁴⁴ 正tsɔ̃⁴⁴	今巾tɕiɐin⁴⁴ 經tɕiɔ̃⁴⁴	音姻iɐin⁴⁴ 鷹英iɔ̃⁴⁴	墾kʰuɐin² 肯tɕʰiɔ̃² 坑kʰɔ̃⁴⁴
浙源	賓pein³³ 冰兵pã³³	林鄰lein⁵¹ 菱靈lã⁵¹	心新sein³³ 星sã³³	針真蒸tsein³³ 正tsã³³	今巾tɕiein³³ 經tɕiã³³	音姻iein³³ 鷹英iã³³	墾kʰuɐŋ²¹ 肯tɕʰiã²¹ 坑kʰã³³

	賓臻-冰曾-兵梗	林深-鄰臻-菱曾-靈梗	心深-新臻-星梗	針深-真臻-蒸曾-正梗,～月	今深-巾臻-經梗	音深-姻臻-鷹曾-英梗	墾臻-肯曾-坑梗
浮梁	pai^{55}	林鄰lən^{24} 菱靈nai^{24}	心新sən^{55} 星sai^{55}	針真tɕiən^{55} 蒸正tɕiai^{55}	今巾tɕiən^{55} 經kai^{55}	音姻iən^{55} 鷹英ŋai^{55}	肯kʰai^{21} 坑kʰa^{21}
旌德	pin^{35}	lin^{42}	ɕin^{35}	tɕin^{35}		in^{35}	墾肯kʰən^{213} 坑kʰe^{35}
占大	pin^{11}	nin^{33}	ɕin^{11}	tsən^{11}	tɕin^{11}	音姻英in^{11} 鷹n　^{11}	肯tɕʰin^{213} 坑kʰã^{11}
淳安	pin^{224}	lin^{445}	ɕin^{224}	tsen^{224}	tɕin^{224}	in^{224}	墾肯kʰen^{55} 坑kʰã^{224}
遂安	賓pen^{422} 冰兵pen^{534}	len^{33}	ɕin^{534}	tɕin^{534}		n^{534}	墾肯kʰən^{213} 坑kʰã^{534}
建德	pin^{423}	nin^{334}	ɕin^{423}	tsen^{423}	tɕin^{423}	in^{423}	墾肯kʰen^{213} 坑kʰɛ^{423}
壽昌	pien^{112}	lien^{52}	ɕien^{112}	tsen^{112}	tɕien^{112}	ien^{112}	墾kʰen^{55} 肯kʰen^{24} 坑kʰã^{112}

　　從表3-20所列內容可見，徽州方言中深、臻、曾、梗攝的今讀大致可以分為三種類型：

　　1. 深、臻、曾三等、梗四攝基本合流。

　　這種類型主要出現在績歙片、旌占片、嚴州片徽語中，但這種類型中梗攝二等和梗攝的合口韻在很多點表現特殊，一般不跟其他韻攝合流。例如表中所舉的「坑」字與臻、曾攝一等韻字今讀均不同。

　　2. 深、臻二攝合流，梗攝一般不混入其中，而曾攝出現不同程度的分化，大部分混入梗攝讀音層中，少數字分歸入深、臻攝合流的讀音層中。

　　這種歸併類型代表徽語中心地區典型的語音特徵，休黟片的屯溪、休寧、五城、黟縣以及祁婺片的祁門均屬於這種類型。需要說明

的是其中曾攝的分化，我們以休寧南鄉五城話為例。

　　今天的五城話中，曾開三的陽聲韻字總共有五種音讀：ian（橙澄~清事實蒸稱~茶葉秤稱相~繩塍田~升凝興鷹應答~）、iɛ（征稱~呼證症乘承丞勝應~該蠅）、in（憑陵淩菱）、ɛ（冰瞪）、yan（孕）。深開三的陽聲韻字有三種音讀：in（幫組、端系）、ian（知三章組、見系、日母字）、an（森參人~）。臻開三的陽聲韻字有四種音讀：in（幫組、精組）、ian（知系、見系字）、ɛ（津）、iɛ（晨臣引）；梗開三、四的陽聲韻字有五種音讀：ɛ（幫組，泥來母，精組）、iɛ（知三章、見系）、ian（迎）、iɔu（映）、in（聘秉）。而通攝三等的陽聲韻字有三種音讀：an（大多數，見組部分）、in（隆龍）、ian（戎絨窮雄熊融茸胸凶雍擁容蓉熔甬勇湧西~：五城地名用）。根據不同韻母所轄例字的多寡以及口語化程度，我們可以看到，[iɛ] / [ɛ]是梗開三、四的主體層讀音，[ian] / [in]是通合三的主體層讀音。

　　而清代反映休寧南鄉方音的《休邑土音》中，曾攝三等陽聲韻字歸入的韻部主要是下冊的「一天」部和「三東」部。歸入「一天」部的曾開三字有「兢見蒸應膺鷹影蒸蠅以蒸應影證徵知蒸橙澄瞪棖澄蒸拯章拯證症章證稱昌蒸懲澄蒸勝書蒸乘船蒸承丞禪蒸剩乘船證凝疑蒸陵淩菱來蒸瓵精證冰掤幫蒸憑並蒸」，歸入「三東」部的曾開三字有「綾來蒸鷹影證孕以證興曉蒸興曉證升昇書蒸繩塍船蒸蒸章蒸剩船證秤稱昌證憑並」。可以看到，這兩個韻部中的曾開三字不存在互補分布的關係，這些韻字沒有明顯的分化條件，例如，同等音韻地位的「乘船蒸」和「繩塍船蒸」、「陵淩菱來蒸」和「綾來蒸」、「應影證」和「鷹影證」分屬兩個韻部；「稱」平聲見於一天部，與「撐徹庚」等同音，去聲見於三東部，與「秤昌證襯初震」等同音。我們觀察「一天」部和「三東」部中與曾開三字同讀的韻字，歸入一天部的大多是梗攝字，與曾開三相混的有梗攝字，也有咸、山攝細音字；而歸入東韻部的大多是通攝字，與曾開三相混的大多為深、臻攝三等字。即從音類分合角度來觀察，「一天」部的讀音

是曾梗攝字相混的形式,「三東」部的讀音是曾臻攝字相混的形式,東部基本不見梗攝字。

我們比較韻書和今天五城話中曾開三字的歸屬,除卻發音人無法識讀的字外,韻書比今天的五城話有更多的曾開三字與梗攝字相混,例如韻書中與梗攝字同歸入「一天」部的「陵凌菱_{來蒸}橙澄~清事實鷹影蒸應影證」這幾個字,今天五城話中已經與深、臻、通攝字混讀為[ian]/[in],「稱_{昌蒸}」字也有了[ian]的異讀;而韻書中歸入「三東」部的曾開三字在今天的五城話中無一例讀同梗攝字。這說明,從韻書時代到今天的五城話中,曾開三字越來越多向深、臻、通攝字的讀音形式歸併,曾、梗合流趨勢逐漸減弱。這個趨勢大概可以代表深、臻、曾、梗攝在今天中心徽語的發展趨勢。

3. 深、臻、曾、梗四攝今讀基本分歸為兩組,深攝和臻攝合流為一組,曾攝和梗攝合流為一組。

這種類型主要見於江西徽語區的婺源、浙源、浮梁、德興等地。不過,婺源和浙源還見到少數曾開三章組字混入深、臻攝合流的讀音層中,浮梁、德興則較少見到。

(三)宕、江攝的合流與分化

從宋代朱熹反切中,我們就看到江韻開始併入陽唐韻,發展到現代漢語共同語及方言中,江韻與宕攝的唐、陽韻合流都是極為常見的。今天的共同語中,宕、江攝所包含的韻母基本形成主元音相同而開、齊、合相配的格局。

而在今天的徽州方言中,唐、陽、江韻之間形成了不同的合流與分化模式。外圍徽語區的婺源、浙源、占大等與共同語中宕、江攝包含韻母分混格局相同,即形成開、齊、合相配主元音相同的三分格局。除此,嚴州片徽語中的淳安和遂安也可以歸入這種類型,這兩個點唐、陽、江韻除了形成開、齊、合([ã iã uã])三分而主元音相同

格局外，還出現了其他今讀形式：ɔm（淳安）/ om（遂安）。

　　宕、江攝所包含的韻母在徽州方言中最主要的分混模式是唐、陽、江三韻部分合流後形成開、齊相配主元音相同的二分格局，績歙片的績溪、荊州和休黟片的屯溪、休寧、五城是這種分混格局的典型代表，唐、陽合口韻讀同開口。除此，績歙片的歙縣除了幫組、莊組讀音特殊外，也基本歸入這種開、齊二分格局。祁門除了開、齊二分主元音相同外，唐、陽合口韻和江、唐開口韻的幫組合流讀為合口呼韻母，與江、唐開口其他組字主元音也不同。

　　除了二分和三分格局，宕、江攝所包含的韻母在徽州方言中還有特殊的分混類型，如嚴州片的壽昌，唐、陽、江三韻部分合流後形成開、齊、合、撮（[ã iã uã yã]）相配而主元音相同的四分格局。

　　最為特殊的是部分方言點如黟縣、浮梁、旌德、建德，除了莊組字，宕攝開口一、三等之間主元音不相同，唐韻（江韻）、陽韻有分立趨勢。例如：

表3-21　徽語部分方言點宕、江攝開口韻今讀

	宕開一／江開二						宕開三					
	幫	湯	狼	倉	崗江	杭	糧	將	張	薑	香	羊
黟縣	poŋ³¹	tʰoŋ³¹	loŋ⁴⁴	tʃʰoŋ³¹	koŋ³¹	xoŋ⁴⁴	liŋ⁴⁴	tɕiŋ³¹			siŋ³¹	iŋ⁴⁴
浮梁	paŋ⁵⁵	tʰaŋ⁵⁵	laŋ²⁴	tsʰaŋ⁵⁵	kaŋ⁵⁵	xaŋ²⁴	na²⁴	tsa⁵⁵	tɕia⁵⁵		ɕia⁵⁵	nia²⁴
旌德	po³⁵	tʰo³⁵	lo⁴²	tsʰo³⁵	ko³⁵	xo⁴²	liæ⁴²	tɕiæ³⁵			ɕiæ³⁵	iæ⁴²
建德	pɛ⁴²³	tʰo⁴²³	no³³⁴	tsʰo⁴²³	ko⁴²³	xo³³⁴	nie⁴²³	tɕie⁴²³	tsɛ⁴²³	tɕie⁴²³	ɕie⁴²³	iã³³⁴

　　徽州方言中唐、陽韻主元音分立這種類型至少見於明末。據高永安（2007），刊刻於明末萬曆辛亥年間的新安韻書《音聲紀元》中，來自中古陽韻的「祥」類單獨組成一個韻；來自中古唐、江韻的「航」類、「降」類、「黃」類組成一個韻，形成開、齊、合相配的格

局。而編成於明末萬曆甲寅年間的《律古詞曲賦葉韻統》（署名新安程元初）一書中，來自江、陽、唐韻的字都在一個韻裡，只不過有開、合、卷、抵、撮五個呼法。還有明末的《徽州傳朱子譜》中來自江、宕攝的只歸入一個邦韻。可見，至少在明代，徽州方言中就存在唐（江）、陽韻主元音分立和相同兩種不同的類型。

當然，宕、江攝所包含的韻母主元音不相同的現象也不僅僅見於徽州方言中，現代吳方言中也存在這種分混格局。據錢乃容（1992）和曹志耘（2002），吳語中唐韻和陽韻的開口主元音不對等的代表點有：

溧陽：ʌŋ：ie

丹陽：ɑŋ：ie

靖江：ɑŋ：ĩ

無錫、寶山：ɒ̃：iã

松江：ɑ̃：ɛ̃

黎里：ɑ̃：ã̃

雙林、寧波：ɔ̃：iã

溫州：ᵘɔ：i

衢州：ɒɑ̃：iã̃

廣豐：ã̃ɔ：æ/iã̃

綜上，咸、山二攝合流，深、臻、曾、梗攝不同程度合流，宕、江攝合流，這些合流在徽州方言中都是較為常見的音變，究其原因，主要是陽聲韻的鼻音韻尾發生變化，或弱化，或脫落，鼻音韻尾的弱化甚而脫落使得原來不同韻尾的陽聲韻之間失去對立從而表現趨同，而影響歸併類型和方式的主要是原陽聲韻的主元音。

第六節　中古入聲韻在徽州方言中的今讀分析

　　《切韻》音系中，入聲字帶塞音韻尾[p]、[t]、[k]，讀為短促調，入聲韻和入聲調是重合的。發展到現代漢語方言中，三套塞音韻尾完整保留的方言非常少，多數方言裡塞音韻尾脫落，少數方言三套塞音韻尾發生不同程度的合併。而入聲調或者失去短促特徵，或者合併甚至消失，少數繁化、增多（比如粵語）。古入聲韻和入聲調在現代徽州方言中表現複雜，有的方言點入聲韻還帶有一個喉塞音韻尾[ʔ]，但大多數方言點入聲韻尾已經脫落，入聲調或按中古聲母的清濁分為兩類，其中陰入自成一調，陽入歸併到其他調類中去；或者入聲不分清濁自成一調。對於入聲韻尾脫落且入聲調消失的方言，其入聲韻與陰聲韻會發生一定程度的合流，兩種來源性質不同的韻母在徽州方言中呈現出什麼樣的分合規律，原本與入聲韻相匹配的入聲調又會發生什麼樣的變化，這些問題都是我們需要關注的。而關於入聲調的演變問題我們將在聲調部分詳加討論，這一節我們主要分析入聲韻尾的變化和因主元音舌位高低前後變化而造成的韻類歸併或分化等問題。

一　入聲韻尾的變化

　　入聲韻尾在徽州方言中大致有三種表現：

1　除少數字外，入聲韻不論是清聲母還是濁聲母字均帶喉塞韻尾[ʔ]

　　徽語中，這種類型所轄的方言點比較少，主要有績歙片的績溪、荊州和嚴州片的淳安等地。例如：

	臘咸 辣山	貼咸 鐵山	立深 栗臻	骨臻	博宕 剝江	藥宕	賊曾	熄曾 惜梗	石梗	讀通	菊通
績溪	nɔʔ^{32}	tʰiaʔ^{32}	ȵieʔ^{32}	kuɤʔ^{32}	poʔ^{32}	yoʔ^{32}	tsʰɤʔ^{32}	ɕieʔ^{32}		tʰɤʔ^{32}	tɕyeʔ^{32}
荊州	nɔʔ^{3}	tʰiaʔ^{3}	ȵieʔ^{3}	kuɤʔ^{3}	poʔ^{3}	yoʔ^{3}	tsʰɤʔ^{3}	ɕieʔ^{3}		tʰɤʔ^{3}	tɕyeʔ^{3}
淳安	lɑʔ^{13}	tʰiɑʔ^{5}	liʔ^{13}	kueʔ^{5}	poʔ^{5}	iɑʔ^{13}	səʔ^{13}	ɕiʔ^{5}	sɑʔ^{13}	tʰɔʔ^{13}	tsoʔ^{5}

2 古入聲韻部分保留塞音韻尾[ʔ]

這又可以分為兩種情況：

（1）以古聲母清濁為條件，古清入字帶喉塞音韻尾[ʔ]，濁入字丟失塞音韻尾而讀同陰聲韻字。

這種類型所轄的方言點主要見於績歙片的歙縣、岩寺、深渡等地。我們以歙縣為例，除了部分濁聲母字如泥、明、匣母字「捏鑷聶沒莫膜摸抹沫末匣滑猾核」等同清聲母入聲字一樣帶上喉塞尾外，一般濁入字失去塞音韻尾併入陰聲韻，古清入字基本保留塞音韻尾[ʔ]。例如：

貼咸鐵山 tʰeʔ^{21}	骨臻國曾谷通 kuʔ^{21}	博宕剝江 pɔʔ^{21}
熄曾惜梗 siʔ^{21}	菊通 tɕioʔ^{21}	臘咸辣山 la^{33}
立深栗臻 li^{33}	藥宕 io^{33}	特曾 tʰi^{33}
石梗 ɕi^{33}	讀通 tʰu^{33}	

（2）古入聲韻以韻攝為條件發生分化，部分韻攝的入聲韻保留入聲韻尾[ʔ]。

這種類型在徽語中主要見於嚴州片的建德、壽昌等地。在建德古入聲韻字中，咸、山、宕、江四攝和梗攝的部分字在白讀中失去塞音韻尾，併入陰聲韻，而文讀收喉塞韻尾[ʔ]。其他字不論文白都收[ʔ]。在壽昌，咸山兩攝字在白讀中丟失塞音韻尾，併入陰聲韻，文讀收喉塞韻尾[ʔ]。其他字不論文白都收[ʔ]。例如：

	蠟咸 辣山	貼咸 鐵山	立深 栗臻	骨臻	博宕 剝江	藥宕	賊曾	熄曾 惜梗	石梗	讀通	菊通
建德	lo^{213}	$tʰie^{55}$	$liə\text{ʔ}^{12}$	$kuə\text{ʔ}^{5}$	pu^{55} $\underline{pə\text{ʔ}^{5}}$	ia^{213}	$sə\text{ʔ}^{12}$	$ɕiə\text{ʔ}^{5}$	sa^{213}	$tʰə\text{ʔ}^{12}$	$tɕyə\text{ʔ}^{5}$
壽昌	$luɔ^{24}$	$tʰie^{55}$	$liə\text{ʔ}^{31}$	$kuəu\text{ʔ}^{3}$	$pɔ\text{ʔ}^{3}$	$iɔ\text{ʔ}^{3}$	$sə\text{ʔ}^{31}$	$\underline{ɕiə\text{ʔ}^{5}}$ $ɕiə\text{ʔ}^{3}$	$sə\text{ʔ}^{31}$	$tʰɔ\text{ʔ}^{31}$	$tɕiɔ\text{ʔ}^{3}$

3　古入聲韻的韻尾全部丟失

　　這種類型在徽語中最為普遍，絕大多數方言點都屬於這種情況，例如休黟片的屯溪、休寧、五城、黟縣和祁婺片的祁門、婺源、浙源、浮梁以及旌占片的旌德、占大和嚴州片的遂安等地。不過，古入聲韻舒化後有的方言點仍保留入聲調的獨立，所以入聲韻來源的字不與陰聲韻來源的字相混，這樣的方言點如休寧（不過少數古濁去字混入古濁入字舒化後的讀音層中）；也有古入聲韻舒化後清入字保留入聲調的獨立不與陰聲韻來源的字相混，而濁入字舒化後在聲調上失去了獨立性從而與陰聲韻徹底合流，這樣的方言點主要有屯溪、五城、祁門、石台、遂安（遂安的少數舒聲字讀同清入字）；也有古入聲韻舒化後，入聲調也失去獨立地位，全部混入陰聲韻中，這樣的方言點有黟縣、婺源、浙源、旌德、浮梁等，這種類型又可細分為兩種情況，一種是古入聲韻清化後不論聲母清濁全部混入陰聲韻的一種調類中，這樣的方言點主要有旌德、婺源、浙源；一種是古入聲韻清化後以聲母清濁為條件分別混入陰聲韻的不同調類中，黟縣、浮梁便屬這種情況。

　　從以上入聲韻尾的消變和入聲字舒化的情況來看，徽語入聲韻尾僅不同程度留存於績歙片和嚴州片的部分方言中。聯繫徽語陽聲韻鼻音韻尾消變情況，鼻音韻尾消失速度最快的是績歙片的一些方言點。鼻音韻尾的消變情況與塞音韻尾的情況在部分方言點剛好相反：保留喉塞音韻尾[ʔ]的績溪、荊州、上莊、歙縣、深渡等地，其鼻音韻尾消

失的速度卻最快，特別是歙縣、上莊、荊州、績溪等地所有古陽聲韻
尾均無鼻尾，在很多韻攝甚至連鼻化色彩也不保留而讀同陰聲韻。只
有嚴州片的淳安兩種韻尾演變情況都最為保守。一般來說，鼻音韻尾
與輔音韻尾的消失主要與前面的主元音有關，兩種韻尾的消變應該會
呈現出平行狀態，正如曹志耘（2002）對南部吳語的入聲韻尾進行考
察後所得出的結論：「總的看來，鼻尾消失快的方言其塞尾消失也比
較快。」而徽語中鼻音韻尾消失與塞音韻尾消失在地域上呈現出來的
這種不對稱性我們暫時還不知道如何解釋。

二　入聲韻類的歸併與分化

　　部分方言點的入聲韻尾脫落後，一方面，原來主元音相同而韻尾
不同的入聲韻會發生合流；另一方面，原來舒促有別的陰聲韻和入聲
韻在入聲韻尾消失後可能會發生不同程度的合流。

　　入聲韻相承於陽聲韻，上一節我們歸納了徽州方言中咸山攝、宕
江攝、深臻曾梗這三組韻攝的陽聲韻彼此之間不同程度的合流現象，
與之相對應的是，這些韻攝的入聲韻的合流也較為普遍。具體來看：

（一）咸、山攝入聲韻的合流

　　從本章第二節的「咸、山攝開口一、二等陽聲韻在徽語中的今
讀」表中，我們看到，咸、山二攝陽聲韻在徽語中大多已經合流。但
在少數方言點，咸、山二攝保持一定程度的對立，其中對立程度較高
的是祁婺片的婺源，咸攝與山攝（主要是一、二等韻）同等次的韻母
保持有效的區別。除此，中心徽語區例如休黟片的屯溪、休寧、五
城、黟縣和祁婺片的祁門，咸、山二攝開口一等見系字保持一定程度
的對立。咸、山二攝陽聲韻的這種分合模式也見於入聲韻，即少數方
言點咸、山二攝一等見系字存在一定程度的區別，其他相混。例如：

祁門：鴿咸開－ko^{35}≠割山開－ku:ɐ^{35}　　磕咸開－k^{h}o^{35}≠-渴山開－k^{h}u:ɐ^{35}

塔^{h}a—薩 sa^{35}　　　　　　　　　插咸開二＝察山開二 tʂ^{h}a^{35}

獵咸開三＝裂山開三 li:ɐ^{33}　　　　貼咸開四＝鐵山開四 t^{h}i:ɐ^{35}

婺源：鴿咸開－kɔ^{51}≠割山開－kɔ^{51}　　盒合咸開－xɔ^{51}—渴山開－k^{h}ɔ^{51}

塔咸開－＝達山開－t^{h}o^{51}

雜咸開－插咸開二＝擦山開－察山開二 ts^{h}o^{51}

獵咸開三＝裂山開三 lɛ^{51}　　　　　貼咸開四＝鐵山開四 t^{h}ɛ^{51}

就婺源而言，咸、山入聲韻的合流程度比陽聲韻更深，在婺源，咸、山攝陽聲韻一等字除了見系其他聲母字也保持有效的區別，而入聲韻僅在一等見系字存在對立，其他合流。

前文提及，徽州方言中，咸、山二攝陽聲韻除了彼此間出現合流外，還與其他韻攝也出現了不同程度的合流。咸、山二攝入聲韻也同樣存在與其他韻攝合流的現象。主要有：

1　咸、山攝與宕、江攝的合流

徽州方言中，咸、山攝與宕、江攝的合流主要發生在一、二等韻，咸、山攝與宕、江攝不同程度的合流現象見於績歙片的歙縣、五城、祁門、婺源、浙源、淳安、建德等地。例如：

歙縣：缽山合－＝博宕開－剝江開二 pɔʔ^{21}　　　塌咸開－脫山合－＝托宕開－t^{h}ɔʔ^{21}

鴿咸開－割山開－＝各宕開－角江開二 kɔʔ^{21}

五城：八山開二＝博宕開－剝江開二 po^{55}　　　抹山開二＝膜宕開－mo^{55}

祁門：缽山合－＝博宕開－剝江開二 po^{35}　　　磕咸開－＝確江開二 k^{h}o^{35}

撮山合－ts^{h}u:ɐ^{35}—戳江開二 tʂ^{h}u:ɐ^{35}　　刮山合二＝郭宕合－ku:ɐ^{35}

渴山開－闊山合－＝擴宕合－k^{h}u:ɐ^{35}

婺源：塔咸開－達山開－脫山合－＝托宕開－t^{h}o^{51}　　蠟咸開－辣山開－＝落宕開－lo^{51}

雜咸開－插咸開二擦山開－察山開二＝戳江開二 ts^{h}o^{51}

淅源：甲咸開二割山開一刮山合二＝郭宕合一 ko^{43}　　磕咸開一掐咸開二渴山開一闊山合一＝擴宕合一 kʰo^{43}
　　　匣咸開二瞎山開二＝霍宕合一 xo^{43}

淳安：塔咸開一＝托宕開一 tʰɑʔ^{5}　　　　　　　蠟咸開一辣山開一＝落宕開一肋曾開一 lɑʔ^{13}
　　　扎山開二＝著宕開三 tsɑʔ^{5}　　　　　　狹咸開二轄山開二＝鶴宕開一學江開二 xɑʔ^{13}
　　　切山開四＝鵲宕開三 tɕʰiaʔ^{13}

建德：塔咸開一獺山開一＝托宕開一 tʰo^{55}　　　蠟咸開一辣山開一＝落宕開一 lo^{213}
　　　薩山開一＝索宕開一 so^{55}

　　　聯繫前文，我們看咸、山攝與宕、江攝在陽聲韻相混的方言點（五城、祁門、占大、淳安、遂安、建德）同入聲韻（歙縣、五城、祁門、婺源、淅源、淳安、遂安、建德）相混的方言點沒有完全一致。可見，方言的入聲韻與陽聲韻之間的演變並不是完全同步的。

2　咸、山攝與其他韻攝入聲韻的相混

　　　從上一節分析徽語陽聲韻的內容可知，徽州方言中，大多數方言點咸、山攝與臻攝陽聲韻之間存在相混現象，而在徽語中心地區例如屯溪、休寧、五城、祁門，咸、山攝除了與臻攝陽聲韻存在相混現象，部分細音字還與曾、梗攝細音字相混。而咸、山攝的入聲韻與臻攝入聲韻在徽語中除了旌德、淳安和壽昌，其他方言裡大多是不混的。咸、山攝與曾、梗攝入聲韻相混現象主要見於績歙片的績溪、荊州、歙縣和祁婺片的祁門以及旌占片的旌德還有嚴州片徽語淳安和壽昌等。例如：

績溪：八山開二＝百梗開二 poʔ^{32}　　　　　扎山開二＝摘梗開二 tsɛʔ^{32}
　　　割山開一＝革梗開二 koʔ^{32}　　　　鴨咸開二＝額梗開二 ŋɔʔ^{32}
　　　撇山開四＝劈梗開四 pʰiaʔ^{32}　　　接咸開三揭山開三＝責梗開二 tɕiaʔ^{32}
　　　妾咸開三切山開四＝冊梗開二 tɕʰiaʔ^{32}　涉咸開三雪山合三＝色曾開三 ɕiaʔ^{32}

歙縣：鱉山開三＝北曾開一 peʔ^{21}　　　　　跌咸開四＝德曾開一 teʔ^{21}
　　　屑山開四＝塞曾開一 seʔ^{21}　　　　　磕咸開一＝刻曾開一 kʰeʔ^{21}

祁門：答咸開一＝德曾開一 ta^{35}　　　　　蠟咸開一辣山開一＝歷梗開四 la^{33}
　　　雜咸開一＝賊曾開一席梗開三 tsʰa^{33}　插咸開二察山開三＝測拆梗開二尺梗開三 tʂʰa^{35}
　　　掐咸開二＝刻曾開一客梗開一 kʰa^{35}　靨咸開三噎山開三＝益梗開三 iːɐ^{35}

旌德：鱉山開三＝筆臻開三逼曾開三碧梗開三 pi⁵⁵ 貼咸開四鐵山開四＝踢梗開四 tʰi⁵⁵
　　　妾咸開三切山開四＝尺梗開三 tɕʰi⁵⁵
　　　獵咸開三裂山開三＝栗臻開三律臻合三力曾開三歷梗開四 li⁵⁵
旌德（淳安）：蠟咸開一辣山開一＝肋曾開一落宕開一 lɑʔ¹³
　　　插咸開一擦山開一察山開三＝拆梗開三尺梗開三 tsʰɑʔ⁵
　　　甲咸開二＝格梗開二 kɑʔ⁵　　　　哲山開三＝質臻開三則曾開一職曾開三 tsɤʔ⁵
　　　鴿咸開一割山開一＝革梗開二 kɤʔ⁵　　　接咸開三節山開四＝鯽曾開三 tɕiɤʔ⁵
壽昌：撇山開四匹臻開三劈梗開四 pʰi⁵⁵
　　　浙山開三＝質臻開三側曾開三職曾開三摘梗開二 tsɤʔ⁵
　　　磕咸開一＝刻曾開一客梗開二 kʰɤʔ⁵
　　　獵咸開三裂山開三＝栗臻開三力曾開三歷梗開四 liɤʔ³¹

　　原本咸、山攝與曾、梗攝陽聲韻相混的屯溪、休寧、五城，其入聲韻並沒有相混。需要注意的是淳安，咸、山攝入聲韻部分字同時與宕、江攝和曾、梗攝相混。

（二）深、臻、曾、梗攝入聲韻的合流

　　由上節徽州方言陽聲韻的今讀分析可知，徽州方言中深、臻、曾、梗四攝出現不同程度不同類型的合流。這幾攝的入聲韻也出現了不同程度的合流。例如：

表3-22　徽州方言深、臻、曾、梗四攝入聲韻字今讀

	筆臻 逼曾碧梗	立深栗臻 力曾歷梗	膝臻 息曾惜梗	汁深質臻 職曾只梗,量詞	十深實臻 食曾石梗	急深吉臻 擊梗	一臻 益梗	骨臻 國曾
績溪	pieʔ³²	ȵieʔ³²	ɕieʔ³²	tɕieʔ³²	ɕieʔ³²	tɕieʔ³²	ieʔ³²	kuɤʔ³²
荊州	pieʔ³	ȵieʔ³	ɕieʔ³	tɕieʔ³	ɕieʔ³	tɕieʔ³	ieʔ³	kuɤʔ³
歙縣	piʔ²¹	li³³	siʔ²¹	tɕiʔ²¹	ɕi³³	tɕiʔ²¹	iʔ²¹	kuʔ²¹

	筆撮 逼曾碧梗	立深栗撮 力曾歷梗	膝撮 息曾惜梗	汁深質撮 職曾只梗,量詞	十深實撮 食曾石梗	急深吉撮 擊梗	一撮 益梗	骨撮 國曾
屯溪	筆pi⁵ 逼碧pe⁵	立力li¹¹ 栗歷le¹¹	膝si⁵ 息惜se⁵	汁質職tɕi⁵ 只tɕie⁵	十實食ɕi¹¹ 石ɕia¹¹/ɕie¹¹	tɕi⁵	i⁵	kuɤ⁵
休寧	筆pi²¹² 逼碧pe²¹²	立力li³⁵ 栗歷le³⁵	se²¹²	汁質職tɕi²¹² 只tɕie²¹²	ɕi³⁵	tɕi²¹²	i⁵	kuɤ²¹²
五城	筆碧pi⁵⁵ 逼pe⁵⁵	立力li²² 栗歷le²²	膝si⁵⁵ 息惜se⁵⁵	汁質職tɕi⁵⁵ 只tɕie⁵⁵	十實食ɕi²² 石ɕie²²	tɕi⁵⁵	i⁵⁵	kuɤ⁵⁵
黟縣	pɛi³	立栗力li³¹ 歷lɐ³¹	sɐ³	汁質職tsʅ³ 只tʃa³	十實食sʅ³¹ 石sa³¹	tʃɛi³	一iɛi³ 益iɛi³	kuau³
祁門	pi³⁵	立栗力li³³ 歷la³³	sa³⁵	汁質職tʂʅ³⁵ 只tʂa³⁵	十實食ɕi³³ 石ʂa³³	tɕi³⁵	一i³⁵ 益i:ɛ³⁵	kua³⁵
婺源	筆pa⁵¹ 逼碧pɔ⁵¹	立栗la⁵¹ 力歷lɔ⁵¹	息惜sɔ⁵¹	汁質職tsa⁵¹ 只tsɔ⁵¹	十實食sa⁵¹ 石sɔ⁵¹	急吉tɕia⁵¹ 擊tɕiɔ⁵¹	一ia⁵¹ 益iɔ⁵¹	骨kɤ⁵¹ 國kɛ⁵¹
浙源	筆逼pi⁴³ 碧pɔ⁴³	立栗li⁴³ 力歷lɔ⁴³	膝tsʰi⁴³ 息惜sɔ⁵¹	汁質職tsʅ⁴³ 只tsɔ⁴³	十實食sʅ⁴³ 石sɔ⁴³	急吉tɕi⁴³ 擊tɕiɔ⁴³	一i⁴³ 益iɔ⁴³	kuao⁴³
浮梁	pei²¹³	力lai³³歷nai³³		汁質tɕi²¹³ 職只tɕiai²¹³	十實ɕi³³ 食石ɕiai³³	急吉tɕi²¹³	一i²¹³	骨kuei²¹³ 國kuai²¹³
旌德	pi⁵⁵	li⁵⁵	膝tsʰʅ⁵⁵ 息惜ɕi⁵⁵	tsʅ⁵⁵	十實食sʅ⁵⁵ 石ɕi⁵⁵/sʅ⁵⁵	tsʅ⁵⁵	i⁵⁵	ku⁵⁵
占大	pi⁴²	li¹¹	ɕi⁴²	汁質職tsʅ⁴² 只tsa⁴²	十食sʅ¹¹ 實sʅ¹¹ 石ʂa¹¹	tɕi⁴²	i⁴²	骨kuɤ⁴² 國kuɛ⁴²
淳安	piʔ⁵	liʔ¹³	ɕiʔ⁵	汁質職tsaʔ⁵ 只tsaʔ⁵	十實食saʔ¹³ 石saʔ¹³	tɕiʔ⁵		kueʔ⁵
遂安	筆pei²⁴ 逼碧pi²⁴	立栗lei²¹³ 力li²¹³歷lei⁵²	膝息ɕiei²⁴ 惜sʅ²⁴	汁質職tɕiei²⁴ 只tsa²⁴	十實食ɕiei²¹³ 石sa²¹³	tɕiei²⁴	iei²⁴	kuəɯ²⁴
建德	piəʔ⁵	liəʔ¹²	ɕiəʔ⁵	汁質職tsaʔ⁵ 只tsa⁵⁵	十實食səʔ¹² 石sa²¹³	tɕiəʔ⁵	iəʔ⁵	kuəʔ⁵
壽昌	piəʔ³	liəʔ³¹	膝息ɕiəʔ⁵ 惜ɕiəʔ³	tsəʔ⁵	səʔ¹²	急吉tɕiəʔ³ 擊tɕiəʔ⁵	一iəʔ³ 益iəʔ⁵	kuəʔ³

　　從以上內容可知，徽州方言中深、臻、曾、梗攝的入聲韻今讀大致可以分為兩種類型：

1.深、臻、曾、梗四攝入聲韻基本合流

　　這種類型主要見於績歙片如績溪、荊州、歙縣等，旌占片的旌德、嚴州片的壽昌也屬於這種情況。

2.深、臻、曾、梗四攝入聲韻部分合流

　　這是徽州方言中較為典型的分混類型，深、臻、曾、梗四攝入聲韻出現了一定的分組趨勢。大致分為兩種情況：

（1）深、臻、曾攝相混，梗攝有分立的趨勢

　　從表3-22我們看到，在深、臻、曾、梗攝部分合流的方言點例如五城、黟縣、祁門、占大、淳安、遂安、建德，梗攝字「只_{量詞}、石」表現得均較為特殊。

（2）深、臻攝與曾、梗攝兩兩之間有分組趨勢

　　在祁婺片的婺源、浙源、浮梁，深、臻、曾、梗四攝入聲韻今讀表現出一定的分組趨勢：深攝和臻攝大體為一組，曾攝和梗攝大體為一組。

　　這四攝之間的分混情況與陽聲韻在徽州方言中的表現基本對應，只是比四攝陽聲韻相混程度更深。

（三）通攝三等入聲韻的分化及其與其他韻攝的合流

1　通攝三等入聲韻的分化

　　通攝入聲韻分化程度較為突出的主要出現在三等。從漢語語音史來看，《切韻》通合三入聲屋韻 *iok、燭韻 *iuk 到了元代併入魚模，

其中一小部分字（「軸逐熟竹燭粥肉褥六」）併入了元代的尤侯，有些字例如「軸逐熟竹燭粥」等出現兩讀的現象。王力（2008）認為：「讀入魚模者，應是文言音；讀入尤侯者，應是白話音。」[36]發展到了現代北京話中，「熟、宿」等仍有兩讀，「軸、粥、肉、六」等字今北京文言白話一律讀入尤侯；「逐、竹、燭、褥」等字今北京文言白話一律讀入魚模。而在徽州方言中，通攝入聲三等韻的表現具體如下所示：

表3-23　徽州方言通合三入聲字今讀

績溪	ɤʔ（見系、日母以外）；yeʔ（見系；肉辱）；oʔ（觸）
荊州	ɤʔ（見系、日母以外）；yeʔ（見系；辱）；yoʔ（肉浴）；oʔ（觸）；y（玉）
歙縣	uʔ（見系、日母以外的清入字）；u（見系、日母以外的濁入字）；ioʔ（見系清入字）；io（見系、日母濁入字）；o（目穆牧六陸）；y（玉）
屯溪	iu（非組以外）；u（非組）；o（目觸促縮）；ɛu（錄陸）；y（玉）
休寧	iu（非組以外）；u（非組）；o（目穆牧觸促縮束）；au（縮）；y（玉）
五城	iu（非組以外）；u（非組）；o（目穆牧）；ɤ（縮束）；y（玉欲）；io（觸）
黟縣	u（非組；知章組；錄辱）；aɯ（端系；見曉組）；iaɯ（疑、日、影、喻母）；au（目穆牧縮觸）
祁門	u（見系、日母、來母以外）；e（來母；熟屬叔束宿粟足俗續）；ie（見組；育肉）；y（玉獄）；io（浴洗~：洗澡）；uːɤ（縮）
婺源	u（非組；知章組）；ɑ（端系；鬱）；iɑ（見系；日母）
浙源	u（非見系；知章組）；ao（端系；觸）；iao（見系；肉）

36 王力：《漢語語音史》（北京市：商務印書館，2008年），頁429。

浮梁	u（非組）；əu（足促俗竹祝粥燭矚熟叔）；iəu（六綠粟菊肉育；au（縮）；y（玉）
旌德	u（非見系）；io（菊麯曲局獄育）；y（玉欲浴）；iu（肉）
占大	u（非見系）；io（六綠曲菊肉）；y（局玉獄欲浴）；o（目縮）
淳安	oʔ（日、影母以外的清入字）；ɔʔ（日、影、疑、喻以外的濁入字）；iɔʔ（肉褥$_1$玉獄欲浴）；ioʔ（育鬱辱褥$_2$）
遂安	u；ɔ（縮束）
建德	yəʔ（非組、來母以外）；əʔ（非組；來母）
壽昌	iɔʔ（非組、來母以外）；ɔʔ（非組；來母；足築縮肅宿粟）

由表3-23可知，通合三入聲字在除遂安、淳安以外大部分方言點均發生以聲母為條件的分化，這種分化源於因聲母發音部位不同而產生的連續式音變，如見系、日母字一般為一類，非組一般為另一類。有的方言點如歙縣、淳安除了聲母發音部位不同發生分化外還以聲母的清濁再次分化：歙縣清入字帶喉塞韻尾[ʔ]，濁入字則沒有；淳安清入字一般讀為[oʔ]或[ioʔ]，濁入字一般讀為[ɔʔ]或[iɔʔ]（例如：福 $foʔ^{5}$—服 $fɔʔ^{13}$，菊 $tsoʔ^{5}$—局 $tsɔʔ^{13}$，促 $ts^{h}oʔ^{5}$—俗 $sɔʔ^{13}$）。部分方言點聲母分化條件較為細緻，如休黟片的黟縣，非組、知章組讀為[u]韻母，端系、見曉組讀為[aɯ]韻母，疑、日、影、喻母讀為[iaɯ]；祁婺片的祁門、婺源、浙源的韻母也基本以聲母「非組、知章組」「端系」「見系、日母」為條件三分。除了這種以聲母為條件的分化外，還有少數方言點出現了其他性質的異讀，這些異讀所轄的韻字雖不多，但有的是該方言中較為常用的口語詞，相同聲母或是同組聲母條件下韻母出現了對立。例如：

荊州：肉 $ȵyoʔ^{3}$≠辱 $yeʔ^{3}$　　玉 y^{31}≠獄 $yeʔ^{3}$　觸 $ts^{h}oʔ^{3}$—燭 $tsɤʔ^{3}$
歙縣：六陸 lo^{33}≠綠錄 lu^{33}　　玉 y^{33}≠獄 nio^{33}
屯溪：六綠 liu^{11}≠錄陸 $lɛu^{11}$　　玉 $ȵy^{11}$≠獄 $ȵiu^{11}$　觸 $ts^{h}o^{5}$—燭 $tɕiu^{5}$

五城：玉 ny^{22} ≠ 獄 niu^{22}　　　　叔 ɕiu^{55} ≠ 束 sɤ^{55} 觸 tɕʰio^{55}—燭 tɕiu^{55}

黟縣：綠 laɯ^{31} ≠ 錄 lu^{31}　　　　觸 tʃʰau^3 ≠ 束 ʃu^3 肉 niaɯ^{31} ≠ 辱 lu^{31}

祁門：育 ie^{35} ≠ 浴洗~：洗澡 io^{33}　　燭 tʂu^{35}—束 ʂe^{35}

　　以上所列方言中同等或同組聲母條件下出現的對立情況基本出現在徽語中心地區，且特殊讀音所轄例字較為一致，說明這種分化是徽語中心地區較為一致的現象，分化的性質究竟是同源不同歷史層次的疊置還是異源性質的文白異讀呢？就筆者熟悉的祁門方言來說，應該屬於前者，其中讀[io]的是與宕攝入聲字相混的層次，這應該是祁門方言中最早的層次，代表唐代以後、元代以前的官話層；讀[e]/[ie]的是通攝入聲字舒化後併入尤侯韻的層次，而讀[u]的是與魚模韻相混的層次，這兩種都應該是元代以後出現的官話層，而讀為魚模韻的應該是最晚的。

2　通攝三等入聲韻與其他韻攝的合流

　　前文提及，現代漢語共同語中，通攝三等入聲韻絕大多數歸入魚模韻，少數幾個字歸入尤侯韻。而在徽語中，通攝入聲三等字與其他韻攝合流的情況較為複雜。大體可以分為幾種類型：

　　（1）入聲韻尚未舒化或未完全舒化的方言通攝三等入聲韻與其他韻攝的合流。

　　徽語中，入聲韻尚未舒化的方言如績歙片的績溪、荊州和嚴州片的淳安以及尚未完全舒化的歙縣還有嚴州片的建德、壽昌，通攝三等入聲韻與其他韻攝相混至少有兩種類型：

　　①與宕江攝入聲韻合流

　　這種類型主要見於嚴州片徽語的淳安、壽昌。例如（凡韻母不同者均不列出）：

	目通-莫宕	竹通-桌江	縮通-索宕	局通-鐲江	肉通-弱宕
淳安	$mɔʔ^{13}$	$tsoʔ^{13}$	$soʔ^{13}$	$tsʰɔʔ^{13}$	
壽昌	$mɔʔ^{31}—mɔʔ^{13}$	$tɕiɔʔ^3$	$sɔʔ^3$	$tɕʰiɔʔ^{31}$	$ɲiɔʔ^{31}$

②大部分與曾、臻攝入聲韻合流，小部分與宕、江攝入聲韻合流

　　這種類型主要見於績歙片的方言點，在嚴州片的建德，通攝三等入聲韻與臻、曾梗攝相混，白讀中尚未見到與宕、江攝入聲韻的相混，而文讀層中有。例如：

	服通-佛臻	目通-物臻，東西墨曾	足通-卒臻	促通-出臻賊曾	六通-入深肋曾	觸通-戳江	肉通-弱宕
績溪	$fɤʔ^{32}$	$mɤʔ^{32}$	$tsɿʔ^{32}$	$tsʰɤʔ^{32}$		$tsʰoʔ^{32}$	
荊州	$fɤʔ^3$	$mɤʔ^3$	$tsɿʔ^3$	$tsʰɤʔ^3$		$tsʰoʔ^3$	$ɲyoʔ^3$
歙縣	fu^{33}						nio^{33}
建德	$fəʔ^{12}$	目墨$məʔ^{12}$		促出$tɕʰyəʔ^5$	$ləʔ^{12}$		

（2）入聲韻已舒化方言的通攝三等入聲韻與其他韻攝的合流

①大部分與流攝合流，小部分與遇攝合流

　　通攝三等入聲字分別與流攝、遇攝合流，這與元代以來的共同語相同，但徽州方言表現較為特殊的是，除了非組字大部分方言點均讀如遇攝字外，通攝三等入聲字以讀同流攝字為常，除此，部分方言點少數字還與宕攝入聲字相混。例如屯溪、休寧、五城、黟縣、祁門、婺源、浙源、浮梁等。不過也有少數方言點通攝三等入聲字大部分與遇攝字相混，小部分與流攝字相混的，例如旌占片的占大。具體如下表所示：

表3-24　徽州方言中通攝三等入聲字與流、遇、宕攝相混對照表

	六通-漏流	俗通-修流	熟通-收流	局通-舊流	服通-腐遇	玉通-遇遇	縮通-索宕	觸通-戳江
屯溪	liu^{11}	siu^{11}	ɕiu^{11}	tɕʰiu^{11}	fu^{11}	ȵy^{11}	so^{5}	tsʰo^{5}
休寧	liu^{35}-liu^{33}	siu^{35}-siu^{33}	ɕiu^{35}-ɕiu^{33}	tɕʰiu^{35}-tɕʰiu^{33}	fu^{35}-fu^{55}	ȵy^{33}	so^{212}	tsʰo^{212}-tɕʰio^{212}
五城	liu^{22}-liu^{12}	siu^{22}	ɕiu^{22}	tɕʰiu^{22}-tɕʰiu^{12}	fu^{22}-fu^{12}	ȵy^{22}-ȵy^{12}		tɕʰio^{55}
黟縣	lau^{31}-lau^{3}	sau^{31}	熟ʃu^{31}	tʃʰau^{31}-tʃʰau^{3}	fu^{31}-fu^{3}	玉 ȵiau^{31}	sau^{3}	tʃʰau^{3}
祁門	le^{33}	tsʰe^{33}-se^{11}	ʂe^{33}-se^{11}	tɕʰie^{33}	fu^{33}	y^{33}		觸tsʰu^{35}
婺源	la^{51}	tsʰa^{51}-sa^{44}	熟su^{51}	tɕʰia^{51}	fu^{51}	玉ȵia^{51}		
浙源	lao^{43}	tsʰao^{43}-sao^{33}	熟su^{43}	tɕʰiao^{43}	fu^{43}	玉ȵiao^{43}	sou^{43}	觸tsʰao^{43}
浮梁	liəu^{33}	səu^{33}-siəu^{55}	ʂəu^{33}-ɕiəu^{55}	tɕʰiəu^{33}	fu^{33}	y^{33}	ʂau^{213}-sau^{213}	
占大	lio^{11}-lio^{35}	俗su^{11}	熟ʂu^{11}	局tɕy^{42}	fu^{11}-fu^{55}	y^{55}	so^{42}	觸tsʰu^{42}

②大部分與遇攝合流，小部分與宕、江攝入聲韻合流，不見與流攝字相混

徽州方言中，這種類型較少，主要見於旌占片的旌德和嚴州片的遂安。例如：

	目通-墓遇	六通-路遇	熟通-樹遇	竹通-啄/捉江	菊通-覺江	縮通-索宕
旌德	mu^{55}	lu^{55}	su^{55}	竹啄tsu^{55}	tɕio^{55}	su^{55}-so^{55}
遂安	mu^{213}-mu^{52}	lu^{213}-lu^{52}	su^{213}-su^{52}	竹捉tsu^{24}	tsu^{24}-kɔ^{24}	sɔ^{24}

三　入聲韻的分合情況與陽聲韻分合情況的對比

我們把徽州方言入聲韻的表現及分合情況與上一節討論的陽聲韻表現及分合情況進行對比，結果發現，陽聲韻與入聲韻的演變有較為一致的地方。主要表現在：

1　陽入同變

徽語中，凡存在陽聲韻韻尾和入聲韻韻尾丟失現象的方言，一般都出現「陽入同變」的現象，即陽聲韻和與之相配的入聲韻的輔音韻尾均丟失，除了一些方言部分入聲韻字自成一調外，兩種來源的韻類因韻母同步發展出現一定程度的合流。例如（韻類舉平以賅上、去）：

表3-25　徽州方言「陽入同變」例字

歙縣	咸山攝：面仙＝滅薛me³³　殙鹽＝獵葉le³³　件仙＝傑薛tɕʰie³³
屯溪	咸山攝：濫談＝臘盍lɔ¹¹　面仙＝滅薛mi:e¹¹　斷桓tʰu:ə24—奪末tʰu:ə¹¹ 願元＝月月ȵy:e¹¹
休寧	咸山攝：戰仙tɕia⁵⁵—折薛tɕia²¹²　減咸kɔ³¹—夾洽kɔ³⁵　天先tʰi:e³³—鐵屑 tʰi:e²¹²　斷桓tʰu:ə¹³—奪末tʰu:ə³⁵　願元ȵy:e³³＝月月ȵy:e³⁵ 梗攝：更庚ka³³—格陌ka²¹²
五城	咸山攝：減咸kɔ²¹—夾洽kɔ⁵⁵　便仙＝別薛pʰi:ɐ¹²　斷桓tʰu:ɐ¹³—脫末tʰu:ɐ⁵⁵ 冤元＝越月y:ɐ²²
黟縣	咸山攝：飯元＝發月foɐ³　談談tʰoɐ⁴⁴—塔盍tʰoɐ³　便仙＝別薛pʰi:e³　淹鹽＝葉葉 i:e¹¹　冤元＝越月y:e³¹　斷桓tʰu:e⁵³—奪末tʰu:e³¹ 深臻曾梗攝：鄭清＝擲昔tsʰɿ³　枕侵tsɿ⁵³振真tsɿ324　蒸蒸tsɿ³¹—汁緝質質職職 tsɿ³　瓶青pei⁴⁴—壁錫pei³　應蒸＝憶職iɛi324　倫諄luɛi⁴⁴—律術luɛi³ 燈登tɐɐ³¹—得德tɐɐ³　嬰清＝易昔iɛɐ³¹　烹庚pʰa³¹—拍陌pʰa³
浮梁	咸山攝：飯元＝罰月fo³³　餡咸＝狹洽xo³³　散寒＝撒曷so²¹³ 曾梗攝：撐庚＝坼陌tɕʰia²¹³　正清證蒸＝只昔織職tɕiai²¹³　凳登＝得德tai²¹³

旌德	咸山攝：豔$_{鹽}$=葉$_{葉}$i^{55}　面$_{仙}$=滅$_{薛}$mi^{55}　斷$_{桓}$—奪$_{末}$tʰe^{55} 宕江攝：浪$_{唐}$=落$_{鐸}$lo^{55}　窗$_{江}$tsʰo^{35}—鐲$_{覺}$tsʰo^{55} 曾梗攝：爭$_{耕}$tse^{35}—責$_{麥}$tse^{55}　坑$_{庚}$kʰe^{35}—客$_{陌}$kʰe^{55}
建德	咸山攝：點$_{添}$=蝶$_{帖}$tie^{213}　墊$_{先}$=鐵$_{屑}$tʰie^{55} 宕江攝：狀$_{陽}$=綽$_{藥}$tsʰo^{55}　上$_{陽}$=芍$_{藥}$so^{213}
壽昌	咸山攝：便$_{仙}$=別$_{薛}$pʰi^{24}　繭$_{先}$=結$_{屑}$tɕi^{55}願$_{元}$ȵyei^{33}=月$_{月}$ȵyei^{24}耽$_{覃}$tuə^{112}— 搭$_{合}$tuə^{33}　山$_{山}$ɕyə^{112}—殺$_{黠}$ɕyə^{55}飯$_{元}$fɤ^{33}—罰$_{月}$fɤ^{55}

　　從表3-25可見，「陽入同變」現象涵蓋韻攝最多的方言點是休黟片的黟縣和旌占片的旌德，黟縣涉及咸、山、深、臻、曾、梗六攝，旌德涉及咸、山、宕、江、曾、梗六攝。所有存在「陽入同變」現象的方言點都涉及「咸山攝」，可見，「咸山攝」陽聲韻和入聲韻發展速度比較一致。

　　「陽入同變」現象在吳語特別是南部吳語區也是比較突出的較為一致的內部特徵。可見，徽語與吳語在這一點上表現出了一定程度的共性。

2　陽聲韻與入聲韻分合規律的相同之處

　　前文分析陽聲韻分合規律時提到，咸山攝之間、宕江攝之間、深臻曾梗之間發生不同程度的合流，這些合流趨勢同樣存在於入聲韻。只不過，入聲韻的合流程度相較陽聲韻更深。例如，在祁婺片的婺源，咸、山攝陽聲韻一等字除了見系其他聲母字也保持有效的區別，而入聲韻僅在一等見系字存在對立，其他合流。深、臻、曾、梗攝的陽聲韻在部分方言點還存在一定程度的分組趨勢，而入聲韻分組趨勢逐漸模糊，四攝合流程度更深。

　　不過，在看到陽聲韻和入聲韻的分合規律存在相同之處外，我們也看到了入聲韻與陽聲韻之間的演變有時並不對稱：有些方言有的陽聲韻之間合併，而入聲韻之間則存在對立；有的方言有的入聲韻合併

而陽聲韻卻存在對立。如：

原本咸、山攝與宕、江攝在陽聲韻相混的方言點有五城、祁門、占大、淳安、遂安、建德，而在入聲韻相混的方言點則有歙縣、五城、祁門、婺源、浙源、淳安、遂安、建德，兩種相混性質的方言點並沒有完全一致。

徽州方言中，大多數方言點咸、山攝與臻攝陽聲韻之間存在相混現象，而咸、山攝的入聲韻與臻攝入聲韻在徽語中除了旌德、淳安和壽昌，其他方言裡大多是不混的。原本咸、山攝與曾、梗攝陽聲韻相混的屯溪、休寧、五城等，其入聲韻並沒有相混。

方言陽聲韻和入聲韻的演變呈現出來的這些不對稱之處，說明陽聲韻和入聲韻的發展不是完全同步的，部分陽聲韻的鼻音韻尾和其相承的入聲韻的塞音韻尾丟失時間可能並不一致，導致兩者可能走上不同的發展道路。

入聲韻丟失塞音韻尾除了可能與丟失鼻輔音韻尾的陽聲韻合流外，還可能與陰聲韻存在不同程度的合流。徽州方言入聲韻丟失塞音韻尾歸入陰聲韻的音變可能早在明末就已經開始了，據高永安（2007）對編成於萬曆甲寅年間的明末徽州韻書《律古詞曲賦葉韻統》韻母系統的分析，彼時部分入聲韻已經與陰聲韻合流。例如：

主要來自止攝開口三等的「支思韻」中夾有入聲韻字，這些入聲韻字主要來自臻、深、梗、曾攝（這一點與今天黟縣方言很相似）；來自止攝、蟹攝開口三、四等的「支齊微韻」中有來自中古陌、月韻的入聲韻字；由蟹攝字組成的「佳灰韻」中有來自通攝的入聲韻字；主要來自魚虞模韻也有少量來自尤侯的「魚虞韻」中注明呼法的都是屋沃覺韻的入聲字；來自效攝的「蕭肴韻」中有來自咸、山二攝的入聲字等。

方以智《通雅》中所錄的「徽州朱子譜」中沒有列入聲韻。到了清代，徽州方言的入聲在不少的資料中均顯示出與陰聲韻字互見。今

天徽州方言內部，我們看到入聲韻在絕大多數方言點均已丟失塞音韻尾，從而與古陰聲韻發生不同程度的合流。但是從古入聲韻演變而來的韻母與果、假、遇、蟹、止、效、流七攝韻母的分合關係卻存在差異。這可能跟方言的語音構造對古入聲韻母演變的制約作用有關，一般來說，入聲韻總是歸入原來主要元音相同或相近的陰聲韻中。例如，咸、山二攝一、二等入聲韻一般跟假攝二等、蟹攝二等合流。與假攝二等的合流，是因為中古合韻（*ɒp）、盍韻（*ɑp）、洽韻（*ɐp）、狎韻（*ap）、曷韻（*ɑt）、黠（*æt）、轄韻（*at）的主元音跟麻韻二等（*a）的主元音相同或相近，所以入聲韻在丟失塞音韻尾後就近歸併到麻韻中。而與蟹攝二等的合流是因為中古佳韻（*ai）、皆韻（*ɐi）發展到現代徽語中，發生了單元音化的音變，丟失了 -i 韻尾，這樣咸、山二攝的入聲韻丟失韻尾後也會歸入與其主元音相同或相近的蟹攝中去。

　　總之，徽語中的入聲韻塞音韻尾趨於消失，基本呈現出主要元音就近歸併、簡化的總的特點。

第四章
徽州方言的聲調

　　本章主要描寫徽州方言單字調系統，包括徽州諸方言點的調類、調值，徽州方言古今聲調的對應情況，其中重點關注古次濁上聲的歸併、古全濁上聲的走向、部分方言古去聲的表現、古入聲的表現。

第一節　徽州方言的單字調

　　徽州方言古今聲調的對應情況大致如下表所示：

表4-1　徽州方言古今聲調對照表（含續表4-1）

古調	古聲	績溪	歙縣	屯溪[1]	休寧	五城	黟縣	祁門	婺源
平	清	陰平31	陰平31	陰平11	陰平33	陰平22	陰平31	陰平11	陰平44
	濁	陽平44	陽平44	=陰去	−陰去	陽平23	陽平44	陽平55	陽平11
上	清	上聲213	上聲35	陰上32	陰上31	陰上21	上聲53	上聲42	陰上2
	次濁			陽上24	陽上13	陽上13			陽上31
	全濁	=陽去	=陽去	=陰平		=陽去	=陽去	=陽去	

1　關於屯溪方言的聲調調類和調值，《徽州方言研究》和《徽州方言》兩部專著的記錄有出入，還有錢惠英的〈屯溪方言的小稱音變及其功能〉（《方言》1991年第3期上）一文也記有屯溪話單字調的調類和調值，與前兩本專著均有不同之處。趙日新先生曾在郵件裡告知他調查屯溪昱陽老派發現有七個調。他懷疑各人調查的是不同的城區，發音人年齡可能也有差異，加上屯溪方言聲調正處於變化之中，所以才會有這些不同的調查結果。本書參考的是《徽州方言研究》一書所記錄的屯溪話的音系。

古調	古聲	績溪	歙縣	屯溪[1]	休寧	五城	黟縣	祁門	婺源
去	清	陰去35	陰去313	陰去55	陰去55	陰去42	陰去324	陰去213	陰去35
	濁	陽去22	陽去33	=陰平 =陽上	=陰平 =陽上	陽去12 =陽上	陽去3 =上聲	陽去33	陽去51
入	清	入聲32	陰入21	陰入5	陰入212	陰入55	=陽去	陰入35	=陽去
	濁	入聲32	=陽去	=陰平	陽入35	=陰平	=陰平	=陽去	=陽去
今調類數		6個	6個	5個	6個	7個	5個	6個	6個

續表4-1　徽州方言古今聲調對照表

古調	古聲	浙源	浮梁	旌德	占大	淳安	遂安	建德（白讀）	壽昌（白讀）
平	清	陰平33	陰平55	陰平35	陰平11	陰平224	陰平534	陰平423	陰平112
	濁	陽平51	陽平24	陽平42	陽平33	陽平445	陽平33	陽平334	陽平52
上	清	陰上21	上聲21	上聲213	上聲213	上聲55	陰上213	上聲213	陰上24
	次濁	陽上25	上聲21	上聲213	=陽去	上聲55	陽上422	上聲213	陽上534
	全濁	=陽去	=陽去	上聲213	=陰去	上聲55	陽上422	上聲213	陽上534
去	清	陰去215	陰去213	上聲213	陰去55	=陰平	=陰平	=陽平	去聲33
	濁	陽去43 =陽上	陽去33	上聲213	陽去35	陽去535	陽去52	陽去55	去聲33
入	清	=陽去	=陰去	入聲55	陰入42	陰入5	陰入24	陰入5 =陽去	陰入甲55 陰入乙3
	濁	=陽去	=陽去	入聲55	=陰平	陽入13	=陰上	陽入12 =上聲	陽入31 =陰上
今調類數		6個	5個	4個	6個	6個	6個	6個	8個

一　調類

從表4-1所列的內容來看，徽州方言大多數方言點古今聲調對應大致較為整齊。所有方言點古平聲均以古聲母清濁為條件分為陰、陽兩類；除了旌占片的旌德、嚴州片的壽昌，其餘方言點的去聲均以古聲母清濁為條件分為陰、陽兩類；除了績歙片的績溪、祁婺片的婺源和浙源、旌占片的旌德和占大外，其餘方言點的入聲均以古聲母清濁為條件分為陰、陽兩類；古上聲表現較為複雜，除了祁婺片的婺源、嚴州片的遂安和壽昌古上聲是以古聲母清濁為條件分為陰、陽兩類外，一般方言點古上聲或者不發生分化，或者出現不嚴格以古聲母為條件的分化。

徽州方言的調類從四個到八個不等，大多數方言點六個，例如績溪、歙縣、休寧、祁門、婺源、浙源、占大、淳安、遂安、建德；僅有旌德、五城和壽昌比較特殊，旌德僅有四個調類，五城有七個調類，壽昌則多達八個調類。

據可見資料，徽州方言的聲調系統自清代以來較為穩定，但部分調類也不乏變化。我們以《休邑土音》（代表清代休寧南鄉的音系）和《新安鄉音字義考正》（代表清代婺源環川——今天的浙源嶺腳村的音系）為例，觀察從韻書時代到今天的休寧南鄉五城話、婺源浙源的嶺腳村話聲調系統的發展變化：

表4-2　部分方言點清代和現代聲調系統的比較

地點	調類	清代	現代
休寧	陰平	清聲母平聲字、大部分濁聲母入聲字	同

地點	調類	清代	現代
南鄉	陽平	濁聲母陽平字	同
	陰上	清聲母上聲字、大部分次濁聲母上聲字	清聲母上聲字、小部分次濁聲母上聲字
	陽上	絕大部分全濁聲母上聲字、小部分次濁聲母上聲字	絕大部分全濁聲母上聲字、大部分次濁聲母上聲字
	陰去	清聲母去聲字	同
	陽去	濁聲母去聲字、小部分全濁聲母上聲字	同，但讀陽去調的全濁上聲字增多
	入聲	清聲母入聲字、小部分濁聲母入聲字	同
婺源環川	陰平	清聲母平聲字	同
	陽平	濁聲母陽平字	同
	陰上	清聲母上聲字、大部分次濁聲母上聲字	同，但歸字偶有不一致
	陽上	絕大部分全濁聲母上聲字、小部分次濁聲母上聲字、小部分全濁去聲字	大體相同，但歸入陽上調的古全濁去聲字極少
	陰去	清聲母去聲字	同
	陽去	濁聲母去聲字、古入聲字、小部分全濁聲母上聲字	同

　　以上我們主要從調類和中古來源兩個方面對徽州兩地方言的聲調表現進行比較，可以看到，兩地方言從清代至今，調類沒有發生變化，與中古聲調系統的對應也沒有發生變化，存在變化的主要涉及次濁上聲字和的全濁去聲字的歸併趨勢上。對此，我們後文將詳加討論。

二　調值

　　徽語區各地調值差異很大，幾乎沒有明顯的共性。但從相對的音高來觀察，就古平聲而言，除了祁婺片的婺源和浮梁、嚴州片的遂安、建德外，一般方言點的陰平調低於陽平調；而對於去聲分陰陽的方言點來說，只有祁婺片的祁門、婺源、浙源、浮梁以及嚴州片的部分方言點基本是陰低陽高外，其餘方言點大多是陰高陽低。關於入聲調值，大部分方言都已經失去原本短促的特徵，讀同舒聲字一樣的長調。而在嚴州片的淳安、遂安等地，少數舒聲字讀成入聲，在淳安，這些舒聲字與入聲字一樣帶上了喉塞韻尾?。

第二節　徽州方言的濁上字

　　從表4-1「徽州方言古今聲調對照表」我們看到，徽州方言上聲總的來說有以下三種表現：

　　第一種是古上聲不分化，但有些方言點部分不常用的古全濁上聲字歸入去聲或陽去調。屬於這種類型的主要有績歙片的績溪、歙縣，休黟片的黟縣，祁婺片的祁門，旌占片的旌德，嚴州片的淳安、建德。

　　第二種是古上聲以古聲母「清：濁」兩分。屬於這種類型的主要有祁婺片的婺源、浮梁，嚴州片的遂安、壽昌。

　　第三種是古上聲以古聲母「清：全濁」兩分，而次濁聲母上聲字則出現分化，部分讀同清聲母上聲字，部分讀同全濁聲母上聲字，這樣的方言點主要有：休黟片的屯溪、休寧、五城、溪口，祁婺片的浙源、江灣，旌占片的占大，等等。

　　可見，徽語中，清聲母上聲字較為穩定，而古次濁上聲字和全濁上聲字則出現歸併方向上的歧異。下面我們將分別討論徽州方言的次濁上聲字和全濁上聲字的表現。

一　次濁上聲字

　　現代北方話次濁上聲字跟清上字走，仍讀上聲。據周祖謨，這種走向在宋代就已經確定了。而徽州方言中，部分方言點古次濁上聲字出現了跟全濁上聲字走、或者分隨清上字和全濁上聲字演變的現象。上文提及，次濁上聲字出現分化的現象主要見於休黟片，以及第一版《中國語言地圖集》劃入「休黟片」而第二版《中國語言地圖集》又劃入「祁婺片」的婺源縣一些方言點，例如，浙源、江灣。這可以視為這一片區域的一個方言共性，那這些方言點的次濁上聲字在分布上是否也一致呢？下面我們將列表進一步觀察：

表4-3　徽州方言部分方言點次濁上聲字的分化對照表

	陽上	陰上	陽上／陰上
屯溪	李里理鯉蟻舞語雨羽乳買我野冶鳥舀米尾偉葦違禮免勉娩緬臉斂染捻冗馬碼晚滿暖卵軟遠老佬腦惱冷領嶺懶眼瓦網罔朗兩輛養癢泖簍了藕偶紐有西攏忍而耳爾五	旅呂以已女哪乃也美演挽每某覽欖攬纜往以～仰魯櫓杪柳友壘永允蟻猛敏皿引勇	武白讀／武文讀 母白讀／母文讀 畝白讀／畝文讀 拇白讀／拇文讀 午白讀／午文讀
休寧	買滿馬米免勉冕抿卯乃腦惱瑙努暖奶紐扭碾攆老簍懶鹵虜裸卵攏呂李鯉領嶺兩輛藕偶冷眼尾～巴耳～朵而惹染冉忍蟻以已野冶舀有西養癢引舞刎晚網乳汝軟語雨羽禹宇遠	某拇牡莽蟒猛美杪杪娩緬演憫敏哪文讀你女覽欖朗履理了柳旅侶累積壘斂雅擾繞仰友也爾挽武永勇禮	母白讀／母文讀 畝白讀／畝文讀 裡～面／裡鄉～ 往～年／往以～ 臉白讀／臉文讀
五城[2]	尾呂侶旅履李里理鯉蟻擬舞五	你文讀以已武鵡伍午吾	母黃牛～：母牛，公

2　五城話的小稱音變形式是後加「n」尾且變調為13調，變調與系統中的陽上調非常接近，有些次濁上字沒有單字音，僅有小稱音變形式，所以無法辨別次濁上聲字讀成13調是原調還是音變之後的調值。例如：「蕊花～兒：花蕊紐～兒磊一～兒：一塊」但凡是這種次濁上字一律不計入次濁上聲字的歸類表中。

	陽上	陰上	陽上／陰上
	女語雨禹羽耳木~買野冷領嶺惹引穎人名米偉馬碼瓦拇咬舀努虜鹵腦惱老免娩緬臉碾染暖卵晚挽軟遠簍藕偶扭有酉滿網懶眼兩養癢蟓~~:小蟲子攏忍	宇壅一~地:一畦地;~斷乃奶乳汁演也美禮啞某我文讀撓饒上~堯每磊襖秒藐渺畝牡了~結柳友蟒莽往覽攬欖朗天~起來:雨後天放晴壞仰信~猛蜢~~:蚱蜢甬勇湧西:五城地名允永泳咏敏抿	~,白讀/母~親,文讀
浙源	米尾蟻畝雨腦惱老瓦買我舀牡咬軟遠染碾滿冷領嶺懶眼癢網允忍蜢~蟲隴~山:地名壅小山坡母	美女呂侶旅屢履你文讀李里理鯉擬已以拇武舞侮鵡五伍午努魯櫓虜鹵汝人名語與宇禹羽愈蕊委偽偉緯乃奶杪鳥了~結禮野馬碼瑪雅也餌每某偏磊簍摟柳縷藕偶紐扭有友斂殮臉演暖卵永穎覽攬欖纜莽蟒往朗兩壞嚷仰養引猛攏勇湧甬	乳豆腐~,白讀/乳麥~精,文讀 耳~朵,白讀/耳木~,文讀
占大	陽去：米李鯉里蟻五女乳豆腐~遇雨奶吃~也野尾耳卵腦惱老咬馬瑪瓦畝母我有酉兩染碾軟遠滿暖碗晚懶眼仰養癢冷領嶺蟓爾你	上聲：擬禮你文讀理努魯櫓虜鹵以已伍午武舞侮鵡旅慮屢履拇呂語與羽宇禹買哪矮雅每美壘偽委偉緯簍餌藕偶襖孬杪樹~:樹梢藐渺秒了舀鳥杏擾拇牡某裸柳紐扭免勉娩緬澠斂臉輦捻紙~子演撣研阮莽蟒覽攬欖卵挽往吻刎閫敏憫皿引穎允猛懵攏壅永泳咏勇甬湧忍	陽去／上聲：網漁~,白讀/網上~,文讀

說明：以上表格中次濁上字陰上、陽上兩讀的，陽上讀法位前，陰上讀法居後。

　　從表4-3我們看到，從字數多寡來看，古次濁上聲字在屯溪、休寧、五城這三個點讀陽上的比讀陰上的偏多；在浙源，古次濁上聲字讀陽上的則遠遠少於讀陰上的；在占大，古次濁上聲字讀歸陽去的也遠遠少於讀上聲的。從具體分讀的字來看，讀陽上或是陽去的顯然比讀陰上或上聲的更常用。以上這些方言點中還存在同一個次濁上聲字存在陰上（或上聲）和陽上（或陽去）的異讀，或者少數字存在文白對應。一般來說，文讀陰上調（或上聲），白讀陽上調（或陽去）。或者有的字僅有文讀，並沒有相對應的白讀，這些字的文讀為陰上。例如休寧：

里li^{13}~面/li^{31}~鄉~　　往mɤ^{13}~年、vau^{13}以~/ au^{31}以~　　臉li:e^{13}白讀/li:e^{31}文讀　　畝m^{13}白讀/mo^{31}文讀
你ȵi^{31}文讀　　　　母m^{13}面稱母親，白讀/mo^{31}~親，文讀　　哪la^{31}文讀

　　次濁上聲字在以上這些方言中，讀歸陽上或陽去的以常用字為常，有文白異讀對應的白讀為陽上調或陽去調，那是不是說明這些地區次濁上聲分讀陰上和陽上的現象乃是權威方言影響的結果？屯溪、休寧、五城、浙源、占大等地次濁上聲字的分化現象似乎可以解釋為兩種音變力量在這個地區競爭的結果：一種音變力量來自徽州方言語音系統內部，即上聲的陰陽分化；另一股音變力量來自系統外部的官話，即次濁上讀同清上、全濁上聲歸去聲。官話作為優勢方言通過文教的力量使得休寧、屯溪等地的方言形成文讀層，這個文讀層和當地方言的土白層構成同一音類的兩個異源語音層次。這樣的解釋看上去合理而且使得呈現在我們面前的語音現象變得非常簡單，然而卻無法解釋來自五城、婺源等歷史韻書中反映出來的方音現象。

1　休寧南鄉清代方言韻書《休邑土音》的古次濁上聲字的歸類

表4-4　《休邑土音》古次濁上聲字讀音歸類

陽上（49個）	陰上（124個）	陽上／陰上兩讀（11個）
瓦舀咬馬了也	雅繞擾我嬴裸杪淼藐渺嬲嫋嫋乃	老不嫩也/老人之年壽多者曰~　耳/耳
野冶買惱瑙腦	壘累儡磊餒吻每襖昵禮鱻醴美以	挽引轉也、~住、~回/挽補也、~回、~轉
米擬已里尾冷	女靡臉潋輦璉演衍冉郢穎佃儼刎	暖/暖　遠近之對也、疏也/遠不近也
領嶺染惹碾免	永茗酩猛艋皿勉湎冕婉泃緬晚廩	卵子也、蛋也、~子/卵蛋也、子也　仰/仰3
餒軟籠攏引蚓	凜隴茸冗勇湧踴俑甬允尹隕殞忍	滿不淺也、盈也/滿明緩、不淺也、又~國
懶攬眼廣癢攘	飪荏閔泯敏蠓憒覽欖誹囊朗養	簍竹器也/簍竹器也、面~
網兩酉弩努櫓	往莽蟒瀰魍枉有友柳絡畝牡魯鹵	乳奶也、~腐/乳奶也
擄虜鈕扭紐藕	偶耦忸宇羽禹汝愈煒偉予窳語圉	舞歌~、~孀/舞微震、歌~、又作儛
簍雨	五伍午忤武鵡侮某母拇爾邇	

說明：以上表格中次濁上字陰上、陽上兩讀的，陽上讀法位前，陰上讀法居後。韻書對兩屬的次濁上聲字注解不同者，我們在表格中列出相應讀法的小注，注解完全相同者則不予列出。

　　從表4-4可見，與現在的休寧南鄉五城話次濁上聲字以讀陽上為主不同的是，在《休邑土音》中讀陰上的所占比例遠大於讀陽上的。我們將現在的五城話與韻書系統相比後看到，兩個系統中存在的共性是口語常用字均以讀陽上為常。兩套系統中的古次濁上聲字歸字不一致的地方表現在：韻書歸陽上而五城話歸陰上的次濁上聲字僅有「了來篠也以馬已以止」等；而韻書歸陰上五城話歸陽上的有「養以養有雲有五疑姥女泥語禹羽雲竇穎以靜偉雲尾拇明厚鹵來姥婉緬明獼臉來琰晚微阮偶疑厚蠓明董忍日軫」等字。

3　《休邑土音》中下冊五江部自「方」小韻後缺頁，因此無法獲知「仰」的小注，僅根據前文韻目總錄中「仰」被置於平仄指掌圖中兩個位置推知，一個是「上聲」位置，當讀系統中的陽上，一個「入聲」位置，當讀作系統中的陰上。

從韻書時代到今天的五城話中，次濁上聲字由以讀陰上為主發展為以讀陽上為主。

2　婺源清代方言韻書《婺城鄉音字彙》的古次濁上聲字

婺源縣地處江西省東北部，北界安徽省休寧縣。婺源縣原屬安徽省，建縣時婺源的東鄉、北鄉就是從休寧劃出的，縣城紫陽鎮處於東西南北各鄉的中心。今紫陽話中，古次濁上聲字基本上歸陽上，只有個別的如「屢、雅、繞」等幾個字讀陰上。而據胡松柏、錢文俊，清代記錄婺源縣城方音的《婺城鄉音字彙》，古次濁上聲字多數歸陰上，少數歸陽上。[4]

表4-5　《婺城鄉音字彙》古次濁上聲字讀音歸類

陽上（32個字）	陰上（與清上字同歸）（87個字）	陽上／陰上兩讀（22個字）
米尾寶閩網奴虜籠攏扭紐領嶺冷染碾研蟻眼軟暖懶瓦咬爾耳珥邇酉蚓癢舀	美靡姆拇姥某牡卯渺滿懵蠓敏泯莽蟒罔惘猛茗皿酩免勉你履魯櫓女屢縷柳簍絡蕾儡壘裸餒老乃奶鳥嫋嘹壟攏壟朗輛臉斂輦擬語汝藕偶惹繞仰儼我雅以羽有野冶也擾窈勇擁湧踴養永冉演遠宛舞武五午往	娓母畝馬碼閔憫裡鯉呂侶旅惱腦了卵覽兩倆乳雨引

次濁上聲字在婺源縣城經歷了由清代「多數歸陰上，少數歸陽上」到今天「全部歸陽上」這樣的變化。

結合上文休寧南鄉五城的次濁上聲字由清代以讀陰上為主發展到現在以讀陽聲為主，我們看到，次濁上聲字由北向南從休寧、屯溪、婺源的浙源鄉直到婺源的紫陽鎮，歸陽上調的字逐漸增多，讀陰上調

4　胡松柏、錢文俊：〈反映19世紀中葉徽語婺源方音的韻書《鄉音字義》《鄉音字彙》〉，《音韻論叢》，濟南市：齊魯書社，2004年。

的字逐漸減少甚至消失。語言的這種空間差異應該是語言時間發展序列的反映。這種音變過程反映的應該是層次問題（同源層次），讀陰上是原來的層次。

　　將休寧、屯溪、浙源等地次濁上聲兩分視為同源層次問題，那麼自然會面臨兩個疑問：

　　其一：徽語其他古調類的次濁字是否也有讀同相應陰聲調的現象，如果沒有，那何以只有上聲字會出現歸併的例外？

　　其二：次濁上聲字由陰上向陽上變化的動因是什麼？

　　先討論第一個問題。就徽語而言，幾乎所有方言點，上聲之外的其他調類字中，雖然不是成批出現但至少不同程度存在次濁聲母字讀同相應陰調類的情形。有些字讀同陰調類現象在整個徽語區內部還比較一致，例如「膜幕摸探尋義溜滑撈撈取義育」這幾個字在徽語區差不多都讀成相應的陰調類。很多方言點還存在一些暫時找不到本字但念成陰調類的次濁聲母字，而且這些念成陰調類的次濁聲母字均是方言裡的常用字。例如，績溪方言平、去按古聲母清濁各分陰陽，陰平調值為31，陽平調值為44；陰去調值是35，陽去調值是22。而下面這些次濁聲母字不與同等音韻地位的次濁聲母字同讀陽調，卻讀成相應的陰調類：

□胡亂地塞[na³¹]　　□抓小顆粒[mo³¹]　　□疤痕[no³¹]　　□撫摸[me³¹]　　貓[mɤ³¹]

□舔[nẽi³¹]　　□嬰兒[ma³⁵]　　□喝[mŋ³⁵]　　□切割[ni³⁵]　　□露出[nu³⁵]

□食物爛熟[mɤ³⁵]　　□用水澆[mie³⁵]　　□軟弱無能[nã³⁵]　　□小，弱[mẽi³⁵]

　　休寧方言中，入聲按聲母清濁分陰陽，陰入字調值為212，陽入字調值為35調，但例外有：

□用力切斷[li²¹²]　　□扣，擦[ma²¹²]　　□掐，切[ma²¹²]　　□~騷貨：潑婦[la²¹²]　　□往臉上擦粉膏[lɔ²¹²]

　　次濁聲母字在徽語區不同程度地跟隨相應清聲母讀成陰調，這是不是反映出徽語區早先時候次濁聲母「濁」的程度並不明顯而近於清聲母？清代江有誥在《等韻叢說》中曾提到：「歙人呼『巫』字似微之清，呼『媽』字似明之清，呼『奶』字似泥之清，『妹』字則清濁並呼。」[5]江氏所言反映了彼時歙縣部分次濁聲母字聽感上跟清聲母接近。

　　音韻學上，聲母的清濁之辨由來已久。據《隋書・潘徽傳》記載，三國魏李登所著的《聲類》中就有了「清」和「濁」的概念。說它「始判清濁」。在唐代，孫愐的《唐韻》序中也說：「切韻者，本乎四聲，……引字調音，各自有清濁。」[6]從現代語音學的觀點看，傳統的清濁之分應該是指聲帶顫動與否的區別。然而濁與次濁的區別前人的解釋一直比較含混。關於「次濁」，音韻學上又叫做「清濁」，或叫「半清半濁」，或叫「不清不濁」。從古人對「次濁」這樣的呼法出發我們是不是可以理解為「次濁」聲母的發音特徵（主要指帶音）介乎清聲母和全濁聲母之間呢？發展到不同的方言中，次濁聲母「濁」的程度存在差別，這種差別會對不同方言次濁聲母調類的歸併產生不同的影響。尉遲治平就曾對日本悉曇學著作進行音韻學角度的研究，試圖挖掘出中古漢語調值的寶貴資料，他指出，悉曇家所知的漢語聲調系統，邊音鼻音字一般是歸陰聲調的。[7]次濁聲母「濁」的程度對次濁聲母字調類的歸併的影響，表現在徽語區則是使得差不多所有方言點都有次濁聲母字讀同相應清聲母的現象，只不過徽語區大部分方言點的次濁上聲字並不像休寧、五城、屯溪、溪口、浙源等地的次濁上聲字那樣大面積讀成陰上，其他方言點次濁聲母字讀成陰調類的現象還是比較零散而不成體系的。但總體來說，次濁聲母字在上聲比在

5　江有誥：〈等韻叢說〉，《音學十書》，北京市：中華書局，1993年。

6　唐作藩：《音韻學教程》（北京市：北京大學出版社，1991年），頁36-37。

7　尉遲治平：〈日本悉曇家所傳古漢語調值〉，《語言研究》1986年第2期。

其他調類更容易讀成陰調。

　　馮蒸（1987）曾對北宋邵雍《皇極經世天聲地音圖》次濁上聲歸清類現象做過分析，他結合吳語溫嶺、黃岩等地鼻音、邊音聲母字平去入帶濁流，而上聲聲門緊閉不帶濁流這一現象，提出古次濁聲母跟其他濁音聲母一樣也是帶上濁流ɦ，但因上聲韻尾帶喉塞ʔ，因逆行同化作用影響其聲母也產生緊喉作用，因而變成ʔm-、ʔn-、ʔŋ-、ʔl-而不帶濁流，所以邵雍方言次濁上聲歸清類。他還提出，作為噪音的濁塞音、塞擦音和擦音比起作為樂音的鼻音、流音、半元音來難於接受逆同化的前喉塞化作用。因此，上聲的這種緊喉作用通常只影響到次濁音，而不會影響濁音。[8]

　　馮蒸認為次濁上聲歸清類與上聲喉塞韻尾有關，我們想，除此之外也許還有另一種可能，即與上聲調字本身發音短促有一定關聯。曹劍芬曾針對吳語裡的全濁聲母做過切音聽辨實驗，把古清濁聲母對立的兩個字從尾部漸次向前切短，當各剩下八十至九十毫秒時，這兩個字音也就不能分辨了，而這剩下的八十至九十毫秒裡，輔音本身實際上只占不到十毫秒，其餘很長一段都是元音。[9]

　　徽語區上聲調本身發音短促，在聲母清濁的區分上大概相對比較模糊。其中休寧、屯溪、五城等地的陰上調發音短促，而且陰上字的韻尾帶有明顯的緊喉成分。這種發音短促的特徵和陰上字韻尾的緊喉成分與這些地區次濁上聲讀同清上可能確有某種聯繫。次濁上聲字與清上字本身發音短促，兩者較難體現出音高的區別，也就沒有了聲調區別，再加上次濁上聲受到緊喉成分的干擾後，濁的特徵徹底消失，因而讀同清上字。

　　上文提及，《婺源方音字彙》時代次濁上聲大多讀同清上，我們

8　馮蒸：〈北宋邵雍方言次濁上聲歸清類現象試釋〉，《首都師範大學學報》1987年第1期。

9　曹劍芬：《現代語音研究與探索》，北京市：商務印書館，2007年。

因此提出次濁聲母讀同清上乃是休寧、屯溪、婺源等地原來的層次，讀同全濁上乃後起的變化。那需要解釋的另一個問題便是：次濁上聲字既已讀成陰上，那為何又要向陽上變化呢？由陰上向陽上變化的動因是什麼？

誠然，聲調演變往往與聲韻類別緊密關聯。但聲調本身的變化還是要在聲調系統內部進行的。中古以後由以聲母的清濁作為區分音位的功能，轉化為以聲調的不同（音高或調型）作為區分音位的功能。漢語方言中聲調音高和調型是多種多樣的，但在每一個具體方言或一個具體時期的方言裡是自成體系的。徽語區，聲調本來按聲母清濁各分陰陽，但因為次濁聲母本身帶音特徵的淡化再加上上聲發音短促從而消除清濁對立之影響，使得上聲分陰陽的方言點次濁上聲讀同清上。但聲調按聲母清濁發生陰陽分化是總的規律，因而在以上分陰陽的方言點中，次濁上字後受整個聲調系統內部聲調按古聲母清濁分化為陰陽這股力量的牽引，逐漸偏離清上的隊伍走向陽上。這是一個漸變的、連續的過程。所以在次濁上讀同全濁上的演變過程中，總會出現未變的、變化中的、已經變了的三種狀態，這種空間差異正是時間發展的反映。

休寧、屯溪、婺源等地次濁上聲字歸陽上的趨勢與南部吳語相似。次濁上字在聲調上的不同歸屬是官話型方言和早期吳語型方言的一個重要區別：官話型方言次濁上同清上，吳語型方言次濁上同全濁上。其中北部吳語處於官話和吳語接觸的最前沿，受官話的影響比較大，所以古濁上比較常見的歸併模式是次濁上聲歸陰上（或上聲），全濁上聲歸陽去（或去聲）。而在南部吳語區，「沒有一個地點是完全採用這種歸併模式的，只有位於西北角的開化，次濁上有少數字歸陰上，多數字和全濁上一起歸陽去。」[10]　我們從《南部吳語語音研

10　曹志耘：《南部吳語語音研究》（北京市：商務印書館，2002年），頁103。

究》看到，南部吳語區三十七個方言點中，二十六個點的次濁上是歸
陽上的。僅有六點歸陰上，三個點上聲沒有分化。也就是說，南部吳
語次濁上最主要的歸併模式是和全濁上聲字同歸陽上。徽語和吳語關
係密切，在次濁上的歸併上出現的這種共性可以視為兩者歷史上存在
密切關係的一個證據。

二　全濁上聲字

　　「中古上聲字中的全濁聲母字在現代北京話中多數都讀成了去
聲，這個變化至少在唐代末年已經開始。」[11]據王力（1980），遠在八
世紀以前，這一種音變就已經完成了。隨著移民和文教的力量漸次南
下，濁上歸去這種音變開始影響很多南方方言，幾乎所有方言都受到
不同程度的影響，不同的方言所受到的影響程度深淺不一，也因此全
濁上字歸併去聲的範圍也存在差異。作為南方方言，徽語當然也受到
濁上歸去這種音變的影響，徽語這種音變的發生至少可以上溯到明代
末年。明末新安程元初所撰的《律古詞曲賦叶韻統》一書的凡例中
說：「（濁音）上聲皆當讀如去聲，如禪母『辰腎慎實』；『腎』時忍
切，當讀為『慎』，分字母而知此義，庶讀上聲不訛。」可能當時的
人多已經不知道「腎」是上聲字了，所以要「分字母而知此義」。[12]今
天的徽語中古全濁上聲字表現又如何呢？
　　從表4-1「徽州方言古今聲調對照表」中我們看到，古全濁上聲
字在徽州方言中無外乎幾種表現：古上聲字未發生分化，除去少數非
常用的字歸入去聲外，古全濁上聲字大多與清上字同讀，這樣的方言
點有休黟片的黟縣、旌占片的旌德、嚴州片的淳安和建德；古上聲字

11　胡安順：《音韻學通論》（北京市：中華書局，2003年），頁170。

12　高永安：《明清皖南方音研究》（北京市：商務印書館，2007年），頁245。

發生陰陽分化，其中古全濁上聲字大多讀陽上，而與濁去字不同音，這樣的方言點有休黟片的休寧、祁婺片的婺源、嚴州片的遂安和壽昌；官話型方言上聲字的演變模式，即古上聲字沒有完全按照古聲母的清濁發生分化，其中古全濁上聲字絕大多數與濁去字同讀，這樣的方言點有旌占片的占大和江西的徽語浮梁。除此，還有一種情況是介乎以上三種情況中間，古全濁上聲字本身出現了分化，部分與清上字同讀，部分與濁去字（或去聲字）同變，例如績溪、歙縣、屯溪、五城、浙源等地屬於這種類型。

　　由此看來，徽語中，較少受到「濁上歸去」音變影響的有嚴州片徽語、休黟片徽語中的休寧和黟縣、旌占片的旌德、祁婺片的婺源；而不同程度發生濁上歸去的方言點主要是績歙片徽語、祁婺片大多數方言點、休黟片的少數方言點以及旌占片的占大。接下來我們通過十六對較為常用的全濁上聲字和全濁去聲字在徽語部分方言點的今讀形式來觀察「全濁上歸去」音變對徽州方言的影響程度：

表4-6　徽語部分方言點中全濁上字與全濁去字的今讀

	社禪上 射船上	肚腹，定上 度定去	柱澄上 住澄去	豎禪上 樹禪去	待定上 代定去	弟定上 第定去	倍並上 背~書，並去	是禪上 事崇去
績溪	so²¹³ ～廟/ ɕiɔ²² 公～ ɕiɔ²²	tʰu²¹³ tʰu²²	tɕʰy²¹³ tɕʰy²²	su²¹³ ɕy²²	 tʰa²²	tsʰ1²¹³ 兄～ /tsʰ1²² 從 tsʰ1²²	pʰa²²	tsʰ1²¹³ ～不～ / s1²² 實事求～ s1²²
歙縣	ɕia³⁵ ɕie³³	tʰu³³	tɕʰy³⁵ tɕʰy³³	su³⁵ ɕy³³	tʰɛ³³	tʰi³⁵ tʰi³³	pʰɛ³³	ɕi³⁵ s1³³
屯溪	ɕia²⁴ ɕia¹¹	tu²⁴ tu¹¹	tɕʰy²⁴ tɕʰy¹¹	ɕy²⁴ ɕy¹¹	tʰɤ¹¹	tʰe²⁴ te²⁴	pɤ²⁴	ɕi²⁴ s1¹¹
五城	ɕia¹³ ɕia¹²	tu¹³ tu¹²	tɕʰy¹³ tɕʰy¹²	ɕy¹³ ɕy¹²	tɤ¹³ tɤ¹²	tʰe¹³ te¹²	pɤ¹³	ɕi¹³ s1¹²

	社_{禪上} 射_{船去}	肚_{腹,定上} 度_{定去}	柱_{澄上} 住_{澄去}	豎_{禪上} 樹_{禪去}	待_{定上} 代_{定去}	弟_{定上} 第_{定去}	倍_{並上} 背_{~書,並去}	是_{禪上} 事_{崇去}
祁門	ɕiːɐ^{42}_{公~/} ɕiːɐ^{33}_{~會} ɕiːɐ^{33}	tʰu^{42} tʰu^{33}	tɕʰy^{42} tɕʰy^{33}	ɕy^{42}_{~起來} / ɕy^{33}_{~~} ɕy^{33}	tʰyːɐ^{33}	tʰiːɐ^{42} tʰiːɐ^{33}/tʰi^{33}	pʰa^{33}	ɕi^{42}_{~不~/} ɕi^{33}_{實事求~} ɕi^{33}
浙源	se^{25}/se^{43} se^{43}	tu^{25} tu^{43}	tɕy^{25} tɕʰy^{43}	ɕy^{25} ɕy^{43}	tʰao^{25} tao^{43}	tʰe^{25} te^{43}	pʰʒ^{25}	sŋ^{25} sŋ^{43}
浮梁	ɕie^{33}	tʰəu^{33}	tɕʰy^{33}	ɕy^{33}	tʰa^{33} tʰe^{33}	tʰei^{33}	pʰe^{33}	ɕi^{33} ʂə^{33}
占大	ʂa^{35}	tʰu^{35}	tɕʰy^{35}	ɕy^{35}	tʰɛ^{35}	tʰi^{35}	pʰɛ^{35}	sŋ^{35}

續表4-6

	跪_{群上} 櫃_{群去}	稻_{定上} 盜_{定去}	舅_{群上} 舊_{群去}	旱_{匣上} 汗_{匣去}	辮_{並上} 便_{~利,並去}	像_{邪上} 匠_{從去}	靜_{從上} 淨_{從去}	動_{定上} 洞_{定去}
績溪	kʰui^{213} kʰui^{22}	tʰʒ^{213} tʰʒ^{22}	kʰi^{213} kʰi^{22}	xɔ^{213} xɔ^{22}	pʰẽi^{213} pʰẽi^{22}	tɕʰiõ^{22}	tɕʰiã^{22}	tʰã^{213} tʰã^{22}
歙縣	kʰue^{35} kue^{33}	tɔ^{35} tʰɔ^{33}	tɕio^{313}_{_隘去} tɕʰio^{33}	xɛ^{33}	pe^{35} pʰe^{33}	tsia^{33}	tsiʌ̃^{33}	tʰʌ̃^{33}
屯溪	tɕʰy^{32} tɕʰy^{11}	tʰʒ^{24} tʒ^{11}	tɕʰiu^{24} tɕʰiu^{11}	xuːɐ^{24} xuːɐ^{11}	piːe^{24} pʰiːe^{11}	tsʰiau^{24} tsʰiau^{11}	tsʰɛ^{24} tsʰɛ^{11}	tan^{24} tan^{11}
五城	tɕʰy^{21} tɕʰy^{12}	tʰʒ^{13} tʒ^{12}	tɕʰiu^{13} tɕʰiu^{12}	xuːɐ^{13} xuːɐ^{12}	piːɐn^{13} pʰiːe^{12}	tsʰiɔu^{13} tsʰiɔu^{12}	tsʰɛ^{13} tsʰɛ^{12}	tan^{13} tan^{12}
祁門	tɕʰy^{42} tɕʰy^{33}	tʰo^{33}	tɕʰie^{42} tɕʰie^{33}	xuːɐ^{33}	pʰĩːɐ^{42} pʰĩːɐ^{33}	tsʰiõ^{42} tsʰiõ^{33}	tsʰæ̃^{42} tsʰæ̃^{33}	tʰəŋ^{42} tʰəŋ^{33}
浙源	tɕʰy^{21} ?	tʰa^{25} tʰa^{43}	tɕʰiao^{25} tɕʰiao^{43}	xũ^{43}	pĩ^{25} pʰĩ^{43}	tsʰiõu^{25} tsʰiõu^{43}	tsʰã^{25} tsʰã^{43}	təŋ^{25} təŋ^{43}
浮梁	kui^{213} kʰui^{33}	tʰau^{33}	tɕʰiəu^{33}	? xiən^{33}	pʰĩ^{33}	tsʰa^{33}	tsʰai^{33}	tʰoŋ^{33}
占大	kʰui^{213} kʰui^{35}	tʰɒ^{35}	tɕʰio^{35}	xʒ̃^{35}	pʰiẽ^{35}	tɕʰiõ^{35}	tɕʰin^{35}	tʰoŋ^{35}

　　從表4-6我們看到，在受到「全濁上歸去」音變影響的徽州方言中，除了浮梁和占大的古全濁上聲字幾乎都與古全濁去聲字合流外，其他方言點受影響程度存在一定差異。總的說來，在中心徽語區，績歙片比休黟片受的影響程度較深。例如，十六對例字中，休黟片的屯溪古全濁上聲字與古全濁去聲字相混的僅見「待—代」「倍—背~書」兩對；在休黟片的五城，古全濁上聲字與古全濁去聲字相混的僅見「倍—背~書」這一對。祁婺片的浙源受到的影響也比較小，古全濁上聲字與古全濁去聲字相混的也只有「社2—射」「倍—背~書」「旱—汗」三對，而且其中「社」還有一個異於古全濁去聲的讀音。這幾個方言點還存在一個共性，就是「倍—背~書」相混的形式均是古全濁去聲字「背~書」向古全濁上聲字「倍」歸併，讀同系統中的陽上調。對此，我們將在本章第三節詳加分析。而在績歙片的績溪，以上例字中，古全濁上聲字「待」、「倍」、「像」、「靜」、「動」都已經讀同濁去字，而「社」、「弟」、「是」均存在一個歸入陽去調的文讀形式；績歙片的歙縣，古全濁上聲字讀同濁去字的音變程度與績溪差不多。祁婺片的祁門受「古全濁上歸去」音變影響的程度介乎績歙片和休黟片之間，「待」、「倍」、「稻」、「旱」這幾個古全濁上字已歸入去聲調，讀同系統中的陽去字，「社」、「豎」、「是」也都有一個歸入陽去調的異讀形式。

　　綜上，徽語不同的方言片由於所處的地理位置不同，受「全濁上變去」音變影響的程度會存在差異，總的說來，靠近北部吳語和贛語的一些方言點，全濁上聲歸入去聲的現象非常普遍。除了以上提到的浮梁、占大，還有祁婺片的德興等地，絕大多數古全濁上聲字讀同濁去字。浮梁、德興位於江西，與贛語接觸非常頻繁。「而對於贛語來說，由於地域上與官話方言區相連以及歷史上多次由北而南的移民潮，它更是不斷受到來自北方方言的衝擊，因此（濁上歸去），這一源於北方方言的演變規律對贛語的影響就更加廣泛而深入了。這表現

在今天的贛語絕大多數方言陽上調已消失。大部分方言全濁上聲字全部歸入去聲。」[13]贛語的這一特點也影響了浮梁、德興等江西徽語區，使得這些地區的全濁上聲字大部分歸入去聲（最主要是歸入陽去）。占大與宣州吳語區的石陵小片相鄰，據蔣冰冰（2003），這一小片大部分地區（比如石台縣的七都、橫渡以及青陽縣的陵陽、童埠等等）全濁上都是歸入去聲的。而中心徽語區特別是休黟片的一些方言點，受到「全濁上歸去」音變的影響程度相對較弱。嚴州片徽語白讀系統中的古全濁上聲字，絕大多數保持上聲或陽上的讀法，這一點與南部吳語很相似。據曹志耘（2002），南部吳語中，特別是處衢片，除了靠近贛語區的開化，其全濁上聲大都歸入去聲外，其他地方的全濁上聲一般與次濁上聲一起讀為陽上調，從而有別於去聲字。

第三節　徽州方言的去聲字

由本章表4-1「徽州方言古今聲調對照表」我們看到，除了嚴州片的壽昌（還有未列入表格的績歙片的許村和休黟片的岩寺）去聲未分化外，徽語大多數方言中去聲入多依古聲母的清濁發生了分化。據高永安（2007），明代徽州話的聲調一般都是四個，即傳統的平、上、去、入。可見，今天徽語大多數方言點去聲的分化以及各地方言的聲調格局的形成都是較晚近才出現的。今天的徽州方言聲調系統中，去聲是屬於不太穩定的一類，部分方言發生了「濁去歸上聲」等音變，部分方言的去聲打破了原聲母清濁所造成的聲調陰陽之間的界限，出現了與其他陰陽調類之間的的歸併現象。具體來看：

---

13 張雙慶、萬波：〈贛語南城方言古全濁上聲字今讀的考察〉，《中國語文》1996年第5
　　期，頁345。

一　全濁去歸陽上或上聲

　　上一節提到，徽語區中靠近北部吳語和贛語的一些方言點，全濁上聲歸入去聲的現象非常普遍。而徽語中還存在全濁去聲讀歸陽上或上聲的現象，而且這兩種演變方向完全相反的現象偶爾還會出現在同一種方言中。從本章表4-1的「徽州方言古今聲調對照表」我們看到，全濁去聲歸入陽上或上聲的現象主要見於休黟片的一些方言點，例如屯溪、休寧、五城、黟縣，祁婺片的婺源、浙源也有少數全濁去聲字讀歸陽上。具體如下所示：

表4-7　徽語中古全濁去聲讀同陽上／上聲的例字

方言點	陽上／上聲調值	全濁去聲讀同陽上的例字
屯溪	陽上24	示視ɕi²⁴　座tsʰo²⁴　第te²⁴　繕ɕi:e²⁴　賺tsʰu:e²⁴　導tʰɤ²⁴　錠tʰɛ²⁴　暫站tsʰɔ²⁴　調名詞tiu²⁴　鳳fan²⁴
休寧	陽上13	治忌tɕi¹³　示視ɕi¹³　署ɕy¹³　傅fu¹³　錠tʰa¹³　麝膳繕擅ɕia¹³　導tɤ³³/tɤ¹³　第te¹³ ~一/ te³³門~　佃ti:e¹³　段tu:ə³³/tu:ə¹³　站車~tsʰɔ¹³　賺tsʰu:ə¹³　掉tiau¹³　鳳fan¹³　郡tɕʰyĕn¹³
五城	陽上13	治tɕi¹³　示視嗜ɕi¹³　署tɕʰy¹³　錠tʰɛ²⁴　背~書pɤ¹³　賺tsʰu:e¹³　暫站車~tsʰɔ¹³　授ɕiu¹³
黟縣	上聲53	稚tsʅ⁵³　治嗣飼tsʰʅ⁵³　示視侍sʅ⁵³　第tɛɤ⁵³ ~一/ tʰɛɤ⁵³門~署瑞ʃu⁵³　授saɯ⁵³　宙驟tʃaɯ⁵³　轎tɕi:u⁵³　鳳faŋ⁵³　仲tʃʰaŋ⁵³　畔pʰoɤ⁵³　翡fɛi⁵³　賺暫tʃʰoɤ⁵³　暴佩pʰɤɤ⁵³　錠tʰɛɤ⁵³　甸佃tʰi:e⁵³　倦tɕʰy:e⁵³　膳單姓擅si:e⁵³　悍捍xu:e⁵³　倦tɕʰy:e⁵³
婺源	陽上31	飼嗣tsʰʅ³¹　授sa³¹　鳳fɔm³¹　殉sein³¹　賺tsʰum³¹
浙源	陽上25	座tsʰo²⁵　導tʰa²⁵　授sao²⁵　賺tsʰũ²⁵

　　從表4-7所舉例字來看，黟縣全濁去聲讀同上聲的例字最多，其

次是休寧；浙源全濁去聲讀同上聲的例字最少。

　　古全濁去聲字讀同上聲在徽語中由來已久。我們先以全濁去聲歸入上聲例字最多的黟縣方言為例。清代黟縣的《黟俗土語千字文》中就見到濁去字與濁上字互為同音字的現象，不過「千字文」體例決定《黟俗土語千字文》收字極其有限，所以我們無法進行具體例字的統計。單從同音字組裡收有清上字這一點可以判斷同組的濁去字應該是讀同上聲的。爬梳《黟俗土語千字文》，全書中同時收有濁去字與清上字的同音字組如下所示：

　　此清紙：侈齒昌止恥徹止似祀邪止治澄志嗣邪志

　　始書止：是恃氏禪紙使史生止市禪止矢書旨柿崇止死心旨示船至視侍禪至盛禪勍

　　暑書語：所生語水書旨豎禪麌竪禪語署禪禦瑞禪實

　　首書友：守手書友受禪有後厚匣厚授禪宥

　　宙澄宥：九玖韭久糾見有狗苟枸見厚酒精有紂澄有肘知有胄澄宥

　　善禪獮：寫心馬社禪馬險曉琰閃書琰鱔禪獮陝書琰擅禪線

　　矯見小：轎嶠群笑繳見篠劋精小沼章小

　　鳳奉送：粉非吻奉奉腫

　　重澄腫：恐溪腫仲澄送

　　被並紙：鄙幫旨痞並旨幣並祭陛並薺品滂寢

　　取清麌：序邪語聚從麌跪群紙郡群問

　　對比《徽州方言研究》中黟縣同音字彙，我們看到，《黟俗土語千字文》中讀同清上字的「郡、盛、胄、嶠」不見於黟縣同音字彙，「幣」在《黟俗土語千字文》中讀同清上字，而在《徽州方言研究》黟縣同音字彙中與清去字「貝、閉」等同讀為陰去調。其餘在《黟俗土語千字文》中讀同清上字的「治、嗣、示、視、侍、署、瑞、授、宙、擅、轎、鳳、仲」在《徽州方言研究》中也讀同上聲。

　　而在比《徽州方言研究》中黟縣音系早約六十年的《黟縣方音調查錄》（魏建功等，載《國學季刊》第4卷第4期，1935年）中，濁去字讀歸上聲的字有「瑞、署、錠、賺、暫、暴、佩、翡、旬、佃、墊、單、膳、擅、倦、轎、捍、郡、宙、驟、胄、授、仲、鳳、稚、治、嗣、飼、食（酒食）、示、視、侍、盛」。除了「郡、胄、盛、墊」外，以上《黟縣方音調查錄》這些讀同上聲的濁去字在今天的黟縣音系中也基本讀同上聲，體現了濁去歸上這一音變在黟縣的相繼性和穩定性。

　　休黟片的休寧，全濁去聲讀同上聲的例字也較多。休寧這種現象出現時間至少可以上溯至二十世紀，羅常培筆記中曾指出休寧「陽去一部分變陽上」。例如「洽、侍、示、箸、署、睡、宙、授、售、錠、膳、擅、佩、綻、宕、調音~、佃、墊、硯、仲、倦、華~山、稗」等濁去字都歸入陽上。

　　而在這裡需要提及的是，今天婺源縣浙源鄉的嶺腳話中，濁去歸入陽上的例字很少，而編於同治年間（1875）代表清代婺源環川（今天浙源鄉的嶺腳）音系的《新安鄉音字義考正》中濁去歸入陽上的例字比今天嶺腳話要多得多。古全濁去聲字在《新安鄉音字義考正》中有三種走向：大部分與入聲字、少數全濁上聲字合流，當讀為系統中的陽去調；一小部分與濁上字合流，當讀為系統中的陽上調；另一小部分歸入去聲卷與清去字合流。其中與全濁上聲字同歸入上聲卷而讀為陽上的字有「鳳、溽、恩、圂、碭、宕、皆、治、稚、嶢、嗣、飼、食、示、視、荊、扉、翡、帔、郡、倦、旬、佃、弁、拚、卞、忭、汴、抃、玣、棧、轕、鏨、繕、膳、禪、單姓、擅、贍、憾、含、琀、瓣、裹、勻、宙、胄、籀、驟、授」。其中「授」既與濁上字「受」等同見於上聲卷，又與「壽、售」等濁去字同見於入聲卷。《新安鄉音字義考正》中歸入陽上的那些較為常用的古全濁去聲字如「鳳、治、示、視、佃、繕、膳、贍、擅、憾、瓣」等到今天嶺腳話中絕大部分已歸入陽去，小部分例如「稚、宙、驟」歸入陰去。

　　《新安鄉音字義考正》所代表的音系所屬地（清代的「環川」即今天的浙源嶺腳）位於婺源與休寧交界處，部分濁去字歸陽上或上聲的特點與休黟片方言較為一致。而這一語音特徵在今天的嶺腳話中呈現萎縮甚至是消失的局勢。從聲調格局來看，今天的婺源縣浙源鄉嶺腳話與婺源城關話一致：平、上、去分陰陽，入聲歸入陽去，全濁去的分化規律也相同，從而與休寧全濁去大部分與陰平合流、小部分與陽上合流的分化規律不相同。在全濁去聲的歸併方向上，嶺腳話受婺源城關話影響更大，這讓我們看到了全濁去聲字在嶺腳話中一個半世紀以來的音變方向。

　　看到休黟片徽語存在古全濁去聲字讀同陽上或上聲的同時，我們也看到這個地區也存在少數古全濁上聲字讀同去聲（或者是與濁去字同歸入其他聲調）的現象。例如，據《徽州方言研究》中黟縣同音字彙，全濁上歸陽去的例字有「士、仕、腐、駭、幸、妓、匯、誕、廈、浩、昊、灝、顥、阱、紹、踐[14]、漸、鍵、篆、撰、撼、笨、怠、盾、蕩」。可以看到，這些字大多是方言中不常用的。全濁上歸陽去和全濁去歸上聲是兩種方向相反的聲調演變模式，竟然共存於同一系統內部。

　　「聲調演變的過程，如同詞彙擴散的方式，以音類為演變的單位，先從某部分的音類開始起變化，再漸次擴散到其他音類。」[15]黟縣以及休黟片徽語其他方言點，並非是整個系統的全濁上字和全濁去字相混，目前全濁上歸去和全濁去歸上聲都只占較小的比例，且全濁上歸去的較少有常用字。就黟縣話來說，全濁上與清上字同讀為上聲（調值為53）、全濁去與清入字合併讀為陽去（調值為3）是全濁上字和全

---

14 「踐」有兩讀：在諸如「實踐」這樣的詞中讀為上聲；在諸如「踐踏」這樣的詞中則讀為陽去。

15 陳秀琪：〈客家話聲調的轉移現象〉，李如龍、鄧曉華主編：《客家方言研究》（2009年），頁206。

濁去字各自歸併的主流模式；就休寧和屯溪而言，全濁上字保留陽上讀法、全濁去字歸入陰平是全濁上字和全濁去字主流表現形式。濁上歸去是中唐以後官話方言的變化，去聲歸上聲的演變則屬於較後期的變化。由於官話方言「濁上歸去」大潮流勢如破竹，席捲整個漢語方言區，也當然波及徽語區。以黟縣話為例，全濁上聲字以詞彙擴散的方式併入陽去調，而系統內部清入字也在以詞彙擴散的方式併入陽去調，這樣讀陽去調的字的數量大增，破壞了原來系統的平衡，可能少數濁去字因此循著全濁上聲字的演變路徑反方向歸併到上聲字中。

二　去聲與其他調類的合併

在徽州方言乃至其他漢語方言中古聲母的清濁對立一般導致陰陽調類的區別，大部分方言點陰陽調的歸併都對應於古聲母的清濁。古清聲母平、上、去、入聲字主要是歸入相對應的陰聲調，古濁聲母平、上、去、入聲字主要是歸入相對應的陽聲調。可是少數方言點的去聲卻打破了原聲母清濁所造成的聲調陰陽之間的界限，分化後與其他調類的再合流則不能對應於古聲母的清濁。例如休黟片的休寧、屯溪、溪口幾地的古濁去字跟古清平字合併，而古清去字則又與古濁平字合流。這些點中，平、去兩調按照古聲母的清濁發生了陰陽分化，但歸併卻是兩相交叉進行。例如：

表4-8　屯溪、休寧清去字與濁平字相混的今讀形式

	次清去 瓷從平	寄見去 棋群平	蔗章去 鉗群平	案影去 完匣平	報幫去 培並平	奮非去 墳奉平	炭透去 談定平	唱昌去 腸澄平	印影去 容以平
屯溪	tsʰɿ⁵⁵	tɕi⁵⁵	tɕia⁵⁵	u:ə⁵⁵	pɤ⁵⁵	fɛ⁵⁵	tʰɔ⁵⁵	tɕʰiau⁵⁵	in⁵⁵
休寧	tsʰɿ⁵⁵	tɕi⁵⁵	tɕia⁵⁵	u:ə⁵⁵	pɤ⁵⁵	fa⁵⁵	tʰɔ⁵⁵	tɕʰiau⁵⁵	in⁵⁵

表4-9　屯溪、休寧濁去字與清平字相混的今讀形式

	樹禪去 書書平	壞匣去 歪曉平	大定去， ～小 拖透平	幣並去 批滂平	賤從去 千清平	尚禪去 香曉平	助崇去 粗清平	佑雲去 優影平	定定去 廳透平
屯溪	ςy^{11}	va^{11}	$t^h o^{11}$	$p^h e^{11}$	$ts^h iːe^{11}$	ςiau^{11}	$ts^h \varepsilon u^{11}$	iu^{11}	$t^h \varepsilon^{11}$
休寧	ςy^{33}	ua^{33}	$t^h o^{33}$	$p^h e^{33}$	$ts^h iːe^{33}$	ςiau^{33}	$ts^h au^{33}$	iu^{33}	$t^h a^{33}$

　　從表4-8、表4-9可見，屯溪和休寧平、去聲按聲母清濁分化後再合併的模式是非常相近的。屯溪和休寧的這種古平、去聲陰陽分化後打破原聲母清濁的聲調陰陽之間的界限再合流的現象不見於清代休寧南鄉方言韻書《休邑土音》，也不見於今天休寧南鄉五城話音系。今五城話單字調系統共有七個調類：陰平[22]，陽平[23]，陰上[21]，陽上[13]，陰去[42]，陽去[12]，陰入[55]。平、上、去、入按古聲母清濁各分陰陽。濁入字與清平字合併，都讀成陰平[22]。這個系統中，除了入聲的音高很高、陰去的音高也較高外，其餘調類的音高都很低，其中，陰平調和陽去調在非對比情況下很是接近。

　　在全濁聲母清化後，清濁聲母的對立消失，調類合併的唯一依據應該是調值的相近。屯溪和休寧城區異於休寧南鄉五城的調類系統的大合併應該是較晚近出現的。「羅常培先生（1936）說休寧方言有七個聲調。記音資料也列了陰平（含陽去）、陽平、陰去、陰上、陽上、陰入、陽入七個調類，但實際上只標六種，陽平和陰去放在一起標[˩]55。」[16]而《徽州方言研究》中說：「根據羅常培筆記推測，當時休寧城內的調值大約是陰平[21]、陰上[32短]、陽上[13]、陰去[22]、陽去[44]或[54]、陰入[225]、陽入[45]，共七個調。可見陰平和

---

16 羅常培、邵榮芬調查記錄由張潔整理撰文：〈半個多世紀前的休寧方言音系〉，《方言》2018年第2期，頁132。

陽去合併是在一九三四年至一九八〇年之間發生的變化。」[17]以上資料都提到羅常培先生的筆記，但得出的結論卻略有出入，最大的差異就是半個多世紀前的休寧城區音系中，陽去調與陰平調是否合流的問題。據張潔（2018）對羅常培先生於一九三四年記錄和邵榮芬先生一九五五至一九六一年增補修訂的休寧地區（城區片）方言語音資料整理的結果，除了調類名稱的命名各家略有差異外，那時的休寧城區聲調系統跟後來伍巍（1990）、平田昌司（1998）所描寫的聲調系統大致是相同的。而休寧人金家琪先生（1999）對平田昌司先生（1998）等人有關休寧方言聲調系統的描寫提出了異議，認為休寧縣城話裡陽去調是存在的，陽去的調型與陰平相同，調值也相近，但陽去與陰平有別。此後，趙日新先生（2012）又對金先生的文章作了回應，通過比字和語音實驗，證明休寧方言陽去與陰平不分，金先生認為獨立存在的陽去調應該是他所說的方言（陽干話、歙縣話）裡存在，而「濁去與清平不混並不是海陽方言的事實」[18]。

　　以上我們對屯溪和休寧方言的去聲與平聲的歸併情況進行了討論，從可見材料尚無法確知音變產生於何時，但可以肯定的是去聲與平聲打破古聲母清濁界限進行合併的音變一定是發生在古全濁聲母清化、聲調依古聲母的清濁發生分化之後。

　　除了休黟片一些方言點的去聲與平聲打破古聲母清濁界限進行合併外，嚴州片徽語建德話白讀系統中，清去字也與濁平字發生了合流。例如：

智知去=遲澄平tsๅ^{334}　　閉幫去=脾並平pi^{334}　　句見去=除澄平tɕy^{334}　　曬生去=柴崇平sa^{334}　　店端去=甜定平tie^{334}

塊溪去=逵群平kʰue^{334}　　販非去=煩奉平fe^{334}　　到端去=桃定平tɔ^{334}　　咒章去=綢澄平tsɔɯ^{334}　　進精去=芹群平tɕin^{334}

17　〔日〕平田昌司：《徽州方言研究》（東京：好文出版社，1998年），頁87。

18　趙日新：〈安徽休寧方言「陽去調」再調查〉，《方言》2012年第3期，頁224。

　　去聲除了在休黟片幾個方言點和嚴州片建德演變比較特殊外，在旌占片的旌德話中表現也比較特殊。旌德城關旌陽話的聲調系統簡化到僅有四個調類，其中去聲依古聲母的清濁發生陰陽分化，清去字同上聲字合併，濁去字同入聲字合併。例如：

蓋[見去]＝改[見上]ka²¹³　制[章去]＝紫[精上]tsʅ²¹³　句[見去]＝主[章上]tsʅ²¹³　笑[精去]＝小[精上]ɕiɔ²¹³　進[精去]＝緊[見上]tɕiŋ²¹³

面[明去]＝滅[明入]mi⁵⁵　步[並去]＝撲[滂入]pʰu⁵⁵　敗[並去]＝拔[並入]pʰa⁵⁵　項[匣去]＝鶴[匣入]xo⁵⁵　院[雲去]＝越[雲入]yɪ⁵⁵

　　作為徽語的最北緣，旌德城關話的調類在徽語中是最少的，其中清去字與上聲合流，這在漢語方言裡是較為少見的。據孟慶惠（1992），旌德西鄉話的廟首、白地等地方還有陰平、陽平、上聲、去聲、陰入、陽入六個調類，興隆話也有陰平、陽平、上聲、去聲、入聲五個調類。而東鄉的旌陽話還有俞村話都只有四個調類。旌德話（以東鄉的旌陽話為代表）出現這樣簡化的特徵與其所處的地理位置可能有一點關係，旌德話位於徽語、江淮官話、宣州片吳語的交會點上，相鄰的方言之間互相影響，使得旌德話「聲母同徽語一類，韻母一部分同徽語一部分同宣州話，聲調簡化到四個或五個，又跟官話或宣州話相同」。[19]不過江淮官話、宣州片吳語中聲調一般至少有五個，且去聲一般不發生分化，旌德話的聲調系統比起江淮官話以及徽語其他方言點更趨於簡化。

　　與旌德話在去聲的分派表現上相似的還有嚴州片的建德、壽昌兩點的文讀系統。建德、壽昌的文讀系統是「在浙江權威方言杭州話和漢語共同語等的影響下形成的一種比較接近杭州話的語音系統」[20]。在建德、壽昌的文讀系統中，清去與清上、次濁上合，濁去與全濁上合。濁去與全濁上合流屬於官話「濁上變去」音變的滲透。清去與清上、次濁上合流如下表：

---

19 鄭張尚芳：〈皖南方言的分區（稿）〉，《方言》1986年第1期，頁12。

20 曹志耘：《徽語嚴州方言研究》（北京市：北京語言大學出版社，2017年），頁108。

表4-10　建德（文讀）、壽昌（文讀）清去字與上聲字相混的今讀形式

建德文讀	器$_{溪去}$=企$_{溪上}$tɕʰi^{55}	訴$_{心去}$=所$_{生上}$su^{55}	劍$_{見去}$=檢$_{見上}$tɕiã^{55}	眾$_{章去}$=總$_{精上}$tsɑom^{55}
	證$_{章去}$=疹$_{章上}$tsen^{55}			
壽昌文讀	次$_{清去}$=齒$_{昌上}$tsʰʅ^{55}	雁$_{疑去}$=體$_{透上}$tʰi^{55}	霸$_{幫去}$=堡$_{幫上}$pɑ^{55}	串$_{昌去}$=犬$_{溪上}$tɕʰyã^{55}
	蔡$_{清去}$=采$_{清上}$tsʰɛ^{55}			

以上旌占片的旌德和嚴州片建德、壽昌兩點的文讀系統，去聲表現都比較特殊，尤其是清去字都與系統中的上聲字合流，這些點基本屬於徽語的外圍地區，處於官話和徽語接觸最前沿的地方。前文提及，旌德的聲調系統趨於簡化，這與旌德位於徽語、江淮官話、宣州片吳語的交會處這樣特殊的位置有關，系統外部官話方言的影響是導致系統簡化的主要原因，而去聲的陰陽分化又制約著音變的進一步發展，最後可能導致清去和濁去分別與調值接近的上聲和入聲合流。而嚴州片中的建德、壽昌文讀系統本來就是「杭州話和漢語共同語等的影響下形成的一種比較接近杭州話的語音系統」，隨著去聲的陰陽分化以及全濁上聲變去聲的官話型方言的影響，上聲和去聲字出現不同程度的合流，隨著官話型方言的影響力度加大，全濁上聲與濁去字逐漸合流，清去字與上聲字（包括清上和次濁上字）逐漸合流，這樣建德、壽昌的文讀系統框架就基本形成了。我們對比這兩點的白讀系統，上聲跟去聲涇渭分明，建德白讀系統中上聲沒有分化，壽昌白讀系統中去聲沒有發生陰陽分化，兩地白讀系統表現了聲調格局的穩定性。

第四節　徽州方言的入聲字

入聲既屬於韻母研究範疇，也屬於聲調研究範疇。前文韻母部分我們分析過徽語入聲韻的表現情況。從入聲韻尾的消變情況來看，徽語入聲韻尾僅不同程度留存於績歙片和嚴州片的部分方言中。可見，徽語中絕大多數方言點中古入聲韻的韻尾已經丟失，古入聲韻已經舒聲化。

那徽語中舒化後的入聲字是與舒聲字合流還是保持獨立？與舒聲字合流是否呈現一定的規律性？下面我們將觀察古入聲字在徽語中的表現。

一　徽語入聲調系統

徽語入聲調系統如表4-11所示：

表4-11　徽語古入聲字聲調系統類型

	清入			濁入		
	帶ʔ	獨立成調	不獨立成調	帶ʔ	獨立成調	不獨立成調
績溪	入聲ʔ32			入聲ʔ32		
荊州	入聲ʔ3			入聲ʔ3		
歙縣	陰入ʔ21					=陽去33
屯溪		陰入5				=陰平11
休寧		陰入212			陽入35	
五城		陰入55				=陰平22
黟縣			=陰平31			=陽去3
祁門		陰入35				=陽去33
婺源			=陽去51			=陽去51
浙源			=陽去43			=陽去43
浮梁			=陰去213			=陽去33
旌德		入聲55			入聲55	
占大		陰入42				=陰平11
淳安	陰入ʔ5			陽入ʔ13		
遂安		陰入24				=陰上213
建德	陰入ʔ5		=陽去55 咸山宕江、梗部分	陽入ʔ12		=上聲213 咸山宕江、梗部分

	清入			濁入		
	帶ʔ	獨立成調	不獨立成調	帶ʔ	獨立成調	不獨立成調
壽昌	陰入乙ʔ3非咸山	陰入甲55咸山		陽入ʔ31非咸山		=陰上24咸山

從入聲調是否獨立成調來觀察，以上十七個方言點情況大致如下：

（一）古入聲獨立成調

這種類型又可細分為兩種：

1. 古入聲未發生分化，古入聲字的聲調不混與其他調類

徽語中這種類型的方言點較少，主要有績歙片的績溪、荊州。績溪、荊州的入聲保持短促的特徵，帶喉塞尾，「但[ʔ]尾在單字音裡不太明顯，在兩字組或多字組的第一字位置時比較顯著。」[21]

2. 古入聲依聲母清濁發生陰陽分化，陰入和陽入均獨立成調

徽語中這樣的方言點較少，主要有休黟片的休寧和嚴州片的淳安。不同的是，淳安的陰入和陽入帶喉塞尾，都是短調，而休寧的陰入和陽入不帶喉塞尾，也失去短促的特徵。

（二）古入聲字發生分化，部分入聲字的聲調獨立成調

古入聲字發生分化後，部分入聲字的聲調獨立成調，部分則混與其他調類。按照獨立成調的入聲來源來看，這種類型又可細分為幾種情況：

---

21 〔日〕平田昌司：《徽州方言研究》（東京：好文出版社，1998年），頁36。

1　清聲母來源的入聲獨立成調，而濁入字則混入其他調類

這種類型在徽語中分布較廣，績歙片的歙縣、休黟片的屯溪和五城、祁婺片的祁門、旌占片的占大、嚴州片的遂安等均屬於這種類型。按照濁入字併入不同的調類又可以細分為幾種類型：

（1）濁入字併入陽去

這樣的方言點除了表4-11列出的績歙片的歙縣、祁婺片的祁門外，還有一些未列入表4-11的方言點，例如績歙片的深渡、杞梓里、許村以及旌占片的柯村均屬於這種類型。不同的是，歙縣、深渡的陰入帶喉塞尾，而祁門、杞梓里、許村、柯村的陰入則不帶喉塞尾，也不具備短促的特徵。例如：

	力來入 淚來去	毒定入 度定去	活匣入 話匣去	白並入 焙並去	薄並入 刨並去	學匣入 號匣去	目明入 墓明去	局群入 舊群去	玉疑入 遇疑去	狹匣入 廈匣去
歙縣	li³³	tʰu³³	va³³	pʰɛ³³	pʰɔ³³	xɔ³³	mo³³	tɕʰio³³	y³³	xa³³
祁門	li³³	tʰu³³	uːɐ³³	pʰa³³	pʰo³³	xo³³	mu³³	tɕʰie³³	y³³	xa³³

（2）濁入字併入陰平

這樣的方言點有休黟片的屯溪、五城、溪口和旌占片的占大等。例如：

	直澄入 嗤昌平	實船入 尸書平	服奉入 夫非平	著澄入 超徹平	藥以入 腰影平	擇澄入 差初平，出~	賊從入 猜清平	毒定入 都端平	熟禪入 休曉平	活匣入 安影平
屯溪	tɕʰi¹¹	ɕi¹¹	fu¹¹	tɕʰio¹¹	io¹¹	tsʰa¹¹	tsʰɤ¹¹	tɛu¹¹	ɕiu¹¹	uːə¹¹
五城	tɕʰi²²	ɕi²²	fu²²	tɕʰio²²	io²²	tsʰa²²	tsʰɤ²²	tɤ²²	ɕiu²²	uːɐ²²
占大	tsʰʅ¹¹	sʅ¹¹	fu¹¹	tsʰɒ¹¹	iɒ¹¹	tsʰa¹¹	tɕʰi¹¹ tsʰɛ¹¹	tʰu¹¹ tu¹¹	ʂu¹¹ ɕio¹¹	uɤ¹¹ ŋɤ̃¹¹

（3）濁入字併入陰上

嚴州片的遂安便屬於這種情況。例如：

敵定入＝體透上tʰi²¹³　　　毒定入＝土透上tʰu²¹³　　　奪定入＝腿透上tʰɯu²¹³　　　服奉入＝虎曉上fu²¹³

著澄入·~火＝巧溪上tɕʰia²¹³　鐲澄入＝草清上tsʰɔ²¹³　　食船入＝洗心上ɕiei²¹³　　絕從入＝寫心上ɕiɛ²¹³

2　清聲母和濁聲母來源的入聲各自成調，但部分韻攝的入聲字混入其他調類

徽語中這種類型主要見於嚴州片的建德和壽昌。建德的咸、山、宕、江四攝和梗攝部分清入字與濁去合，讀為[55]調；咸、山、宕、江四攝和梗攝部分濁入字歸入系統中的上聲，讀為[213]。壽昌咸、山兩攝的清入字自成一類，讀為[55]調；其他清入字自成一類，讀短調[3]；咸、山兩攝的濁入字歸入系統中的陰上，其他濁入字自成一類，讀短調[31]。建德、壽昌入聲字與其他調類相混現象如下所示：

建德 （清入）	雪心入＝自從去ɕi⁵⁵	撤澈入＝避並去pʰi⁵⁵	缺溪入＝住澄去tɕʰy⁵⁵	噎影入＝夜以去ia⁵⁵
	鐵透入＝墊定去tʰie⁵⁵	擦清入＝撞澄去tsʰo⁵⁵	殺生入＝尚禪去so⁵⁵	屑心入＝匠從去ɕie⁵⁵
建德 （濁入）	舌船入＝市禪上sη²¹³	奪定入＝底端上ti²¹³	鐲澄入＝左精上tsu²¹³	月疑入＝雨雲上y²¹³
	白並入＝擺幫上pɑ²¹³	藥以入＝野以上ia²¹³	活匣入＝瓦疑上o²¹³	襪明入＝螞明上mo²¹³
壽昌	絕從入＝洗心上ɕi²⁴	葉以入＝椅影上i²⁴	合匣入＝海曉上xie²⁴	活匣入＝啞影上uə²⁴
	鍘崇入＝舍書去ɕyə²⁴	罰奉入＝反非上fɤ²⁴	抹明入＝miɛ²⁴	疊定入＝tʰie²⁴

建德、壽昌入聲調以韻攝為條件出現分化，與之相匹配是入聲韻母也以相同韻攝為條件出現分化：在建德，古入聲韻，咸、山、宕、江四攝和梗攝部分字今在白讀中失去塞音韻尾，併入開尾韻，而其他攝的字不論文白都收[ʔ]尾；在壽昌，古入聲韻，咸、山兩攝字今在白讀中失去塞音韻尾，併入開尾韻或者元音尾韻，而其他攝的字不論文

白都收[ʔ]尾。而與入聲韻相對應的是古陽聲韻也以相同的韻攝為條件
出現分化：在建德，古陽聲韻，咸、山、宕、江四攝和梗開二的字今
在白讀中失去鼻音韻尾，讀作開尾韻，其他攝字不論文白都讀鼻尾韻；
在壽昌，古陽聲韻，咸、山兩攝字今在白讀中失去鼻音韻尾，併入開
尾韻或者元音尾韻，其他攝字不論文白都讀鼻化韻或鼻尾韻。入聲韻
和陽聲韻以及入聲調表現出來的這種以韻攝為條件的分化相對應現象
正是語音系統性的表現，說明鼻尾和塞音尾的保留與消失同元音的發
音特徵都有一定的關係。在韻母部分我們曾提及，徽語中古陽聲韻鼻
韻尾的弱化速度按照「山、咸、宕、江、梗、曾、臻、深、通」的順
序漸次減慢。這是因為，「前低元音容易使軟腭下降，引起元音的鼻
化，於是鼻韻尾也更容易失落」（潘悟雲，1986），「最保存的一組韻
母是後高（圓唇）元音後附舌根音韻尾（*oŋ），其次是前高（不圓
唇）元音後附舌根鼻音韻尾（*eŋ），最前進的一組韻母是低元音後附
舌頭鼻音韻尾（*a/ɑn）」（張琨，1983）。而與古陽聲韻相配的入聲韻，
其塞音韻尾一般也可能是按照「前低元音」到「前高元音」再到「後
高元音」的順序依次進行（但部分方言點的塞音韻尾的保留與消失同
鼻音韻尾的保留與消失表現並不一致，例如前文曾提及的績歙片的一
些方言點）。所以，建德的咸、山、宕、江、梗攝和壽昌的咸、山攝的
入聲調隨著入聲韻喉塞尾的丟失發生長調化，從而向調值或調型接近
的其他調類歸併，如果沒有相近的調值或調型，則獨自成調。

　　入聲韻按韻攝分化現象不只見於徽語的建德和壽昌，我們從《南
部吳語語音研究》一書中瞭解到南部吳語區的金華城里方言，「非咸山
攝的古入聲字今按聲母清濁分別讀陰入[ʔ4]、陽入[ʔ212]二調，咸山
攝的古入聲字今按聲母清濁分別歸入陰去[55]、陽去[14]二調。」[22]因
為南部吳語存在聲母清濁的對立，所以入聲的歸併受到聲母清濁、聲

22　曹志耘：《南部吳語研究》（商務印書館，2002年），頁106-107。

調陰陽的限制，而徽語中，「清濁聲母的對立已經消失，所以入聲字的歸併不受聲母清濁、聲調陰陽的限制。因此，陰入字可以併入陽調，陽入字可以併入陰調」。[23]

（三）古入聲不獨立成調

古入聲字失去獨立存在的地位，與其他調類出現合流現象。我們根據是否依古聲母清濁發生分化又可將這種類型分為兩種情況：

1　古入聲字未發生分化，與其他調類合流

這樣的方言主要有祁婺片的婺源、浙源和旌占片的旌德。這三個方言點的古入聲字都與古濁去字合流。例如：

婺源　泣溪入=及群入=治澄去tɕʰi⁵¹　福非入=服奉入=附奉去fu⁵¹　七清入=直澄入=袖邪去tsʰɑ⁵¹
　　　拍滂入=白並入=敗並去pʰɔ⁵¹　曲溪入=局群入=舊群去tɕʰiɑ⁵¹　瞎曉入=滑匣入=廈匣去xo⁵¹

浙源　濕書入=直澄入=字從去tsʰʅ⁴³　七清入=習邪入=隧邪去tsʰi⁴³　福非入=服奉入=附奉去fu⁴³
　　　黑曉入=盒匣入=浩匣去xa⁴³　拍滂入=白並入=敗並去pʰɔ⁴³　觸昌入=俗邪入=袖邪去tsʰao⁴³

旌德　七清入=侄澄入=字从去tsʰʅ⁵⁵　踢滂入=敵並入=地並去tʰi⁵⁵　雪心入=舌船入=現匣去ɕi⁵⁵
　　　福非入=服奉入=護匣去fu⁵⁵　縮生入=熟禪入=樹禪去su⁵⁵　觸昌入=昨從入=狀崇去tsʰo⁵⁵

以上這三點中古入聲與古濁去字合流，那究竟是古入聲來源的字向古濁去字歸併還是古濁去字向古入聲來源的字歸併呢？我們傾向於認為是古入聲來源的字向古濁去字方向歸併。因為隨著入聲韻尾的消失，入聲調也會發生相應的變化。古入聲在北京話中已失去獨立存在的地位，其中古全濁聲母入聲字讀陽平，古次濁聲母入聲字讀去聲，古清聲母入聲字派入四聲，以去聲最多。「在入聲已經消失的官話方言裡，入聲的歸向具有很強的一致性。例如，古全濁聲母入聲字歸陽

23　曹志耘：《南部吳語研究》，頁108。

平的讀法涵蓋了除保留入聲的江淮官話以外的所有官話區，古次濁聲母入聲字歸去聲的讀法涵蓋了冀魯、蘭銀、北京、東北、膠遼等五個官話區，古清聲母歸陰平的讀法也涵蓋了中原官話和冀魯官話。」[24]可見，古入聲相對於古去聲更不穩定，也就比古去聲容易發生變化。

2　古入聲字發生分化，不同古聲母來源的入聲字分別與其他字合流

徽語中這樣的方言點主要有休黟片的黟縣和祁婺片的浮梁。在黟縣，古清入與古濁去合流，古濁入與古清平合流；在浮梁，古清入與古清去合流，古濁入與古濁去合流，作為江西的徽語，浮梁和婺源、浙源一樣，古入聲都是與古去聲合流，不同的是浮梁的入聲發生陰陽分化，而婺源和浙源的古入聲未發生陰陽分化。例如：

黟縣　竹$_{知入}$＝度$_{定去}$tu^3　　迫$_{滂入}$＝敗$_{並去}$p^{h}a^3　　曲$_{溪入}$＝舊$_{群去}$t∫^{h}aɯ^3　　挖$_{影入}$＝話$_{匣去}$vuːɐ^3

毒$_{定入}$＝都$_{端平}$tu^{31}　　俗$_{邪入}$＝收$_{書曉}$saɯ^{31}　　狹$_{匣入}$＝蝦$_{曉平}$xoɐ^{31}　　葉$_{以入}$＝煙$_{影平}$iːe^{31}

浮梁　急$_{見入}$＝記$_{見去}$tɕi^{213}　　哭$_{溪入}$＝褲$_{溪去}$k^{h}u^{213}　　百$_{幫入}$＝拜$_{幫去}$pa^{213}　　脊$_{精入}$＝甑$_{精去}$tsai^{213}

日$_{日入}$＝義$_{疑去}$i^{33}　　服$_{奉入}$＝互$_{匣去}$fu^{33}　　白$_{並入}$＝敗$_{並去}$p^{h}a^{33}　　賊$_{從入}$＝淨$_{從去}$ts^{h}ai^{33}

除了以上一些類型，據孟慶惠（2004），古入聲在徽語祁婺片的德興表現較為特殊，大體是清入字自成一調，全濁入聲字歸入陰平，而次濁入聲字出現了分化，部分與全濁入聲字一樣歸入陰平，部分與清入字同讀。例如：

百$_{幫入}$pa^{35}　　　　　　塔$_{透入}$t^{h}a^{35}　　　　　　德$_{端入}$tæ^{35}

擦$_{清入}$ts^{h}o^{35}　　　　　缺$_{溪入}$tɕ^{h}yɛ^{35}　　　　惡$_{影入}$ŋau^{35}

腳$_{見入}$tɕia^{35}　　　　　麥$_{明入}$mæ^{35}　　　　　納$_{泥入}$lo^{35}

律$_{來入}$lɛ^{35}　　　　　　落$_{來入}$lau^{35}　　　　　日$_{日入}$ȵi^{35}

24　曹志耘：〈吳徽語入聲演變的方式〉，《中國語文》2002年第5期，頁444。

育_{以入}io^{35}　　　　肉_{日入}n̠io^{35}　　　　襪_{明入}mo^{55}

力_{來入}læ^{55}　　　　六_{來入}lio^{55}　　　　鹿_{來入}lu^{55}

月_{疑入}n̠yɛ^{55}　　　浴_{以入}＝優_{影平}io^{55}　　入_{日入}＝衣_{影平}i^{55}

雜_{從入}＝粗_{清平}tsʰo^{55}　十_{禪入}＝稀_{曉平}çi^{55}　熟_{禪入}＝沙_{生平}ʂo^{55}

杰_{群入}＝車_{昌入}tɕʰiɛ^{55}　白_{並入}pʰa^{55}　　　絕_{從入}tsʰi^{55}

　　德興古次濁入聲出現了分化，跟古入聲清聲母走的有「納、滅、末、日、律、落、弱、域、疫、麥、木、肉、育」等，跟古入聲全濁聲母走的有「叶、業、十、入、熱、襪、月、越、藥、力、鹿、六、浴」等。這種分化無規律可循，同一韻攝的字有的分屬兩類。例如：同屬薛韻，「滅」讀為mi^{35}，而「熱」讀為n̠iɛ^{55}；同屬屋韻，「育」讀為io^{35}，而「玉」讀為io^{55}。而同一聲母的入聲字也有分讀兩調的。例如：同屬明母字，「麥」讀mæ^{35}，「襪」讀mo^{55}；同屬於日母字，「弱」讀為ia^{35}，而「熱」讀為n̠iɛ^{55}，等等。

　　前文在分析古上聲在徽語中的表現時曾經提到，次濁上聲在休黟片一些方言點中出現了條件不明的分化現象，部分跟清聲母上聲走，部分跟全濁聲母上聲走。而德興次濁入也出現了類似的分化，再一次體現了次濁聲母的不穩定性。這種現象也見於客家方言中，據謝留文（1995），客家方言中二十個左右常用的古入聲次濁聲母字，有規律地分化為甲、乙兩類，甲類有「日、襪、劈、額、脈、六、肉、木」，這些字一般跟古入聲清聲母字走，乙類有「月、末、捋、入、納、滅、肋、麥、逆、蔑、玉、綠」，這些字一般跟古入聲全濁聲母字走。客家方言中，入聲字出現分化且「哪些字歸甲類，哪些字歸乙類，內部相當一致」^{25}。對比客家話，德興的古次濁入聲字在歸字上雖然與之不完全一致，但大體對應。這一方面可能與次濁聲母不穩定有關，另一方面，德興話作為深入江西省的徽語，長期以來與贛語相

---

25 黃雪貞：〈客家方言古入聲字的分化條件〉，《方言》1997年第4期，頁261。

鄰，在次濁入聲字的表現上與客贛方言有共性也是有可能的。

綜上，徽語的入聲演變模式複雜多樣，但總的說來，入聲的喉塞尾正逐步趨於消亡，入聲也逐漸長調化，有的已經跟其他舒聲調合併。儘管不同的方言往往有不同的合併方式，但大多數方言裡的濁入字跟清入字相比，更容易併入舒聲調，並且以跟陽去合併為常。我們想，濁入字比清入字之所以更容易併入其他舒聲調，是因為入聲的消失過程與促音音節結構的變化密切聯繫在一起。入聲的演變會受到聲母和韻尾兩方面的制約。濁聲母是有標記的音類，一般變化比較主動。濁聲母入聲字的喉塞尾比清聲母的喉塞尾更容易脫落。在入聲發生陰陽分化之前，濁聲母入聲字的喉塞尾已經變得非常弱了。這樣入聲按古聲母清濁發生陰陽分化後，濁入字的喉塞尾率先脫落，韻母變為純元音韻，其調值也同時失去短促特徵，從而容易跟調值比較接近的舒聲調合併。在北京話中，入聲已經消失，古濁入字的歸併方向非常一致，古全濁讀陽平，古次濁讀去聲，而古清聲母卻派入四聲。許寶華（1980）認為「全濁的入聲字大抵由於輔音韻尾失落得比較早，比較早地併入了舒聲類，所以還比較穩定，而清音入聲字由於輔音韻尾失洛得比較遲，歸併情況就顯得很不穩定了」。[26]

二　徽語中的舒聲促化現象

入聲在各大方言區發展的總趨勢是逐步走向消亡，隨著不同塞音韻尾的歸併、弱化、消失，很多方言的古入聲韻逐漸舒聲化。但與這種趨勢相反的是，一些方言出現了「舒聲促化」現象，且這種現象分布甚廣。據鄭張尚芳（1990），舒聲促化現象以入聲帶ʔ尾的晉語、吳語、江淮官話最為發達。贛語、閩語次之。湘語及西南官話帶入聲的

---

26 許華寶：〈論入聲〉，《音韻學研究》第一輯（北京市：中華書局，1984年），頁444。

方言中也有字例發現。徽州方言中也存在舒聲促化現象，主要表現在兩個方面：一是舒聲調類的字讀成短調，但不跟系統中的入聲相混；二是舒聲調類的字讀如入聲調，可能會跟系統中的入聲一樣讀成短調，帶喉塞尾，也有可能同入聲字一樣讀成長調。

（一）徽語部分方言點清聲母上聲字今讀短促調

《中國語言地圖集・漢語方言卷》（第2版）B1-21「徽語」中指出「屯溪、休寧（老派）、婺源古清聲母上聲字今讀短促調，往往後帶喉塞音尾或音節末尾伴有緊喉現象」。[27]這些地方是整類上聲單字音全部促化，且不與系統中的入聲字相混。

徽語這種舒聲促化現象引起部分學者的關注。最早對這類舒聲促化現象有所說明的是羅常培（1934），他概括徽語語音特點時提到：

> 休寧和婺源兩縣上聲特別短促並附有喉部塞聲，這本來是入聲的特徵。但是休寧東鄉的入聲還保留短促的性質，其餘各鄉及城內已經把尾音拖長了。至於婺源根本就沒有入聲，陰入和陽入都變陽去。入聲何以失掉短促的性質，上聲反倒短促呢？我覺得這也是同上古音有關的問題。段玉裁的《六書音韻表》把上聲五部獨立為一類是很有見地的。[28]

伍巍《休寧縣志・方言卷》是這樣描述休寧城關海陽話陰上調的：

> 陰上調的字有些特殊，在年長者的發音中均於音節末尾伴有緊喉現象，故陰上調值顯得短促，特記作43。與此相反的是，休

27 《中國語言地圖集・漢語方言卷（第2版）》（北京市：商務印書館，2012年），頁149。
28 羅常培：〈徽州方言的幾個要點〉，《國語周刊》第152期，1934年8月25日。

　　寧話兩類入聲均丟失輔音塞尾，變成舒聲。

《徽州方言研究》概括屯溪話的聲韻調系統時說：

　　　　陰上[32]是短促調。由於陰上字的韻尾有很明顯的緊喉成分，
　　　　韻尾的收束引起聲調下降的聽感，實際下降的幅度不到一度。

　　而在一些方言韻書中，也偶爾見到將古上聲字置於入聲位置的現象。例如，清代休寧南鄉方言韻書《休邑土音》例言最後部分附上一幅題為「土音調字分平上去入四聲之圖」的平仄指掌圖，以「夫」組為例說明每一調類在韻書中的編排位置：把「夫、符」列在平聲的位置，把「婦」列在上聲的位置，把「付、腐」列在去聲的位置，而把「甫、福」列在入聲的位置。韻書正文部分就是按照這樣的位置布字的，將清上字以及部分次濁上聲字置於入聲之一的位置，但與古清入來源的入聲字則並不互見。這大概是因為清上字以及部分次濁上聲字發音短促，或者帶有一定的緊喉成分，聽感上與入聲特徵接近，所以編者將清上字以及部分具備這樣聲調特徵的字排在入聲的位置上。

　　對於徽語中的這種上聲促化現象，羅常培（1934）認為可能與上古音有關。上聲促化現象不僅僅見於徽語，據鄭張尚芳（1990），溫州各縣以及台州的黃岩、天臺、三門，上聲都帶喉塞，陝西漢陰、山西孝義等很多方言點上聲也帶喉塞。這種現象引起許多學者的關注，Pulleyblank 推測上古上聲帶喉塞尾，梅祖麟支持蒲立本的擬測，從現代方言、佛經對譯和漢越語材料三方面進行論證。但這個觀點並未取得共識，不少學者如丁邦新對此就有異議。[29]趙日新（1999）認為「屯溪、婺源的陰上讀短促調是由調值的變化而引起的語音內部的

---

29 參考劉澤民：《客贛方言歷史層次研究》，上海師範大學2004年博士學位論文。

「調素」調整，與上古音並無什麼關聯」[30]。首先，除了上聲字，據橋本萬太郎（1985），海南軍話陽平、臨高話陰平、湖北通山方言陰平、江蘇連雲港方言陰平都帶有喉塞音尾。[31]「這些顯然都不能解釋為上古音的遺留。較為可靠的解釋也許是調值升降幅度的減少以及方言內部各種調值間的相互作用是造成非入聲字讀短調並進而衍生出喉塞尾的主要原因，同時，入聲消失的大趨勢又制約著此類現象的滋生和蔓延。」[32]例如：

屯溪話陰上調值是[32]，休寧老派陰上調值是[43]。閩語海南話的上聲讀[21]調（而其陽入是[32]短調）。浙南吳語特別是溫州話其陰上調和陽上調上升短而且急促，字音末尾也帶有程度較弱的喉塞。據帕維爾·瑪突來維切（2005），浙江洞頭縣大門島方言（屬於溫州話）中上聲帶有緊喉成分，其中，東邊村的上聲都讀升調，陰上讀高升調[45]，升的幅度較小，但很明顯。陽上讀中升調[34]；西浪和小荊上聲讀升降調，陰上都讀[454]調，有時降的部分不完全到[4]度，但緊喉成分很明顯。陽上西浪讀[343]調，小荊讀[243]調，降的部分帶有的緊喉色彩也很明顯。「吳語東甌片的上聲調值最高最突出，陰上、陽上都是高升降短調。陰上的調值是[453]，具體地說，起音在4-5度之間，收音在4-3度之間，發音時，微升之後迅速高降，所以似有喉塞感」[33]。海南軍話陽平的調值是[31]調。湖北通山方言的陰平調值是[23]調。江蘇連雲港方言的陰平調值是[214]調，調型是先降後

---

30 趙日新：〈古清聲母上聲字徽語今讀短促調之考察〉，《中國語文》1999年第6期，頁426。

31 橋本萬太郎：〈古代漢語聲調調值構擬的嘗試及其涵義〉，《語言學論叢》第16輯，頁49。

32 趙日新：〈古清聲母上聲字徽語今讀短促調之考察〉，《中國語文》1999年第6期，頁426-427。

33 顏逸明：《吳語概說》（上海市：華東師範大學出版社，1994年），頁93。

升，「音節中間喉頭明顯緊縮，嚴格地說當中有喉塞音[ʔ]。」[34]。

以上這些方言點帶喉塞色彩的非入聲調在發音上有明顯的共性：都不是平調，而且無論是升調還是降調其調值起伏幅度都很小。起音和收音雖有起伏，但由於起伏幅度很小，所以發音速度很快，動程很短，所以給人聽感上似有喉塞感。也就是說，非入聲調類帶有喉塞感是與該調類本身的發音特徵有關，而與上古音無涉。

（二）徽語中古舒聲字與古入聲字非系統性同讀現象

徽語中除了以上所說的整類字發生促化外還有部分方言點存在古舒聲字與古入聲字非系統性同讀現象，導致這種現象產生的原因不止一種，其中部分是由小稱音變引起的。例如，徽語祁婺片的祁門，古清入字自成一調，為[35]，小稱音變引起少數古舒聲字讀成[35]調，而這些字中有些已經失去本調和本音。例如：

單字音	小稱音變後的讀音1	小稱音變後的讀音2	小稱音變後的讀音3
（無）	鼠tɕʰy³⁵		
（無）		貓ₑₓmon¹¹ 熊～	貓ₑₓmon³⁵～捉老鼠
（無）			囡ₑₓĩːen³⁵對孩子的愛稱
奶～ₓna⁴²			奶ₑₓnan³⁵ 乳房、乳汁
朵ₗₐₓto⁴²			朵ₑₓton³⁵耳～
娘ₘ；新～iõ⁵⁵		娘ₑₓiõn⁵⁵北瓜～：一種昆蟲	娘ₑₓiõn³⁵姑姑
眼～ₑₓŋõ⁴²		眼ₑₓŋõn⁴²小孔	眼ₑₓŋõn³⁵屁股～：肛門

除了祁門方言這種因小稱音變引起的舒聲字與入聲字同讀現象外，徽語中還存在其他性質的舒聲字與入聲字同讀現象，其中，尤以

---

34 岩田禮：〈連雲港市方言的連讀變調〉，《方言》1982年第4期，頁285。

嚴州片徽語最為明顯。嚴州片徽語四點古入聲字今讀（僅列獨立成調的）如下：淳安的陰入為短調[5]，陽入為短調[13]，且入聲韻帶喉塞尾。遂安的陰入調為[24]，入聲韻不帶喉塞尾。建德的陰入調為短調[5]，陽入為短調[13]，咸、山、宕、江、梗攝以外的入聲韻一般帶喉塞尾；壽昌的陰入甲讀[55]調，這部分的入聲韻不帶喉塞尾；陰入乙讀短調[3]，這部分的入聲韻帶喉塞尾；陽入讀[31]調，這部分的入聲韻帶喉塞尾。部分古舒聲字讀同入聲字。例如：

淳安	臂幫去=筆幫入pi?⁵	慰影去=熨影入vi?⁵	裡來上，哪~=立來入li?¹³	例來去=獵來入liɑ?¹³
	惹日上=弱日入iɑ?¹³	誇溪平=闊溪入kʰuɑ?⁵	來來平，十~歲=粒來入lə?¹³	者章上=汁章入tsə?⁵
	些心平=塞心入sə?⁵	佘禪平=色生入sə?⁵	鴉影平=鴨影入ɑ?⁵	鼻並去，~頭pʰe?¹³
遂安	制章去=脊精入tsๅ²⁴	喜曉上=析心入sๅ²⁴	第定去=踢透入tʰi²⁴	臂幫去=逼幫入pi²⁴
	椒精平=腳見入tɕiɑ²⁴	惹日上=約影入iɑ²⁴	垮溪上=闊溪入kʰuɑ²⁴	蔗章去=急見入tɕiei²⁴
	者章上=接精入tɕiɛ²⁴	且清上=切清入tɕʰiɛ²⁴	貌明去=膜明入mɔ²⁴	最精去=卒精入tsɯ²⁴
建德	罷並上=北幫入pə?⁵	些心平=塞心入sə?⁵	個見去，一~=胳見入kə?⁵	毅疑去=一影入iə?⁵
	夸溪平=哭溪入kʰuə?⁵	塑心去=速心入ɕyə?⁵	鼻並去=鱉並入piə?¹²	
壽昌	個見去，一~=格見入kə?³	藹影上=輒影入ə?³	蘿來平=六來入lɔ?³¹	鼻並去piə?³
	篇滂平鑒並去=撇滂入pʰi⁵⁵	繭見上=結見入tɕi⁵⁵	串昌去=缺溪入tɕʰyei⁵⁵	部並上=pʰu⁵⁵
	毫匣平，一~xɤ⁵⁵	秒明上，一~miɤ⁵⁵	行匣平，一~xã⁵⁵	層從平，一~sen⁵⁵

　　從以上所舉的例子來看，嚴州片四個方言點中，舒聲字讀同入聲字的都不是個別現象，而且這些讀同入聲字的舒聲字從來源看也沒有任何規律可循，平、上、去都有，清聲母和濁聲母也都有。從用法來看，除了壽昌，部分讀同入聲字的舒聲字是量詞或度量衡單位，例如「個、篇、串、行、層、毫、秒」等，其餘在詞類上也不存在共性。這些字中，少數字例如「鼻」等在整個徽語區都表現特殊（而在南部吳語區，「鼻」字各地一律讀陽入）；少數字例如「臂、惹、者、些」在淳安、遂安都讀同入聲。嚴州片徽語舒聲字讀同入聲現象從來

源和詞類用法上均無法找到共性，那大概只能解釋為不同系統影響的
結果。

　　建德、壽昌本身存在十分完整的文、白兩套語音系統，「在實際
使用中，白讀與文讀也有許多交叉的現象。」[35]

　　「嚴州方言北接吳語太湖片、東鄰吳語婺州片、南接吳語處衢
片、西通徽語中心地區。既處於『吳根越角』又靠東南大道的位置，
必然導致各地方言成分的混雜，就有可能產生一種過渡性的特殊方
言。」[36]這種混雜性從四個方言點中一些不符合古今語音對應規律的
現象中可見一斑。例如在遂安，清上與濁入合，濁上又與清去合，這
應該是調值的相近導致調類成系統的合併，除此，遂安還存在一些字
不成系統地「歸錯隊伍」的現象。例如：

　　清平字讀入陽上[422]調的字有「需、須、墟、要~求、鴉、滔、
顆、教書、舟、相信、瞻、賓、彬、檳、斤、晶、興起、均、鈞、
春、鬃、」等；濁平字讀入陰平[534]調的字有「渠、樵、錨、巢、
柔、揉、膨、彭、烊2、黏、承、臣、晨、辰、容2、蒙、從~來」
等；次濁平聲字讀入陽去[52]調的字有「愚、虞、娛、榆、愉、逾」
等；全濁上聲字讀入陰平[534]調的字有「技、妓、巨、拒、距」
等；清上字讀成陽上[422]調的字有「姊、啟、彼、所、頸、恥、
齒、豈、凱、賈、朽、傘、頸、桶」等；清上字讀成陽去[52]調的字
有「暑、曉、枉、此、侈、寢」等；清去字讀成陽去[52]調的字有
「稍、畏、慰、探、鍛、訓、舜、供、副、盼、慶」等；全濁去聲字
讀成陽上[422]調的字有「侍、宙、驟、袖、壽、授、售、隊、尚」
等；濁入字讀成陰入[24]調的字有「集、習、籍、藉、夕、或、獲、
惑、閱、悅、莫、寞、摸、膜、疫、勒」等⋯⋯遂安有這麼多字竄入

異調類是沒有規律可循的，其中包括部分舒聲字發生促化。由此可見，遂安的語音系統很可能雜糅了不同方言的語音特點，所以顯得雜亂無章。

舒聲字不成系統讀同入聲現象不僅僅存在徽語中。據曹志耘（2002），在南部吳語裡，主要是在其北部地區，也有少數古舒聲字讀如古入聲字，比如金華的「些、個、渠他」等，龍游的「個、女、去、渠、是」等，常山的「五、是」等，廣豐的「去、雨、是」等、遂昌的「是、有」等。不過，南部吳語中舒聲字讀同入聲字的現象顯然不如嚴州片徽語普遍。

第五章
徽州方言的文白異讀

　　文白異讀在漢語中是一種常見的語言現象，「文」與「白」代表兩種不同的語音系統。這兩種系統疊置在一個方言的共時平面上，表現在語音上就是同一個字在一個方言內部有兩種語音形式。不過，同一個方言中並不是每一個字都有文白兩種語音形式相對應，也不是每個方言都具有完整的白讀和文讀兩套語音系統。有的方言裡有些字只有讀書音，有些字只有白話音；有的方言裡文白異讀形式一般表現為某一個音類的不同，或是聲母或是韻母或是聲調的不同，也有可能幾種音類同時存在不同，還有可能是文白異讀表現為幾個音類的交叉，例如聲母、韻母屬於白讀層而聲調屬於文讀層，或是聲母屬於文讀層而韻母、聲調屬於白讀層，等等。徽語中，除了嚴州片的建德、壽昌存在較為完整的白讀和文讀兩套系統外，一般方言的文白兩個系統之間沒有整齊的對應關係，這些方言裡的文白異讀大多表現為某一個音類的不同，且體現出一定的對內一致性。

第一節　徽州方言聲母的文白異讀

　　徽州方言聲母的文白異讀主要表現在見曉組二等和見曉組三四等、非組等字上，匣母和日母也不同程度存在文白異讀現象。部分字的文白異讀除了表現在聲母的對應上，同時在韻母或是聲調上也存在不同程度的對應關係。

一　見曉組字的文白異讀

（一）見曉組二等字的文白異讀

前文聲母部分我們曾討論徽州方言中見、曉組二等字腭化現象，據我們考察，見、曉組二等字的腭化現象由外圍徽語區到中心徽語區、由北到南逐漸減少：見、曉組二等字在外圍徽語區例如旌占片的旌德、占大腭化現象最為普遍；其次是徽語北部地區績歙片的績溪、荊州、歙縣等，浙江徽語嚴州片見曉組二等字腭化現象也較為普遍；而祁婺片的祁門見、曉組二等字較少發生腭化。見、曉組二等字發生腭化的方言點中不同程度存在文白異讀現象，一般讀[k]、[kʰ]、[x]的代表白讀層，讀[tɕ]、[tɕʰ]、[ɕ]的代表文讀層。這一組字除了在聲母上存在[tɕ tɕʰ ɕ]和[k kʰ x]相對應的文白異讀形式外，同時在韻母上也存在齊齒呼或者撮口呼與開口呼相對應的文白異讀形式，建德、壽昌等地甚至還存在聲調上的文白異讀。例如：

表5-1　徽語部分方言點見曉組二等字的文白異讀

占大	痂kɔ^{11}白/tɕia^{11}文	解ka^{213}~開·白/tɕia^{213}~放·文	教kɒ^{55}~學·白/tɕiɒ^{11}~書·文	間kɔ^{11}~一~房·白/tɕie^{11}時~·文
	閑xɔ^{33}白/ɕiẽ^{33}文	銜kʰɔ^{33}「叼」義·白/ɕiẽ^{33}文	江kɔ^{11}姓·白/tɕiɔ^{11}長~·文	覺kɒ^{55}困~:睡覺·白/tɕiɒ^{42}知~·文
	假kɔ^{213}白/tɕia^{213}文	鉛kʰɔ^{11}/tɕʰiẽ^{11}文	學xo^{11}教~·白/ɕye^{42}~聲·文	角ko^{42}羊~·白/tɕiɒ^{42}扁~:扁豆·文
績溪	降kõ^{35}白/tɕiõ^{35}文	假ko^{213}真~·白/tɕio^{213}放~·文	家ko^{31}大~·白/tɕio^{31}國~·文	解kɔ^{213}~鞋帶·白/tɕio^{213}~放·文
	孝xɤ^{35}戴~·白/ɕie^{35}文	教xɤ^{35}~書·白/ɕie^{35}~育·文	交kɤ^{31}~椅·白/tɕie^{31}文	學xoʔ^{32}中~·白/ɕyoʔ^{32}化~·文
歙縣	加江ka^{31}白/tɕia^{31}文	孝xɔ^{313}~帽·白/ɕiɔ^{313}~順·文	岳ŋɔ^{33}~飛·白/iɔ^{33}山~·文	敲kʰɔ^{31}~門·白/tɕʰiɔ^{31}~詐·文
	交kɔ^{31}白/tɕiɔ^{31}文	學xɔ^{33}白/ɕiɔ^{33}文	杏xɛ^{35}白/ɕiʌ̃^{35}文	咸xɛ^{44}~鹽·白/ɕie^{44}~豐·文
建德	交kɔ^{423}白/tɕiɔ^{334}文	甲ko^{55}~子·白/tɕiɔʔ^{5}乙丙丁·文	眼ŋe^{213}白/ȵiã^{55}~ia^{55}文	解kɑ^{213}~開·白/tɕie^{213}~放·文
	學xu^{213}白/ɕiɔʔ^{12}文	間kɛ^{423}房~·白/tɕiã^{334}中~·文		
休	郊ko^{33}白/tɕio^{33}文	敲kʰo^{33}白/tɕʰio^{33}文	碻kʰo^{212}的~·白/tɕʰio^{212}文	覺ko^{212}知~·白/tɕio^{212}~得·文

寧	艱ko^{33}白/tɕiːe^{33}文	絞ko^{13}「擰」義，白/tɕio^{31}文		
祁門	監ko~^{11}~牢，白/tɕiːɐ^{11}~考，文	巧kʰo^{42}小小~~：小巧，白/tɕʰia^{42}人名，文		

（上表祁門「巧」跨兩列）

從以上所列舉的各點文白異讀情況來看，見、曉組二等字腭化程度與文白異讀的豐富程度是相對應的，腭化程度最高的旌占片其見、曉組二等存在文白異讀對應的字也最多，見、曉組二等字腭化程度最低的祁門，其見、曉組二等字存在文白異讀對應的字也最少。從地理位置來看，北部的旌占片、績歙片比南部的休黟片、祁婺片見、曉組二等字腭化程度要高，存在文白異讀對應的字也要多。之所以出現這種南北差異是因為北部徽語處於官話和徽語接觸的最前沿，受官話的影響比較大，而中南部徽語受官話影響相對北部要小，因此見、曉組二等字更容易保留舌根音聲母的讀法。

（二）見、曉組三、四等字的文白異讀

　　見、曉組遇三、四等韻一般發生腭化，而普通話中見、曉組三等有三處成系統的「例外」：止蟹攝合口三等字，宕攝合口三等字，通攝合口三等字，這些字的聲母依然保持中古的[舌體][＋後]聲母[k]、[kʰ]、[x]，介音都是[u]。徽語大部分方言點與普通話表現一致，但部分方言點的見、曉組在一些三、四等韻前的表現卻異於普通話。普通話中已讀為舌面音的在徽語這些方言點中卻白讀為舌根音；有些普通話中讀成舌根音的，在徽語中卻白讀為舌面音。這些字的文讀形式則與普通話保持一致。

1　見組三、四等字舌根音讀法代表白讀層

　　這種現象見於大多數徽語中，具體例字如下表所示：

表5-2　徽語部分方言點見組三、四等字的文白異讀
（舌根音讀法代表白讀層）

績溪	去kʰi³⁵白/tɕʰy³⁵文	渠他ki⁴⁴	徛站立kʰa²¹³	
歙縣	去kʰei²¹⁴~家,白 /tɕʰy²¹⁴來~,文	渠他kei⁵⁵	徛站立kʰɛ³⁵	鬮鳩kei³¹白 /tɕio³¹文
大谷運	球kʰei⁵⁵白/tɕʰio⁵⁵文	臼kʰei³⁵白 /tɕʰio³⁵文		
屯溪	去kʰɤ⁵⁵來~,白 /tɕʰy⁵⁵~皮,文	渠他kʰɤ⁵⁵	彊kau¹¹白/tɕiau¹¹文	乞kʰo⁵~食:乞 丏,白/tɕʰi⁵文
休寧	去kʰɤ⁵⁵白/tɕʰy⁵⁵文	渠他kʰɤ⁵⁵		
黟縣	去kʰaɯ³²⁴白 /tɕʰyɛi³²⁴~汗粉,文	渠他kʰaɯ³¹	徛站立kuaɯ⁵³	
浙源	去kʰao²¹⁵來~,白 /tɕʰy²¹⁵過~,文	渠他kʰao⁵¹		
旌德	去kʰi²¹³來~,白 /tsʰʅ²¹³過~,文	渠他kʰi⁴²	舅kʰi²¹³白/tɕʰiu²¹³文	丘kʰi³⁵白 /tɕʰiu³⁵文
淳安	去kʰɯ²²⁴	渠他kʰɯ⁴⁴⁵	徛站立kʰe⁵⁵	及kʰe⁰來得~,白 /tɕʰiəʔ¹³~格,文
	今ken²²⁴~陰:今天 /tɕin²²⁴古~	撅kʰen⁴⁴⁵用力按 /tɕʰin⁴⁴⁵按	屈彎kʰueʔ⁵	掘用力挖 kʰuəʔ¹³
遂安	去kʰɯ⁴²²/ kʰəɯ⁴²²	渠他kʰɯ³³	徛站立kʰəɯ⁴²²	決訣蕨kyɛ²⁴
	掘kʰyɛ²¹³	缺kʰyɛ²⁴	屈彎kʰuəɯ²⁴/kʰyɛ²⁴	捐kyɛ̃⁵³⁴
建德	去kʰi³³⁴	渠他ki³³⁴	徛站立kɛ²¹³	鋸ki³³⁴名詞 /tɕy³³⁴動詞
	今ken⁴²³ /tɕin⁴²³	撅用力按kʰen³³⁴		
壽昌	去kʰəɯ³³	渠他kəɯ⁵²	徛站立kʰie⁵³⁴	鋸kəɯ³³
	今ken¹¹²白/tɕien³³文			

　　與普通話一樣，見、曉組三、四等字在徽語中大多發生腭化。但少數字保持舌根音的讀法，少數字存在舌根音和舌面音（或舌尖音）文白異讀對應形式。從表5-2可見，雖然保留舌根音讀法的見組三、四等字不多，存在文白異讀對應形式的例字則更少，但例字的分布在徽語內部有較高的一致性，大致是：遇攝合口三等魚韻見組的幾個字「渠他」、「去」、「鋸」，這也是「魚虞有別」現象在魚韻白讀層的表現，還有止攝開口三等支韻的「徛站立」。除此，徽語北部旌占片的旌德和績歙片的歙縣大谷運等地，還有流攝三等見組字存在白讀為舌根音、文讀為舌面音的現象；嚴州片徽語中山攝合口三等見組字也有保留舌根音讀法的，深攝開口三等「今」、「撳」等字在嚴州片徽語中白讀為舌根音現象也較為普遍。令人費解的是，徽語中絕大多數方言點不同程度存在見組三、四等白讀為舌根音、文讀為舌面音的現象，而作為中心徽語區的祁門城區話中竟然找不到一個同等性質的例子，以上在徽語中的表現具有共性的「渠他」祁門讀為[tɕi⁵⁵]、「去」讀為[tɕʰi²¹³]、「鋸」讀為[tɕy²¹³]、「徛站立」讀為[tɕʰi⁴²]。流攝三等、山攝合口三等、深攝三等見組字也都沒有讀為舌根音的，而在祁門西路話中，「渠他」讀為[kʰu⁵⁵]、「去」白讀為[kʰu²¹³]，除此，西路話中梗攝開口三、四等見組字中常用的一般讀為舌根音，例如，「京驚經」讀為[kã¹¹]，「頸」讀為[kã³⁵]、「鏡敬」讀為[kã²¹³]，「輕」讀為[kʰã¹¹]、「慶」讀[kʰã²¹³]、「吃」讀為[kʰæ³²⁵]，同類現象均不見於祁門城區話中。

2　見、曉組三、四等字舌面音讀法代表白讀層

　　徽語中，見、曉組三、四等字在部分韻攝出現了白讀為舌面音、文讀為舌根音的現象。例如：

表5-3　徽語部分方言點見曉組三、四等字的文白異讀（舌面音讀法代表白讀層）

方言點				
歙縣	筐tɕʰia³¹白/kʰuɛ³¹文			
屯溪	龜tɕy¹¹白/kue¹¹文	規圭閨tɕye¹¹白/kue¹¹文	虧tɕʰye¹¹吃~,白/kʰue¹¹~本,文	徽ɕy¹¹~州,白/xue¹¹~章,文
	鬼tɕy³²	貴tɕy⁵⁵ 桂鱖tɕye¹¹	櫃tɕʰy¹¹	跪tɕʰy³²
休寧	歸軌tɕy³³白/kue³³文	虧tɕʰye³³受損失,白/kʰue³³~待,文	徽ɕy³³~州,白/xue³³~章,文	彗ɕye³³白/xue³³文
	弓宮tɕin³³白/kan³³文	共tɕʰin³³白/kan³³文	恐tɕʰin³¹白/kʰan³¹文	龜tɕy³³
	鬼詭tɕy³¹	貴tɕy⁵⁵	跪tɕʰy³¹	惠慧ɕye³³
祁門	桂tɕy²¹³白/kui²¹³文	貴tɕy²¹³價錢高,白/kui²¹³珍~,文	葵tɕʰy⁵⁵朝~兒:向日葵,白/kʰui⁵⁵~花籽,文	櫃tɕʰy³³穀~:儲存穀子的木櫃,白/kui²¹³冰~,文
	供tɕiəŋ¹¹~豬,白/kɔŋ¹¹~銷社,文	弓宮躬恭tɕiəŋ¹¹	共tɕʰiəŋ³³	跪tɕʰy⁴²
婺源	規tɕy⁴⁴~矩,白/kuɤ⁴⁴文	詭tɕy²~計,白/kuɤ²文	虧tɕʰy⁴⁴吃~,白/kʰuɤ⁴⁴文	跪tɕʰy²~下,白/kʰuɤ³¹文
	惠慧ɕy⁵¹白/xuɤ⁵¹文	圭閨龜歸tɕy⁴⁴ 鬼tɕy²	鱖桂貴tɕy³⁵ 櫃tɕʰy⁵¹	葵逵tɕʰy¹¹
	揮徽輝ɕy⁴⁴	弓宮供躬恭tɕiɔm⁴⁴	拱鞏tɕiɔm² 恐tɕʰiɔm²	共tɕʰiɔm⁵¹
占大	供tɕiɔŋ¹¹~匠人:請匠人,白/kɔŋ¹¹文			
淳安	櫃tɕʰya⁵³⁵糧~,白/kʰue⁵³⁵~台,文			
遂安	鬼tɕy²¹³白/kuəɯ²¹³文	貴tɕy⁴²²~賤,白/kuəɯ⁴²²富~,文	櫃tɕʰy⁴²²白/kʰuəɯ⁴²²文	龜tɕy⁵³⁴ 跪tɕʰy⁴²²

　　從以上例字今讀形式我們看到，徽州方言中，古見、曉組三、四
等字白讀為[tɕ tɕʰ ɕ]文讀為[k kʰ x]的現象主要見於蟹止攝合口三、四
等、通攝合口三等、宕攝合口三等，其中尤以蟹止攝合口三四等為
常，從韻母角度來說，這也是「支微入魚」音變的體現。從所分布的
地域來看，古見、曉組三、四等字白讀為[tɕ tɕʰ ɕ]文讀為[k kʰ x]的現
象在中心徽語區如休黟片以及祁婺片的祁門、婺源、浙源較為普遍，
越往北，這種現象越少見。嚴州片徽語中除了遂安，其他方言點也少
見古見、曉組三、四等字白讀為[tɕ tɕʰ ɕ]文讀為[k kʰ x]的現象。

　　共同語中，見、曉組三、四等字曾發生腭化音變，而止、蟹攝合
口三等、宕攝合口三等、通攝合口三等的見、曉組卻出現了系統的
「例外」，腭化音變開始之前這些韻攝的三、四等見曉組字介音 i 便
失落了，阻斷了腭化音變的發生。徽語中，見、曉組三、四等韻與共
同語一樣發生了腭化音變，這是方言自身演變的結果，只不過部分方
言腭化音變比共同語較為徹底，中心徽語區較少見到共同語中系統的
「例外」現象，見、曉組三、四等字仍以舌面音形式為主。當強勢方
言（北方官話）逐步影響徽語時，很多例字逐步放棄舌面音的讀法，
讀同共同語一樣的古根音，但常用字容易保持常態，舌面音的讀法就
以白讀的形式留存在特定的詞語中。

　　從以上所列舉的部分見曉組三、四等字文白異讀形式來看，同是
三、四等韻前的古見、曉組聲母，在同一個方言中竟然出現了白讀形
式與文讀形式交叉對應的現象，這應該是同源層次與異源層次疊置在
同一個平面的結果。

二　非組字的文白異讀

　　輕唇音聲母「非、敷、奉、微」是從重唇音聲母「幫、滂、並、
明」中分化出來的，輕重唇的分化於《玉篇》已見端倪，而由唐入

宋，唇音則明確分為輕、重唇兩組，因此宋人將三十字母增為三十六字母，增加的字母裡面就有「非、敷、奉、微」四母。發展到現代漢語方言中，有的方言，例如閩語還有許多字仍存在輕、重唇兩讀；有的方言非、敷、奉母字已經讀成輕唇音，而微母字則較多保持重唇的讀法，粵語是這種類型的典型代表。徽語中，少數非組字主要是微母字存在重唇、輕唇（微母字還有零聲母的讀法）兩讀，而讀為重唇的一般出現在口語詞中，讀為輕唇或者是零聲母的一般出現在書面語詞中，從而構成文白異讀對應的現象。

（一）微母字的文白異讀

微母在徽語中已經失去獨立存在的地位，就今讀形式來說大致有[m]、[v]或[ø]三種，其中[m]只出現在白讀層。徽語中幾乎每個方言都不同程度存在微母白讀為[m]的現象。例如：

表5-4　徽語部分方言點微母字的文白異讀

荊州	蚊~蟲$mɛ^{33}$	問$mɛ^{33}$~同，白/$vɛ^{31}$~題，文	文$mɛ^{33}$~政塲，白/$vɛ^{33}$~化，文	晚$mɔ^{213}$~娘：繼母，白/$vɔ^{213}$~點，文
	亡$mõ^{33}$	忘望妄$mõ^{31}$	網$mõ^{213}$	物$mɤʔ^{3}$~事：東西，白/$vɤʔ^{3}$~理，文
歙縣	忘mo^{44}~記，白/o^{44}健~，文	網mo^{35}漁~，白/o^{35}~羅，文	望mo^{33}~一~，白/o^{33}希~，文	蚊 $m\tilde{ʌ}^{44}$~蟲，白/$v\tilde{ʌ}^{44}$文
歙縣 大谷運	亡mo^{55}	望mo^{33}~~看，白/o^{33}希~，文	忘 mo^{33}~記，白/o^{33}遺~，文	晚ma^{3}~娘，白/$cɔ^{35}$~點，文
	網mo^{35}漁~，白/o^{35}文	物$mɤ^{33}$~事，白/u^{33}~理，文	蚊 $mən^{55}$~蟲，白/$uən^{55}$~蠅，文	文 $mən^{55}$一~錢，白/$uən^{55}$~明，文
	問$mən^{33}$~政山：當地山名，白/$uəŋ^{33}$~題，文			
屯溪	尾me^{32}	物$mɤ^{11}$~事：東西，白/$vɤ^{11}$文	問 $mɛ^{11}$~路，白/$vɛ^{11}$文	晚 $mu:ə^{24}$~娘，白/$u:ə^{24}$文

	望mau¹¹	網罔mau²⁴	忘mau⁵⁵	蚊man⁵⁵ ~蟲，白 /vɛ⁵⁵文
休寧	尾me¹³白 /ve¹³文	物mɤ³⁵ ~事：東西，白 /uɤ³⁵文	問ma³³白 /ua³³文	蚊ma⁵⁵/ua⁵⁵文
	望mau³³白 /vau³³文	忘mau⁵⁵白/vau⁵⁵文	網mau¹³	
黟縣	尾mɛɛ⁵³白 /vɛi⁵³文	物mauɯ³¹東西，白 /vau³¹~理，文	問maŋ³ ~路，白 /vaŋ³ ~題，文	蚊maŋ⁴⁴ ~蟲，白 /vaŋ⁴⁴ ~蠅，文
	忘moŋ⁴⁴白 /oŋ⁴⁴文	網moŋ⁵³	望moŋ³ ~月，白 /oŋ³希~，文	
祁門	蚊mæ̃⁵⁵ ~蟲，白 /uæ̃⁵⁵文	物mæ̃³³東西，白 /ua³³ ~理，文	網mũːɐ⁴²漁~，白 /ũːɐ⁴²上~，文	晚mũːɐ⁴² ~娘，白 /ũːɐ⁴² ~會，文
	望mũ̃ːɐ³³指~，白/ũːɐ³³希~，文			
婺源	尾mi³¹	蚊miaɯ¹¹ ~蟲，白 /viaɯ¹¹ ~子，文	網mã³¹魚~，白 /vã³¹ ~絡，文	望mã⁵¹ ~一~，白 /vã⁵¹希~，文
	物mɤ⁵¹東西，白/vɤ⁵¹ ~理，文			
浙源	尾mi²¹	物mao⁴³東西，白 /vao⁴³動~，文	蚊mõu⁵¹ ~蟲，白 /vəŋ⁵¹ ~香，文	望忘mõu⁴³
	網mõu²⁵	問məŋ⁴³ ~路，白 /vəŋ⁴³學~，文		
旌德	尾mɪ²¹³白 /uɪ²¹³文	網mo²¹³漁~，白 /uo²¹³上~，文	望忘mo⁵⁵白 /uo⁵⁵文	蚊məŋ⁴²
占大	忘mɔ̃⁵⁵	晚mɔ̃³⁵ ~娘，白 /uɔ̃³⁵ ~會，文	網mɔ̃³⁵漁~，白 /uɔ̃³⁵上~，文	望mɔ̃³⁵ ~到，白 /uɔ̃³⁵希~，文
	物mɤ¹¹東西，白/uɤ¹¹ ~理，文			
淳安	尾mi⁵⁵ 未mi⁵³⁵	忘ma⁵³⁵	蚊men⁴⁴⁵	網mɔm⁵⁵
遂安	尾mi⁴²²	晚mã⁴²² ~爹，白/uã⁴²²文	網mom⁴²²	蚊mən³³
	望mom⁵² ~牛：放牛，白/uã⁵²希~，文			

從表5-4可知，徽語中微母存在文白異讀對應的字或者是保留重唇音讀法的例字較為一致，不外乎「網」、「蚊」、「望」、「忘」、「物」、「問」、「尾」這些字，有的方言「文」、「未」、「亡」也偶見重唇[m]的白讀形式。相對而言，績歙片的荊州、歙縣大谷運和休黟片的屯溪、休寧、黟縣等方言點微母讀為[m]的最多。

（二）非、敷、奉母字的文白異讀

徽語非組字中，除了上文所列的微母白讀為重唇外，少數非、敷、奉母字也有重唇音的讀法，其中部分字重唇、輕唇音並存，一般白讀為重唇音，文讀為輕唇音，且在徽語中具有較高的一致性，例如：

表5-5　徽語部分方言點非、敷、奉母字的文白異讀

績溪	甫p^hu^{213}	伏孵p^hu^{22}		
歙縣 <small>大谷運</small>	甫輔脯p^hu^{35}	伏p^hu^{33}孵，白/fu^{33}三~天，文		
休寧	吠p^hi^{33}	甫p^hu^{31}白/fu^{13}文		
五城	吠p^hi^{12}	甫赴p^hu^{21}	伏孵pu^{22}	
黟縣	甫輔p^hu^{53}	伏孵pu^3	吠$p^hεi^3$	糞$paŋ^{324}$~桶，白 /$faŋ^{324}$~便，文
	楓$p^haŋ^{31}$~樹，白 /$faŋ^{31}$紅~，文	蜂$p^haŋ^{31}$蜜~，白 /$faŋ^{31}$~皇漿，文		
祁門	甫p^hu^{42}	伏孵p^hu^{33}	吠　p^hi^{33}	
江灣	甫脯果~p^hu^{21}	輔p^hu^{21}白/fu^{21}文	伏孵pu^{43}	
浮梁	伏p^hu^{33}孵，白/fu^{33}三~，文	柿^1p^hei^{213}硬~兒：薄木片兒		
旌德	甫輔脯杏~p^hu^{42}	伏孵p^hu^{55}		
占大	痱$p^hε^{35}$白/fe^{42}文	伏p^hu^{35}孵，白/ fu^{11}入~，文	麩麥~p^hu^{11}	赴p^hu^{42}

1　柿，削下的木片、木皮。《廣韻》：芳廢切，去聲廢韻，敷母。

淳安	阜pʰu⁵⁵	甫脯果~pʰua⁵⁵	輔伏孵pʰua⁵³⁵	縛pʰɔʔ¹³
遂安	伏pʰu²¹³孵,白/ fu²¹³文	甫pʰu²¹³白/ fu²¹³文	吠pʰi⁵²	糞pən⁴²²
壽昌	伏孵pʰu⁵⁵	肥pʰi⁵²洋~皂:肥皂/fi⁵²~料	縛pʰɔʔ³¹	

　　從以上所舉例字我們看到，徽語中「吠」、「伏孵」、「甫」在絕大多數方言點都白讀為重唇音。在黟縣，非、敷、奉母保留重唇音讀法的例字最多，且部分字輕唇、重唇音文白形式並存。旌占片的占大和嚴州片的淳安、遂安等地，非、敷、奉母白讀為重唇的字也比較豐富。

　　綜上，非組字在徽州方言中不同程度存在白讀為重唇音、文讀為輕唇音或零聲母的現象，相比較而言，微母比非、敷、奉母保留重唇音讀法的現象更為普遍。

第二節　徽州方言韻母的文白異讀

　　徽州方言中，與文白異讀在聲母系統的表現相比，韻母部分的文白異讀現象較為複雜。前文分析大部分方言見、曉組聲母在二、三、四等韻裡存在文白對應，與之相應的韻母也存在文白異讀，因為與舌根音相配的一般是洪音韻母，與舌面音相配的一般是細音韻母；徽州方言中部分微母字的聲母存在文白對應，與之相應的韻母也可能存在開口呼和合口呼韻母的文白異讀現象（例如休寧的「蚊」白讀為[ma⁵⁵]，白讀為[ua⁵⁵]）等。凡此種種，本節不再分析。除去與聲母相對應的這些文白異讀形式外，徽州方言中韻母部分的文白異讀現象主要體現在果攝、止、蟹攝合口三、四等韻、梗攝等韻攝所收的韻字中。

一　果攝字的文白異讀

　　由第三章第二節「一、二等韻在徽州方言中的結構關係」可知，

果攝在徽州方言中的今讀形式複雜多樣，就歌韻而言，大部分方言點都存在二至三種韻母今讀形式。我們以祁婺片的祁門方言歌韻今讀形式為例：

o	拖駝馱鑼籮搓左歌哥可個蛾鵝俄餓
u:ɐ	多羅河何荷
a	我　他_其~
a/u:ɐ	何_~裡：哪裡/何_幾~；姓~
o/a	大_~小/大_~家；~學
u:ɐ/a	阿_~膠/阿_~姨

　　祁門方言歌韻有 o、u:ɐ、a 三種今讀形式，其中讀為 a _白的「我、何~裡」代表祁門方言最古老的的層次，是歌韻元音後高化音變開始前較為原始的形式，o 和 u:ɐ 由 a _白發展演變而來，a _白與 o、u:ɐ 屬於同源層次。a _白的讀音只見於有限的幾個口語詞或這幾個詞的白讀層中，例如「何」在疑問代詞「何裡_哪裡[xa^{55}li^{11}]」、「何個_哪個[xa^{55}ko^{213}]」、「何旺兒_誰[xa^{55}ũ:ɐn^{33}]」、「何些_哪些[xa^{55}si:ɐ^{11}]」、「何樣兒_什麼樣[xa^{55}iõn^{33}]」、「何令_怎麼[xa^{55}næ̃n^{33}]」等中都讀的是 a _白，而在「姓何[sæ̃^{213}xu:ɐ^{55}]」和書面語詞「幾何[tɕi^{42}xu:ɐ^{55}]」等中讀的則是 u:ɐ 韻母，如果忽略 a _白和 u:ɐ 屬於同源層次的疊置這一性質而單從使用場合來看，也可以將「何」的兩個讀音 u:ɐ 和 a _白視為文白異讀的對應。從語音形式來看，「我」、「何~裡」和「他_其~」、「大_~家；~學」都讀為 a，但性質並不相同，「他_其~」、「大_~家；~學」所讀的 a _文是由官話借入的，屬於最新的文讀層，而 a _白、o、u:ɐ 屬於同源層次。a _文和 o、u:ɐ 形成文白異讀對應關係，例如「大」在「大小[tʰo^{33}sia^{42}]」等口語詞中讀為 o，而在「大學[tʰa^{33}xo^{33}]」等書面語詞中讀為 a _文；「阿」口語詞「阿膠[u:ɐ^{11}ko^{11}]」中讀為 u:ɐ，而在「阿姨[a^{11}i^{55}]」等轉讀普通話的詞語時讀為 a _文。

　　徽語中，歌、戈韻的主體讀音是 o 類元音，也有部分方言點讀為 u 類元音。與祁門方言相似的是，徽語其他方言點的歌、個韻也有豐富的層次，既有同源層次的疊置，也有異源層次的疊置，在使用上大多表現為口語詞和書面語詞的風格不同。例如：

表5-6　徽語部分方言點果攝字的文白異讀

方言點				
績溪	我ɔ²¹³白/ŋɵ²¹³文			
	大tʰɵ²²~姐，白/tʰɔ²²~學生，文	個過kɵ³⁵	坐tsʰɵ²¹³	河禾xɵ⁴⁴
歙縣	我a³¹白1/a³⁵白2			
	大~小tʰo³³	個過經~ko³¹³	坐tsʰo³⁵	河禾xo⁴⁴
屯溪	我a²⁴	個ka⁵⁵	破pʰa⁵⁵打~，白/pʰo⁵⁵~壞，文	
	大tʰo¹¹~細，白/tʰa¹¹~學，文	過~去ko⁵⁵	坐tsʰo²⁴	河禾xo⁵⁵
休寧	我a²⁴	個ka⁵⁵	破pʰa³³白/pʰo⁵⁵文	
	大tʰo³³~細，白/tʰa³³~學，文	過~去ko⁵⁵	坐tsʰo¹³	河禾xo⁵⁵
黟縣	我ŋa⁵³白/ŋau⁵³文	個ka³²⁴幾~，白/kau³²⁴~人，文	破pʰa³²⁴白/pʰau³²⁴~壞，文	
	大tʰau³老~：很大，白/tʰa³~學，文	過kau³²⁴	坐tʃʰau⁵³	河禾xau⁴⁴
浙源	我ɔ²⁵	個kɔ²¹⁵		
	大tʰu⁴³~細，白/tʰɔ⁴³~學，文	過ku²¹⁵	剁tu²¹⁵	貨xu²¹⁵
	多to³³	歌鍋ko³³	坐tsʰo²⁵	河xo⁵¹ 禾vo⁵¹
	哥kao³³	蛾鵝俄ŋao⁵¹	餓ŋao⁴³	
淳安	個kɑ²²⁴	破pʰɑ²²⁴	簸動詞pɑ²²⁴	

	大tʰu^{535} ~細,白 /tʰɑ^{535} ~學,文	我vu^{55}	坐su^{55}	河禾xu^{445}
	菠pua^{224}	薄pʰua^{535}	舵tʰua^{55}	蓑sua^{224}
	可kʰo^{55}			
遂安	個ka^{422}/kɛ^{422}	拖tʰa^{534}	簸pa^{422}　破pʰa^{52}	朵ta^{213} 耳~ /tɔ^{213} ~花
	大tʰə^{52} ~細,白 /tʰa^{42} ~蒜,文	搓tsʰə^{534} 坐sə^{422}	波pə^{534} 磨動詞mə^{33}	馱tʰə^{33}/tʰɔ^{33}
	歌哥kuə^{534}	可kʰuə^{213}	阿~膠uə^{534}	鵝和luə^{33}
	坡pʰɔ^{534}	魔mɔ^{33}	舵tʰɔ^{33}	俄ɔ^{33}
建德	個kɑ^{334}/kə?^{5}	破pʰɑ^{334}	拖tʰɑ^{423}/tʰu^{423}	
	大tʰu^{535} ~細 /tʰɑ^{55} ~蒜,大~	菠pu^{423}	多tu^{423}	歌哥鍋ku^{423}
	魔文mo^{211}	可文kʰo^{55}	我文ŋo^{55}	

　　從表5-6可見，果攝一等字在徽語中至少有兩種韻母今讀形式，有的多至四種。部分方言點的歌、戈韻白讀層中還有 a/ɑ 的讀音，而且例字大多較為一致，多為「我」、「個」、「破」這樣幾個字，這一今讀形式也大多見於各自系統中的文讀層。例如，休黟片的休寧，「我」、「破動詞」、「個」今讀為 a 韻母，這是最古老的白讀層讀音，而「他」、「哪」、「挪」等讀字時也為 a 韻母，但這裡的 a 卻是最新的文讀層讀音，語音形式相同，卻屬於文白異讀的差別。

二　止、蟹攝合口三、四等韻字的文白異讀

　　徽州方言中，止、蟹攝合口三、四等字韻母今讀較為複雜，有「支微入魚」現象，也有精、泥來組白讀為齊齒呼、文讀為開口呼韻母的現象，以及知三、章、見組字白讀為撮口呼韻母、文讀為合口呼

韻母等現象。為了更好地觀察止、蟹攝合口三、四等韻字的表現，我們先以有清代韻書為研究基礎的休寧南鄉的五城話音系為視角。今天的休寧五城話中，止、蟹攝合口三、四等韻字共有以下六種今讀形式：i、y、ye、e、ue、ɤ。這六種韻母所轄的韻字如下所示：

i：　吠尾非飛妃肥匪榧淚累嘴醉隨隧髓

y：　龜詭鬼吹炊錘槌煩鐘~遠跪徽垂水睡瑞圍~巾,白位職~,白

ye：閨人名葵鰥桂虧愧白惠慧

e：　翡廢肺費微魏威未味萎委偉違圍包~,文葦緯維唯惟位座~,文為追脆翠粹誰文讀歲

ue：規歸軌愧文揮輝

ɤ：　類稅

　　除去讀 ɤ 的「類、稅」二字，其餘幾個韻母中基本可以分為兩組，i、e 為一組，y、ye、ue 為一組，這兩組所轄的韻字基本呈互補分布關係，i 韻母和 e 韻母出現在非組、精組、泥來母字中，其中 e 韻母還出現在疑、影、喻母字中；y、ye、ue 韻母出現在見系字中，y 韻母還出現在知三、章組字中。其中讀為 e 的疑、影、喻母字聲母均為 v，如果忽略 v 發音的輕微摩擦性，也可將疑、影、喻母字的韻母處理為 ue，這樣 i、e 組韻母和 y、ye、ue 韻母完全呈互補分布關係。而這兩組韻母彼此之間則是文白異讀的關係，即：i 和 e 是文白異讀對應的關係，y/ye 和 e/ue 也是文白異讀對應關係。例如「圍 y^{23}~巾,白/ve^{23}包~,文」、「位 y^{12}職~,白/ve^{12}座~,文」、「愧 tɕʰye^{42}白/kʰue^{42}文」。而 i 和 y/ye 則是以聲母為條件出現的分化結果，y 和 ye 則是不同層次的疊置關係，也是「支微」與「魚」相別的層次。我們以《切韻》中止合三「支」*iue 韻為代表，將五城話中蟹、止兩攝的合口三等字的今讀形式圖示如下：

* iue ⟨
i/f，m，l，ts，tsʰ，s___（白讀）：e/ f，m，l，ts，tsʰ，s, v___（文讀）

y，ye/tɕ，tɕʰ，ɕ，ø___（白讀）：ue/k，kʰ，x___（文讀）

考察清代休寧南鄉韻書《休邑土音》相關韻部所收韻字後我們發現，止攝合口三等字大部分見於韻書上冊的七基部，這一韻部不存在同聲母、韻母小韻的對立，所以這一韻部所含的韻母只有一類。這一韻部不見有蟹攝合口三等字分布，我們將七基部中所有止合三字和出現的小韻轄字悉數列出：

非非微：菲霏妃敷微飛扉緋蜚非微肥腓奉微菲斐悱敷尾匪榧誹非尾翡奉未

尾微尾：未味微未為雲支惟維濰以脂帷雲微微薇微微

力來職：離來支裡來止淚來至女泥語

錐章脂：疽清魚沮精魚醉精至嘴精紙沮從語咀精語詛莊語

趨清虞：蛆清魚聚從虞序邪語遂隧燧邪至瘁萃從至隨隋邪支徐邪魚取娶清虞七漆清質

須心虞：需心虞胥心魚雖綏荽尿心脂些心麻絮心御髓心紙粹心至戌恤心術蟀生術

我們看到，韻書中韻母相同的「尾非飛妃肥匪榧淚嘴醉隨隧髓」和「翡微未味維唯惟為」等字在今天的休寧五城話中卻分屬 i 和e兩個韻母，讀i韻母的多為口語詞，讀e的多為書面語用詞。

韻書中，止合三少數精、見、非組字與蟹合三字同歸入上冊六溪部。我們悉數摘出這個韻部中止合三字出現的小韻如下：

肺數廢：廢非廢費敷未

妻清齊：淒清齊棲心齊砌清霽翠清至脆清祭覷清御齊臍從齊薺薺從薺

規見支：媯見支圭閨珪見齊桂見霽鱖見祭瑰見灰
虧溪支：窺溪支歔

　　止合三的「翠清至費敷未規媯見支虧窺溪支」這六個字出現在六溪部中，根據是否跟開口韻字相混或是否存在同聲母小韻的對立，我們推測以上六個字分屬兩個主元音相同而介音不同的韻母，反映了止合三字流向蟹攝字的音變事實。從以上韻字所屬的韻部來看，韻書時代，止合三和蟹合三的合流趨勢不如今天五城話明顯。

　　韻書中，止合三知、章組、見系字和遇攝合口三等字一起大多歸入下冊的七居部，具體所轄例字如下：

居見魚：車見魚豬知魚朱章虞句見遇注章遇據見御主章虞舉見語煮章語歸見微龜見脂櫃群至癸見旨貴見未愧見至櫃群至墜澄至鬼見尾軌見旨詭見紙葵群脂

吹昌支：區溪虞樞昌虞柱澄虞去溪御處昌御住澄遇具群遇筋澄御處昌語除澄魚廚澄虞儲澄魚槌錘澄脂炊昌支跪群紙

書書魚：虛曉魚輸書虞舒書魚豎禪虞墅禪語樹禪遇許曉語暑書語殊禪虞喙曉廢揮徽輝暉曉微瑞禪寘水書旨毀曉紙垂禪支

於影魚：竽雲虞雨雲虞乳日虞遇疑遇衛雲祭語疑御預以御汝日語愈以虞女泥語如日魚魚疑魚愚疑虞盂雲虞餘以魚愉以虞儒日虞

威影微：逶影支圍違雲微危疑支巍疑微萎影支偉雲尾委影紙偽疑寘畏慰影未謂渭胃緯雲未魏疑未位雲至為雲寘

　　這個韻母相當於今天的 y 韻，屬於「支微入魚」層次。韻書中原本與遇攝字同歸入下冊七居部的「葵」在今天五城話中已經與蟹攝合口三、四等字同讀為 ye 了。

　　與休寧南鄉蟹、止攝合口三、四等字表現相似的還有同屬休黟片

的休寧和屯溪。例如：

表5-7　屯溪、休寧止、蟹攝三、四等部分字的文白異讀

屯溪	吠pʰi¹¹	肥fi⁵⁵白/fe⁵⁵文	飛非fi¹¹	淚li¹¹
	鬼tɕy³²白/kue³²文	徽ɕy¹¹~州,白/xue¹¹~章,文	貴tɕy⁵⁵白/kue⁵⁵文	圍y⁵⁵~巾,白/ve⁵⁵包~,文
	規tɕye¹¹白/kue¹¹文	虧tɕʰye¹¹白/kʰue¹¹文	揮ɕye¹¹白/xue¹¹文	位ye¹¹白/ve¹¹文
	廢費肺fe⁵⁵	危ve⁵⁵	輝xue¹¹	軌kue³²
休寧	吠pʰi³³	肥fi⁵⁵	飛非fi³³	嘴tsi³¹
	歸軌tɕy³³白/kue³³文	徽ɕy³³~州,白/xue³³~章,文	貴tɕy⁵⁵	錘tɕʰy⁵⁵
	規tɕye³³	虧tɕʰye³³白/kʰue³³文	彗ɕye³³白/xue³³文	惠慧ɕye³³
	廢費肺fe⁵⁵	脆翠tsʰe⁵⁵	揮輝xue³³	愧kʰue³¹

　　蟹、止攝合口三、四等字徽語其他方言點也存在以聲母為條件的分化關係和文白異讀對應關係，其中文白異讀在兩攝合口三、四等的見系字對應較為整齊，例見本章第一節聲母的文白異讀部分。

三　梗攝字的文白異讀

　　徽州方言中，梗攝存在較為系統的文白異讀對應現象。例如：

表5-8　徽州方言部分方言點梗攝字的文白異讀

績溪	生牲sẽi³¹白/sã³¹文	爭tsẽi³¹相~,白/tsã³¹文	省sẽi²¹³白/sã²¹³文	行xẽi⁴⁴白/ɕiã⁴⁴文
荊州	生sɔ̃⁵⁵學~,白/sɛ⁵⁵花~,文	牲sɔ̃⁵⁵畜~,白/sɛ⁵⁵犧~,文	省sɔ̃²¹³節~,白/sɛ²¹³~長,文	爭tsɔ̃⁵⁵相~,白/tsɛ⁵⁵鬥~,文

	行xə³³ ~路,白 /ɕiɛ³³ 進~,文	杏xə³³ ~兒,白 /ɕiɛ³³ 銀~,文	劈pʰia?³ 白 /pʰie?³	
歙縣	生牲sɛ³¹ 白 /sʌ̃³¹ 文	爭tsɛ³¹ 白/tsʌ̃³¹ 文	省sɛ³⁵ 白/sʌ̃³⁵ 文	更kɛ³¹ 白/kʌ̃³¹ 文
大谷運	冷lɛ³⁵ 冰~,白 /lən³⁵ 靜,文	爭tsɛ³¹ 相~,白 /tsən³¹ 鬥~,文	撑tsʰɛ³¹ ~傘,白 /tsʰən³¹ ~旗,文	生sɛ³¹ ~熟,白/sən³¹ ~命
	耕kɛ³¹ ~地,白 /kən³¹ 農~,文	坑kʰɛ³¹ 霞~,白 /kʰən³¹ 害,文	硬ŋɛ³³ 鐵~,白 /ŋən³³ 文	行xɛ⁵⁵ ~路,白 /ɕiən⁵⁵ ~為,文
屯溪	清tsʰɛ¹¹ 白 /tsʰin¹¹ 文	石ɕia¹¹ 白/ɕie⁵ 文		
休寧	孟ma³³ 白 /man³³ 文	衡xa⁵⁵ 白/xan⁵⁵ 文	冰pa³³ 結~,白 /pin³³ ~雹,文	頂ta³¹ 山~,白/tin³¹ ~針籮,文
	晶tsa³³ 白 /tsin³³ 文	清tsʰa³³ ~旦,白 /tsʰin³³ ~早,文	應ia⁵⁵ 白/in⁵⁵ 文	瓊tɕʰia⁵⁵ 白/tɕʰin⁵⁵ 文
占大	生sã¹¹ ~熟,白 /sən¹¹ 學~,文	省sã²¹³ 節約,白 /sən²¹³ 文		

　　除了嚴州片的建德、壽昌存在成系統的文白異讀對應外，梗攝存在文白異讀埇象較為豐富的主要見於績歙片和休黟片的一些方言點。從表5-8可見，就古陽聲韻字而言，梗攝字的白讀和文讀在歙縣、大谷運、屯溪、休寧等地大多表現為開尾韻母對鼻尾韻母或鼻化韻韻母；在占大表現為鼻化韻母對鼻尾音韻母。而荊州文白異讀的對應表現特殊，白讀是鼻化韻，文讀是開尾韻，績溪的白讀為 ẽi，文讀位 ã，與我們通常見到的南方方言中梗攝字白讀為低元音韻母的情況不太一樣。總的來看，徽語靠北部的梗攝文白異讀現象比南部的方言點豐富。

　　以上幾類文白異讀在徽州方言中較為普遍，除此，還有一些韻類文白異讀對應較為整齊的現象僅見於少數方言點中。

四　其他韻攝的文白異讀

（一）假攝字的文白異讀

　　徽語績歙片中，假攝二、三等除了見系字存在齊齒呼和開口呼的文白異讀對應關係外，其他聲母字也存在較為整齊的文白異讀對應現象。例如：

表5-9　徽語部分方言點假攝字的文白異讀

績溪	車tsʰo³¹白/tɕʰiɔ³¹文	社so²¹³~廟，白/ɕiɔ²²公~，文
	舍so³⁵茅草棚，白/ɕiɔ³⁵宿~，文	蛇so⁴⁴白/ɕiɔ⁴⁴文
荊州	車tsʰo⁵⁵頭~過去：臉轉過去，白/tɕʰiɔ³¹汽~，文	社so²¹³~廟，白/ɕiɔ³¹公~，文
	舍so³⁵茅草棚，白/ɕiɔ³⁵宿~，文	蛇so⁴⁴一條~，白/ɕiɔ⁴⁴白~，文
大谷運	借tɕia²¹⁴白/tsei²¹⁴文	寫ɕia³⁵白/sei³⁵文
	賒ɕia³¹白/ɕiei³¹文	爺ia⁵⁵灶司老~，白/iei⁵⁵文

　　以上所列的歙縣大谷運方言中，除了假攝三等字存在文白異讀對應外，白讀層中與假攝字相混的蟹攝二等字也存在文白異讀的對應，不過，假攝三等字和蟹攝二等字的文讀音並不相混，假攝三等字文讀為 ei/iei，蟹攝二等字文讀為 ɛ。例如：

　　　　篩 ɕia³¹白/sɛ³¹文
　　　　豺 ɕia⁵⁵~狗，白/tsʰɛ³¹~狼，文
　　　　拐 kua³⁵老人~，白/kuɛ³⁵~賣，文
　　　　歪 ya³¹白/uɛ³¹文

（二）咸、山攝一等字的文白異讀

前文曾分析過，咸、山攝一等字讀音較為複雜，有的方言點咸山攝開口一等見系字表現特殊，開口韻讀同合口；有些點合口端系字表現特殊，合口韻讀同開口，等等。部分方言點例如績歙片和祁婺片的一些方言點的咸、山攝一等字出現了文白異讀較為整齊的對應關係。例如：

表5-10　徽語部分方言點咸、山攝一等字的文白異讀

績溪	潭tʰã⁴⁴白/tʰɔ⁴⁴文	含xã⁴⁴白/xɔ⁴⁴文	端tã³¹白/tɔ³¹文	算sã³⁵白/sɔ³⁵文
荊州	潭tʰɛ³³深~，白/tʰɔ³³鷹~，文	含xɛ³³~著，白/xɔ³³包~，文	瞞mɛ³³~著渠，白/mɔ³³隱~，文	端tɛ⁵⁵~午，白/tɔ⁵⁵~正，文
	亂nɛ³¹~講，白/nɔ³³動~，文	算sɛ³⁵~數，白/sɔ³⁵~術，文		
祁門	寒xuːɐ⁵⁵傷~，白/xɔ̃⁵⁵~假，文	肝kuːɐ¹¹豬~，白/kɔ̃¹¹~炎，文	暗ŋuæ²¹³漆~，白/ŋɔ̃²¹³~中，文	敢kuæ⁴²~不~，白/kɔ̃⁴²勇~，文
江灣	寒xuæ̃⁵¹傷~，白/xɔ̃⁵¹·假，文	杆kuæ̃²¹白/kɔ̃²¹文		
浙源	寒xũ⁵¹傷~，白/xɔ̃⁵¹小~，文			

（三）通攝字的文白異讀

這裡通攝字的文白異讀主要指的是通攝三等陽聲韻字，前文曾分析部分方言點例如休寧、屯溪、祁門、婺源、占大等通攝三等見系字聲母部分存在舌根音和舌面音的文白異讀對應關係，與之相匹配的韻母部分也出現了洪音韻母和細音韻母文白異讀對應關係。其中，休寧、屯溪白讀層和文讀層韻母除了洪、細不同外，主元音也存在不同，白讀為 in 韻母，這是與深、臻攝相混的層次；文讀為 an 韻母。例如：

表5-11　休寧、屯溪通攝字的文白異讀

休寧	鋒fin³³~快‧白/fan³³文	弓tɕin³³白/kan³³文	宮tɕin³³子~‧白/kan³³文	供共tɕʰin³³白/kan³³文
	恐tɕʰin³¹白/kʰan³¹文	龍濃隴lin⁵⁵	窮tɕʰin⁵⁵	用in³³
屯溪	供tɕin¹¹養‧白/kan¹¹~應‧文	宮弓躬恭tɕin³³白/kan³³文	窮tɕʰin⁵⁵	用in¹¹

（四）宕攝字的文白異讀

這裡指的是見於績歙片的歙縣、大谷運和祁婺片的祁門、婺源、浙源、江灣等地的宕攝合口三等少數字的文白異讀，這些點白讀層的宕攝合口三等字混與開口三等字。例如：

表5-12　徽語部分方言點宕攝字的文白異讀

歙縣	筐tɕʰia³¹盛~：晾曬糧食等的竹製品，圓形平底，邊框較淺，白/kʰuɛ³¹文		王ia⁴⁴~村：地名，白/o⁴⁴姓~‧文
大谷運	筐tɕʰiɑ³¹盛~：晾曬糧食等的竹製品，圓形平底，邊框較淺，白/kʰuɑ³¹文		
祁門	筐tɕʰiɔ̃¹¹勻~：晾曬糧食等的竹製品，圓形平底，邊框較淺，白/kʰũːɐ¹¹文		
婺源	王iã¹¹姓~‧白/vã¹¹大~‧文		旺iã⁵¹興~‧白/vã⁵¹火~‧文
浙源	王iɔu⁵¹	旺iɔu⁴³	筐眶tɕʰiɔu³³
江灣	旺iɔ⁵⁵		筐匡眶tɕʰiɔ³³

第三節　徽州方言聲調的文白異讀

徽州方言聲調的文白異讀主要表現在古全濁上聲字和次濁上聲字上，全濁上聲字的文白異讀幾乎見於徽語所有的方言點，而次濁上聲字的文白異讀僅見於部分徽語點。具體情況如下：

一　全濁上聲字的文白異讀

前文聲調部分我們曾分析，隨著移民和文教的力量漸次南下，北方官話中全濁上歸去音變影響很多南方方言，幾乎所有方言都受到不同程度的影響。徽語當然也受到濁上歸去這種音變的影響，只是不同的方言點所受到的影響程度深淺不一，其中，休黟片徽語、嚴州片徽語的部分方言點較少受到影響；而在旌占片的占大和江西的徽語浮梁，古全濁上聲字絕大多數與濁去字同讀；績歙片徽語、祁婺片徽語的部分方言點古全濁上聲在白讀層保留上聲或讀為陽上，文讀層則歸入去聲或陽去或陰去，從而形成文白異讀對應關係。例如：

表5-13　徽語部分方言點古全濁上聲字的文白異讀

績溪	在tsʰa²¹³ 白／tsʰa²² 文	後xi²¹³ 前～,白／xi²² 以～,文	婦fu²¹³ 新～,白／fu³⁵ ～女,文	社so²¹³ ～廟,白／ɕiɔ²² 公～,文
	是tsʰʅ²¹³ ～不～,白／sʅ²² 實事求～,文	弟tsʰʅ²¹³ 兄～,白／tsʰʅ²² 徒～,文	像tɕʰiõ²¹³ 白／tɕʰiɤ²² 文	
荊州	在tsʰa²¹³ 不～了,白／tsʰa³¹ 現～,文	罪tsʰa²¹³ ～過,白／tsʰa³¹ ～得,文	婦fu²¹³ 新～,白／fu³¹ ～寡,文	杜tʰu²¹³ ～仲,白／tu³⁵ 姓～,文
	像tɕʰiõ²¹³ 不～,白／tɕʰiõ³¹ ～畫,文	旱xɔ²¹³ 抗～,白／xɔ³¹ ～干,文	杏xɤ̃²¹³ 白／ɕiɛ³⁵ 銀～,文	社so²¹³ ～廟,白／ɕiɔ³¹ 公～,文
	是tsʰʅ²¹³ ～不～,白／tsʰʅ³¹ 判斷詞,文	後xɪi²¹³ 前～,白／xɪi³¹ 以～,文		
歙縣	婦fu³⁵ 新～,白／fu³³ ～寡,文	罪tsʰɛ³⁵ ～得,白／tsʰɛ³¹ 文	淡tɛ³⁵ 白／tʰɛ³³ 文	斷to³⁵ ～絕,白／tʰo³³ ～決,文
祁門	婦fu⁴² ～兒家,白／fu³³ ～女,文	社ɕi:ɐ⁴² 公～,白／ɕi:ɐ³³ ～會,文	豎ɕy⁴² ～起來,白／ɕy³³ ～一～,文	腐fu⁴² ～敗,白／fu³³ 豆～,文
	部pʰu⁴² 干～,白／pʰu³³ ～長,文	是ɕi⁴² ～不～,白／ɕi³³ 實事求～,文	受ɕie⁴² 難～,白／ɕie³³ 承～,文	

浙源	社se^{25}白/se^{43}文	柿sʅ^{25} 士仕sʅ^{43}	杏xã^{25} 幸xã^{43}	限xõ^{25} 撼xõ^{43}

總之，就北方官話濁上歸去音變對徽語的影響程度而言，在中心徽語區，績歙片比休黟片受的影響程度深，影響程度最深的是旌占片的占大、祁婺片徽語中的浮梁、德興等地，全濁上聲歸入去聲的現象非常普遍。

二　次濁上聲字的文白異讀

前文聲調部分我們曾討論了徽語次濁上聲字的走向問題，在上聲不分陰陽的方言裡一般跟著清上字走（即不會跟隨部分全濁上聲字一起變為去聲），在分陰陽的方言點裡，比如婺源、遂安等地的次濁上跟著濁上走；而部分方言點次濁上聲字出現分化，一部分歸陰上，一部分歸陽上，這種現象主要見於休黟片的屯溪、休寧、五城、溪口以及第一版《中國語言地圖集》劃入「休黟片」而第二版《中國語言地圖集》又劃入「祁婺片」的婺源縣一些方言點，例如，浙源、江灣等。

在次濁上聲字出現分化的方言點中，從具體分讀的字來看，讀陽上或是陽去的顯然比讀陰上或上聲的更常用。一些方言點中部分次濁上聲字存在較為整齊的文白異讀，一般文讀陰上（或上聲），白讀陽上（或陽去）。例如：

表5-14　徽語部分方言點古全濁上聲字的文白異讀

屯溪	武vu^{24}白/vu^{32}文	姆拇白m^{24}/mo^{32}文	畝白m^{24}/miu^{32}文	
休寧	裡li^{13}~面，白/li^{31}鄉~，文	往mɤ^{13}~年、 vau^{13}以~，白 /au^{31}以~，文	姆m^{13}面稱母親，白 /mo^{31}~親，文	畝m^{13}白/mo^{31}文

臉 li:e^{13} 白 /li:e^{31} 文	你 n̠i^{31} 文	哪 la^{31} 文	
五城	母 m^{13} 公~、 mo^{13} 黃牛~: 母牛,白 /母 mo^{21} ~親,文	你 n̠i^{21} 文		
江灣	女 li^{25} 小姑娘,白 /li^{21} 美~,文	呂 li^{25} ~布,白 /li^{21} 中~:地名,文	紐 n̠iɛ^{25} ~扣,白 /n̠iɛ^{21} 樞~,文	我 ɑ^{25} /ŋo^{21} 文
	野 ie^{25} 心~:玩心大,白 /ie^{21} ,文	忍 n̠iẽi^{25} ~不住,白 /iẽi^{21} ~無可~,文		
浙源	乳 y^{25} 豆腐~、白 /乳 y^{21} 麥~精,文	耳 li^{25} ~朵,白 /耳 ɤ^{21} 木~,文		

第六章
徽州方言的小稱音變

　　小稱是一種借助形態而表小的語義特徵。漢語方言中的小稱詞有很多種，從用字上看有「兒」、「子」、「仔」、「团」等。從形式上看，有音變、添加詞綴等。小稱詞的典型意義是「指小」、「表親切或喜愛的感情色彩」，然而，漢語方言中的小稱詞都不同程度存在小稱意義磨損的現象。不過，各地形式上不同的小稱詞所指涉的語義範圍與語用、語法功能大體一致。在此，我們仍沿用舊有的說法，將與北京話中的兒化相類似的語言現象統稱為「小稱」。

　　關於徽州方言的小稱研究，伍巍、王媛媛（2006）做了較為深入的探討和分析，他們對徽州方言小稱的基本表現形式進行歸納，梳理了這些形式之間的關係，且對徽州方言小稱的發展過程進行了擬測。不過，伍文未涉及嚴州片徽語的小稱形式。因為徽州方言的小稱形式跟吳語特別是南部吳語非常接近，而嚴州片徽語分布於浙江省，與吳語相鄰，就小稱形式而言，嚴州片跟徽語其他點有共性又有差異。所以本章打算將嚴州片徽語的小稱音變納入徽州方言小稱音變的討論範圍。

　　徽州方言中的小稱形式豐富多樣，從語音形式上來看，有的以鼻音尾來表達，有的以鼻化韻來表達，也有的以變調來表達，有的既變韻也變調，也有的以獨立音節形式來表達。曹志耘（2002）概括了南部吳語中五種類型的小稱形式，分別是：兒綴型、鼻尾型、鼻化型、變調型、混合型。曹文對南部吳語小稱音變的分析基本適用於徽語，但徽州方言少數方言點的情況與南部吳語不太一樣。具體情況如下：

一　徽州方言小稱音的類型

（一）兒綴型

這種類型的表現形式是在詞語後面加上自成音節的「兒」。因為「兒」字在不同的地區讀音有別，所以兒綴在不同的方言點又有不同的語音形式。這一類型主要見於外圍的徽語區，如江西徽語區中的浮梁，浙江徽語區中的建德、遂安，旌占片的旌德，除此，也見於績歙片徽語的一些方言點，如績溪、荊州等。需要說明的是以上這些方言點中，作為兒綴的「兒」大多讀為輕聲，「兒」字前面的音節調值有的方言點變，例如績溪、荊州等方言點，這兩點的兒化現象一般只出現在由概數詞構成的數量短語中。我們以績溪方言為例：

（三四）斤兒tɕiã$^{31\text{-}44}$n^0　　　　（幾）張兒tɕiõ$^{31\text{-}44}$n^0

（一兩）瓶兒pʰiã$^{44\text{-}22}$n^0　　　（十幾）米兒mŋ$^{213\text{-}44}$n^0

（擔）把兒po$^{213\text{-}44}$n^0　　　　（幾）個兒kɵ$^{35\text{-}55}$n^0

（十來）轉兒tɕʰyẽi$^{22\text{-}55}$n^0　　（幾十）只兒tɕieʔ$^{32\text{-}54}$

有的方言點「兒」字前面的音節調值不變，例如浮梁、旌德等方言點。例如：

	花生兒xo^{55}ɕia^{55}ni^0	牛矮兒_{小牛犢}iəu^{24}ŋa^{21}ni^0
浮梁	水蛇兒ɕy^{21}ɕie^{24}ni^0	蜂兒foŋ^{55}ni^0
	釘兒tai^{55}ni^0	銅錢兒草tʰoŋ^{55}tsʰi^{55}ni^{0}tsʰau^{21}
	蜓蜓兒_{蜻蜓}tʰiŋ^{42}tʰiŋ^{42}n̩i^0	伢兒_{兒子}ŋɔ^{42}n̩i^0
旌德	姐兒tɕia^{213}n̩i^0	八八兒_{八哥兒}pa^{55}pa^{55}n̩i^0

部分方言點例如嚴州片的建德、遂安，作為兒綴的「兒」一般不讀輕聲（建德少數「兒」讀輕聲），與前音節組合起來的兒化詞其

「連讀調跟一般兩字組的連讀調不完全相同，由於例詞數量有限，難以看出規律」[1]。例如：

遂安	奶兒乳房、乳汁 la$^{534\text{-}24}$n^{33}	囡兒lɔ$^{534\text{-}24}$n^{33}	蟮兒ɕiɛ̃$^{422\text{-}55}$n^{33}
建德	歌兒ku$^{423\text{-}42}$n$^{334\text{-}213}$	猴兒xɜɯ$^{334\text{-}33}$n$^{334\text{-}213}$	兔兒tʰu$^{334\text{-}33}$n$^{334\text{-}55}$
	鳥兒tiɔ$^{213\text{-}55}$n^{0}	鐲兒tsu$^{213\text{-}21}$n$^{334\text{-}55}$	竹兒tɕɤyʔ^{5}n$^{334\text{-}55}$

（二）兒尾型

這一類型的「兒」不是一個獨立的音節，黏附在前一音節的末尾。根據「兒」讀音的不同，我們又可以分為兩種：

1　捲舌元音韻尾型

這種小稱音變與北京話的「兒化」現象很相似，「兒」不獨立成音節，是黏附在前一音節的捲舌元音韻尾。徽州方言中，除了江西徽語區的浮梁外很少見於其他方言點。據謝留文（2012），浮梁方言三十四個基本韻母裡有十八個存在這種兒化現象，其中只有元音尾韻母能夠兒化，帶鼻音韻尾的韻母不能兒化。例如：

椅兒 iɚ^{21}　　　鞋兒 xaɚ^{24}

餃兒 tɕiaɚ^{21}　　蓮花拐兒連枷 ni^{24}xo^{55}kuaɚ^{21}

磨兒 moɚ^{33}　　石榴兒 ɕia^{33}liaɚ^{24}

菇兒 kuoɚ^{55}　　蜘蛛兒 tɕi^{55}tɕyɚ^{55}

2　鼻尾型

表現形式是在基本韻母的後面加上鼻音韻尾[-n]。這種類型見於

1　曹志耘：《徽語嚴州方言研究》（北京市：北京語言大學出版社，2017年），頁114。

中心徽語區的很多方言點。如歙縣向杲、岩寺、屯溪、休寧、五城、黟縣、祁門等地，除此還有嚴州片的壽昌等地。不同的是，歙縣向杲、屯溪、休寧、五城、黟縣等地除了基本韻母後附鼻音韻尾[-n]的同時還疊加小稱變調，我們將這些方言點的小稱音變現象放在後文「混合型」中去分析。這裡我們以祁門方言這種僅後附鼻尾[-n]而較少變調的現象為例：

　　祁門方言韻母包括自成音節在內一共三十三個，在這三十三個韻母中，有些韻母不能加「n」，有些韻母能加「n」，加「n」後有些基礎韻母的元音發生變化，有些則不變，具體如下：

ɿ→ɿn 字兒　　　　　i→in 蜜兒_{蜜蜂}　　　u→un 爐兒　　　　y→yn 錘兒
ʅ→ʅn 二兒_{星期~}

a→an 杯兒　　　　　ia→ian 票兒_{票據}　　ua→uan 蓋兒

e→en 頭兒_{端、頂端}　　ie→ien 舅兒_{舅舅}

o→on 包兒_{包子}　　　io→ion 腳兒_{器具的下端等}

　　　　　　　　　　i:ɐ→i̠ɐn 碟兒　　　u:ɐ→u̠ɐn 瓜兒　　y:ɐ→y̠ɐn 缺兒_{缺口}

　　　　　　　　　　　　　　　　　　ui→uin 圍兒_{圍嘴}

ã→ãn（外）甥兒　　iã→iãn（一）兩兒

æ̃→æ̃n 釘兒　　　　iæ̃→iæ̃n 勝兒_{人名}　　uæ̃→uæ̃n 梗兒_{草木的莖}

õ→õn 籃兒_{籃子}　　　iõ→iõn 秧兒_{可移植的菜苗}

　　　　　　　　　　ĩ:ɐ→ĩ̠ɐn 辮兒_{辮子}　　ũ:ɐ→ũ̠ɐn 板兒　　ỹ:ɐ→ỹ̠ɐn 輪兒

*æn心　　　　　　　*iæn金　　　　　　　　　　　　*yæn兒

*əŋ風　　　　　　　*iəŋ弓

*m̩母_{雞~}

*n̩爾_你

　　由以上韻母的兒化規則可知，祁門方言三十三個韻母中，帶「*」的五個鼻尾韻母æn、iæn、yæn、əŋ、iəŋ和兩個聲化韻母m̩、n̩沒有相

應的 n 尾韻。究其原因，主要是這兩類韻母或者韻尾是鼻音或者是鼻輔音自成音節，一個音節中不可能出現兩個鼻音音素相鄰共存的現象。而諸如「ã、æ̃、õ、ĩːɐ」等鼻化韻卻可以添加「n」尾，雖然鼻化韻也是由鼻尾韻發展而來，但語音層面的鼻音韻尾已經脫落，只是元音帶上一定程度的鼻化色彩，這也說明了鼻化音變發生在「n」化韻形成之前。

　　可加「n」尾的有二十六個韻母，其中二十個韻母添加「n」尾的規則是：基礎韻母與「n」合成一個音節，「n」尾對所附的基礎韻母不產生影響；六個韻母加上 n 尾後，基礎韻母的元音音色發生變化，這六個基礎韻母是長元音和衍音組合而成的韻母「iːɐ、uːɐ、yːɐ、ĩːɐ、ũːɐ、ỹːɐ」，加「n」尾後變為「iən、uən、yən、ĩən、ũən、ỹən」，變音規律是：長元音變短，衍音開口度變小。例詞具體讀音如下：

雀兒 tsʰion³⁵ 鳥　　　　袋兒 tʰyən³³
球兒 tɕʰien⁵⁵　　　　　　瓢兒 pʰian⁵⁵
線兒 sĩən²¹³　　　　　　　鏟兒 tʂʰõn⁴²
爸兒爸爸pan¹¹　　　　　槍兒野豬、刺蝟等動物身上的刺tsʰiõn¹¹

（三）鼻化型

　　這種類型的小稱音變是以基本韻母變為鼻化韻來表達的。徽州方言中這一類型較少，主要見於績歙片的歙縣、祁婺片的婺源以及嚴州片的壽昌等方言點，其中壽昌的小稱音變除了基本韻母變為鼻化韻外，部分詞語中的後一個音節多讀作高平調，也應該屬於「混合型」，也有少數詞語只改變韻母形式不變調。例如：

歙縣　　筷兒kʰuʌ̃³¹³　　　茄兒tɕʰyʌ̃⁴⁴　　　一下兒iʔ²¹xʌ̃³³
婺源　　貓兒miã⁴⁴　　　　奶兒lĩ³⁵
壽昌　　蝴蝶兒u¹¹tʰiã²⁴　　鳥兒tiã⁵²

（四）變調型

　　小稱變調作為一種特殊形式的語法手段，廣泛分布於徽語的很多方言點中。不過，不同方言點，小稱變調的功能存在差異。少數方言點，小稱變調能夠單獨承擔「指小」「表親切或喜愛的感情色彩」的表達功能；而大多數方言點，小稱變調是同兒綴或者鼻尾或者鼻化等手段一起共同承擔「指小」「表親切或喜愛的感情色彩」的表達功能。後一種屬於「混合型」，我們留待後文分析。不改變韻母形式只通過變調來表達小稱等功能的主要見於績歙片和休黟片的一些方言點。例如：

績溪　細鬼_{戲稱小孩}$\mathrm{s}_1^{35\text{-}53}\mathrm{kui}^{213\text{-}44}$　　　細牛_{牛犢}$\mathrm{s}_1^{35\text{-}53}\mathrm{ŋi}^{44\text{-}22}$

　　　細鴨_{小鴨子}$\mathrm{s}_1^{35\text{-}53}\mathrm{ŋɔ}^{\mathsf{P}32\text{-}54}$　　　細豬_{小豬}$\mathrm{s}_1^{35\text{-}53}\mathrm{tɕy}^{31\text{-}44}$

　　　細板凳_{小板凳}$\mathrm{s}_1^{35\text{-}53}\mathrm{pɔ}^{213\text{-}31}\mathrm{tiã}^{35\text{-}55}$　　　細茶缸_{小茶缸}$\mathrm{s}_1^{35\text{-}53}\mathrm{ts^h o}^{44}\mathrm{kõ}^{31\text{-}44}$

歙縣　手捏兒_{手帕}$\mathrm{ɕio}^{35}\mathrm{neʔ}^{21\text{-}313}$　　　面卵兒_{面疙瘩}$\mathrm{me}^{33}\mathrm{lɛ}^{35\text{-}313}$

　　　姑姑妹$\mathrm{ku}^{31}\mathrm{ku}^{31}\mathrm{mɛ}^{33\text{-}313}$

屯溪　打滾$\mathrm{ta}^{32}\mathrm{kuɛ}^{32\text{-}24}$　　　鼻孔$\mathrm{p^h i}^{11}\mathrm{k^h an}^{32\text{-}24}$

　　　太婆$\mathrm{t^h a}^{55}\mathrm{p^h o}^{55\text{-}24}$　　　巷弄_{小巷}$\mathrm{xau}^{55\text{-}53}\mathrm{lɛn}^{11\text{-}24}$

　　　徛桶$\mathrm{tɕi}^{24\text{-}11}\mathrm{t^h an}^{32\text{-}24}$　　　火缽$\mathrm{xo}^{32}\mathrm{pu:ə}^{32\text{-}24}$

休寧　阿伯_{伯父面稱}$\mathrm{a}^{33}\mathrm{pa}^{212\text{-}35}$　　　母鴨$\mathrm{m}^{13}\mathrm{ŋɔ}^{212\text{-}35}$

　　　頭髮$\mathrm{t^h iu}^{55\text{-}53}\mathrm{fu:ə}^{212\text{-}35}$

（五）混合型

　　除了以上所分析的四種單獨使用某一種音變手段來表達小稱義的功能外，徽州方言中，還廣泛存在同時使用兩種音變手段來表達小稱功能的現象。具體又可以分為以下兩種情況：

1　「鼻尾／變調」混合型

　　上文分析鼻尾型時提及，在徽語的中心地區，如休黟片徽語區中的屯溪、休寧、五城、黟縣以及績歙片歙縣的向杲等地，小稱音變的形式除了基本韻母後附鼻音韻尾[-n]的同時還疊加小稱變調，而且變調後的調值一般較為固定。其中，黟縣的情況較為複雜，「兒」尾所附加的音節除了變調外，韻母也可能發生變化。「以高元音[i u ɯ]作韻尾的韻母，韻母變化較大。有的是韻腹丟失，有的是韻尾丟失，有的是韻腹和韻尾都丟失，有的主要元音發生變化，然後再加上[n]尾……鼻尾韻母，原鼻音丟失，主要元音變成央元音，再加上[n]尾。」[2]例如：

屯溪　謎兒謎語min²⁴（←謎mi⁵⁵）　　　褲兒褲子kʰun²⁴（←褲kʰu⁵⁵）

　　　　格兒格子kan²⁴（←格ka⁵）　　　索兒繩子son²⁴（←索so⁵）

　　　　栗兒栗子len²⁴（←栗le¹¹）　　　姐兒姐姐tsi:en²⁴（←姐tsi:e³²）

休寧　餅兒pan¹³（←餅pa³¹）　　　　棍兒kuan¹³（←棍kua⁵⁵）

　　　　花兒xu:ən¹³（←花xu:ə³³）　　　飛飛兒蝴蝶fi³³fin³³（←飛fi³³）

　　　　索兒繩子son³⁵（←索so²¹²）　　　想法兒siau³¹fu:ən³⁵（←法fu:ə²¹³）

黟縣　筷兒kʰuan³²⁴（←筷kʰua³²⁴）　　蝦兒xɒɤn⁴⁴（←蝦xɒɤ³¹）

　　　　蕨兒蕨菜tɕyen³²⁴（←蕨tɕy:e³）　包兒包子pun⁴⁴（←包pau³¹）

　　　　袋兒tuən³²⁴（←袋tuaɯ³）　　　（越）劇兒tɕyn³²⁴（←劇tɕyɛi³¹）

　　　　（蛇）龍兒lən⁴⁴（←龍lɑŋ⁴⁴）　　（打）滾兒（蟲）子孑kuən⁵³（←滾kuəŋ⁵³）

向杲　（侄）女兒nin⁵⁵（←女ni³⁵）　　碗兒uan⁵⁵（←碗uɒ³⁵）

　　　　鳥兒niɔn⁵⁵（←鳥niɔ³⁵）　　　豆兒tiɤn⁵⁵（←豆tiɤ²²）

　　　　蝦兒xon⁵⁵（←蝦xo²²）　　　　角兒kon²¹⁴（←角ko³²）

　　前面提及祁門方言屬於典型的鼻尾型，但少數字後附鼻尾表示小稱義也同時發生變調，而且變調和不變調的形式存在意義的對立。例如：

2　〔日〕平田昌司：《徽州方言研究》（東京：好文出版社，1998年），頁110。

本音	變韻	變韻＋變調
眼ŋõ^{42}　～睛	眼兒_{小洞}ŋõn^{42}	眼兒_{小洞}ŋõn^{35}　屁股～：肛門

眼ŋõ^{42}　～睛　　　　眼兒_{小洞}ŋõn^{42}　　眼兒_{小洞}ŋõn^{35}　屁股～：肛門

奶na^{42}　～粉；～兒苦自小　　　　　　奶兒_{乳房、乳汁}nan^{35}

朵_{量詞}to^{42}　　　　　　　　　　（耳）朵兒ton^{35}

娘iõ^{55}　老子～：父母；新～　　　　娘兒_{姑姑}iõn^{35}

貓（無）　　　　　貓兒mon^{11}　熊～　貓兒_貓mon^{35}

囡（無）　　　　　　　　　　　　　囡兒_{對孩子的愛稱}ĩən^{35}

　　以上祁門方言的「貓」、「囡」等字在口語中已經沒有了單字音，當地人往往把這些字的兒化音當成了這些字本來的讀音。這種現象也見於中心徽語區的一些方言點。例如，歙縣向杲方言中「兔 t^{h}un^{214}」「茄 tɕyen^{55}」等字也只有小稱形式。

2　「鼻化／變調」混合型

　　小稱形式為基本音節發生鼻化同時疊加變調，這在徽語中並不多見，主要見於績歙片的歙縣和嚴州片的壽昌等地的少數詞語中。例如：

　　歙縣　這扎兒_{這會兒}n^{31}tsã^{313}（←扎tsaʔ^{21}）

　　　　　蝴蝶兒蝶兒_{蝴蝶}u^{11}t^{h}iã^{24}t^{h}iã^{55}（←蝶t^{h}ie^{24}）

　　壽昌　一點兒iəʔ^{3}tien^{55}（←點ti^{24}）

　　　　　叔兒叔兒ɕiɔʔ^{3}ɕiɔm^{55}ɕiɔm^{55}（←叔ɕiɔʔ^{3}）

　　以上五種類型中，有少數方言同時存在兩種或兩種以上類型。如，浮梁兒綴型、捲舌元音韻尾型共存；壽昌同時存在鼻化型和「鼻化／變調」混合型；績溪、荊州同時存在兒綴型和變調型；歙縣存在變調型和「鼻化／變調」混合型；屯溪、休寧同時存在變調型和「鼻

尾／變調」混合型。功能相同而形式不同的音變手段共存於一個方言中，體現了音變手段興替過程中的過渡性。

二　徽州方言小稱形式的演變

徽州方言中的五種小稱形式之間有著怎樣的關係呢？首先，我們認為小稱變調和兒綴型、兒尾型、鼻化型的小稱音變雖然在語法功能上相似，但應該是不同的語言現象，彼此之間不存在同源關係。而兒綴型、兒尾型、鼻化型則應該是同一類語言現象，之所以有不同的表現，一來是「兒」的讀音存在地域差異，二來是各地的兒化形式處於不同的演變階段。

「兒」是支韻日母字，不同的方言今讀形式不盡一致，這是語音發展地域不平衡的一種表現。普通話中讀為零聲母捲舌元音 ɚ 的「兒」或者與「兒」同韻攝的「耳」、「爾」、「二」等字，在南方方言諸如吳語、徽語中大多白讀為鼻音聲母或鼻輔音韻。例如：

表6-1　吳語、徽語部分方言點止攝日母字的今讀形式

徽語	績溪	兒n^{44}	爾$_你$耳$_{\sim朵}n^{213}$	二n^{22}	
	歙縣	爾$n^{35}{}_你$/$n^{33}{}_這$			
	屯溪	爾$_你 n^{24}$	二n^{55}		
	休寧	爾$_你 n^{55}$	二n^{33}		
	婺源	爾$_你 n^{11}$			
	祁門	爾$_你 n^{11}$			
吳語	雲和	爾兒而$\textɲi^{324}$	耳$\textɲi^{53}$	二$\textɲi^{223}$	
	遂昌	兒$\textȵie^{221}$	你$\textȵie^{13}$	耳$\textȵi^{13}$	二$\textȵi^{212}$
	常山	兒n^{52}	爾$_你$耳$_{\sim朵}n^{24}$	二n^{212}	
	湯溪	兒$ŋ^{11}$	爾$_你$耳$ŋ^{113}$	二$ŋ^{341}$	

　　與「兒」類字今讀形式存在地域差異相匹配的是，不同地方的兒化韻表現也不一致。普通話中的兒化韻是「兒」不獨立成音節的捲舌韻尾型。而在南方方言中，有「兒」獨立成音節的兒綴型，吳語的雲和、遂昌、常山話以及徽語的績溪、浮梁、旌德話是為例；有「兒」不獨立成音節的鼻尾型，吳語的湯溪話、徽語的休寧、屯溪、祁門話是為例；有基本音節的主要元音變為鼻化音的鼻化型，吳語的慶元和徽語的歙縣、壽昌話等是為例。如：

表6-2　吳語、徽語部分方言點兒化韻

兒綴型	雲和：豬兒ti$^{324\text{-}44}$ɲi^{324}	遂昌：鳥兒tiɐɯ$^{52\text{-}33}$ȵie^{221}
	績溪：斤兒tɕiã$^{31\text{-}44}$n^{0}	
鼻尾型	湯溪：痱兒fiŋ^{52}（←痱fi^{52}）	休寧：紐兒ȵin^{13}（←紐ȵiu^{13}）
	祁門：頭兒tʰen^{55}（←頭tʰe^{55}）	
鼻化型	慶元：刷兒ɕyẽ^{55}（←刷ɕyeʔ^{5}）	歙縣：茄兒tɕʰyã^{44}（←茄tɕʰya^{44}）
	壽昌：鳥兒tiã^{52}（←鳥tiɤ^{52}）	

　　在普通話中，兒尾的發展進程為：兒綴→捲舌韻尾；而在吳語、徽語等南部方言中，兒尾的發展進程為：兒綴→鼻尾→鼻化，這是與北京話的兒尾平行發展的，甚至比北京話的兒尾走得更遠，但究其本質而言，吳語、徽語等南方方言中的兒尾是與北京話的兒化同源的一種小稱形式。徽語的小稱形式跟吳語特別是南部吳語相同，只是其中鼻化型遠不如南部吳語分布那麼普遍。

　　前文提及，小稱變調與兒綴型、兒尾型、鼻化型小稱音變應該是兩種獨立的小稱構詞方式。「其間並無派生、孳生、承繼關係。」[3]兒化小稱（包括兒綴、鼻尾、鼻化）源於「兒」的虛化。「兒」原本是實

3　朱曉農：〈親密與高調——對小稱調、女國音、美眉等語言現象的生物學解釋〉，
　　《當代語言學》2004年第3期，頁197。

詞，意為「嬰孩、子女」，在歷史演變過程中，它逐漸虛化為一個小稱後綴。Yuen Ren Chao（2011）在描述普通話的「兒」時提出：「從語義上說來，指小詞尾『兒』，起初是『小』的意思，慢慢地說話人用來指他認為小的東西，最後變成無義，只表示文法功能上的改變，而不一定改變原來詞根的意思。」[4]從語義上說，「兒」虛化的開端應該是小稱功能，最初主要限於名物類的詞。作為一種小稱形式，在長期的高頻率的使用過程中往往會產生功能「磨損」現象。語義上，小稱意義逐漸淡化。包括徽州方言在內的，有相當一部分兒化詞小稱意義已很不明確，有時還需要搭配詞彙手段。例如績溪、荊州方言很多兒化詞需要添加「細小」才能指小；祁門方言諸如「雞兒 tɕiən¹¹」、「鴨兒ŋan³⁵」、「雨兒 yn⁴²」、「魚兒 yn⁵⁵」、「抓꞊兒 tʂuən¹¹鋤頭」、「鬼兒 kuin⁴²」等或者不能單說，或者單說也不能表示「小」或其他引申義，須與「小」配合使用方能表「小」義。這種情況下，「變調」可能成為一種彌補性的小稱構詞手段，只是「小稱變調」產生機制是什麼呢？我們猜測，「小稱變調」可能與兒語有關。我們以祁門方言為例。

　　祁門方言中，孩童在稱呼「爸爸、媽媽、哥哥、姐姐」時常使用疊音形式，並且詞語的末尾音節一般變成高升調[35]，從而有別於其他人群的稱謂方式。例如：

兒語	爸爸pa¹¹pa³⁵	媽媽ma¹¹ma³⁵	哥哥ko¹¹ko³⁵	姐姐tsi:ɐ⁴²tsi:ɐ³⁵
非兒語	爸兒pan¹¹	媽ma⁴²	哥兒kon¹¹	姐兒tsiən⁴²

　　前面提及，祁門方言屬鼻尾小稱型，而少數詞語例如「貓」「囡」「眼」「朵」「娘」「鼠」在後附-n 尾時同時疊加變調，變調的調值與孩童呼語的變調調值同為[35]，這大概不是偶然現象，我們想小稱調會不會起源於兒語？這種假設尚需要更多方言材料來驗證。

4　Yuen Ren Chao. 2011. *A Grammer of Spoken Chinese*. The Commercial Press, pp.249-250.

第七章
徽州方言的性質和歸屬

　　討論徽州方言的性質和歸屬問題我們就不能不先回顧一下漢語方言分區的歷史發展過程。從早期章太炎的十類劃分、黎錦熙的十二系分類、二十世紀三十年代趙元任先生的九區說、李方桂先生的八區說，到五十年代丁聲樹和李榮先生八大方言提法、八十年代初詹伯慧先生等的七大方言區主張，直至八十年代末期李榮先生的十大分區構架，徽語在分區史上一直以來就處於漂泊不定的位置。我們把過去一世紀各大家對漢語方言的分區意見列表對比如下：

表7-1　二十世紀漢語方言的分區方案

	分區													總數
章太炎 1915	河北 山西	陝 甘	山東 江淮	川雲 黔桂	河南 湖北 江西	廣東					福 建	蘇南 浙北	徽州 寧國	9
黎錦熙 1934	河北	河 西	河 南	江 淮	金沙	江 漢	江 湖	粵海			閩 海	甌 海	太 湖	浙 源	12
趙元任 1934	北方官話	上江官話	下江官話		客	粵		潮 汕	閩	吳	皖	9
李方桂 1937	北方官話	下江官話	西南官話		湘	贛客	粵	閩		吳		8
史語所 1948	北方官話	下江官話	西南官話		湘	贛	客	粵	閩 南	閩 北	吳	徽	11
丁聲樹 1955	北方話				湘	贛	客	粵	閩 南	閩 北	吳		8

	分區									總數
詹伯惠 1985	官話			湘	贛	客	粵	閩	吳	7
李榮 1987	晉	官話	平	湘	贛	客	粵	閩	吳	徽	10

從表7-1我們看到，二十世紀各家的分區方案中，徽州地區的方言歸屬在短短幾十年間出現了分歧，其中兩位大家對徽語的歸屬問題前後還發生過反覆的變化：一九三九年趙元任在史語所的方言分區中使「皖方言」（後改稱「徽州方言」）單獨成區。但一九六二年趙元任在《績溪嶺北音系》中予以補述，他說：

> 徽州方言在全國方言分區裡很難歸類，所以我在民國二十七年給申報六十周年出版的中國分省新圖畫方言圖時候就讓徽州話自成一類。因為所有的徽州話都分陰陽去，近似吳語，而聲母都沒有濁塞音，又近似官話區。但是如果嫌全國方言區分的太瑣碎的話，那就最好以音類為重，音值為輕，換言之，可以認為是吳語的一種。

一九五五年丁聲樹、李榮在方言分區中刪除了徽州方言。但李榮在一九八九年《漢語方言分區》中也改變了自己早先取消徽州方言的做法，認為雖然「徽語的共性有待進一步的調查研究」，但根據有不分陰陽去的方言是吳語（如銅陵），分陰陽去的方言卻不是吳語（如橫峰、弋陽）的情況，「還是把徽語獨立，自成一區」。

自《中國語言地圖集》（1987）問世以來，語言學界，特別是方言學界對《中國語言地圖集》中漢語方言分區方案討論很熱烈。就「升格」的三個方言區（晉語、平話、徽語）而言，對徽語的討論並不多。詹伯慧（2001）說：

因為徽語的特殊性似乎早有定論。早年趙元任就把徽語看作是漢語方言中獨特的一支。他在二十世紀六十年代先後發表了《績溪嶺北音系》（1962）和《績溪嶺北方言》（1965），揭示皖南徽語的面貌。二十世紀八十年代以來，方言學者鄭張尚芳、伍巍、平田昌司（日）等先後對徽州方言進行了調查，發表了一批關於徽州方言的著述，進一步揭示了徽州方言許多與眾不同的特徵。在這種背景下，徽州方言被提出來作為一個方言區，頗有順理成章之勢，也就聽不到多少議論的聲音了。[1]

　　徽州方言的複雜性、特殊性在方言學界已成共識。過去多位學者把徽州方言處理為獨立的方言，其中最根本的理由就是徽州方言「很難歸類」，並不是因為徽州方言具有獨立成區的條件，而是因為它無法歸入其他方言。而關於徽語單立的理由，《中國語言地圖集》（1987）舉出了如下幾條：

　　古全濁塞音聲母，多數地點今讀送氣清音，休黟片送氣音比不送氣音多。送氣與否，總的說來還看不出條例；鼻尾多脫落，但又以帶-n尾作小稱；許多日母字今讀[∅]聲母；泥來不分。

　　《中國語言地圖集》（1987）雖然將徽語獨立出來自成一區，但同時也認識到：

　　徽語鄰接吳語，方言複雜，目前還只能說說徽語各片的性質。徽語的共性有待進一步的調查研究。

1　詹伯慧：〈廣西「平話」問題芻議〉，《語言研究》2001年第2期，頁92-93。

平田昌司（1998）在《徽州方言研究》中介紹徽州方言的共同特點之後說：

> 徽州方言和嚴州方言有不少共同點，但其大多數在漢語東南方言中比較常見，不一定能當作「徽語」的重要特徵看待。

一九七四年雅洪托夫認為：

> 「很難提出這個方言（徽州方言）的任何共同特徵。也許從反面描寫它更好：在長江以南安徽和相鄰省份的所有方言中，那些無法歸入官話，或者贛語，或者吳語的方言組成皖南方言」，皖南方言「由於語言面貌的特殊性，必須被劃為一個特別的方言。[2]

如果僅僅是因為「很難歸類」就把徽語獨立作為一個漢語方言分區中最高一層的大方言區，讓它跟北方方言、吳方言、湘方言、贛方言、客家方言、閩方言、粵方言等方言區並列，那這種「反面」的處理方式跟幾十年來方言分區以正面運用分區標準為原則就顯得格格不入了。

近年來，徽語研究引起了學術界較多的關注，有關徽語的調查研究成果也比以往多了起來，我們對徽語的認識和理解也得以深入。而學界對徽語的歸屬問題還是有一些不同的聲音，例如有學者主張把徽語處理為吳語一個次方言，持這種見解的主要有曹志耘（2002）、趙日新（2004）、王福堂（2005）等學者。

曹志耘在《南部吳語語音研究》（2002）一書中分析到：

---

2 轉引自王福堂：《漢語方言語音的演變和層次》（北京市：語文出版社，2005年），頁78。

徽語是三國以後在吳語（經新安江傳入）的基礎上，融入了大量當地山越人的語言成分而形成的；從徽語的現狀來看，雖然它跟官話、贛語也有一些共同性，但跟吳語是最接近的，二者關係非常密切。因此，在對吳語、徽語進行分區的時候，在第一層次上可以把吳語和徽語合為一類（吳徽大區），在第二層次上再分吳語、徽語，在第三層次上再分其他小區。

　　在第二屆國際吳方言學術研討會上，趙日新提出了徽語「應該歸入吳語，成為吳語的『徽嚴片』」的觀點。他認為：「徽語脫胎於吳語，歷史上又經常保持密切的關係，所以今徽語和吳語之間仍然存在不少深層次上的共同特點。」[3]他從發生學角度對徽語和吳語在深層次上的共同點作出了解釋，而對徽語同贛語和江淮官話的一些共同點則從方言接觸角度進行解釋。這些我們在後文將詳細引述。

　　王福堂（2005）認為徽州方言「僅僅因為『很難歸類』而被提拔起來置身於漢語大方言的行列，而且又是一個很小的大方言，將始終是一個不穩定的因素」。[4]他分析說：「徽州方言在中古以後是吳語的一部分，但在閉塞的環境中可能逐漸產生一些自己的特點」，[5]最後提出「徽州方言如果歸入吳方言，成為吳方言中的一個次方言或土語群，也許是最合適的歸宿」。[6]

　　根據近幾十年年徽語調查研究的最新成果，結合筆者自己對徽語的研究所得，我們想對徽語的歸屬問題談幾點自己的認識。

3　趙日新：〈方言接觸和徽語〉，鄒嘉彥、游汝傑主編：《語言接觸論集》（上海市：上海教育出版社，2004年），頁357。

4　王福堂：《漢語方言語音的演變和層次》（北京市：語文出版社，2005年），頁85。

5　王福堂：《漢語方言語音的演變和層次》，頁84。

6　王福堂：《漢語方言語音的演變和層次》，頁87。

一　徽語和吳語的共性

徽語和吳語存在很多共性，這在學術界是不爭的事實。

從趙元任的「所有徽州話都分陰陽去，近似吳語」開始，徽語和吳語的共性就不斷有學者論及。例如：

伍巍在〈徽州方言和現代「吳語成分」〉一文中提到：

> 徽州方言語音、詞彙、語法幾個方面都滲透著豐富的吳語成分」[7]，「徽州方言同吳語確有很大驚人的相似之處。[8]

候精一主編的《現代漢語方言概論》一書中提到：

> 安徽績溪、黟縣說徽語，章組與精組見組細音部分字相混……這種音韻現象近似浙南吳語；宣州片吳語在安徽南部和浙江西北部與徽語接界，那兒的徽語有不少跟南部吳語相近的特點，如多數點入聲讀舒聲，濁上不變去，好些方言點上聲收喉塞，日母有ŋ-、n-等鼻音的讀法。兒化音變以-n、鼻化韻、小稱變調表示等。徽語的兒化音變近似婺州片、台州片的吳語。[9]

曹志耘（2002）分析說：

> 南部吳語入聲演變的規則在徽語裡可以同樣看到。只是在徽語中，清濁聲母的對立已經消失，所以入聲字的歸併不受聲母清

7　伍巍：〈徽州方言和「現代吳語」成分〉，《吳語論叢》（上海市：上海教育出版社，1988年），頁329。

8　伍巍：〈徽州方言和「現代吳語」成分〉，《吳語論叢》，頁333。

9　候精一：《現代漢語方言概論》（上海市：上海教育出版社，2002年），頁82。

濁、聲調陰陽的限制。因此，陰入字可以併入陽調，陽入字可
以併入陰調。[10]

在與南部吳語毗連的吳語台州片和徽語婺源淳安除外裡，也同樣
普遍存在著小稱現象。可以說，在吳語和徽語的範圍內，小稱
現象分布在吳語台州片、金衢片、上麗片、甌江片以及徽語績
歙片、休黟片、嚴州片的絕大部分地區……[11]

蔣冰冰（2005）在〈宣州片吳語入聲演變的方式〉一文中指出：

吳語宣州片六種類型與南部吳語和徽語的入聲十三種複雜歸派
類型相比，既體現出較強的一致性，這說明吳語宣州片一是
「姓吳」，二是與徽語有著發生學上的密切聯繫，同時也展示
出獨特的個性，這也正是吳語宣州片之所以存在的理由。[12]

趙日新（2004）分析了徽語和吳語在語音上存在諸多共同點，他
先引述了《中國語言地圖集》（1987）中舉出的吳語語音上的十二項
共同點：

1. 古全濁聲母多數點今仍讀濁音，古幫滂並、端透定、見溪
   群今音在發音方法上三分；
2. 古疑母今洪音作[ŋ]，細音做[n]；
3. 古微母和古日母有文白異讀，文讀口音，白讀鼻音；
4. [m n ŋ]能自成音節；

---

10 曹志耘：《南部吳語語音研究》（北京市：商務印書館，2002年），頁108。

11 曹志耘：《南部吳語語音研究》，頁147。

12 蔣冰冰：〈宣州片吳語入聲演變的方式〉，《吳語研究：第三屆國際吳方言學術研討
會論文集》（上海市：上海教育出版社，2005年），頁101。

5. 咸山兩攝字一般不帶鼻尾，讀口音或半鼻音；

6. 蟹攝二等字不帶[i]尾，是開尾韻；

7. 咸山兩攝見系一二等不同韻（二等指白讀洪音）；

8. 梗攝二等白讀跟同攝三四等及曾攝不混；

9. 平上去入各分陰陽（一部分方言陽調沒有陽上）；

10. 入聲多收喉塞尾，少數讀開尾，但不跟平上去相混；

11. 「鳥」字聲母白讀與古音端母符合；

12. 「打」字讀音合于「德冷切」。

　　趙日新（2004）拿吳語十二條共性觀照徽語後提出：除了1.（古全濁聲母今讀）、10.（入聲演變）、12.（「打」字今讀）這三項特徵之外，徽語和吳語在很多特徵上都很相似。其實，就是第10.、12. 條，徽語和吳語也是大致相同的。比如「打」字今徽語嚴州片方言中與梗攝古陽聲韻字同讀現象是與吳語相同的。例如：

	淳安	遂安	建德	壽昌
打_{德冷切}	$t\tilde{a}^{55}$	$t\tilde{a}^{213}$	$t\varepsilon^{213}$	$t\tilde{a}^{24}$
冷_{魯打切}	$l\tilde{a}^{55}$	$l\tilde{a}^{422}$	$n\varepsilon^{213}$	$n\tilde{a}^{534}$

　　至於在入聲的演變上，曹志耘（2002）已經說明南部吳語的入聲演變規則同樣見於徽語。「只有古全濁聲母今讀這一項，徽語和吳語格格不入。」[13]除了語音，趙日新（2004）還從詞彙、語法角度說明徽語和吳語之間存在很多共性。

　　丁治民（2007）通過考察宋代徽州籍詩人的用韻，從「支微部與魚模部的押韻」、「歌戈部與麻斜部的押韻」、「-m 尾的歸併及演變」、「真文部與東鐘部相押」這四個角度概括了徽語的四項特徵，認為這

---

13 趙日新：〈方言接觸和徽語〉，鄒嘉彥、游汝傑主編：《語言接觸論集》（上海市：上海教育出版社，2004年），頁359。

四種特徵與同時代的「甌語」相接近。

　　以上是學界對徽語和吳語存在共性的一些認識。下面我們就對照《中國語言地圖集》（第2版）中所概括的吳語共同特點進一步觀察徽語和吳語的的共性。《中國語言地圖集》（第2版）中列出了吳語的十項共同特點，除第十條是詞彙、語法特徵外，其餘九條都是語音共性。除了第一條「古全濁聲母在發音方法上仍保留獨立的聲類，不併入古清聲母」以及第四條「鼻音、邊音和零聲母因聲調陰陽的不同而分成兩類，逢陰調類，聲母前有一定程度的緊喉現象；陽調類則帶濁喉擦音[ɦ]。多數方言這兩類聲母有辨義作用，因此是兩套聲母」不見於徽語外，其他七條大多見於徽語中。下面我們分項舉例說明（吳語方言點的語音材料多來自錢乃榮的《當代吳語研究》）：

　　（一）古微、日、疑母今有文白讀。白讀為鼻音，分別為[m n/n̠ ŋ/n̠]，文讀為口音，分別為[v z/ʑ ø]。南部白讀音多於北部。如（「／」之前為白讀，「／」之後為文讀）：

徽語	網微	尾微	蚊微	吳語	網微	尾微	問微
績溪	mõ/	/vi	mã/vã	蘇州	mã/mõ	n̠iⱼ/viⱼ	mən/vən
歙縣	mo /o	/ve	mʌ̃/vʌ̃	上海	mʌ̃ɲ/	mi/n̠i/vi	məɲ/vəɲ
休寧	mau/	me/ve	ma/ua	衢州	mõ/	mi/ɦui/fi	mən/ɦuən/fvən
黟縣	moŋ/	mɛɐ/vei	mɑŋ/vɑŋ	永康	mʌŋ	/fviə	məŋ/fvəŋ
婺源	mã/vã	mi/	mɐin/vein	溫州	mᵘɔ/	mʹi	mʌŋ/vəŋ

徽語	繞日	人日	日日	吳語	繞日	人日	日日
績溪	n̠ie/	n̠iã/iã	n̠ieʔ/	蘇州	n̠iæ/	n̠iɪn/zən	n̠iəʔ/zəʔ
歙縣	nio/	niʌ̃/iʌ̃	ni/	上海	n̠io/	n̠iɲ/zən	n̠iɪʔ/zəʔ
休寧	n̠io/	/iěn	n̠ie/	衢州	n̠io/	n̠iɲ/ʑɥən	n̠iəʔ/ʑɥəʔ
黟縣	n̠i:u/	n̠iɛi/ɐɣ	n̠iɛi/ɐɣ	永康	n̠iʌu/	non/szən	n̠iəʔ/szəʔ
婺源	n̠iɔ/	n̠iɐin/iɐin	n̠i	溫州	n̠iɛ/	nəŋ/n̠iʌŋ/n̠ien	ne/n̠i/iaʑ

徽語	網微	尾微	蚊微		吳語	網微	尾微	問微	
徽語	牙疑	眼疑	牛疑	業疑	吳語	牙疑	眼疑	牛疑	業疑
績溪	ŋo/	ŋɔ/	ȵi/	ȵiaʔ/	蘇州	ŋoɿ/	ŋE/	ȵiɵ/	ȵiɪʔ/
歙縣	ŋa/	ŋɛ/	ȵio/	ȵie/	上海	ŋʌ/	ŋE/	ȵiɣɯ/	ȵiɪʔ/
休寧	ŋɔ/	ŋɔ/	ȵiu/	ȵi:e/	衢州	ŋa/	ŋæ̃/	ȵiɯ/	ȵiɛʔ/
黟縣	ŋoɐ/	ŋoɐ/	ȵiaɯ/	ȵi:e/	永康	ŋʊʌ/	ŋʌ/	ȵiɵu/ŋɵu	ȵie/
婺源	ŋo/	ŋɣ̃/ŋiaiŋ	ȵia/	ȵiɛ/	溫州	ŋo/	ŋa/	ŋʌu/	ȵi/

（二）**見、曉組開口二等有文白讀**。白讀為舌根[k]組聲母拼洪音韻母，文讀為舌面[tɕ]組聲母拼細音韻母。南部吳語白讀比北部多，有的地方只有白讀，沒有文讀。如：

徽語	交見	咸匣	學匣	吳語	交見	咸匣	學匣
績溪	kɤ/tɕie	xɔ/	xoʔ/ɕyoʔ	蘇州	kæ/tɕiæ	ɦE/	ɦɔʔ/ɦiɔʔ
歙縣	kɔ/tɕiɔ	xɛ/ɕie	xɔ/ɕiɔ	上海	kɔ/tɕiɔ	ɦE/	ɦoʔ/ɦiɪʔ/ɦiɤʔ
休寧	ko/	xɔ/	xo/	衢州	kɔ/tɕiɔ	ɦæ̃/	ʔɦɛʔ/ʔɦouʔ/ʔɦuoʔ/ʒyɔʔ
黟縣	kau/	xoɐ/	xau/	永康	kʌʊ/	ʔɦʌʃ/	ʔɦʌʊ/
婺源	kɒ/	xɣ̃/	xɒ/	溫州	kʰɔ/	ɦia/	ɦio/ɦia

（三）**單元音韻母多**。古蟹攝沒有[i]尾，古效流攝沒有[u]尾，古咸山攝也沒有[-m -n]尾。如：

徽語	帶蟹開一	開蟹開一	擺蟹開二	柴蟹開二	怪蟹合二	吳語	帶蟹開一	開蟹開一	擺蟹開二	柴蟹開二	怪蟹合二
績溪	tɔ	kʰa	pɔ	ɕiɔ	kuɔ	蘇州	tɒ	kʰE	pɒ	zɒ	kuɒ
歙縣	ta	kʰɛ	pa	sa	kua	上海	tʌ	kʰE	pʌ	zʌ	kuʌ
休寧	ta	kʰuɤ	pa	sa	kua	紹興	ta	kʰe	pa	za	kua
黟縣	ta	kʰuaɯ	pa	sa	kua	衢州	tɛ	kʰɛ	pɛ	szɛ	kuɛ
祁門	ta	kʰua	pa	ʂa	kua	溫州	tɑ	kʰe	pɑ	szɑ	kɑ

徽語	保效開一	高效開一	笑效開三	偷流開一	瘦流開三	吳語	保效開一	高效開一	笑效開三	偷流開一	瘦流開三
績溪	pɤ	kɤ	çie	thi	si	蘇州	pæ	kæ	siæ	thɪ	sɪ
歙縣	po	ko	siɔ	thio	çio	上海	po	ko	çiɔ	thɤɯ	sɤɯ
休寧	pɤ	kɤ	siau	thiu	sɤ	紹興	pɑɒ	kɑɒ	çiɑɒ	thɤ	sɤ
黟縣	pɤɤ	kɤɤ	si:u	thɯ	saɯ	衢州	po	ko	çiɔ	thɪ	sɪ
祁門	po	ko	sia	the	ʂe	溫州	pɜ	kɜ	çiɛ	thʌu	za

徽語	膽咸開一	減咸開二	三山開一	半山合一	專山合三	吳語	膽咸開一	減咸開二	三山開一	半山合一	專山合三
績溪	tɔ	kɔ	sɔ	pã	tɕyɛi	蘇州	tE	kE	sE	pɵ	tsɵ
歙縣	tɛ	kɛ	sɛ	po	tɕye	上海	tE	kE	sE	pø	tsø
休寧	tɔ	kɔ	sɔ	pu:ə	tɕy:e	紹興	tã	kæ/tɕĩ	sæ	põ	tsuĩ
黟縣	toɐ	koɐ	soɐ	poɐ	tʃu:ɐ	衢州	tã	kæ/tɕiẽ	sæ	pə	tʃʃɿ
祁門	tõ	kõ	sã	pũ:ɐ	tɕỹ:ɐ	溫州	tɑ	kɑ	sɑ	pɵ	tɕy

　　從以上內容可見，徽語和吳語蟹、效、流攝字大多都為開尾韻，少數方言點古效、流攝字逢細音偶爾帶有[u]尾，徽語這種現象主要見於休黟片。

　　（四）止蟹攝合口三等見系部分口語常用字有文白讀。白讀為[y]韻母，文讀為合口呼韻母[u-]韻母。

　　止、蟹攝合口三等字在吳語白讀層的讀音反映的是「支微入魚」現象（即「龜音如居，為音如俞之類」），這是早期吳語的音韻現象，這一現象現在仍舊廣見於吳語區中特別是南部吳語中，而徽語中同類現象主要見於中心徽語區如休黟片、祁婺片的絕大多數方言點中，徽語中，除了止、蟹攝合口三等字，還有蟹攝合口四等的一些字也存在這種白讀撮口呼、文讀合口呼韻母的現象。徽、吳語「支微入魚」現象用例如下：

徽語	龜止合三見	鬼止合三見	貴止合三見	吳語	龜止合三見	鬼止合三見	貴止合三見
屯溪	tɕy/kue	tɕy/	tɕy/	蘇州	tɕy/kuɛ	tɕy/kuɛ	tɕy/kuɛ
休寧	tɕy/	tɕy/	tɕy/	上海	tɕy/kuɛ	tɕy/kuɛ	tɕy/kuɛ
黟縣	tɕyɛi/	tɕyɛi/	tɕyɛi/	紹興	tɕyʮ/kue	tɕyʮ/kue	tɕyʮ/kue
祁門	/kui	/kui	tɕy/kui	餘姚	tɕy/kue	tɕy/kue	tɕy/kue
婺源	tɕy/	tɕy/	tɕy/	溫州	tɕy/	tɕy/	tɕy/

徽語	桂蟹合四見	虧止合三溪	跪止合三群	吳語	虧止合三溪	跪止合三群	櫃止合三群
屯溪	tɕye/	tɕʰye/kʰue	tɕʰy/	蘇州	tɕʰy/kʰuɛ	dʑy/guɛ	dʑy/guɛ
休寧	tɕye/	tɕʰye/kʰue	tɕʰy/	上海	tɕʰy/kʰuɛ	dʑy/guɛ	dʑy/guɛ
黟縣	tɕyɛi/	tɕʰyɛi/	tɕʰyɛi/	紹興	tɕʰyʮ/kʰue	dʑyʮ/gue	dʑyʮ/gue
祁門	tɕy/kui	/kʰui	tɕʰy/	餘姚	/kʰue	dʑy/gue	dʑy/gue
婺源	tɕy/	tɕʰy/kʰuɤ	tɕʰy/kʰuɤ	溫州	tɕʰy/kʰæi	dʑy/	dʑy/

（五）蟹攝開口一等咍、泰不同音。咍韻字元音較高，泰韻字元音較低。古咸、山攝逢見系一等與二等不同韻。

（1）咍、泰有別現象也見於徽語中，而且，徽語中咍、泰韻今讀形式的對立模式與吳語部分方言點也相同，咍、泰有別的方言大體是端系保持咍、泰韻的對立，見系咍、泰韻合流。例如：

徽語	台咍一太泰	來咍一賴泰	菜咍一蔡泰	該咍一蓋泰
績溪	tʰa—tʰɔ	na—nɔ	tsʰɔ	ka
歙縣	tʰɛ—tʰa	lɛ—la	tsʰɛ	kɛ
休寧	to—tʰa	lo—la	tsʰo—tsʰa	kuɤ
黟縣	tuaɯ—tʰa	laɯ—la	tʃʰuaɯ—tʃʰa	kuaɯ
婺源	tʰɤ—tʰa	lɛ—lɔ	tsʰɔ	kɤ
吳語	台咍一太泰	來咍一賴泰	菜咍一蔡泰	該咍一蓋泰
蘇州	dɛ—tʰɒ	lɛ—lɒ	tsʰɛ—tsʰɒ	kɛ
上海	dɛ—tʰA	lɛ—lA	tsʰɛ—tsʰA	kɛ

紹興	de—tʰa	le—la	tsʰe—tsʰa	ke
餘姚	de—tʰʌ	le—lʌ	tsʰe—tsʰʌ	ke
溫州	de—tʰa	le—la	tsʰe—tsʰa	ke

　　從以上內容可見，徽語、吳語咍、泰韻的分混情況很相似，基本是端系對立、見系合流，而且咍、泰韻對立模式也很相似，除了徽語中的績溪點，徽語和吳語咍韻主體層讀音大多是個舌位較高的元音或複元音。

　　（2）吳語中，古咸、山攝逢見系保持一、二等的對立，這種現象也廣見於中心徽語區。如：

徽語	敢咸開一一減咸開二	含咸開一一咸咸開二	干山開一一間山開二	寒山開一一閑山開二	岸山開一一眼山開二
屯溪	kɛ—kɔ	xɔ	kuːə—kɔ	xɔ—ɛːux	ɔuːə—ŋɔ
休寧	ka—kɔ	xɔ	kuːə—kɔ	xuːə—ɛːux	uːə—ŋɔ
黟縣	kuaŋ—koɐ	xoɐ	kuːɐ—koɐ	ɐux—ɐoɐ	ŋoɐ
祁門	kuæ̃—kõ	xuæ̃/kʰõ—xõ	kũːɐ—kõ	xũːɐ/xõ—xõ	ŋõ
婆源	kɤ̃	xɤ̃	kom—kɤ̃	xom—xɤ̃	m̩—ŋɤ̃
吳語	敢咸開一　一減咸開二	含咸開一一咸咸開二	干山開一一間山開二	寒山開一一閑山開二	岸山開一一眼山開二
蘇州	kɵ—kɛ	ɦɵ—ɦɛ	kɵ—kɛ	ɦɵ—ɦɛ	ŋɵ—ŋɛ
上海	kø—kɛ	ɦø/ɦɛ—ɦɛ	kø—kɛ	ɦø—ɦɛ	ŋø/ɦø—ŋɛ
紹興	kĩ—kæ̃	ɦĩ—ɦæ̃	kĩ—kæ̃	ɦĩ—ɦæ̃	ŋĩ—ŋæ̃
余姚	kẽ—kɛ̃	ɦẽ/ɦĩ—ɦɛ̃	kẽ—kɛ̃	ɦɛ̃	ŋẽ/ʔẽ—ŋɛ̃
溫州	kɵ—kɑ	ɦɵ/gʌŋ—ɦɑ	kɵ—kɑ	ɦy—ɦɑ	ʔy—ŋɑ

　　從以上內容可見，徽語和吳語在古咸、山二攝逢見系不同程度保持一、二等的對立，不過，對立模式不太一樣，在吳語，咸、山攝合流，咸、山攝一、二等韻逢見系大多呈現主元音「圓唇：展唇」的對立模式。而在徽語中，咸、山攝見系一等字保持對立，山攝一、二等見系字的對立格局基本表現為主元音的「高：低」，韻母多表現為合

口呼和開口呼的的不同；咸攝一、二等見系字的對立格局基本表現為主元音的「展唇：圓唇」。相較於吳語，咸、山攝一、二等韻見系字的這種對立局勢在徽語中已經有所消減，少數不常用的字已經出現咸、山、二攝的合流現象。

（六）「鳥」字有古端母一讀；「打」字讀如梗攝。都跟《廣韻》一致。

吳語的「鳥」讀端母、「打」讀如梗攝在徽語中多見於嚴州片，徽語其他方言片中，或者義為「男陰」寫作「鳥」的讀同端母字（例如績溪的「鳥男陰」讀 tie[213]、歙縣的「鳥男陰」讀 tiɔ[35]、黟縣的「鳥男陰」讀 ti:u[53]等），或者梗攝陽聲韻字丟失鼻音韻尾讀同陰聲韻，因此「打」與梗攝字同讀（例如休寧「打」與「等」同讀為 ta[31]），除此，較少有方言中同時存在義為「飛禽」時「鳥」讀如端母、「打」讀如梗攝的現象。「鳥飛禽」、「打」在徽語嚴州片（「鳥飛禽」在祁婺片的浮梁舊城區讀為 tiau[21]）和吳語部分方言點的讀音如下所示：

徽語	淳安	遂安	建德	壽昌	吳語	蘇州	上海	紹興	餘姚	溫州
鳥飛禽		tiɑ	tiɔ	tiɤ	鳥飛禽	tiæ/ʔniæ	tiɔ/ʔniɔ	tiɑŋ/niɑŋ	tiɒ/niɒ	tien/niŋ
打梗開二	tã	tã	tɛ	tã	打梗開二	tã/tã	tã/ŋ	taŋ	tã	t'ɛ
冷梗開二	lã	lã	nɛ	nã	冷梗開二	lã/lã	lãŋ	laŋ	lã/leŋ	l'ɛ

（七）聲調為四聲八調。 即古平上去入依聲母清濁各分陰陽，清陰濁陽，陰高陽低，顯示出比較整齊的格局。

由上文第三章可知，徽語大多數方言點古今聲調對應大致較為整齊。所有的方言點古平聲均以古聲母清濁為條件分為陰、陽兩類；除了旌占片的旌德、嚴州片的壽昌，其餘方言點的去聲均以古聲母清濁為條件分為陰、陽兩類；除了績歙片的績溪、祁婺片的婺源和浙源、旌占片的旌德和占大外，其餘方言點的入聲均以古聲母清濁為條件分為陰、陽兩類。只有古上聲表現較為複雜，祁婺片的婺源、嚴州片的

遂安和壽昌古上聲是嚴格以古聲母清濁為條件分為陰、陽兩類的，而部分方言點的古次濁上聲字出現與清上字同讀的現象。總的來看，徽州方言聲調系統表現出與吳語相同的四聲八調格局，只不過，部分調類出現了合併，這是較晚發生的變異。

從調值來看，徽州方言與吳語的「陰高陽低」格局不太相符，就古平聲而言，除了祁婺片的婺源和浮梁、嚴州片的遂安、建德外，一般方言點的陰平調低於陽平調；而對於去聲分陰陽的方言點來說，只有祁婺片的祁門、婺源、浙源、浮梁以及嚴州片的部分方言點基本是陰低陽高外，其餘方言點大多是陰高陽低。即，「陰高陽低」的特點只在去聲得到了表現。

以上我們是拿《中國語言地圖集》（第二版）中列出來的七項吳語特徵來觀察吳徽語的共性。除此，我們從現有的材料中觀察到徽語中還有一些語音特點跟吳語特別是南部吳語相似。例如：

（八）流攝一三等交替。

前文第二章第四節「徽州方言中一、三等韻的分合」，我們討論了徽州方言中一、三等韻的交替現象，重點分析了流攝一、三等不以聲母為條件的交替現象，除了祁婺片的浮梁、德興，大多數方言點出現了流攝一、三等韻字不同程度的合流，或者三等字丟失 i 介音讀同一等字，或者一等字增生 i 介音讀同三等字，這種介音與韻母等次的異常對應現象也見於吳語中（以下常山、廣豐的材料來自曹志耘《南部吳語語音研究》）。例如：

徽語	漏流開一—流流開三	湊流開一—秋流開三—臭流開三	鉤流開一—鬮流開三	藕流開一—牛流開三
績溪	ni	tsʰi	ki	ŋi
歙縣	lio	tɕʰio—tsʰio—tɕʰio	kio	ȵio—nio
休寧	liu	tsʰiu—tsʰiu—tɕʰiu	tɕiu	ȵiu
黟縣	lɯ	tʃʰɑɯ	tʃɯ	ȵiɑɯ
祁門	le	tsʰe—tsʰe—tʂʰe	tɕie	ie

吳語	漏流開一—流流開三	湊流開一—秋流開三—臭流開三	鉤流開一—颲流開三	藕流開一—牛流開三
黎裡	lieɯ	tsʰieɯ	kieɯ—tɕieɯ	ŋieɯ—n̠ieɯ
溫州	lʌu	tsʰʌu—tɕiʌu—tɕʰiu	kʌu—tɕiʌu	ŋʌu
金華	liɯɯ—ʔliɯɯ	tɕʰiɯɯ	kiɯɯ—tɕiɯɯ	ʔiɯɯ—n̠iɯɯ
常山	lu	tɕʰiu—tɕʰiu—tsʰɤɯ	tɕiu—ku	n̠iu
廣豐	leɯ	tsʰeɯ—tsʰeɯ—tɕʰiu	keɯ—kiu	n̠iu

（九）[m n ŋ]能自成音節。

這一個特點是第一版《中國語言地圖集》中吳語特徵的概括。在徽語中，[m n]自成音節，例字主要是「母、兒、爾、耳、二、五」等字，在婺源，還有山攝一等的影母字也讀成聲化韻[m]；較少見到[ŋ]自成音節的現象。在吳語中，[m n ŋ]能自成音節的現象以南部吳語更為常見，例字主要有「耳、二、兒、吳、五、無、舞、母、紅」等。（以下南部吳語的材料來自曹志耘《南部吳語語音研究》）。例如：

	徽語			吳語	
績溪	母公~m̩	兒爾你耳~朵二n̩	磐安	五兒二耳母n̩	無m̩
屯溪	母拇畝m̩	午五爾你二n̩	金華	五儿二耳ŋ̍	無母m̩
休寧	母畝₁拇₁m̩	二爾你五伍n̩	湯溪	五儿二耳ŋ̍	無母m̩
黟縣	母m̩	無五爾你n̩	雲和	五ŋ̍	無舞m̩
祁門	母雞~:母雞m̩	爾你n̩	溫州	五儿二耳母ŋ̍	

（十）徽語和吳語在一二等韻的結構格局上相似。

前文第三章韻母部分的「一二等韻在徽州方言中的結構關係」這一節中，我們分析了在今天的徽州方言裡，一二等韻主元音舌位「高：低」的對立是總的特點。但它與「等」之間的關係同樣呈現出雜亂的狀態：不同的「等」有相同的元音，例如許村宕開二的元音跟

假開二同，梗開二的元音卻跟蟹開一同；還有婺源宕開一和梗開一的入聲字分別跟效攝的二等韻和一等韻讀音合流。同「等」的元音有圓展之別，例如在徽語中，宕開一和梗開二的主元音除了有高低之別還隱含著圓唇和展唇之別，而休黟片但凡效攝一、二等韻有別的方言點，一、二等主元音基本都是展唇和圓唇的區別。同「等」的元音還有前後之分，例如柯村，假攝二等主元音是個後而且還圓唇的ɒ，而蟹、梗攝二等韻的主元音卻是前 a。徽語一、二等韻這種結構格局與吳語非常相近。徐通鏘（2008）對將吳語蘇州方言的結構格局概括為：

> 總的特點是一等韻的元音比二等韻的「高」，但它與「等」的關係卻呈現出雜亂的狀態：……不同的「等」有相同的元音，……同「等」的元音有圓展之別，……同「等」的元音還有前後之分……。

為此，徐先生認為「吳方言是一種特殊類型的結構格局」。結構格局是語言系統的核心，「『語音內容』容易變化，而『結構格局』卻很穩固，保守，『變得遠不如語音本身那樣快』，比較這種保守的結構格局，可以比同源詞的語音對應的比較更能深入地瞭解語言或方言之間的關係的親疏遠近」。[14]吳語和徽語在結構格局上表現出來的這種共性使我們有理由相信：吳語和徽語在深層次上存在發生學角度的聯繫。

除了以上分析的十項共性，徽語和吳語特別是南部吳語還存在其他的共性，如次濁上聲字的走向、上聲帶喉塞尾、入聲按韻攝分化、小稱音變的形式等。這些共性在前文都有討論，不再贅述。

---

14 徐通鏘：《歷史語言學》（北京市：商務印書館，1991年），頁431。

二　徽語和吳語在歷史上的聯繫

據前文分析，徽語和吳語在共時平面上存在諸多共性。而在歷史上，徽語區和吳語區在也存在密切的聯繫。

據道光《徽州府志》記載：

> 徽州禹貢為揚州之域，春秋時屬吳，後屬越，最後屬楚。

從遠古至春秋戰國時期徽州歷史文化與江南一片的越地區的文化同體同構。秦統一中國以後，在今安徽南端設置歙、黟二縣，將越國降人大量遷移到這一地區。據宋羅願的《新安志》：

> 始漢末以黟歙二縣分為新都郡，地廣大。……蓋古歙縣地之在今者為歙、為休寧、為績溪、為婺源、為嚴州之淳安、為遂安。古黟縣地之在今者為黟縣、為祁門、為廣德軍之廣德、為建平。凡三郡十縣。[15]

從漢代到三國，這裡都是越人最活躍的地區。

而吳語的「吳」是歷史地名（諸侯國國名）的沿用。吳越是兩個不同的國家，但自古吳越同音共俗。《呂氏春秋‧知化》：

> 吳王夫差將伐齊，子胥曰：不可。夫齊之與吳也，習俗不同，言語不通，我得其地不能處，得其民不得使。夫吳之於越也，接土鄰境，壤交道屬，習俗同，言語通，我得其地能處之，得其民能使之。

---

15 轉引自趙日新：〈方言接觸和徽語〉，鄒嘉彥、游汝傑主編：《語言接觸論集》（上海市：上海教育出版社，2004年），頁348。

　　吳越同音共俗的原因主要是土著民族原來比較接近，都是古越族的屬地，同是先禹之苗裔，夏後帝少康之庶子，是為百越。居茅山之地，其族為干越，居會稽之地，其族為於越。因此，吳越方言如果要找源頭的話，應稱「越」語更為合適，稱「吳」語則本末倒置。[16]吳越方言與中原漢人的漢語相融合，形成漢語和百越語的混合語，這就是通常所說的原始吳語。在晉代以前的徽語區居民與吳語區的居民所說的就是這種原始吳語。[17]

　　從東漢末年始，中原一帶戰亂頻仍，許多名門望族、仕宦人家紛紛避亂南遷，徽州地區因為地處丘陵，叢岩環峙，也就成了中原人的避難安居之所。究其移民過程，有三個高潮：魏晉時期的「永嘉之亂」、唐末的黃巢起義和兩宋時期的「靖康南渡」。[18]這些中原大族遷入後，改變與整合了徽州的人口結構，同時對徽州地區的土著語言也可能產生一定的衝擊和影響。「徽州的西面和北面為高聳的黃山山脈橫亘，南面亦為重嶺阻隔，唯與浙江相鄰的東鄙，有一條新安江，上貫徽州腹地，下入浙東，直連吳越境內的富春江。」[19]因而，相當數量的移民是經新安江輾轉移入徽語區的。這些對徽州方言的形成具有決定性的影響。曹志耘（2002）就曾提出，徽語是三國以後在吳語的基礎上（經新安江傳入），融入了大量當地山越人的語言成分而形成的。我們可以將徽語視為帶有吳語底層的較早為官話所影響的一種方言。這也可以解釋徽語「既有吳語的特徵，又有某些江淮官話的特點」，也符合徽語「由南到北，徽語特徵漸次減少，官話特徵逐漸增

16 顏逸明：〈吳語三論〉，《吳語研究：第三屆國際吳方言學術研討會論文集》（上海市：上海教育出版社，2005年），頁3。

17 參考趙日新：〈方言接觸和徽語〉，鄒嘉彥、游汝傑主編：《語言接觸論集》，頁351。

18 參考劉伯山：〈徽州文化及其研究價值〉，《徽州文化研究（第一輯）》（合肥市：黃山書社，2002年），頁15。

19 伍巍：〈徽州方言和「現代吳語」成分〉，《吳語論叢》（上海市：上海教育出版社，1988年），頁334。

多」[20]的語言事實。另外，徽語區由於南、西、西北都受贛語包圍，在贛語的影響之下，徽語又融合了一些贛語的特徵。這一些因素使得徽語原有的吳語特徵被沖淡，面目變得模糊不清。

綜上所述，徽語和吳語之間有比較多的共通之處，而且在地理上相鄰，歷史上又有密切的聯繫。我們無論是從共時平面上的諸多語言特徵來看，還是從吳語和徽語的共同基礎、共同的歷史背景出發，徽語劃入吳語都是合情合理的。

三　徽語劃歸吳語之可行性

把徽語歸入吳語，「這會動搖趙元任的吳語聲母全清次清全濁三分的定義，改變吳方言的內部結構，使一直被認為是保有古全濁聲母濁音音值的吳方言有了古全濁聲母清化的次方言或土語群。但把徽州方言歸入吳方言也正是趙元任本人後來的主張。」[21]（趙元任於一九六二年在《績溪嶺北音系》中說「如果嫌全國方言區分得太瑣碎的話，那就最好以音類為重，音值為輕，換言之，可以認為是吳語的一種」）的確，對於方言分區來說，古全濁聲母的演變是一條重要的早期歷史性標準，全濁聲母保留濁音音值一向就被看成是吳語的鑑別特徵。對此我們的看法是：

吳語範圍內濁聲母本身就有種種不同的表現，在很大範圍內那種濁音只是聲調的附屬性特徵而已。前文提及，古全濁聲母在今南部吳語裡的讀音紛繁複雜，有讀濁音和所謂的「清音濁流」和讀清音之分，「全濁聲母清化是吳語邊緣地區方言出現的新興語音變化。在南部吳語區域內，除了金華地區裡跟吳語腹地相連的部分縣市，以及偏居東海之濱的溫州地區以外，其他鄰近徽語、贛語、閩語的地區，都

---

20 趙日新：〈方言接觸和徽語〉，鄒嘉彥、游汝傑主編：《語言接觸論集》，頁364。
21 王福堂：《漢語方言語音的演變和層次》（北京市：語文出版社，2005年），頁87。

已不同程度地出現了全濁聲母清化的現象。」[22]

例如龍泉、泰順的全濁聲母系統清化以後，三分格局徹底消失。在龍泉：

短　=　弟 ti^{52}

鎖　=　坐 so^{52}

保留全濁聲母系統這一似乎沒有爭議的吳語鑒別特徵今天在一些邊緣地區也已經磨損了。「語言系統本身就是一個模糊集，處於中心地帶的方言點之間或許區別特徵還比較明顯，越往四周擴散，區別特徵便越模糊。」[23]保留濁音這項所謂典型的吳語語音特徵現在已經不能覆蓋吳語內部了，如果我們承認語言存在不平衡性，那就不能單以聲母是否保留三分來判定其屬性。

「湘方言根據古全濁聲母部分保持濁音音值部分清化而區分為不同的次方言——老湘語和新湘語，則同樣的處理原則和方法用於同樣具有歷史淵源和眾多共同特點的吳方言和徽州方言，也應該是可行的。」[24]

我們認為，既然徽語分立的依據，從語言材料上看，對內缺乏一致性，對外缺乏排他性。那是不是可以不「升格」為大方言區？鑒於徽語和吳語之間有比較多的共通之處，而且在地理上相鄰，歷史上又有密切的聯繫。我們還不如從大處著眼，從徽語和吳語的共同基礎、共同歷史背景出發，把吳徽語合成一個大區，然後再適當考慮語言的異同，下分成幾個次方言片，這也許是比較合適的處理方法。

---

22 曹志耘：〈南部吳語的全濁聲母〉，《吳語研究：第二屆國際吳方言學術研討會論文集》（上海市：上海教育出版社，2003年），頁220。

23 梁金榮、高然、鍾奇：〈關於方言分區的幾個問題——兼論晉語的歸屬〉，《廣東社會科學》1997年第1期，頁135。

24 王福堂：《漢語方言語音的演變和層次》，頁87。

後記

　　本書的初稿是十幾年前攻讀博士學位時的畢業論文，二〇一二年獲國家社科基金項目「19世紀以來的徽州方音研究」（12BYY031）資助。此後，一邊對近兩個世紀以來的徽州地方韻書進行爬梳剔抉、整理研究，一邊對徽語的一些語音現象繼續進行深入的調查研究。為了更好地將文獻與口語兩種語料結合起來，我曾多次到《休邑土音》、《新安鄉音字義考正》、《鄉音字彙》等韻書所對應的基礎方言所在地休寧南鄉的五城、婺源的嶺腳、婺源江灣的荷田等地進行調查。在這個基礎上對原來的論文作了必要的補充和修改，成了現在的樣子。部分內容曾在一些刊物上公開發表過，按照慣例，已在書稿的相應位置標明了出處，收入本書時又做了不同程度的修改和補充。

　　本書從確定題目到今天呈現在讀者朋友面前，前後歷經十餘年，其中甘苦自不必說。此刻，最想表達又難以言表的是感謝。

　　首先我要特別感謝我的博士導師陳澤平老師。我於二〇〇六年考入福建師範大學攻讀博士學位，畢業後留校執教至今。十四年來，陳老師一直指引著我不斷前行。在我寫作博士論文期間，從選題、開題到撰寫，大到論文框架，小到字句斟酌，陳老師都跟我做了反復的詳細的討論。工作後，一方面陳老師以他自己嚴謹的治學精神、精深的學術修養、高超的教學水平和崇高的人格魅力繼續影響著我，給我樹立了一名科研工作者和一名老師的榜樣；同時，從教學到科研到做人，陳老師對我始終耐心教導，悉心扶持，每一份項目申報書、每一篇文章甚至是一開始我給本科生、研究生出的試卷上都凝聚著老師的心血。陳老師不僅給了我許多寶貴的建議，同時還慷慨地為我提供了

很多寶貴的資料，其中有些還是他尚未發表的研究成果。陳老師於我而言，是嚴師，又像慈父。能夠成為陳老師的學生，這是我一生的幸事。此書出版前又幸承陳老師撥冗賜序，老師的激勵是我不斷前行的動力。

　　還要感謝我的碩士導師涂光祿老師。涂老師思想活躍，境界開闊，他對學生的培養模式之精髓是充分鼓勵、大膽放手，這極好地治癒了我自卑的心理，給我一生帶來重要的影響。想當初在我攻讀碩士學位第一年不知道如何選擇專業和導師時，是涂老師把我領進漢語方言研究的大門的。那時我被涂老師選中首次在課堂上作發音人，機緣巧合也可能是冥冥之中，我對我的母語——徽州方言產生了濃厚的興趣。後來楊軍老師給我們上音韻學時，很多艱深難懂的知識點一經我的母語對照便讓我茅塞頓開，這讓我更堅定了從事方言調查研究的決心。

　　其實，我要感謝的人還有很多很多。我要感謝張振興老師、沈明老師、趙日新老師等多位老師多年來對我學術研究工作的鼓勵和指導。我也要感謝我可愛的同門、親愛的同事，正是因為與你們時常商討、切磋，我才能初心不改、砥礪前行。

　　我還要感謝我田野調查過程中給過我支持和幫助的發音人和連絡人。美麗的徽州青山綠水環繞，阡陌交通，雞犬相聞，但這裡方言複雜，所謂「隔山隔水就隔音」，不過，淳樸和善良是我們徽州人的共性。二〇〇七年至今，我在徽州地區很多地方做過田野調查，每次調查，在當地都要呆上好幾天，每天工作時間長，調查任務重，而我們的發音人很多都是上了年紀的，他們總是克服各種困難，不辭辛勞，積極配合我的工作，有的會邀請我去他們家裡吃飯，有的在我臨走前贈我以土特產，有的多年之後還會給我寫信……他們的質樸和善良常常令我感動。

　　最後，我還想借著這薄薄的一頁紙，把我最深沉的謝意獻給我的

家人。家人一直是我從事教學科研的堅強後盾。我要感謝我七十多歲的老母親，從我二○○三年攻讀碩士到今天，母親二十幾年如一日傾其一切，全力以赴照顧我的家庭。餘生，我將盡我所能給她以幸福安逸的晚年生活。我要感謝無怨無悔伴我度過艱難日子並默默奉獻的丈夫葉建強，正因為有他物質上的支持和精神上的鼓勵，我才能一步步走到今天。還有我那可愛懂事的女兒葉璇，如今她也走上了語言學研究的道路，今後我們母女互相扶持，攜手共進。

　　感謝中國社會科學出版社、萬卷樓圖書公司為本書的出版付出了辛勤的勞動。限於自身的學力，本書討論的內容或許還有不少值得繼續深入的地方，全書涉及的材料繁雜，音標、符號繁多，雖經細心校對，但難免會有疏漏不妥之處，衷心盼望學界各位師友不吝賜教！

　　　　　　　　　　　　　　　　　　　　　陳　瑤

　　　　　　　　　　　　　　　二○二○年八月二十日於福州

參考文獻

一　著作

北京大學中文系語言學教研室　《漢語方音字彙（第二版）》　北京市　語文出版社　2003年

曹劍芬　《現代語音研究與探索》　北京市　商務印書館　2007年

曹志耘、秋古裕幸、太田齋、趙日新　《吳語處衢方言研究》　東京　好文出版社　2000年

曹志耘　《南部吳語語音研究》　北京市　商務印書館　2002年

曹志耘　《徽語嚴州方言研究》　北京市　北京語言大學出版社　2017年

陳澤平　《福州方言研究》　福州市　福建人民出版社　1998年

陳澤平　《閩語新探索》　上海市　上海遠東出版社　2003年

陳澤平　《十九世紀以來的福州方言》　福州市　福建人民出版社　2010年

陳　麗　《安徽歙縣大谷運方言》　北京市　方志出版社　2013年

董同龢　《漢語音韻學》　中華書局　2011年

高本漢　《中國音韻學研究》　北京市　商務印書館　1940年

高永安　《明清皖南方音研究》　北京市　商務印書館　2007年

何大安　《規律與方向：變遷中的音韻結構》　北京市　北京大學出版社　2004年

侯精一　《現代漢語方言概論》　上海市　上海教育出版社　2002年

蔣冰冰　　《吳語宣州片方言音韻研究》　上海市　華東師範大學出版
　　　　社　2003年
胡松柏　　《贛東北方言調查研究》　南昌市　江西人民出版社　2009年
江聲皖　　《徽州方言探秘》　合肥市　安徽人民出版社　2006年
蘭玉英等　《泰興客家方言研究》　北京市　中國社會科學出版社
　　　　2007年
李方桂　　《上古音研究》　北京市　商務印書館　1980年
李　榮　　《切韻音系》　北京市　科學出版社　1952年
李如龍　　《漢語方言的比較研究》　北京市　商務印書館　2001年
李新魁　　《中古音》　北京市　商務印書館　1991年
劉祥柏　　《安徽黃山湯口方言》　北京市　方志出版社　2013年
羅常培　　《臨川音系》　北京市　科學出版社　1958年
羅常培　　《羅常培語言學論文集》　北京市　商務印書館　2004年
羅昕如　　《新化方言研究》　長沙市　湖南教育出版社　1998年
孟慶惠　　《安徽省志・方言志》　北京市　方志出版社　1997年
孟慶惠　　《徽州方言》　合肥市　安徽人民出版社　2005年
〔日〕平山久雄　《平山久雄語言學論文集》　北京市　商務印書館
　　　　2005年
〔日〕平田昌司、趙日新、馮愛珍等　《徽州方言研究》　東京　好
　　　　文出版社　1998年
錢乃榮　　《當代吳語研究》　上海市　上海教育出版社　1992年
邵榮芬　　《切韻研究》　北京市　中國社會科學出版社　1982年
沈　明　　《安徽歙縣（向杲）方言》　北京市　方志出版社　2012年
唐作藩　　《音韻學教程（第三版）》　北京市　北京大學出版社　2002年
王福堂　　《漢語方言語音的演變與層次》　北京市　語文出版社　2005
　　　　年
王洪君　　《歷史語言學方法論與漢語方言音韻史個案研究》　北京市
　　　　商務印書館　2014年

王驥德　《曲律・論需識字》　《中國古典戲曲論著集成》第4冊　北
　　　　京市　中國戲劇出版社　1958年

王　力　《漢語史稿》　北京市　中華書局　1980年

王　力　《漢語語音史》　北京市　中國社會科學出版社　1985年

王　力　《漢語語音史》　北京市　商務印書館　2008年

伍　巍　《休寧縣志・方言》　合肥市　安徽教育出版社　1990年

謝留文、沈明　《黟縣宏村方言》　北京市　中國社會科學出版社
　　　　2008年

謝留文　《江西浮梁（舊城村）方言》　北京市　方志出版社　2012年

徐通鏘　《語言論——語義型語言的結構原理和研究方法》　長春市
　　　　東北師範大學出版社　1997年

徐通鏘　《歷史語言學》　北京市　商務印書館　1991年

楊耐思　《近代漢語音論（增補本）》　北京市　商務印書館　2012年

顏逸明　《吳語概說》　上海市　華東師範大學出版社　1994年

楊劍橋　《漢語現代音韻學》　上海市　復旦大學出版社　1996年

游汝杰　《著名中年語言學家自選集・游汝杰卷》　合肥市　安徽教
　　　　育出版社　2003年

張光宇　《切韻與方言》　臺北市　臺灣商務印書館　1990年

張光宇　《閩客方言史稿》　臺北市　南天書局　1996年

章太炎　《國故論衡》　北京市　商務印書館　2010年

趙元任　《語音問題》　北京市　商務印書館　1980年

趙元任　《現代吳語的研究》　北京市　商務印書館　2011年

鄭　偉　《吳方言比較韻母研究》　北京市　商務印書館　2013年

周振鶴、游汝杰　《方言與中國文化》　上海市　上海人民出版社
　　　　1986年

周祖謨　《問學集》　北京市　中華書局　1966年

朱曉農　《音韻研究》　北京市　商務印書館　2006年

Yuen Ren Chao. *A Grammer of Spoken Chinese*. Beijing: The Commercial
　　　Press. 2011.

二　論文

白靜茹　《呂梁方言語音研究》　北京大學博士學位論文　2009年

鮑明煒　〈六朝金陵吳語辯〉　《吳語論叢》　上海市　上海教育出
　　　　版社　1988年

曹志耘　〈吳徽語入聲演變的方式〉　《中國語文》2002年第5期

曹志耘　〈南部吳語的全濁聲母〉　《吳語研究：第二屆國際吳方言
　　　　學術研討會論文集》　上海市　上海教育出版社　2003年

曹志耘　〈論方言島的形成和消亡——以吳徽語區為例〉　《語言研
　　　　究》2005年第4期

陳秀琪　〈客家話聲調的轉移現象〉　李如龍、鄧曉華主編　《客家
　　　　方言研究》　福州市　福建人民出版社　2009年

陳　瑤　〈從徽語看中古開合分韻的一等韻〉　《貴州大學學報》
　　　　2007年第3期

陳　瑤　〈徽州方言見組三四等字的腭化問題〉　《語言研究》2008
　　　　年第3期

陳　瑤　〈匣母在徽語中的歷史語音層次〉　《黃山學院學報》2011
　　　　年第4期

陳　瑤　〈流攝一三等韻在徽州方言中的分合研究〉　《中國方言學
　　　　報》第4期　全國漢語方言學會　《中國方言學報》編委會
　　　　編　商務印書館　2015年

陳　瑤　〈安徽黃山祁門大坦話同音字彙〉　《方言》2015年第4期

陳　瑤　〈從現代漢語方言看古泥娘母的分立問題〉　《中國語文》
　　　　2016年第6期

陳澤平　〈十九世紀的福州音系〉　《中國語文》2002第5期

陳忠敏　〈重論文白異讀與語音層次〉　《語言研究》2003年第3期

陳忠敏　〈吳語及鄰近方言魚韻的讀音層次──兼論「金陵切韻」魚韻的音值〉　《語言學論叢（第27輯）》　北京市　商務印書館　2003年

丁治民　〈宋代徽語考〉　《古漢語研究》2007年第1期

段亞輝　《浮梁（鵝湖）方言研究》　南京市　南京師範大學碩士學位論文　2006年

范新干　《通山南林話讀中古開口一等韻為齊齒韻的考察》　《古漢語研究》2008年第2期

馮　蒸　〈北宋邵雍方言次濁上聲歸清類現象試釋〉　《首都師範大學學報》1987年第1期

馮　蒸　〈龍宇純教授著《中上古漢語音韻論文集》評介〉　《古籍整理研究學刊》2004年第3期

侯興泉　〈論粵語和平話的從邪不分及其類型〉　《中國語文》2012年第3期

黃雪貞　〈客家方言古入聲字的分化條件〉　《方言》1997年第4期

蔣冰冰　〈宣州吳語入聲演變的方式〉　《吳語研究：第二屆國際吳方言學術研討會論文集》　上海市　上海教育出版社　2005年

蔣冀騁　〈《中原音韻》「寒山」「桓歡」分立是周德清方音的反映〉　《中國語言學報》第11期　北京市　商務印書館　2003年

蔣冀騁　〈《回回藥方》阿漢對音與《中原音韻》「章」、知、莊」三系的讀音〉　《古漢語研究》2007年第1期

蔣希文　〈湘贛語裡中古知莊章三組聲母的讀音〉　《語言研究》1992年第1期

金家騏　〈休寧方言有陽去調〉　《方言》1999年第2期

金有景　〈關於浙江方言中咸山兩攝三四等字的分別〉　《語言研究》1982年第1期

李建校　〈陝北晉語知莊章組讀音的演變類型和層次〉　《語文研
　　　　究》2007年第2期

李　榮　〈漢語方言的分區〉　《方言》1989年第4期

李　榮　〈我國東南各省方言梗攝字的元音〉　《方言》1996年第1期

李新魁　〈粵音與古音〉　《學術研究》1996年第8期

李行杰　〈知莊章流變考論〉　《青島師專學報》1994年第2期

栗華益　〈安徽黟縣碧陽方言同音字彙〉　《方言》2018年第1期

梁金榮、高然、鍾奇　〈關於方言分區的幾個問題——兼論晉語的歸
　　　　屬〉　《廣東社會科學》1997年第1期

劉寶俊　〈論現代漢語方言中的「一等i介音」現象〉　《華中師範
　　　　大學學報》1993年第1期

劉祥柏　〈徽州方言全濁字今讀與吳語的關係〉　《吳語研究：第二
　　　　屆國際吳方言學術研討會論文集》　上海市　上海教育出版
　　　　社　2003年

劉澤民　〈客贛方言的知章精莊組〉　《語言科學》2004年第4期

劉澤民　《客贛方言歷史層次研究》　上海市　上海師範大學博士學
　　　　位論文　2004年

劉澤民　〈吳語果攝和遇攝主體層次分析〉　《語言科學》2014第3期

羅常培　〈徽州方言的幾個要點〉　《國語周刊》第152期　1934年8
　　　　月25日

羅常培　〈知徹澄娘音值考〉　《羅常培語言學論文集》　北京市
　　　　商務印書館　2004年

羅常培、邵榮芬、張潔　〈半個多世紀前的休寧方言音系〉　《方
　　　　言》2018年第2期

馬希寧　〈徽州方言的知照系字〉　《方言》2000年第2期

梅祖麟　〈現代吳語和「支脂魚虞，共為不韻」〉　《中國語文》2001
　　　　年第1期

孟慶惠　〈黃山話的 tɬ tɬʰ ɬ及探源〉　《中國語文》1981年第1期

孟慶惠　〈歙縣方音中的歷時特徵〉　《語言研究》1988年第1期

孟慶惠　〈徽語的特殊語言現象〉　《安徽師範大學學報》1995年第1期

帕維爾・瑪突來維切　〈浙江洞頭縣大門島方言音系〉　《吳語研究：第三屆國際吳方言學術研討會論文集》　上海市　上海教育出版社　2005年

潘悟雲　〈吳語的語音特徵〉　《溫州師專學報》1986年第2期

潘悟雲　〈「囡」所反映的吳語歷史層次〉　《語言研究》1995年第1期

潘悟雲　〈反切行為與反切原則〉　《中國語文》2001年第2期

潘悟雲　〈漢語方言的歷史層次及其類型〉　沈鍾偉、石鋒編　《樂在其中：王士元教授七十華誕慶祝文集》　天津市　南開大學出版社　2004年

錢惠英　〈屯溪方言的小稱音變及其功能〉　《方言》1991年第3期

錢文俊　〈婺源方言中的閉口韻尾〉　《上饒師專學報》1985年第4期

錢　毅　〈宋代江浙詩人用韻的通語音變〉　《漢語學報》2013第4期

〔日〕橋本萬太郎　《古代漢語聲調調質構擬的嘗試及其涵義》《語言學論叢》第16輯　商務印書館　1991年

施向東　〈玄奘譯著中的梵漢對音和唐初中原方言〉　《語言研究》1983年第1期

石汝杰　〈漢語方言中高元音的強摩擦傾向〉　《語言研究》1998第1期

石汝杰　〈徽州方言研究的重要成果——讀《徽州方言研究》〉　《語言研究》2000第2期

孫宜志　〈合肥方言泥來母今讀[z]聲母現象的探討〉　《中國語文》2007年第1期

覃遠雄　〈桂南平話古見組聲母和日母的今讀〉　《方言》2006年第3期

陶　寰　〈吳語一等韻帶介音研究——以侯韻為例〉　《吳語研究：
　　　　第二屆國際吳方言學術研討會論文集》　上海市　上海教育
　　　　出版社　2003年

汪如東　〈通泰方言的吳語底層及歷史層次〉　《東南大學學報》
　　　　2003年第2期

汪應樂、馬賓　〈德興市普通話高頻使用與方言文化多樣性的萎縮〉
　　　　《江西社會科學》2005年第9期

王福堂　《漢語方言語音中的層次》　《語言學論叢（第27輯）》
　　　　2003年

王福堂　〈徽州方言的性質和歸屬〉　《中國語文研究》2004年第1期

王洪君　〈山西聞喜方言的白讀層與宋西北方音〉　《中國語文》
　　　　1987年第1期

王洪君　《文白異讀與疊置式音變》　《語言學論叢（第17輯）》　北
　　　　京市　商務印書館　1992年

王洪君　〈從開口一等重韻的現代反映形式看漢語方言的歷史關係〉
　　　　《語言研究》1999年第1期

王洪君　〈也談古吳方言覃談寒桓四韻的關係〉　《中國語文》2004
　　　　年第4期

王洪君　〈文白異讀、音韻層次與歷史語言學〉　《北京大學學報》
　　　　2006年第2期

王軍虎　〈晉陝甘方言的「支微入魚」現象和唐五代西北方音〉　《中
　　　　國語文》2004年第3期

王　瓊　《并州片晉語語音研究》　北京市　北京大學博士學位論文
　　　　2012年

王文勝　〈吳語處州方言特殊語言現象的地理分布〉　《杭州師範大
　　　　學學報》2010年第3期

魏建功等　〈黟縣方音調查錄〉　《國學季刊》第4卷第4期（1935年）

伍　巍　〈徽州方言和現代「吳語成分」〉　《吳語論叢》　上海市　上海教育出版社　1988年

伍　巍　《論徽州方言》　廣州市　暨南大學博士學位論文　1994年

伍　巍　〈中古全濁聲母不送氣探討〉　《語文研究》2000年第4期

伍　巍、王媛媛　〈徽州方言的小稱研究〉　《語言研究》2006年第1期

項夢冰　〈客家話古日母字的今讀——兼論切韻日母的音值及北方方言日母的音變歷程〉　《廣西師範學院學報》2006年第1期

謝留文　〈客家方言古入聲次濁聲母字的分化〉　《中國語言》1995年第1期

辛世彪　〈贛方言聲調的演變類型〉　《暨南大學學報（哲學社會科學）》1999年第3期

熊正輝、張振興　〈漢語方言的分區〉　《方言》2008年第2期

許寶華　〈論入聲〉　《音韻學研究》第1輯　中華書局　1984年

許心傳　〈績溪方言詞和吳語方言詞的初步比較〉　《吳語論叢》上海市　上海教育出版社　1988年

岩田禮　〈連雲港市方言的連讀變調〉　《方言》1982年第4期

顏逸明　〈吳語三論〉　《吳語研究　第三屆國際吳方言學術研討會論文集》　上海市　上海教育出版社　2005年

楊蘇平　〈西北漢語方言泥來母混讀的類型及歷史層次〉　《北方民族大學學報》2015年第3期

楊雪麗　〈從《集韻》看唇音及其分化問題〉　《鄭州大學學報》1996年第5期

游汝杰　〈方言分區的多種可能性和吳語的分區問題〉　《著名中年語言學家自選集（游汝杰卷）》　合肥市　安徽教育出版社2003年

游汝杰　《古文獻裡所見吳語的鼻音韻尾》　《著名中年語言學家自選集（游汝杰卷）》　合肥市　安徽教育出版社　2003年

余道年　〈太平天國戰爭與徽州人口的變遷〉　《佳木斯大學社會科學學報》2013年第3期

詹伯慧　〈廣西「平話」問題芻議〉　《語言研究》2001年第2期

張愛民　〈近代安徽人口的變遷〉　《安徽師範大學學報》1996年第3期

張光宇　〈吳閩方言關係試論〉　《中國語文》1993年第3期

張光宇　〈吳語在歷史上的擴散運動〉　《中國語文》1994年第6期

張光宇　〈東南方言關係綜論〉　《方言》1999年第1期

張　琨　〈漢語方言中鼻音韻尾的消失〉　《史語所集刊》1983年第54本第一分

張　琨　〈切韻的前* a 和後* a 在現代方言中的演變〉　《史語所集刊》1985年第56本

張雙慶、萬波　〈贛語南城方言古全濁上聲字今讀的考察〉　《中國語文》1996年第5期

趙日新　〈安徽績溪方言音系特點〉　《方言》1989年第2期

趙日新　〈徽語的小稱音變和兒化音變〉　《方言》1999年第2期

趙日新　〈古清聲母上聲字徽語今讀短促調之考察〉　《中國語文》1999年第6期

趙日新　〈徽語古全濁聲母今讀的幾種類型〉　《語言研究》2002年第4期

趙日新　〈中古陽聲韻徽語今讀分析〉　《中國語文》2003年第5期

趙日新　〈方言接觸和徽語〉　鄒嘉彥、游汝杰主編　《語言接觸論集》　上海市　上海教育出版社　2004年

趙日新　〈徽語的特點和分區〉　《方言》2005年第3期

趙日新　〈漢語方言中的[i]＞[ʅ]〉　《中國語文》2007年第1期

趙日新　〈安徽省的漢語方言〉　《方言》2008年第4期

趙元任　〈績溪嶺北音系〉　《史語所集刊》1962年第34本上冊

鄭張尚芳　〈溫州方言兒尾詞的語音變化（二）〉　《方言》1981年
　　　　第1期

鄭張尚芳　〈溫州方言歌韻讀音的分化和歷史層次〉　《語言研究》
　　　　1983年第2期

鄭張尚芳　〈皖南方言的分區（稿）〉　《方言》1986年第1期

鄭張尚芳　〈方言中的舒聲促化現象說略〉　《語文研究》1990年第
　　　　2期

鄭張尚芳　〈方言介音異常的成因及 e＞ia、o＞ua 音變〉　《語言學
　　　　論叢（第26輯）》　北京市　商務印書館　1992年

鄭張尚芳　〈漢語方言異常音讀的分層及滯古層次分析〉　何大安主
　　　　編　《南北是非：漢語方言的差異與變化》　第三屆國際漢
　　　　學會議論文集　2002年

鍾江華、陳立中　〈現代湘語和吳語濁音聲母發音特徵的比較〉
　　　　《湖北民族學院學報》2012年第4期

鍾明立　〈少數蟹攝二等字今讀「麻沙」韻探因〉　《古漢語研究》
　　　　2006年第1期

周法高　〈玄應反切考〉　《史語所集刊》1948年第20本上冊

周振鶴　〈我所知最早的中國語言地圖〉　《地圖》2011年第6期

朱國興等　〈徽州文化發展與人地關係演進的對應分析〉　《黃山學
　　　　院學報》2006年第2期

朱曉農　〈親密與高調——對小稱調、女國音、美眉等語言現象的生
　　　　物學解釋〉　《當代語言學》2004年第3期

莊初升　〈中古全濁聲母閩方言今讀研究述評〉　《語文研究》2004
　　　　年第3期

附錄

　　本節所附錄的為徽州方言幾個方言點的同音字彙。字彙按照韻母次序排列，同一韻母內的字又按聲母次序排列，聲韻相同的字按聲調排列。本字未明的用「□」，後面加小字注釋或舉例。舉例時用「～」代替該字。有文白異讀的字，下加雙橫線表示文讀，單橫線表示白讀，一個字有幾讀而又不屬文白異讀的，在字的右下角標上數字，除部分字存在字義上的區別外，一般「1」表示最常用的讀音，「2」次之，依此類推。

一　安徽祁門大坦話同音字彙[1]

ɿ

ts　[11]滋姿資撕　[55]尖一～～兒：一點點　[42]紫子籽姊滓只～有

tsʰ　[55]詞祠辭瓷慈磁　[42]此　[213]次刺賜□打～：打噴嚏

s　[11]司思～想斯私絲撕雌～：豬　[55]糍鶿臍1肚～兒：眼兒：肚臍膝腳～頭：膝蓋　[42]死　[33]自字寺　[213]四肆思意～兒　[35]塞1～進去，瓶～兒

i

p　[11]蜌～呐：臭蟲悲卑碑屍吹牛～瘭麻～：發麻　[42]比彼　[213]弊臂貝閉蔽　[35]碧筆滭畢逼壁璧北

1　這一小節的內容曾以單篇論文形式發表於《方言》2015年第4期，文題為〈安徽黃山祁門大坦話同音字匯〉，此處略有修改。

pʰ　[11]披　[55]皮啤疲脾琵枇　[213]屁　[42]被_{墊～}丕□_{量詞，薄薄的片狀}□_{老～：很老的不能用來制茶的葉片}　[33]幣避備被_{～迫}鼻吠瞥　[35]屄_{女陰}

m　[11]咪眯_{～子眼：對小眼睛人的戲謔稱說}　[55]迷謎獼眉　[42]米美□_{鞋～籮：針線筐}　[33]密蜜墨默謎沕_{～水：潛水}

f　[11]非飛妃　[55]肥　[42]匪榧翡　[213]費廢肺痱

t　[35]的_{目～}滴₁嫡～～嫡

tʰ　[33]第_地　[35]踢

l　[55]離璃厘籬梨狸　[42]裡理李鯉禮你　[33]淚力勵栗立厲隸莉利笠吏痢　[35]粒□_{調皮；玩得很瘋}

tsʰ　[35]七漆

s　[35]塞_{2～進去，瓶～兒}蟋_{～～：蟋蟀}

tʂ　[11]之芝知支脂枝肢梔　[42]止址趾紙旨指　[213]志制置至智痣　[35]質職織汁吱_{～聲：做聲}□_{糕點等食物變質}側_{傾斜}

tʂʰ　[11]癡　[55]持遲池馳弛□_{～毛：拔毛}　[42]齒恥　[213]翅□_{撓人癢癢，癢}　[33]直值植治侄痔　[35]濕

tɕ　[11]幾_{～乎}機譏饑肌基箕圾紀_{年～}　[55]渠_{第三人稱代詞}　[42]幾_{～個}麂已　[213]計_{～算}寄記紀_{～念}季繼_{～續}　[35]急級擊激及₁來不～

tɕʰ　[11]欺□_看　[55]其期旗棋琪祺萁豆_{～兒}奇騎祁鰭蜞螞_{公～：水蛭}□_{拼湊在一起}　[42]起啟企徛　[213]氣汽器棄去　[33]技妓及₂～格

ɕ　[11]希稀犧嬉施師獅詩尸　[55]時匙豉　[42]喜史使駛始市柿屎是_{～不～}　[213]戲試_{1～～看}　[33]蒔_{～田}事士示侍視實十食拾什_{～物}試₂考_{～兒}是_{實事求～}　[35]吸失式識適釋虱□_澀□_{差、次}

Ø　[11]衣依醫　[55]姨移疑宜遺　[42]以椅蟻已　[213]意億憶□_這　[33]義藝議易毅陳_{～入日}□_{咬不～：咬不動}　[35]一乙

u

p　[11]□_{往外溢或大口地吐氣}　[42]補　[213]布怖

pʰ　[11]鋪~床　[55]蒲葡脯菩潽湯汁或水沸騰溢出　[42]普譜簿甫人名浦地名部
供銷~　[213]鋪床~埠蚌~，地名□絲瓜~：絲瓜瓤□苞蘆~：玉米去掉顆粒後的
棒子　[33]部~隊步捕伏暗中埋伏；暗中窺視：貓~老鼠；~小雞兒：孵小雞　[35]
蹼撲僕醭起~：食物變質後表層長出白毛

m　[55]模~子　[42]母₁公~拇畝₂　[33]墓慕木目穆牧

f　[11]夫膚麩　[55]扶浮芙俘符₁~號　[42]府輔斧父婦　[213]付附富副
[33]腐服袱負　[35]福幅複蝠符₂~合

t　[11]都成~，~是　[42]堵賭　[213]妒嘟~嘴　[35]丟戳倒器物的底部：碗~
督篤□用沒牙齒的牙根舔咬食物的動作

tʰ　[55]徒屠圖途塗　[42]土肚豬~，~裡　[213]吐~痰，嘔~兔　[33]度渡鍍
杜讀毒獨　[35]□~吃：只吃（菜）

l　[55]奴盧爐蘆廬鸕擼抱攏；往上卷：~柴，~衫袖□~脅下：腋下　[42]努鹵魯
虜　[33]怒路露鹿鷺祿　[35]□~飯：做飯□討取擺~屎蟲：攪屎蟲，比喻愛攪
和是非的人輪車~兒：車輪，一~肉：一塊肉

ts　[11]租　[42]阻組祖　[35]□皺在一起，~兒：被扎成一束的頭髮

tsʰ　[11]粗　[55]□吵鬧，噪雜　[213]醋　[33]族□~水：嗆水　[35]簇促

s　[11]蘇酥　[55]□快速地滑動　[213]素訴塑　[35]嗽²吮吸

tʂ　[35]竹粥築祝燭□燙

tʂʰ　[11]初　[42]礎楚　[33]助　[35]畜觸□吃油膩的食物後有反胃的感覺窒鼻塞

k　[11]姑估菇咕孤　[55]□呆在一起，膩歪在一起　[42]古股鼓牯□~兒：罐子
[213]故固雇顧　[35]谷

kʰ　[11]枯箍　[55]糊₁用糨糊黏東西　[42]苦　[213]庫褲　[35]哭

x　[11]乎呼　[55]胡姓~湖糊~塗壺狐~臭　[42]虎戶滬滸　[213]戽~水：潑
水　[33]護互瓠~吶：瓠瓜斛稻~：打稻子用的四方形的木櫃

ø　[11]烏焐（火）滅污巫誣　[55]吳無蕪梧胡~子糊₂麵~：糨糊狐~狸　[42]
舞五伍午塢武鵡　[213]焐惡可~　[33]霧誤悟務戊　[35]屋握把~

___

2　嗽，吮吸。《廣韻》：桑谷切，入屋，心。

y

l　[55]驢　[42]女旅鋁呂縷　[33]慮濾過～累

ts　[11]追椎錐□～膿血：擠膿血　[42]嘴　[213]醉　[35]嗺親吻，吮吸□～～

　　個：偷偷地

tsʰ　[11]蛆　[55]徐隨　[42]取娶　[213]趣翠　[33]聚集翠

s　[11]雖尿需須　[55]遂　[42]髓　[213]絮婿

tç　[11]豬朱珠株蛛車～馬炮居拘裾懷～：衣服的前襟　[42]舉矩主煮　[213]據

　　劇句鋸注著蛀鑄桂貴　[35]桔□身子或手晃來晃去□□[kʰa55]～兒：蚯蚓

tçʰ　[11]區吹炊　[55]鋤2�～廚櫥渠槌錘捶薯除葵殊頄³面嘴～兒：臉頰　[42]

　　柱拄杵跪苧處～理　[213]處到～　[33]住櫃箸火～兒：火筷子，用來攪火的鐵

　　筷子具俱術白～□打～：生氣　[35]鼠屈

ç　[11]書輸蔬疏樞舒虛　[55]鋤1～頭垂睡殊　[42]許暑署水豎～起來　[33]

　　樹豎一橫一～兒　[35]□吹～兒：吹口哨；～人：騙人

Ø　[11]迂執拗，不知變通　[55]魚漁俞余蜈喻打比～兒：打比方愉愚榆瑜人名盂

　　如圍～裙　[42]雨與語羽宇乳蕊　[213]饋2舊讀　[33]慰遇寓嫗～兒：祖母

　　預豫芋裕玉浴～室兒

a

p　[11]爸巴泥～□一～屎：一坨屎叭杯背～包　[42]擺　[213]拜背～脊輩　[35]

　　百伯柏不

pʰ　[11]胚坯　[55]牌排陪賠培　[42]□弄壞東西　[213]配佩派　[33]敗焙背

　　～書倍白　[35]迫拍泊梁山～

m　[11]媽　[55]埋煤媒黴梅　[42]買每　[213]無　[33]賣妹邁麥脈

　　[35]□～開：掰開；～人：扭人

t　[11]呆木～～　[42]打歹　[213]帶戴　[35]答搭得德

3　頄，顴骨、臉頰義。《廣韻》：渠追切，平脂；巨鳩切，平尤，羣。

tʰ　[11]他其~　　[213]太泰態　　[33]大~學笛特　　[35]塔塌遢□塗抹

n　[35]奶⁴吃~兒

l　[11]拉邋□~疤兒：疤痕　　[55]哪~吒來萊落遺漏　　[33]賴癩捺一撇一~兒耐
　　奈辣蠟臘歷瀝肋□邁進　　[35]□打赤~：打赤膊

ts　[11]災□張開　　[42]宰　　[213]再載　　[35]砸績跡鯽積

tsʰ　[11]猜　　[55]才材財裁　　[42]采彩在坐座睬₂　　[213]菜蔡　　[33]雜賊習
　　席疾徒~：殘疾　　[35]擦戚禽₁

s　[11]腮鰓　　[42]睬₁　　[213]賽　　[35]息媳熄錫悉熟~析散開惜

tʂ　[11]渣楂吒哪~齋朝今~昭招沼□⁵張開　　[213]炸榨蚱照債寨　　[35]扎闆
　　鍘摘責只量詞

tʂʰ　[11]差~不多，~勁，出~叉釵　　[55]查茶朝~代潮嘲巢　　[42]踩　　[213]岔
　　[33]趙擇澤柵~雞：用籬笆把雞關起來　　[35]插察拆冊測廁策赤尺坼

ʂ　[11]沙紗砂莎裟鯊篩燒　　[55]柴豺　　[42]少多~曉　　[213]少年~曬　　[33]
　　石煠~雞子：煮帶殼的雞蛋　　[35]殺剎色□穀~：稻穗

k　[11]家稼加袈佳街階　　[42]假真~，放~解~開　　[213]架駕價嫁解~鋸：鋸
　　木板械　　[35]格隔革甲胛夾裌~襖莢映~眼睛挾~菜

kʰ　[11]揩□~物·拿著東西□~廥：蹭廥　　[55]□縫隙蛤□·□[tɕy35]兒：蚯蚓
　　[42]楷凱卡　　[33]□啃骨頭等□卡住□磨蹭，混時間　　[35]克客刻恰揩□用東
　　西壓住以防被風吹跑

ŋ　[11]挨~邊兒丫鴉　　[55]癌呆死板牙芽衙崖山~捱蚜磑研磨　　[42]矮　　[213]
　　亞　　[33]艾外₁~老兒：外公；~頭：外面　　[35]掗強行使人接受壓押軋鴨

x　[11]哈蝦□攪動　　[55]孩霞鞋何₁~旺：誰；~裡：哪裡　　[42]下~來廈　　[33]
　　夏狹合核~實盒下一~　　[35]嚇瞎轄□邋~：髒

Ø　[11]娭姆~：祖母阿~姨　　[42]我

4　「吃奶」的「奶」本地人通常讀成兒化音加上[n]尾，這裡「奶」讀成入聲35調，疑
　　為小稱變調。

5　□tʂa¹¹張開義也可以讀成[tsa¹¹]。

ia

p 　[11]標彪鏢膘飆_{車盡～：車子開得飛快}　[42]表裱婊_{～子}　[213]嫑⁶

pʰ 　[11]漂～浮飄薸_{野草莓}　[55]嫖瓢　[42]漂～衣裳　[213]票漂～亮俵～糖子
　　兒：紅白喜事時按親戚、朋友、相鄰家庭成員份額分送糖果

m 　[55]苗描瞄　[42]秒杪　[33]廟妙

t 　[11]刁叼凋雕碉貂　[42]屌　[213]吊掉釣調～動

tʰ 　[11]挑　[55]條調～料笤苕　[42]調～換　[213]跳　[33]調音～兒

l 　[55]聊燎撩療遼鐐_{手～潦～草}　[42]了鳥　[33]料廖姓～

ts 　[11]焦蕉椒

tsʰ 　[11]□_{用針或極細的工具挑開}　[213]俏行情好鞘_{1動詞，把刀等器具別在身上的動}
　　_{作；把衣服別在褲子裡的動作}　[33]噍

s 　[11]肖消銷硝宵蕭瀟_{人名蕭稍～微}　[42]小　[213]笑鞘_{2刀～}

tɕ 　[11]嬌驕澆　[42]攪繳□_{揩拭}□_{～褲編：鎖褲邊}　[213]叫

tɕʰ 　[11]鍬　[55]橋僑喬蕎□_{～食：挑食}　[42]巧　[213]翹

Ø 　[11]邀腰妖幺要_{～求}　[55]搖遙窯瑤姚謠堯饒　[42]舀繞擾　[213]要_{想～}

ua

k 　[11]乖該　[42]拐改　[213]怪蓋概　[35]國骨佮_{～夥兒：合夥；～棺材：做}
　　棺材

kʰ 　[11]開奎魁　[42]垮侉　[213]快塊筷會_{～計}　[35]窟_{～兒：洞，坑}

x 　[11]灰恢　[55]回茴懷_{2～孕}淮槐□_{～兒：面具}　[42]海　[213]悔晦　[33]
　　核_{2～桃}壞_{～人害}匯賄會_{開～，不～}　[35]喝_{大口喝}□_{丟棄，扔}

Ø 　[11]歪煨　[55]懷_{1解～：懷孕；～裾：衣服的前襟}□_{～水：淌水}　[213]愛　[33]
　　外_{2～甥}壞_{吃～著}礙核_{1陽摸～：大腿根部腫大了的淋巴結；桃～}物_{～理}　[35]□漚
　　泡□_{～兒：棍棒}

6 　「嫑」「不要」的合音的聲調實際上起調高於2，相當於將「不[pa³⁵]」的調尾「5」加在
　　「要[ia²¹³]」調前，整個調值相當於5213這樣的一個兩折調。

iːɐ

p　　[55]獙槍～　　[35]鷩瘭憋別ᴸ區～

pʰ　[11]批　　[42]鑒把刀在布、皮、石頭等上反覆磨擦，使其鋒利蹩歲，扭折　　[33]別
　　～人箆　　[35]撇劈□蛇～兒：四腳蛇

m　　[33]蔑篾滅

t　　 [11]低爹　　[42]底抵　　[33]帝1　　[35]跌

tʰ　 [11]梯　　[55]提題蹄啼　　[42]體弟　　[213]替雇涕[7]剃　　[33]第帝2蝶碟
　　[35]鐵貼帖

l　　 [55]尼泥犁黎　　[42]禮　　[33]麗列烈例劣裂獵

ts　 [11]虀鹽～：醃漬後再曬乾的白菜　　[42]擠姐　　[213]借際濟　　[35]節接

tsʰ　[11]妻　　[55]齊臍2～帶邪斜　　[213]笡歪斜　　[33]截2～柴：劈柴謝　　[35]切

s　　 [11]西些　　[42]洗寫　　[213]細瀉

tʂ　 [11]遮　　[35]折打～浙蔗

tʂʰ　[11]車　　[42]扯□四處均勻地撒灰等　　[33]舌　　[35]徹撤

tɕ　 [11]雞　　[213]計詭～繫過～系～鞋帶　　[35]吉結潔揭劫打～羯～豬：閹割豬

tɕʰ　[11]溪　　[33]傑　　[35]吃

ɕ　　 [11]賒　　[55]蛇　　[42]舍社公～　　[213]世勢系聯～　　[33]折·本設射社··會
　　[35]歇蠍歡脅～下：腋下

ø　　 [11]□～開：衣服敞開　　[55]爺呢～子　　[42]野惹2～事也　　[213]□瓜未熟而枯
　　敗脫落　　[33]葉業夜頁　　[35]饐酒～益有～，無～

aːɐ

p　　 [11]巴～結芭疤笆粑　　[42]把靶　　[213]霸壩　　[35]八

pʰ　 [55]爬琶耙杷扒鈀□下～：下巴　　[213]怕　　[33]拔菝～子：長在稻田中的一種
　　雜草

_____

7　「鼻涕」的「涕」[tʰiːɐ²¹³]在語流中經常讀成[tiːɐ²¹³]。祁門大坦話中並沒有其他同類
　連讀變聲的例子。

m　[55]麻蟆蛤~：青蛙　[42]馬碼螞　[33]罵末襪沫抹

f　[33]罰　[35]發~財髮頭~法

t　[11]多　[42]躲　[35]掇~凳：端凳子

tʰ　[33]奪　[35]脫

l　[55]羅2鑼2螺2膈2　[33]落捋下

ts　[35]作

tsʰ　[35]撮□捧，抬，奉承討好

tʂ　[11]抓~面嘴：抓臉，~牌啄笊□鋤頭的一種　[55]□~背：駝背　[42]爪找抓~癢　[213]罩　[35]桌捉斫~柴：砍柴著~油：放油

tʂʰ　[11]焯抄　[55]□往上跳　[42]炒鈔吵　[33]鐲　[35]戳

ʂ　[11]梢稍歇~：歇氣　[35]縮刷

k　[11]鍋瓜　[42]果裹粿寡　[213]過掛卦　[35]郭割刮

kʰ　[11]科棵顆窠□用刀刮　[213]課　[35]括闊渴擴

x　[11]花　[55]華划~水：游泳何河和~麵，~氣荷禾蕨~：蕨葉　[42]火夥　[213]貨化　[33]畫話~梅活~動劃計~惑堨水~：攔水的壩

ø　[11]阿~膠屙　[55]禾~稈：脫粒後的稻稈　[42]瓦摳抓　[33]臥話講~活死~　[35]挖□~喉嚨：扯著嗓子

yːɐ

t　[11]堆　[55]□狼吞虎嚥，一般指豬進食；惡狠狠地罵　[213]對兌碓隊

tʰ　[11]推胎　[55]台抬苔　[42]腿　[213]退蛻褪　[33]代袋待貸

l　[55]雷擂揉，研磨；~屑，意為「垃圾」　[42]壘磊　[33]內累類

ts　[11]栽~菜：種菜　[42]最

tsʰ　[11]崔催　[42]罪　[213]脆　[33]絕□詛咒

s　[11]塞3充塞，填塞□推搡　[213]碎□雞~：雞窩　[35]雪薛

tɕ　[11]□~手兒：手殘者□刀口鈍　[35]訣決蕨□包袱~兒：包袱

tɕʰ　[55]□蹲　[33]截1一~　[35]出缺

ɕ　[11]靴□操～：咒罵　[213]稅帥　[35]血說小～兒

∅　[33]月越閱銳　[35]抈折疊

ui

k　[11]歸規圭龜　[42]鬼軌詭　[213]桂貴鱖

k^h　[11]虧盔　[55]逵　[35]□～斷：折斷

x　[11]輝揮徽　[42]毀　[33]惠慧

∅　[11]威微～小　[55]危葦圍維違唯帷為行～微稍～　[42]偉尾委偽緯萎 [213]餵　[33]為～什麼胃謂蝟味魏衛位慰

e

m　[55]謀　[42]某畝1牡　[33]茂貿

t　[11]丟兜蔸樹～：樹根□瘋癲　[42]斗墨～抖陡□豬～：種豬　[213]鬥拼合，湊，～錢：湊錢逗

t^h　[11]偷　[55]頭投　[42]敨氣盡～：大口吐氣　[213]透　[33]豆痘

l　[11]□剜溜　[55]婁樓留劉流硫瘤餾蒸～水瀏榴　[42]柳簍　[213]□滑，光滑；滑倒　[33]漏陋六錄陸綠

ts　[11]揪　[42]酒　[213]皺　[35]足

ts^h　[11]秋鰍□熏　[55]愁　[213]湊□～兒：痱子　[33]就續袖俗

s　[11]修羞搜　[213]秀鏽繡　[35]宿粟削□肉類等食物變質

tʂ　[11]州洲周舟　[42]帚□看守　[213]晝上～兒：上午宙咒

$tʂ^h$　[11]抽　[55]籌綢酬仇稠□用繩索吊物體上下　[42]醜　[213]臭

ʂ　[11]收1餿1梳1□1蚣蟆～兒：蝌蚪　[55]喉1猴1侯　[42]手1後1所1數1～數屬1受1　[213]瘦1獸1數1識～　[33]候1熟1　[35]叔1束1

x　[11]□大口大口地喘氣　[35]□用棍棒揍

ie

tɕ　[11]勾溝鈎鳩鬮　[42]狗九韭久　[213]夠購救究　[35]菊

tɕʰ　[11]摳丘　[55]求裘球蚯拳曲，彎曲　[42]口舅臼　[213]扣　[33]舊局柩
　　[35]曲

ɕ　[11]收₂餿₂梳₂□₂蛤蟆～兒：蝌蚪　[55]喉₂猴₂　[42]手₂後₂所₂屬₂受₂
　[213]瘦₂獸₂　[33]候₂熟₂　[35]叔₂束₂

ø　[11]優憂～～愁愁歐　[55]由油郵尤游牛　[42]友有藕紐　[213]幼□因勞
　累後肌肉痠痛　[33]又右佑肉　[35]育□打～：打嗝

o

p　[11]波玻菠包苞胞播　[42]保堡飽寶　[213]報爆豹齙　[35]剝撥博～士
　駁～嘴：吵架缽菜～兒：菜缽

pʰ　[11]坡拋泡說話誇張，言過其實；東西很鬆，不結實　[55]婆跑袍刨～地　[213]
　破炮泡～茶　[33]刨～木頭薄暴雹　[35]潑□～路：把路兩旁的柴草荊棘等割掉
　以便行走

m　[11]摸～藥貓₂熊～兒　[55]磨～刀摩魔蘑毛矛茅饃□豬～：母豬　[213]□膩
　味　[33]磨石～冒帽貌　[35]膜幕貓₁～兒摸用手探取，掏出，～魚

t　[11]刀叨　[42]倒打～島導朵垛　[213]到倒～水　[35]洀～雨：淋雨□放置
　□沱，量詞□下巴～兒：下巴頦

tʰ　[11]掏淘濤滔燾拖　[55]馱駝逃桃淘陶萄　[42]討　[213]套　[33]大道
　～小盜稻導　[35]托

n　[213]那

l　[11]囉撈₁～家：女方首次去男方家裡探家底　[55]勞牢撈₂～飯羅₁鑼₁籮₁螺₁朧
　₁騾蘿　[42]老惱腦　[213]□稀，水分多　[33]澇鬧落～雨樂快～，音～烙
　駱絡搁按　[35]□角落

ts　[11]遭糟　[42]早皂₂棗澡蚤左佐走　[213]灶做

ts^h [11]操搓 [55]曹槽 [42]草皂1□爭吵，人聲嘈雜 [213]燥躁 [33]造鑿昨銼 [35]錯侖2

s [11]騷臊唆梭蓑 [42]嫂鎖 [213]掃～地，～笤嗽潲 [35]索

ʈʂ [35]著～衣裳，～油：放油

$ʈʂ^h$ [11]□滑的動作 [33]著睏～：睡著 [35]□火～：火鐽□啄食，刺啄

k [11]高膏羔糕哥歌交膠狡鉸剪 [42]搞稿 [213]個告教校～長，～對酵窖 [35]閣擱各覺角□用火的餘溫慢慢烤

k^h [11]敲～門 [42]考烤拷可巧小小～～：嬌小 [213]靠犒銬 [35]搉叩擊殼磕確□伏雞～：孵小雞的母雞

ŋ [11]孬 [55]鵝蛾俄 [42]我咬 [33]餓 [35]惡～人

x [11]蒿薅齁食用變質或帶有異味的食物使喉嚨感到不舒適 [55]豪嚎毫壕 [42]好～壞 [213]好喜～孝耗 [33]號浩效學鶴 [35]喝吃～□手上起的血繭

io

tɕ [35]腳

Ø [11]吆～人：喊人 [33]藥鑰浴洗～：洗澡若箬弱 [35]約躍凹歪巴十～：凹凸不平，不正

ã

p [11]□扒開，睜開 [213]□衣服綳開，綻開

n [55]□指小孩難纏、不聽話；也指婦女潑辣 [42]奶～娘，～兒苦自小：養育孩子吃苦是打小開始的，意為若小時嬌慣孩子，孩子大了會讓父母受苦

s [11]三

ʈʂ [11]爭睜𦙶腳跟；鞋跟或襪跟；胳膊肘

$ʈʂ^h$ [11]撐 [213]掌起支撐作用的構件

ʂ [11]生牲甥

k [11]更～換羹庚耕 [42]哽埂梗～塞粳～米 [213]更～加

kʰ　[11]坑

ŋ　[33]硬

x　[55]桁～條：梁上橫木行～為，～血：血液循環暢通　　[213]□有～：有；無～：無

iã

n　[42]兩

ãːɐ

p　[11]邊編鞭　　[42]扁匾褊褲～：褲邊　　[213]變

pʰ　[11]篇偏　　[55]便～宜□瓦～兒：瓦片　　[42]辮辨辯　　[213]騙片遍量詞
　　[33]便～利

m　[55]棉綿眠失～□～人：磨人　　[42]免勉□衣服的邊　　[33]面

t　[11]顛掂癲　　[42]點典　　[213]店

tʰ　[11]天添　　[55]填甜田　　[42]舔簟　　[33]電澱墊殿

n　[11]黏挨著，碰著　　[55]年粘鰱連蓮憐聯廉鐮簾□～□[iːɐ35]兒：看孩子　　[42]
　　臉　　[33]念練煉鏈戀談～愛

ts　[11]煎尖櫼木楔　　[42]剪□擋住渣滓或食物把液體倒出來　　[213]箭檻用力把腳擠
　　進小鞋中的動作

tsʰ　[11]千簽遷　　[55]前錢　　[42]淺潛　　[33]賤

s　[11]先仙鮮　　[42]癬　　[213]線鏾～雞：給雄雞去勢

tʂ　[11]沾～光　　[42]展發～　　[213]占～位子

tɕ　[11]肩堅京驚鯨經　　[42]撿檢繭筧用對剖並內節貫通的毛竹連續銜接而成的引水
　　管道　　[213]劍見建鏡

tɕʰ　[11]牽謙輕　　[55]鉗拑～菜　　[213]欠歉慶　　[33]件健鍵

ɕ　[11]掀欣　　[55]嫌賢舷形型刑　　[42]險顯陝鱓　　[213]獻憲扇　　[33]現莧

Ø　[11]咽～喉煙淹掩閹醃英鷹　　[55]嚴炎鹽言延彥沿閻簷然燃　　[42]演染
　　烄～灰：均勻地撒灰惹1撩撥　　[213]燕咽～下去厭□穀～，空的或不飽滿的穀粒
　　[33]豔驗宴硯　　[35]囡～兒：對孩子的愛稱

ãːu

p　[11]班斑頒扳般搬幫邦　[42]板版榜綁　[213]扮半

pʰ　[11]潘攀　[55]旁龐螃　[42]伴拌　[213]胖叛判盼　[33]辦絆塝溝渠或田
埂的邊

m　[55]瞞饅忙盲茫芒　[42]滿晚~娘：繼母 網　[33]慢漫水~上來望~見；~那
兒走：朝那走

f　[11]番翻方芳　[55]煩繁凡帆房防　[42]反範犯訪紡　[213]放販　[33]
飯

t　[11]端　[42]短　[213]斷截斷，~豆兒

tʰ　[55]團　[42]斷索~著：繩子斷了　[33]段鍛緞

n　[55]鑾人名　[42]暖卵　[33]亂

ts　[11]鑽~進來，動詞　[213]鑽電~兒，名詞葬

tsʰ　[11]氽倉1艙　[55]蠶藏冷~□流~：流口水　[213]竄

s　[11]酸桑　[213]算蒜

tʂ　[11]裝妝莊樁　[213]壯

tʂʰ　[11]瘡窗　[55]鑱~兒：荊棘，刺　[42]賺闖　[213]創　[33]狀撞

ʂ　[11]栓拴霜雙商傷　[55]饞常1平~，~州嘗償床　[42]產上~樓，動詞

k　[11]乾~濕官觀關光肝豬~　[42]趕管館廣　[213]貫慣灌罐

kʰ　[11]看~牛寬框筐眶　[55]狂□2彎，不直　[42]款□褲~兒：扣襻；牽扯住，
掛住　[213]看~見況礦

x　[11]歡荒慌　[55]寒傷~：感冒還~原，文讀環黃姓~蝗皇簧完3~成　[42]
謊　[33]旱汗換患□鋤草桁曬衣竿

ø　[11]彎灣汪　[55]完2~成玩黃~色兒還~錢王　[42]晚~期皖碗往網上~枉
[213]按擠摁　[33]萬望希~忘旺

ỹːɐ

t　[42]墩木頭~兒　[213]燉

tʰ　[11]吞　[55]屯豚　[33]盾鈍

n　[55]侖輪倫綸濼~兒<u>圓</u>睛~　[33]嫩論

ts　[11]尊遵

tsʰ　[11]村　[55]存全　[213]寸

s　[11]孫　[42]損選

tɕ　[11]專磚娟捐鵑　[42]轉~學卷　[213]轉~螺絲：擰螺絲

tɕʰ　[11]川穿~針圈　[55]傳流~<u>船</u>權拳　[42]券犬　[213]勸串　[33]□到處
　　~：四處閒逛傳白蛇~兒

ɕ　[11]宣　[55]<u>船</u>玄懸旋璿　[213]楦

Ø　[11]淵冤　[55]原源員<u>圓</u>團~元園緣袁轅援丸<u>完</u>吃~　[42]軟遠　[33]
　　院怨

æ̃

p　[11]奔錛畚~垃圾冰　[42]本丙畚~箕秉　[213]笨柄

pʰ　[55]盆　[33]病生~；~毛囝：懷孕

m　[55]門沒<u>蚊</u>~蟲：蚊子名明　[33]<u>物</u>東西悶燜蓋緊鍋蓋，用微火把食物煮熟

f　[11]分芬紛　[55]墳　[42]粉　[213]糞奮　[33]份憤

t　[11]登燈丁釘~兒：釘子；動詞疔□[8]~濃：很濃　[42]等頂鼎　[213]訂澄~清

tʰ　[11]廳桯床前橫木，較寬，可坐　[55]亭停騰藤廷庭蜓　[42]挺艇　[213]聽
　　□慢慢挪動較重的物體　[33]定鄧

n　[11]拎拿　[55]齡能寧零鈴玲蛉　[213]□稱量菜地的量詞，相當於「畦」
　　[42]冷領嶺　[33]令另

8　□[tæ̃11]，程度副詞，相當於「很」，但只跟「濃」組合，表示「湯汁稠、濃厚」的
　　意思。

ts　　[11]曾姓～增僧精晴　　[42]井

tsʰ　[11]青清蜻　　[55]曾沒～：還沒有情晴　　[42]靜請　　[213]掅[9]請人為己做事
　　　[33]淨

s　　[11]星猩　　[42]糁飯米～兒：飯粒醒□小孩，男～兒，女～兒省～長　　[213]腥
　　　姓性□聲音刺耳

tʂ　　[11]正～月　　[42]整拯□打撈　　[213]正～好政症證

ʂ　　[55]成1城1誠承1乘1　　[42]省節～　　[213]勝1聖

iæ̃

ɕ　　[55]成2城2承2乘2　　[213]勝2

uæ̃

k　　[11]根跟泔豬～水：下水　　[42]敢不～滾杆梗菜～兒：菜桿稈禾～：脫粒後的稻
　　　稈　　[213]棍

kʰ　[11]昆坤　　[55]□1彎，不直　　[42]捆　　[213]困睏坎～兒：石階

x　　[11]昏婚葷　　[55]魂渾橫一～兒含2老人因牙口不好把食物放嘴裡含弄著的動作
　　　□小火燉　　[213]□文火烘烤　　[33]混鯶～子：草魚

ø　　[11]溫瘟恩　　[55]橫～直：反正，副詞文紋蚊聞　　[42]穩搇捂住，蓋住，用
　　　藥面或其他粉末敷在傷口上　　[213]暗光線不足，不明亮　　[33]問

õ

t　　[11]耽擔～心丹單當～時　　[42]膽黨擋氹　　[213]旦擔挑～兒當正～　　[33]
　　　彈子～兒蛋鵪鶉～兒

tʰ　[11]貪癱攤灘湯　　[55]談痰壇彈～琴潭譚檀堂唐塘糖棠人名　　[42]毯坦～
　　　克淡盪晃動清洗　　[213]炭探碳趟燙　　[33]坦平～，大片的旱地；也用於地名，
　　　如：大～鄉蕩～路兒：散步

9　掅，請人為己做事。《廣韻》：「千定切，去徑，清。」

n　[55]男難困~南楠蘭欄攔藍籃郎廊狼榔螂蟑~　[42]懶覽攬欖朗　[33]難災~爛濫浪

ts　[42]饗淡而無味

tsʰ　[11]參餐蒼倉2滄　[55]殘蠶　[42]慘　[33]暫藏西~髒心~

s　[42]散~開傘礤屋柱~　[213]散~血

tʂ　[11]詹章樟彰張　[42]斬盞掌漲長~大　[213]站戰帳脹仗賬障

tʂʰ　[11]攙昌娼　[55]長~工場操~腸纏蟬堂經~嫦　[42]鏟廠丈場~地　[213]唱倡暢

ʂ　[11]山衫杉香鄉　[55]裳　[42]響　[213]向　[33]項上~頭尚

k　[11]甘肝~炎柑間時~監艱奸岡剛~強鋼崗綱缸肛江豇疆僵韁　[42]感橄敢勇~撖襇減簡城揀港講　[213]干~部杠虹降下~間~日:隔日□山~:山脊

kʰ　[11]刊龕坩10盛物的陶器康糠　[55]含1~在嘴裡　[42]砍檻窗戶　[213]抗炕囥藏，放置　[33]□硌人

ŋ　[11]安鞍庵　[55]顏岩　[42]眼　[213]晏晚；遲按~時案　[33]岸

x　[55]寒~假含包~韓函閑咸行銀~航杭降投~銜　[213]漢　[33]限焊

iõ

n　[11]□蛇爬行貌　[55]良量~米糧梁凉粱　[33]輛諒晾亮量數~

ts　[11]將~軍漿　[42]蔣獎槳　[213]醬將天兵天~

tsʰ　[11]槍　[55]牆詳祥　[42]搶象像　[213]嗆　[33]匠

s　[11]相~信湘廂箱　[42]想　[213]相賣~

tɕ　[11]姜剛~~疆僵韁　[213]犟

tɕʰ　[11]腔□沒洗的餐具雜亂放著的樣子　[55]強好~　[42]強勉~

∅　[11]央秧殃鴦　[55]娘楊陽羊洋揚楊瘍胃潰~烊瓤　[42]癢養仰　[213]漾唾沫盡~:唾沫直往外冒□膩味　[33]樣讓

10　坩，盛物的陶器。《廣韻》:「苦甘切，平談，溪。」

æn

p　[11]兵賓濱斌彬　[42]餅並聚合，湊合

pʰ　[11]拼　[55]貧憑平評萍蘋瓶屏　[42]品

m　[55]民　[42]敏　[33]命

n　[55]林淋臨鄰磷麟鱗淩安~，祁門縣西路一個鄉的鄉名靈　[33]恁何~：怎樣

ts　[42]盡$_1$~講：老講下去　[213]進浸

tsʰ　[11]親~戚寢　[55]尋層　[42]盡$_2$~量蕈菌類植物吮用力吮吸　[213]親~家

s　[11]心新辛　[42]筍　[213]信

tʂ　[11]針真珍貞偵蒸征　[42]枕診疹□濕衣服穿在身上　[213]鎮振震□屋~：門檻

tʂʰ　[11]稱~重量　[55]沉陳塵　[213]稱~職秤　[33]陣趁

ʂ　[11]身$_1$深$_1$伸$_1$申$_1$參$_1$升$_1$聲$_1$　[55]神$_1$辰$_1$塍$_1$田~　[42]審$_1$沈$_1$　[213]興$_1$

x　[42]很狠　[33]恨

iæn

tɕ　[11]金今斤筋巾襟晶荊　[42]緊景頸警　[213]禁勁境競敬徑

tɕʰ　[55]芹琴勤　[42]近肯

ɕ　[11]身$_2$深$_2$伸$_2$申$_2$參$_2$升$_2$聲$_2$　[55]神$_2$辰$_2$塍$_2$田~　[42]審$_2$沈$_2$　[213]興$_2$

ø　[11]音陰姻蔭蠅櫻　[55]人仁銀贏　[42]忍引隱癮飲影　[213]印應答~，~該　[33]任認紉□水~：團在一起的水裡的汙物

yæn

tɕ　[11]軍君均菌　[42]准　[213]峻駿俊　[35]□擺來擺去，得瑟的樣子

tɕʰ　[11]春抻　[55]裙群　[42]蠢

ɕ　[11]熏兄　[55]純醇唇　[213]訓　[33]順

ø　[11]□撐東西　[55]雲勻贏　[42]永$_1$人名　[213]熨　[33]運韻孕閏潤

əŋ

p　[11]繃崩　　[213]逬蹦泵蚌

pʰ　[11]噴～頭烹　　[55]朋鵬棚　　[42]捧　　[213]噴～香□嗅　　[33]碰

m　[11]□眼睛瞇著，「～子眼」就是指眼睛經常瞇著或眼睛小的人　　[55]蒙朦　　[42]猛
　　[33]夢□～蘸兒：野草莓

f　[11]風楓瘋豐鋒峰蜂封　　[55]馮逢縫～衣裳　　[33]奉鳳縫地～

t　[11]東冬咚　　[42]董懂□笨□堵塞　　[213]凍棟　　[35]□水等液體在容器裡晃來
　　晃去

tʰ　[11]通　　[55]同銅桐筒童瞳　　[42]桶統動　　[213]痛　　[33]洞

n　[55]籠聾農膿濃□[tæ11]～：非常濃厚隆龍壟瓏　　[213]□軟和　　[33]弄～里
　　[35]□柿～：柿子

ts　[11]宗綜蹤棕鬃　　[42]總　　[213]粽縱　　[35]□衣物起褶皺

tsʰ　[11]聰匆蔥囪　　[55]从叢松～樹　　[35]□眼睛、眉毛皺起

s　[11]松輕～嵩　　[55]慫人～：態度差勁，沒有擔當的人　　[42]扠推搡　　[213]送

tʂ　[11]中～間忠終鐘盅舂～米，～眲：打瞌睡　　[42]種菜～腫□諷刺　　[213]中～
　　意種～樹眾

tʂʰ　[11]充沖　　[55]蟲重～複　　[42]重輕～　　[213]銃

k　[11]公蜈工功攻供～銷社　　[42]鞏　　[213]貢拱獸類爬行、蠕動

kʰ　[11]空懸～　　[42]恐孔　　[213]空有～控

x　[11]哼～黃梅調轟烘哄鬧～～　　[55]紅弘洪鴻泓　　[42]哄欺騙□腫起

iəŋ

tɕ　[11]弓躬宮恭供～養，～應

tɕʰ　[55]窮瓊穹　　[33]共

ɕ　[11]胸凶　　[55]熊雄

ø　[11]擁庸　　[55]濃湯汁濃厚戎絨融茸容熔蓉榮營　　[42]勇湧咏甬永1～遠
　　[33]用

m̩

Ø　[42]母2背稱母親；雞～：母雞　　[35]□嬭嬭

n̩

Ø　[11]爾第二人稱代詞翁

ɚ

Ø　[55]兒而　[42]耳餌　[33]二

二　休寧縣五城話同音字彙

ɿ

ts　[22]撕姿資諮茲滋輜　[21]紫姊只～有子滓

tsʰ　[23]雌瓷糍馳池慈磁辭詞祠寺飼　[21]此　[13]祀巳　[42]刺次□打鼻孔
　　　～：打噴嚏　[12]自秩

s　[22]斯廝撕私卸獅司絲思　[23]膝手～頭；于肘；腳～頭‧膝蓋　[21]死使史
　　駛　[13]柿士仕　[42]四肆　[12]事侍　[55]澀澀味，因犯睏眼睛睜不開的感覺

i

p　[22]痹　[23]枇琵　[21]鄙比　[42]庇貝陛泌弼蔽　[12]箆蓖　[55]筆畢
　　必碧

pʰ　[22]披　[23]皮疲脾荸　[13]被～窩　[42]屁□～痰：吐痰　[12]吠避婢～
　　妾被～打備鼻　[55]匹

m　[22]密蜜覓秘　[23]眉媚迷　[13]尾

f　[22]非飛妃　[23]肥　[21]匪榧

t　[12]遞　[55]的目～

tʰ　[12]地

l　[22]立笠粒力　　[23]犁₂離籬璃梨厘狸□癩～：癩瘡　　[13]呂侶旅履李里
理鯉　　[12]慮濾厲勵隸荔利吏累淚俐伶～：乖巧律率

ts　[21]嘴　　[42]醉

tsʰ　[22]蛆　　[23]徐儲₂姓～瞿衢隨　　[21]取娶　　[13]序緒聚趣隧　　[55]七漆
□～□[tsʰa23]圍：圍嘴兒

s　[22]須需尿　　[21]髓　　[42]絮　　[55]悉

tɕ　[22]知蜘支枝肢脂肌饑之芝紀₁年～基幾～乎機譏饑　　[23]奇祁棋期旗
[21]紙旨指幾～個，茶～杞～梓里：徽州地區的一個地名止址□□[o22]～：子子
[13]徛痔治執　　[42]制繼寄致至冀置志痣智記紀₂～律忌既　　[12]技妓稚
[55]急汁質吉織職戟激擊極

tɕʰ　[22]翅癡嗤欺侄植直值殖　　[23]池騎遲持其　　[21]啟侈企恥齒起杞豈
[42]器棄氣汽泣　　[12]及　　[55]濕□勒住

n̠　[22]逆　　[23]泥倪姓~宜儀誼尼疑飴　　[21]你　　[13]蟻議擬　　[12]藝義毅

ɕ　[22]施姓~犧尸詩嬉熙希稀實十拾食什~樣：怎樣　　[23]匙時鰣　　[21]屎
始喜　　[13]是氏示視嗜似五城的人名市　　[42]戲試　　[12]豉蒔~田：移栽秧苗
[55]襲吸失室識式飾適釋□凹進去

ø　[22]伊醫衣依　　[23]移夷姨沂　　[21]椅以已　　[42]肆意逸憶億抑翼　　[12]
易譯　　[55]揖拜~乙一益

u

p　[22]伏~小雞：孵化小雞　　[23]菩　　[21]補　　[13]部簿　　[42]布　　[12]蔔辣
~：蘿蔔不□~翼兒：蝴蝶

pʰ　[22]鋪~床　　[23]蒲脯僕₂~人□去掉果肉後剩下的棒子或纖維結構，如苞蘆~，絲
瓜~　　[21]譜普浦甫赴訃　　[42]鋪店~怖　　[12]步捕埠蚌~　　[55]撲醭僕₁趴

f　[22]夫膚敷麩服　　[23]俘符扶芙撫浮　　[21]府腑斧　　[13]父輔婦　　[42]
付賦傅附富副負阜下~　　[12]腐豆~　　[55]復福幅蝠腹覆

v　[22]烏污熇火、燈滅了巫誣　[23]無吳蜈<u>胡</u>～鬚　[21]武鵡伍午吾塢　[13]
舞　[12]務霧誤悟　[55]握屋

k　[22]姑孤　[21]古估股鼓跕蹲貌牯　[42]故固錮雇顧　[55]穀

kʰ　[22]箍枯　[21]苦　[42]庫酷　[55]哭

x　[22]斛　[23]<u>胡</u>姓～湖狐壺葫　[21]虎滸　[13]戶戽　[12]互護獲　[55]忽

y

tɕ　[22]豬居車～馬炮誅蛛株朱硃珠拘駒龜　[23]渠　[21]煮舉拄主矩詭鬼
[13]苧巨拒距據劇　[42]著鋸據注蛀鑄句具　[12]墜俱

tɕʰ　[22]樞區驅吹炊　[23]鋤除廚殊錘槌頎鐘～遠儲1～蓄所　[21]杵鼠跪
[13]署柱　[42]處～級，～理　[12]住駐櫃　[55]屈

n̠　[22]玉汝五城人名，表示排行　[23]魚漁　[13]女語　[12]遇　[55]□用手折

ɕ　[22]書舒墟虛噓輸徽　[23]垂薯　[21]暑許水　[13]豎　[12]樹睡瑞
[55]□扔

ø　[22]於淤迂□鈍　[23]如愚虞娛余于盂榆逾愉圍～巾　[21]宇　[13]雨禹
羽熨　[12]譽預豫寓籲愈芋喻裕乳禦<u>位</u>□熨燙欲　[55]域疫役

ɚ

ø　[23]<u>兒</u>而　[13]耳木～

a

p　[23]排牌簰□拾　[21]擺　[42]拜　[55]爸百柏□癩～□[kə42]：癩蛤蟆

pʰ　[22]白　[23]□撳　[42]派破劈，破爛　[12]敗　[55]帕泊梁山～拍魄

m　[22]媽陌　[23]埋　[13]買　[12]賣　[55]□～開：掰開；～痧：抓痧以去暑氣

v　[22]歪蛙窪　[23]劃1～水：游泳　[21]□嘔吐　[12]<u>壞</u>～物：壞東西

t　[22]呆　[21]打　[42]帶

tʰ　[22]<u>他</u>其～　[42]態太泰　[12]<u>大</u>～隊　[55]遢邋～

l　　[22]拉邋遢~鬼　[13]乃　[12]耐奈賴　[55]奶2祖母

ts　　[22]齋宅　[42]債　[12]寨　[55]摘責

tsʰ　[22]差出~澤擇　[23]□□[tsʰi55]~圍：圍嘴兒　[42]蔡　[55]廁側測拆坼冊策

s　　[22]篩　[23]豺柴　[21]傻□端、搬（凳）　[42]曬　[55]灑撒色柵

k　　[22]皆階街　[21]解　[13]□擀□~棉花籽：軋棉花籽　[42]個介界芥疥屆
　　戒械□這　[55]格革隔

kʰ　[22]揩□~癢：蹭癢　[21]楷　[55]客

ŋ　　[22]額　[21]矮　[12]艾外　[55]壓扼軛牛~

x　　[23]諧孩鞋核~武器　[21]蟹　[55]嚇

ia

tɕ　　[22]遮　[23]鉗　[21]者　[13]舐舔　[42]蔗　[55]折骨~，打~劫哲蜇浙
　　揭截~止結潔

tɕʰ　[22]車蟄傑　[21]扯　[55]恰洽徹撤

n̠ʑ　　[22]業熱孽　[55]聶捏

ɕ　　[22]奢賒涉協折~本生1~氣：生氣　[23]蛇　[21]舍~不得□打嚏~：打冷戰
　　[13]社　[42]赦舍宿~　[12]佘射麝　[55]攝脅設歇蠍

ø　　[22]叶頁　[23]爺　[13]野　[12]夜　[55]靨按腫脹的地方陷下去的窩液腋

ua

k　　[22]乖　[21]寡　[13]枴　[42]怪　[55]□扔

kʰ　[22]誇　[21]垮　[42]塊快會~計劃

x　　[23]華中~，~山懷槐淮劃~船　[12]壞破~　[55]澄~冰猾

ɛ

p　　[22]冰浜沙家~兵　[23]瓶　[21]本丙　[13]併合~□蚱~：蝗蟲　[42]柄
　　[12]蚌1~殼

pʰ 　[22]拼姘　[23]盆平坪評萍　[12]病　[42]聘₁

m 　[23]門萌鳴明盟名□□[n̩iu23]~吱吱：蟬　[13]沒~得：沒有　[12]問命

f 　[22]分芬紛　[23]墳　[21]粉　[42]糞奮　[12]份

v 　[22]溫瘟甕翁　[23]還~物事：~東西文紋聞橫~直　[21]穩

t 　[22]蹲燈登丁釘疔訂　[23]亭蜓廷庭　[21]等頂鼎　[42]澄停　[12]鄧瞪

tʰ 　[22]廳汀　[23]騰滕藤　[21]艇挺　[13]錠　[42]聽　[12]定

l 　[23]能寧靈零鈴伶~俐：乖巧翎　[21]壟₁一~~地：一畦地　[13]冷領嶺　[12]
　令另

ts 　[22]津₁曾姓增憎精晶睛　[21]井

tsʰ 　[22]清青蜻　[23]情晴　[21]請　[13]靜　[12]淨

s 　[22]僧星　[21]省~長醒　[42]性姓腥

k 　[22]甘柑泔跟更~換庚　[21]感敢橄粳埂耿

kʰ 　[21]砍坎懇墾

ŋ 　[22]挨哀庵恩　[42]暗

x 　[23]痕恒行~為　[13]杏　[12]恨幸□有~：有

iɛ

tɕ 　[22]兼沾占姓~艱肩堅征爭耕京荊驚鯨貞偵正~月征經羹米粉~：米糊
　[23]乾　[21]枕檢展繭境景警整頸哽　[42]占~位置劍戰鍵建見證症敬
　竟正~好政

tɕʰ 　[22]謙欽牽稱₂~呼撐卿輕坑　[23]呈程纏　[13]件　[42]欠歉掌起支撐作
　用的構件，打~慶　[12]健鄭

n̩ 　[21]奶₁乳汁□男孩　[12]硬

ɕ 　[22]軒掀生₂牲笙甥聲馨　[23]嫌蟬貂~賢晨臣乘承丞成城誠形型刑舷邊
　~：邊沿　[21]陝閃險顯省節~憲　[13]莧善　[42]扇獻勝聖□火~：閃電
　[12]現盛興~□萬~：萬筲

ø 　[22]淹閹醃焉煙應~該英嬰纓鶯鸚櫻　[23]沿炎鹽閻簷然燃延蠅贏盈榮

營螢蜓~油螺：蝸牛　[21]掩演影也　[13]惹引癮穎人名　[42]厭焱~灰：
均勻地撒灰□空的穀殼　[12]豔焰堰宴

 uɛ

k　[22]根　[21]杆稈梗　[13]滾　[42]棍
kʰ　[22]昆坤　[21]捆□□[xɔ43]~：蚯蚓　[42]困
x　[22]昏婚葷　[23]魂　[21]很　[13]混

e

p　[22]碑卑悲　[42]閉斃　[12]鐾　[55]北逼壁壁
pʰ　[22]批□口~：口水　[12]敝弊幣　[55]僻劈
m　[22]默墨　[21]美　[13]米
f　[21]翡　[42]廢肺費
v　[22]煨危威　[23]微桅為行~維唯惟違圍包~葦緯　[21]萎委　[13]偉
[12]衛為~什麼位座~未味魏胃謂
t　[22]低　[23]堤題提蹄啼　[21]底抵　[42]帝□給滴　[12]第　[55]得德嫡
tʰ　[22]特笛敵狄　[21]體　[13]弟　[42]替涕剃屜剔　[55]踢
l　[22]栗歷　[23]驢犁l黎　[21]禮□~妹兒：妹妹　[12]麗□細
ts　[22]追　[21]擠　[42]祭際濟劑穄蘆~：高粱　[55]緝通~輯則即鯽積跡
脊績
tsʰ　[22]妻集習藉籍　[23]齊臍薺　[42]砌脆翠粹　[55]戚
s　[22]些西席　[23]誰　[21]洗璽　[42]細婿歲　[55]塞息熄媳惜昔夕錫析

ie

tɕ　[22]雞稽梔　[42]計繫~鞋帶　[55]隻一~
tɕʰ　[22]溪極　[55]赤斥尺吃
ȵ　[22]日

ç　[22]石　[42]勢世逝系聯~　[12]誓

Ø　[22]入□□[tɕiu55]~膀：翅膀□哈~：哈欠

ue

k　[22]規歸　[21]軌

kʰ　[23]魁　[42]愧潰~膿

x　[22]揮輝

ye

tɕ　[22]閨人名　[23]葵　[42]鱖桂

tɕʰ　[22]虧　[42]愧

ç　[12]惠慧

ɔ

t　[55]答搭達

tʰ　[55]踏塔□塗抹

l　[22]納臘蠟辣□疤~：疤　[12]癩

ts　[22]查姓~渣楂　[23]茶查調~　[42]炸詐榨乍蚱　[55]扎鍘窄□捲袖子的動作

tsʰ　[22]叉岔杈差~不多釵雜□溠□瞪　[23]茬~口：在同一塊土地上輪栽作物的種類和次序　[21]踩　[55]插擦薩察□~□兒[men13]：妻子兄弟的敘稱

s　[22]沙紗砂朱~煠把食物放入開水中弄熟，~飯：泡飯□水~：母水牛　[55]殺薩

k　[22]家加嘉傢稼佳監2~視茄番~：西紅柿　[23]蛤~蟆兒□~□[kə22]：蜻蜓□□[xo21]螂~：螳螂　[21]賈假真~，放~減簡　[42]架駕嫁價　[55]夾甲挾□~邊：旁邊

kʰ　[22]□用手的虎口緊緊按住，握住　[55]掐用手指掐

ŋ　[22]鴉丫椏　[23]牙芽衙涯崖岩顏□下~：勤快隘~口　[21]啞亞雅人名　[13]瓦　[55]鴨押

x　[23]霞暇瑕　[13]下底～，～來　[42]□～□[kʰuɛ21]：蚯蚓　[12]夏廈大～，
　　～門　[55]峽瞎轄或

o

p　[22]波菠坡玻簸巴疤芭褒包胞薄厚～　[23]杷琶鈀下～：下巴　[21]把飽
　　[13]鮑　[42]霸壩暴豹爆□～蟹：螃蟹　[12]薄～荷刨鉋　[55]八撥博剝駁

pʰ　[22]拋泡1為人不實在，浮躁雹　[23]婆爬跑　[42]泡浸～炮瀑　[12]耙稗
　　[55]潑

m　[22]末摸1撫摩莫寞幕目穆牧木　[23]魔磨～刀摩饃麻模摹　[21]某母～
　　親，文讀　[13]馬碼母2黃牛～：母牛拇　[12]磨石～罵暮慕墓募□那　[55]
　　抹沫摸2～魚膜

t　[22]多鐸　[23]駝馱　[21]朵躲　[13]舵攞～　[42]剁　[55]汏～雨：淋雨

tʰ　[22]拖　[21]楕　[12]大～小　[55]托託

l　[22]囉落烙駱酪洛絡樂音～，快～□河～石：河邊或河裡的石頭□□[ko22]～脅：
　　腋下　[23]鑼籮羅騾螺膈□搓　[12]糯鬧□絲瓜～：絲瓜瓤

ts　[22]鐲笟啄1　[21]左佐爪　[42]做　[55]作桌卓琢捉啄2

tsʰ　[22]搓抄鑿昨　　[21]炒吵　[13]坐　[42]銼措錯　[12]座

s　[22]蓑梭唆嗦　[55]索

k　[22]歌哥交郊膠□～□[lo22]脅：腋下　[21]果裹絞狡鉸剪攪　[13]搞　[42]
　　過教～書，～育　[55]各閣擱郭廓覺角

kʰ　[22]科窠稞顆□～廂：廂房　[21]可□作～：端架子　[42]課　[55]搉敲擊擴殼

ŋ　[22]岳　[23]俄　[21]我　[13]咬　[12]餓　[55]□折斷

x　[22]鶴學　[23]河何荷～花和～氣，～麵禾　[21]火夥□～螂□[kɔ23]：螳螂
　　[42]荷薄～貨孝　[12]賀效霍藿　[55]或豁□起～：起老繭

∅　[22]阿～膠鍋倭矮窩□～□[tɕi21]：子子　[42]沃　[12]臥　[55]惡～人

io

tɕ [22]召詔朝三~昭招驕嬌澆　[23]朝~代潮　[21]較沼繳僥　[42]照叫 [12]轎校學~；~對；上~　[55]斫著~衣裳腳□剛~：剛才

tɕʰ [22]敲超著尋~：找著鍬□~嚇：恐怕　[23]橋喬僑蕎　[13]趙兆　[21]巧 [42]竅　[55]卻戳確觸

n̩ [22]若弱　[23]撓饒上~堯　[12]繞~毛線　[55]□咀嚼

ɕ [22]燒　[23]苕紅~：紅薯　[21]少多~　[42]少~年曉人名鞘　[12]紹邵韶

ø [22]妖邀腰要~求藥　[23]搖謠窯姚　[13]舀　[42]要重~　[12]耀躍 [55]約

ɤ

p [23]培陪賠　[21]保堡寶　[13]倍背~書　[42]輩背~脊報　[12]焙

pʰ [22]胚坯丕泡2肥皂~　[23]裴姓~袍　[42]沛配　[12]佩

m [22]物東西　[23]梅枚媒煤黴毛矛1茅　[21]每　[12]妹林~~冒

f [22]佛　[55]法乏發伐筏罰

v [22]物~理　[42]愛　[12]礙

t [22]都堆刀叨獨毒　[23]徒屠途涂圖台抬□白天或晚上時間變長　[21]堵賭 島倒打~　[13]肚待導　[42]戴對碓兌到倒~水□~物事：什麼事情，什麼東 西　[12]杜度渡鍍妒貸代袋隊盜

tʰ [22]胎苔推滔掏濤讀　[23]桃逃淘陶萄　[21]土腿討　[13]道稻　[42] 吐~痰，嘔~退褪套　[55]突禿□菜~：菜罩□「掉」義，例如：吃~：吃掉□ ~帚：掃帚

l [22]撈嘮捋~袖鹿澇□□sə55~：垃圾　[23]奴盧爐爐蘆鸕來雷勞牢□扐~ 手：扐手　[21]磊　[13]努虜鹵腦惱老□~蘇：茄子　[12]怒魯路賂鷺內類 □膩味露

ts [22]租災栽遭糟　[21]祖阻宰載早蚤澡走　[42]再最灶罩

tsʰ　[22]粗初猜催崔操1做~賊族　[23]才材財裁曹槽操2曹~巢　[21]楚彩采睬草　[13]在罪皂造　[42]醋菜躁糙　[12]助　[55]出

s　[22]蘇酥梳疏蔬腮鰓騷臊搜餿　[21]所數動詞嫂叟　[42]素訴數名詞賽碎稅帥掃~地，~帚嗽瘦　[55]術述塑戌衛~區屑木~速縮束□□[lɤ12]~：垃圾□在

k　[22]高膏篙羔糕1年~□~年：今年□□[kɔ23]~：蜻蜓　[21]稿鎬　[42]告□癩□[pa55]~：癩蛤蟆　[55]圪~蚤：跳蚤□和

kʰ　[23]渠第三人稱代詞　[21]考烤　[42]去靠犒　[55]咳瞌刻克

ŋ　[22]鄂　[23]熬　[21]襖　[12]傲□吼奧

x　[22]蒿合　[23]豪壕毫　[21]好~壞　[13]后1前~　[42]好喜歡　[12]號~碼浩　[55]喝黑

 uɤ

k　[22]該　[21]改□豎起來　[42]概溉蓋檜　[55]骨國

kʰ　[22]開盔　[21]凱　[55]丐~食

x　[22]恢灰　[23]回茴　[21]海　[13]亥悔毀　[12]害匯晦會開~繪

aːɛ

p　[22]鞭編邊　[23]便~宜　[21]蝙扁貶　[42]變遍　[55]鱉憋□說~：閒談

pʰ　[22]偏篇　[42]騙片　[12]便~利辨別　[55]撇

m　[22]滅篾　[23]棉綿眠　[21]□以指撚碎　[13]免娩緬　[12]面□一~：剛才

t　[22]碟牒蝶諜顛　[23]甜填　[21]點典　[42]店　[12]電殿奠佃　[55]跌疊

tʰ　[22]添天　[23]田　[21]舔　[13]簟　[12]墊　[55]帖貼鐵

l　[22]獵列例烈裂劣　[23]廉鐮簾連聯憐蓮　[13]臉　[12]斂殮練煉楝苦~

ts　[22]尖煎　[21]剪　[42]借箭薦　[55]接節

tsʰ　[22]殲籤遷千籤絕　[23]邪斜潛錢前全1泉1　[21]且淺　[12]謝賤踐　[55]妾切

s　[22]鮮仙先宣暄　[23]旋　[21]寫癬選　[42]瀉卸陷線泄　[12]□擰（螺
　絲）　[55]薛楔雪

n̠　[23]言嚴年黏鯰　[13]研碾染　[12]驗念

aːn

v　[55]挖

t　[22]端敦₁　[23]團屯　[21]短　[13]亩　[42]鍛頓鈍遁　[12]緞段盾

tʰ　[13]斷　[55]脫

l　[23]鸞□黃鼠~：黃鼠狼　[13]暖卵　[12]亂嫩論

ts　[22]抓鑽~狗洞尊遵　[42]鑽~井

tsʰ　[22]村　[13]賺　[42]竄篡寸

s　[22]酸閂栓拴孫□蛤蟆~：胳膊　[21]損　[42]算蒜涮楦率~水：五城的河名
　[55]刷

k　[22]瓜乾~濕竿肝官棺觀冠鰥關　[21]趕管館　[42]掛卦幹~部貫灌慣
　逛　[12]□提　[55]割葛括刮

kʰ　[22]寬　[21]款　[13]□襻　[42]看　[55]闊

x　[22]化動詞歡　[23]寒韓環　[13]罕旱　[42]化撼漢喚~狗幻患宦　[12]
　畫汗翰焊

∅　[22]安鞍豌活澄~溜彎灣　[23]完頑還~來　[21]碗　[13]皖晚挽　[42]
　按案　[12]話岸換

yːæ

tɕ　[22]專磚絹捐　[23]□孿　[21]轉捲~起　[42]眷卷試~　[55]決訣

tɕʰ　[22]穿川圈顴　[23]瘸傳遺~權拳全₂泉₂　[21]喘犬　[42]串勸雀較大的
　麻雀　[12]篆傳白蛇~券國庫~　[55]缺

n̠　[22]月越　[23]原源袁轅援　[13]軟.　[12]願

ɕ　[22]靴軒穴兄　[23]船玄懸　[55]說血恤

Ø　[22]悅閱冤越　[23]圓園員緣元阮　[13]遠　[12]銳院怨縣

iu

p　[22]膘標彪　[21]表裱婊

pʰ　[22]飄嫖　[21]漂～洗，～亮　[42]票

m　[23]苗描錨謀矛2～子槍　[21]秒藐渺畝牡　[12]廟妙貿茂謬卯

t　[22]刁貂雕兜丟□絆倒　[23]調～和油投　[21]斗一～米抖陡□豬～：未閹割的公豬　[42]釣吊調～動鬥～爭畫當～：中午　[12]調黃梅～逗

tʰ　[22]挑偷　[23]條頭　[42]跳透

l　[22]六陸綠祿　[23]燎療聊遼撩樓流劉留榴硫琉餾　[21]了～結柳　[13]簍　[12]料漏陋廖　[55]溜滑～，～走

ts　[22]焦蕉椒　[21]酒　[42]奏宙皺　[55]足滿～

tsʰ　[22]秋鰍　[23]愁　[42]湊　[55]猝促

s　[22]稍梢消宵霄簫蕭硝銷修羞俗續　[21]小～學生　[42]笑秀鏽繡□汗～：痱子　[12]袖　[55]宿鵲喜～削肅粟淑屬蜀

tɕ　[22]勾鉤溝周舟州洲鳩鬮糾　[23]球　[21]狗苟帚九久韭　[42]夠構購咒灸　[55]竹菊燭祝粥□～□[ie22]膀：翅膀

tɕʰ　[22]摳抽丘邱局　[23]稠綢籌仇酬求　[21]口丑　[13]臼舅　[42]扣寇臭　[12]就舊售　[55]囚畜麴曲

ɲ　[22]肉獄　[23]柔揉牛□～□[mɛ23]吱吱：蟬□～蚣：蜈蚣　[13]藕偶扭

ɕ　[22]熟收休　[23]侯喉猴　[21]手首守　[13]厚授受后2皇～　[42]獸　[12]候壽　[55]叔

Ø　[22]歐憂優悠幽浴　[23]尤郵由油游猶柚　[21]友　[13]有酉　[42]幼　[12]誘右又佑釉　[55]育

ou

p　[22]班斑頒扳般搬幫邦　[21]板版榜綁　[13]拌　[42]扮瓣半絆謗

pʰ　[22]攀潘　[23]旁龐　[13]伴　[42]盼叛判胖　[12]辦

m　[23]蠻瞞忙芒茫芒盲虻饅　[21]蟒莽　[13]滿網忘　[12]慢漫望~見

f　[22]帆翻番方芳　[23]凡煩繁肪妨房防　[21]反仿紡　[13]范犯　[42]
販放　[12]飯

v　[23]亡　[21]枉往　[12]萬望~遠鏡

t　[22]耽擔~心丹單當~時□拿　[23]潭譚彈~琴唐堂塘棠螳　[21]膽擋黨
[13]淡氹水坑　[42]旦擔挑~誕但當~鋪　[12]彈子~蛋

tʰ　[22]貪坍攤嘆湯　[23]痰談檀壇糖　[21]坦2~克趙　[13]盪~茶杯兒：涮洗
茶杯；~嘴：漱口　[42]探炭燙　[12]坦1門口~：門口的平地

l　[23]男南楠籃藍難困~蘭攔欄囊郎廊狼　[21]覽攬欖朗天~起來：雨後天放
晴　[13]懶　[12]濫難災~爛浪

ts　[22]簪髒不潔淨裝莊　[21]盞斬饗拍~：味道很淡　[42]贊葬壯　[12]撞

tsʰ　[22]參摻餐倉滄蒼瘡窗　[23]蠶慚殘藏儲~　[21]慘鏟產闖　[13]暫站車
~棧□壁~：非常陡　[42]創　[12]藏西~髒心~狀

s　[22]三杉衫珊山刪桑喪出~霜孀雙　[23]饞床　[21]散~裝傘嗓磉爽
[42]散分~疝喪~失

k　[22]監1~牢間中~，~隔奸岡崗剛~強鋼綱缸光胱江肛扛抬　[23]銜~著
[21]襇打~：起皺紋揀廣講港□~帚：掃帚　[42]杠降下~虹出~：出彩虹

kʰ　[22]堪勘刊鉛康糠匡筐眶　[23]狂　[42]抗炕囥放，藏曠礦□~活兒：高興

ŋ　[23]昂　[13]眼　[42]晏晚，遲　[12]雁

x　[22]荒慌　[23]含函咸銜軍~閑行銀~航杭黃姓~皇蝗降投~　[21]謊
[13]項限　[12]巷筅竹~：曬衣竿

Ø　[22]肮汪　[23]黃~色簧王

iɔi

l　[23]良涼量~米糧梁粱　[21]□快速地過火，例「火~眉毛」□舔　[13]兩輛
[12]亮諒量數~晾

ts　[22]將~來漿　[21]獎蔣槳　[42]醬將大~

tsʰ　[22]槍　[23]牆詳祥　[21]搶　[13]象像橡　[12]匠

s　[22]相~信箱廂湘襄鑲　[21]想　[42]相~貌

tɕ　[22]張章樟疆僵薑韁剛~才　[23]長~短常2場　[21]長生~漲掌　[42]賬帳脹障瘴□攙扶，牽著　[12]剩

tɕʰ　[22]昌菖羌腔框門~　[23]腸強　[21]敞廠　[13]丈　[42]暢唱倡

ȵ　[23]娘釀　[21]壤　[12]讓

ɕ　[22]商傷香鄉　[23]常1償嘗裳　[21]賞餉享響　[13]上　[42]向　[12]尚

ø　[22]央秧殃　[23]瓤羊洋烊楊陽揚瘍□躲~：捉迷藏　[21]仰信~　[13]養癢　[12]樣旺映

an

p　[22]奔　[42]蹦　[12]蚌2~埠

pʰ　[22]噴~水烹膨　[23]朋彭棚蓬篷　[21]捧□摟、抱　[13]□水開後溢出來　[42]噴~香

m　[23]蚊蒙　[21]猛蜢~~：蚱蜢　[13]蠓~~：小蟲子　[12]悶夢□上~兒：食物發黴，起白毛

f　[22]風楓瘋豐封峰鋒蜂　[23]馮逢縫　[21]諷　[13]奉　[12]縫

t　[22]東冬　[23]銅童瞳筒　[21]董懂棟人名　[13]動　[42]凍　[12]洞□~子：傻子

tʰ　[22]通　[23]同桐　[21]桶捅筒統　[42]痛

l　[23]聾　[21]壠2~斷　[13]攏　[12]弄里~膿

ts　[22]棕宗鬃綜宗中~間忠終蹤鐘盅舂　[23]重1~起來：疊起來幢　[21]總塚種~子　[42]粽中~意眾縱種~樹　[12]仲

tsʰ　[22]聰匆蔥囪充沖　[23]層曾從叢蟲崇松~樹重2~複□~厚：厚道本分　[21]寵　[13]重~要　[42]銃

s　[22]森參人~松輕~嵩　[21]揪　[42]送宋誦頌訟

k　　[22]公蚣工功攻弓躬宮恭　[21]汞供～不起　[13]拱～起來：凸起來　[42]
　　　貢供進～　[12]共

kʰ　　[22]空～心　[21]孔恐控　[42]空～地

x　　[22]亨轟烘哄鬧～～　[23]弘宏紅洪鴻虹彩～　[21]哄～人　[42]嗅

ian

tɕ　　[22]針斟今金襟連～珍臻真巾斤筋蒸箏莖　[23]琴禽擒勤芹　[21]錦診
　　　疹僅謹　[42]禁鎮振震勁

tɕʰ　[23]沉陳塵橙澄～清事實窮稱1～茶葉　[21]肯　[13]近　[42]揿襯秤稱相～
　　　[12]陣

n̠　　[23]淫銀凝迎濃　[13]忍□呆住　[12]認

ɕ　　[22]深身申伸娠升胸凶　[23]神辰繩塍田～雄熊　[21]沈審嬸　[42]滲
　　　腎興～旺,高～　[12]慎

ø　　[22]音陰因姻殷鷹雍　[23]人仁寅戎絨融茸容蓉熔　[21]飲～料隱甬勇
　　　湧西～：五城地名擁　[42]印應答～　[12]任紉用

yan

tɕ　　[22]肫君軍均鈞　[21]准　[42]俊郡

tɕʰ　[22]椿春　[23]脣裙群　[21]蠢傾頃　[13]菌2～種

ɕ　　[22]熏勳薰　[23]尋2～公：黃尋,東晉時期人荀旬循脣純醇　[42]訊迅2殉
　　　舜訓　[12]順

ø　　[23]勻云　[21]允永泳咏　[12]潤閏韻運孕暈

in

p　　[22]彬賓檳　[21]稟秉　[42]鬢

pʰ　　[23]貧頻憑　[21]品□～草：鋤草□程度副詞,例,～薄：非常薄　[42]聘2

m　　[23]民　[21]閩敏抿

t　　[13]□多少～時間：多久

tʰ　[22]吞

l　　[23]林淋臨鄰鱗燐侖倫淪輪陵淩菱農隆龍□～梯：樓梯

ts　[22]津2　[42]浸進晉

tsʰ　[22]寢親皴肌膚粗糙或受凍開裂　[23]秦尋1找巡　[21]寢　[13]盡～頭，～量菌1野～

s　　[22]心辛新薪欣　[21]筍榫脫～：脫臼　[42]信迅1□黃～：黃鼬

en

tsʰ　[13]□看

ən

l　　[13]□～菜,～飯：做菜，做飯

ŋ

∅　　[23]兒　[13]五　[42]爾你　[12]二

m̩

∅　　[13]母 1公～

以下均為小稱音變後的讀音

un

k　　[13]鹽～兒：盛放糕點的洋鐵瓶

kʰ　[13]褲～兒

in

pʰ　[13]鼻~兒：鼻涕

t　　[13]□一~兒：一點兒

l　　[13]粒青春~兒：粉刺

tɕ　[13]指~~兒：手指趾腳~兒

n̠　[13]耳~兒朵：耳朵

yn

tɕ　[13]豬細~兒：小豬橘~兒

tɕʰ　[13]箸火桶~兒：撥火用的筷子狀器具

∅　　[13]蕊花~兒：花蕊

an

k　　[13]格~兒

kʰ　[13]龕~兒：龕子

ian

tɕ　[13]舌~兒□門~兒：門檻

ɕ　　[13]嬸~兒：嬸嬸□~兒：哨子

∅　　[13]葉~兒：葉子燕~兒

on

p　　[13]缽~兒□八~兒：八哥□打~兒：接吻

pʰ　[23]鈀~兒　[13]□後生~兒：小伙子

m　[23]蟆蛤~兒　[13]沫茶~兒襪~兒

k　　[13]餜~兒覺睏~兒：睡覺

ŋ　[23]蛾~兒鵝~兒

x　[13]伙一~兒

ion

tɕ　[13]餃~兒　[12]鏡~兒

ø　[13]鴝~兒

ɔn

x　[13]蝦~兒

ɛn

p　[13]餅~兒　[12]□~兒：沒有（未）

t　[13]凳~兒

ŋ　[13]□牛~兒：牛犢

uɛn

kʰ　[13]筷~兒

iun

pʰ　[23]瓢~兒：調羹

tʰ　[13]豆~兒

l　[13]鳥~兒

ts　[13]雀~兒：小的麻雀

tɕ　[13]狗細~兒：小狗

n̢　[13]紐~兒

uɛn

kʰ [13]□～兒：棍子

iːɛn

p [13]辮～兒

ts [13]姐～兒

uːɛn

t [13]墩～兒段一～兒話　[23]豚～兒

l [23]鸞～兒，人名

ts [13]鑽～兒：鑽子鬆～兒：腦後頭髮盤成的髻

tsʰ [13]撮一～兒：很少

s [13]孫～兒：孫子

k [13]罐～兒頭：罐頭

kʰ [13]□紐～：紐襻□塘～兒：小一點的池塘

x [13]花～兒

Ø [13]腕手～兒活□□[kʰɔu42]～兒：高興

uːɛn

ç [23]弦～兒

Ø [23]丸肉～兒

en

m [13]謎～兒□□[tsʰɔ55]～兒：妻子兄弟的敘稱

l [13]囡～兒

ts [13]姐～兒

ien

tɕ　[13]雞細~兒

n̩　[13]□~兒：小孩兒

ɤn

p　[13]杯~兒□娘~兒：姑母

m　[13]帽~兒貓~兒妹禮~兒：妹妹　　[12]枚一~兒針

v　[13]杌凳~兒核~兒：果實中心保護果仁的硬殼

t　[13]堆一~兒：一起袋~兒：口袋

tʰ　[13]兔~兒梯~兒：可移動的梯子

l　[13]磊一~兒

ts　[13]棗~兒卒~兒

k　[13]鴿~兒糕~兒：小的糕點

x　[13]盒~兒

uɤn

kʰ　[13]窟冷水~兒：山上的水坑

ɔun

p　[13]棒~兒

pʰ　[23]盤~兒

tʰ　[13]灘攤~兒毯~兒

s　[13]衫汗~兒

k　[13]岡~兒：小山

三　石台縣占大話同音字彙

ɿ

ts　[11]知蜘支枝梔肢資姿咨脂滋茲輜之芝□～開：綻開　[213]紫紙姊旨指
　　子梓滓止趾址　[55]滯制智致稚至置治志痣　[42]只～有執汁質職植值
　　炙擲蟄

tsʰ　[11]癡嗤侄直　[33]雌疵池馳瓷糍遲慈磁辭詞祠飼持　[213]此侈豉恥
　　齒　[55]刺賜翅次雉伺痔雉　[35]自1～家：自己字寺　[42]斥

s　[11]斯廝撕施私師獅屍司思絲詩實　[33]匙　[213]死屎矢使史駛始
　　[55]世勢誓逝四肆示視嗜似祀巳柿試市恃侍　[35]是士仕事　[42]氏濕
　　虱失室式適釋

ʅ

ʂ　[11]十拾食　[55]侍　[42]舌識

i

p　[213]彼鄙比秕　[55]蔽弊幣斃蓖閉陛臂泌貝　[42]筆畢必弼逼碧壁辟璧

pʰ　[11]批披丕鼻　[33]皮疲脾痺枇琵匹　[213]庀　[55]避婢屁□～燕：蝙蝠
　　[35]鼙被～窩：被子　[42]僻屄

m　[11]密　[33]迷媒1紙～子　[55]謎～子：謎語沕鑽水～子：潛水　[35]米　[42]
　　秘蜜

t　[11]低　[213]底抵　[55]得1曉～：知道　[42]的目～滴嫡敵狄□～的：這裡

tʰ　[11]梯笛　[33]堤題提蹄啼　[213]體　[55]替涕剃屜遞　[35]帝弟第地
　　[42]踢剔

l　[11]勵隸立笠粒栗力曆陽～　[33]犁黎離籬璃梨厘狸　[213]禮你理擬
　　[55]麗膩吏淚　[35]厲利痢李鯉里　[42]利荔率頻～律匿逆溺歷來～

tɕ　[11]雞饑肌基幾~乎機譏屐箕其2蘆~：高粱□擤（毛巾）　　[213]擠幾~個，
　　茶~己嘴　[55]祭際濟薺~菜稽~查計繼繫~鞋帶髻寄技妓冀記紀忌既醉
　　季自2~家：自己　[42]集輯急級及疾吉卒即鯽積跡脊藉籍續寂擊激□
　　很，十分，例如「~烏：漆黑」

tɕʰ　[11]蛆妻溪欺期賊　[33]徐齊臍啟奇騎岐祁鰭其棋旗萁1秸稈薺葡~：荸
　　薺　[213]企起杞祈　[55]砌契器棄氣汽　[42]緝~鞋底泣七漆乞戚吃

ɕ　[11]西棲犀犧伊嬉熙希稀　[213]璽徙洗喜　[55]絮細婿系關~歲戲
　　[42]習襲吸悉膝蟋~~：蟋蟀息熄媳惜昔席昔錫析

ø　[11]醫衣依揖入　[33]泥倪宜儀移尼夷姨疑飴沂遺　[213]椅倚以已
　　[55]藝縊誼義議易意異毅　[35]蟻　[42]一乙逸益譯易役□這

　　　　　　　　　　　　u

p　[213]補捕　[55]布埠蜅~　[42]訃

pʰ　[11]鋪~床麩□~雞：布穀鳥　[33]菩蒲脯　[213]譜普浦埔赔起~：食上生
　　白毛樸　[55]鋪床~脯豬肉~：豬肉熬去油後剩下的油渣　[35]部簿步伏孵
　　[42]赴蔔蘿~撲僕瀑□趴

m　[11]目　[42]穆牧

f　[11]夫膚敷佛服伏入~　[33]扶符芙浮撫浮　[213]府腑俯斧釜俘輔阜
　　[55]付附父富副腐豆~婦負幅　[42]復縛福蝠腹

t　[11]都犢　[213]堵賭　[55]杜妒渡鍍　[42]讀獨督后器物的底部，碗~；下
　　面，樓~底：樓底下

tʰ　[11]毒　[33]徒屠途塗圖　[213]土　[55]吐兔　[35]肚魚~，~子度　[42]
　　突禿

l　[11]鹿　[33]奴盧爐蘆廬鸕擼□摟住　[213]努魯櫓虜鹵　[55]怒露1白~
　　祿　[35]路露2~天鷺　[42]錄

ts　[11]租　[213]祖組阻走　[42]竹築粥祝逐軸足燭囑

tsʰ　[11]粗初鐲　[213]楚礎　[55]醋　[35]助　[42]猝族畜~生觸促

s　[11]蘇酥俗　[55]素訴塑漱　[42]速叔贖束屬

ʂ　[11]疏蔬熟　[55]數_{名詞}

k　[11]姑孤　[213]古估鹽_{洋鐵～：裝糕點的器具}牯股鼓　[55]故固錮雇顧
　　[42]穀

kʰ　[11]箍枯　[213]苦　[55]褲庫酷　[42]哭

x　[11]呼乎　[33]胡_姓～湖糊～_塗壺狐斛　[213]虎滸　[55]戽互護滬　[35]
　　瓠戶　[42]忽

ø　[11]烏污巫誣　[33]吳蜈梧鬍～_子狐糊_{小麥～}無　[213]伍午塢武舞侮鵡
　　[55]誤悟務霧　[35]五　[42]屋

y

l　[33]驢　[213]旅屢履捋　[55]慮濾

tɕ　[11]豬居車～_{馬炮}誅蛛株朱珠拘駒　[213]煮舉主矩　[55]著據鋸巨拒距
　　聚拄駐注蛀鑄俱句懼劇　[42]橘局

tɕʰ　[11]趨樞區驅　[33]箸□[xɔ35]～_{：撥火用的鐵筷子}除渠廚殊瞿　[213]處～_理
　　鼠取娶杵碓～　[55]趣處_{到～}　[35]苧柱住具　[42]出屈曲

ɕ　[11]梳書舒噓虛噓須需輸戌　[33]鋤　[213]暑許數_{動詞}　[55]序敘緒庶
　　恕續　[35]薯豎樹　[42]恤術述秫畜～_{牧蓄續}

ø　[11]於淤　[33]如魚漁餘儒乳₂餵～_{：餵奶}愚虞娛迂於盂榆逾愉　[213]呂
　　語與寓_{仙～：地名}羽宇禹　[55]御譽預豫愈芋喻裕玉獄欲浴　[35]女乳₁
　　_{豆腐～}遇雨　[42]域疫鬱育

a

p　[213]擺　[55]拜　[42]爸百柏伯

pʰ　[11]白　[33]排牌　[55]帕　[35]敗　[42]迫拍魄

m　[11]沒～_{有麥}脈　[33]埋　[213]買　[35]賣　[42]□掰

t　[213]打　[55]戴帶

tʰ [11]他其~ [35]大~小；~學

l [11]拿拉 [33]落遺漏 [213]哪 [35]奶吃~癩

ts [55]債寨 [42]只一~雞眨摘□粑~：篦子□（一）虎口（的長度）

tsʰ [11]車擇差出~ [213]扯 [42]拆坼赤尺

s [213]灑 [55]曬 [42]□穗

ʂ [11]賒篩石 [33]蛇豺柴 [213]捨~不得傻 [35]社射麝 [55]舍~宿

k [11]皆階街 [213]解~開□雞~：雞蛋 [55]介界芥疥屆戒械 [42]尬格
革隔

kʰ [11]揩較輕地擦碰 [42]咳客□指~：指甲

ŋ [11]額 [33]涯崖 [213]矮 [35]艾外 [42]輢牛~□~鷹：老鷹

x [11]哈 [33]鞋 [42]嚇赫

Ø [33]還~是 [35]也

ia

tɕ [11]痂嘉佳 [213]賈姓假放~姐解~放軍 [55]駕借

tɕʰ [33]茄~子□做作 [35]笡不正 [42]恰

ɕ [33]霞邪斜 [213]寫些 [55]瀉~肚子卸 [35]謝 [42]峽轄

Ø [33]爺 [213]雅 [55]亞 [35]野夜

ua

k [11]乖 [213]拐 [55]怪

kʰ [213]侉垮 [55]塊會~計快筷

x [11]猾~頭：狡猾

Ø [11]歪蛙 [33]懷 [35]壞

ya

tɕ [11]抓1~牌 [213]爪

ɕ [11]靴 [42]刷□~耳巴子：打耳光

ɛ

p　　[11]杯背「背負」義碑卑悲　[55]輩背後～　[42]北

pʰ　[11]胚坏　[33]培陪賠裴　[55]沛派配佩□～子軏轆：刨花　[35]背～書倍
　　焙痱～子

m　　[33]梅枚媒2做～煤眉黴　[213]每美　[55]邁　[35]妹□孩子　[42]口忖，
　　想墨默

t　　[11]呆發～堆　[55]怠對碓隊兌　[42]得2～德

tʰ　[11]胎推　[33]台苔抬　[213]腿　[55]態太泰退蛻褪　[35]貸待代袋大
　　～夫　[42]特

l　　[11]奶～～　[33]來雷　[55]奈賴　[35]耐

ts　[11]災栽齋宅　[213]宰載三年五～；～重　[55]再　[42]蔗哲浙轍折打～
　　則窄責

tsʰ　[11]猜催崔□硬塞　[33]才材財裁　[213]彩采睬　[55]菜蔡　[35]在罪
　　[42]撤徹測側澤策冊

s　　[11]腮鰓折～本；～斷□推揉□世～：地方　[55]賽碎□雞～：雞窩　[42]攝
　　涉澀～嘴設塞色嗇

k　　[11]該　[213]改　[55]概溉蓋丐

kʰ　[11]開　[213]凱慨楷　[42]刻克

ŋ　　[11]挨～打　[33]呆死板　[55]愛隘　[35]礙

x　　[213]海　[35]害蟹～子：螃蟹　[42]孩小～亥駭核審～□瘦（常用來形容人的瘦）

ø　　[11]哀埃　[213]藹

uɛ

s　　[42]率～領

k　　[11]盔魁□鈍　[213]□扔　[55]劊　[42]國

kʰ　[11]奎　[213]傀　[55]會～計

x　[11]恢灰　[33]回茴槐淮　[213]毀　[55]檜賄悔晦諱　[35]匯會不~，開
　　~繪

∅　[11]煨

yɛ

tɕ　[55]墜

tɕʰ　[213]揣~到懷裡

ɕ　[11]衰　[213]捽　[55]帥

e

p　[55]避

pʰ　[55]廢肺吠　[35]備

m　[55]媚

f　[11]非飛妃　[33]肥　[213]匪翡　[55]榧痱費廢肺

l　[213]壘　[35]內累類　[42]肋勒

ts　[55]最

tsʰ　[55]脆翠

s　[11]雖　[33]隨　[213]髓　[55]粹遂隧

ie

p　[42]別區~鱉癟憋

pʰ　[11]別~人　[42]撇劈

m　[11]篾　[42]滅覓

t　[11]爹　[42]跌疊諜蝶

tʰ　[11]碟　[42]帖貼鐵

l　[11]獵　[42]例列烈裂劣

tɕ　[42]秸~稈接捷傑揭節截結潔

tɕʰ　[11]絕　　[213]且　　[42]妾切

ɕ　　[33]諧　　[55]懈　　[42]脅協泄歇蠍楔雪

Ø　　[11]翼~甲：翅膀 叶 熱腋　　[42]聶鬣酒~：酒窩 頁業孽捏液□攁（拳頭）

ue

ts　　[55]綴贅

s　　[11]荽芫~

k　　[11]圭閨規龜歸　　[213]詭軌癸鬼　　[55]鱖桂貴

kʰ　　[11]虧窺　　[33]逵　　[213]跪　　[55]潰愧　　[35]櫃

x　　[11]麾徽揮輝　　[55]惠慧穢

Ø　　[11]危萎微威　　[33]桅為行~維惟唯違圍葦　　[213]偽委偉緯　　[55]衛餵
　　　為~什麼 未魏畏慰胃謂猥　　[35]位尾味

ye

tɕ　　[11]追錐　　[42]決訣倔掘

tɕʰ　[11]吹炊　　[33]瘸~子 垂槌錘　　[42]缺

ɕ　　[33]誰　　[213]水　　[55]稅睡　　[42]薛屑鋸~灰·鋸木頭產生的碎末 說血穴學2
　　　~生，文讀

Ø　　[11]月越~來~好　　[55]銳瑞　　[42]拐折疊悅閱越~南 粵虐

ɤ

p　　[42]缽不

pʰ　[42]潑

m　　[11]物東西　　[42]□那

f　　[213]否

t　　[55]逗

tʰ　[11]奪　　[33]投　　[55]透　　[42]脫

l　　[213]簍

ts　　[11]鄒周舟州洲　　[213]者肘帚　　[55]奏晝紂宙驟咒　　[42]折□用拇指和食指掐的動作

tsʰ　　[11]抽　　[33]綢稠籌愁仇酬　　[213]醜　　[55]臭　　[42]□看

s　　[11]收　　[213]搜叟餿颼手首守　　[55]嗽瘦獸售　　[35]受壽授

k　　[213]苟　　[42]割葛

kʰ　　[33]渠第三人稱代詞　　[213]口　　[55]去寇　　[42]渴

ŋ　　[42]□睡覺（很早的說法）

x　　[11]合盒　　[33]侯　　[213]吼　　[35]后候～人：等人　　[42]喝黑

∅　　[11]阿～膠歐甌毆慪　　[33]兒而　　[213]餌藕偶嘔　　[35]二耳　　[42]鄂

uɤ

k　　[42]骨

kʰ　　[42]闊寬窟

x　　[42]或

∅　　[11]活核桃子～：桃核物動～

ɒ

p　　[11]包胞鮑苞～蘆：玉米　　[213]襃保堡寶飽　　[55]報抱暴豹爆

pʰ　　[11]拋　　[33]袍跑刨～地麛　　[55]泡燈～；～在水裡炮　　[35]刨～子：刨平木料表面的工具

m　　[33]毛錨矛茅　　[55]冒貌貿　　[35]帽卯

t　　[11]刀叨　　[213]禱島倒打～導搗　　[55]到倒～水盜

tʰ　　[11]滔掏濤　　[33]桃逃淘陶萄　　[213]討　　[55]套　　[35]道稻

l　　[11]撈嘮　　[33]勞牢撓　　[213]□籮，攤～，稻～　　[55]澇鬧　　[35]腦惱老

ts　　[11]遭糟朝今～召昭招沼　　[213]早棗蚤澡抓2～癢　　[55]灶罩笊趙兆照詔

tsʰ　　[11]操抄鈔超著困～：睡著　　[33]曹槽巢朝～向潮　　[213]草吵炒　　[55]躁糙　　[35]皂造

s　[11]騷臊梢捎稍燒筲　[213]掃~地，~帚嫂少多~　[55]潲少年~邵紹韶

k　[11]高膏糕羔篙曬衣~子：晾衣杆鎬　[213]稿鉸~剪：剪刀搞　[55]告教~
　　學窖酵覺困~：睡覺

kʰ　[213]考烤　[55]靠犒銬

ŋ　[11]□叫　[33]熬　[213]襖拗　[55]傲坳　[35]咬

x　[11]蒿　[33]豪壕毫號~叫　[213]好~壞　[55]好喜歡耗浩　[35]號幾~

ø　[33]饒　[55]懊奧懊

iɒ

p　[11]標膘彪　[213]表婊　[55]蜃

pʰ　[11]漂~浮飄鰾　[33]瓢嫖　[55]票漂~亮；~白

m　[11]貓　[33]苗描　[213]秒樹~：樹梢藐渺秒　[55]妙謬　[35]廟

t　[11]刁貂雕　[213]屌　[55]調~動掉釣吊

tʰ　[11]挑□□[iɛ213]~：蜥蜴　[33]調空~條笤　[55]跳糶　[35]調~子

l　[33]燎鐐療聊遼撩瞭□焯水　[213]了　[55]廖　[35]料　[42]略

tɕ　[11]交郊膠教~書焦蕉椒樵~夫（念別字）驕嬌澆　[213]絞狡剿矯繳僥餃
　　□繰（邊）　[55]較叫　[42]腳覺知-角扁~：扁豆

tɕʰ　[11]敲鍬悄鵲鴉~：喜鵲　[33]瞧喬僑橋蕎　[213]巧　[55]俏竅撬　[35]
　　轎嚼　[42]雀鵲喜~卻確□蟄，叮咬（一般指蜜蜂）

ɕ　[11]消宵霄硝銷蕭簫□薄　[213]淆小曉　[55]笑孝效校~對；學~鞘
　　[42]削

ø　[11]妖邀腰要~求么吆藥鑰　[33]肴搖謠窯瑤遙姚堯□嫩葉，例如「椿~，
　　樹~」　[213]舀鳥杳擾　[55]繞~圈要需~耀尿躍岳　[42]約箬

ɔ

p　[11]巴芭疤　[213]把~握，一~　[55]霸把刀~壩罷　[42]爸八

pʰ　[11]拔　[33]爬杷琶鈀　[55]怕　[35]耙稗

m 　[11]媽姆～：媽媽　[33]麻蟆　[35]馬螞罵　[42]抹

f 　[11]罰　[42]法乏發伐筏

t 　[42]答搭達□～倒：跌倒

tʰ 　[42]踏腳～車塔榻塌獺拓遢邋～跶木鞋～子：木屐

l 　[11]臘蠟捺辣　[33]邋～遢　[42]納□邁

ts 　[11]查姓～渣遮　[55]詐榨炸～彈；用油～　[42]雜閘扎鍘

tsʰ 　[11]釵叉杈差～不多　[33]茶搽茬查調～□～沫：唾沫　[55]岔　[42]插擦察□～□[li55]：先（後置的時間副詞）

s 　[11]煠～雞子：煮連殼的雞蛋　[42]撒薩殺

ʂ 　[11]沙紗□～牛：母牛

k 　[11]家加痂稼　[213]假真～　[55]架嫁價　[42]夾甲胛挾～菜

kʰ 　[11]□雙手緊抓　[33]蛤～蟆　[42]恰掐□壓

ŋ 　[33]牙芽衙　[35]瓦　[42]鴨押壓

x 　[11]蝦～子狹　[35]廈下夏□～火：撥火　[42]瞎

Ø 　[11]蛙　[55]窪山～，水～

uɔ

k 　[11]瓜合～算　[213]寡　[55]掛卦　[42]刮括

kʰ 　[11]誇跨　[55]化　[35]樺華～山

x 　[11]花　[33]華中～划～算　[55]劃計～　[35]畫名詞

Ø 　[11]蛙滑～溜：（地上）光滑襪　[33]划～船　[35]話畫動詞　[42]挖

o

p 　[11]波菠坡玻簸～箕博　[213]跛　[42]撥薄～荷；與「厚」相對勃泊剝駁

pʰ 　[11]雹～子：冰雹　[33]婆　[55]破剖

m 　[11]莫摸膜木　[33]磨～刀魔摩饃模～子，～範摹謀　[213]拇牡某　[55]墓募茂　[35]磨～粉；石～畝母　[42]暮慕末沫幕寞陌

t　[11]多　[213]朵躲　[55]剁垜　[42]掇鐸踱洊~雨：淋雨

tʰ　[11]拖　[33]駝駝砣　[213]妥橢　[55]唾　[35]舵沒有~：沒有立場□量
詞，疊，查　[42]托

l　[11]囉~唆落~雨□膝頭菠~：膝蓋　[33]挪羅鑼籮騾螺腡捼揉搓　[213]裸
[42]賂陋諾烙駱洛絡樂快~，音~□門角~：門後

ts　[11]啄　[213]左佐　[55]做　[42]作柞酌桌卓濁捉

tsʰ　[11]搓鑿昨　[55]銼措錯　[35]坐座　[42]撮綽戳

s　[11]蓑梭唆　[213]所　[42]索縮嗍

k　[11]歌哥鍋　[213]果裹餜　[55]個過　[42]鴿閣擱胳郭角羊~：豇豆；隔
□吮吸（奶）

kʰ　[11]科窠鳥~棵顆□撥拉（菜）　[213]可　[55]課　[42]磕各擴殼

ŋ　[33]蛾鵝俄□打~：打夯　[35]餓

x　[11]學教~，~堂　[33]河何荷~花；薄~和~麵　[213]火夥　[55]賀貨
[35]和~麵禍　[42]鶴霍藿獲

Ø　[11]阿~膠臥倭窩　[35]我　[42]惡厭~；「惡毒」義握

io

t　[11]兜丟　[213]斗一~米抖陡　[55]鬥拼合；~爭

tʰ　[11]偷　[33]頭　[35]豆

l　[11]溜六綠　[33]樓流劉留榴硫琉餾瘤□~~：冰錐　[213]柳　[35]漏

tɕ　[11]勾溝鉤揪鬆鳩㽛糾　[213]狗酒九韭久　[55]夠構購皺灸救究樞
[42]菊

tɕʰ　[11]摳秋丘　[33]囚泅求球虯蜷縮　[55]湊扣　[35]就袖臼舅舊　[42]曲
唱~

ɕ　[11]修羞休　[33]喉猴瘊　[213]宿朽　[55]秀繡鏽　[35]厚　[42]粟

Ø　[11]憂優悠幽肉　[33]柔揉牛尤郵由油游猶　[213]紐扭　[55]莠誘右
佑柚鼬釉幼　[35]有酉又

uo

ts　[42]拙

kʰ　[42]廓

ã

ts　[11]簪沾瞻氈爭　[55]站贊棧戰

tsʰ　[11]撐　[55]燦顫掌打~

s　[11]三參人~生₁~熟牲甥聲　[213]省₁節約　[55]疝生~子：下蛋□和，跟

k　[11]尷　[213]感橄擀

kʰ　[11]堪勘坑

ŋ　[11]櫻　[33]岩　[35]硬

x　[11]憨酣鼾夯　[213]喊罕　[55]撼憾

iã

n　[35]兩~個

∅　[11]黏粘貼□~近點：挨近點　[35]染₁傳~□惹

uã

k　[213]礦₁打~：用鋼釺打洞放炸藥炸石頭（炸開的石頭就叫「礦」）

∅　[33]橫~直；~屋：石台占大的地名　[35]□放置

iẽ

p　[11]鞭編邊　[213]貶扁匾　[55]變汴

pʰ　[11]篇偏蝙　[33]便~宜　[55]騙遍片　[35]便~利辨辯辮

m　[33]棉綿眠　[213]免勉娩緬澠　[35]面

t　[11]顛　[213]點典　[55]掂店殿奠佃

tʰ　[11]添天　[33]甜田填　[213]舔睇　[55]舔～毛筆　[35]簟曬～：曬東西的
　　席子，用竹子編織而成電墊

n　[33]廉鐮簾鯰連聯憐蓮戀　[213]斂臉輦撚紙～子　[55]殮　[35]練煉楝

tɕ　[11]監～牢；太～尖兼艱間時～奸煎箭堅　[213]減鹼檢儉簡柬揀剪繭筧
　　[55]鑒艦漸占～位子劍箭濺賤餞欇踢腱建鍵健薦見

tɕʰ　[11]殲籤謙遷千籤牽鉛　[33]鉗錢乾虔前　[213]潛～山，地名淺遣　[55]
　　嵌欠歉　[35]踐件　[42]劫怯

ɕ　[11]仙鮮掀先秈　[33]銜軍～嫌閑賢弦舷邊沿　[213]險癬顯　[55]陷餡
　　限線羨獻憲　[35]現縣

∅　[11]淹閹醃蔫焉煙　[33]炎鹽閻嚴顏然燃延年沿言　[213]掩演撚研蠅
　　1□～□[tʰiŋ11]：蜥蜴　[55]厭豔焰雁諺堰硯燕咽宴□穀～，空的或不飽滿的穀
　　粒　[35]染2～頭髮驗念碾

yɛ̃

tɕ　[11]專磚捐　[213]轉～車卷花～　[55]賺篆轉～過來傳白蛇～卷考～絹眷圈
　　豬～倦

tɕʰ　[11]川穿圈圓～　|33]全泉傳～染船拳權顴鶉　[213]犬　[55]串勸券瘁
　　[35]旋～～：頭頂上的旋窩

ɕ　[11]軒鬥拴栓宣喧　[33]旋～轉玄懸　[213]選　[55]扇楦眩

∅　[11]冤　[33]圓員緣元原源袁轅園援怨荒　[213]阮□沙～：小簸箕　[35]
　　軟院願遠

ɤ̃

p　[11]搬般奔　[213]本　[55]半絆

pʰ　[11]潘　[33]盤盆　[55]判叛　[35]伴拌

m　[33]麼～物：什麼（東西）瞞饅門蚊～蟲　[35]滿漫

f　[11]分芬紛　[33]墳　[213]粉　[35]份

t　　[11]端墩蹲　[213]短　[55]斷～羊角：把豇豆撇斷 鍛<u>盾</u>

tʰ　[11]吞　[33]團屯豚囤　[35]斷～絕段緞<u>盾</u>

n　　[33]男南能□～襠褲：密襠褲　[55]嫩　[35]暖亂論

ts　[11]鑽～進去　[55]蘸鑽～子

tsʰ　[11]汆村　[33]蠶存　[55]竄寸　[35]鏨

s　　[11]酸孫　[213]損省2～長　[55]算蒜

k　　[11]甘柑泔乾～淨肝竿跟根更～換羹庚　[213]敢杆稈趕哽梗埂_堤　[55]
　　　幹～部更～加

kʰ　[11]看～守　[213]坎砍□～毛：劉海兒　[55]看～見

ŋ　　[11]庵安鞍恩鵪　[33]□男孩子　[55]暗按案　[35]岸

x　　[33]含函寒韓　[213]很狠□～草：除田草　[55]漢焊翰□小～：弟弟　[35]
　　　旱汗茛

uɤ̃

k　　[11]官　[213]滾磙　[55]灌罐棍

kʰ　[11]寬昆坤　[213]款捆　[55]困

x　　[11]婚昏葷　[33]餛渾　[55]喚煥<u>混</u>～凝土　[35]<u>混</u>鬼～

Ø　　[11]豌溫瘟　[33]魂文<u>蚊</u>～香聞　[213]穩　[35]碗換問

ɔ̃

p　　[11]班斑頒扳幫邦　[213]板版榜綁　[55]扮瓣謗棒蚌

pʰ　[11]攀滂　[33]旁螃傍龐　[55]盼胖　[35]辦畔田～：田界

m　　[33]蠻忙芒茫亡盲虻□～～：伯母　[213]莽蟒　[55]忘　[35]慢<u>晚</u>～娘：
　　　繼母 <u>網</u>漁～<u>望</u>～到：看到

f　　[11]帆翻番方芳　[33]凡礬煩繁肪妨防　[213]反紡仿訪　[55]泛販<u>放</u>解
　　　～　[35]範犯飯

t　　[11]耽擔～心單丹當～時　[213]膽撣黨擋　[55]擔挑～誕旦但彈子～蛋當
　　　～鋪蕩

tʰ　[11]貪坍灘攤湯　[33]潭譚談痰檀壇彈~琴堂棠螳唐糖塘搪~瓷　[213]
毯坦躺倘　[55]探炭歎燙趟　[35]淡盪沖洗氹坑窪（一般指皮膚按下去出現的
小坑）

n　[33]藍籃難困~蘭攔欄巒囊狼郎廊螂榔　[213]覽攬纜欖卵　[55]濫
[35]難災~懶爛朗浪

ts　[11]占~大，地名簪簪不乾淨張莊裝章樟椿　[213]斬盞展攢長~大漲掌
[55]瓚濺綻葬髒心~藏西~仗賬帳脹壯障瘴唱倡

tsʰ　[11]參~加攙摻餐倉蒼瘡昌菖窗　[33]慚讒饞蟾殘纏蟬禪~宗藏冷~長~短
腸償□口水，流~　[213]慘鏟產2生~場廠闖　[55]暢創　[35]暫丈杖狀撞

s　[11]杉山衫珊刪膻喪~事桑霜孀商傷雙　[33]床常嘗裳　[213]陝閃傘產
1小~磉嗓爽賞　[55]散善喪~失　[35]上尚

k　[11]間一~房剛~強崗岡綱鋼缸江姓~豇　[213]襇打~：起褶皺講港　[55]
杠虹天上的虹□山~：山嶺

kʰ　[11]龕祖宗~刊鉛康糠慷　[33]衚叼扛　[55]囥藏抗炕

ŋ　[11]肮　[33]昂　[35]眼

x　[33]咸閑行銀~杭航房　[55]放~假

ø　[11]□淹

iɔ̃

n　[33]良涼量~長短糧梁粱　[55]釀量飯~諒　[35]兩幾~亮輛

tɕ　[11]剛~~將~來漿僵疆姜韁降江長~　[213]蔣獎槳　[55]醬將大~犟

tɕʰ　[11]槍羌腔　[33]牆詳祥強~大　[213]搶強勉~　[35]象像匠□漂亮

ɕ　[11]相~信箱廂湘襄鑲香鄉　[33]降投~　[213]想享響餉　[55]相~貌向
巷　[35]橡項

ø　[11]央秧殃　[33]娘瓤羊洋烊楊陽揚瘍　[35]仰養癢讓樣

uɔ̃

k　[11]棺觀冠雞~關光　[213]管館廣　[55]冠~軍貫慣逛

kʰ　[11]匡筐　[33]狂　[55]曠況礦2煤~

x　[11]歡慌荒　[33]桓環黃姓~簧皇蝗　[213]緩謊言　[55]幻患宦晃

Ø　[11]彎灣汪　[33]完丸玩頑還~錢黃~色王　[213]皖腕挽網上~枉往
　　[55]妄　[35]晚~會萬蔓望希~旺

ən

p　[11]錛~鋤　[55]笨

pʰ　[11]噴~水　[55]噴~香

f　[33]焚　[55]憤忿

m　[55]悶

t　[11]敦登　[213]等　[55]飩鈍鄧瞪

tʰ　[33]騰膯疼

n　[33]侖輪倫淪能

ts　[11]針斟珍榛臻真砧尊遵胗曾姓~增征蒸箏睜貞偵正~月征　[213]枕診
　　疹拯整　[55]鎮陣振震憎贈證症鄭正~好政

tsʰ　[11]參~差稱~呼蟶逞　[33]沉岑陳塵辰晨臣曾~經澄~清橙乘承丞呈程
　　成誠城盛~飯　[213]懲　[55]趁襯蹭稱~職秤

s　[11]森深身申伸娠僧升生2學~　[33]神繩塍　[213]沈審嬸　[55]甚葚滲
　　腎慎剩勝聖盛興~

k　[11]耕　[213]粳耿

kʰ　[213]墾懇啃

x　[11]亨　[33]痕恒衡橫蠻~　[55]恨

uən

Ø　[213]吻刎

in

p　[11]彬賓檳鬢冰兵　[213]稟丙餅　[55]殯柄並

pʰ　[11]拼姘拚　[33]貧頻憑平評坪瓶屏萍　[213]品　[55]聘　[35]病

m　[33]民鳴明名銘　[213]閩敏憫皿　[35]命

t　[11]燈丁釘鐵～疔　[213]頂鼎　[55]凳澄水渾，澄一澄釘～住訂錠

tʰ　[11]聽茶葉～：茶葉罐廳　[33]藤亭停廷庭婷蜓　[213]挺　[55]聽～見；「聽憑」義

n　[11]拎　[33]林淋臨鄰鱗磷陵淩菱凝寧安～靈零鈴伶翎　[55]賃吝令寧～可　[35]冷領嶺另

tɕ　[11]今金襟津巾斤筋2～脈京荊驚鯨兢精晶睛經　[213]錦哽盡～吃：任你吃緊僅謹景警井頸　[55]禁～不住；～止浸進晉盡～量勁境敬竟鏡靖徑

tɕʰ　[11]侵欽親～戚；～家皸皮膚受凍而坼裂卿清輕青蜻　[33]尋琴禽擒秦勤芹層情晴　[213]寢肯請　[55]慶磬　[35]近靜淨

ɕ　[11]心辛新薪欣星腥馨　[33]桁行～為形型刑　[213]筍榫醒擤　[55]信釁興～旺；高～杏幸性姓

Ø　[11]音陰因姻殷1～情蠅2鶯鸚嬰纓　[33]吟淫寅迎盈贏營螢塋　[213]飲引影穎　[55]印殷2姓～應～當；～該映

yn

tɕ　[11]均鈞君軍筋1翻～頭：翻跟頭　[213]准　[55]俊浚恭～河：當地一條主河菌郡

tɕʰ　[11]椿春傾紳　[33]唇醇群裙　[213]蠢頃

ɕ　[11]熏勳薰　[33]旬荀循巡純　[55]遜迅殉舜訊　[35]順訓

Ø　[33]匀云　[213]允　[55]潤熨韻孕　[35]閏運暈

oŋ

p　[11]崩　[55]迸

pʰ　[11]烹　[33]朋蓬彭膨棚蓬篷　[213]捧

m　[33]萌盟蒙　[213]猛懵　[35]蠓夢

f　[11]風楓瘋豐封蜂峰鋒　[33]馮縫逢　[213]諷　[55]奉俸　[35]鳳縫

t　[11]東冬　[213]懂董　[55]凍棟

tʰ　[11]通　[33]同銅桐筒童瞳　[213]桶捅統　[55]痛　[35]動洞

n　[11]□不好~□[soŋ11]：不好意思　[33]籠聾農膿儂隆濃顏色深龍隴草窠~：草叢　[213]攏壟　[55]齈弄

ts　[11]棕鬃宗綜中~間忠終鐘蛊蹤鐘蛊舂　[213]總種~子腫塚　[55]粽中~意種~樹眾縱

tsʰ　[11]聰匆蔥囱充從~容沖　[33]叢從依~松~樹崇重~複　[213]寵　[55]銃　[35]重輕~

s　[11]鬆~緊嵩□不好□[noŋ11]~：不好意思　[213]愯扟摗搟　[55]送宋

k　[11]公蚣工功攻弓躬宮恭　[213]汞拱鞏　[55]貢供提~

kʰ　[11]空懸~　[213]孔恐　[55]空有~控　[35]共

x　[11]轟烘　[33]弘宏紅洪鴻虹人名　[213]哄騙　[55]哄起~嗅

ioŋ

tɕ　[11]供~匠人：請匠人

tɕʰ　[33]窮瓊

ɕ　[11]兄胸凶　[33]熊雄

Ø　[11]雍庸癰　[33]榮絨融茸容熔蓉濃湯汁濃厚　[213]永泳咏勇擁甬湧　[35]用

n

Ø　[11]蔭日翁鷹□ŋã55~：老鷹 <u>易</u>咬不~：咬不動　　[33]人銀　[213]忍　[55]甕　　[35]爾你認

四　婺源縣浙源鄉嶺腳村話同音字彙

ι

ts　[33]撕知蜘支枝肢梔資姿咨脂茲滋之芝　[21]紫此ι只~有紙姊旨指子梓止趾址　[215]<u>澧</u>智致稚至志痣　[43]蟄執汁質織職□~里：怎麼

tsʰ　[33]雌癡嗤　[51]池馳瓷糍遲慈磁辭詞祠飼~料持　[21]此₂侈恥齒[215]刺賜翅次廁□打~：打噴嚏　[43]自字寺痔治濕侄秩植直值

s　[33]斯廝<u>撕</u>施私師獅尸司絲思詩□理睬　[51]匙時　[21]死屎使史駛始[25]是氏柿市　[215]四肆試　[43]豉示視嗜似祀巳士仕事恃侍十拾實失室食蝕識式飾□~肉：瘦肉

i

p　[33]蓖碑卑悲屄　[21]彼鄙比　[215]貝蔽閉臂庇痹　[43]陛婢 <u>被</u>~打避備筆畢必弼逼

pʰ　[33]披丕□麥~：麥麩　[51]皮疲脾枇琵　[21]□痂　[25]<u>被</u>羽絨~　[215]屁　[43]鼻匹

m　[51]迷糜彌眉楣媚　[21]美　[25]米尾　[43]謎秘泌密蜜墨覓

f　[33]非飛妃　[51]肥　[21]匪榧翡　[215]廢肺痱費

v　[43]未味

t　[33]□~□[tɔ43]：結巴　[43]□一~：一點兒

tʰ　[43]地剔

l　[51]驢黎離籬璃梨厘狸　[21]女呂侶旅屢履 <u>你</u>李裡里鯉　[25]<u>耳</u>~朵[43]慮濾利痢吏累類淚立笠粒栗屬

ts　[33]錐針~　[21]擠嘴　[215]綴醉　[43]卒

tsʰ　[33]蛆□□[lao25]~：男孩兒　[51]徐隨　[21]取娶　[215]趣　[43]聚序敘
　　緒遂隧集輯習襲七漆疾膝

s　[33]些鬚_鬍~尿　[21]髓　[215]絮　[43]塞□蟋~：蟋蟀

tɕ　[33]饑肌基紀_年~幾~_乎機譏饑　[21]幾_茶~、~個己紀~_{律，世}~　[25]徛
　　_{站立}□_陡　[215]寄冀記季　[43]急級及₁來不~吉極

tɕʰ　[33]欺　[51]奇騎祁其期棋旗祈　[21]企起杞豈　[215]器棄氣汽　[43]
　　忌泣訖乞技妓及₂~格

ɕ　[33]犧嬉熙希稀　[21]喜蟢~~：壁蟢，白色的外衣可以入藥止血　[215]戲
　　[43]吸

ȵ　[51]宜儀誼尼疑　[21]擬　[25]蟻　[43]義議毅入日□惡~：肮髒

ø　[33]伊醫衣依□_這　[51]移夷姨飴遺　[21]倚椅已以　[215]意億憶抑
　　[43]易異揖_拜~乙一逸

ui

k　[43]桔

u

p　[21]補　[51]□~翼：蝴蝶　[215]布怖　[43]部簿步伏₁~小雞：孵小雞□花
　　~：花瓣

pʰ　[33]鋪~床　[51]蒲菩脯　[21]譜普浦甫□~□[tʰi215]：鼻涕[215]鋪床~破
　　[43]捕埠樸撲僕伏₂趴

m　[51]磨~刀模摹　[21]拇　[25]畝　[43]磨石~暮慕墓募幕木目穆牧

f　[33]夫膚敷俘　[51]符芙扶撫　[21]府腑俯　[25]斧　[215]付賦~_春：婺
　　源一個鎮名富副幅蝠　[43]父腐輔傅附婦負阜復彿_彷~福腹服覆

v　[33]烏汙巫誣　[51]吳蜈吾梧_鬍~_鬚無　[21]塢武舞侮鵡五伍午　[215]
　　惡可~　[43]誤悟務霧戊勿屋沃

t　[33]都　[21]堵賭肚豬~　[25]肚人的肚子□橫劈　[215]剁妒1　[43]妒2度鍍渡獨督毒

t^h　[51]徒屠途涂圖　[21]土　[215]吐兔唾　[43]大~細：大小禿讀

l　[51]奴盧爐蘆鸕矑　[21]努魯櫓虜鹵　[43]糯怒路賂露鹿祿辱褥

ts　[33]租　[21]祖組阻　[215]做　[43]竹築粥燭囑

ts^h　[33]粗初　[21]楚　[215]銼醋措錯　[43]助族畜~牲逐軸促

s　[33]蘇酥梳蔬疏　[51]鋤　[21]所數動詞　[215]恕庶數名詞素訴塑漱　[43]速叔熟淑贖束屬蜀□暖~：暖和

k　[33]姑孤　[21]古估牯股鼓　[215]過故固錮雇顧　[25]□那　[43]穀

k^h　[33]箍枯　[21]苦　[215]庫褲　[43]哭

x　[33]呼乎　[51]胡姓~湖狐壺　[21]虎滸　[215]貨戽~水　[43]賀禍護戶互護獲忽斛禾~，打稻子用的器具

y

tɕ　[33]豬諸居車~馬炮誅蛛株朱硃珠拘駒追龜歸　[21]煮舉拄主注矩詭軌癸鬼　[25]柱苧1~麻，較老的說法　[215]著據鋸蛀鑄句愧貴　[43]苣

tɕ^h　[33]趨樞區驅吹炊　[51]除儲薯渠廚櫥殊瞿垂錘槌逡葵　[21]處相~鼠黍跪　[25]苧2~麻，較新的說法巨拒距　[215]處到~去過~（時間）　[43]箸火~住駐具懼屈

ɕ　[33]書舒墟虛噓須必~需輸吁雖揮輝徽　[51]誰　[21]暑署許毀水　[25]豎~起來　[43]樹睡瑞

ø　[33]於淤迂威　[51]如魚漁余儒愚虞娛盂危為行~維唯微違圍葦蜈□湯~：小的碗　[21]汝人名語與宇禹羽愈蕊委偽偉緯乳2麥~精　[25]乳1豆腐~雨　[215]畏慰　[43]御譽預豫遇寓芋喻裕衛為~大家位魏胃謂

a

p　[21]保堡寶褒　[215]報　[43]□剁

pʰ　[25]抱

m　[51]毛　[215]無　[43]冒帽摸

t　[33]刀叨　[21]禱島倒～下　[215]到倒～水

tʰ　[33]洮　[51]掏桃逃淘陶萄濤　[21]討　[25]道稻導□量詞，一～：一沓
　　[215]套　[43]盜

l　[51]勞牢癆　[21]乃奶　[25]腦惱老　[215]撈打～　[43]膩

ts　[21]宰載千～難逢早棗蚤澡　[215]灶

tsʰ　[33]操　[51]曹槽巢　[21]彩采草　[25]皂造　[215]燥糙

s　[33]腮騷臊　[21]嫂　[215]掃～地，～帚　[43]□[lo51]～：垃圾

k　[33]高膏篙羔糕　[21]稿　[215]告　[43]鴿□給

kʰ　[21]考烤　[215]靠犒　[43]刻克

x　[51]豪壕毫號～叫孩　[21]好～壞□無～：沒有　[215]好喜歡耗　[43]浩號
　　～碼合喝盒核～桃黑

ŋ　[51]呆癡呆；愚笨　[215]奧懊　[43]傲

ia

p　[33]膘標彪　[21]表裱　[215]蝥

pʰ　[33]漂～起來飄　[51]嫖瓢　[21]漂～洗　[215]票漂～亮俵按份額散發，也喻
　　指將很少的東西分發給別人

m　[51]苗描　[21]秒　[43]廟妙謬

t　[33]刁貂雕　[215]吊釣　[43]掉調音～，～動

tʰ　[33]挑　[51]條調～和　[215]跳糶～米：賣米，較老的說法

l　[51]燎療聊遼撩瞭　[21]鳥了～結　[43]料

ts　[33]焦蕉椒　[21]剿

tsʰ　[33]鍬繰一種縫紉方法。把布邊往裡捲，然後藏著針腳縫□撬堅果的器具　[51]瞧
　　[215]俏

s　[33]消宵硝霄銷蕭簫　[21]小　[215]笑鞘

ua

x　[43]壞2~人

e

p　[215]箅鍋~：蒸鍋中的竹屜　　[43]秕中空或不飽滿的穀粒篦一種比梳子密的梳頭用具鱉

pʰ　[33]批　[43]鐾把刀在布、皮、石頭等上反複磨擦，使其鋒利弊敝幣斃別撇蟞

m　[43]滅篾

v　[43]銳悅閱月越

t　[33]爹低　[21]底抵　[215]帝　[43]第遞跌滴

tʰ　[51]堤題提蹄啼　[21]體　[25]弟　[215]替剃屜　[43]隸涕帖貼疊碟牒蝶諜鐵

l　[51]泥犁　[21]禮　[43]例厲勵荔麗獵列裂烈劣□手~：手帕□掰

ts　[33]遮　[21]姐　[215]祭際穄借蔗濟劑制置　[43]接折~斷哲浙節

tsʰ　[33]車妻　[51]邪斜齊臍薺　[21]且扯　[215]砌脆翠粹　[43]謝妾捷徹撤舌切截絕

s　[33]賒奢鰓西犀　[51]蛇　[21]寫捨~不得洗　[25]社　[215]瀉卸舍宿~細婿世勢歲泄　[43]社射麝赦誓攝涉澀薛設折~本屑雪塞

ie

tɕ　[33]雞稽□蜓~：蜻蜓　[215]計繼系~鞋帶贅過~：入贅　[43]劫揭結潔頰面~：臉頰

tɕʰ　[33]溪　[215]啟人名　[43]怯傑

ɕ　[43]繫聯~脅歇蠍

n̠　[51]倪　[43]藝囓鑷業熱孽捏

ø　[33]耶~酥□累　[51]爺　[21]野　[43]夜叶頁液腋

ue

k [33]圭閨規 [215]鱖桂 [43]決訣

k^h [33]虧窺 [51]瘸 [43]掘~地：挖地缺

x [33]靴 [215]稅穢 [43]惠慧說血穴

o

p [33]波菠坡玻巴芭疤 [21]把 [215]霸壩 [43]八缽撥

p^h [33]頗 [51]婆爬杷琶耙□下~：下巴 [215]怕帕 [43]耙稗拔潑

m [51]魔摩饃麻蟆嬤雞~：母雞 [21]馬碼瑪 [43]罵抹末沫襪

f [43]法乏發伐罰筏

v [33]阿窩蛙窪挖 [51]禾 [43]臥活話滑~溜：光滑

t [33]多 [21]朵躲 [25]□羹，苞蘆~：玉米粉做的羹，比湯稠 [43]惰答掇~凳：兩手端凳子

t^h [33]拖 [51]馱駝 [21]妥橢 [43]舵踏塔榻塌達脫奪遢

l [33]囉 [51]羅鑼籮騾螺腡裸□~穄：高粱 [215]□跨，邁 [43]癩納臘蠟辣瀨捋邋□□[tɕiao21]□[li21]~：馬蜂

ts [33]查姓~楂渣 [21]左佐 [215]詐榨炸 [43]閘紮扎鍘

ts^h [33]搓叉杈差~別，~不多，出~岔釵 [51]茶搽茬查調~□~□[pu43]□[le215]：蝌蚪 [21]踩 [25]坐座 [43]雜插擦察撮□濺

s [33]蓑梭唆莎沙莎 [21]鎖瑣 [215]曬1□~麵：麵條 [43]撒薩殺刷□~飯：用飯煮的稀飯

k [33]歌鍋戈家加痂嘉瓜 [21]果裹餜假真~，放~賈 [25]夾錢~ [215]架駕嫁稼價掛卦 [43]挾~菜甲胛割葛刮郭□眨

k^h [33]科窠科棵顆 [21]可 [215]課 [43]渴括闊廓擴掐

x [33]蝦花□青~：青蛙 [51]河何荷~花，薄~和霞瑕遐 [21]火伙 [215]化 [43]廈下夏狹峽匣瞎豁霍藿

ŋ [33]鴉丫椏 [51]訛牙芽衙涯崖 [21]雅啞 [25]瓦 [215]砑1亞壓
[43]鴨押砑2□缺~：豁嘴

ɔ

p [21]擺 [215]拜 [43]爸北百柏伯迫帛壁璧

pʰ [51]排牌簰筏 [215]派 [43]罷敗拍白劈魄

m [33]媽 [25]買 [43]賣邁默陌麥脈□~開：掰開

v [33]歪 [43]外

t [33]呆書~子 [21]打 [215]戴帶 [43]得德的目~

tʰ [33]他其~ [215]態貸太泰 [43]大~學，~夫踢笛敵糴~米：買米，較老的
說法

l [33]拉□一~：一些 [43]奈賴耐捺肋勒力歷

ts [33]災栽齋糟遭朝今~召昭招 [21]者沼 [215]債寨照昭 [43]積~錢：
攢錢則即鯽摘責跡脊只量詞績

tsʰ [33]超 [51]朝~~：祖父潮 [25]趙兆 [215]菜 [43]蔡賊拆坼澤擇宅
策冊籍藉席赤尺斥戚側測

s [33]篩燒 [51]豺柴 [21]耍少多~ [215]曬2少~年韶紹邵 [43]灑悉
膝息熄媳色嗇殖惜昔夕適釋石錫析蟋□流~：流口水□羨慕□穀~：稻穗

k [33]皆階佳街 [21]解 [215]個介界芥尬疥屆戒 [43]蟹玲=~：螃蟹格
革隔

kʰ [33]揩 [21]楷卡 [43]客

x [51]鞋 [43]駭械懈蟹赫嚇核審~

ŋ [33]挨 [51]捱磑碾磨 [21]矮 [43]艾額扼

ø [25]我

iɔ

tɕ [33]驕嬌澆 [21]繳餃 [215]叫□~：哨子 [43]屐擊激轎

tɕʰ　[51]喬大細~：連襟橋蕎僑　　[43]劇吃

ɕ　[33]囂　　[21]曉

n̠　[51]饒上~　　[43]繞圍~，~線逆

Ø　[33]妖邀腰要~求么　　[51]搖謠窯姚堯　　[21]也　　[25]舀　　[215]要想~ [11]
　　□姨~：姨媽　　[43]鷂翼~膀益亦譯易疫役□~火扇：打閃電

uɔ

k　[33]乖　　[21]寡楞拐　　[215]怪

kʰ　[33]誇　　[21]垮　　[215]塊快筷

x　[51]華中~，~山划~船懷槐淮　　[43]畫壞1變質，毀壞劃計~

ɤ

Ø　[51]兒而　　[21]餌<u>耳</u>木~　　[43]二貳

ao

p　[33]杯□蚊蟲叮咬後腫起的包　　[215]輩背駝~　　[43]不

pʰ　[33]胚坯　　[51]陪培賠裴　　[21]剖　　[25]倍背~誦荸　　[215]配　　[43]沛佩
　　焙□口~：口水

m　[51]埋梅枚媒煤謀　　[21]每某　　[25]牡　　[43]妹昧<u>物</u>東西

f　[51]浮　　[21]否　　[43]佛~祖

v　[33]哀埃煨　　[21]藹□吻　　[215]愛　　[43]礙隘<u>核</u>桃~<u>物</u>動~

t　[33]堆兜丟□銅~：頂針　　[21]斗量器　　[215]對碓隊鬥~爭　　[43]代袋怠

tʰ　[33]胎推偷　　[51]台苔抬頭投　　[21]腿敨~氣：喘氣　　[25]待　　[215]退褪
　　透　　[43]蛻兌豆逗突特

l　[51]來雷樓流留劉榴硫琉　　[21]儡磊簍摟柳縷　　[43]內漏陋律率頻~六
　　陸綠錄

11　「要想~」帶有鼻音，實際音值為[iɔ215]。

ts　[33]周舟州洲　[21]走酒帚　[215]再載～重最奏晝皺咒紂宙驟　[43]著
　　～衣裳足

tsʰ　[33]猜催崔秋抽　[51]才材財裁綢稠籌愁　[21]丑　[25]在罪　[215]湊
　　臭□痱子　[43]就袖著困～：睡著俗續觸

s　[33]衰修羞搜颼餿收　[21]叟手首守　[25]受授售　[215]賽碎帥嗽秀
　　繡鏽瘦獸　[43]戍宿星～壽率～領蟀術述肅宿粟

k　[33]哥

kʰ　[51]渠第三人稱　[215]去來～

ŋ　[33]歐甌毆　[51]蛾鵝俄呆死板　[21]嘔　[43]餓

iao

tɕ　[33]勾鉤溝鳩鬮糾　[21]狗苟九久韭　[215]夠構購救究灸　[43]腳菊

tɕʰ　[33]摳丘　[51]求球囚　[21]口　[25]舅　[215]扣寇　[43]臼舊柩卻麯
　　酒～曲局

ɕ　[33]休　[51]侯喉猴瘊　[21]朽　[25]後厚　[43]候畜蓄

n̠　[51]揉牛　[21]藕偶紐扭　[43]肉玉獄

∅　[33]優憂幽□喊　[51]尤郵由油游猶悠　[21]有友　[215]幼□（粥）稀
　　[43]酉誘又右佑柚鼬釉藥域鬱育欲浴

uao

k　[33]該　[21]改　[215]概溉蓋丐　[43]骨國

kʰ　[33]開奎盔魁　[21]凱慨　[215]會計～　[43]窟地上窪陷處

x　[33]恢灰　[51]回茴　[21]海　[215]悔賄　[43]害匯潰～膿會開～繪或惑

ɔu

p　[33]包胞　[21]飽　[25]鮑　[215]豹　[43]雹博泊薄剝駁刨～子

pʰ　[33]泡虛浮拋　[51]袍跑薄～荷　[215]炮泡浸泡□燙　[43]暴爆□□[lao25]
　　□[tsʰi33]～：男孩兒

m　[33]貓　[51]茅矛　[43]卯貌茂貿莫膜寞

f　[43]縛

t　[43]沰～雨：淋雨

tʰ　[43]托

l　[51]撓～癢　[43]澇鬧落烙駱酪洛絡樂快～，音～

ts　[33]抓笊啄　[21]爪找　[215]罩　[43]斫砍作昨桌卓琢捉

tsʰ　[33]抄　[21]炒吵　[43]鑿戳鐲濁□蜜蜂等叮咬

s　[33]稍捎梢筲～箕：簸箕　[43]索勺縮

k　[33]交郊膠鉸剪　[215]教～書，～育較酵窖覺困～：睡覺　[43]攪各閣擱胳覺角

kʰ　[33]敲　[215]竅磕1　[43]磕2碻殼

x　[215]孝　[43]效校學～，～對郝鶴學

ŋ　[33]坳山～凹　[51]熬　[21]拗　[25]咬　[43]鄂惡善～岳

iɔu

l　[33]溜～走　[215]溜滑～　[43]略掠廖

ts　[43]雀鵲

tsʰ　[43]嚼

s　[43]削

n̠　[43]瘧虐

Ø　[43]若弱約鑰躍耀

ĩ

p　[33]鞭編邊蝙　[21]貶扁匾　[25]辯辨辮　[215]變遍

pʰ　[33]偏篇　[51]便～宜　[215]騙片　[43]便～利

m　[51]綿棉眠　[43]面

v　[33]冤淵　[51]圓員緣元原源袁轅園援　[25]軟遠　[215]怨　[43]院願

t　[33]掂顛　[21]點典　[25]簟曬稻穀等東西的器具，用竹子製成　[215]店
　　[43]電殿奠佃

tʰ　[33]添天　[51]甜田填~空　[215]舔　[43]填~塞，裝墊

l　[51]連聯黏廉鐮簾年憐蓮　[21]斂殮臉　[215]□~□[phɔ51]：乳房
　　[25]□女孩兒　[43]念練煉楝戀

ts　[33]尖殲沾瞻占~卜煎　[21]剪展　[215]占~位子箭薦

tsʰ　[33]簽遷箋千　[51]潛錢前全泉　[21]淺　[43]踐賤餞□濺

s　[33]仙鮮先宣暄　[21]癬選　[25]善　[215]陝閃扇線楔　[43]膳繕贍擅

tɕ　[33]兼肩堅　[21]檢繭筧用對剖並內節貫通的毛竹連續銜接而成的引水管道
　　[215]劍鍵建見

tɕʰ　[33]謙牽　[51]鉗乾虔　[25]儉件　[215]欠歉　[43]健

ɕ　[33]掀軒　[51]嫌賢弦　[21]險顯　[215]獻憲　[43]莧羨現縣

ȵ　[33]□惹，碰　[51]嚴言研　[25]染碾　[43]驗諺硯

Ø　[33]淹閹醃焉煙　[51]炎鹽閻簷然燃延沿□~□[tɕ̃ĩ33]：現在　[21]掩演
　　[215]厭堰雁燕宴　[43]豔焰焱以手散物，~灰：撒灰

uĩ

k　[33]專磚捐　[21]轉~送卷　[215]轉~圈眷絹券

kʰ　[33]川穿圈圓~　[51]傳~染椽拳權顴　[21]犬　[215]竄撰杜~篆串勸圈
　　豬~　[43]傳白蛇~

x　[51]旋船玄懸　[215]楦鞋~　[43]□搖擺□狗叫

ũ

p　[33]般搬　[215]半

pʰ　[33]攀潘　[51]爿　[25]伴拌絆　[215]盼判叛　[43]瓣

m　[51]瞞　[25]滿

t　[33]端　[21]短　[215]鍛　[43]段緞

tʰ　[51]團　[25]斷

l　[51]鸞　[21]暖卵　[43]亂

ts　[33]鑽～進去　[215]鑽鞋～

tsʰ　[33]汆把食物放入沸水中稍煮一下，～湯　[25]賺　[215]篡

s　[33]刪酸閂拴　[215]蒜算

k　[33]乾～淨肝竿官棺觀冠衣～關　[21]杆趕稈禾～：稻稈管館　[215]幹～部
　　冠～軍貫灌罐觀寺～慣　[43]□提□～□[nĩ25]：懷孕

kʰ　[33]看～牛寬　[21]款

x　[33]歡　[51]寒傷～：感冒還環　[21]緩　[215]漢　[43]汗旱焊翰喚煥換
　　幻宦患

∅　[33]安鞍彎灣　[51]丸完頑　[21]碗腕　[215]按摁案　[43]岸玩～弄

ã

p　[33]冰兵　[51]□沒，未　[21]稟丙秉餅　[215]柄□～畫：正午　[43]□□
　　[tsɔu215]～：螳螂

pʰ　[33]拼姘　[51]朋憑彭膨平坪評瓶屏萍□一～牆：一堵牆　[25]蚌河～
　　[215]聘併合併　[43]病并

m　[51]萌鳴明盟名銘　[43]命

v　[51]橫～直　[21]永　[43]泳咏

t　[33]登燈丁釘鐵～疔　[21]等頂鼎戥～秤：戥子　[215]凳澄水渾，澄一澄瞪
　　釘～進去訂

tʰ　[33]廳汀　[51]騰藤滕亭停廷庭蜓　[21]挺艇　[215]聽　[43]鄧定

l　[33]拎□拿　[51]能陵菱淩齡寧零鈴玲翎　[21]□一～地：一畦地　[25]冷
　　領嶺　[43]令另

ts　[33]曾姓爭箏精晶晴貞偵正～月征　[21]井整　[215]正～好政證症　[43]
　　碇塞子，名詞；塞，動詞□手～：手肘

tsʰ　[33]撐清青蜻　[51]曾～經懲橙情晴呈程逞　[21]寢請　[25]靜靖

　　　　[215]掌起支撐作用的構件捳[12]請人為己做事　　[43]淨鄭

s　　[33]僧生牲笙甥聲星猩　　[51]乘承丞成城誠曾不～：沒有（未）　　[21]省醒　　[215]腥勝性姓聖　　[43]剩盛旺～

k　　[33]更～換羹庚粳耕　　[21]哽埂耿　　[215]更～加

kʰ　　[33]坑　　[21]□臺階

x　　[51]衡行～為桁～條：梁上橫木　　[25]杏　　[43]幸

ŋ　　[43]硬

iã

tɕ　　[33]京荊驚鯨經擎1拿，較早的說法　　[21]境景警頸　　[215]敬竟鏡競徑

tɕʰ　　[33]卿輕　　[51]擎2拿，較晚的說法　　[21]肯　　[215]慶

ɕ　　[33]興作～：流行　　[51]形型刑　　[215]興高～

n̠　　[51]迎

∅　　[33]應～該鷹鶯鸚櫻英嬰纓　　[51]蠅贏盈1榮營　　[21]影穎　　[215]應答～

uã

k　　[21]梗菜～

kʰ　　[33]傾右～　　[21]頃

x　　[33]兄　　[51]宏

õ

p　　[33]班斑頒扳　　[21]板版　　[215]扮

pʰ　　[43]辦

m　　[33]□～～：伯母　　[51]蠻　　[43]慢漫幔□～里：那會兒

f　　[33]帆藩翻番　　[51]凡煩繁　　[21]反　　[25]范犯　　[215]泛販　　[43]飯

---

12 捳，請人為己做事。《廣韻》：「千定切，去徑，清。」

v　[21]皖　[43]萬

t　[33]耽擔~任，給丹單　[25]淡誕　[215]擔挑~旦　[43]彈子~蛋

tʰ　[33]貪灘攤　[51]潭譚談痰檀壇彈~琴　[21]坦~克　[215]探炭歎　[43]坦平地但

l　[51]南男藍籃難困~蘭攔欄　[21]覽攬欖纜　[25]懶　[43]濫難災~爛

ts　[33]簪□剗　[21]斬盞饡淡而無味　[215]站贊棧戰顫

tsʰ　[33]參攙餐　[51]蠶慚饞讒殘纏禪　[21]慘喘　[25]暫□鏨　[215]璨

s　[33]三杉衫珊山　[51]□涎　[21]散~開傘鏟產　[215]散分~

k　[33]甘柑泔尷監~牢艱間中~奸　[21]感敢橄減城簡襇柬揀揀　[215]監太~間~斷諫澗

kʰ　[33]堪龕勘刊鉛　[21]砍坎檻窗戶　[215]嵌

x　[33]憨酣　[51]含函鹹銜寒小~韓閑　[21]喊罕　[25]限　[43]撼憾陷餡

ŋ　[33]庵　[51]岩顏　[25]眼　[215]晏□細牛~：小牛　[43]雁

iɔ̃

l　[215]□□[tsɿ43]里~：為什麼

ɔ̃u

p　[33]幫邦　[21]榜綁　[25]棒　[43]傍

pʰ　[51]旁螃龐　[215]胖

m　[51]饅蚊~蟲：蚊子忙芒茫盲虻蠻不講理　[21]莽蟒　[25]網　[43]忘望

f　[33]方肪芳　[51]妨房防　[21]紡仿訪　[215]放

v　[33]汪　[51]亡　[21]往枉

t　[33]當~時　[21]黨擋　[25]□凹下去的小坑或酒窩　[215]當正~

tʰ　[33]湯　[51]堂唐塘糖螳棠人名　[21]倘躺　[25]盪（晃動地）洗滌　[215]燙趟蕩

l　[51]囊郎廊狼螂蟑~　[21]朗　[43]浪

ts [33]髒不乾淨張莊裝章樟彰　[21]漲長~大掌　[215]葬帳脹賬障瘴□~[pã43]：螳螂

tsʰ [33]倉蒼瘡昌窗　[51]藏冷~長~短腸場操~　[21]閶廠　[25]丈仗杖 [215]暢創唱倡□~刨：鉋子　[43]藏西~髒心~狀撞

s [33]桑喪霜孀商傷雙　[51]床常嘗裳償　[21]嗓磉石~：柱下石爽賞　[43]上尚

k [33]岡剛~強鋼崗綱缸肛江豇扛抬　[21]講港　[215]虹出~降下~

kʰ [33]慷康糠　[51]□~蟆：蛤蟆　[215]抗炕囥藏

x [33]夯□和，連詞□我~：我們；爾~：你們　[51]行銀~航杭降投~　[43]項笐

ŋ [33]肮　[51]昂

iɔ̃u

l [51]良涼量~長短糧粱梁　[21]兩　[43]釀諒輛晾亮量數~

ts [33]將~來漿　[21]蔣獎槳　[215]醬將大~

tsʰ [33]槍　[51]牆詳祥　[21]搶　[25]象像橡　[43]匠

s [33]相~信湘廂箱　[21]想　[215]相長~

tɕ [33]剛~~姜疆僵韁　[43]犟

tɕʰ [33]筐眶腔　[51]強好~　[21]強勉~

ɕ [33]香　[21]享響　[215]向□~呐：哥哥

ȵ [51]娘　[43]讓

Ø [33]央秧殃鴦　[51]瓢羊洋烊~雪：化雪楊陽揚楊瘍瀁~王　[21]壞嚷仰養　[25]癢　[215]映　[43]樣旺

uɔ̃u

k [33]光　[21]廣　[215]逛

kʰ [33]匡　[51]狂□~□[kʰuəŋ21]：蚯蚓　[215]曠況礦

x [33]荒慌　[51]黃簧皇蝗　[21]慌　[43]晃

ein

p　[33]彬賓檳　[215]殯

pʰ　[51]貧頻　[21]品

m　[51]民　[21]閩憫敏抿皿

v　[33]□擰　[51]勻云　[25]允　[43]潤閏韻運

l　[51]林淋臨鄰鱗燐　[43]吝

ts　[33]針斟珍津臻真蒸　[21]枕診疹准拯　[215]浸進晉鎮振震俊　[43]□門~：門檻

tsʰ　[33]侵親~人皴肌膚粗糙或受凍開裂稱~呼　[51]尋沉岑秦陳塵旬循巡層　[25]盡　[215]親~家趁襯稱~職秤　[43]陣

s　[33]心深森參人參辛新薪身申伸娠升　[51]神辰晨臣唇純醇繩塍田~：田埂盛~飯　[21]沈審嬸筍　[215]信訊迅甂黃~：黃鼠狼擤□量詞，一~橋：一座橋　[43]甚腎慎

iein

tɕ　[33]今金襟巾斤筋莖　[21]錦緊謹　[215]禁勁　[43]噤打細~：打冷戰

tɕʰ　[33]欽　[51]琴禽擒勤芹　[25]近　[215]僅

ɕ　[33]欣

n̥　[51]銀　[43]認

ø　[33]音陰蔭因姻殷雍　[51]淫人壬仁寅　[21]隱飲引　[25]忍癮　[215]印　[43]刃任紉

uein

k　[33]肫均鈞軍君　[25]菌

kʰ　[33]春　[51]裙群

x　[33]熏薰勳□隔火烤　[215]訓　[43]順舜□隔火烤

əŋ

p　[33]奔錛　[21]本　[215]迸　[43]笨

pʰ　[33]噴~水烹　[51]盆棚篷蓬　[21]捧　[215]噴~香□泡兒□凸

m　[33]□~眼睛：瞇眼　[51]門蒙　[21]猛　[25]蜢~蟲　[43]悶夢悶~路孟

f　[33]分芬紛風楓瘋豐鋒峰蜂封　[51]焚墳馮逢縫裁~　[21]粉　[43]奮
　　份憤忿奉俸鳳縫褲~

v　[33]恩溫瘟翁　[51]文蚊~香聞　[21]穩　[215]□~死：溺水而亡　[43]問
　　學~

t　[33]敦墩東冬□蘸　[21]董懂　[25]動　[215]頓鈍沌凍棟　[43]鈍遁洞

tʰ　[33]吞通　[51]屯豚臀囤同銅桐筒童瞳□量詞，一~牛：一頭牛　[21]盾捅
　　桶統　[25]□蠢　[215]痛

l　[51]侖論~語倫淪輪籠聾農濃龍膿隆　[21]攏　[25]隴~山：地名壟小山坡
　　□蘸　[43]弄挪嫩論討~

ts　[33]尊遵宗綜蹤棕鬃中~間忠終鐘盅舂~米　[21]總種菜~腫塚□蹲
　　[215]粽中~意種~樹眾

tsʰ　[33]村聰匆蔥囪充沖　[51]存叢從~來，~容蟲崇重~複松~樹　[21]忖蠢
　　寵　[25]重輕~縱~容　[215]寸銃　[43]仲

s　[33]孫鬆~緊嵩　[21]損扱　[215]送宋誦頌訟

k　[33]公蚣工功攻　[21]汞拱鞏　[215]貢

kʰ　[33]空~虛　[21]孔恐　[215]空有~控

x　[33]亨轟　[51]痕恒弘紅洪鴻虹人名泓　[21]哄很狠　[215]烘　[43]恨巷

ŋ　[215]暗

iəŋ

tɕ　[33]弓躬宮恭供~應，~養

tɕʰ　[51]窮　[43]共

ç　[33]胸凶□猴～：猴子　[51]熊雄　[215]嗅

ø　[33]庸擁　[51]盈2戎絨融茸容熔蓉　[21]勇湧甬　[43]用

uən

k　[33]跟根　[21]滾□～鞋口：緝鞋口　[215]棍

kʰ　[33]昆坤　[21]懇墾捆　[215]困

x　[33]昏婚葷　[51]魂餛渾　[25]混

m̩

ø　[25]母舅～：舅媽；娘～：母女；公～

ŋ̍

ø　[33]爾

五　婺源縣江灣話同音字彙

ɿ

ts　[33]知蜘支枝肢梔資姿咨脂茲滋之芝　[21]紫只～有紙姊指旨子梓止趾址　[25]稚治　[214]致至置志痣　[55]贅蟄執汁質植織職

tsʰ　[33]癡嗤雌　[51]池馳臍糍瓷遲慈磁辭詞祠持　[21]此侈恥齒　[25]巳似祀巳　[214]伺刺賜翅次□打～：打噴嚏秩　[55]自字寺飼濕侄植直值痔殖□～焦：燒焦

s　[33]斯廝撕施私師獅尸司絲思詩　[51]匙時　[21]死屎使史駛始　[25]是氏柿市示　[214]四肆試　[55]豉視似士仕事侍十什實失室食拾識式飾蒔瑟

i

p　[33]蓖碑卑悲屄吹牛～；媽的個～：詈語　　[21]彼比鄙　　[214]貝閉臂痹庇
　　[55]避備鼻筆畢必<u>被</u>被動標記，口語裡用「分」或「擔」做被動標記

pʰ　[33]披　　[51]皮疲脾琵枇　　[21]痞□鍋～：鍋巴　　[25]被～子　　[214]譬屁
　　[55]肥女陰

m　[51]迷糜眉楣　　[21]美　　[25]米尾　　[55]謎密蜜

f　[33]非飛妃徽揮輝　　[51]肥　　[21]匪榧翡　　[214]廢肺痱費　　[55]吠

v　[33]威　　[51]微桅危為行～唯惟維違圍葦　　[21]委偉　　[214]慰畏　　[55]
　　位為～什麼未味魏胃謂

t　[33]底1～物：什麼　　[55]□一～～：極少□～□[to25]：口吃

tʰ　[55]地

l　[33]□做～：什麼事　　[51]離籬璃梨棃狸厘黎　　[21]<u>你</u>理1呂1中～：婺源縣江
　　灣鎮一個行政村的村名女2 美～，老派旅～行，老派　　[25]女1小姑娘呂2～布李里
　　鯉　　[55]耳~朵利痢吏淚立笠粒栗慮濾累勞~類□～妹：妹妹理2料~

ts　[21]嘴擠　　[214]醉　　[55]卒

tsʰ　[33]蛆　　[51]隨老派　　[25]緒老派集　　[55]習襲七漆疾□～細：很細，很小

s　[33]鬚鬍～尿　　[21]髓　　[214]絮　　[55]隧蟋1塞1做動詞時較常見的讀法

tɕ　[33]機譏饑肌基紀年～幾～乎　　[51]奇騎祁其棋期旗蜞蟻～　　[21]紀～律
　　幾～個己　　[25]徛立□陡峭　　[214]寄冀記既　　[55]技妓急級吉屐新派

tɕʰ　[33]欺□窺視　　[51]祈　　[21]起企杞豈　　[214]器氣棄　　[55]泣及乞忌

ɕ　[33]犧嬉熙希稀□撩～：兜魚的網兜　　[21]喜　　[214]戲螅蟢子　　[55]吸□唯
　　補詞，相當於普通話「掉」

ȵ　[51]宜儀尼疑誼擬　　[25]蟻　　[55]議義毅日

Ø　[33]伊醫衣依□這　　[51]移夷姨飴　　[21]椅倚以已　　[214]意億憶　　[55]
　　易1容～異一乙入逸

ui

k　[33]龜歸　[21]軌癸鬼詭　[214]鋸鱖貴　[55]櫃橘

kʰ　[21]跪　[214]愧　[55]屈倔

x　[21]<u>毀</u>

u

p　[51]菩蒲□～□[ũ214]：鼻涕□～湯：加料的米糊，常用做早餐□形容圓球形物體的

　　量詞，一～石頭　[21]補　[25]部簿　[214]布怖埠　[55]步伏～小雞匍～□

　　[kəŋ21]：趴

pʰ　[33]鋪～床　[21]譜普浦甫脯果～<u>輔</u>　[214]鋪店～　[55]朴卜撲僕

m　[51]模摹　[21]母1公～拇牡～丹　[25]畝　[55]墓暮慕募幕目牧穆木

f　[33]夫膚敷俘孵芙　[51]符扶　[21]府斧俯腑<u>輔</u>　[25]父婦負傅　[214]

　　付賦附富副赴訃　[55]複福服伏三～袱腹覆腐幅

v　[33]烏污巫誣□麵條煮好之後長時間不吃，湯汁收乾了　[51]吳梧鬍～鬚無蜈糊

　　[21]五伍午塢武鵡　[25]舞　[214]惡可～　[55]霧務誤悟屋沃

t　[33]都　[51]徒屠途塗圖　[21]堵賭肚1豬～　[25]肚2～疼　[214]妒　[55]

　　杜度鍍渡毒1有～督篤丟用指頭或用棍棒戳尻[13]尾部，底部

tʰ　[21]土　[214]吐兔　[55]禿獨讀

l　[51]奴盧爐蘆鸕　[21]魯虜　[25]努鹵　[214]□～牙膏：擠牙膏　[55]怒

　　路露鹿祿

ts　[33]租　[21]組祖阻　[55]竹祝粥燭囑築蜀□吮吸

tsʰ　[33]粗初　[21]楚　[214]醋　[55]助猝族畜促

s　[33]蘇酥梳疏蔬搜　[51]鋤　[21]所數動詞　[214]素訴塑數名詞漱　[55]

　　叔熟淑束贖速塾

k　[33]姑孤估　[51]跍蹲　[21]古股牯鼓　[214]故固雇顧□那1　[55]穀

13　《廣韻》入聲屋韻丁木切：「尾下竅也。」

kʰ [33]箍枯　[21]苦　[214]庫褲　[55]哭酷

x [33]呼乎　[51]胡姓~湖壺葫狐　[21]虎滸　[25]戶　[214]扈　[55]互護
獲觳惑迷~

y

l [51]驢　[21]女3男~，新派履

tsʰ [51]徐隨新派　[21]娶取　[25]聚序敘緒新派　[214]趣

s [33]雖需須必~

tɕ [33]豬諸居車~馬炮蛛株誅朱珠朱拘駒追1快跑錐□~□[sɤ33]：收拾，藏
[21]煮舉主矩懼　[25]苧柱　[214]著注蛀鑄據句　[55]巨拒距

tɕʰ [33]樞區驅吹炊　[51]薯除渠水~廚殊瞿垂槌錘逵葵　[21]杵鼠拄處相
~　[214]去處到~　[55]箸火~：撥火用的筷子形狀的器具住具

ɕ [33]書舒虛噓墟輸□一~：一些　[21]暑黍許水署毀　[25]豎　[214]庶恕
諿　[55]樹睡瑞

ø [33]于　[51]如魚漁余愚虞盂榆愉　[21]語予乳宇禹羽愈蕊　[25]雨
[55]御豫預遇寓裕喻芋譽辱嫗

ɑ

p [21]擺把2~戲　[51]排牌□拾取　[214]拜

pʰ [214]派　[55]敗泊梁山~

m [33]媽姆~　[51]埋　[25]買　[55]賣

t [33]呆書~子　[21]打　[214]帶

tʰ [33]他　[214]貸態太泰　[55]特笛敵狄大~學

l [33]拉□□[i33]~：這些　[51]□解（大小便）　[21]奶　[55]賴奈勒

ts [33]災齋朝今~昭招詔沼召　[21]者　[214]債照　[55]□~火：生氣□潑

tsʰ [33]超釵差出~　[51]朝~代潮　[25]趙兆　[214]菜蔡

s [33]燒篩　[51]豺柴　[21]少多~　[214]曬紹少~年邵韶

k　[33]階街佳□那2　　[21]解～開　　[214]介屆芥界疥戒1豬八～尬解～板：把木
　　頭鋸成木板械□□[tsæ33]～□[tɕʰi214]：怎麼辦□用在雙音節形容詞後表示程度深

kʰ　[33]揩　　[21]楷

x　[51]鞋孩　　[21]蟹　　[55]駭

ŋ　[33]挨　　[51]涯崖　　[21]矮

Ø　[25]我

ia

p　[33]膘標彪　　[21]表錶　　[214]裱

pʰ　[33]飄漂～浮　　[51]嫖瓢藨　　[21]漂～洗，～亮　　[214]票

m　[51]苗描　　[21]秒藐渺杪樹～：樹梢　　[55]廟妙

t　[33]刁貂雕　　[21]屌1　　[214]釣吊調～動　　[55]調音～

tʰ　[33]挑　　[51]條調～和　　[214]跳

l　[51]鐐聊遼撩寥　　[21]鳥了　　[55]料廖

ts　[33]焦蕉椒　　[21]剿

tsʰ　[33]繰悄　　[214]俏

s　[33]消宵霄銷硝蕭簫　　[21]小　　[214]笑鞘

tɕ　[33]嬌驕澆　　[51]喬橋僑蕎　　[21]繳僥餃　　[25]□一種有辛辣味的蔬菜
　　[214]叫　　[55]轎擊激戟屐老派

tɕʰ　[33]鍬□擦　　[214]竅劇

ɕ　[33]囂　　[21]曉

n̩　[51]饒堯　　[21]繞～線　　[55]逆

Ø　[33]妖邀腰么吆□□[i55]～：母親（面稱）　　[51]搖謠窯姚　　[21]也杳　　[25]
　　舀　　[214]要重～，～求　　[55]翼蒲～：蝴蝶域益溢譯易2～經亦疫役鷂麻～：
　　老鷹□～火閃：打閃電□手部快速揮動

uɑ

k　　[33]乖　　[21]寡拐枴　　[214]怪

kʰ　 [21]垮□折斷　　[214]塊快筷

x　　[51]懷槐淮華劃～船　　[55]壞2東西～着：東西壞了

ø　　[33]歪　　[55]外壞1用在形容詞後表示程度

æ

p　　[55]北逼迫百伯～爺：伯父柏碧璧壁僻爸

pʰ　 [55]匹拍魄白辟劈帕帛

m　　[55]墨默陌麥脈邁擘用手掰開，擤覓□張開（嘴）

t　　[55]得德的目～嫡

tʰ　 [55]踢剔

l　　[55]力曆耐肋

ts　　[55]則鯽即摘責積跡脊只量詞績窄

tsʰ　[55]賊側測拆圻開～：裂開縫隙澤擇宅策冊籍席夕赤斥尺戚

s　　[55]灑悉蟋2膝塞1做名詞時較常見的讀法息熄媳色惜昔適釋石錫析穗

k　　[55]格革隔胳

kʰ　 [55]客

x　　[33]□連詞，介詞，跟普通話「和」功能相當　　[55]嚇赫

ŋ　　[55]額艾

iæ

tɕʰ　[55]吃極太～

uæ

k　　[55]□～失：丟掉

x　　[55]畫壞～人、～蛋劃計～

ɛ

m　[55]茂

f　[21]否　[51]浮

t　[33]丟兜　[21]斗墨~抖陡　[214]鬥~爭

tʰ　[33]偷　[51]頭投　[21]敨　[214]透　[55]豆逗

l　[33]劙[14]用手摳或小的器具刨挖溜~走　[51]樓流劉留榴硫琉餾　[21]縷簍柳
　　[214]溜滑~：光滑　[55]漏陋六陸綠

ts　[21]走酒　[214]奏皺咒　[25]宙　[55]足

tsʰ　[33]揪秋　[51]囚泅愁籌稠綢仇酬　[21]醜　[214]□痹子湊臭　[55]就
　　袖俗續□~水：露水

s　[33]修羞　[214]秀繡鏽　[55]宿肅粟

iɛ

tɕ　[33]勾鉤溝鳩遘糾　[51]球　[21]狗苟九久韭　[214]夠構購灸救究□
　　「今夜」的合音　[55]菊

tɕʰ　[33]摳丘　[51]求仇姓~　[21]口　[25]舅臼　[214]扣叩寇　[55]舊曲局

ɕ　[33]休　[51]侯喉猴　[21]吼朽　[25]後厚　[55]候蓄

ȵ　[51]柔揉牛□~蚯：蚯蚓　[21]藕偶紐~釦　[25]紐~扣　[55]獄肉玉

ø　[33]嘔歐甌優憂幽　[51]尤郵由油游猶　[21]有友　[25]酉　[214]幼
　　[55]又右佑柚鼬釉育浴欲鬱

e

p　[33]□~平：把石灰抹平□~掌：手掌（打別人耳光時的說法）　[214]蔽弊　[55]
　　篦斃憋鐾~刀：在缸沿、皮或布上磨刀，使之鋒利

pʰ　[33]批　[21]□扇（耳光）　[55]幣別離~、區~撇氅

14　《集韻》平聲侯韻郎侯切：「小穿也。」

m　[33]□那3　[55]滅篾

v　[55]閱悅月越粵

t　[33]爹低　[51]堤題提蹄啼挑揀　[21]底2抵　[214]帝滴　[55]第跌

tʰ　[33]梯　[21]體　[25]弟　[214]替涕剃屜　[55]隸帖貼疊碟牒蝶諜鐵

l　[33]□輕輕地撑　[51]泥犁　[21]禮　[214]裂　[55]例厲勵麗荔獵列烈捏劣

ts　[33]遮　[21]姐　[214]借蔗祭際濟劑制穄~粟：高粱　[55]接哲折~斷浙節

tsʰ　[33]車妻　[51]斜邪齊薺　[21]且扯　[214]砌脆翠　[55]捷謝妾徹撤轍
　　舌切楔絕截□打時~：陣雨

s　[33]賒奢佘鰓西犀□喊　[51]蛇　[21]寫捨~得洗璽徙　[25]社　[214]
　　瀉舍宿~細婿世勢歲□虛詞，□[i33]~：這樣　[55]誓逝射麝涉攝薛泄屑設
　　折~本雪

ie

tɕ　[33]雞　[214]計繼繫~鞋帶　[55]髻劫揭結潔蠍

tɕʰ　[33]溪河　[21]啟　[214]契　[55]怯傑茄瘸□翹起來

ɕ　[55]脅協歇系聯~

n̠　[55]藝業熱孽囓鑷

ø　[51]爺閭　[21]野田~　[25]野心~：玩心大　[55]夜頁叶噎液腋

ue

k　[33]圭閨規　[214]桂　[55]決訣厥

kʰ　[33]虧窺　[55]缺掘~地：鋤地

x　[33]靴　[214]稅穢　[55]惠慧說血穴

ɤ

p　[33]杯背~石頭　[51]陪賠　[21]保堡寶　[25]倍抱背「背誦義」　[214]輩
　　背~脊報　[55]不

pʰ　[33]胚坯丕　[51]培裴　[214]沛配　[55]莩暴爆

m　[33]□燈~着：燈滅了　[51]梅媒煤謀枚一~：針黴毛□~粿：糍團　[21]每某　[214]沒~錢　[55]冒帽妹物~事：東西

f　[55]佛

v　[33]哀埃煨　[214]愛　[55]礙勿物2動~核桃~

t　[33]堆刀叨　[51]台抬苔　[21]島倒打~禱　[214]戴對碓隊到倒~水　[55]代袋兌毒2做動詞用□連詞，介詞。跟普通話「和」功能相當

tʰ　[33]胎推滔掏濤　[51]桃逃淘陶萄　[21]腿討　[25]待道稻導　[214]退蛻套　[55]盜突

l　[51]來雷勞牢　[21]壘磊蕾　[25]腦惱老1　[214]撈澇　[55]內律率頻~□~失：丟掉

ts　[33]栽糟遭周舟州洲追2~趕　[21]宰早棗蚤澡帚最　[214]畫灶再載□擲　[55]術白~

tsʰ　[33]猜催崔操抽　[51]才材財裁曹槽　[21]采彩草　[25]在罪皂造　[214]躁糙　[55]出著困~：睡著□□[tseĩ]~：做事花的時間太長

s　[33]腮騷臊收餿衰□污：骯髒□□[tɕy33]~：收拾，藏　[21]嫂手守首叟　[25]受授　[214]賽寨碎帥粹掃~地、~帚嗽獸瘦　[55]壽售戌蟀術算~述率~領□□[lo51]~：垃圾

k　[33]高膏篙羔糕　[21]稿鎬洋~：一頭扁一頭尖的鎬頭　[214]告　[55]合~夥鴿

kʰ　[51]渠他　[21]考烤　[214]去靠犒磕　[55]刻克咳

ŋ　[51]呆死板　[21]襖　[214]奧　[55]傲

x　[33]蒿　[51]豪壕毫　[21]好~壞□沒~：沒有　[214]好喜~耗□有~：有　[55]號~碼浩核~桃黑蛤合~作盒

ø　[51]兒而　[25]耳木~餌　[55]二

uɤ

k　[33]該　[21]改　[214]概溉蓋會~計　[55]骨國

kʰ　[33]開奎魁盔　[21]凱　[214]檜　[55]窟水~：水坑

x　[33]灰恢　[51]回茴　[21]海　[25]亥賄　[214]悔　[55]害匯潰會開~繪
　　忽或

o

p　[33]波菠疤芭巴坡玻　[21]跛簸把1　[214]霸壩　[55]八鉢撥

pʰ　[51]婆爬琶杷鈀耙鄱　[21]頗　[214]怕破剖　[55]稗拔潑

m　[33]抹1以手抓物　[51]魔磨~刀摩麻蟆母2雞~：不帶小雞的母雞　[25]馬碼
　　[55]磨石~罵抹2~桌：擦桌子末沫襪

f　[55]法乏發筏伐罰

v　[33]阿~膠窩蛙挖　[51]禾還2副詞　[55]話活滑~溜

t　[33]多　[51]駝馱□~糧：麻雀□舉起　[21]朵躲垜　[25]舵橢惰□[ti55]
　　~：口吃　[214]剁　[55]答搭掇

tʰ　[33]拖　[51]□一~拉：許多　[55]大~小踏塔塌榻達脫奪

l　[33]囉　[51]挪羅鑼籮騾螺腡□~□[sɤ55]：垃圾　[214]□跨（跨過水溝）
　　[55]糯癩納臘蠟捋辣捋~手袖駱

ts　[33]查姓~楂渣抓啄□酒精塗在傷口上刺人的感覺　[51]茶搽查調~□~□
　　[pu55]□[leĩ25]□[leĩ214]：蝌蚪　[21]左佐　[214]做榨炸　[55]眨閘鍘扎

tsʰ　[33]搓叉杈差~別岔　[25]坐座　[214]銼錯　[55]雜插擦察撮□濈

s　[33]蓑梭嗦沙紗痧　[21]鎖瑣　[25]□我（較少用）　[55]撒薩殺刷□~
　　飯：泡飯□~料：幹力氣活很厲害

k　[33]歌哥鍋家加痂嘉瓜　[21]果裹粿假真~，放~賈　[214]過架駕嫁價
　　稼掛卦個　[55]夾甲胛挾~菜割葛聒□~眼：眨眼，閉眼刮

kʰ　[33]科窠棵顆誇　[21]可剒　[214]課　[55]掐渴括闊

ŋ　[33]鴉丫椏俄　[51]蛾鵝牙芽衙　[21]雅啞<u>我</u>　[25]瓦　[214]亞砑握
　　[55]餓臥鴨軋押

x　[33]蝦花□用棍子將火、灰等東西撥開分散瑕遐　[51]何河荷～花、薄～和～氣
　　霞　[21]火夥　[25]禍下　[214]貨化　[55]賀夏廈狹峽匣喝瞎轄<u>澄</u>狡～

ø　[51]還1～有，副詞

ɔ

p　[33]包苞胞　[51]匏～瓜　[21]飽　[25]鮑　[214]豹　[55]博剝駁雹

pʰ　[33]拋　[51]跑袍　[214]泡炮　[55]薄□雞～：不大不小的雞

m　[51]矛茅　[25]卯　[55]貌貿莫膜寞摸

t　[55]洷～雨：淋雨

tʰ　[55]托

l　[21]撓□手～：手套　[214]□看望　[55]鬧落賂烙洛絡樂快～老2～虎

ts　[33]笊　[51]□往前跳　[21]爪找　[214]罩　[55]作著～衣裳：穿衣服桌卓
　　琢捉斫～樹

tsʰ　[33]抄鈔焯把菜放鍋裡稍微注一煮就盛出來　[51]巢　[21]炒吵　[55]鑿昨戳
　　濁鐲觸□畚～：畚箕

s　[33]捎　[214]稍　[55]索勺芍縮朔

k　[33]交郊膠鉸剪　[21]絞狡攪搞　[214]教～書、～育校1～對較窖覺困～
　　[55]各閣擱角覺自～

kʰ　[21]巧　[214]敲　[55]確殼

ŋ　[33]坳　[51]熬　[21]拗折斷　[25]咬　[55]鄂惡善～，～心岳樂音～□～
　　日：蚯蚓

x　[214]酵孝　[55]效校上～、、學～鶴學霍藿

iɔ

t　[25]屌2一～～：形容數量少

l　　[33]□跑　[55]掠略

ts　　[55]雀麻~鵲喜~

tsʰ　[55]嚼

s　　[55]削

tɕ　　[55]腳

tɕʰ　[55]卻

n̠　　[55]箬虐

∅　　[55]耀弱若約藥鑰躍

uɔ

k　　[55]郭

kʰ　[55]擴廓

ĩ

p　　[33]鞭編邊　[21]貶扁匾蝙　[25]辨辯辮□細~：蚯蚓　[214]變遍

pʰ　[33]篇偏　[51]便~宜　[25]□~人：別人　[214]騙片　[55]便~利

m　　[51]棉綿眠　[21]免勉娩緬澠□用手指抿　[55]面□剛~：剛才

v　　[33]冤淵　[51]圓員緣元原源袁轅園援　[25]軟遠　[214]怨　[55]院
　　　阮願

t　　[33]掂顛　[51]甜填　[21]點典　[214]店　[55]電殿奠佃墊

tʰ　[33]添天　[51]田　[214]舔□[pu51]~：鼻涕□~牙齒：剔牙　[55]□裝（東西）

n　　[33]黏貼近、碰；具有黏性的　[51]廉鐮簾拈聯連年憐蓮　[21]斂殮　[214]
　　　奶1吃~　[55]念練煉戀

ts　　[33]尖殲沾占~卜瞻詹煎櫼楔子、木簽　[21]剪展　[214]占~用箭戰薦□
　　　蹬，踹

tsʰ　[33]簽遷箋千　[51]潛錢前全泉蟬禪旋纏　[21]淺喘　[55]賤餞踐漸

s　　[33]鮮仙先宣喧　[21]陝閃癬選　[25]善單姓~　[214]線扇鐥~雞：閹割雞

tɕ　[33]兼肩堅　[51]鉗　[21]檢　[25]儉　[214]劍建見鍵

tɕʰ　[33]謙牽　[51]乾虔　[21]遣　[214]欠歉□□[tsæ̃33]□[kɑ214]～：怎麼辦　[55]健腱件

ɕ　[33]掀軒鍁火～：鏟火用的工具　[51]嫌賢舷器物的邊沿弦　[21]險顯　[214]獻憲　[55]莧現縣

ȵ　[51]嚴言研燃　[25]惹染碾□細～：嬰兒　[55]驗諺硯

ø　[33]淹閹醃醃煙燕～國　[51]炎鹽延沿然　[21]掩演　[214]厭堰燕海～宴　[55]焱～種：撒種焰豔

uĩ

k　[33]專磚打～斗：翻跟斗娟　[21]轉～送捲　[214]轉～動卷考～眷　[55]□摑

kʰ　[33]川穿圈　[51]傳～送椽拳權顴　[21]犬　[25]倦　[214]串　[55]篆傳白蛇～

x　[51]船玄懸　[214]楦鞋～

eĩ

p　[33]彬賓檳　[214]鬢殯

pʰ　[51]貧頻　[21]品

m　[51]民　[21]抿敏憫閩　[214]□～物：傻子

v　[33]□撋（毛巾）　[51]匀云　[25]允　[55]運暈韻熨

l　[51]林淋臨鄰鱗　[25]□女兒

ts　[33]針斟津珍真臻蒸　[21]枕1～頭盡～吃：放開吃診疹□～□[tsʰɤ55]：做事花的時間太長　[25]枕2門～：門檻　[214]浸進晉鎮振震　[55]陣

tsʰ　[33]侵親～戚，～家稱～重量　[51]尋沉岑陳塵層橙　[21]寢　[25]盡～力□舔　[214]趁襯稱相～秤

s　[33]心森參人～深辛新薪身申伸娠升　[51]神辰晨臣繩塍田～　[21]嬸沈審□量詞，一～梯　[25]甚葚　[214]滲信㨷訊貂黃～：黃鼠狼　[55]腎慎

ieĩ

tɕ　[33]今金襟巾斤筋□抓　[21]錦緊僅謹　[214]禁勁

tɕʰ　[33]欽　[51]琴禽擒勤芹　[25]近

ɕ　[33]欣馨

n̠　[51]銀　[25]忍~不住　[55]認

ø　[33]音陰因姻殷　[51]壬人仁寅　[21]飲忍~無可~隱　[25]引　[214]印
　　[55]任紉刃閏潤孕

ueĩ

k　[33]均鈞軍君　[25]菌~種郡

kʰ　[51]群裙

x　[33]熏勳薰　[214]訓

ã

p　[33]班斑頒扳般搬攀　[21]板版　[214]扮

pʰ　[55]瓣辦

m　[51]蠻□~□[mã25]：祖母　[55]慢漫

f　[33]帆藩翻番　[51]凡煩繁　[21]反　[25]范犯　[214]泛販　[55]飯

v　[51]還~錢　[21]皖碗腕晚挽　[55]岸萬換

t　[33]耽擔~任丹單孤~　[21]膽　[25]淡　[214]擔挑~旦　[55]彈子~蛋

tʰ　[33]貪坍攤灘　[51]潭譚談痰檀壇彈~性　[21]毯坦~白　[214]探炭嘆
　　[55]誕但坦平~：平坦的山地

l　[51]男1~女南籃藍難困~蘭攔欄　[21]欖覽攬　[25]懶　[55]濫難苦~爛
　　□屁~狹：很窄

ts　[33]簪斬1~肉：剁肉　[21]斬2~頭盞　[214]站車~贊蘸綻~開

tsʰ　[33]參~加攙餐　[51]蠶慚饞讒殘　[21]慘鏟產新派　[214]燦　[55]暫

s　[33]三杉衫珊山　[51]涎口水　[21]傘散零～產老派　[214]散～會疝□～
子:卵□老～:（果物蔬菜莊稼）成熟

k　[33]尷監～督艱間中～奸　[51]含叼住，嘴巴含住食物的一部分　[21]感敢橄
減簡柬襇揀碱憨～厚　[214]戒2～煙、～酒監國子～間～日:隔幾天諫

kʰ　[33]堪龕勘鉛刊　[21]檻窗戶　[214]嵌

ŋ　[33]庵　[51]顏岩　[25]眼　[214]晏晚　[55]雁

x　[33]憨　[51]含嘴巴含住食物的全部咸銜閑　[21]喊　[25]限憾撼　[55]陷餡

æ̃

p　[33]冰兵　[51]瓶□～:沒有（未）　[21]丙稟秉餅　[25]蚌河～并～且□壯
～:蚱蜢　[214]柄

pʰ　[33]拼姘□量詞，一～山:一座山；一～牆:一堵牆　[51]憑彭平坪評屏萍朋
膨　[21]聘　[25]併合～　[55]病

m　[51]明鳴名銘萌盟　[21]猛　[55]命孟

v　[51]橫～直　[21]永　[55]泳咏

t　[33]登燈丁疔釘鐵～　[51]亭停蜓　[21]等頂　[214]凳澄把水～清釘動詞
訂　[55]鄧

tʰ　[33]廳汀　[51]騰藤謄庭廷　[21]艇挺　[214]聽　[55]定

l　[33]拎拿　[51]能寧菱淩陵靈零鈴伶羚男2～人家　[25]冷領嶺　[55]令另

ts　[33]增曾姓～憎僧唐～精晶晴爭箏征睜貞偵正～月□～□[kɑ214]□
[tɕʰi214]:怎麼辦　[21]井整拯□腳跟，鞋跟或襪跟，胳膊肘　[214]證症正～
好政　[55]鄭剩～飯

tsʰ　[33]清青蜻撐　[51]曾～經情晴程呈　[21]請逞　[25]靜靖　[214]掌起支
撐作用的物體或構件　[55]淨贈

s　[33]生牲笙甥聲星□蜓～:蜻蜓　[51]乘承丞成誠城曾不～盛把東西裝起來
[21]省醒　[214]性姓勝聖腥　[55]剩～餘盛茂～

k　[33]羹米糊，麵糊庚更～換耕　[21]粳～米哽埂耿　[214]更～好

kʰ　[33]坑　[21]砍

ŋ　[55]硬

x　[33]亨　[51]行～為□我～人：我們桁～條：梁上橫木□量詞，一～棒　[25]杏

　　[55]幸

iæ̃

tɕ　[33]京荊驚鯨經莖　[51]擎提（籃子）　[21]境景警頸　[214]敬鏡竟競徑

tɕʰ　[33]卿輕　[21]肯　[214]慶罄

ɕ　[33]興～旺　[51]形型刑　[214]興高～

n̠　[51]迎

∅　[33]應～該鷹鸚櫻鶯英嬰縷　[51]蠅贏盈榮營螢仍扔　[21]影　[214]應

　　答～

uæ̃

k　[51]□受驚嚇後一抖　[21]趕管～理梗～子杆程禾～

kʰ　[33]傾　[51]瓊　[21]頃

x　[33]兄　[51]塞傷～：感冒傷　[21]□～草：除去雜草

õ

p　[25]拌伴　[214]半絆

pʰ　[33]潘　[51]爿盤　[214]判叛盼

m　[51]瞞饅新派　[25]滿

t　[33]端　[51]團　[21]短　[55]鍛段緞

tʰ　[25]斷～絕

l　[51]鸞□～柴：砍柴（斜劈）　[21]卵暖　[55]亂

ts　[33]鑽～進來　[214]鑽木～纂

tsʰ　[33]汆　[25]賺　[214]竄

s　[33]刪酸閂拴　[214]算蒜涮□～麵：麵條

k　[33]幹～濕肝竿官棺觀參～冠衣～關鰥杆2　[51]□彎　[21]館管～道
[214]乾～部貫灌罐觀道～冠～軍慣

kʰ　[33]寬看～牛：放牛　[21]款　[214]看～見

x　[33]歡　[51]寒～假韓桓環還~錢　[25]旱緩罕　[214]漢　[55]汗焊翰換
幻患宦喚煥

ø　[33]安鞍豌彎灣　[51]完頑　[214]按案□捂

ɔ̃

p　[33]幫邦　[51]旁螃傍　[21]榜綁　[25]棒

pʰ　[33]乓　[51]龐　[214]胖

m　[51]饅老派蚊～蟲：蚊子忙盲芒茫虻牛～　[21]莽蟒　[25]網　[55]忘望～見

f　[33]方芳肪　[51]房防妨　[21]紡仿　[214]放

v　[33]汪　[51]黃～豆亡王　[21]枉往　[55]望希～妄

t　[33]當～晝：正午　[51]堂棠螳唐糖塘　[21]黨擋　[25]氶小坑、酒廇
[214]當～鋪　[55]□推（人或牲畜）

tʰ　[33]湯□～頭：抬頭　[21]躺　[25]蕩～嘴：漱口；蕩茶杯：用水稍微清洗一下茶
杯□□[i33]～：這里　[214]燙趟　[51]囊郎廊狼　[21]朗　[55]浪□一～
羊：一群羊

ts　[33]髒不乾淨張莊裝章樟　[51]長～短場　[21]長～大漲掌　[214]葬賬帳
脹壯障瘴□用水燜的方法來烹製食物　[55]狀撞

tsʰ　[33]倉蒼瘡昌菖窗　[51]藏冷～腸　[21]闖廠　[25]丈杖仗　[214]暢創
唱倡　[55]藏西～髒心～

s　[33]桑喪～事霜孀商傷雙　[51]床常裳嘗償　[21]嗓爽賞享2～福　[25]
上動詞　[214]喪～失　[55]尚上方位名詞

k　[33]崗岡鋼綱缸剛～強江豇扛前後兩人抬的動作　[21]講港　[214]杠降下～
虹天上的虹　[55]□硌（人）

kʰ　[33]康糠慷□～蟆：蛤蟆　[214]园藏、放置抗炕

ŋ　[51]昂

x　[51]杭航行銀～降投～　[25]項　[55]巷桁～竿：曬衣竿

iɔ̃

m　[33]貓

l　[51]良涼量測～梁粱糧　[25]兩　[55]亮諒量分～輌

ts　[33]漿將～來　[21]蔣獎槳□一～甘蔗：一節甘蔗　[214]醬將大～

tsʰ　[33]槍　[51]牆詳祥　[21]搶　[25]象像　[214]嗆　[55]匠

s　[33]相～信箱廂湘襄鑲　[21]想　[214]相～片

tɕ　[33]姜疆僵韁　[25]犟

tɕʰ　[33]剛1～～～來，～～好羌筐匡眶腔　[51]強好～　[21]強勉～　[214]剛2～～來，～～好

ɕ　[33]香鄉　[21]響享1～受　[214]向

n̠　[51]娘　[21]仰壤　[214]孃姑母　[55]讓

∅　[33]央秧殃　[51]瓤陽楊揚羊洋瘍烊熔化，融化　[21]養　[25]癢　[214]映反～　[55]樣旺興～

uɔ̃

k　[33]光　[21]廣　[25]逛

kʰ　[51]狂　[214]曠況礦

x　[33]荒慌　[51]黃姓～蝗簧皇　[21]謊

əŋ

p　[33]奔崩　[51]棚　[21]本　[55]笨

pʰ　[33]噴～水烹乒　[51]盆蓬篷　[21]捧　[214]碰噴～香

m　[51]門蒙　[25]懵蠓～蟲　[55]悶問夢

f　[33]分芬紛風楓瘋豐封蜂峰鋒　[51]焚墳馮縫裁~逢　[21]粉　[25]鳳奉　[214]糞奮諷　[55]憤忿份縫一條~

v　[33]恩溫瘟翁　[51]文紋聞　[21]穩吻　[25]□淹沒

t　[33]□蘸墩敦東冬驏閹割公牛　[51]屯囤豚同銅桐筒童瞳□形容過度肥胖和沉重的程度副詞　[21]懂董　[25]動飩餛~　[214]頓噸凍棟□瓶~：瓶蓋　[55]鈍洞

tʰ　[33]吞通　[21]桶捅統　[25]盾□笨　[214]痛

l　[51]侖輪倫淪籠聾　[25]攏　[55]嫩論討~弄

ts　[33]尊遵肫棕鬃綜~合宗蹤中當~忠衷終鐘盅舂~頭：點頭□蝾~鼠：癩蛤蟆[21]准總種菜~腫塚□~心：貪心　[25]□垂直放下　[214]甑俊粽縱中看~眾種~菜

tsʰ　[33]村皴皮膚受凍而開裂椿春抻聰匆忽蔥囪從~容充沖　[51]存從~來叢松~樹蟲重~複秦旬巡徇　[21]忖蠢脾氣倔籠□汽~：蒸飯用的鍋蓋　[25]重輕~　[214]寸蹭銃　[55]仲

s　[33]孫鬆~緊嵩　[51]脣純醇蓴　[21]損慫扨推（非生命物）　[214]迅舜送宋　[55]順誦頌訟

k　[33]甘柑泔公工功攻蚣　[214]□匐~：趴　[214]貢汞

kʰ　[33]空~虛　[21]孔□（不是故意地）撞　[214]控空~閑坎臺階

ŋ　[214]暗甕

x　[33]烘轟　[51]痕恒衡紅洪鴻含弘宏　[21]很哄~人：騙人　[55]恨

iəŋ

l　[51]農膿濃隆龍

tɕ　[33]弓宮躬恭供~不起　[21]鞏拱　[214]供~品

tɕʰ　[51]窮　[21]恐　[55]共

ɕ　[33]胸凶　[51]熊雄祟　[214]嗅聞

∅　[33]雍　[51]戎絨融茸容蓉庸　[21]擁勇甬　[55]用

uəŋ

k　　[33]跟根　　[21]滾　　[214]棍

kʰ　　[33]昆坤　　[21]墾懇捆　　[214]困

x　　[33]昏婚葷　　[51]魂渾　　[25]混餛

m̩

Ø　　[25]母₃雞～：帶小雞的母雞　　[55]□～□[mã33]：伯母

n̩

Ø　　[33]爾你□用在量詞前，相當於「這」　　[214]□～□[xɑ55]：尿布□不～來：不大

來□□[i33]～切：這樣切

作者簡介

陳　瑤

　　安徽黃山祁門人，文學博士，現為福建師範大學文學院教授，博士生導師，漢語方言學會會員，福建省辭書學會常務理事，「中國語言資源保護工程核心專家組」成員，《中國語言資源集‧福建（語音卷）》主編。主要學術興趣在徽語，近年來在《中國語文》、《方言》等刊物上發表學術論文二十餘篇，主持國家社科項目二項、國家語委項目七項、福建省社科項目一項以及福建省教育廳項目若干項。出版專著二部，編著一部。曾獲教育部第九屆高等學校科學研究優秀成果獎、暨南大學首屆詹伯慧語言學獎、福建省社科優秀成果獎、福建省優秀博士學位論文獎各一項。基金項目：本研究獲國家社科基金一般項目「19世紀以來的徽州方音研究」（12BYY031）、國家社科基金重大項目「蘇皖鄂贛江淮官話與周邊方言的接觸演變研究及數據庫建設」（19ZDA307）資助。

本書簡介

　　本書以《切韻》音系為框架，以專題的形式對徽州方言聲母、韻母、聲調的音韻韻特點以及文白異讀、小稱音變等進行詳細的討論。每個專題先擺出若干個方言點的語音資料，梳理異同，概括音變類型和分布區塊，逐項討論徽州方言音韻的共性和特徵，分析歷史層次。

　　本書注意將方言韻書與現代方言口語有機結合起來，探索徽州方

言音變規律和方向，從縱向的音韻史和橫向的方言接觸角度對徽語內部歧異形成的原因做出解釋。在此基礎上，對徽州方言的歸屬問題提出自己的看法。

福建師範大學文學院百年學術論叢·第八輯 1702H02

徽州方言音韻研究

作　　　者　陳　瑤
總　策　畫　鄭家建　李建華

發　行　人　林慶彰
總　經　理　梁錦興
總　編　輯　張晏瑞
編　輯　所　萬卷樓圖書股份有限公司
　　　　　　臺北市羅斯福路二段 41 號 6 樓之 3
　　　　　　電話　(02)23216565
　　　　　　傳真　(02)23218698

發　　　行　萬卷樓圖書股份有限公司
　　　　　　臺北市羅斯福路二段 41 號 6 樓之 3
　　　　　　電話　(02)23216565
　　　　　　傳真　(02)23218698
　　　　　　電郵　SERVICE@WANJUAN.COM.TW
香港經銷　香港聯合書刊物流有限公司
　　　　　　電話　(852)21502100
　　　　　　傳真　(852)23560735

ISBN 978-626-386-101-5
2024 年 6 月初版二刷
定價：新臺幣 720 元

如何購買本書：

1. 劃撥購書，請透過以下郵政劃撥帳號：
　　帳號：15624015
　　戶名：萬卷樓圖書股份有限公司
2. 轉帳購書，請透過以下帳戶
　　合作金庫銀行　古亭分行
　　戶名：萬卷樓圖書股份有限公司
　　帳號：0877717092596
3. 網路購書，請透過萬卷樓網站
　　網址 WWW.WANJUAN.COM.TW

大量購書，請直接聯繫我們，將有專人為您服務。客服：(02)23216565 分機 610

如有缺頁、破損或裝訂錯誤，請寄回更換

國家圖書館出版品預行編目資料

徽州方言音韻研究/陳瑤著. -- 初版. -- 臺北市：萬卷樓圖書股份有限公司, 2024.06 印刷
　面；　公分. -- (福建師範大學文學院百年學術論叢. 第八輯；1702H02)
ISBN 978-626-386-101-5(平裝)

1.CST: 漢語方言 2.CST: 江淮方言 3.CST: 聲韻學 4.CST: 安徽省徽州

802.5222　　　　　　　　113006014